二十年目睹之怪現狀 上

吳趼人　著
石昌渝　校注

三民書局

二十年目睹之怪現狀　總目

引言

石昌渝

二十年目睹之怪現狀是一部描寫一百年前中國社會的書。它不是一部社會學的著作，只是以主人公二十年的經歷為經、所見所聞之怪現狀為緯，編織而成的一部長篇章回小說。其主人公在二十年間，走遍了半個中國，南至廣州、香港，北至天津、北京，東至山東，西至四川，其間在南京、上海居留時間最長，這以南京、上海為中心的區域，是當時中國最發達的地區，大體上可以代表當時中國社會的面貌和風氣。作者吳趼人對當時社會的黑暗、腐敗和欺詐現象極度厭惡、憤慨和不滿，先不管他的政治態度如何、他的視野有何局限，他秉持著實錄的態度，用生動的筆墨記下自己的見聞，從而留下了十九、二十世紀之交中國社會的種種真實光影，就值得今天的人們一讀了。

書中主人公叫「九死一生」，原是南方鄉下未經世面的少年，因父親去世，家道中落，不得不到杭州、南京、上海來謀生，正因為他涉世不深，見到社會已經習以為常的現象，才會感到驚訝和奇怪，於是也就有了好奇心並把它們記錄下來。「九死一生」從鄉下來到南京，第八回寫他從報上看到中法戰爭的消息，中法戰爭爆發於光緒十年（一八八四），這往後的二十年中，發生了一連串影響中國歷史進程的重大事件，中日甲午戰爭、戊戌變法、八國聯軍等。「九死一生」沒有親歷這些事件，他先是在衙門裡做幕賓，後來與人合夥做生意，以一個有文化的生意人接觸了許多人，經歷了許多事，他總結說：「所遇見的只有三種東西：第一種是蛇蟲鼠蟻；第二種是豺狼虎豹；第三種是魑魅魍魎」。他雖然沒有寫那些重大事件，但他寫了發生重大事件後的社會一般情形。「九死一生」目睹之「怪現狀」，以官場為主，次及商場、家庭以及社會風氣等。這個以封建官吏為本位的腐爛汙濁的社會，秉持良心、維護人格尊嚴的人無不感到窒息，受到損害，難以生存，而那些春風得意、如魚得水的男女，無一不是些虛偽、無恥和居心不良之徒。目睹這樣的怪現狀，並由於破產官司的逼迫，「九死一生」不得不回歸家鄉。二十年前世事不諳的淳樸少年，這時早已把一腔天真熱情換做了世故和失望了。

「九死一生」的父親是商人，但他的伯父、叔父都做官，他自幼亦習舉業，出門到南京投靠的同窗學長吳繼之是進士出身的官吏，做了一陣衙門幕賓，後來把主要精力投入商務活動。在亦官亦商的吳繼之左右，他接觸到大小官吏，更直接與商人、買辦打交道，並且從同行和友人的口中，獲得官場、商場和社會各方面的大量訊息。

在「九死一生」眼中，中國就是一個官吏的世界。他每到一處，坐船也好，住店也好，每一次社交或商務活動，都可以看到官吏醜惡的嘴臉或聽到官吏卑汙的故事。中國社會生活是被牢固地掌控在官吏手中。將「九死一生」所見所聞的片片斷斷拼合起來，不難得出當時官僚政治的總體印象。

晚清的入仕，不外科舉和捐納二途。科舉是傳統之正途，然而到了晚清，也幾乎成了黑道。科場考試和閱卷，本是十分嚴肅而且防範作弊十分嚴密的大事，但作為同考官的吳繼之卻可以讓「九死一生」扮作僕人混入貢院，幫助吳繼之閱卷。而考生的各種作弊手段，簡直是層出不窮、千奇百怪，「九死一生」在貢院內射下房檐上的一隻鴿子，鴿子尾巴上竟縛著考試的題目。題目是印刷而非手寫，可見其外洩之廣泛。這樣選拔出來的舉人、進士，怎麼可能貨真價實？即使是貨真價實，如吳繼之所說：「以八股取士，那作八股的就何嘗都是正人！」第七十三回那個虐待祖父、奸詐無行的符彌軒，恰是正途的兩榜出身。捐納始於清初，原為拯荒、軍需、河工，事竣即停，是暫行事例。朝廷明知其有害吏治，然因收捐甚豐，雖屢屢裝模作樣下詔停止，實際上卻愈行愈烈，以致市井駔儈、土痞無賴之徒，亦溷入仕途。第三回吳繼之講妓女化錢為錢莊夥計「土老兒」捐了一個二品頂戴的道臺，自己得了誥封夫人成為二品命婦，就是捐納的範例。「九死一生」眼中的官場就是賣場，官就是貨物，「這個貨只有皇帝有，也只有皇帝賣」。第九十九回老叔祖給他的姪孫講官箴說：「至於官，是拿錢捐來的，錢多官就大點，錢少官就小點。你要做大官小官，只要問你的錢有多少。」

小說描敘用錢買官、用錢買得實缺或者用錢消災的故事多不勝數。京城中就有專營這單生意的中介，第七十五回所寫惲洞仙掌櫃的錢鋪，第九十二回所寫徐二化子的興隆金號，就是這類掛羊頭賣狗肉的商家。他們都是手眼通天，前者直通朝廷的周中堂，一筆交易高達萬金，且不用銀票，卻用黃金打造的筆墨；後者有關係直達權傾當朝的太監，那太監發話，軍機處華中堂無不照辦，三百萬兩銀子就保了一個貪汙至少五百萬兩銀子的烏將軍。貪官汙吏們的官職來之不易，保之亦難，花了大價錢，自然要求回報，也就要利用職權大肆貪汙，收刮地皮。「九死一生」對他母親說：「這個官竟然不是人做的！頭一件先要學會了卑汙苟賤，纔可以求得著差使；又要把良心擱過一邊，放出那殺人不見血的手段，纔弄得著錢。」否則即或如第十四回所寫榜下候補知縣陳仲眉窮困無助而自殺，或如第一〇八回所寫鯁直清正的蒙陰知縣蔡侶笙被奪官法辦。吳繼之算是一個良心未泯的大關委員，他告訴「九死一生」，既在官場混，就不能潔身自好，「你說誰是見了錢不要的？而且大眾都是這樣，你一個人卻獨標高潔起來，那些人的弊端豈不都叫你打破了？只怕一天都不能容你呢！就如我現在辦的大關，內中我不願意要的錢，也不知多少，然而歷來相沿如此，我何犯著把他叫穿了，叫後來接手的人埋怨我。只要不另外再想出新法子來舞弊，就算是個好人了」。吳繼之後來做江都縣令，這是個肥缺，想必撈的錢已不少，再不想混下去，遂拒絕行賄總督的親信馬弁，丟了官，他的家僕高升卻捨不得，懇求「九死一生」去勸吳繼之回心轉意，「倘使我們老爺不肯拿出錢來，就是家人們代湊著先墊起來，也可以使得」。數年知縣下來，連家人都闊綽到給主子墊錢行賄的地步，那權力的好處實在太大了。

「九死一生」見到和聽到的官吏，形形色色。涉外的有中法戰爭中不打自沉逃命的馭遠號管帶（艦長），聽見炮響便溜之大吉的欽差大臣，有中日甲午戰爭中平壤之役棄城乞降的葉軍門，亦有將廬山牯牛嶺白白送給外國人的總理衙門大臣；內政方面的腐敗無能更是無處不在，自詡明察而被下屬欺瞞的兩江總督，號稱「留心時務，學貫中西」卻以為煤炭可榨煤油的特旨班道臺，那洋務運動的產物——製造局和招商局與各式衙門一樣，招商局督辦及其夫人視局產為私產，為爭風吃醋可以隨意調動一艘輪船奔馳於上海與漢口之間。這些官吏，不論是武的還是文的，是朝廷的還是地方的，也不論品級職位大小，他們唯一在意的是攫取金錢財貨，完全不顧國家的興衰和民眾的疾苦，什麼事情也做不好。第一〇〇回回末評曰：「曾聞諸人言，合肥李文忠（鴻章）恆詈人曰：『天下最易的是做官，連官都不會做，真是無用的東西了。』」李鴻章指官吏無用，當然是輕描淡寫了，他們實際上是國家的蛀蟲，民眾的仇敵。

全書以繁簡不等的文字、濃淡不同的筆墨描寫了許多大小官吏，而描寫篇幅最長，敘其事跡最為完整和詳實的要數署理過藩臺、做過安徽銀元局總辦的苟才。這位旗人因齷齪無恥，被人呼為「狗才」。他巴結總督的戈什哈（侍從武弁），通過戈什哈打通總督的關節，做了南京製造局總辦，兼籌防局、貨捐局，由一個窮得要租衣服來穿的候補道，一躍而成豪富顯貴，背著潑皮的老婆在外偷娶了一位秦淮河的妓女。那妓女擺譜，參加吳繼之母親壽宴一定要著二品夫人的禮服，苟才的老婆聞訊趕到壽宴上大打出手，醜態百出。後來苟才被都察院參劾，雖然花了幾萬銀子保全了功名，但到底丟了差使，在這「山重水複疑無路」之際，他卻能「柳暗花明又一村」，逼迫自己新寡的兒媳去做總督大人的侍妾，苟才夫婦平日辱罵兒媳為掃帚星，這時為了謀官，竟屈膝跪在兒媳面前懇求她在熱喪中改嫁。兒媳的姿色果然打動了總督，苟才被委了籌防局、牙釐局兩個差使，接著又署了巡道，總督調任直隸，他照例以巡道署理了幾天藩臺。然新任總督早已風聞苟才的醜行，以「行止齷齪，無恥之尤」八字考語，把他撤職。苟才不得不北上天津找那曾經栽培他的總督，總督念他送上兒媳的舊情，先給了河工上的一個差事，後又上保摺說他「才識優長」，朝廷賞還他原官原銜，外加賞了一枝花翎，他到北京拜了華中堂的門，指省到安徽，做了銀元局總辦。兩年的銀元局總辦，宦囊豐滿得已不在乎差使了，姨太太也弄了五、六個，豈料泰極否來，竟患上了個怔忡之症。兒子苟龍光此時已經成人，他自己一輩子男盜女娼，自然難望兒子仁義道德，苟龍光不止勾搭父親的六姨太，更處心積慮地置父親於死地，以圖完全支配豐饒的家產。苟才在宦海浮沉的大半生，生動地顯現晚清官場的汙濫和黑暗，證實卜士仁傳授的做官秘訣是要巴結，「只要人家巴結不到的，你巴結得到；人家做不出的，你做得出。……你不要說做這些事難為情，你須知他也有上司，他巴結起上司來，也是和你巴結他一般的，沒甚難為情。……你千萬記著『不怕難為情』五個字的秘訣，做官是一定得法的」。看看苟才以二品道員的身分對總督身邊武弁的卑躬屈膝，將新寡的兒媳送給總督做姨太太的無恥作為，就明白「九死一生」說官不是人做的，絕非過激之詞。

「九死一生」跟著吳繼之混跡於官場，吳繼之不只做官，同時還經商，於是他也幫助吳繼之走南闖北打理商務。按清朝制度，官員不得經商，「做了生意要擔處分」，第三十九回吳繼之對「九死一生」說：「我在此地做官，不便出面做生意，所以一切都用的是某記，並不出名。在人家跟前，我只推說是你的。」官員做生意，比普通百姓做生意要好做得多，例如第八十五回寫雲南藩臺的兒子從雲南運了五、六百擔白銅到上海，官家子弟扶喪回福建原籍，各處關卡都不完釐上稅，用「九死一生」的話說，這「一筆釐稅，就便宜不少」。官員做生意的好處當然不止這一層，與普通商家不在同一競爭線上。吳繼之經商亦如他做官，比較而言還算正派，欺詐是沒有的，低價進，高價出，都還是在商業規則之內。

商人的地位，在傳統的士、農、工、商四民社會中是不高的。商務被士人輕視，然商界也不比官場好多少，誠如吳趼人在他的小品文吳趼人哭中所說：「互市之後，商務為理財之根本，而士大夫每目商人為奸商。商人亦不知自愛，力求精進，以圖自立；徒自相傾軋，甘居奸商而不疑。」在「九死一生」眼裡，商務領域和官場一樣，到處潛伏著危險。第二十一回出現的王伯述是「九死一生」的姻伯，原是主事出身，做過山西大同知府，因厭惡官場，棄官而從商。他從上海販石印書到北京發售，然後換起京板書賣到上海。他是個沒有店鋪的行商，就因為他的書賣得便宜，遭到北京琉璃廠書商的嫉恨。他推銷書籍的招貼貼在街市，上面的發售地址差不多都被人塗去或撕掉了，很明顯，塗抹者是要讓顧客找他不著，把他擠出北京的市場。第五、六回寫的一位南京珠寶店老闆，別出心裁，從本店的掌櫃、夥計們手裡訛得一萬六千兩銀子，上當的掌櫃、夥計們都是業務行家，居然沒有一個人識破老闆的圈套。第七回寫一個鴉片商行的老闆，以借貸的方式，從十六、七家錢莊拐騙銀子二十多萬兩，然後改名換姓，捐納了一個功名，堂而皇之要做起官來。第二十八回寫四川一個當鋪的小夥計，拐走東家的一個丫頭，自己也開起當鋪來，後來跑到上海，胡亂弄了幾種丸藥，打起北京「同仁堂」的招牌，在報紙上登廣告，大張旗鼓地發賣。諸如此類的傾軋和欺詐，「九死一生」在二十年中已見多不怪了。

誠信是當時商業活動中最缺乏的東西，法律的漏洞和不作為，在客觀上為一切不誠信行為開了方便之門。吳繼之的生意越做越大，長江中下游城市大概都有他的商業據點。他是老於世故的官吏，有豐富的處世經驗，常常教導「九死一生」在社會上如何求生。他知道不能輕信別人。他把經理商務的重任交給「九死一生」，一是他們是同窗學友，知根知底，二是他們是換過帖的兄弟，況且他們的母親及內眷同居一處。而全國各地的商號，「每處都派了自己家裡人在那裡」。他顯然不相信外人，只相信本家的叔伯兄弟。他多年經營的商業王國，規模雖大，卻仍然帶有家族色彩。他以為血親宗法關係是牢不可破的，但未曾料到壞他事的，恰是他自己家裡人。漢口商號的吳作猷是吳繼之的本家叔父，乘吳繼之丁憂回鄉，「九死一生」遠去山東覓弟之機，捲走了五萬多兩銀子逃走，漢口商號垮塌，使吳繼之整個商業資金鏈條斷裂，吳氏的商業大廈隨即土崩瓦解。商業訴訟緊接而來，「九死一生」也就不得不告別都市逃回自己家鄉。其實「九死一生」孤兒寡母被其伯父欺瞞，血親並不可信，這吳繼之是知道的，但在那爾虞我詐的社會裡，他不相信血親又能相信誰呢？

對於傳統家庭倫理的沉淪和宗法關係的崩壞，作者是痛心疾首的。「九死一生」的伯父官位不高，是個同知，儘管「九死一生」秉著為尊者諱的觀念，對他伯父的醜行遮遮掩掩，欲言又止，但陸陸續續、片片斷斷，其真實嘴臉最終仍然顯現了出來。他自己的家庭汙爛不堪，一妻二妾，二妾皆妓女出身。一與僕人私通，與僕人私奔又被僕人欺騙，遂投水自盡；另一妾不堪大婦辱罵，吞鴉片也自殺了。其妻本來病弱，一氣之下便也去世了。其後他在宜昌竟然和自己外甥女兒同居。他自家的事自不必說，更讓「九死一生」寒心的是，父親遺下的八千兩銀子、十條十兩重的赤金被他鯨吞了，後來拿一張假官照給「九死一生」，謊稱三千兩銀買來。「九死一生」的叔父嬸母在山東沂水縣汶河司巡檢任上去世，遺下兩個兒子，「九死一生」聞訊連發兩封電報給伯父，十多天後伯父回信說他們兄弟「禍福自當，隆替無涉」，勸他「不必多事」。小說以傷感的筆墨，細膩地描寫「九死一生」長途跋涉至山東沂水赤屯見到兩個堂弟的情形，其實也是對伯父寡情無義的鞭撻。

昭穆有序、溫情脈脈的宗法家庭，在赤裸裸的金錢利害關係以及膨脹起來的私欲的腐蝕之下，已無可救藥的敗壞下去。作者寫了「九死一生」的母親、嬸娘母女以及吳繼之的母親、妻子，這只是全書所描敘的感情荒漠中的一絲暖意，只是無垠沙漠中即將被吞食的一點綠洲，「九死一生」耳聞目睹的家庭，幾乎都充斥著虛偽、算計、無恥和欺詐。第三十二回敘說的黎景翼，為了奪得疑似藏有錢財的幾口皮箱，害死了自己的親弟弟，弟弟一死，又把弟婦賣給了妓院。第五十三回敘江都一個年已七旬的鹽商，被人告了曾當過太平軍，且劫掠過巨款，這在當時可是死罪，然經查實，這竟是兒子誣陷自己的親父，目的是爭奪家產。那滿口仁義道德的符彌軒，對養育他長大成人的親祖父，待之連僕人都不如。風燭殘年的老祖父，食不果腹，穿不蔽體，睡在廚房後面的柴房，滿身都是虱子，動輒挨罵甚至挨打。「九死一生」

認為符彌軒犯了逆倫重案，隨時會引發官司，誰知他安然無事，高談理學而不知羞恥，祖父去世之後，丁憂不能做官便跑到上海打苟才不義之財的主意，以開辦譯書局的名義騙了苟才孽子的數萬銀子，連帶拐了一個名妓逃往天津逍遙去了。孔子曰：「今之孝者，是謂能養。至於犬馬，皆能有養。不敬，何以別乎？」符彌軒對待祖父，不要說「敬」，連「養」字也不肯做，這樣禽獸不如的人居然大行其道，禮教之崩壞，民德之澆薄，即可想而知。

世風敗壞，令「九死一生」痛心、激憤和失望。在「九死一生」看來，社會積已成習的痼疾還有抽鴉片烟和迷信。他每到一處，無論是城市還是鄉村，每一個角落都少不了鴉片烟。各種交際應酬，首先是烟槍侍候。第十三回吳繼之告訴他，吸烟以官場為烈，當官的「十居其九」有烟癮。第四十七回說時任臺灣巡撫的劉銘傳最恨鴉片，一旦發現下屬吸食，立即撤差驅逐，若是帳下兵弁，還要軍法從事。他手下的僚佐買通他的侍僕，把鴉片攙入他所吸的旱烟中，使他不知不覺染上烟癮。一個堅決要禁烟的人，竟變成須臾離不得鴉片的癮君子。吳繼之認為禁烟並不難，難的是作為執行禁烟的官員都吃烟，自己禁得了自己？而鴉片的危害，已經破壞了國家的基礎。第六十九回「九死一生」從天津到北京途中在老米店歇宿，這是一個幾戶人家的村落，其破敗蕭瑟，幾乎沒有半點生氣，然而就是這樣一個窮瘠的小村子，居然開著兩家鴉片烟店。京城衛戍部隊「神機營」，每個士兵都有兩支槍，一支作戰的火槍，一支吸鴉片的烟槍。這樣的軍隊，如何能抵禦帝國主義列強？

鴉片毒害了人的體魄，吸乾了社會的財富，而迷信則蒙蔽了人的精神，其危害社會在「九死一生」心目中不亞於鴉片。迷信之風，也是遍及全國。下層社會迷信，例如廣東的搭棚匠把蜘蛛供奉為祖師，加以頂禮膜拜之類；上層社會也迷信，上海一家洋行買辦的小姐患病，不相信醫生，卻到「報恩堂」扶乩，求得仙方吃下，斷送了小姐年輕的生命。百姓迷信，連軍隊也迷信。第六十八回「九死一生」到天津北洋水師營，正碰見軍營隆重祭拜「金龍四大王」。那祭壇設在演武廳上，廳前屋檐下列隊肅立著十多對紅頂、藍頂、花翎、藍翎各級武官。場面威嚴肅穆。那被供奉的「金龍四大王」是何方神聖？原來是一條二尺來長的小花蛇！據「九死一生」的朋友文杏農講，明日李鴻章還要親自來拜。北洋水師裝備有進口的鐵甲艦和西洋火炮，而他們的精神卻是如此愚昧，難怪海戰中不堪一擊。

「九死一生」二十年走了許多地方，接觸到士、農、工、商各階層人士，他的所見所聞雖不能說完全的反映了當時中國社會面貌，但可以說距離真實面貌不遠。作者把所見所聞稱之為「怪現狀」，可知他記錄的主要是醜惡、汙穢、滑稽的社會現象。作者用「九死一生」的口說，他遇到的只是一些狠毒險惡的醜類，他的眼前只是一片黑暗，他只能照實記錄。雖是這樣說，書中還是寫了吳繼之的家庭、「九死一生」的堂姊，賢良方正的蔡侶笙，淳樸的農民惲老亨、惲來父子，惲來與鹹水妹的故事或者可稱為賣油郎獨占花魁女的近代版。這些點點亮色，至多不過是那漫無邊際陰霾毒霧中露出的一抹祥雲瑞靄，那亮點更顯得黑暗的真實和濃重。這些微弱的亮點，大概寄託著作者的希望。吳趼人在光緒三十三年（一九〇七）上海遊驂錄識語中說：「今日之社會，岌岌可危，固非急圖恢復我固有之道德，不足以維持之；非徒言輸入文明，即可以改良革新者也。」可見作者是把中國的前途寄託在傳統道德上。「九死一生」的堂姊、吳繼之的家庭，以及蔡侶笙、惲老亨，則是傳統固有之道德的化身。吳趼人長期生活在上海，在江南製造局工作過十三年，做過幾種報紙的主筆，也出洋去過日本，接觸西方文明不可謂不多，但他的觀念中，西方文明的東西，比如「民權」，在孟子中就可以找到（見吳趼人哭），他雖然不反對新學，但反對以新學來詆毀中國常經。所以，二十年目睹之怪現狀對於洋務運動以來的新的東西，同樣也百般挑剔。把附於江南製造局的翻譯西方科技書籍的廣方言館，描繪成不學無術、騙取中國編譯費的汙爛之所；把新興的民間報館統統看成是歪風邪氣的倡導者，第三十五回回末批語曰：「蓋報館實有轉移風氣之力，當日報館提倡詞章，故上海遍地名士。年來報館提倡民氣，故上海又遍地志士。昔日狙獪皆名士，今日屠沽皆志士。報館實有轉移風氣之力，而所轉移者，乃如此，乃如此！」書中甚至對於民間出現的簡化字現象，也盡情地嘲笑和撻伐。一般來說，能看到社會的黑暗、醜惡現象是不難的，難的是穿透這黑暗醜惡現象，看到政治、經濟、社會和人性的更內在的東西。「九死一生」經歷的二十年，的確是中國歷史上最黑暗、最腐敗的時期之一，但它也是中國社會從古代向現代轉型的時期，在「九死一生」對前途絕望的同時，以孫中山為首的革命派正在為中國的未來浴血奮鬥，第五十八回寫廣州有人要炸萬壽宮襲擊地方官員的謠傳所引發的鎮壓鬧劇，就已接觸到革命派的活動，但作者顯然不願意多所著筆，也許他認為革命人士就是第十六回寫「屠沽皆志士」的秘密會黨之類，不屑一顧。吳趼人思想中保守和偏激的一面，自然限制了他的視野，也曲解了一些他所見到的社會現象，這些也是無庸諱言的。

吳趼人主觀雖然有所局限，但他是懷著憂國憂民的深情，振筆直書的。寫實，是他創作二十年目睹之怪現狀的基本原則。作者雖然沒有明確宣言說自己是實錄見聞，但他批評吳熾昌的文言小說集續客窗閒話敘潮州痲瘋女的故事是憑空捏造，又批評魏秀仁的章回小說花月痕描寫妓女吟詩作賦，是溢美不實，可見他主張小說家言也應該有根有據。「九死一生」剛進城時，吳繼之就建議他記錄社會奇聞：「天下事真是愈出愈奇了！老弟，你這回到南京來，將所有閱歷的事，都同他筆記起來，將來還可以成一部書呢。」到了第六十回，「九死一生」的日記已經非常可觀了，吳繼之讀過告訴文述農說，那上面「狠有兩件稀奇古怪的事情。吳趼人的創作的確依賴自己的筆記，包天笑曾問他，「所謂目睹者，難道都是親眼目睹嗎？」吳趼人笑著給包天笑看一本手抄冊子，「很像日記一般，裡面抄寫的，都是每次聽得友人們所談的怪怪奇奇的故事。也有從筆記上抄下來的，也有從報紙上剪下來的，雜亂無章的成了一巨冊」（包天笑釧影樓筆記，載小說月報第十九期，一九四二年四月）。吳趼人作二十年目睹之怪現狀有點近似傳統的文言筆記小說的作法，只不過他是用通俗的白話，安排一個主人公「九死一生」把一百五、六十個故事串連起來。

道聽塗說來的東西不都是真實發生過的，但在吳趼人，卻是據耳聞而錄，比起純粹虛構的小說，還是有所不同。無名氏缺名筆記就說，「書中影託人名，凡著者親屬至友，則非深悉其身者莫辨。當代名人如張文襄、張彪、盛杏蓀及其繼室，聶仲芳及其夫人、太夫人，曾惠敏、邵友濂、梁鼎芬、文廷式、鐵良、衛汝貴、洪述祖等，苟細繹之，不難按圖而索也」。索隱固然不必，也不符合小說創作規律，此說只是證明作者據聞而錄，有點筆記小說的意味。這一點決定了二十年目睹之怪現狀偏重於記敘奇聞怪事，記了一百五、六十個故事，寫人物自然只能寫到與故事有關的性格方面，即使是著筆較多的如苟才之類，也都是揭露其醜行，並沒有多少人性的深度。據聞而錄，還決定了作者沒有刻意追求敘述的諷刺性。比如高談理學的符彌軒卻忤逆不孝，本身是有諷刺性的，但作者只是直敘其事，在情節和細節上沒有作戲劇性的處理，其效果是令人髮指而非令人可笑。又如統管全國禮儀教育風化的禮部堂官李大人，悄悄的向琉璃廠老二酉書店買金瓶梅、肉蒲團等小說，這兩部作品早被朝廷指為淫書，三令五申加以禁毀，禮部堂官居然偷偷摸摸地重金購入，也是一個極大的諷刺，然而作者也未作調侃式的文章，只寫「九死一生」聞知「笑了一笑」而已。二十年目睹之怪現狀和官場現形記都受諷刺小說儒林外史的影響，比較起來，前者寫實的傾向較多，而後者更接近儒林外史，多採用虛擬誇張的手法，以達到諷刺的效果。

在結構上，吳趼人有自己的追求。他在全書篇末總評中說：「此書舉定一人為主，如萬馬千軍均歸一人操縱，處處有江漢朝宗之妙，遂成一團結之局。且開卷時幾個重要人物，於篇終時皆一一回顧到，首尾聯絡，妙轉如圜。」此言不差。全書以「九死一生」為貫串首尾的人物，他周圍的吳繼之及其屬下文述農、管德泉、金子安等等，也都相伴始終。這一點與儒林外史敘事「率與一人俱起，亦即與其人俱訖，若斷若續」有所不同。但是「九死一生」只是全書各種怪現狀的耳聞目睹者，作為全書情節主體的怪現狀，其人物仍然如同走馬燈式的出場和下場，只有少數人物如苟才、「九死一生」的伯父等人活動時空跨度較長，絕大多數故事還是「與一人俱起，亦即與其人俱訖」，人物故事之間沒有因果關係，換句話說，即使刪去其中某個故事，或者顛倒某個故事的順序，也無傷情節大局。他的結構方式與儒林外史雖不相同，但沒有本質的差別。

在敘事方式上，本書採用第一人稱。記敘「我」（九死一生）的目睹或耳聞。書名稱「目睹」，實則以耳聞居多。第一人稱敘事是一種限知的敘事，只能寫你看到或聽到的，那些「我」看不到的東西，只能聽別人講述出來。作者把握這種敘事方式是嫻熟的，不過到了第八十七回以後發生了變調，開始出現第三人稱全知敘事。第八十七回至第九十四回敘苟才官場沉浮和家庭內幕全用第三人稱，到了第九十五回才交代說，這些故事「不過就聽得繼之談起罷了」。接著記敘兩廣總督汪中堂在杭州的家庭醜聞，交代說是苟才講給吳繼之聽的，按第一人稱敘述，應由「我」從吳繼之口中聽得，但作者寫道：「你道他談的是誰？原來是當日做兩廣總督汪中堂的故事。」這麼輕輕一轉，便用第三人稱描敘道學面孔的汪家少奶奶與和尚私通的故事，故事結束時，又說明道：「苟才和繼之談的，就是這麼一樁故事。我分兩橛聽了，便拿我的日記簿子記了起來。」第九十七回下半回敘莫可文招搖撞騙的劣跡，亦是第三人稱，到第一〇一回才說：「從九十七回的下半回起敘這件事，是我說給金子安他們聽的，直到此處一百一回的上半回，方纔煞尾。且莫問有幾句說話，就是數數字數，也一萬五六千了。一個人哪裡有那麼長的氣？又哪個有那麼長的功夫去聽呢？不知非也，我這兩段故事，是分了三四天和子安們說的，不過當中說說停住了，那些節目，我懶得敘上，好等這件事成個片段罷了。」可見第一人稱限知敘事，是有些麻煩的，等於帶著鐵鐐跳舞，不能像第三人稱全知視角那麼自由。吳趼人寫作本書，到第八十回時曾有一個中途停頓，也許是因為沒有一氣呵成，才造成了這敘事風格的不完全統一。

「九死一生」這個人物大概是以作者吳趼人自己為原型。吳趼人把「九死一生」的姓名籍貫都有意隱去，但寫他戴一副近視眼鏡，講到家鄉觀音菩薩被裹成小腳的廣東習俗，又寫到山東沂水赤屯覓弟，這些都隱約露出吳趼人的身影。吳趼人（一八六六—一九一〇）原名吳沃堯，字小允，號趼人，別署我佛山人。祖籍廣東南海佛山，生在北京。曾祖吳榮光為嘉慶四年（一七九九）進士，授翰林編修，擢御史，道光間累官至湖南巡撫兼湖廣總督。祖父吳尚志，以監生任工部員外郎。父吳昇福，官浙江候補巡檢。吳氏三代的地位漸次下降，至吳沃堯出生時，家境已遠不如祖上顯赫了。光緒八年（一八八二），父親卒於寧波巡檢任上，遺下的銀子卻被季父拿去捐官，這對十七歲的吳沃堯是一次極大的刺激。因家境艱難，十八歲的他不得不往上海謀生，先在一家茶莊做夥計，次年進入江南製造軍械局，在局工作十三年，曾潛心學習機械之學，親手製造過一艘精巧的輪船模型，二十年目睹之怪現狀所寫懷才不遇、會造輪船模型的趙小雲，即取材於自己的經歷。江南製造局雖是當時最新式、最接近西洋文明的場所，但被顢頇專橫的官僚所把持，「楚材晉用」的事屢見不鮮。吳沃堯於光緒二十三年（一八九七）轉而投入報界，先後主持字林滬報副刊消閒報、采風報、奇新報、寓言報筆政，光緒二十八年（一九〇二）離開上海，任漢口日報主筆。次年因不滿武昌知府將漢口日報收為官辦，辭職返滬。這年八月，開始在新小說發表二十年目睹之怪現狀。這年冬天曾東渡日本，停留短暫。光緒三十一年（一九〇五）再赴漢口，任楚報中文主筆，旋因美國通過排華法案，憤而辭職返滬。次年上海月月小說創刊，吳沃堯任總撰述，從此專司小說創作和編輯。宣統二年（一九一〇）秋，病故於上海，時年四十五歲。吳沃堯的創作小說，除二十年目睹之怪現狀外，重要的還有發財秘訣、痛史、劫餘灰、九命奇冤、兩晉演義、上海遊驂錄、新石頭記、最近社會齷齪史等等。

二十年目睹之怪現狀起初連載於新小說，未刊完。光緒三十二年（一九〇六）開始，上海廣智書局分八冊陸續出版單行本，至宣統二年出齊。宣統二年十二月出版第八冊（第九十五回至第一〇八回）時，已是西元一九一一年元月了。本書校點整理是依據上海廣智書局初版本，個別錯字，參校一九五九年人民文學出版社張友鶴校注本予以改正。一些當時通行的異體字，凡不難認識的，如「很」作「狠」，「玩」作「頑」之類，均一仍其舊。廣智書局初版本正文有批語，前八十回正文有眉批，第八十一回開始無眉批，但有雙行小字夾批。全書除少數回末無評外，大多都有回末總評。這些眉批、夾批及回末總評，對於閱讀文本頗有幫助，其批評者應當是吳沃堯自己。本書整理時，照錄了這些批語和總評。本書文字中有許多涉及清末典章、職官等術語，今天讀者讀起來會感到陌生難解，為此作了一些注釋。注釋亦參考了張友鶴的校注本。

走窮途忽遇良朋
談仕路初聞怪狀

詩翁畫客
狼狽為奸
怨女癡男
鴛鴦並命
糅宦山人寫

有求
文治日光華
論善士激言議振捐
見招帖書生談會黨
槑鶴山人寫

觀演水雷書生論戰事
接來電信游子急心勞

老伯母遺言囑
孟桃師兄
弟撫燈護換
帖

辦禮物携贋走
上海空影射
遺彩出京師

論江湖揭破僞術
小勾留驚遇故人
梅心

聲罪無當面絕
交聆恠論笑腸
幾斷　梅盦

老寒酸後辭
乾館小書
生沙改新
詞
隸官
山人作於
海上
誠則靈

苟觀察被捏歸公館
吳令尹奉委署江都
梅庵寫

內外
吏胥
神姦粗
猾風塵妓女
豪俠多情
槑鶴散人寫

乾兒子貪得被拐
出洋戈什哈神通
能撤人任
槑雀写

一威
一哀
無情商
冷暖忽
藉語
出溫
柔

責孝道家庭變態
權寄宿野店行沽
槑雇寫

符彌軒逆倫幾釀案
車文琴設謎賞春燈
古潤林坚写

謨宴根賠禮入幄
家瀾老官坍局
用文案
梅寉

勸墮節翁姑齊屈膝
諧好事媒妁得甜頭
梅鶴盦
於春申江畔

插圖 ❖ 19

游上海
少夫人拜佛
到西湖

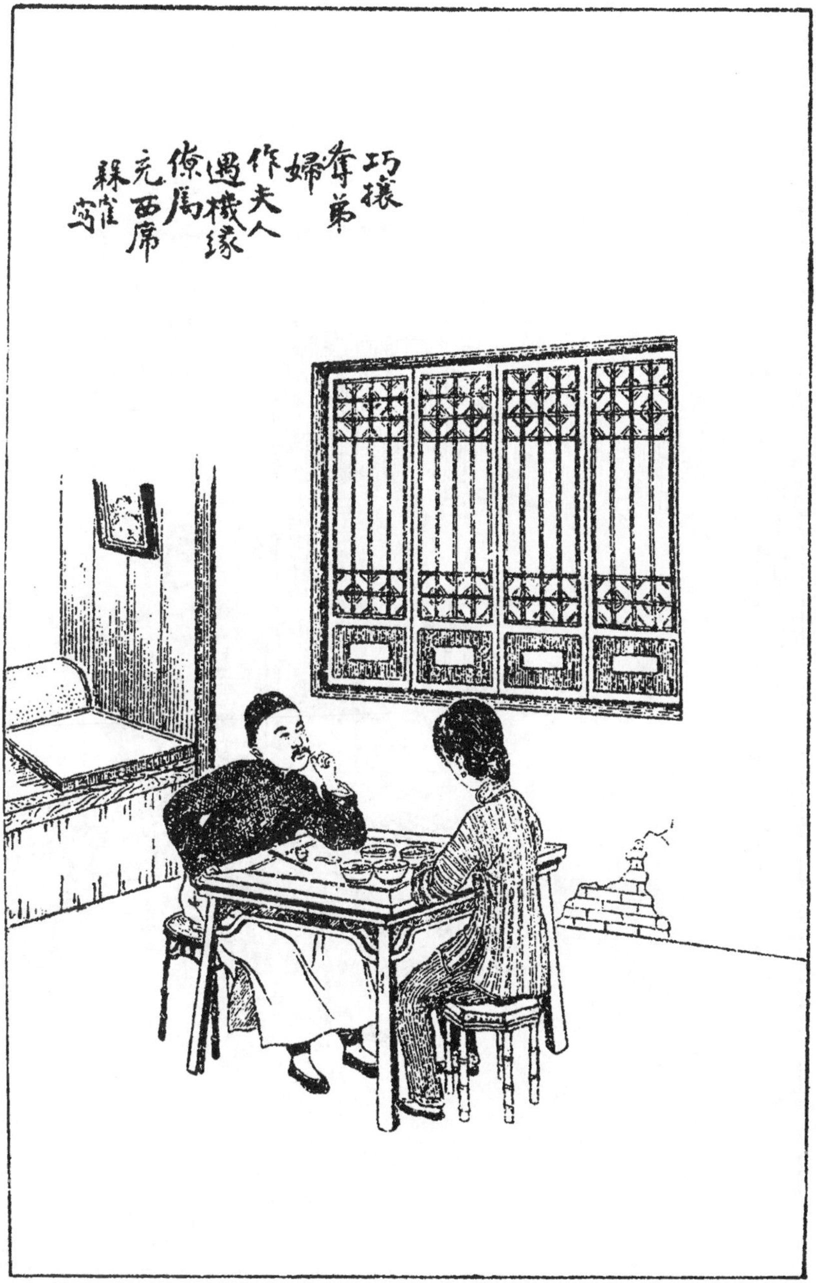

巧攘奪弟婦作夫人
遇機緣僚屬充西席

親嘗湯藥媚倒
老爺拼將夫人

負屈含冤賢令尹
結果風流雲散怪現
狀收場

回目

上冊

第一回 楔子

上海地方，為商賈麕集之區，中外雜處，人烟稠密，輪船往來，百貨輸轉。加以蘇揚各地之烟花❶，亦都圖上海富商大賈之多，一時買棹❷而來，環聚於四馬路一帶，高張豔幟，炫異爭奇。那上等的，自有那一班王孫公子去問津。那下等的，也有那些逐臭之夫❸，垂涎著要嘗鼎一臠❹。於是乎把六十年前的一片蘆葦灘頭，變做了中國第一個熱鬧的所在。唉！繁華到極，便容易淪於虛浮。久而久之，凡在上海來來往往的人，開口便講應酬，閉口也講應酬。人生世上，這應酬兩個字，本來是免不了的；爭奈這些人所講的「應酬」，與平常的應酬不同，所講的不是嫖經，便是賭局。花天酒地，鬧個不休，車水馬龍，日無暇晷❺。還有那些本是手頭空乏的，雖是空著心兒，也要充作大老官模樣，去逐隊嬉遊，好像除了徵逐之外，別無正事似的。所以那空心大老官，居然成為上海的土產物。這還是小事，還有許多騙

好個土產物。

---

❶ 烟花：霧靄中的花，借指綺麗的春景，又借指娼妓。這裡指娼妓。

❷ 買棹：僱船。棹，船槳，借指船。

❸ 逐臭之夫：典出呂氏春秋遇合。從前人身患奇臭，兄弟妻妾親戚都不能忍受其臭，所以只好獨居海上；不料海上卻有人喜歡他的臭味，晝夜跟隨他不肯離去。後來就以「逐臭之夫」比喻有怪僻的人。

❹ 嘗鼎一臠：從鍋裡夾一片肉，嘗嘗味道。鼎，古代烹煮的器物，一般是三足兩耳。臠，切成小片的肉。

❺ 日無暇晷：一天中沒有空閒的時間。晷，光陰、時間。

局、拐局、賭局，一切稀奇古怪，夢想不到的事，一切都在上海出現，於是乎又把六十年前民風淳樸的地方，變了個輕浮險詐的逋逃藪❻。

這些閒話，也不必提。內中單表一個少年人物，這少年也未詳其為何省何府人氏，亦不詳其姓名。到了上海，居住了十餘年。從前也跟著一班浮蕩子弟，逐隊嬉遊。過了十餘年之後，少年的漸漸變做中年了，閱歷也多了；並且他在那嬉遊隊中，狠狠的遇過幾次陰險奸惡的謀害，幾乎把性命都送斷了。他方纔悟到上海不是好地方，嬉遊不是正事業，一朝改了前非，迴避從前那些交遊，惟恐不迭，一心要離了上海，別尋安身之處。只是一時沒有機會，只得閉門韜晦❼。自家起了一個別號，叫做「死裡逃生」，以誌自家的悼痛。

一日這死裡逃生在家裡坐得悶了，想往外散步消遣，又恐怕在熱鬧地方，遇見那徵逐朋友。思量不如往城裡去逛逛，倒還清淨些。遂信步走到邑廟豫園❽，遊玩一番，然後出城。正走到甕城❾時，忽見一個漢子，衣衫襤褸，氣宇軒昂，站在那裡，手中拿著一本冊子，冊子上插著一枝標❿，圍了多少人在旁邊觀看。那漢子雖是昂然拿著冊子站著，卻是不發一言。死裡逃生分開眾人，走上一步，向漢子問道：

是恐怖心。

入定出定。

盡在不言中。

---

❻ 逋逃藪：逃亡的人躲藏的地方。藪，指人或東西聚集的地方。

❼ 韜晦：收斂光芒，隱藏蹤跡，即「韜光養晦」。

❽ 邑廟豫園：豫園是城隍廟的廟產，故稱邑廟豫園。邑廟，城隍廟。豫園，上海市著名園林，始建於嘉靖三十八年至萬曆五年。

❾ 甕城：環繞在城門外的一道圓或方形的小城，亦作「瓮城」。

❿ 冊子上插著一枝標：用草或竹篾之類打一個結，插在物件上，即是要出賣的標誌。

「這本書是賣的麼?可容借我一看?」那漢子道:「這書要賣也可以,要不賣也可以。」死裡逃生道:「此話怎講?」漢子道:「要賣便要賣一萬兩銀子。」死裡逃生道:「不賣呢?」那漢子道:「遇了知音的,就一文不要,雙手奉送與他。」死裡逃生聽了,覺得詫異,說道:「究竟是甚麼書,可容一看?」那漢子道:「這書比那太上感應篇、文昌陰隲文、觀音菩薩救苦經⓫還好得多呢!」說著遞書過來。死裡逃生接過來看時,只見書面上黏著一個窄窄的簽條兒,上面寫著「二十年目睹之怪現狀」。翻開第一頁看時,卻是一個手鈔的本子,篇首署著「九死一生筆記」六個字。不覺心中動了一動,想道:「我的別號已是過於奇怪,不過有所感觸,借此自表。不料還有人用這個名字,我與他可謂不謀而合了。」想罷,看了幾條,又胡亂翻過兩頁看看,不覺心中有所感動,顏色變了一變。那漢子看見,便拱手道:「先生看了必有所領會,一定是個知音。這本書是我一個知己朋友做的,他如今有事到別處去了,臨行時親手將這本書託我,叫我代覓一個知音的人,付託與他,請他傳揚出去。我看先生看了兩頁,臉上便現了感動的顏色,一定是我這敝友的知音。我就把這本書奉送,請先生設法代他傳揚出去,比著世上那印送善書的功德還大呢!」說罷,深深一揖,揚長而去。一時圍看的人,都一鬨而散了。

死裡逃生深為詫異,惘惘的袖了這本冊子,回到家中,打開了從頭至尾細細看去,只見裡面所敘的事,千奇百怪,看得又驚又怕。看得他身上冷一陣熱一陣,冷時便渾身發抖,熱時便汗流浹背。不住的

難逃慧眼。

炎涼世態,想亦如是。

⓫ 太上感應篇、文昌陰隲文、觀音菩薩救苦經:此三種為民間流傳甚廣、影響甚鉅的勸善書。太上是道教最高神;文昌是道教神譜中主管人間功名、祿位、年壽的神,又稱「文昌帝君」。陰隲,暗中為人家做好事,即「陰德」。

是大智慧，是大智識。

為盡。

是大解脫。

面紅耳赤，意往神馳，身上不知怎樣纔好。掩了冊子，慢慢的想其中滋味：從前我只道上海的地方不好，據此看來，竟是天地雖寬，幾無容足之地了！但不知道九死一生是何等樣人，可惜未曾向那漢子問了明白，否則也好去結識結識他，同他做個朋友，朝夕談談，還不知要長多少見識呢！

思前想後，不覺又感觸起來，不知此茫茫大地，何處方可容身。一陣的心如死灰，便生了個謝絕人世的念頭。只是這本冊子，受了那漢子之託，要代他傳播，當要想個法子，不負所託纔好，縱使我自己辦不到，也要轉託別人，方是個道理。眼見得上海所交的一班朋友，是沒有可靠的了；自家要代他付印，卻又無力。想來想去，忽然想著橫濱新小說，消流極廣，何不將這冊子寄去新小說社，請他另闢一門，附刊上去，豈不是代他傳播了麼？想定了主意，就將這本冊子的記載，改做了小說體裁，剖作若干回，加了些評語。寫一封信，另外將冊子封好，寫著「寄日本橫濱市山下町百六十番新小說社」。走到虹口蓬路日本郵便局⑫，買了郵稅票粘上，交代明白，翻身就走。一直走到深山窮谷之中，絕無人烟之地，與木石居，與鹿豕遊去了。

⑫郵便局：日本稱經營郵遞業務的場所為「郵便局」，稱管理郵政的機關為「郵政局」。當年上海虹口蓬路屬日本租界，故設有郵便局。

沒有人類，可憐！可憐！好紀念。

第二回　守常經不使疏踰戚　睹怪狀幾疑賊是官

新小說社記者，接到了死裡逃生的手書，及九死一生的筆記，展開看了一遍，不忍埋沒了他，就將他逐期刊布出來。閱者須知，自此以後之文，便是九死一生的手筆，以及死裡逃生的批評了。

我是好好的一個人，生平並未遭過大風波、大險阻，又沒有人出十萬兩銀子的賞格來捉我，何以將自己好好的姓名來隱了，另外叫個甚麼九死一生呢？只因我出來應世的二十年中，回頭想來，所遇見的只有三種東西：第一種是蛇蟲鼠蟻；第二種是豺狼虎豹；第三種是魑魅魍魎❶。二十年之久，在此中過來，未曾被第一種所蝕，未曾被第二種所啖，未曾被第三種所攫，居然被我都避了過去。還不算是九死一生麼！所以，我這個名字，也是我自家的紀念。記得我十五歲那年，我父親從杭州商號裡寄信回來，說是身上有病，叫我到杭州去。我母親見我年紀小，不肯放心叫我出門。我的心中是急的了不得。迨後又連接了三封信，說病重了，我就在我母親跟前，再四央求，一定要到杭州去看看父親。我母親也是記掛著，然而究竟放心不下。忽然想起一個人來，這個人姓尤，表字雲岫，本是我父親在家時最知己的朋友。我父親狠幫過他忙的，想著託他伴我出門，一定是千穩萬當。於是叫我親身去拜訪雲岫，請他到家，當面商量。承他盛情，一口應允了。收拾好行李，別過了母親，上了輪船，先到上海。那時還沒有內河

❶ 魑魅魍魎：山林中能害人的精怪。

鼎臣眼力也強。

本是好主意。

疏不間親，只好如此。

小火輪呢，就趁了航船，足足走了三天，方到杭州。兩人一路問到我父親的店裡，哪知我父親已經先一個時辰咽了氣了。一場痛苦，自不必言。那時店中有一位當手❷，姓張，表字鼎臣。他待我哭過一場，然後拉我到一間房內，問我道：「你父親已是沒了，你胸中有甚麼主意呢？」我說：「世伯，我是小孩子，沒有主意的。況且遭了這場大事，方寸已亂了，如何還有主意呢？」張道：「同你來的那位尤公，是世好麼？」我說：「是，我父親同他是相好。」張道：「如今你父親是沒了，這件後事，我一個人擔負不起，總要有個人商量方好。你年紀又輕，那姓尤的，我恐怕他靠不住。」我說：「世伯何以知道他靠不住呢？」張道：「我雖不懂得風鑑❸，卻是閱歷多了，有點看得出來。你想還有甚麼人可靠的呢？」我說：「有一位家伯，他在南京候補，可以打個電報請他來一趟。」張搖頭道：「不妙，不妙。你父親在時最怕他，他來了就囉唣的了不得。雖是你們骨肉至親，我卻不敢與他共事！」我心中此時暗暗打主意：「這張鼎臣雖是父親的相好，究竟我從前未曾見過他，未知他平日為人如何？想來伯父總是自己人，豈有辦大事不請自家人，反靠外人之理！」想罷便道：「請世伯一定打個電報給家伯罷。」張道：「既如此，我就照辦就是了。然而有一句話，不能不對你說明白，你父親臨終時，交代我說，如果你趕不來，抑或你母親不放心，不叫你來，便叫我將後事料理停當，搬他回去，並不曾提到你伯父呢。」我說：「此時只怕是我父親病中偶然忘了，故未說起，也未可知。」張嘆了一口氣，便起身出來了。

到了晚間，我在靈床旁邊守著。夜深人靜的時候，那尤雲岫走來，悄悄問道：「今日張鼎臣同你說

❷ 當手：經理人。

❸ 風鑑：看相的方術。

兩個人彼此互說靠不住，好看煞人！

少了你不夠用，自然是愈多愈好。

會草一個訃帖，便是千里駒，可笑。

些甚麼？」我說：「並未說甚麼，他問我討主意，我說沒有主意。」尤頓足道：「你叫他同我商量呀，他是個素不相識的人，你父親沒了，又沒有見著面，說著一句半句話兒，知道他靠得住不呢？好歹我來監督著他。以後他再問你，你必要叫他同我商量。」說著去了。過了兩日，大殮過後，我在父親房內，找出一個小小皮箱，打開看時，裡面有百十來塊洋錢。想來這是自家零用，不在店帳內的。母親在家寒苦，何不先將這筆錢先寄回去母親使用呢？而且家中也要設靈掛孝，在在都是要用錢的。想罷，便出來與雲岫商量。雲岫道：「正該如此。這裡信局❹不便，你交給我，等我同你帶到上海，託人帶回去罷，上海來往人多呢！」我問道：「應該寄多少呢？」尤道：「自然是愈多愈好呀。」我入房點了一點，統共一百三十二元。便拿出來交給他，他即日就動身到上海，與我寄銀子去了。可是這一去，他便在上海耽擱住，再也不回杭州。

又過了十多天，我的伯父來了，哭了一場。我上前見過，他便叫帶來的底下人，取出烟具吸鴉片烟。張鼎臣又拉我到他房裡問道：「你父親是沒了，這一家店想來也不能再開了，若把一切貨物盤頂與別人，連收回各種帳目，除去此次開銷，大約還有萬金之譜。可要告訴你伯父嗎？」我說：「自然要告訴的，難道好瞞伯父嗎？」張又嘆口氣，走了出來，同我伯父說些閒話。那時我因為刻訃帖❺的人來了，就同那刻字人說話。我伯父看見了，便立起來問道：「這訃帖底稿是哪個起的呢？」我說道：「就是姪兒起的。」我的伯父拿起來一看，對著張鼎臣說道：「這纔是吾家千里駒呢，這訃聞居然是大大方方的，期、

❹ 信局：舊時民間代人寄遞信件的一種機構。自郵局普遍設立後，逐漸被淘汰。

❺ 訃帖：報喪帖子。

功、緦麻❻，一點也沒有弄錯。」鼎臣看著我笑了一笑，並不回言。伯父又指著訃帖當中一句問我道：「你父親今年四十五歲，自然應該作享壽四十五歲，為甚你卻寫做春秋四十五歲呢？」我說道：「四十五歲，只怕不便寫作享壽，有人用的是『享年』兩個字。姪兒想去，年是說不著享的；若說那『得年』、『存年』，這又是長輩出面的口氣。姪兒從前看見古時的墓誌碑銘，多有用『春秋』兩個字的，所以借來用用，倒覺得攏統些，又大方。」伯父回過臉來，對鼎臣道：「這小小年紀，難得他這等留心呢。」說著又躺下去吃烟。鼎臣便說起搬店的話，我伯父把烟槍一丟，說道：「著，著！搬出些現銀來，交給我代他帶回去，好歹在家鄉也可以創個事業呀！」商量停當，次日張鼎臣便將這話傳將出來，就有人來問。

神來。

一面張羅開弔，過了一個多月，事情都停妥了，便扶了靈柩，先到上海。只有張鼎臣因為盤店的事未曾結算清楚，還留在杭州，約定在上海等他。我們到了上海，住在長發棧，尋著了雲岫。等了幾天，鼎臣來了，把帳目、銀錢都交代出來，總共有八千兩銀子，還有十條十兩重的赤金。我一總接過來，交與伯父。伯父收過了，謝了鼎臣一百兩銀子。過了兩天，鼎臣去了。臨去時執著我的手，囑咐我回去好好的

久違了。

❻ 期、功、緦麻：舊時服喪，以與死者關係的親疏分為斬衰、齊衰、大功、小功、緦麻五種，統稱「五服」。對直系尊親（父母）喪服用粗麻布，服喪期三年，稱「斬衰」。齊衰即「期」，凡長輩如祖父母、伯叔父母、在室姑等之喪；平輩如兄弟、姊妹、妻之喪；小輩如子姪、嫡孫等之喪，均服以熟麻布，服喪期一年。功又分大功、小功。堂兄弟、未婚堂姊妹、已婚的姑、姊妹、姪女及眾孫、眾子婦、姪婦等之喪，服大功，服期九月。祖之兄弟、父之從父兄弟、身之再從兄弟等之喪，服小功，服期五月。緦麻是五服中最輕的一種，凡疏遠親屬，如高祖父母、曾伯叔祖父母、族伯叔父母、外祖父母、岳父母、中表兄弟、婿、外孫等之喪，服喪三月。大功、小功、緦麻的喪服用布由較粗漸次到細。

承情！承情！

如何只有五千？

守制讀禮，一切事情不可輕易信人。我唯唯的應了。此時我急著要回去，爭奈伯父說在上海有事，今天有人請吃酒，明天有人請看戲，連雲岫也同在一處，足足耽擱了四個月。到了年底，方纔扶著靈柩，趁了輪船回家鄉去，即時擇日安葬。過了殘冬，新年初四、五日，我伯父便動身回南京去了。

我母子二人在家中過了半年。原來我母親將銀子一齊都交給伯父帶到上海，存放在妥當錢莊裡生息去了，我一向未知。到了此時，我母親方纔告訴我，叫我寫信去支取利息。寫了好幾封信，卻只沒有回音。我又問起託雲岫寄回來的錢，原來一文也未曾接到。此事怪我不好，回來時未曾先問個明白，如今過了半年方纔說起，大是誤事。急急走去尋著雲岫，問他緣故，他漲紅了臉說道：「那時我一到上海，就交給信局寄來的，不信還有信局收條為憑呢。」說罷，就在帳箱裡護書❼裡亂翻一陣，卻翻不出來。又對我說道：「怎麼你去年回來時不查一查呢？只怕是你母親收到了，用完了，忘記了罷。」我道：「家母年紀又不狠大，哪裡會善忘到這麼著！」雲岫道：「那麼我不曉得了。這件事幸而碰著我，如果碰到別人，還要罵你撒賴呢！」我想想這件事本來沒有憑據，不便多說。只得回來告訴了母親把這事擱起。我母親道：「別的事情且不必說，只是此刻沒有錢用，你父親剩下的五千銀子，都叫你伯父帶到上海去了。屢次寫信去取利錢，卻連回信也沒有。我想你已經出過一回門，今年又長了一歲了，好歹你親自到南京走一遭，取了存摺支了利錢寄回來。你在外面，也覷個機會，謀個事，終不能一輩子在家裡坐著吃呀。」

我聽了母親的話，便湊了些盤纏，附了輪船，先到了上海。入棧歇了一天，擬坐了長江輪船往南京

❼ 護書：舊時的文件包，用皮或漆布做成的多層夾子，用以收藏文件。

去。這個輪船叫做「元和」。當下晚上一點鐘開行，次日到了江陰。夜來又過了鎮江，一路上在艙外看江景山景。看的倦了，在鎮江開行之後，我見天陰月黑，沒有甚麼好看，便回到房裡去睡覺。睡到半夜時，忽然隔壁房內人聲鼎沸起來，把我鬧醒了。急忙出來看時，只見圍了一大堆人，在那裡吵。內中有一個廣東人，在那裡指手畫腳說話。我便走上一步，請問甚事，他說這房裡的搭客，偷了他的東西。我看那房裡時，卻有三副鋪蓋。我又問，是哪一個偷東西呢？廣東人指著一個道：「就是他。」我看那人時，身上穿的是湖色熟羅長衫，鐵線紗夾馬褂。生得圓圓的一團白面，脣上還留著兩撇八字鬍子，鼻上戴著一副玳瑁邊墨晶眼鏡。我心中暗想：「這等人如何會偷東西！莫非錯疑了人麼？」心中正這麼想著，一時船上買辦來了，帳房的人也到了。

好闊賊。

我也錯疑了。

那買辦問那廣東人道：「捉賊捉贓呀，你捉著贓沒有呢？」那廣東人道：「贓是沒有，然而我知道一定是他。縱使不見他親手偷的，他也是個賊夥，我只問他要東西。」買辦道：「這又奇了，有甚麼憑據呢？」此時，那個人嘴裡打著湖南話，在那裡王八崽子的亂罵。我細看他的行李，除了衣箱之外，還有一個大帽盒，都粘著「江蘇即補縣正堂❽」的封條。板壁上掛著一個帖袋❾，插著一個紫花印❿的文書殼子。還有兩個人，都穿的是藍布長衫，像是個底下人光景。我想，這明明是個官場中人，如何會做

好排場。

❽ 縣正堂：清朝知縣的別稱。知縣是有僚屬的正印官，故稱「縣正堂」。

❾ 帖袋：用布或皮做成的、掛在壁上專門用以插放柬帖之類的用品。

❿ 紫花印：文書上所蓋的紫色印信，按清朝制度，中央內閣六部、都察院等官署，外省督、撫等官署以及欽差大臣的文書才可以蓋紫色印信，低於這些級別的官署只能蓋紅色印信。

我也說是個官場中人，我也說廣東人太胡鬧了。

我也這麼說。

果然機警。

好貨。

賊呢？這廣東人太胡鬧了。

只聽那廣東人又對眾人說道：「我不說明白，你們眾人一定說我錯疑了人了。且等我說出來大眾聽聽呀。我父子兩人同來，我住的房艙，是在外面，房門口對著江面的。我們已經睡了，忽聽得我兒子叫了一聲：『有賊！』我一咕嚕抓起來看時，兩件熟羅長衫沒了，衣箱面上擺的一個小鬧鐘，也不見了。衣箱的鎖也幾乎撬開了。我便追出來，轉個彎要進裡面，便見這個人在當路站著。」買辦搶著說道：「當路站著，如何便可說他做賊呢？」廣東人道：「他不做賊，他在那裡代做賊的望風呢！」買辦道：「晚上睡不著，出去望望也是常事，怎麼便說他望風？」廣東人冷笑道：「出去望望，我也知道是常事。但是今夜天陰月黑，已經是看不見東西的了，他為甚還戴著墨晶眼鏡？試問，他看得見甚麼東西？這不是明明在那裡裝模做樣麼？」我聽到這裡，暗想這廣東人好機警，他若做了偵探，一定是好的。只見那廣東人又對那人說道：「說著了你沒有？好了，還我東西便罷，不然，就讓我在你房裡搜一搜。」那人怒道：「我是奉了上海道⓫的公事，到南京見制臺⓬的。房裡多是要緊文書、物件，你敢亂動麼？」廣東人回過頭來對買辦道：「得罪了客人，是我的事，與你無干。」又走上一步，對那人道：「你讓我搜麼？」那人大怒，回頭叫兩個底下人道：「你們怎麼都同木頭一樣。還不給我攆這王八蛋出去！」那兩個人便來推那廣東人，哪裡推得他動，卻被他又走上一步，把那人一推推了進去。廣東人彎下腰來，去

⓫ 上海道：清朝的上海道即「江南分巡蘇（蘇州）松（松江）太（太倉）兵備道」，因兼任江海關監督，也稱「上海關道」。

⓬ 制臺：是總攬一省或幾省政務的地方最高長官。也稱「總督」、「制軍」。

搜東西。

此時，看的人都代那廣東人捏著一把汗，萬一搜不出贓證來，他是個官，不知要怎麼樣辦呢。只見那廣東人伸手在他床底下一搜，拉出一個網籃來，七橫八豎的放著十七八桿鴉片烟槍，八九支銅水烟筒。眾人一見，一齊亂嚷起來。這個說：「那一支烟筒是我的。」那個說：「那根烟槍是我的，今日害我吞了半天的烟泡呢！」又有一個說道：「那一雙新鞋是我的。」一霎時都認了去。細看時，我所用的一支烟筒也在裡面，也不曾留心，不知幾時偷去了。此時那人卻是目瞪口呆，一言不發。當下買辦便沉下臉來，叫茶房來把他看管著。要了他的鑰匙，開他的衣箱檢搜。只見裡面單的、夾的、男女衣服不少。還有兩支銀水烟筒，一個金荳蔻盒，這是上海倌人⓭用的東西，一定是贓物無疑。

搜了半天，卻不見那廣東人的東西。廣東人便喝著問道：「我的長衫放在哪裡了？」那人到了此時，真是無可奈何，便說道：「你的東西不是我偷的。」廣東人伸出手來，狠狠的打了他一個巴掌道：「我只問你要！」那人沒法，便道：「你要東西跟我來。」此時茶房已經將他雙手反綁了。眾人就跟著他去。只見他走到散艙裡面，在一個床鋪旁邊，嘴裡嘰嘰咕咕的說了兩句聽不懂的話，便有一個人在被窩裡鑽出來。兩個人又嘰嘰咕咕著問答了幾句，都是聽不懂的。那人便對廣東人說道：「你的東西在艙面呢，我帶你去取罷。」買辦便叫把散艙裡的那個人也綁了。大家都跟著到艙面去看新聞。只見那人走到一堆篷布旁邊，站定說道：「東西在這個裡面。」廣東人揭開一看，果然兩件長衫堆在一處，那小鐘還在那裡的得的得走著呢。到了此時，我方纔佩服那廣東人的眼明手快，機警非常。自回房去睡覺。想著這個

為甚不再罵王八崽子，想來那些烟筒都是要緊文書。

⓭ 倌人：清末吳語稱妓女為「倌人」。

官場還做強盜呢？做賊何至玷辱官場。

人扮了官去做賊，卻是異想天開，只是未免玷辱了官場了。我初次單人匹馬的出門，就遇了這等事，以後見了萍水相逢的人，倒要留心呢。一面想著，不覺睡去。

到了明日，船到南京，我便上岸去，昨夜那幾個賊如何送官究治，我也不及去打聽了。上得岸時，便去訪尋我伯父。尋到公館，說是出差去了。我要把行李拿進去，門上的底下人不肯，說是要回過太太方可，說著，裡面去了。半晌出來說道：「太太說，姪少爺來到，本該要好好的招呼。因為老爺今日出門，係奉差下鄉查辦案件，約兩三天纔得回來。太太又向來沒有見過少爺的面，請少爺先到客棧住下，等老爺回來時，再請少爺來罷。」我聽了一番話，不覺呆了半天。沒奈何，只得搬到客棧裡去住下，等我伯父回來再說。只這一等，有分教：

家庭違骨肉，車笠遇天涯⑭。

要知後事如何，且待下文再記。

家庭專制，行之既久，以強權施之於子弟者，或有之矣；自無秩序之自由說出，父子骨肉之間不睦者，蓋亦有之矣。不圖於此，更見以陰險騙詐之術，施之於家庭骨肉間

---

⑭ 車笠遇天涯：古時越地有歌謠：「君乘車，我戴笠，他日相逢下車揖。」意謂故交不分貧富貴賤，比喻友誼超越勢利。

者，真是咄咄怪事！吾謂茫茫大地，無可容身，此其一也。扮官作賊，真是不可思議。記者乃謂其玷辱官場，吾則謂官場皆強盜。此賊捨強盜而不為，甘為扒竊，不算玷辱官場，只算辱沒強盜。

第三回　走窮途忽遇良朋　談仕路初聞怪狀

卻說我搬到客棧裡住了兩天，然後到伯父公館裡打聽，說還沒有回來。我只得耐心再等。一連打聽了幾次，卻只不見回來。我要請見伯母，他又不肯見。此時我已經住了十多天，帶來的盤纏，本來沒有多少，此時看看要用完了，心焦的了不得。這一天我又去打聽了，失望回來，在路上一面走一面盤算著：倘是過幾天還不回來，我這裡莫說回家的盤纏沒有，就是客棧的房飯錢，也還不曉得在哪裡呢！

正在那裡納悶，忽聽得一個人提著我的名字叫我。我不覺納罕道：「我初到此地，並不曾認得一個人，這是哪一個呢？」抬頭看時，卻是一個十分面熟的人，只想不出他的姓名，不覺呆了一呆。那人道：「你怎麼跑到這裡來？連我都不認得了麼？你讀的書怎樣了？」我聽了這幾句話，方纔猛然想起，這個人是我同窗的學友，姓吳，名景曾，表字繼之。他比我長了十年，我同他同窗的時候，我只有八、九歲，他是個大學生。同了四、五年窗，一向讀書多承他提點我。前幾年他中了進士，榜下用了知縣，掣簽掣了江寧。我一向未曾想著南京有這麼一個朋友，此時見了他，猶如嬰兒見了慈母一般。上前見個禮，便要拉他到客棧裡去。繼之道：「我的公館就在前面，到我那裡去罷。」說著拉了我同去。

果然不過一箭之地，就到了他的公館。於是同到書房坐下。我就把話從去年至今的事情，一一的告訴了他。說到我伯父出差去了，伯母不肯見我，所以住在客棧的話，繼之愕然道：「哪一位是你令伯？

是甚麼班❶呢？」我告訴了他官名，道：「是個同知❷班。」繼之道：「哦，是他！他的號是叫子仁的，是麼？」我說：「是。」繼之道：「我也有點認得他，同過兩回席。一向只知是一位同鄉，卻不知道就是令伯。他前幾天不錯是出差去了，然而我好像聽見說是回來了呀。還有一層，你的令伯母為甚又不見你呢？」我說：「這個連我也不曉得是甚麼意思，或者因為向來未曾見過，也未可知。」繼之道：「這又奇了，你們自己一家人，為甚沒有見過？」我道：「家伯是在北京長大的，在北京成的家。家伯雖是回過幾次家鄉，卻都沒有帶家眷。我又是今番頭一次到南京來，所以沒有見過。」繼之道：「哦，是了。怪不得我說他是同鄉，他的家鄉話卻說得不像的狠呢。這也難怪。然而你年紀太輕，一個人住在客棧裡，不是個事，搬到我這裡來罷。我同你從小兒就在一起的，不要客氣，我也不許你客氣。你把房門鑰匙交給了我罷，搬行李去。」我本來正愁這房飯錢無著，聽了這話，自是歡喜。謙讓了兩句，便將鑰匙遞給他。繼之道：「有欠過房飯錢麼？」我說：「棧裡是五天一算的，上前天纔算結了，到今天不過欠得三天。」繼之便叫了家人進來，叫他去搬行李，給了一元洋銀，叫他算還三天的錢，又問了我住第幾號房，那家人去了。我一想，既然住在此處，總要見過他的內眷，方得便當。一想罷，便道：「承大哥過愛，下榻在此，理當要請見大嫂纔是。」繼之也不客氣，就領了我到上房去，請出他夫人李氏來相見。繼之告訴了來歷。這李氏人甚和靄，一見了我便道：「你同你大哥同親兄弟一般，須知住在這裡，便是一家人。早晚要茶要水，只管叫人，不要客氣。」此時我也沒有甚麼話好回答，只答了兩個「是」字。坐了

可疑！

伯父是自家人，倒不收留；

❶ 班：清朝官員品級。地方行政省以下分為道、府、縣三級，分別稱「道班」、「府班」、「縣班」。

❷ 同知：清朝知府的輔佐官。

反在此處聽得「便是一家人」之語，可嘆！心急如焚。

一會，仍到書房裡去。家人已取了行李來，繼之就叫在書房裡設一張榻床，開了被褥，又問了些家鄉近事。從這天起，我就住在繼之公館裡，有說有笑，免了那孤身作客的苦況了。

到了第二天，繼之一早就上衙門去。到了向午時候，方纔回來一同吃飯。飯罷，我又要去打聽伯父回來沒有。繼之道：「你且慢忙著，只要在藩臺❸衙門裡一問就知道的。我今日本來要打算同你打聽，因在官廳上面，談一樁野雞道臺的新聞，談了半天，就忘記了。明日我同你打聽來罷。」

我聽了這話，就止住了，因問起野雞道臺的話。繼之道：「說來話長呢。你先要懂得『野雞』兩個字，纔可以講得。」我道：「就因為不懂，纔請教呀。」繼之道：「有一種流娼，上海人叫做野雞。」我詫異道：「這麼說，是流娼做了道臺了？」繼之笑道：「不是，不是。你聽我說：有一個紹興人，姓名也不必去提他了，總而言之，是一個紹興的土老兒就是。這土老兒在家裡住得厭煩了，到上海去謀事。恰好他有個親眷，在上海南市那邊，開了個大錢莊，看見他老實，就用了他做個跑街。」我不懂得跑街是個甚麼職役，先要問明。繼之道：「跑街是到外面收帳的意思。有時到外面打聽行情，送送單子，也是他的事。這土老兒做了一年多，倒還安分。一天不知聽了甚麼人說起打野雞的好處」，我聽了又不明白，道：「甚麼打野雞？可是打那流娼麼？」繼之道：「去嫖流娼，就叫打野雞。這土老兒聽得心動，那一天帶了幾塊洋錢，走到了四馬路野雞最多的地方，叫做甚麼會香里，在一家門首，看見一個黃魚。」我聽了又是一呆，道：「甚麼叫做黃魚？」繼之道：「這是我說錯南京的土談了，這裡南京人叫大腳妓女做黃魚。」我笑道：「又是野雞，又是黃魚，倒是兩件好吃的東西。」繼之道：「你且慢說笑著，還

❸ 藩臺：清朝布政使的別稱，也稱「藩司」，別稱「方伯」。主管一省人事和財務。

叫做桂花，想是香貨，不是臭貨。一笑。

寫土老兒如畫。

一一直說，並不隱瞞，真是老實。

與上海諸滑頭少年專在妓女前說大話者迥殊。桂

有好笑的呢。當下土老兒同他兜搭起來，這黃魚就招呼了進去。問起名字，原來這個黃魚叫做桂花，說的一口北京話。這土老兒化了幾塊洋錢，就住了一夜。到了次日早晨要走，桂花送到門口，叫他晚上來。這個本來是妓女應酬嫖客的口頭禪，並不是一定要叫他來的。誰知他土頭土腦的，信是一句實話。到了晚上，果然走去，無聊無賴的坐了一會就走了。臨走的時候，桂花又隨口說道：『明天來。』他到了明天，果然又去了，又裝了一個乾溼。」我正在聽得高興，忽然聽見「裝乾溼」三個字，又是不懂。繼之道：「化一塊洋錢去坐坐，妓家拿出一碟子水果、一碟子瓜子來敬客，這就叫做裝乾溼。當下土老兒坐了一會，又要走了，桂花又約他明天來。他到了明天，果然又去了。桂花留他住下，他就化了兩塊洋錢，又住了一夜。到天明起來，桂花問他要一個金戒指。他連說：『有有有，可是要過兩三天呢。』過了三天，果然拿一個金戒指去。當下桂花盤問他在上海做甚麼生意，他也不隱瞞，一一的照直說了。問他一月有多少工錢，他說：『六塊洋錢。』桂花道：『這麼說，我的一個戒指要去了你半年工錢呀。』他說：『不要緊，我同帳房先生商量，先借了年底下的花紅銀子來兌的。』問他一年分多少花紅，他說：『說不定的，生意好的年分，可以分六七十元；生意不好，也有二三十元。』桂花沉吟了半晌道：『這麼說，你一年不過一百多元的進帳？』他說：『做生意人，不過如此。』桂花道：『你為甚麼不做官呢？』土老兒笑道：『那做官的是要有官運的呀！我們鄉下人，哪裡有那種好運氣！』桂花道：『你有老婆沒有？』土老兒嘆道：『老婆是有一個的，可惜我的命硬，前兩年把她剋死了。又沒有一男半女，真是可憐！』桂花道：『真的麼？』土老兒道：『自然是真的，我騙你作甚！』桂花道：『我勸你還是去做官。』土老兒道：『我只望東家加我點工錢，已經是大運氣了，哪裡還敢望做官！況且做官是要拿錢去

花或即以此取之乎？鄉老口吻如繪。

確是鄉愚口吻。誰說你有兩個來？小老爺之價值如此。再大捐甚麼。道臺行情，奇語妙語！只要依一件事，就可以換一個道臺，真是便宜

捐的，聽見說捐一個小老爺❹，還要好幾百銀子呢！』桂花道：『要做官，頂小也要捐個道臺，那小老爺做他作甚麼！』土老兒吐舌道：『道臺！那還不曉得是個甚麼行情呢！』桂花道：『我要你依我一件事，包有個道臺給你做。』土老兒道：『莫說這種笑話，不要折煞我。若說依你的事，你且說出來，依得的無有不依。』桂花道：『只要你娶了我做填房，不許再娶別人。』土老兒笑道：『好便好，只是我娶你不起呀，不知道你要多少身價呢！』桂花道：『呸！我是自己的身子，沒有甚麼人管我，我要嫁誰就嫁誰，還說甚麼身價呀！你當是買丫頭麼？』土老兒道：『這麼說，你要嫁我，我就發個咒不娶別人。』桂花道：『認真的麼？』土老兒道：『自然是認真的，我們鄉下人從來不會撒謊。』桂花立刻叫人把門外的招牌除去了，把大門關上，從此改做住家人家。又交代用人，從此叫那土老兒做老爺，叫自己做太太。兩個人商量了一夜。到了次日，桂花叫土老兒去錢莊裡辭了職役。土老兒果然依了他的話。但回頭一想，恐怕這件事不妥當，到後來要再謀這麼一件事就難了。於是打了一個主意去見東家，先撒一個謊，說家裡有要緊事，要請個假回去一趟，頂多兩三個月就來的。東家准了。這是他的意思，萬一不妥當，還想後來好回去仍就這件事。於是取了鋪蓋，直跑到會香里，同桂花住了幾天。桂花帶了土老兒到京城裡去，居然同他捐了一個二品頂戴的道臺❺，還捐了一枝花翎❻，辦了引見❼，指省❽江蘇。

❹ 小老爺：對佐雜吏員如典史、巡檢、吏目等的稱呼。

❺ 二品頂戴的道臺：清朝官階分為九品，每品又分正、從兩級，共十八級。道臺，或管理若干府縣，稱分守、分巡道；或管理轄區專項事務，如糧道、鹽道等。道臺為四品官。頂戴是清朝官帽上的頂子，以頂子的品質和顏色的不同，區分官階大小。清朝政治腐敗後，低級官員也可以用錢買高級官員的頂戴，雖並無那頂戴所

貨。

不會撒謊，記著！

官還沒有做著，先要頑起官派來。

昨夜纔說不撒謊，今日便撒謊。一笑。對妓女不撒謊，對東家偏撒謊。一嘆！

紅頂花翎。

只好油頭滑腦的人去

在京的時候，土老兒終日沒事，只在家裡悶坐。桂花卻在外面坐了車子，跑來跑去，土老兒也不敢問他做甚麼事。等了多少日子，方纔出京。

「走到蘇州去稟到❾，桂花卻拿出一封某王爺的信，叫他交與撫臺❿。撫臺見他土形土狀的，又有某王爺的信，叫好好的照應他。這撫臺是個極圓通的人，雖然疑心他，卻不肯去盤問他。因對他說道：『蘇州差事⓫甚少，不如江寧那邊多，老兄不如到江寧那邊去，分蘇分寧是一樣的。兄弟這裡只管留心著，有甚差事出了，再來關照罷。』土老兒辭了出來，將這話告訴了桂花。桂花道：『那麼咱們就到南京去，好在我都有預備的。』於是乎兩個人又來到南京，見制臺也遞了一封某王爺的信。制臺年紀大了，

標識品級的實權，卻可以炫耀風光。桂花為土老兒捐了一個四品的道臺，同時又捐了個二品頂戴，所以叫「二品頂戴的道臺」。

❻ 花翎：插在頂戴上的一根孔雀翎，有單眼、雙眼、三眼之別。起初花翎由皇帝特賞，雙眼、三眼花翎只限於賞給親王、貝勒等貴族以及勳臣，後來五品以上官員也可以用錢捐戴單眼花翎。

❼ 引見：官員補缺上任前的必要程序，引見後方可補缺。凡初次任用、京察、保舉、學習期滿留用之官員，由吏部或兵部派員率領朝見皇帝，叫做「引見」。

❽ 指省：指定到某省候補。官員到何省候補，按制度由吏部抽簽決定，但也可以出錢通融，免去抽簽，由自己決定候補省份。

❾ 稟到：報到。候補官員到省後晉謁長官，叫做「稟到」。

❿ 撫臺：即「巡撫」，也稱「撫院」、「撫軍」、「中丞」、「部院」，是一省最高政務官。官階比制臺（總督）低一級，制臺偏重軍政，撫臺偏重民政。

⓫ 差事：額定官署編制之外的職務，有別於正式的官缺。

戴，土頭土腦的人如何戴得來？也著王爺礙。此是近日官場第一等手段。是近日疆吏神情。闊闊的八行書，就要好好的安置。活畫出來。藩臺一番舉動，不過疑其來歷不明

見屬員是胡裡胡塗的，不大理會；只想既然是有了闊闊的八行書⑫，過兩天就好好的想個法子安置他就是了。不料他去見藩臺，照樣遞上一封某王的書。這裡藩臺是旗人⑬，同某王有點姻親，所以他求了這信來。藩臺見了人，接了信，看看他不像樣子，莫說別的，叫他開個履歷也開不出來，就是行動拜跪拱揖，沒有一樣不是礙眼的。就回明了制臺，且慢著給他差事，自己打個電報到京裡去問，卻沒有回電。到如今半個多月了，前兩天纔來了一封墨信，回得詳詳細細的。原來這桂花是某王府裡奶媽的一個女兒，從小在王府裡面充當丫頭。母女兩個，手上積了不少的錢，要想把女兒嫁一個闊闊的闊老，只因他在那闊地方走動慣了，眼眶子看得大了，當丫頭的不過配一個奴才小子，實在不願意。然而在京裡的闊老，哪個肯娶一個丫頭？因此母女兩個商量，定了這個計策：叫女兒到南邊來揀一個女婿，代他捐上功名，求兩封信出來謀差事。不料揀了這麼一個土貨！雖是他外母⑭代他連懇求帶朦混的求出信來，他卻不爭氣，誤盡了事。前日藩臺接了這信，便回過制臺，叫他自己請假回去，免得奏參⑮，保全他的功名。這桂花雖是一場沒趣，卻也弄出一個誥封夫人⑯的二品命婦⑰了。只這便是野雞道臺的歷史了，你說奇不

⑫ 八行書：當時信紙每葉印做八行，一般人把說人情的書信叫做八行書。

⑬ 旗人：清代編入旗籍的人。努爾哈赤在統一滿洲女真各部中創建八旗制度，所謂正黃、正白、正紅、正藍和鑲黃、鑲白、鑲紅、鑲藍，共八旗。後來又編蒙古、漢軍各八旗，共二十四旗。八旗制度最初兼有生產、軍事、行政的職能，後來成為兵籍編制。

⑭ 外母：岳母。

⑮ 奏參：向皇帝上奏彈劾。

⑯ 誥封夫人：皇帝封贈一二品官員的妻子以「夫人」稱號，三品封淑人，四品封恭人，五品封宜人，六品封安

,並非為吏治用人上起見也。不然,看他不像,雖王爺有信來,亦不給以差使可也。何必打電去問?這個主意打錯了。王府的丫頭,吾恐京中闊老方求之為妻而不可得也。

奇呢!」

我聽了一席話,心中暗想,原來天下有這等奇事!我一向坐在家裡,哪裡得知。又想起在船上遇見那扮官做賊的人,正要告訴繼之,只聽繼之又道:「這個不過是桂花揀錯了人,鬧到這般結果。那桂花是個當丫頭的,又當過婊子的,他還想著做命婦,已經好笑了。還有一個情願拿命婦去做婊子的,豈不更是好笑麼?」我聽了,更覺得詫異,急問是怎樣情節。繼之道:「這是前兩年的事了。前兩年制臺得了個心神彷彿的病。年輕時候,本來是好色的,到如今偌大年紀,他那十七八歲的姨太太還有六七房,那通房的丫頭⑱還不在內呢。他這好色的名出了,就有人想拿這個巴結他。他病了的時候,有一個年輕的候補道,自己陳說懂得醫道,制臺就叫他診脈。他診了半晌說:『大帥⑲這個病,卑職不能醫,不敢胡亂開方,卑職內人怕可以醫得。』制臺道:『原來尊夫人懂得醫理,明日就請來看看罷。』到了明日,他的那位夫人打扮得花枝招展的來了,診了脈,說是這個病不必吃藥,只用按摩之法就可以痊愈。制臺問哪裡有懂得按摩的人,婦人低聲道:『妾頗懂得。』制臺就叫他按摩。他又說他的按摩與別人不同,要屏絕閒人,炷起一爐好香,還要念甚麼咒語,然後按摩。所以除了病人以及治病的人,不許有第三個人在旁。制臺信了他的話,把左右使女及姨太太們都叫了出去。有兩位姨太太動了疑心,走出來在板壁

人,七品以下封孺人。

⑰ 命婦:受有封號的婦人。

⑱ 通房的丫頭:名分和地位是丫頭,性事上如同男主人的侍妾。

⑲ 大帥:總督、巡撫兼掌兵權,故尊稱「大帥」。

從前做野雞，想是今日穿野雞補服之先兆也。一笑。

投其所好，是媚上司第一等手段。

要緊在屏絕閒人，哪知偏屏不絕。可謂娘子軍大破迷魂陣。

縫裡偷看，忽看出不好看的事情來。大喝一聲，走將進去，拿起門閂就打。一時驚動了眾多姨太，也有拿門閂的，也有拿木棒的，一擁上前圍住亂打。這一位夫人嚇得走頭無路，跪在地下抱住制臺叫救命。制臺喝住眾人，叫送他出去。這位夫人出得房門時，眾人還跟在後面趕著打，一直打到二門，還叫粗使僕婦打到轅門外面去。可憐他花枝招展的來，披頭散髮的去。這事一時傳遍了南京城，你說可笑不可笑呢？」我道：「那麼說，這位候補道，想來也沒有臉再住在這裡了！」繼之道：「哼！你說他沒有臉住這裡麼？他還得意得狠呢！」我詫異道：「這還有甚麼得意之處呢？」繼之不慌不忙的說出他那得意之處來。正是：

不怕頭巾染綠，須知頂戴將紅⑳。

要知繼之說出甚麼話來，且待下文再記。

乖違骨肉，反遇良友。此不過一時之遭際，讀者不可以詞害意也。兩個道臺，兩個道臺夫人，恰是正反對寫來，好看煞人。吾聞諸人言，是皆實事，非憑空搆造者。

⑳ 不怕頭巾染綠，須知頂戴將紅：明太祖令樂戶男子戴綠巾，後來人們把妻子與人通姦的丈夫稱做戴綠頭巾。二品官員頂戴是起花紅珊瑚頂子，故稱「頂戴將紅」。

第四回　吳繼之正言規好友　苟觀察致敬送嘉賓

卻說我追問繼之：「那一個候補道，他的夫人受了這場大辱，還有甚麼得意？」繼之道：「得意呢！不到十來天工夫，他便接連著奉了兩個札子❶，委了籌防局的提調以及山貨局的會辦了。去年還同他開上一個保舉❷。他本來只是個鹽運司銜❸，這一個保舉，他就得了個二品頂戴了。你說不是得意了嗎？」我聽了此話，不覺呆了一呆道：「那麼說，那一位總督大帥，竟是被那一位夫人……」我說到此處，以下還沒有說出來，繼之便搶著說道：「那個且不必說，我也不知道。不過他這位夫人被辱的事，已經傳遍了南京，我不妨說給你聽聽。至於內中曖昧情節，誰曾親眼見來？何必去尋根問底不是！我說句老話，你年紀輕輕的出來處世，這些曖昧話，總不宜上嘴。我不是迷信了那因果報應的話，說甚麼談人閨閫要下拔舌地獄，不過談著這些事，叫人家聽了，要說你輕薄。兄弟，你說是不是呢？」

此是作者自言。其宗旨雖極寫怪現狀，而不肯涉及曖昧事也。

❶ 札子：古代公文的泛稱，或指下行文書，或指上呈文書。這裡指下行文書，通常用於發指示或委職派差。委職派差的札子上，載明被委任官員的姓名、職務和薪俸等項。

❷ 保舉：大臣向朝廷舉薦屬員，並為其作保。清朝對於保舉的名額、程序都有明確的規定。

❸ 鹽運司銜：道員是四品官，加銜鹽運司，即已提升一級。鹽運司，在產鹽區設置的管理鹽政事務的衙門，首長為鹽運使，從三品。銜，指加銜，並未得到此項官位。

我聽了繼之一番議論，自悔失言，不覺漲紅了臉。歇了一會，方把在元和船上遇見扮了官做賊的一節事，告訴了繼之。繼之嘆了一口氣，歇了一歇道：「這事也真難說，說來也話長。我本待不說，不過略略告訴你一點兒，你好知道世情險詐，往後交結個朋友，也好留一點神。你道那個人是扮了官做賊的麼？他還是的的確確的一位候補縣太爺呢，還是個老班子。不然，早就補了缺了，只為近來又開了個鄭工捐❹，捐了大八成❺知縣的人，到省多了，壓了班。再是明年要開恩科❻，榜下即用的，不免也要添幾個。所以他要望補缺，只好叫他再等幾年的了。不然呢，差事總還可以求得一個，誰知他去年辦鎮江木釐❼，因為勒捐鬧事，被木商聯名來省告了一告，藩臺狠是怪他，馬上撤了差，記大過三次，停委兩年。所以，他官不能做，就去做賊了。」我聽了這話不覺大驚道：「我聽見說還把他送上岸來辦呢，但不知怎麼辦他？」繼之搖搖頭，嘆道：「有甚麼辦法？船上人送他到了巡防局，船就開行去了。所有偷來贓物，在船上時已被各人分認了。他到了巡防局，那局裡委員終是他的朋友，見了他也覺難辦。他卻裝做了滿肚子委屈，又帶著點怒氣，只說他的底下人一時貪小，不合偷了人家一根烟筒，叫人家看見了，趕到房艙裡來討去。船上買辦又仗著洋人勢力，硬來翻箱倒篋的搜了一遍，此時還不知有失落東西沒有。

是賊是官，真正咄咄怪事！然而不足怪也。試問：今之官而不賊者，能有幾人？

還算好藩臺。

不能做官，便要做賊。世上只有官賊兩途。可嘆！

❹ 鄭工捐：光緒十三年河南鄭州黃河決口，朝廷急需治河款項，頒布「鄭工事例」，捐官以籌款。為此用錢捐官叫做「鄭工捐」。

❺ 大八成：捐官繳納八成現銀。繳納八成現銀者，獲得實在官位的可能性就比繳納低於八成者要大。

❻ 恩科：科舉制度中鄉試、會試三年舉行一次，是為「正科」；正科之外，逢朝廷喜慶大典，額外舉行考試，叫做「恩科」。

❼ 木釐：即專向木商的徵稅。按商品價值抽稅若干釐，叫做「釐捐」。

那委員聽見他這麼說，也就順水推船，薄薄的責了他的底下人幾下就算了。你們初出來處世的，結交個朋友，你想要小心不要？他還不止做賊呢，在外頭做賭棍、做騙子、做拐子，無所不為，結交了好些江湖上的無賴，外面仗著官勢，無法無天的事，不知幹了多少的了！」

我聽了繼之一席話，暗暗想道：「據他說起來，這兩個道臺、一個知縣的行逕，官場中竟是男盜女娼的了。但繼之現在也在仕路中，這句話我不便直說出來，只好心裡暗暗好笑。雖然，內中未必盡是如此。你看繼之他見我窮途失路，便留我在此居住，十分熱誠，這不是古誼可風的麼！並且他方纔勸戒我一番話，就是自家父兄，也不過如此，真是令人可感。」一面想著，又談了好些處世的話，他就有事出門去了。

一路迤邐寫來，到此方下定了男盜女娼四字斷語。格外醒目。

過了一天，繼之上衙門回來，一見了我的面，就氣忿忿的說道：「奇怪，奇怪！」我看見他面色改常，突然說出這麼一句話，連一些頭路也摸不著，呆了臉對著他。只見他又率然問道：「你來了多少天了？」我說道：「我到了十多天了。」繼之道：「你到過令伯公館幾次了？」我說：「這個可不大記得了，大約總有七八次。」繼之又道：「你住在甚麼客棧，對公館裡的人說過麼？」我說：「也說過的。並且住在第幾號房，也交代明白。」繼之道：「公館裡的人始終對你怎麼說？」我說：「始終都說出差去了，沒有回來。」繼之道：「沒有別的話？」我說：「沒有。」繼之氣的直挺挺的坐在交椅上，半天，又嘆了好幾口氣，說道：「你到的那幾天，不錯，是他出差去了，但不過到六合縣去會審一件案，前後三天就回來了。在十天以前，他又求了藩臺給他一個到通州勘荒的差使，當天奉了札子，當天就稟辭❽

異然奇怪。

❽ 稟辭：官員赴外地就任或出差前謁見長官，請求指示，表示辭行。

去了。你說奇怪不奇怪？」我聽了此話也不覺呆了，半天沒有說話。繼之又道：「不是我說句以疏間親的話，令伯這種行逕，不定是有意迴避你的了。」此時我也無言可答，只坐在那裡出神。繼之又道：「雖是這麼說，你也不必著急。我今天見了藩臺，他說此地大關的差使，前任委員已經滿了期了，打算要叫我接辦，大約一兩天就可以下札子。我那裡左右要請朋友❾，你就可以揀一個合式的事情，代我辦辦。我們是同窗至好，我自然要好好的招呼你。至於你令伯的話，只好慢慢再說，好在他終久是要回來的，總不能一輩子不見面。」我說道：「家伯到通州去的話，可是大哥打聽來的，還是別人傳說的呢？」繼之道：「這是我在藩署號房❿打聽來的，千真萬真，斷不是謠言。你且坐坐，我還要出去拜一個客呢。」說著，出門去了。

然而細想起來，卻也不奇怪。世情本如此，公自少見多怪耳！

我想起繼之的話，十分疑心。伯父同我骨肉至親，哪裡有這等事？不如我再到伯父公館裡去打聽打聽，或者已經回來，也未可知。想罷了，出了門，一直到我伯父公館裡去。到門房裡打聽，那個底下人說是：「老爺還沒有回來。前天有信來，說是公事難辦得狠，恐怕還有幾天耽擱。」我有心問他說道：「老爺還是到六合去，還是到通州去的呢？」那底下人臉上紅了一紅，頓住了口，一會兒方纔說道：「是到通州去的。」我說：「到底是幾時動身的呢？」他說道：「就是少爺來的那天動身的。」我說：「一直沒有回來過麼？」他說：「沒有。」我問了一番話，滿腹狐疑的回到吳公館裡去。繼之已經回來了，見了我便問：「到哪裡去過？」我只得直說一遍。繼之嘆道：「你再去也無用。

本來是骨肉至親。

❾ 朋友：對自己幕友的尊稱。

❿ 號房：官署的傳達室。

熱誠人便熱誠到如此，昧良人便昧良到如彼。實事耶，抑作者故為此以相形容耶？帳房必用藩臺薦，幾成為官場通例矣。

這回他去勘荒，是可久可暫的。你且安心住下，等過一兩個月再說。我問你一句話：你到了這裡來，寄過家信沒有？」我說：「到了上海時，曾寄過一封。到了這裡，卻未曾寄過。」繼之道：「這就是你的錯了，怎麼十多天工夫，不寄一封信回去？可知尊堂⓫伯母在那裡盼呢。」我說：「這個我也知道。因為要想見了家伯，取了錢莊上的利錢，一齊寄去，不料等到今日，仍舊等不著。」繼之低頭想了一想道：「你只管一面寫信，我借五十兩銀子給你寄回去。你信上也不必提明是借來的，也不必提到未見著令伯，只糊裡糊塗的說先寄回五十兩銀子，隨後再寄罷了。不然，令堂伯母又多一層著急。」我聽了這話，連忙道謝。繼之道：「這個用不著謝。你只管寫信，我這裡明日打發家人回去，接我家母來，就可以同你帶去。接辦大關的札子，已經發了下來，大約半個月內，我就要到差。我想屈你做一個書啓⓬，因為別的事，你未曾辦過，你且將就些。我還在帳房一席上，掛上你一個名字。那帳房雖是藩臺薦的，然而你是我自家親信人，掛上了一個名字，他總得要分給你一點好處。還有你書啓名下應得的薪水，大約出息還不狠壞，這五十兩銀子，你慢慢的還我就是了。」當下我聽了此言，自是歡喜感激。便去寫好了一封家信，照著繼之交代的話，含含糊糊寫了，並不提起一切。到了明日，繼之打發家人動身，就帶了去。此時我心中安慰了好些，只不知我伯父到底是甚麼主意，因寫了一封信，封好了口，帶在身上，走到我伯父公館裡去，交代他門房，叫他附在家信裡面寄去。叮囑再三，然後回來。

又過了七八天，繼之對我道：「我將近要到差了，這裡去大關狠遠，天天來去是不便當的；要住在

⓫ 尊堂：對對方母親的尊稱，或稱「令堂」。

⓬ 書啟：官署中專為長官處理書信的幕友。

兩兩相形，煞是好看。

關上，這裡又沒有個人照應。書啓的事不多，你可仍舊住在我公館裡，帶著照應照應內外一切，三五天到關上去一次。如果有緊要事，我再打發人請你。好在書啓的事，不必一定到關上去辦的。或者有時我回來住幾天，你就到關上去代我照應，好不好呢？」我道：「這是大哥過信我，體貼我，我感激還說不盡，哪裡還有不好的呢。」當下商量定了。又過了幾天，繼之到差去了，我也跟到關上去看看，吃過了午飯，方纔回來。從此之後，三五天往來一遍，倒也十分清閒。不過天天料理幾封往來書信，有些虛套應酬的信，我也不必告訴繼之，隨便同他發了回信，繼之倒也沒甚說話。從此我兩個人，更是相得。

一日早上，我要到關上去。出了門口，要到前面僱一匹馬，走過一家門口，聽見裡面一疊連聲叫送客，呀的一聲，開了大門。我不覺立定了腳，抬頭往門裡一看：只見有四五個家人打扮的，在那裡垂手站班，裡面走出一個客來，生得粗眉大目。身上穿了一件灰色大布的長衫，罩上一件天青羽毛的對襟馬褂；頭上戴著一頂二十年前的老式大帽，帽上裝著一顆硨磲頂子⑬；腳上蹬著一雙黑布面的雙樑快靴，大踏步出來。後頭送出來的主人，卻是穿的棗紅寧綢箭衣⑭，天青緞子外褂⑮，褂上還綴著二品的錦雞補服，掛著一副像真像假的蜜蠟朝珠⑯，頭上戴著京式大帽，紅頂子花翎，腳下穿的是一雙最新式的內

⑬ 硨磲頂子：硨磲是一種海蛤類動物，其殼白色光潤，打磨製作成官員禮帽頂子，第七回稱「白頂子」，是六品官位的標誌。

⑭ 箭衣：官員的禮服上衣，窄袖，袖口上面長下面短。本為射箭時服用，故稱「箭衣」。

⑮ 外褂：官員禮服，也叫外套。外褂前後釘上「補子」，「補子」為金線織繡之鳥獸圖案，整體方形，叫做補服。補服上繡鳥是文官，繡獸是武官，不同鳥獸標誌不同官階。

⑯ 朝珠：清朝官員禮服的佩飾，形同念珠，共有一百零八顆，用珊瑚、琥珀、蜜蠟之類做成。文官五品、武官

如此相形，我也要說他禮賢下士了。

我也要納罕。

是自命為賢士也。奇語。

城京靴，直送那客到大門以外。那客人回頭點了點頭，便徜徉而去，也沒個轎子，也沒匹馬兒。再看那主人時，卻放下了馬蹄袖，拱起雙手，一直拱到眉毛上面，彎著腰，嘴裡不住的說：「請，請，請，請，請！」直到那客人走的轉了個彎，看不見了，方纔進去。呀的一聲，大門關了。我再留心看那門口時，卻掛著一個紅底黑字的牌兒，像是個店家招牌。再看看那牌上的字，卻寫的是「欽命二品頂戴賞戴花翎江蘇即補道長白苟公館」二十個宋體字。不覺心中暗暗納罕。走到前面，僱定了馬匹，騎到關上去，見過繼之。這天沒有甚麼事，大家坐著閒談一會。開出午飯來，便有幾個同事都過來同著吃飯。這吃飯中間，我忽然想起方纔所見的一樁事體，便對繼之說道：「我今天看見了一位禮賢下士的大人先生，在今世只怕是要算絕少的了！」繼之還沒有開口，就有一位同事搶著問道：「怎麼樣的禮賢下士？快告訴我，等我也去見見他。」我就將方纔所見的說了一遍。繼之對我看了一眼，笑了一笑，說道：「你總是這麼大驚小怪似的。」繼之這一句話說的，倒把我悶住了。正是：

禮賢下士謙恭客，猶有旁觀指摘人。

要知繼之為了甚事笑我，且待下回再記。

第一回是官是賊之人，到此方纔點明。今人回想尚有餘味。

四品以上和指定的官員方可佩掛。

寫吳繼之之待友，十分體貼，十分熱誠，處處都代打算到，分金猶其餘事也。世有此等人，吾當鑄金事之。

所見一主一客情景，自當以為是禮賢下士；收筆處，偏又逗出不是禮賢下士之話。閱者且休閱下回，試掩卷思之，畢竟是何緣故？任是百思，當亦不得其解。此現狀之所以為怪也。

第五回　珠寶店巨金騙去　州縣官實價開來

且說我當下說那位苟觀察禮賢下士，卻被繼之笑了我一笑，又說我少見多怪，不覺悶住了。因問道：「莫非內中還有甚麼緣故麼？」繼之道：「昨日揚州府賈太守有封信來，薦了一個朋友，我這裡實在安插不下了，你代我寫封回信，送到帳房裡，好連程儀❶一齊送給他去。」我答應了，又問道：「方纔說的那苟觀察，既不是禮賢下士，……」我這句話還沒有說完，繼之便道：「你今天是騎馬來的，還是騎驢來的？」我聽了這句話，知道他此時有不便說出的道理，不好再問，順口答道：「騎馬來的。」以後便將別話岔開了。一時吃過了飯，我就在繼之的公事桌上寫了一封回書，交與帳房，辭了繼之出來，仍到城裡去。

路上想著寄我伯父的信，已經有好幾天了，不免去探問探問。就順路走至我伯父公館，先打聽回來了沒有，說是還沒有回來。我正要問我的信寄去了沒有，忽然抬頭看見我那封信，還是端端正正的插在一個壁架子上，心中不覺暗暗動怒，只不便同他理論，於是也不多言，就走了回來。

細想這底下人何以這麼膽大，應該寄的信，也不拿上去回我伯母。莫非繼之說的話當真不錯，伯父有心避過了我麼？又想道：就是伯父有心避過我，這底下人也不該擱起我的信；難道我伯父交代過不可

❶ 程儀：贈給遠行者的財物。

代我通信的麼？想來想去，總想不出個道理。

正在胡思亂想的時候，忽然一個鴉頭❷走來，說是太太請我，我便走到上房去，見了繼之夫人，問有甚事。繼之夫人拿出一雙翡翠鐲子來，道：「這是人家要出脫的，討價三百兩銀子，不知值得不值得，請你拿到祥珍去估估價。」當下我答應了，取過鐲子出來。原來這家祥珍是一家珠寶店，南京城裡算是數一數二的大店家，繼之與他相熟的。我也曾跟著繼之到過他家兩三次，店裡面的人也相熟了。當時走到他家，便請他掌櫃的估價，估得三百兩銀子不貴。未免閒談一會。

只見他店中一個個的夥計，你埋怨我，我埋怨你。那掌櫃的雖是陪我坐著，卻也是無精打彩的。我看見這種情形，起身要走。掌櫃道：「閣下沒事，且慢走一步，我告訴閣下一件事，看可有法子想麼？」我聽了此話，便依然坐下，問是甚事。掌櫃道：「我家店裡遇了騙子。」我道：「怎麼個騙法呢？」掌櫃道：「話長呢。我家店裡後面一進，有六七間房子空著沒有用，前幾個月，就貼了一張招租的帖子。不多幾天，就有人來租了，說是要做公館。那個人姓劉，在門口便貼了個『劉公館』的條子，帶了家眷來住下。天天坐著轎子，到外面拜客，在我店裡走來走去，自然就熟了。晚上沒有事，他也常出來談天。有一天他說有幾件東西，本來是心愛的，此刻手中不便，打算拿來變價，問我們店裡要不要。『要是最好，不然，就放在店裡寄賣也好。』我們大眾夥計，就問他是甚麼東西，他就拿出來看，是一尊玉佛，卻有一尺五六寸高；還有一對白玉花瓶，一枝玉鑲翡翠如意，一個班指❸。這幾件東西，照我們看去，

❷ 鴉頭：小孩髮形雙髻丫形，用以指小孩，後專指女孩或婢女，這裡指婢女，也作「鴉鬟」。

❸ 班指：也作搬指、扳指。套在右手大拇指上，為射箭鉤弦之用。用玉、翡翠製成，便成為名貴的手飾。

頂多不過值得三千銀子，他卻說要賣二萬，倘賣了時，給我們一個九五回用。我們明知是賣不掉的，好在是寄賣東西，不犯本錢的，又不狠占地方，就拿來店面上作個擺設也好，就答應了他。擺了三個多月，雖然有人問過，但是聽見了價錢，都嚇的吐出舌頭來，從沒有一個敢還價的。有一天來了一個人，買了幾件鼻烟壺、手鐲之類，又買了一掛朝珠，還的價錢，實在內行。批點東西的毛病，說那東西的出處，著實是個行家。過得兩天，又來看東西。如此鬼混了幾天。忽然一天同了兩個人來，要看那玉佛、花瓶、如意。我們取出來給他看。他看了，說是通南京城裡，找不出這東西來。讚賞了半天，便問價錢。我們一個夥計見他這麼中意，就有心同他打趣，要他三萬銀子。他說道：『東西雖好，哪裡值到這個價錢，頂多不過一個折半價罷了。』閣下，你想，三萬折半，不是有了一萬五千了嗎？我們看見他這等說，以為可以有點望頭了，就連那班指拿出來給他看，說明白是人家寄賣的。他看了那班指，也十分中意。又說道：『就是連這班指，也值不到那些。』我們請他還價，他說道：『我已說過折半的了，就是一萬五千銀子罷。』我們一個夥計說：『你說的萬五，是那幾件的價，怎麼添了這個班指，還是萬五呢？』他笑了笑道：『也罷，那麼說，就是一萬六罷。』講了半天，我們減下來減到了二萬六，他添到了一萬七，未曾成交，也就走了。他走了之後，我們還把那東西再三細看，實在看不出好處，不知他怎麼出得這麼大的價錢。自家不敢相信，還請了同行的看貨老手來看，也說不過值得三四千銀子。然而看他前兩回來買東西所說的話，沒有一句不內行，這回出這重價，未必肯上當。想來想去，總是莫明其妙。到了明天，他又帶了一個人來看過，又加了一千的價，統共是一萬八，還沒有成交。以後便天天來，說是買來送京裡甚麼中堂❹壽禮的，來一次加一點價，後來加到了二萬四。我們想，連那姓劉的所許九五回用，已穩

偏有許多曲折。

他本來不上當，只怕你上當。

已經騙著了，自然要去了。

次日一早，是所約之第九日矣。

賺了五千銀子了，這天就定了交易。那人卻拿出一張五百兩的票紙❺來，說是一時沒有現銀，先拿這五百兩作定，等十天來拿。又說到了十天期，如果他不帶了銀子來拿，這五百兩定銀，他情願不追還；但十天之內，叫我們千萬不要賣了，如果賣了，就是賠他二十四萬都不答應。我們都應允了。他又說交易太大，恐怕口說無憑，要立個憑據。我們也依他，照著所說的話，立了憑據，他就去了。等了五六天不見來，到了第八天的晚上，忽然半夜裡有人來打門，我們開了門問時，卻見一個人倉倉皇皇問道：『這裡是劉公館麼？』我們答應他是的，他便走了進來，我們指引他進去。不多一會，忽然聽見裡面的人號啕大哭起來。嚇得連忙去打聽，說是劉老爺接了家報，老太太過了❻。我們還不甚在意。到了次日一早，那姓劉的出來算還房錢，說即日要帶了家眷奔喪回籍，當夜就要下船，向我們要還那幾件東西。我們想明天就是交易的日期，勸他等一天。他一定不肯。再四相留，他執意不從，說是我們做生意人不懂規矩，得了父母的訃音，是要星夜奔喪的，照例昨夜得了信，就要動身，只為收拾行李沒法，已經耽擱了一天了。我們見他這麼說，東西是已經賣了，不能還他的，好在只隔得一天，不如兌了銀子給他罷。於是扣下了一千兩回用，兌了一萬九千銀子給他。他果然即日動身，帶著家眷走了。至於那個來買東西的呢，莫說第十天，如今一個多月了，影子也不看見。前天東家來店查帳，曉得這件事，責成我們各同

---

❹ 中堂：唐朝設政事堂於中書省，以宰相領其事，後因稱宰相為中堂。清朝「中堂」指大學士、軍機大臣等與宰相地位相仿的大官。

❺ 票紙：錢莊出具的取款票據。

❻ 過了：「死了」的避諱說法。

事分賠。閣下，你想那姓劉的，不是故意做成這個圈套來行騙麼？可有個甚麼法子想想？」我聽了一席話，低頭想了一想，卻是沒有法子。那掌櫃道：「我想那姓劉的說甚麼丁憂❼，都是假話，這個人一定還在這裡。只是有甚法子可以找著他？」我說道：「找著他也是無用。他是有東西賣給你的，不過你自家上當，買貴了些，難道有甚麼憑據，說他是騙子麼？」那掌櫃聽了我的話，也想了一想，又說道：「不然，找著那個來買的人也好。」我道：「這個更沒有用。他同你立了憑據，說十天不來，情願憑你罰去定銀，他如今不要那定銀了，你能拿他怎樣？」那掌櫃聽了我的話，只是嘆氣。我坐了一會，也就走了。

回去交代明白了手鐲，看了一回書，細想方纔祥珍掌櫃所說的那樁事，真是無奇不有。這等騙術，任是甚麼聰明人，都要入彀❽。何況那做生意人，只知謀利，哪裡還念著有個「害」字在後頭呢。又想起今日看見那苟公館送客的一節事，究竟是甚麼意思，繼之又不肯說出來，內中一定有個甚麼情節，巴不能夠馬上明白了纔好。正在這麼想著，繼之忽地裡回到公館裡來，方纔坐定，忽報有客拜會。繼之叫請，一面換上衣冠，出去會客。我自在書房裡，不去理會。

歇了許久，繼之纔送過客回了進來，一面脫卸衣冠，一面說道：「天下事真是愈出愈奇了！老弟，你這回到南京來，將所有閱歷的事，都同他筆記起來，將來還可以成一部書呢！」我問：「又是甚麼事？」繼之道：「晌午時候，你走了，就有人送了一封信來。拆開一看，卻是一位制臺衙門裡的幕府朋

豈但生意人如此，吾嘆世人無不如此。

讀者亦急欲明白。

❼ 丁憂：父母去世，按舊制，三年之內，做兒子的，當官的去職服喪，未做官的不得參加科舉考試，此期間不得舉辦婚嫁宴會，叫做「丁憂」。

❽ 入彀：張滿弓弩叫彀，後指弓弩射程所及的範圍。「入彀」即落入圈套。

友送來的，信上問我幾時在家，要來拜訪。我因為他是制臺的幕友，不便怠慢他，因對來人說：『我本來今日要回家，就請下午到舍去談談。』打發來人去了，我就忙著回來。坐還未定，他就來了。我出去會他時，他卻沒頭沒腦的說是請我點戲。」我聽到這裡，不覺笑起來，說道：「果然奇怪，這老遠的路約會了，卻做這等無謂的事。」繼之道：「哪裡話來！當時我也是這個意思，因問他道：『莫非是那一位同寅❾的喜事壽日，大家要送戲？若是如此，我總認一個份子，戲是不必點的。』他聽了我的話，也好笑起來，說不是點這個戲。我問他到底是甚戲，他在懷裡掏出一個摺子來遞給我。我打開一看，上面開著江蘇全省的縣名，每一個縣名底下，分注了些數目字，有注一萬的，有注二三萬的，也有注七八千的。我看了雖然有些明白，然而我不便就說是曉得了，因問他是甚意思。他此時炕也不坐了，拉了我下來，走到旁邊貼擺著的兩把交椅上，兩人分坐了。他附著了我耳邊說道：『這是得缺的一條捷徑。若是要想哪一個缺，只要照開著的數目送到裡面去，包你不到十天，就可以掛牌❿。這是補實⓫的價錢；若是署事，還可以便宜些。』」我說：「大哥怎樣回報他呢？」繼之道：「這種人哪裡好得罪他！只好同他含混了一會，推說此刻初接大關這差，沒有錢，等過些時候再商量罷。他還同我胡纏不了，好容易纔把他敷衍走了。」我說：「果然奇怪！但是我聞得賣缺雖是官場的慣技，然而總是藩臺衙門裡做的，此刻

繼之熱誠人也。要裝做假惺惺，非繼之之失其本來面目也，處於此等劇場中不得不如是也，可嘆！

❾ 同寅：舊時稱同僚為「同寅」。

❿ 掛牌：藩臺將官員任免的公告，寫在粉漆牌上呈現在官署之前。

⓫ 補實：補實缺。官員任職，有實缺、署事、代理之別。實缺有三年任期，署事通常任期一年，代理則是臨時性質。

原來你也是內行。

繼之還要同他講像樣不像樣，真是迂闊。

怎麼鬧到總督衙門裡去呢？」繼之道：「這有甚麼道理！只要勢力大的人，就可以做得。只是開了價錢，具了手摺，到處兜攬，未免太不像樣了！」我說道：「他這是招徠生意之一道呢，但不知可有『貨真價實，童叟無欺』的字樣沒有？」說的繼之也笑了。

大家說笑一番，我又想起寄信與伯父一事，因告訴了繼之。繼之嘆道：「令伯既是那麼著，只怕寄信去也無益。你如果一定要寄信，只管寫了，交給我，包你寄到。」我聽了不覺大喜。正是：

意馬心猿縈夢寐，河魚天雁⑫託音書。

要知繼之有甚法子可以寄得信去，且待下回再記。

上回禮賢下士一節，此回偏不便表明，今讀者捉摸不定。

騙珠寶店一節，圈套完密，能令人不知不覺，自然墮其術中。讀者以為此一回文字，已敘完矣，不料下文餘波，寫來更覺駭人耳目。現狀怪，筆墨亦不得謂之非怪。

隨缺定價，開列價目表，可謂公平交易。今之賣缺買缺者，恐猶不及此也。一笑。

⑫ 河魚天雁：古代有魚腹藏書（信）、雁足繫書（信）的傳說，借以喻指寄信。

第六回　澈底尋根表明騙子　窮形極相畫出旗人

卻說我聽得繼之說可以代我寄信與伯父，不覺大喜。就問怎麼寄法，又沒有住址的。繼之道：「只要用個馬封❶，面上標著『通州各屬沿途探投勘荒委員』，沒有個遞不到的。再不然，遞到通州知州衙門，託他轉交也可以使得。」我聽了大喜道：「既是那麼著，我索性寫他兩封，分兩處寄去，總有一封可到的。」

當下繼之因天晚了，便不出城，就在書房裡同我談天。我說起今日到祥珍估鐲子價，被那掌櫃拉著我，訴說被騙的一節。繼之嘆道：「人心險詐，行騙乃是常事。這件事情，我早就知道了。你今日聽了那掌櫃的話，只知道外面這些情節，還不知內裡的事情。就是那掌櫃自家，也還在那裡做夢，不知是哪一個騙他的呢。」我驚道：「那麼說，大哥是知道那個騙子的了，為甚不去告訴了他，等他或者控告，或者自己去追究，豈不是件好事？」繼之道：「這裡面有兩層：一層是我同他雖然認得，但不過是因為常買東西，彼此相熟了，通過姓名，並沒有一些交情，我何苦代他管這閑事；二層就是告訴了他這個人，也是不能追究的。你道這騙子是誰？」繼之說到這裡，伸手在桌子上一拍道：「就是這祥珍珠寶店的東家！」我聽了這話，吃了一大嚇，頓時呆了。歇了半晌，問道：「他自家騙自家，何苦呢？」繼之道：

行騙是常事，世情可想。

活畫出神來。

❶ 馬封：緊要文書的封簡。

大好徽號，騙子可以發財，無怪世間騙子之多矣。

打趣守財虜不少。

「這個人本來是個騙子出身，姓包，名道守，人家因為他騙術精明，把他的名字讀別了，叫他做『包到手』。後來他騙的發了財了，開了這家店。去年年下的時候，他到上海去，買了一張呂宋❷彩票回來，被他店裡的掌櫃夥計們見了，要分他半張。他也答應了，當即裁下半張來。這半張是五條，那掌櫃的要了三條，餘下兩條，是各小夥計們公派了。當下銀票交割清楚。過得幾天，電報到了，居然叫他中了頭彩，自然是大家歡喜。到上海去取了六萬塊洋錢回來，他占了三萬，掌櫃的三條是一萬八，其餘萬二，是眾夥計分了。當下這『包到手』便要那掌櫃合些股份在店裡，那掌櫃不肯；他又叫那些小夥計合股，誰知那些夥計們一個個都是要摟著洋錢睡覺，看著洋錢吃飯的，沒有一個答應。因此他懷了恨了，下了這個毒手。此刻放著那玉佛花瓶那些東西，還值得三千兩；那姓劉的取去了一萬九千兩，一萬九除了三千，還有一萬六，他咬定了要店裡眾人分著賠呢。」我道：「這個圈套，難為他怎麼想得這般周密，叫人家一點兒也看不出來。」繼之道：「其實也有一點破綻，不過未曾出事的時候，誰也疑心不到就是了。他店裡的後進房子，本是他自己家眷住著的，中了彩票之後，他纔搬了出去。多了幾個錢，要住舒展些的房子，本來也是人情；但騰出了這後進房子，就應該收拾起來，招呼些外路客幫，或者在那裡看貴重貨物，這也是題中應有之義呀，為甚麼就要租給別人呢？」我說道：「做生意人本來是處處打算盤的，租出幾個房錢，豈不是好？並且誰料到他約定一個騙子進來呢！我想那姓劉的要走的時候，把東西還了他也罷了。」繼之道：「唔！這還了得！還了他東西，到了明天，那下了定的人就備齊了銀子來交易，沒有東西給他，不知怎樣索詐呢！何況又是出了筆據給他的。這種騙術，直是妖魔鬼怪都逃不出他的網羅

❷ 呂宋：菲律賓群島之一島名，華僑去菲律賓者多在呂宋登陸，故以呂宋為菲律賓之通稱。

呢。」說到這裡，已經是吃晚飯的時候了。

吃過晚飯，繼之到上房裡去，我便寫了兩封信，恰好封好了，繼之也出來了，當下我就將信交給他。他接過了，說明天就加封寄去。我兩個人又閒談起來，我一心只牽記著那苟觀察送客的事，又問起來。繼之道：「你這個人好笨！今日吃中飯的時候你問我，我叫你寫賈太守的信，這明明是叫你不要問了，你還不會意，要問第二句。其實我那時候未嘗不好說，不過那些同桌吃飯的人，雖說是同事，然而都是甚麼藩臺咧、首府❸咧、督署幕友咧，這班人薦的，知道他們是甚麼路數。這件事雖是人人曉得的，然而我犯不著傳出去，說我講制臺的醜話。我同你呢，又不知是甚麼緣法，狠要好的，隨便同你談句天，也是處處要想……教導呢，我是不敢說；不過處處都想提點你，好等你知道些世情。我到底比你癡長幾年，出門比你又早。」我道：「這是我日夕感激的。」繼之道：「若說感激，你感激不了許多呢。你記得麼？你讀的四書❹，一大半是我教的。小時候要看閒書，又不敢叫先生曉得，有不懂的地方，都是來問我。我還記得你讀孟子動心章『不得於言，勿求於心；不得於心，勿求於氣』那幾句，讀了一天，不得上口，急的要哭出來了，還是我逐句代你講解了，你纔記得呢。我又不是先生，沒有受你的束脩❺，這便怎樣呢？」此時我想起小時候讀書，多半是繼之教我的。雖說是從先生，然而那先生只知每日教兩

一句話會不過意來，便算是笨。可見入世之難。

要如此避嫌疑，可見入世之難。

可見講解是訓蒙第一要義。

❸ 首府：一省有若干府，省會所在地的府為首府。

❹ 四書：論語、大學、中庸、孟子四部書。南宋朱熹注論語，又從禮記中摘出中庸、大學分章斷句，加以注釋，配以孟子，題四書章句集注。四書是明清士子必讀書。

❺ 束脩：古代互贈的一種禮物，後多指致送教師的酬金。脩，即「脯」，乾肉。十條乾肉為一束。

感激之極，便惹傷心。天下有心人，當共表同情也。

繼之真是可人。

輕輕一句，又引出下半回文字。真是波瀾百折！

遍書，記不得只會打，哪裡有甚麼好教法！若不是繼之，我至今還是隻字不通呢。此刻他又是這等招呼我，處處提點我。這等人，我今生今世要覓第二個，只怕是難的了！想到這裡，心裡感激得不知怎樣纔好，幾乎流下淚來。因說道：「這個非但我一個人感激，就是先君❻家母，也是感激的了不得的。」此時我把苟觀察的事，早已忘了，一心只感激繼之，說話之中，聲音也咽住了。

繼之看見忙道：「兄弟且莫說這些話，你聽苟觀察的故事罷。那苟觀察單名一個才字，人家都叫他狗才。」我聽到這裡，不禁撲嗤一聲，笑將出來。繼之接著道：「那苟才前兩年上了一個條陳❼給制臺，是講理財的政法。這個條陳與藩臺狠有礙的，叫藩臺知道了，狠過不去，因在制臺跟前狠狠的說了他些壞話，就此黑了❽。後來那藩臺升任去了，換了此刻這位藩臺，因為他上過那個條陳，也不肯招呼他，因此接連兩三年沒有差使，窮的吃盡當光了。」我說道：「這句話只怕大哥說錯了，我今天日裡看見他送客的時候，莫說穿的是嶄新衣服，底下人也四五個，哪裡至於吃盡當光。吃盡當光，只怕不能夠這麼樣了。」繼之笑道：「兄弟，你處世日子淺，哪裡知道得許多。那旗人是最會擺架子的，任是窮到怎麼樣，還是要擺著窮架子。有一個笑話，還是我用的底下人告訴我的。我告訴了這個笑話給你聽，你就知道了。這底下人我此刻還用著呢，就是那個高升。這高升是京城裡的人，我那年進京會試❾的時候，就

❻ 先君：對人稱自己死去的父親。
❼ 條陳：分條陳述意見的文件。
❽ 黑了：這裡指仕途前景暗淡了。
❾ 會試：清朝科舉考試制度規定，各省鄉試第二年，在北京由禮部主持會試。鄉試錄取者稱「舉人」，舉人才有

說得不倫不類，令聞者發笑。

窮形極相，神禹鼎耶？照妖鏡耶？

用了他。他有一天對我說一件事，說是從前未投著主人的時候，天天早起，到茶館裡去泡一碗茶，坐過半天。京城裡小茶館泡茶，只要兩文京錢，合著外省的四文⑩；要是自己帶了茶葉去呢，只要一文京錢就夠了。有一天高升到了茶館裡，看見一個旗人進來泡茶，卻是自己帶的茶葉，打開了紙包，把茶葉盡情放在碗裡。那堂上的人⑪道：『茶葉怕少了罷？』那旗人哼了一聲道：『你哪裡懂得！我這個是大西洋紅毛法蘭西來的上好龍井茶，只要這麼三四片就夠了。要是多泡了幾片，要鬧到成年不想喝茶呢。』堂上的人只好同他泡上了。高升聽了，以為奇怪，走過去看看，他那茶碗中間飄著三四片茶葉，就是平常吃的香片茶。那一碗泡茶的水，莫說沒有紅色，就黃也不曾黃一黃，竟是一碗白泠泠的白開水。高升心中已是暗暗好笑，後來又看見他在腰裡掏出兩個京錢來，買了一個燒餅，在那裡撕著吃。細細咀嚼，像狠有味的光景。吃了一個多時辰，方纔吃完。忽然又伸出一個指頭兒，蘸些唾沫，在桌上寫字，蘸一口，寫一筆。高升心中狠以為奇，暗想這個人何以用功到如此，在茶館裡還背臨古帖呢。細細留心去看他寫甚麼字，原來他哪裡是寫字，只因他吃燒餅時，雖然吃的十分小心，那餅上的芝蔴，總不免有些掉在桌上；他要拿舌頭舐了，拿手掃來吃了，恐怕叫人家看見不好看，失了架子，所以在那裡假裝著寫字

資格參加會試。會試錄取稱「貢士」，接著再應復試、殿試，不過復試、殿試一般只是走一個過場，通過後則稱「進士」。

⑩ 兩文京錢，合著外省的四文：京錢，北京通行的錢。清沈濤瑟榭叢談：「今京師用錢，以五百為一千，名曰京錢。」或稱「大個兒錢」。

⑪ 堂上的人：茶樓酒館之服務生。

以上已經形容盡致矣，不料尚有下文。作者不怕犯眾旗人之怒邪？前天買的米，今天已剩了一把，添半升米，便夠一頓。都是極

蘸來吃。看他寫了半天字，桌上的芝蔴一顆也沒有了。他又忽然在那裡出神，像想甚麼似的。想了一會，忽然又像醒悟過來似的，把桌子狠狠的一拍，又蘸了唾沫去寫字。你道為甚麼呢？原來他吃燒餅的時候，有兩顆芝蔴掉在桌子縫裡，任憑他怎樣蘸唾沫寫字，總寫他不到嘴裡，所以他故意做成忘記的樣子，又故意做成忽然醒悟的樣子，把桌子拍一拍，那芝蔴自然震了出來，他再做成寫字的樣子，自然就到了嘴了。」我聽了這話，不覺笑了，說道：「這個只怕是有心形容他罷，哪裡有這等事。」繼之道：「形容不形容，我可不知道，只是還有下文呢。他餅吃完了，字也寫完了，又坐了半天，還不肯去。天已嚮午了，忽然一個小孩子走進來對著他道：『爸爸快回去罷，媽要起來了。』那旗人道：『媽要起來就起來，要我回去做甚麼！』那孩子道：『爸爸穿了媽的褲子出來，媽在那裡急著沒有褲子穿呢。』那旗人喝道：『胡說！媽的褲子，不在皮箱子裡嗎？』說著，丟了一個眼色，要使那孩子快去的光景。那孩子不會意，還在那裡說道：『爸爸只怕忘了，皮箱子早就賣了，那條褲子，是前天當了買米的。媽還叫我說：屋裡的米只剩了一把，喂雞兒也喂不飽的了，叫爸爸快去買半升米來，纔夠做中飯呢。』那旗人大喝一聲道：『滾你的罷！這裡又沒有誰給我借錢，要你來裝這些窮話做甚麼！』那孩子嚇的垂下了手，答應了幾個『是』字，倒退了幾步，方纔出去。那旗人還自言自語道：『可恨那些人，天天來給我借錢，我哪裡有許多錢應酬他，只得裝著窮，說兩句窮話。這些孩子們聽慣了，不管有人沒人，開口就說窮話。其實在這茶館裡，哪裡用得著呢。老實說，咱們吃的是皇上家的糧⑫，哪裡就窮到這個份兒呢。』說著，立起來要走。那堂上的人向他要錢，他笑道：『我叫這孩子氣昏了，開水錢也忘了開發。』說罷，伸手在腰

⑫ 吃的是皇上家的糧：清朝制度規定，凡旗人滿十八歲者，均按月有補助。

力形容之處。有人來借錢，便要裝窮。世情如此，可勝嘆哉。洽是旗人口吻。諺有之云：一文逼煞英雄漢。

裡亂掏，掏了半天，連半根錢毛也掏不出來。嘴裡說：『欠著你的，明日還你罷。』那個堂上不肯，爭奈他身邊認真的半文都沒有，任憑你扭著他，他只說明日送來，等一會送來。又說那堂上的人不生眼睛，『你大爺可是欠人家錢的麼？』那堂上說：『我只要你一個錢，開水錢，不管你甚麼大爺二爺！你還了一文錢，就認你是好漢；還不出一文錢，任憑你是大爺二爺，也得要留下個東西來做抵押。你要知道，我不能為了一文錢，到你府上去收帳。』那旗人急了，只得在身邊掏出一塊手帕來抵押。那堂上抖開來一看，是一塊方方的藍洋布，上頭齷齪的了不得，看上去大約有半年沒有下水洗過的了。因冷笑道：『也罷，你不來取，好歹可以留著擦桌子。』那旗人方得脫身去了。你說這不是旗人擺架子的憑據麼？」我聽了這一番言語，笑說道：「大哥，你不要只管形容旗人了，告訴了我狗才那樁事罷。」繼之不慌不忙說將出來，正是：

儘多怪狀供談笑，尚有奇聞說出來。

要知繼之說出甚麼情節來，且待下回再記。

以東家而騙夥友，現狀之怪，當無有過於此者。形容旗人一段，為京師熟語。然不過借供劇談，從無形諸筆墨者；今借繼之口中述出，編入怪現狀，遂得廣為傳播，倜侃不少。

第七回 代謀差營兵受殊禮 吃倒帳錢儈大遭殃

當下繼之對我說道：「你不要性急。因為我說那狗才窮的吃盡當光了，你以為我言過其實，我不能不將他們那旗人的歷史對你講明，你好知道我不是言過其實，你好知道他們各人要擺各人的架子。那吃燒餅的旗人，窮到那麼個樣子，還要擺那麼個架子，說那麼個大話；你想這個做道臺的，那家人咧、衣服咧，可肯不擺出來麼？那衣服自然是難為他弄來的。你知道他的家人嗎？有客來時便是家人，沒有客的時候，他們還同著桌兒吃飯呢。」我問道：「這又是甚麼緣故？」繼之道：「這有甚麼緣故，都是他那些甚麼外甥咧、表姪咧，聞得他做了官，便都投奔他去做官親；誰知他窮下來，就拿著他們做底下人擺架子。我還聽見說有幾家窮候補的旗人，他上房裡的老媽子、丫頭，還是他的丈母娘、小姨子呢。你明白了這個來歷，我再告訴你這位總督大人的脾氣，你就都明白了。這位大帥是軍功出身，從前辦軍務的時候，都是仗著幾十個親兵的功勞，跟著他出生入死，如今天下太平了，那些親兵，叫他保的總兵❶的總兵，副將的副將，卻一般的放著官不去做，還跟著他做戈什哈❷。你道為甚麼呢？只因這位大帥念

己為後文撤任伏線。

❶ 總兵：清朝兵制中一省最高軍官叫提督，下設鎮（總兵）、協（副將）、營（參將、遊擊、都司、守備）、汛（千總、把總）四級。總兵為管轄一鎮的武官，又稱「鎮臺」、「總鎮」。

❷ 戈什哈：滿語「護衛」的譯音，簡稱「戈什」。

著他們是共過患難的人，待他們極厚，真是算得言聽計從的了，所以他們死命的跟著，好仗著這個勢子，在外頭弄錢。他們的出息，比做官還好呢。還有一層，這位大帥因為辦過軍務，與士卒同過甘苦，所以除了這班戈什哈之外，無論何等兵丁的說話，都信是真的。他的意思，以為那些兵丁都是鄉下人，不會撒謊的。他又是個喜動不喜靜的人，到了晚上，他往往悄地裡出來巡查，去偷聽那些兵丁的說話，無論那兵丁說的是甚麼話，他總信是真的。久而久之，他這個脾氣叫人家摸著了，就借了這班兵丁做個謀差事的門路。譬如我要謀差使，只要認識了幾個兵丁，囑託他到晚上，覷著他老人家出來偷聽時，故意兩三個人談論，說吳某人怎樣好怎樣好，辦事情怎麼能幹，此刻卻是怎麼窮，假作嘆息一番，不出三天，他就是給我差使的了。你想求到他說話，怎麼好不恭敬他？你說那苟觀察禮賢下士，要就是為的這個。那個戴白頂子❸的，不知又是哪裡的什長❹之類的了。」我聽了這一番話，方纔恍然大悟。

繼之說話時，早來了一個底下人，見繼之話說的高興，閃在旁邊站著。等說完了話，纔走近一步，回道：「方纔鍾大人來拜會，小的已經擋過駕了。」繼之問道：「坐轎子來的，還是跑路來的？」底下人道：「是衣帽坐轎子來的。」繼之哼了一聲，道：「功名也要丟快了，還要出來晾他的紅頂子！你擋駕怎麼說的？」底下人道：「小的見晚上時候，恐怕老爺穿衣帽麻煩，所以沒有上來回，只說老爺在關上沒有回來。」繼之道：「明日到關上去，知照門房，是他來了，只給我擋駕。」那底下人答應了兩個「是」字，退了出去。我因問道：「這又是甚麼故事，可好告訴我聽聽？」繼之笑道：「你見了我，總

---

❸ 白頂子：即「硨磲頂子」，見第四回。

❹ 什長：軍中管轄十人的小頭目。

要我說甚麼故事，你可知我的嘴也說乾了。你要是這麼著，我以後不敢見你了。」我也笑道：「大哥，你不告訴我也可以，可是我要說你是個勢利人了。」繼之道：「你不要給我胡說。我怎麼是個勢利人？」我笑道：「你纔說他的功名要丟快了，要丟功名的人，你就不肯會他了，可不是勢利嗎？」

繼之道：「這麼說，我倒不能不告訴你了。這個人姓鍾，叫做鍾雷溪。」我搶著說道：「怎麼不『鍾靈氣』，要『鍾戾氣』呢？」繼之道：「你又要我說故事，又要來打岔，我不說了。」嚇得我央求不迭。繼之道：「他是個四川人，十年頭裡在上海開了一家土棧❺，通了兩家錢莊，每家不過通融二三千銀子光景；到了年下，他卻結清帳目，一絲不欠。錢莊上的人眼光最小，只要年下不欠他的錢，他就以為是好主顧了。到了第二年，另外又有別家錢莊來兜搭了。這一年只怕通了三四家錢莊，然而也不過五六千的往來。這年他把門面也改大了，舉動也闊綽了，到了年下，非但結清欠帳，還些少有點存放在裡面。一時錢莊幫裡都傳遍了，說他這家土棧是發財得狠呢。過了年，來兜搭的錢莊越發多了。他卻一概不要，說是我今年生意大了，三五千往來不濟事，最少也要一二萬纔好商量。那些錢莊是相信他發財的了，都答應了他。有答應一萬的，有答應二萬的，統共通了十六七家。他老先生到了半年當中，把肯通融的幾家一齊如數提了來，總共有二十多萬。到了明天，他卻少陪，也不說一聲，就這麼走了。土棧裡面丟下了百十來個空箱，夥計們也走的影兒都沒有。錢莊上的人吃一大驚，連忙到會審公堂❻去控告，又出了賞格，上了新聞紙告白，想去捉他。這卻是大海撈針似的，哪裡捉得他著！你曉得他到哪裡去了？他

欲擒故縱，絕妙騙術。

❺ 土棧：販運、囤積鴉片的商行。

❻ 會審公堂：設在上海租界裡的司法審判機關。

捐道員者，不可不知。

本來是奇，我也要問。

想捐道員者，不可不知。

是避債第一妙法。

帶了銀子，一直進京，平白地就捐上一個大花樣❼的道員，加上一個二品頂戴，引見指省，來到這裡候補。你想市儈要入官場，哪裡懂得許多。從來捐道員的，哪一個捐過大花樣？這道員外補❽的，不知幾年纔碰得上一個，這個連我也不狠明白，聽說合十八省的道缺，只有一個半缺呢。」我說道：「這又奇了，怎麼有這半個缺起來？」繼之道：「大約這個缺是一回內放，一回外補的，所以要算半個。你想這麼說法，那道員的大花樣有甚用處？誰還去捐他？並且近來那些道員，多半是從小班子❾出身，連捐帶保，疊起來的。若照這樣平地捐起來，上頭看了履歷，就明知是個富家子弟，哪裡還有差事給他。所以那鍾雷溪到了省好幾年了，並未得過差使，只靠著騙拐來的錢使用。

上海那些錢莊人家，雖然在公堂上存了案，卻尋不出他這個人來，也是沒法。到此刻已經八九年了，直到去年，方纔打聽得他改了名字，捐了功名，在這裡候補。這十幾家錢莊在上海會議定了，要向他索還舊債，公舉了一個人，專到這裡同他要帳。誰知他這時候擺出了大人的架子來，這討帳的朋友要去尋他，他總給他一個不見。去早了，說沒有起來；去遲了，不是說上衙門去了，便說拜客去了；到晚上去尋他時，又說赴宴去了。累得這位討帳的朋友在客棧裡耽擱了大半年，並未見著他一面。沒有法想，只得回到上海，又在會審公堂控告。會審官因為他告的是個道臺，又且事隔多年，便批駁了不准。又到上海道處上控，上海道批了出來，大致說是控告職官，本道沒有這種權力去移提到案。如果實在係被騙，

❼ 大花樣：捐官繳納八成現銀者，即第四回說的「大八成」。

❽ 外補：官員的實缺，由朝廷任命為內放，由外省督撫呈請任用為「外補」。

❾ 小班子：吏目、巡檢、典史一類佐雜人員叫做「小班子」。

所謂官官相衛。

可到南京去告云云。那些錢莊幫得了這個批，猶如喚起他的睡夢一般，便大家商量，選派了兩個能幹事的人，寫好了稟帖⑩，到南京去控告。誰知道衙門裡面的事難辦得狠呢，況且告的又是二十多萬的倒帳，不消說的原告是個富翁了，如何肯輕易同他遞進去。鬧的這兩個幹事的人一點事也不曾幹上，白白跑了一趟，就那麼著回去了。到得上海，又約齊了各莊家，匯了一萬多銀子來，裡裡外外、上上下下，都打點到了，然後把呈子遞了上去。這位大帥卻也好，並不批示，只交代藩臺問他的話，問他有這回事沒有。要是有這回事，早些料理清楚；不然，這裡批出去，就不好看了。藩臺依言問他，他卻賴得個一乾二淨。藩臺回了制軍，制軍就把這件事擱起了。這位鍾雷溪得了此信，便天天去結交督署的巡捕、戈什哈，求一個消息靈通。此時那兩個錢莊幹事的人，等了好久，只等得一個泥牛入海，永無消息，只得寫信到上海去通知。過了幾天，上海又派了一個人來，又帶來多少使費，並帶著了一封信。你道這封是甚麼信呢？原來上海各錢莊多是紹興人開的，給各衙門的刑名師爺是同鄉，這回他們不知在哪裡請出一位給這督署刑名相識的人，寫了這封信，央求他照應。各錢莊也聯名寫了一張公啓，把鍾雷溪從前在上海如何開土棧，如何通往來，如何設騙局，如何倒帳捲逃，並將兩年多的往來帳目，抄了一張清單，一齊開了個白摺子，連這信封在一起，打發人來投遞。這人來了，就到督署去求見那位刑名師爺，又遞了一紙催呈。那刑名師爺光景是對大帥說明白了。前日上院時，單單傳了他進去，叫他好好的出去料理，不然，這個拐騙巨資，我批了出去，就要奏參的。嚇的他昨日去求藩臺設法。這位藩臺本來是不大理會他的，此時越發疑他是個騙子，一味同他搭訕著。他光景知道我同藩臺還說得話來，所以特地來拜會我，無非是要

⑩ 稟帖：向上級官署長官稟事的帖子。

面子是冷，心地是熱，繼之可人。

還要加上此筆，找足十分，豈筆下便不可留情耶！何刻薄乃爾。

求我對藩臺去代他求情。你想我肯同他辦這些事麼？所以不要會他。兄弟，你如何說我勢利呢？」我笑道：「不是我這麼一激，哪裡聽得著這段新聞呢！但是大哥不同他辦，總有別人同他辦的，不知這件事到底是個甚麼樣結果呢？」繼之道：「官場中的事，千變萬化，哪裡說得定呢。時候不早了，我們睡罷，明日大早，我還要到關上去呢。」說罷，自到上房去了。

一夜無話。到了次日早起，繼之果然早飯也沒有吃，就到關上去了。我獨自一個人吃過了早飯，閒著沒事，踱出客堂裡去望望。只見一個底下人，收拾好了幾根水烟筒，正要拿進去，看見了我，便垂手站住了。我抬頭一看，正是繼之昨日說的高升。因笑著問他道：「你家老爺昨日告訴我一個旗人在茶館裡吃燒餅的笑話，說是你說的，是麼？」高升低頭想道：「是甚麼笑話呀？」我說道：「到了後來，又是甚麼他的孩子來說，媽沒有褲子穿的呢。」高升道：「哦！是這個。這是小的親眼看見的實事，並不是笑話。小的生長在京城，見的旗人最多，大約都是喜歡擺空架子的。昨天晚上，還有個笑話呢。」我連忙問是甚麼笑話，高升道：「就是那邊苟公館的事。昨天那苟大人不知為了甚事要會客，因為自己沒有大衣服⓫，到衣莊裡租了一套袍褂來，穿了一會。誰知他送客之後，走到上房裡，他那個五歲的小少爺手裡拿著一個油麻團，往他身上一摟，把那嶄新的衣服鬧上了兩塊油跡。不去動他，倒也罷了。他們不知哪個說是滑石粉可以起油的，就糝上些滑石粉，拿熨斗一熨，倒弄上了兩塊白印子來了。他們恐怕人家看出來，等到將近上燈未曾上燈的時候，方纔送還人家，以為可以混得過去。誰知被人家看了出來，到公館裡要賠。他家的家人們，不由分說，把來人攆出大門，緊緊閉上。那個人就在門口亂嚷，惹得來

⓫ 大衣服：清朝官員的禮服。

往的人都站定了，圍著看。小的那時候恰好買東西走過，看見那人正抖著那外褂兒，叫人家看呢。」我聽了這一席話，方纔明白吃盡當光的人，還能夠衣冠楚楚的緣故。

正這麼想著，又看見一個家人，拿一封信進來遞給我，說是要收條的。我接來順手拆開，抽出來一看，還沒看見信上的字，先見一張一千兩銀子的莊票蓋在上面。正是：

方纔悟徹玄中理，又見飛來意外財。

要知這一千兩銀子的票，是誰送來的，且待下回再記。

中國向來賤視兵丁，今此人乃獨能傲睨夫監司大員，可謂代彼同類者吐氣。一笑。

今世之最工勢利者為錢儈，最精算計者亦惟錢儈，此人乃能算計及於錢儈，可謂從高處著手矣。一笑。

平常在州縣衙門要遞一稟，當要多少打點，何況在督撫衙門告倒帳！無怪其往迴紆折，費如許手腳，始達其目的。此為官場中極平常之事，記者豈亦以為怪現狀而記之耶。雖然，自法律上真理上觀之，自不得不目為怪物也。

第八回　隔紙窗偷覷騙子形　接家書暗落思親淚

卻說當下我看見那一千兩的票子，不禁滿心疑惑。再看那信面時，署著「鍾緘」兩個字。然後檢開票子看那來信，上面歪歪斜斜的寫著兩三行字。寫的是：

屢訪未晤，為悵。僕事，諒均洞鑒。乞在方伯處，代圓轉一二。附呈千金，作為打點之費。尊處再當措謝。今午到關奉謁，乞少候。　雲泥兩隱❶。

我看了這信，知道是鍾雷溪的事。然而不便出一千兩的收條給他，因拿了這封信，走到書房裡，順手取過一張信紙來，寫了「收到來信一件，此照。吳公館收條」十三個字，給那來人帶去。歇了一點多鐘，那來人又將收條送回來，說是「既然吳老爺不在家，可將那封信發回，待我們再送到關上去。」當下高升傳了這話進來，我想這封信已經折開了，怎麼好還他？因叫高升出去交代說：「這裡已經專人把信送到關上去了，不會誤事的，收條仍舊拿了去罷。交代過了，我心下暗想：這鍾雷溪好

❶ 雲泥兩隱：雲在天，指受信者；泥在地，指寫信者。寫信者自謙為泥，奉承受信者。兩隱，隱去寫信者和受信者，意謂保守私密。

趣語。

不冒昧，面還未見著，人家也沒有答應他代辦這事，他便輕輕的送出這千金重禮來。不知他平日與繼之有甚麼交情，我不可耽擱了他的正事，且把這票子連信送給繼之，憑他自己作主。要想打發家人送去，恐怕還有甚麼話，不如自己走一遭。好在這條路近來走慣了，也不覺著狠遠。想定了主意，便帶了那封信，出門僱了一匹馬，加上一鞭，直奔大關而來。

見了繼之，繼之道：「你又趕來做甚麼？」我說道：「恭喜發財呢！」說罷，取出那封信，連票子一併遞給繼之。繼之看了道：「這是甚麼話！兄弟，你有給他回信沒有？」我說：「因為不好寫回信，所以纔親自送來，討個主意。」遂將上項事說了一遍。繼之聽了也沒有話說。歇了一會，只見家人來回話，說道：「鍾大人來拜會，小的擋駕也擋不及。他先下了轎，說有要緊話同老爺說。小的回說，老爺還沒有出來，他說可以等一等。小的只得引到花廳裡坐下，來回老爺的話。」繼之道：「招呼烟茶去。交代今日午飯，開到這書房裡來。開飯時，請鍾大人到帳房裡便飯。知照帳房師爺，只說我沒有來。」那家人答應著退了出去。我問道：「大哥還不會他麼？」繼之道：「就是會他，也得要好好的等一會兒。不然，他來了，我也到了，哪裡有這等巧事，豈不要犯他的疑心。」於是，我兩個人又談些別事，繼之又檢出幾封信來交給我，叫我寫回信。過了一會，開上飯來，我兩人對坐吃過了，繼之方纔洗了臉，換上衣服，出去會那鍾雷溪。我便跟了出去，閃在屏風後面去看他。

只見繼之見了雷溪，先說失迎的話，然後讓坐。坐定了，雷溪問道：「今天早起，有一封信送到公館裡去的，不知收到了沒有？」繼之道：「送來了，收到了。但是……」繼之這句話並未說完，雷溪道：「不知簽押房❷可空著？我們可到裡面談談。」繼之道：「甚好，甚好。」說著，一同站起來，讓前讓

明明是當面罵他，卻又是當面迴護他。妙極。

要求人，便想到換帖。

不知誰同他知己？

後的往裡邊去。我連忙閃開，遶到書房後面的一條夾衖裡，這夾衖裡有一個窗戶，就是簽押房的窗戶，我又站到那裡去張望。好奇怪呀！你道為甚麼？原來我在窗縫上一張，見他兩個人正在那裡對跪著行禮呢！我又側著耳朵去聽他，只聽見雷溪道：「兄弟這件事，實在是冤枉，不知哪裡來的對頭，同我頑這個把戲。其實從前舍弟在上海開過一家土行，臨了時，虧了本，欠著莊上萬把銀子是有的，哪裡有這麼多，又拉到兄弟身上。」繼之道：「這個狠可以遞個親供，分辯明白，事情的是非黑白，是有一定的，哪裡好憑空揑造。」雷溪道：「可不是嗎，然而總得要一個人在制軍那裡說句把話，所以奉求老哥，代兄弟在方伯跟前，伸訴伸訴，求方伯好歹代我說句好話，這事就容易辦了。」繼之道：「這件事，大人狠可以自己去說，卑職怕說不上去。」雷溪道：「老哥，萬不可這麼稱呼，我們一向相好。不然，兄弟送一份帖子過來，我們換了帖❸就是兄弟，何必客氣！」繼之道：「這個萬不敢當。卑職……」雷溪搶著說道：「又來了！縱使我仰攀不上換個帖兒，也不可這麼稱呼。」繼之道：「藩臺那裡，若是自己去求個把差使，許還說得上；然而卑職……」雷溪又搶著道：「噯！老哥，你這是何苦奚落我呢！」繼之道：「這是名分應該這樣。」雷溪道：「我們今天談知己話，名分兩個字，且擱過一邊。」繼之道：「這是斷不敢放恣的。」雷溪道：「這又何必呢！我們且談正話罷。」繼之道：「就是自己求差使，卑職也不曾自己去求過，向來都是承他的情，想起來就下個札子；何況給別人說話，怎麼好冒冒昧昧的去碰釘

❷ 簽押房：官署中長官批閱公文、簽字畫押的辦公室。

❸ 換了帖：舊時結拜異姓兄弟，在紅帖上寫上自己姓名、年齡、籍貫和三代，彼此交換，叫做「換帖」。「換了帖」就表示完成結拜手續，成為了異姓兄弟。

子？」雷溪道：「當面不好說，或者託託旁人，衙門裡的老夫子❹，老哥總有相好的，請他們從中周旋周旋。方纔送來的一千兩銀子，就請先拿去打點打點。老哥這邊，另外再酬謝。」繼之道：「裡面的老夫子，卑職一個也不認得。這件事，實在不能盡力，只好方命❺的了。這一千銀子的票子，請大人帶回去，另外想法子罷，不要誤了事。」雷溪道：「藩臺同老哥的交情，是大家都曉得的，老哥肯當面去說，我看一定說得上去。」繼之道：「這個卑職一定不敢去碰這釘子。論名分，他是上司；論交情，他是同先君相好，又是父執❻。萬一他擺出老長輩的面目來，教訓幾句，那就無味得狠了。」雷溪道：「這個斷不至此，不過老哥不肯賞臉罷了。但是兄弟想來，除了老哥，沒有第二個肯做的，所以纔冒昧奉求。」繼之道：「人多著呢，不要說同藩臺相好的，就同制軍相好的人也不少。」雷溪道：「人呢，不錯是多著。但是誰有這等熱心，肯鑑我的冤枉。這件事兄弟情願拿出一萬八千來料理，只要求老哥肯同我經手。」繼之道：「這個……」說到這裡，便不說了。歇了一歇，又道：「這票子還是請大人收回去，另外想法子。卑職這裡能盡力的，沒有不盡力。只是這件事，力與心違，也是沒法。」雷溪道：「老哥一定不肯賞臉，兄弟也無可奈何，只好聽憑制軍的發落了。」說罷，就告辭。

我聽完了一番話，知道他走了，方纔遶出來，仍舊到書房裡去。繼之已經送客回進來了，一面脫衣服，一面對我說道：「你這個人好沒正經，怎麼就躲在窗戶外頭，聽人家說話？」我道：「這裡面看得

❹ 衙門裡的老夫子：衙門裡的幕友和教書先生。
❺ 方命：抗命、違命。
❻ 父執：父親的朋友。

見麼？怎麼知道是我？」繼之道：「面目雖是看不見，一個黑影子是看見的，除了你還有誰？」我問道：「你們為甚麼在花廳上不行禮，卻跑到書房裡行禮起來呢？」繼之道：「我哪裡知道他，他跨進了門閬兒，就爬在地下磕頭。」我道：「大哥這般回絕了他，他的功名只怕還不保呢。」繼之道：「如果辦得好，只作為欠債辦法，不過還了錢就沒事了；但是原告呈子上是告他棍騙呢！這件事看著罷了。」我道：「他不說是他兄弟的事麼？還說只有萬把銀子呢。」繼之道：「可不是嗎。這種飾詞，不知要哄哪個。他還說這件事肯拿出一萬八千來斡旋，我當時就想駁他，後來想犯不著，所以頓住了口。」我道：「怎麼駁他呢？」繼之道：「他說是他兄弟的事，不過萬把銀子，這會又肯拿出一萬八千來斡旋這件事。有了一萬或八千，我想萬把銀子的老債，差不多也可以將就了結的了，又何必另外斡旋呢？」

正在說話間，忽家人來報說，老太太到了，在船上還沒有起岸。繼之忙叫備轎子，親自去接。又叫我先回公館裡去知照，我就先回去了。到了下午，繼之陪著他老太太來了。繼之夫人迎出去，我也上前見禮。這位老太太是我從小見過的，當下見過禮之後，那老太太道：「幾年不看見，你也長得這麼高大了。你今年幾歲呀？」我說：「十六歲了。」老太太道：「你大哥往常總說你聰明得狠，將來不可限量的，因此我也時常記掛著你。自從你大哥進京之後，你總沒有到我家去。你進了學❼沒有呀？」我說：「沒有。我的工夫還彀不上呢，況且這件事我看得狠淡，這也是各人的脾氣。」老太太道：「你雖然看得淡，可知你母親並不看得淡呢。這回你帶了信回去，我纔知道你老太爺過了。怎麼那時候不給我們一個訃聞？這會我回信也給你帶來了，回來行李到了，我檢出來給你。」我謝過了，仍到書房裡去，寫了

瑣瑣碎碎，是老婦人口吻。

❼ 進了學：科舉時代，考取秀才叫「進了學」。考取秀才，方可進入縣、州或府的學宮裡讀書，所以叫「進學」。

入情入景。此時之淚有兩處來路：一則是天真爛熳之人思親之淚，一則是不慣離家之人思鄉之淚也。

寫盡報紙內容。

寫盡當日。名士，是亦一怪現狀

幾封繼之的應酬信。

吃過晚飯，只見一個丫頭提著一個包裹，拿著一封信交給我。我接來看時，正是我母親的回信。不知怎麼著，拿著這封信，還沒有拆開看，那眼淚不知從哪裡來的，撲簌簌的落個不了。展開看時，不過說銀子已經收到，在外要小心保重身體的話。又寄了幾件衣服來，打開包裹看時，一件件的都是我慈母手中線，不覺又加上一層感觸。這一夜，繼之陪著他老太太，並不曾到書房裡來。我獨自一人，越覺得煩悶，睡在床上，翻來覆去，只睡不著。想到繼之此時在裡面敘天倫之樂，自己越發難過。坐起來要寫封家信，又沒有得著我伯父的實信，這回總不能再含含混混的了，因此又擱下了筆。

順手取過一疊新聞紙來，這是上海寄來的。上海此時只有兩種新聞紙：一種是申報，一種是字林滬報。在南京要看，是要隔幾天纔寄得到的。此時正是法蘭西在安南開仗的時候❽，我取過來，先理順了日子，再看了幾段軍報，總沒有甚麼確實消息。只因報上各條新聞，總脫不了「傳聞」、「或謂」、「據說」、「確否容再探錄」等字樣，就是看了他，也猶如聽了一句謠言一般。看到後幅，卻刊上許多詞章。這詞章之中，豔體詩又占了一大半。再看那署的款，卻都是連篇累牘，猶如徽號❾一般的別號，而且還要連表字姓名一齊寫上去，竟有二十多個字一個名字的。再看那詞章，卻又沒有甚麼驚人之句。而且豔體詩當中，還有許多輕薄句子，如詠繡鞋有句云：「者番❿看得渾真切，胡蝶當頭茉莉邊。」又書所見

❽ 法蘭西在安南開仗的時候：安南當時是中國的屬國，法國軍隊入侵安南，中國軍隊在安南與法軍開仗。此時為光緒十年，西元一八八四年。安南即越南。

❾ 徽號：美好的稱號。多指加於帝后尊號上的歌功頌德的套語。

也。

云，「料來不少芸香氣，可惜狂生在上風」之類，不知他怎麼都選在報紙上面。據我看來，這等要算是誨淫之作呢。因看了他，觸動了詩興，要作一兩首思親詩。又想就這麼作思親詩，未免率直，斷不能有好句。古人作詩，本來有個比體，我何妨借件別事，也作個比體詩呢。因想此時國家用兵，出戍的人必多；出戍人多了，戍婦自然也多，因作了三章戍婦詞道：

喔喔籬外雞，悠悠河畔碪。雞聲驚妾夢，碪聲碎妾心。妾心欲碎未盡碎，可憐落盡思君淚。妾心碎盡妾悲傷，遊子天涯道阻長。道阻長，君不歸，年年依舊寄征衣。

嗷嗷天際雁，勞汝寄征衣。征衣待禦寒，莫向他方飛。天涯見郎面，休言妾傷悲。郎君如相問，願言尚如郎在時。非妾故自諱，郎知妾悲郎憂思。郎君憂思易成病，妾心傷悲妾本性。

圓月圓如鏡，鏡中留妾容。圓月照妾亦照君，君容應亦留鏡中。兩人相隔一萬里，差幸有影時相逢。烏得妾身化妾影，月中與君談曲衷。可憐圓月有時缺，君影妾影一齊沒。

作完了，自家看了一遍，覺得身子有些困倦，便上床去睡，此時天色已經將近黎明了。正在朦朧睡去，忽然耳邊聽得有人道：「好睡呀！」正是：

⑩ 者番：這回。者，即「這」。

草堂春睡何曾足，帳外徧來擾夢人。

要知說我好睡的人是誰，且待下回再記。

第九回 詩翁畫客狼狽為奸 怨女癡男鴛鴦並命

上回無端作詩，原來是要引出此篇

卻說我聽見有人喚我，睜眼看時，卻是繼之立在床前。我連忙起來，繼之道：「好睡，好睡！我出去的時候，看你一遍，見你沒有醒，我不來驚動你；此刻我上院回來了，你還不起來麼？想是昨夜作詩辛苦了。」我一面起來，一面答應道：「作詩倒不辛苦，只是一夜不曾合眼，直到天要快亮了，方纔睡著的。」披上衣服，走到書桌旁邊一看，只見我昨夜作的詩，被繼之密密的加上許多圈，又在後面批上「纏綿悱惻，哀豔絕倫」八個字。因說道：「大哥怎麼不同我改改，卻又加上這許多圈？這種胡謅亂道的，有甚麼好處呢？」繼之道：「我同你有甚麼客氣，該是好的，自然是好的。你叫我改哪一個字呢？我自從入了仕途，許久不作詩了。你有興致，我們多早晚多約兩個人，唱和唱和也好。」我道：「正是，作詩是要有興致的。我也許久不作了，昨晚因看見報上的詩，觸動起詩興來，偶然作了這三首。我還想謄出來，也寄到報館裡去，刻在報上呢。」繼之道：「這又何必。你看那報上可有認真的好詩麼？那一班斗方名士❶結識了兩個報館主筆，天天弄些詩去登報，要借此博個詩翁的名色，自己便狂得個杜甫不死、李白復生的氣概。也有些人常常在報上看見了他的詩，自然記得他的名字，後來偶然遇見，通起姓

❶ 斗方名士：斗方，書畫所用一尺見方紙幅，文人常用來寫字作畫饋贈友人。後來把不學無術又自命風雅的人稱做「斗方名士」。

現狀，來調侃名士不少。

如果我不是親眼見過，我也要說他刻薄。

諧語。

可謂交易，而退一笑。

名來，人自然說句久仰的話，越發慣起他的狂燄逼人，自以為名震天下了。最可笑的，還有一班市儈，不過略識之無❷，因為豔羨那些斗方名士，要跟著他學，出了錢叫人代作了來，也送去登報。於是乎就有那些窮名士，定了價錢，一角洋錢一首絕詩❸，兩角洋錢一首律詩❹的，那市儈知道甚麼好歹，便常常去請教。你想，將詩送到報館裡去，豈不是甘與這班人為伍麼？雖然沒甚要緊，然而又何必呢。」

我笑道：「我看大哥待人是極忠厚的，怎麼說起話來，總是這麼刻薄？何苦形容他們到這份兒呢！」繼之道：「我何嘗知道這麼個底細，是前年進京時，路過上海，遇見一個報館主筆，姓胡，叫做胡繪聲，是他告訴我的，諒來不是假話。」我笑道：「他名字叫做繪聲，聲也會繪，自然善於形容人家的了。我總不信送詩去登報的人，個個都是這樣。」繼之道：「自然不能一網打盡，內中總有幾個不這樣的，然而總是少數的了。還有好笑的呢，你看那報上不是許多題畫詩麼，這作題畫詩的人，後幅告白上面，總有他的書畫仿單❺。其實他並不會畫，有人請教他時，他便請人家代筆畫了，自己題上兩句詩，寫上一個款，便算是他畫的了。」我說道：「這個於他有甚好處呢？」繼之道：「他的仿單，非常之貴，畫一把扇子，不是兩元，也是一元。他叫別人畫，只拿出兩三角洋錢去，這不是尚亦有利哉麼？這是詩家的

❷ 略識之無：大致認得「之」、「無」幾個字。意謂沒有讀過多少書。

❸ 絕詩：即絕句。近體詩之一種，每首四句，每句五字或七字，也稱「五絕」或「七絕」。

❹ 律詩：近體詩之一種，每首八句，每句五字或七字，也稱「五律」或「七律」。無論五律七律，每句有一定的平仄格式，中間兩聯須用對仗。

❺ 仿單：商品的價目單及書畫篆刻家的潤例，也指介紹商品性質、用途、使用法之說明書。

畫。還有那畫家的詩呢，有兩個隻字不通的人，他卻會畫，並且畫的還好。倘使他安安份份的畫了出來，寫了個老老實實的上下款，未嘗不過得去；他卻偏要學人家題詩，請別人作了，他來抄在畫上。這也罷了，那個稿子，他又謄在冊子上，以備將來不時之需。這也還罷了，誰知他後來積的詩稿也多了，不用再求別人了，隨便畫好一張，就隨便抄上一首，他還要寫著『錄舊作補白』呢。誰知都被他弄顛倒了，畫了梅花，卻抄了題桃花詩，畫了美人，卻抄了題鍾馗詩。」我聽到這裡，不覺笑的肚腸也要斷了，連連擺手說道：「大哥，你不要說罷。這個是你打我我也不信的，天下哪裡有這種不通的人呢！」繼之道：「你不信麼？我念一首詩給你聽，你猜是甚麼詩？這首詩我還牢牢記著呢。」因念道：「

隔簾秋色靜中看，欲出籬邊怯薄寒。隱士風流思婦淚，將來收拾到毫端。

你猜這首詩是題甚麼的？」我道：「這首詩不見得好。」繼之道：「你且不要管他好不好，你猜是題甚麼的。」我道：「上頭兩句泛得狠，底下兩句，似是題菊花海棠合畫的。」繼之忽地裡叫一聲：「來！」外面就來了個家人。繼之對他道：「叫鴉頭把我那個湘妃竹柄子的團扇拿來。」不一會，拿了出來。繼之遞給我看，我接過看時，一面還沒有寫字，一面是畫的幾根淡墨水的竹子，竹樹底下站著一個美人，美人手裡拿著把扇子，上頭還用淡花青烘出一個月亮來。畫筆是不錯的，旁邊卻連真帶草的寫著繼之方纔念的那首詩。我這纔信了繼之的話。繼之道：「你看那方圖書❻還要有趣呢。」我再看時，見有一個

沒有寫字，是不欲再求人寫字也。

❻ 圖書：這裡指印章。明陸容菽園雜記：「古人於圖書書籍，皆有印記，……今人遂以其印呼為圖書。」

一寸多見方的壓腳圖書打在上面，已經不好看了。再看那文字時，卻是「畫宗吳道子❼，詩學李青蓮❽」十個篆字。不覺大笑起來，問道：「大哥，你這把扇子哪裡來的？」繼之道：「我慕了他的畫名，特地託人到上海去，出了一塊洋錢潤筆求來的呀。此刻你可信了我的話了，可不是我說話刻薄，形容人家了。」說話之間，已經開出飯來。我不覺驚異道：「呀！甚麼時候了？我們只談得幾句天，怎麼就開飯了？」繼之道：「時候是不早了，你今天起來得遲了些。」我趕忙洗臉漱口，一同吃飯。飯罷，繼之到關上去了。

大凡記事的文章，有事便話長，無事便話短，不知不覺，又過了七八天。我伯父的回信到了，信上說是知道我來了，不勝之喜，刻下要到上海一轉，無甚大耽擱，幾天就可回來。我得了此信，也甚歡喜，就帶了這封信，去到關上，給繼之說知。入到書房時，先有一個同事在那裡談天。這個人是督扦的司事❾，姓文，表字述農，上海人氏。當下我先給繼之說知來信的話，索性連信也給他看了。繼之看罷，指著述農說道：「這位也是詩翁，你們狠可以談談。」於是我同述農重新敘話起來，述農又讓我到他房裡去坐，兩人談的入彀。我又提起前幾天繼之說的斗方名士那番話，述農道：「這是實有其事。上海地方，無奇不有，倘能在那裡多盤桓些日子，新聞還多著呢。」我道：「正是。可惜我在上海往返了三次，

如今上海的人卻不講究這個。

❼ 吳道子：唐朝畫家，名道玄，有「畫聖」之稱。

❽ 李青蓮：唐朝詩人李白，字太白，號青蓮居士。

❾ 督扦的司事：即管理扦子手的吏員。「扦」是關卡上查驗貨物的工具，鐵製細長針狀物，插入貨物裡層進行查驗。執扦的人稱「扦子手」。

兩次是有事，匆匆便行；一次為的是丁憂，還在熱喪裡面，不便出來逛逛。這回我過上海時，偶然看見一件奇事，如今觸發著了，我纔記起來。那天我因為出來寄家信，順路走到一家茶館去看看，只見那吃茶的人，男女混雜，笑謔並作的，是甚麼意思呢？」述農道：「這些女子叫做野雞的人，就是流娼的意思，也有良家女子也有上茶館的，這是洋場上的風氣。有時也施個禁令，然而不久就開禁的了。」我道：「如此說，內地是沒有這風氣的了？」述農道：「內地何嘗沒有，從前上海城裡，也是一般的女子們上茶館的，上酒樓的，後來叫這位總巡❿禁絕了。」我道：「這倒是整頓風俗的德政。不知這位總巡是誰？」述農道：「外面看著是德政，其實骨子裡，他在那裡行他那賊去關門的私政呢。」我道：「這又是一句奇話。私政便私政了，又是甚麼賊去關門的私政呢？倒要請教請教。」述農道：「這位總巡，專門仗著官勢，行他的私政。從前做上海西門巡防局委員的時候，他的一個小老婆，受了他的委屈，吃生鴉片烟死了。他恨的了不得，就把他該管地段的烟館一齊禁絕了。外面看著，不是又是德政麼？誰知他內裡有這麼個情節。至於他禁婦女吃茶一節的話，更是醜的了不得。他自己本來是一個南貨店裡學生意出身，不知怎麼樣，叫他走到官場裡去，你想這等人家，有甚麼規矩？所以他雖然做了總巡，他那一位小姐，已經上二十歲的人了，還沒有出嫁，卻天天跑到城隍廟裡茶館裡吃茶，那位總巡也不禁止他。忽然一天，這位小姐不見了。偏偏這天家人們都說小姐並不曾出大門，就在屋裡查察起來。誰知他公館的房子，是緊靠在城腳底下，晒臺又緊貼著城頭，那小姐是在晒臺上搭了跳板，走過城頭上去的。惱得那位總巡立時出了一道告示，勒令沿城腳的居民將晒臺拆去，只說恐防宵小。又出告示，禁止婦女吃茶。

自內地人觀之，自是奇事。

果是奇話，我亦急欲請教。

❿ 總巡：維持地方治安的首長。

這不是賊去關門的私政麼？」我道：「他的小姐走到哪裡去的呢？」述農道：「奇怪著呢，就是他小姐逃走的那一天，同時逃走了一個轎班⑪。」我道：「這是事有湊巧罷了，哪裡就會跟著轎班走呢？」述農道：「所以天下事往往有出人意外的。那位總巡因為出了這件事，勢不得不追究，又不便傳播出去，特地請出他的大舅子來商量。因為那個轎班是嘉定縣人，他大舅子就到嘉定去訪問，果然叫他訪著了，那位小姐居然是跟他走的。他大舅子就連夜趕回上海，告訴了底細。他就寫了封信，託嘉定縣辦這件事，只說那轎班拐了丫頭逃走。嘉定縣得了他的信，就把那轎班捉將官裡去。他大舅子便硬將那小姐捉了回來。誰知他小姐回來之後，尋死覓活的鬧個不了，足足三天沒有吃飯，看著是要絕粒的了。依了那總巡的意思，憑他死了也罷了。但是他那位太太愛女情切，暗暗的叫他大舅再到嘉定去，請嘉定縣尊不要把那轎班辦的重了，最好是就放了出來。他大舅只得又走一趟。走了兩天，回來說，那轎班一些刑法也不曾受著。只因他投在一家鄉紳人家做轎班，嘉定鄉紳是權力狠大的，地方官都是仰承他鼻息的，所以不到一天，還沒問過，就叫他主人拿片子要了去了。那位太太就暗暗的安慰他女兒。過了些時，又給他些銀子，送他回嘉定去。誰知到得嘉定，又鬧出一場笑話來。」正說到這裡，忽聽得外面一陣亂嚷，跑進來了兩個人，就打斷了話頭。正是：

好會掩飾。

小姐聞之不知歡喜得怎地。

一夕清談方入彀，何處閒非來擾人。

---

⑪ 轎班：轎夫。

要知外面嚷的是甚事，跑進來的是甚人，且待下回再記。

一路寫來多是官場醜態，至此忽插入騷人墨客、怨女癡男，可見無處無怪現狀之可紀也。

第十回 老伯母強作周旋話 惡洋奴欺凌同族人

原來外面扦子手查著了一船私貨，爭著來報。當下述農就出去察驗，耽擱了好半天。我等久了，恐怕天晚入城不便，就先走了。從此一連六七天沒有事。

這一天，我正在寫好了幾封信，打算要到關上去。忽然，門上的人送進來一張條子，即接過來一看，卻是我伯父給我的。說已經回來了，叫我到公館裡去。我連忙袖了那幾封信，一逕到我伯父公館裡相見。我伯父先說道：「你來了幾時了？可巧我不在家，這公館裡的人，卻又一個都不認得你，幸而聽見說你遇見了吳繼之，招呼著你。你住在那裡可便當麼？如果不狠便當，不如搬到我公館裡罷。」我說道：「住在那裡狠便當。繼之自己不用說了，就是他的老太太，他的夫人，也狠好的，待姪兒就像自己人一般。」伯父道：「到底打攪人家不便。繼之今年只怕還不曾滿三十歲，他的夫人自然是年輕的，你常見麼？你雖然還是個小孩子，然而說小也不小了，這嫌疑上面，不能不避呢。我看你還是搬到我這裡罷。」我說道：「現在繼之得了大關差使，不常回家，託姪兒在公館裡照應，一時似乎不便搬出來。」我這句話還沒有說完，伯父就笑道：「怎麼他把一個家，託了個小孩子！」我接著道：「姪兒本來年輕，不懂得甚麼，不過代他看家罷了，好在他三天五天總回來一次的。現在他書啓的事，還叫姪兒辦呢。」伯父好像吃驚的樣子道：「你怎麼就同他辦麼？你辦得來麼？」我說道：「這不過寫幾封信罷了，也沒有甚麼辦

其意若曰不似伯母之拒絕我也。然乎？否乎？

已忘「

此吾家千里駒」之言耶？

不來。」伯父道：「還有給上司的稟帖呢，夾單❶咧，雙紅❷咧，只怕不容易罷。」我道：「這不過是駢四儷六❸裁剪的工夫，只要字面工整富麗，哪怕不接氣也不要緊的，這更容易了。」伯父道：「小孩子們有多大本事，就要這麼說嘴！你在家可認真用功的讀過幾年書？」我道：「書是從七歲上學，一直讀的，不過就是去年耽擱下幾個月，今年也因為要出門，纔解學的。」伯父道：「那麼你不回去好好的讀書，將來巴個上進，卻出來混甚麼？」我道：「這也是各人的脾氣，姪兒從小就不望這一條路走，不知怎麼的，這一路的聰明也沒有。先生出了題目，要作八股，姪兒先就頭大了。偶然學著對個策❹，做篇論，那還覺得活潑些。或者作個詞章，也可以陶寫陶寫自己的性情。」

伯父正要說話，只見一個丫頭出來說道：「太太請姪少爺進去見見。」伯父就領了我到上房裡去。我便拜見伯母。伯母道：「姪少爺前回到了，可巧你伯父出差去了。本來狠應該請到這裡來住的，因為我們雖然是至親，卻從來沒有見過，這裡南京是有名的『南京拐子』，稀奇古怪的光棍撞騙，多得狠呢，我又是個女流，知道是冒名來的不是？所以不敢招接。此刻聽說有個姓吳的朋友招呼你，這也狠好。你此刻身子好麼？你出門的時候，你母親好麼？自從你祖老太爺過身之後，你母親就跟著你老人家運靈柩

❶ 夾單：也叫「夾片」。清朝官吏向上司書面報告，叫「手本」。如所述不便寫在手本中或與公事無關的，可以另用帖寫，夾在手本摺內，叫做「夾單」。

❷ 雙紅：即「雙紅帖」，謁見尊長所用的名帖，帖用紅紙，紙幅從中折合後相當一張單帖。

❸ 駢四儷六：駢體文四字、六字一句，每兩句必須對偶，故稱駢體文為「駢四儷六」。

❹ 對個策：即寫對策。清朝科舉考試中，以政事為題，叫考生對答，叫「對策」。

回家鄉去，從此我們妯娌就沒有見過了。那時候還沒有你呢，此刻算算，差不多有二十年了。你此刻打算多早晚回去呢？」我還沒有回答，伯父先說道：「此刻吳繼之請了他做書啓，一時只怕不見得回去呢。」伯母道：「那狠好了，我們也可以常見見。出門的人，見個同鄉也是好的，不要說自己人了。不知可有多少束脩？」我說道：「還沒有知道呢，雖然辦了個把月，因為……」這裡我本來要說，因為借了繼之銀子寄回去，恐怕他先要將束脩扣還的話，忽然一想，這句話且不要提起的好，因改口說道：「因為沒有甚用錢的去處，所以姪兒未曾支過。」伯父道：「你此刻有事麼？」我道：「到關上去有點事。」伯父道：「那麼你先去罷。明日早起再來，我有話給你說。」我聽說，就辭了出來，騎馬到關上去。

此時略有閱歷，略解人情矣。

走到關上時，誰知簽押房鎖了，我就到述農房裡去坐。問起述農，纔知道繼之回公館去了。我道：「繼翁向來出去是不鎖門的，何以今日忽然上了鎖呢？」述農道：「聽見說昨日丟了甚麼東西，問他是甚麼東西，他卻不肯說。」說著，取過一疊報紙來，檢出一張滬報給我看，原來前幾天我作的那三首戍婦詞已經登上去了。我便問道：「這一定是閣下寄去的，何必呢？」述農笑道：「又何必不寄去呢？這等佳作，讓大家看看也好。今天沒有事，我們擬個題目，再作兩首，好麼？」我道：「這會可沒有這個興致，而且也不敢在班門弄斧，還是閒談談罷。那天談那位總巡的小姐，還沒有說完，到底後來怎樣呢？」述農笑道：「你只管歡喜聽這些故事，你好好的請我一請，我便多說些給你聽。」說著，用手在肚子上拍了一拍，道：「我這裡面，故事多著呢。」我道：「幾時拿了薪水，自然要請請你。此刻請你先把那未完的卷來完了纔好，不然我肚子裡怪悶的。」述農道：「呀！是呀，昨天就發過薪水了，你的還沒有拿麼？」說著，就叫底下人到帳房去取。去了一會，回來說道：「吳老爺拿進城去了。」述農又

也可謂有情人成了眷屬矣。一笑。

二十年前上海通行日本小銀元也。

笑道：「今天吃你的不成功，只好等下次的了。」我道：「明後天出城，一定請你，只求你先把那件事說完了。」述農道：「我那天說到甚麼地方也忘記了，你得要提我一提。」我道：「你說到甚麼那總巡的太太，叫人到嘉定去尋那個轎班呢，又說出了甚麼事了。」述農道：「哦！是了。尋到嘉定去，誰知那轎班卻做了和尚了，好容易纔說得他肯還俗，仍舊回到上海，養了幾個月的頭髮，那位太太也不由得總巡做主，硬把這位小姐許配了他。又拿他自家的私蓄銀，託他的舅爺，同他女婿捐了個把總❺。還逼著那總巡，叫他同女婿謀差事。那總巡只怕是一位懼內的，奉了閫令❻，不敢有違，就同他謀了個看城門的差事。此刻只怕還當著這個差呢。看著是看城門的一件小事，那東洋照會的出息，也不少呢。這件事，我就此說完了，要我再添些出來，可添不得了。」我道：「說是說完了，只是甚麼『東洋照會』，我可不懂，還要請教。」述農又笑道：「我不合隨口帶說了這麼一句話，又惹起你的麻煩。這『東洋照會』是上海的一句土談。晚上關了城門之後，照例是有公事的人要出進，必要有了照會，或者有了對牌，纔可以開門。上海卻不是這樣，只要有了一角小洋錢，就可以開得。卻又隔著兩扇門，不便彰明較著的大聲說是送錢來，所以嘴裡還是說照會，等看門的人走到門裡時，就把一角小洋錢在門縫裡遞了進去，馬上就開了。因為上海通行的是日本小洋錢，所以就叫他作東洋照會。」

我聽了這纔明白。因又問道：「你說故事多得狠，何不再講些聽聽呢。」述農道：「你又來了。這沒頭沒腦的，叫我從哪裡說起？這個除非是偶然提到了，纔想得著呀。」我說道：「你只在上海城裡城

---

❺ 把總：低級武官。

❻ 閫令：妻子的命令。閫，門檻，一般把內室稱做閫。

外的事想去，或者官場上面，或者外國人上面，總有想得著的。」述農道：「一時之間，委實想不起來。以後我想起了，用紙筆記來，等你來了就說罷。」我道：「我總不信一件也想不起，不過你有意吝教罷了。」述農被我纏不過，只得低下頭去想，一會道：「大海撈針似的，哪裡想得起來。」我道：「我想那轎班忽然做了把總，一定是有笑話的。」述農拍手道：「有的！可不是這個把總，另外一個把總。我就說了這個來搪塞罷。有一個把總，在吳淞甚麼營裡面，當一個甚麼小小的差事，一個月也不過幾兩銀子。一天不知為了甚麼事，得罪了一個哨官❼。這哨官是個守備❽。這守備因為那把總得罪了他，他就在營官❾面前說了他一大套壞話，營官信了一面之詞，就把那把總的差事撤了。那把總沒了差事，流離浪蕩的沒處投奔。後來到了上海，恰好巡捕房招巡捕，他便去投充巡捕，果然選上了。每月也有十元八元的工食，倒也同在營裡差不多。有一天冤家路窄，這一位守備不知為了甚麼事，到上海來了，在馬路上大聲叫東洋車，被他看見了。真是仇人相見，分外眼明。正要想法子尋他的事，恰好他在那裡大聲叫車，便走上去，用手中的木棍，在他身上狠狠的打了兩下，大喝道：『你知道租界的規矩麼？在這裡大呼小叫，你只怕要吃外國官司呢！』守備回頭一看，見是仇人，也耐不住道：『甚麼規矩不規矩，你也得要好好的關照，怎麼就動手打人？』巡捕道：『你再說，請你到巡捕房去。』守備道：『我又不曾犯法，就到巡捕房裡怕甚麼！』巡捕聽說，就上前一把辮子拖了要去。那守備未免掙扎了幾下，那巡捕就

一味胡纏，真是孩子氣。

本來未曾犯法，不過結下私仇而已。

❼ 哨官：清朝兵制，綠營兵五百人為一營，一營分為五哨。哨官即統率百人的武官。

❽ 守備：清朝兵制，綠營中營官下屬的武官。

❾ 營官：綠營兵中統率一營五百人的武官。

此會審委員小照也。

藉異族之勢力，以欺凌同族者，眾矣。寧獨此把

趁勢把自己號衣⑩撕破了一塊，一路上拖著他走。又把他的長衫褫了下來，摔在路房。到得巡捕房時，只說他在當馬路小便，我去禁止，他就打起我來，把號衣也撕破了。那守備要開口分辯，被一個外國人過來，沒頭沒腦的打了兩個巴掌。你想外國人又不是包龍圖，況且又不懂中國話，自然就中了他的膚受之愬⑪了。不由分說，就把這守備關起來。恰好第二天是禮拜，第三天接著又是中國皇帝的萬壽⑫，會審公堂照例停審，可憐他白白的在巡捕房裡面關了幾天。好容易盼到那天要解公堂了，他滿望公堂上面到底有個中國官，可以說得明白，就好一五一十的伸訴了。誰知上得公堂時，只見那把總升了巡捕的，上堂說了一遍，仍然說是被他撕破號衣。堂上的中國官也不問一句話，便判了打一百板，押十四天。他還要伸說時，已經有兩個差人過來，不由分說，拉了下去，送到班房裡面。他心中還想道：『原來說打一百板，是不打的，這也罷了。』誰知到了下午三點鐘時候，說是坐晚堂了，兩個差人來，拖了就走，到得堂上，不由分說的，劈劈拍拍打了一百板，打得鮮血淋漓。就有一個巡捕上來，拖了下去，上了手銬，押送到巡捕房裡，足足的監禁了十四天。又帶到公堂過了一堂，方纔放了。你說巡捕的氣燄，可怕不可怕呢！」

我說道：「外國人不懂話，受了他那膚受之愬，且不必說；那公堂上的問官，他是個中國人，也應

⑩ 號衣：清朝兵士和租界巡捕所穿的制服，因帶有記號，故稱「號衣」。

⑪ 膚受之愬：讒言、誹謗。語出論語顏淵：「浸潤之譖，膚受之愬，不行焉，可謂明也已矣。」論語此章是說像水滲透般的讒言，像皮膚感到疼痛的誹謗，都行不通，就可以算是明智了。

⑫ 萬壽：皇帝、皇太后的生日。

總已耶。嗚呼！豈但這一樁。只為飯碗起見，可發一嘆。

該問個明白，何以也這樣一問也不問，就判斷了呢？」述農道：「這裡面有兩層道理：一層是上海租界的官司，除非認真的一件大事，方纔有兩面審問的。其餘打架細故，非但不問被告，並且連原告也不問，只憑著包探巡捕的話就算了。他的意思，還以為那包探巡捕是辦公的人，一定公正的呢，哪裡知道就有這把總升巡捕的那一樁前情後節呢。第二層，這會審公堂的華官，雖然擔著個會審的名目，其實猶如木偶一般，見了外國人就害怕的了不得，生怕得罪了外國人，外國人告訴了上司，撤了差，磕碎了飯碗，所以平日問案，外國人說甚麼就是甚麼。這巡捕是外國人用的，他平日見了，也要帶三分懼怕，何況這回巡捕做了原告，自然不問青紅皂白，要懲辦被告了。」我正要再往下追問時，繼之打發人送條子來，叫我進城，說有要事商量。我只得別過述農，進城而去。正是：

適聞海上稱奇事，又歷城中傀儡場。

未知進城後有甚麼要事，且待下回再說。

下半回寫上海會審公堂，如神禹鼎，如照妖鏡，雖以西洋攝影術攝之，不能如此形容盡致也。雖然，此特其一部分耳。千奇百怪之現狀，苟為之特立一傳，吾恐南山之竹為之罄也。

第十一回　紗窗外潛身窺賊跡　房門前瞥眼睹奇形

當下我別過述農，騎馬進城。路過那苟公館門首，只見他大開中門，門外有許多馬匹，街上堆了不少的爆竹紙，那爆竹還在那裡放個不住。心中暗想，莫非辦甚麼喜事，然而上半天何以不見動靜？繼之家本來同他也有點往來，何以並未見有帖子？一路狐疑著回去，要問繼之，偏偏繼之又出門拜客去了，從日落西山，等到上燈時候，方纔回來。

一見了我，便說道：「我說你出城，我進城，大家都走的是這條路，何以不遇見呢，原來你到你令伯那裡去過一次，所以相左了。」我道：「大哥怎麼就知道了？」繼之道：「我回來了不多一會，你令伯就來拜我，談了好半天纔去。我恐怕明日一早要到關上去，有幾天不得進城，不能回拜他，所以他走了，我寫了個條子請你進城，一面就先去回拜了他，談到此刻纔散。」我道：「這個可謂長談了。」繼之道：「他的脾氣同我們兩樣，同他談天，不過東拉拉、西拉拉罷了。他是個風流隊裡的人物，年紀雖然大了，興致卻還不減呢。這回到通州勘荒去，你道他怎麼個勘法？他到通州只住了五天，拜了拜本州，就到上海去頑了這多少日子。等到回來時，又攏那裡一攏，就回來了。方纔同我談了半天上海的風景，真是愈出愈奇了。大凡女子媚人，總是借助脂粉，誰知上海的婊子，近來大行帶墨晶眼鏡。你想這杏臉桃腮上面，加上兩片墨黑的東西，有甚麼好看呢？還有一層，聽說水烟筒都是用銀子打造的，這不是浪

平平淡淡寫來，內中自有多少怪狀，令讀者自己去想像。蓋至此，方了結第四回事也。

官場縟節，真是可厭。

光緒壬

午癸未間，上海確有此風。近且有以金為之者矣。

費得無謂麼。」

我道：「這個不關我們的事，也不是我們浪費，不必談他。那苟公館今天不知有甚麼喜事，我們這裡有帖子沒有？要應酬他不要？」繼之道：「甚麼喜事！豈但應酬他，而且錢也借去用了。今日委了營務處❶的差使，打發人到我這裡來，借了五十元銀去做札費❷，我已經差帖道喜去了。」我道：「札費也用不著這些呀。」繼之道：「雖然未見得都做了札費，然而格外多賞些，摔闊牌子也是他們旗人的常事。」我道：「得個把差使，就這麼張揚，放那許爆竹，也是無謂得狠。今天我回來時，幾乎把我的馬嚇溜了，幸而近來騎慣了，還勒得住。」繼之道：「這放爆竹是湖南的風氣，這裡湖南人住的多了，這風氣就傳染開來了。我今天急於要見你，要託你暗中代我查一件事。可先同你說明白了，我並不是要追究東西，不過要查出這個家賊，開除了他罷了。」我道：「是呀，今天我到關上去，聽見說大哥丟了甚麼東西。」繼之道：「並不是甚麼狠值錢的東西，是失了一個龍珠表。這表也不知他出在哪一國，可是初次運到中國的，就同一顆水晶球一般，只有核桃般大。我在官廳上面，見同寅的有這麼一個，我就託人到上海去帶了一個來，只值十多元銀子，本來不甚可惜。只是我又配上一顆雲南黑銅的表墜，這黑銅雖然不知道值錢不值錢，卻是一件稀罕東西。而且那工作十分精細，也不知他是彫的還是鑄的，是杏仁般大的一個彌勒佛像，鬚眉畢現的，狠是可愛。」我道：「彌勒佛沒有鬚的。」繼之道：「不過是這麼一句話，說他精細罷了，你不要挑眼兒取笑。」我道：「這個不必查，一定是一個饞嘴的人偷的。」繼

❶ 營務處：清朝軍隊的後勤機構，主管全省軍事訓練，並負責軍服、軍械等物資供給。

❷ 札費：給送委任札子差人的賞錢。

之怔了一怔，道：「怎見得？」我道：「大哥不說麼，表像核桃，表墜像杏仁，那表鍊一定像粉條兒的了，他不是饞嘴貪吃，偷來做甚麼呢？」繼之笑了笑道：「不要只管取笑，我們且說正經話。我所用的人，都是舊人，用上幾年的了，向來知道是靠得住的。只有一個王富，一個李升，一個周福，是新近用的，都在關上。你代我留心體察著，看是哪一個，我好開除了他。」我想了一想道：「這是一個難題目。我查只管去查，可是不能限定日子的。」繼之道：「這個自然。」

正說著話時，門上送進來一分帖子，一封信。繼之只看了看信面，就遞給我。我接來一看，原來是我伯父的信。拆開看時，上面寫著明日申刻請繼之吃飯，務必邀到，不可有誤云云。繼之對我道：「令伯又來同我客氣了。」我道：「吃頓把飯也不算甚麼客氣。」繼之道：「這麼著，我明日索性不到關上去了，省得兩邊跑。明日你且去一次，看有甚麼動靜沒有。」我答應了。

繼之就到上房裡去，拿了一根鑰匙出來，交給我道：「這是簽押房鑰匙，你先帶著，恐怕到那邊有甚麼公事。」又拿過一封銀子來，道：「這裡是五十兩，內中二十兩是我送你的束修。帳房裡的贏餘，本來是要到節下算的，我恐怕你又要寄家用，又要添補些甚麼東西，二十兩不夠，所以同他們先取了三十兩來，付了你的帳，到了節下再算清帳就是了。你下次到關上去，也到帳房裡走走，不要掛了你的名字，你一到也不到。」我道：「我此刻用不了這些，前回借大哥的，請先扣了去。」繼之道：「這個且慢著。你說用不了這些，我可也還不等這個用呢。」我道：「只是我的脾氣，欠著人家的錢，狠不安的。」繼之道：「你欠了人家的錢，只管去不安；欠了我的錢，用不著不安。老實對你說，同我彀不上交情的，我一文也不肯借；彀得上交情的，我借了就當送了，除非那人果然十分豐足了，有餘錢還我，

今日何處。

有此鮑叔。

借與苟才的何如？一笑。

此所謂家庭專制。

虧他如何說出來。

承情之至。

我纔受呢。」我聽了不便再推辭，只得收過了。

一宿無話。到了次日，梳洗過後，我就帶了鑰匙，先到伯父公館裡去。誰知還沒有起來，我在客堂裡坐等了好半天，纔見一個丫頭出來，說太太請姪少爺。我進去見過伯母，談了些家常話。等到十點多鐘，我實在等不及了，恐怕關上有事，正要先走，我伯父卻醒了，叫我再等一等，我只得又留住。等伯父起來，洗過了臉，吃了一會水烟，又吃了點心，叫我同到書房裡去，在烟床睡下。早有家人裝好了一口烟，伯父取過來吸了，方慢慢的起來，在書桌抽屜裏面取出一包銀子，道：「你母親的銀子，只有二千存在上海，五釐週息，一年恰好一百兩的利錢，取來了。我到上海去取，來往的盤纏用了二十兩。這裡八十兩，你先寄回去罷。還有那三千兩，是我一個朋友王俎香借了去用的，說過也是五釐週息。但是俎香現在湖南，等我寫信去取了來，再交給你罷。」我接過了銀子，告知關上有事，要早些去。伯父問道：「繼之今日來麼？」我道：「來的。今天他不到關上去，也是為的晚上要赴這個席。」伯父道：「這也是為你的事，他照應了你，我不能不請請他。你有事先去罷。」

我就辭了出來，急急的僱了一匹馬，加上幾鞭，趕到關上。午飯已經吃過了，我開了簽押房門，叫廚房再開上飯來，一面請文述農來談天。誰知他此刻公事忙，不得個空。我吃過了飯，見沒有人來回公事，因想起繼之託我查察的事情。這件事沒頭沒腦的，不知從哪裡查起。想了一會法子，取出那八十兩銀子，放在公事桌上，把房門虛掩起來，遶到簽押房後面的夾衖裡後窗外面，立在一個裡面看不見外面、外面卻張得見裡面的地方，在那裡偷看。這也不過是我一點妄想，想看有人來偷沒有。看了許久，不見有人來偷。我想這樣試法，兩條腿都站直了，只怕還試不出來呢。正想走開，忽聽得砉的一聲門響，有人進去了。我留心一看,正是那個周福。只見他走進房時,四下裡一望,嘴裡說道:「又沒有人了。」一回頭看見桌上那一包銀子,拿在手裏顛了一顛,把舌頭吐了一吐。伸手去開那抽屜,誰知都是鎖著的。他又去開了書櫃,把那一包銀子放在書櫃裡面,關好了。又四下裡望了一望,然後出去,把房門倒掩上了。我心中暗暗想道:「起先見他的情形,狠像是賊,誰知倒不是賊。」於是繞了出來,走過一個房門口,聽見裏面有人說話。這個房住的是一個同事,姓畢,表字鏡江。我因為聽見說話聲音,無意中往裡

奇極。

面一望,只見鏡江同著一個穿短衣赤腳的粗人,在那裡下象棋。那粗人手裡還拿著一根尺把長的旱烟筒,在那裡吸著烟。我心中暗暗稱奇。不便去招呼他,順著腳步,走回簽押房。只見周福在房門口的一張板凳上坐著,見我來了,就站起來,說道:「師爺下次要出去,請把門房鎖了,不然丟了東西,是小的們的干紀。」他一面說,我一面走到房裏,他也跟了進來。又說道:「丟了東西,老爺又不查的,這個最難為情。」我笑道:「查不查有甚麼難為情?」周福道:「不是這麼說。倘是丟了東西,馬上就查,查明白了是誰偷的,就懲治了誰;那不是偷東西的,自然心安了。此刻老爺一概不查,只說丟了就算了,

確有此情理。

這自然是老爺的寬洪大量。但是那偷東西的,心中暗暗歡喜;那不是偷東西的,倒懷著鬼胎,不知主人疑心的是誰。並且同事當中,除了那個真是做賊的,大家都是你疑我,我疑你,這不是不安麼?」我道:「查是要查的,不過暗暗的查罷了。並且老爺雖然不查,你們也好查的。查著了真贓,還有得賞呢。」周福道:「賞是不敢望賞,不過查著了,可以明明心跡罷了。」我道:「那麼你們凡是自問不是做賊的,都去暗暗的查來,但是不可張揚,把那做賊的先嚇跑了。」周福答了兩個「是」字,要退出去,又止住了腳步,說道:「小的纔剛進來,看見書桌上有一封銀子,已經放在書櫃裏面了。」我道:「我知道了。

畢師爺那房裏，有一個狠奇怪的人，你去看看是誰。」周福答應著去了。

恰好述農公事完了，到這裏來坐。一進房門便道：「你真是信人，今天就來請我了。」我道：「今天還來不及呢，一會我就要進城了。」述農笑道：「取笑罷了，難道真要你請麼？」我道：「我要求你說故事，只好請你。」剛說到這裏，周福來了，說道：「並沒有甚麼奇怪人，只有一個挑水夫阿三在那裏。」我問道：「在那裏做甚麼？」周福道：「好像剛下完了象棋的樣子，在那裏收棋子呢。」說完退了出去。述農便問甚麼事，我把畢鏡江房裏的人說了，述農道：「他向來只同那些人招接。」我道：「這又為甚麼？」述農道：「你算得要管閒事的了，怎麼這個也不知道？」我道：「我只歡喜打聽那古怪的事，閒事是不管的。你這麼一說，這裡面一定又有甚麼蹺蹊的了，倒要請教請教。」述農道：「這也沒有甚麼蹺蹊，不過他出身微賤，聽說還是個王八❸，所以沒有甚人去理他，就是二爺們見了他也避的，所以他只好去結交些燒火挑水的了。」我道：「繼翁為甚用了這等人？」述農道：「繼翁何嘗要用他，因為他弄了情面薦來的，沒奈何給他四吊錢一個月的乾修❹罷了。他連字也不識，能辦甚麼事要用他！」我道：「他是誰薦的？」述農道：「這個我也不甚了利❺，你問繼翁去。你每每見了我，就要我說故事，

❸ 王八：這裡指以自家內眷為娼的男子。一說「王八」即「忘八」，謂忘卻「孝悌忠信禮義廉恥」；一說為烏龜別稱，謂雄龜不能交媾雌龜，賴雄蛇來交。又說「烏龜」即「烏歸」，以其白晝羞見人，黑夜才能歸家。第十四回又稱「龜子」。

❹ 乾修：不做工作而白得之津貼，也叫做「乾薪」。

❺ 了利：清楚、明白。

我昨夜窮思極想的，想了兩件事：一件是我親眼看見的實事，一件是相傳說著笑的，我也不知是實事，還是故意造出來笑的。我此刻先把這個給你說了，可見得我們就這大關的事不是好事，我這當督扦的，還是眾怨之的呢。」我聽了大喜，連忙就請他說。述農果然不慌不忙的說出兩件事來。正是：

過來人具廣長舌❻，揮麈閒登說法臺。

未知述農說的到底是甚麼事，且待下回再記。

欲寫汪子存，先寫畢鏡江。欲寫畢鏡江歷史，先寫畢鏡江交友。究竟其人如何，既然是個王八，何以又為他費筆墨？令人急欲追求，卻又霎時勒住。詭秘如是，不怕閱者納悶耶。

❻廣長舌：佛教謂佛有三十二相，第二十七為廣長舌相，言舌葉廣長。後用來比喻能言善辯。

第十二回　查私貨關員被累　行酒令席上生風

且說我當下聽得述農說有兩件故事，要說給我聽，不勝之喜，便凝神屏息的聽他說來。只聽他說道：「有一個私販，專門販土❶，資本又不大，每次不過販一兩隻，裝在罈子裏面，封了口，粘了茶食店的招紙，當做食物之類，所過關卡，自然不留心了。然而做多了，總是要敗露的，這一次被關上知道了，罰他的貨充了公。他自然是敢怒不敢言的了。過了幾天，他又來了，依然帶了這麼一罈，被巡丁們看見了，又當是私土，上前取了過來，他就逃走了。這巡丁捧了罈子，到師爺那裏去獻功。師爺見又有了充公的土了，正好拿來煮烟，歡歡喜喜的親手來開這罈子。誰知這回不是土了，這一打開，裏面跳出了無數的蚱蜢來，卻又臭惡異常。原來是一罈子糞水，又裝了成千的蚱蜢，登時鬧得臭氣薰天，大家躲避不及。這蚱蜢又是飛來跳去的，鬧到滿屋子沒有一處不是糞花。你道好笑不好笑呢？」我道：「這個我也曾聽見人家說過，只怕是個笑話罷了。」

充公之土，師爺卻拿來煮烟。充公之貨物，大都如是矣。

述農道：「還有一件事，是我親眼見的，幸而我未曾經手。唉，真是人心不古，詭變百出，令人意料不到的事，儘多著呢。那年我在福建，也是就關上的事。那回我是辦帳房，生了病，有十來天沒有起床。在我病的時候，忽然來了一個眼線，報說有一宗私貨，明日過關。這貨是一大宗珍珠玉石，卻放在

❶ 土：鴉片烟土。

送糞水蚱蜢的登時跑了，此人卻反肯自己作押，各盡妙用。

你須知他故作蹺蹊也。

處處都是蹺蹊，可謂極盡做作之能。

棺材裏面，裝做扶喪模樣。燈籠是姓甚麼的，甚麼銜牌，甚麼職事，幾個孝子，一一都說得明明白白。大家因為這件事情重大，查起來是要開棺的，回明了委員，大眾商量。那眼線又一口說定是私貨無疑，自家肯把身子押在這裏。委員便留住他，明日好做個見証。到了明天，大家終日的留心。果然下午時候，有一家出殯的經過，所有銜牌、職事、孝子、燈籠，就同那眼線說的一般無二。大家就把他扣住了，說他棺材裏是私貨。那孝子又驚又怒，說怎見得我是私貨。此時委員也出來了，大家圍著商量，說有甚法子可以察驗出來呢？除了開棺，再沒有法子。委員問那孝子：『棺材裏到底是甚麼東西？』那孝子道：『是我父親的屍首。』問此刻要送到哪裡去？說要運回原籍去。問幾時死的？說昨日死的。委員道：『既是在這裡作客身故，多少總有點後事要料理，怎麼馬上就可以運回原籍？這裡面一定有點蹺蹊，不開棺驗過，萬不能明白。』那孝子大驚道：『開棺見屍，是有罪的。你們怎麼仗著官勢，這樣橫行起來。』此時大眾聽了委員的話，都道有理，都主張著開棺查驗，委員也喝叫開棺。那孝子卻抱著棺材，號啼大哭起來。內中有一個同事是極細心的，看那孝子嘴裏雖然嚷著像哭，眼睛裡卻沒有一點眼淚，越發料定是私貨無疑。當時巡丁、扦子手，七手八腳的，拿斧子、劈柴刀，把棺材劈開了。一看，嚇得大眾面無人色，哪裡是甚麼私貨，分明是直挺挺的睡著一個死人！那孝子便走過來，一把扭住了委員，要同他去見上官，不由分說，拉了就走，幸得人多攔住了。然而大家終是手足無措的，急尋那眼線的，不提防被他逃走去了。這裡便鬧到一個天翻地覆。從這天下午起，足足鬧到次日黎明時候，方纔說妥當了，同他另外買過上好棺材，重新收殮，委員具了素服祭過，另外又賠了他五千兩銀子，這纔了事。卻從這一回之後，一連幾天都有棺材出口，我們是個驚弓之鳥，哪裡還敢過問。其實我看以後那些多是私貨呢。他這法子想得真好，先拿一個真屍首來叫你開了，鬧了事，吃了虧，自然不敢再多事，他這纔認真的運起私貨來。」我道：「這個人也太傷天害理了，怎麼拿他老子的屍首暴露一番，來做這個勾當？」述農道：「你是真笨還是假笨？這個何嘗是他老子，不知他在哪裡弄來一個死叫化子罷了。」

當下又談了一番別話，我見天色不早了，要進城去。剛出了大門，只見那挑水阿三，提了一個畫眉籠子走進來，我便叫住了問道：「這是誰養的？」阿三道：「剛纔買來的。是一個人家的東西，因為等錢用，連籠子兩吊錢就買了來。到雀子鋪裡去買，四吊還不肯呢。」我道：「是你買的麼？」阿三道：「不是，是畢師爺叫買的。」說罷，去了。我一路上暗想，這個人只賺得四吊錢一月，卻拿兩吊錢去買這不相干的頑意兒，真是嗜好太深了。

回到家時，天已將黑。繼之已經到我伯父處去了，留下話，叫我回來了就去。我到房裡把八十兩銀子放好，要水洗了臉纔去。到得那邊時，客已差不多齊了。除了繼之之外，還有兩個人：一個是首府的刑名老夫子，叫做「酈士圖」；一個是督署文巡捕，叫做「濮固修」。大家相讓，分坐寒暄，不必細表。

又坐了許久，家人來報苟大人到了。原來今日請的也有他。只見那苟才穿著衣冠，跨了進來，便拱著手道：「對不住！對不住！到遲了，有勞久候了！兄弟今兒要上轅去謝委，又要到差，拜同寅，還要拜客謝步❷，整整的忙了一天兒。」又對繼之連連拱手道：「方纔親到公館裡去拜謝，哪兒知道繼翁先到這兒來了。昨天費心得狠。」繼之還沒有回答他，他便回過臉來，對著固修拱手道：「到了許久了？」又對士圖道：「久違得狠！久違得狠！」又對著我拱著手，一連說了六七個「請」字，然後對我伯父拱

你看只有他一個人忙。

❷ 謝步：回拜。

苟才嘴裡是一片京腔，叨叨不斷，可謂入門下馬氣如虹。

想是今天新得了差使，所以格外高興也。

手道：「昨兒勞了駕，今兒又來奉擾，不安得狠。」伯父讓他坐下，大眾也都坐下。送過茶，大眾又同聲讓他寬衣，就有他的底下人拿了小帽子過來，他自己把大帽子除下，又卸了朝珠，寬去外褂，把那腰帶上面滴溜打拉配帶的東西，卸了下來，解了腰帶，換上一件一裹圓的袍子❸，又束好帶子，穿上一件巴圖魯坎肩兒❹，在底下人手裡拿過小帽子來。那底下人便遞起一面小小鏡子，只見他對著鏡子來戴小帽子，戴好了，又照了一照，方纔坐下。便問我伯父道：「今兒請的是幾位客呀？我簡直的沒瞧見知單❺。」我伯父道：「就是幾位，沒有外客。」苟才道：「呀，咱們都是熟人，何必又鬧這個呢！」我伯父道：「一來為給大人賀喜，二來因為……」說到這裏，就指著我道：「繼翁招呼了舍姪，借此也謝謝繼翁。」苟才道：「哦！這位是令姪麼？英偉得狠！英偉得狠！你臺甫呀？今年貴庚多少了？繼翁，你請他辦甚麼呢？」繼之道：「辦書啓。」苟才道：「這不容易辦呀。繼翁，你是向來講究筆墨的，你請到他，這是一定高明的了，看是後生可畏！」又捋了捋他的那八字鬍子道：「像我們是老大徒傷的了。」又扭轉頭來對著我伯父道：「子翁，你不要見棄的話，只怕還是小阮賢於大阮❻呢！」說著又呵呵大笑起來。當下滿座之中，只聽見他一個人在那裡說話，如瓶瀉水一般。他問了我臺甫貴庚，我也來

❸ 一裹圓的袍子：一種便服，長袍不開衩，故稱「一裹圓」。

❹ 巴圖魯坎肩兒：是一種多鈕扣的背心。巴圖魯，蒙語「勇士」之意，又譯作「拔都」、「拔突」、「霸都魯」、「八都魯」等。

❺ 知單：請人赴宴的紅紙帖子。上面寫明宴會時間地點，並開列有邀請名單，受邀請者見到帖子，在自己名下注一「知」字，故稱「知單」。

❻ 小阮賢於大阮：小阮，即阮咸；大阮，即阮籍。阮籍、阮咸叔姪二人為晉代名士，均列名「竹林七賢」。

此是對鏡戴帽之故。

如此大事只談了幾句，便還到飲宴上來。中國人不解愛國，此是一影子。

不及答應他，就是答應他，他也來不及聽見，只管嘮嘮叨叨的說個不斷。

一會兒酒席擺好了，大眾相讓坐下。我留心打量他，只見他生得一張白臉，兩撇黑鬚，小帽子上綴著一塊蠶豆大的天藍寶石，又拿珠子盤了一朵蘭花，燈光底下，也辨不出他是真的，是假的。只見他問固修道：「今天上頭有甚麼新聞麼？」固修道：「今天沒甚事。昨天接著電報，說馭遠兵船在石浦地方遇見敵船，兩下開仗，被敵船打沉了。」苟才吐了吐舌頭道：「這還了得！馬江的事情❼到底怎樣？有個實信麼？」固修道：「敗仗是敗定了，聽說船政局也毀了。但是又有一說，說法蘭西的水師提督孤拔，也叫我們打死了。此刻又聽見說，福建的同鄉京官聯名參那位欽差❽呢。」

說話之間，酒過三巡，苟才高興要豁拳。繼之道：「豁拳沒甚趣味，又傷氣。我那裡有一個酒籌，是朋友新製送給我的，上面都是四書句，隨意掣出一根來，看是甚麼句子，該誰吃就是誰吃，這不有趣麼？」大家都道：「這個有趣，又省事。」繼之就叫底下人回去取了來，原來是一個小小的象牙筒，裡面插著幾十枝象牙籌。繼之接過來遞給苟才道：「請大人先掣。」苟才也不推辭，接在手裡，搖了兩搖，掣了一枝道：「我看該敬到誰去喝？」說罷仔細一看，道：「呀，不好，不好！繼翁，你這是作弄我。不算數，不算數！」繼之忙在他手裡拿過那根籌來一看，我也在旁邊看了一眼，原來上面刻著「二吾猶

❼ 馬江的事情：光緒十年（一八八四）中法戰爭中的馬江（福建馬尾港）之役。法海軍艦隊在攻擊臺灣基隆受挫後，由孤拔率領開入福建馬尾。統率福建水師的船政大臣何如璋不敢阻止法艦入港，竟又毫無防備，任其與中國軍艦船同泊一處。法艦突然開炮，中國艦拔錨應戰不及，以致全軍覆沒。

❽ 欽差：受皇帝委派特辦某事的大臣。這裡指會辦海疆事務的主戰派的張佩綸。

「不足」❾一句，下面又刻著一行小字道：「掣此簽者自飲三杯。」繼之道：「好個二吾猶不足！自然該吃三杯了。這副酒籌，只有這一句最傳神，大人不可不賞三杯。」苟才只得照吃了，把籌筒遞給下首酈士圖。士圖接過，順手掣了一根，念道：「『刑罰不中』❿，『量最淺者一大杯』。」座中只有濮固修酒量最淺，幾乎滴酒不沾的，眾人都請他吃。固修搖頭道：「這酒籌太會作弄人了！」說罷，攢著眉頭，吃了一口。眾人不便勉強，只得算了。士圖下首便是主位，我伯父掣了一根，是「不亦樂乎，合席一杯」。繼之道：「這一根掣得好，又合了主人待客的意思。這裏頭還有一根合席吃酒的，卻是一句『舉疾首蹙頞』⓫，雖然比這個有趣，卻沒有這句說的快活。」說著，大家又吃過了，輪到固修掣籌。固修拿著筒兒，搖了一搖道：「籌兒籌兒你可不要叫我也掣了個『二吾猶不足』呢！」說著掣了一根，看了一看，卻不言語，拿起筷子來吃菜。我問道：「請教該誰吃酒？是一句甚麼？」固修就把籌遞給我看。我接來一看，卻是一句「子歸而求之」，下面刻著一行道：「問者即飲」。我只得吃了一杯。下來便輪到繼之，繼之掣了一根，是「將以為暴」⓬，下注是「打通關」三個字。繼之道：「我最討厭豁拳，他偏要

二吾猶不足，其貧可知。

偏是刑名老夫子掣了個刑罰不中，調侃不少。

是主人應有之義。

❾ 二吾猶不足：語出論語顏淵：「二吾猶不足，如之何其徹也？」徹，西周什一而稅謂之徹。二，十分抽二的稅。論語此章講魯哀公問有若，年成不好，財政不足，有何良策？有若回答說，為什麼不用十分抽一的徹法呢？魯哀公說：「十分抽二我還不夠，怎麼能實行徹法呢？」

❿ 刑罰不中：語出論語子路：「禮樂不興則刑罰不中。」不中，不得當。

⓫ 舉疾首蹙頞：語出孟子梁惠王下：「臣請為王言樂。今王鼓樂於此，百姓聞王鐘鼓之聲，管籥之音，舉疾首蹙頞而相告曰：『吾王之好鼓樂，夫何使我至於此極也？父子不相見，兄弟妻子離散。』……」

⓬ 將以為暴：語出孟子盡心下：「孟子曰：『古之為關也，將以御暴；今之為關也，將以為暴。』」孟子說古代

我豁拳，真是豈有此理。」苟才道：「令上是這樣，不怕你不遵令！」繼之只得打了個通關。我道：「這一句隱著『今之為關也』一句，卻隱得甚好。只是繼翁正在辦著大關，這句話未免唐突了些。」繼之道：「不要多說了，輪著你了，快掣罷。」我接過來掣了一根，看時卻是「王速出令」一句，下面注著道：「隨意另行一小令」。我道：「偏到我手裏，就有這許多週折。」苟才拿過去一看道：「好呀，請你出令呢。快出罷，我們恭聽號令呢。」我道：「我前天偶然想起俗寫的『時』字都寫成日字旁一個寸字。若照這個『时』字類推過去，『討』字可以讀做『詩』字，『付』字可以讀做『侍』字。我此刻就照這個意思，寫一個字出來，那一位認得的，我吃一杯；若是認不得，各位都請吃一杯。好麼？」繼之道：「那麼說，你就寫出來看。」我拿起筷子在桌子寫了一個「汉」字。苟才看了，先道：「我不識，認罰了。」拿起杯子，咕嘟一聲，乾了一杯。士圖也不識，吃了一杯。我伯父道：「不識的都吃了，回來你說不出這個字來，或是說的沒有道理，應該怎樣？」我道：「說不出來，姪兒受罰。」我伯父也吃了一杯，固修也吃了一口。繼之對我道：「你先吃了一杯，我識了這個字。」我道：「吃也使得，只請先說了。」繼之道：「這是個『漢』字。」我聽說，就吃了一杯。我伯父道：「這怎麼是個『漢』字？」繼之道：「他是照著俗寫的『難』字化出來的，俗寫『難』字，是個『又』字旁，所以他也把這『又』字替代了『𦰩』字，豈不是個『漢』字。」我道：「這個字還有一個讀法，說出來對的，大家再請一杯，好麼？」大家聽了，都覺得一怔。正是：

設立關卡，是用它抗暴；現今設立關卡，是用它施暴。

奇字儘堪供笑謔，不須載酒問楊雄⓭。

未知這個字還有甚麼讀法，且待下回再記。

寫苟才如畫，有頰上添毫之妙，令讀者如見其人。一席六個人，已有了一個「狗才」，還有一個「利是圖」，一個「不顧羞」，寫來可笑。

⓭ 楊雄：西漢文學家，才高學博，多識古文奇字。楊雄，一般作「揚雄」。

第十三回　擬禁烟痛陳快論　睹贓物暗尾佳人

當下我說這「汉」字還有一個讀法，苟才便問：「讀作甚麼？」我道：「俗寫的『雞』字，是『又』字旁加一個『鳥』字，此刻借他這『又』字，替代了『奚』字，這個字就可以讀作『溪』字。」苟才道：「好，有這個變化，我先吃了。」繼之道：「我再讀一個字出來，你可要再吃一杯。」我道：「這個自然。」繼之道：「照俗寫的『觀』字算，這個就是『灌』字。」我吃了一杯。苟才道：「怎麼這個字有那許多變化？奇極了！……呀，有了！我也另讀一個字，你也吃一杯好麼？」我道：「好，好。」苟才道：「俗寫的『對』字，也是『又』字旁，把『又』字替代了『丵』字，是一個……呀！這是個甚麼字？……呸！這個不是字，沒有這個字，我自己罰一杯。」說著咕嘟的又乾了一杯。固修道：「這個字竟是一字三音，不知照這樣的字還有麼？」我道：「還有一個『卩』字。這個字本來是古文的『節』字，此刻世俗上，可也有好幾個音，並且每一個音有一個用處。書鋪子裡，拿他代『部』字；銅鐵鋪裡，拿他代『磅』字；木行裡，拿他代『根』字。」士圖道：「代『部』字，自然是單寫一個偏旁的緣故；怎麼拿他代起『磅』字『根』字來呢？」我道：「『磅』字，他們起先圖省筆，寫個『邦』字去代，久而久之，連這『邦』字也單寫個偏旁了；至於『根』字，更是奇怪，起先也是單寫個偏旁，寫成一個『艮』字，久而久之，把那一撇一捺也省了，帶草寫的，就變了這麼一個字。」說到這裡，忽聽得苟才把桌子

想是已經醉了。

老爺的爺字，偏要他說他，方纔得神。以苟才起令，以苟才收令，豈有不滿於此宴耶！

伯姪之情，益見泛泛。不知公尚悔當日之守常經，不使

一拍道：「有了！」眾人都嚇了一跳，忙問道：「有了甚麼？」苟才道：「這個『卩』字，號房裡掛號的號簿，還拿他代老爺的『爺』字呢。我想叫認得古文的人去看號簿，他還不懂『老卩』是甚麼東西呢！」說的眾人都笑了。

此時又該輪到苟才掣酒籌，他拿起筒兒來亂搖了一陣，道：「可要再抽一個自飲三杯的！」說罷，掣了一根看時，卻是「則必饜酒肉而後反」❶，下注「合席一杯完令」。我道：「這一句完令雖然是好，卻有一點不合。」苟才道：「我們都是既醉且飽的了，為甚麼不合？」我道：「那做酒令的，借著孟子的話罵我們，當我們是叫化子呢。」說的眾人又笑了。繼之道：「這酒籌一共有六十根，怎麼就偏偏掣了完令這根呢？」固修道：「本來酒也夠了，可以收令了。我倒說這根掣得好呢，不然，六十根都掣了，不知要吃到甚麼時候呢。」我道：「然而只掣得七節，也未免太少。」我伯父道：「這酒籌怎麼是一節一節的？」繼之笑道：「他要借著木行裡的『根』字，讀作古音呢。這個還好，不要將來過節的時候，你卻寫了個古文，叫銅鐵鋪裡的人看起來，我們都要過『磅』呢。」說的眾人又是一場好笑。一面大家乾了門面杯，吃過飯，散坐一會，士圖、固修先辭去了。我也辭了伯父，同繼之兩個步行回去。

我把今日在關上的事，告訴了繼之。繼之道：「這個只得慢慢查察去，一時哪裡就查得出來。」我忽然想起一件事，問道：「我有一件事，懷疑了許久，要問大哥，不知怎樣，得到見面的時候就忘記了。

❶ 則必饜酒肉而後反：語出孟子離婁下：「齊人有一妻一妾而處室者，其良人出，則必饜酒肉而後反。」齊國人有一家一妻一妾同住在一起的，她們的丈夫每次出去，都是吃飽了酒肉回家。後文敘述此人其實是到墓地向祭墓者乞討殘酒剩菜。

疏踰戚否也？

此一節，讀者勿以為戲言也。實有其人，實有其事，不過不欲舉其名耳。世俗之見，往往如此。多少隱

今天同席遇了鄺士圖，又想起來了。我好幾次在路上碰見過那位江寧太守，見他坐在轎子裡總是打磕睡的。這個人的精神怎麼這麼壞法？」繼之道：「你說他磕睡麼？他在那裡死了一大半呢！」我聽了越發覺得詫異，忙問：「何以死了一大半？」繼之道：「此刻這位總督大帥，最恨的是吃鴉片烟，大凡有烟癮的人，不要叫他知道。他要是知道了，現任的撤任，有差的撤差，那不曾有差事的，更不要望求得著差事。只有這一位太守，烟癮大的了不得，他卻又有本事瞞得過。大帥每天起來，先見藩臺，第二個客就是江寧府。他一早在家先過足了癮，纔上衙門。見了下來，烟癮又大發了，所以坐在轎子裡，就同死了一般。回到衙門，轎子一直抬到二堂，四五個丫頭把他扶了出來，坐在醉翁椅上，抬到上房裡去。他的兩三個姨太太早預備好了，在床上下了帳子，兩三個人先在裡面吃烟，吃的烟霧騰天的，把他扶到裡面，把烟薰他，一面還吸了烟噴他。照這樣鬧法，總要鬧到二十幾分鐘時候，他方纔回了過來，有氣力自己吸烟呢。」我道：「這又奇了。那位大帥見客的時候，或者可以有一定；然而回公事的話，不能沒有多少，比方這一天公事回的多，或者上頭問話多，那就不能不耽擱時候了，那烟癮不要發作麼？」繼之道：「這就難說了。據世俗的話，都說他官運亨通，不應該壞事的，所以他那烟癮，就猶如懂人事的一般，碰了公事多的那一天，時候耽擱久了，那烟癮也來得遲些，總是他運氣好之故。依我看來，哪裡是甚麼運氣不運氣，那烟癮一半是真的，有一半是假的。他回公事的時候，如果工夫耽擱久了，那癮未嘗不發作，只因他懾於大帥的威嚴，恐怕露出馬腳來，前程就保不住了，只好勉強支持，也未嘗支持不住。等到退了出來，坐上轎子，那時候是惟我獨尊的了，任憑怎樣發作也不要緊了，他就不肯去支持，憑得他癱軟下來，回到家去好歹有人伏伺。至於回到家去，要把烟薰、拿烟噴的話，我看更是故作偃蹇❷

情，被公窺破。

的了。」

我笑道：「大哥這話，纔是如見其肺肝焉呢。這位大帥既然那麼恨鴉片烟，為甚麼不禁了他？」繼之道：「從前也商量過來，說是加重烟土烟膏的稅，伸一個不禁自禁之法。後來不知怎樣，就沉了下來，再也不提起了。依我看上去，一省兩省禁，也不中用，必得要奏明立案，通國一齊禁了纔好。」我道：「通國都禁，談何容易！」繼之道：「其實不難，只要立定了案，凡係吃烟的人，都要抽他的吃烟稅，給他注了烟冊，另外編成一份烟戶。凡係烟戶的人，非但不准他考試、出仕，並且不准他做大行商店。那吃烟的人，自然不久就斷絕了。我還有一句最有把握的話：大凡政事，最怕的是擾民。只有這禁烟一項，正不妨拿出強硬手段去禁他，就是騷擾他點，也不要緊。那些鴉片鬼，任是怎樣激怒他，他也造不起反來，究竟吃烟槍不能作洋槍用，烟泡不能作大炮用。就是刻薄得他死了，也不足惜。而且多死一個鴉片鬼，世上便少一個傳染惡疾的人。如此說來，非但死不足惜，而且還是早死為佳呢。怎奈此時官場中人，十居其九是吃烟的，哪一個肯建這個政策來作法自斃呢？……時候不早了，睡罷，明天再談。」

一宿無話。次日一早，繼之到關上去了。此時我想著要寄家信，拿出銀子來，秤了一百兩，打算要寄回去。又想買點南京的土貨，順便寄去，吃過午飯，就到街上去買。順著腳步走去，走到了城隍廟裡，隨意遊玩。忽見有兩名督轅❸的親兵❹吆喝而來。後面跟著一頂洋藍呢中轎❺，上著轎簾，想來裡面坐

❷ 偃蹇：擺架子、傲慢。
❸ 督轅：總督官署。
❹ 親兵：隨身衛兵。

的定是一位女太太。那兩名親兵走到大殿上，把燒香的人趕開，那轎子就在廊下停住。旁邊一個老媽子過來，把轎簾揭下，扶出一位花枝招展的美人，打扮得珠圍翠繞，錦簇花團，蓮步姍姍的走上殿去。我一眼瞥見他襟頭下掛著核桃大的一顆水晶球，心下暗吃一驚道：「莫非繼之失的龍珠表，到了他手裡麼？」忽又回想道：「這是有得賣的東西，雖不知他是甚麼人，然而看他那舉動闊綽，自然他也是買來的，何必一定是繼之那個呢。」一面想著，只見他上到殿上，拈香膜拜。我忽然又想起，龍珠表雖是有一般的，但是那黑銅表墜不是常有的東西，可惜離的遠，看他不清楚，怎樣能夠走近他身邊一看就好。躊躇了一會，想起女子入廟燒香，一定要拜觀音菩薩的，何妨去碰他一碰。想著，就走到旁邊的觀音殿去等他。等了許久，還不見來，以為他去了，仍舊走出來，恰好迎面同他遇著。留神一看，不禁又吃了一驚，他穿的是白灰色的衣裳，滾的是月白❻邊，那一顆水晶球似的東西，雖然已經藏在襟底，那一根練條兒還搭在外面，分明直顯出一顆杏仁大的黑表墜來。這東西有九分九是繼之的失贓了。但是他是甚麼人，總要設法先打聽著了，纔可以再查探是甚麼人賣給他的。遂想了個法子，走到正殿上，同香火道人買了些香燭，胡亂燒了香。又隨意取過籤筒來，搖了幾搖，搖出一根籤來，看了號碼，又到香火道人那裡去買籤，故意多給他幾文錢，問他討一碗茶來吃。略略同他談兩句，乘機就問他，方纔燒香的女子是甚麼人。香火道人道：「聽說是制臺衙門裡面甚麼人的內眷，我也不知道底細，他每月總來燒幾回香

❺ 藍呢中轎：清朝制度規定，三品以上官員坐綠呢轎子，四品以下坐藍呢轎子。此外，八人抬的轎子叫大轎，督撫可以坐大轎；四人抬的叫中轎，是藩臬以下官員的坐轎；二人抬的叫小轎，是普通人的坐轎。

❻ 月白：淡青色。

的。」我聽了，仍是茫無頭緒的，敷衍了兩句就走了，不覺悶悶不樂。我雖然不是奉西教的，然而向來也不拜偶像。今天破了我的成例，不過為的是打聽這件事。誰知例是破了，事情卻打聽不出來。當面見了真贓，勢不能不打聽個明白，站在轅門外面，呆呆的想法子。

只見他的轎子已經出來了，恰好有個馬夫牽著一匹馬走過，我便賃了他，騎上了，遠遠的跟著那轎子去，要看他住在哪裡。誰知他並不回家，又到一個甚麼觀音廟裡燒香去了。我好不懊惱，不便再進去碰他，只騎了馬在左近地方跑了一會。等的我心也焦了，他方纔出來，我又遠遠的跟著。他卻又到一個關神廟去燒香。我不覺發煩起來，要想不跟他了，卻又捨不得當面錯過，只得按轡徐行，走將過去。只見同他做開路神的兩名督轅親兵，一個蹲在廟門外面，一個從裡面走出來，嘴裡打著湖南口音說道：「噲！夥計，不要氣了，大王廟是要到明天去了。」一個道：「我們找個茶鋪子歇歇罷，嘴裡燥得狠咧。」一個道：「不必罷。這裡菩薩少，就要走了，等回去了我們再歇。」我聽了這話，就走到街頭等了一會，果然見他坐著轎子出來了。我再遠遠的跟著他，轉彎抹角，走了不少的路，走到一條街上，遠遠的看見他那轎子抬進一家門裡去，哪兩名親兵就一直的去了。我放開轡頭，走到他那門口一看，只見一塊硃紅漆牌子，上刻著「汪公館」三個大字。我撥轉馬頭要回去，卻已經不認得路了。我到南京雖說有了些日子，卻不甚出門，南京城裡地方又大，哪裡認得許多，只得叫馬夫在前面引著走。心裡原想順路買東西，因為天上起了一片黑雲，恐怕要下雨，只得急急的回去。

今天做了他半天的跟班，纔知道他是一個姓汪的內眷，累得我東西也買不成功。但不知他帶的東西，到底是繼之的失贓不是。如果是的，還不枉這一次的做跟班；要是不是的，那可真冤枉了。想了一會，拿起筆來，先寫好了一封家信，打算明天買了東西，一齊寄去。誰知這一夜就下起個傾盆大雨來，一連三四天，不曾住點。到第五天，雨小了些，我就出去買東西。打算買了回來，封包好了，到關上去問繼之，有便人帶去沒有。有的最好，要是沒有，只好交信局寄去的了。回到家時，恰好繼之已經回來了，我便同他商量，他答應了代我託人帶去。當下我便把前幾天在城隍廟遇見那女子燒香的話，一五一十的告訴了繼之。繼之聽了，凝神想了一想，道：「哦！是了，我明白了。這會好得那個家賊就要走了。」正是：

迷離徜彷疑團事，打破都從一語中。

未知繼之明白了甚麼？那家賊又是誰人？且待下回再記。

論禁烟一節，自是痛快，惜乎辦不到耳。前途猶可冀乎，跂予望之。

跟著那女子走來走去，竟類是個偵探。

第十四回　宦海茫茫窮官自縊　烽烟渺渺兵艦先沉

話說繼之聽了我一席話，忽然覺悟了，道：「一定是這個人了。好在他兩三天之內就要走的，也不必追究了。」我忙問是甚麼人，繼之道：「我也不過這麼想，還不知道是他不是。我此刻疑心的是畢鏡江。」我道：「這畢鏡江是個甚麼樣人？大哥不提起他，我也要問問。那天我在關上，看見他同一個挑水夫在那裡下象棋，怎麼這般不自重！」繼之道：「他的出身，本來也同挑水的差不多，這又何足為奇。他本來是鎮江的一個龜子，有兩個妹子在鎮江當娼，生得有幾分姿色，一班嫖客就同他取起渾名來：大的叫做大喬❶，小的叫做小喬。那大喬不知嫁到哪裡去了，這小喬就是現在督署的文案委員❷汪子存賞識了，娶了回去作妾。這畢鏡江就跟了來做個妾舅。子存寵上了小老婆，未免愛屋及烏❸，把他也看得同上客一般。爭奈他自己不爭氣，終日在公館裡同那些底下人鬼混。子存要帶他在身邊教他，又沒有這個閒工夫，因此薦給我，說是不論薪水多少，只要他在外面見識見識。你想我哪裡用得他著？並且派他上等的事，他也不會做；要是派個下等事給他，子存面上又過不去。所以我只好送他幾吊錢的乾脩，由

只怕要算平等自由。可發一笑。

❶ 大喬：東漢末，喬玄的兩個女兒皆國色。大女兒稱「大喬」，嫁孫策；小女兒稱「小喬」，嫁周瑜。

❷ 文案委員：督署中起草文書並管理文檔的幕友。

❸ 愛屋及烏：語出尚書大傳大戰：「愛人者，兼其屋上之烏。」意謂愛一個人，連帶也愛他屋上的烏鴉。

他住在關上。誰料他又會偷東西呢！」我道：「這麼說，我碰見的大約就是小喬了。」繼之道：「自然是的。這宗小人用心，實在可笑。我還料到他為甚麼要偷我這表呢，半個月以前，子存就得了消息，將近奉委做蕪湖電報局總辦，他恐怕子存丟下他在這裡，要叫他妹子去說，帶了他去。因為要求妹子，不能不巴結他，卻又無從巴結起，要買點甚麼東西去送他，卻又沒有錢，所以只好偷了。你想是不是呢？」我道：「大哥怎麼又說他將近要走了呢？莫非汪子存真是委了蕪湖電報局了麼？」繼之道：「就是這話。聽說前兩天札子已經到了，子存把這裡文案的公事交代過了，就要去接差。他前天喜孜孜的來對我說，說是子存要帶他去，給他好事辦呢。可不是幾天就要走了麼！」我道：「這個也何妨追究追究他？」繼之道：「這又何苦！這到底是名節攸關的。雖然這種人沒有甚麼名節，然而追究出來，究竟與子存臉上有礙。我那東西又不是狠值錢的，就是那塊黑銅表墜，也是人家送我的，追究他做甚麼呢！」

正在說話之間，只見門上來回說，有一個女人帶著一個小孩子，都是穿重孝的，要來求見。說是姓陳，又沒有個片子。繼之想了一想，嘆一口氣道：「請進來罷，你們好好的招呼著。」門上答應去了。不一會，果然一個四十多歲的婦人，帶著一個十二三歲的小孩子，都是渾身重孝的，走了進來。看他那形狀，愁眉苦目，好像就要哭出來的樣子。見了繼之，跪下來就叩頭，那小孩子跟在後面也跪著叩頭。我看了一點也不懂，恐怕他有甚麼礙著別人聽見的話，正想迴避出去，誰知他站起了來，回過身子，對著我也叩下頭去。嚇得我左不是，右不是，不知怎樣纔好。等他叩完了頭，我倒樂得不迴避，聽聽他說話了。

繼之讓他坐下，那婦人就坐下開言道：「本來在這熱喪裡面，不應該到人家家裡去亂闖。但是出於無奈，求吳老爺見諒。」繼之道：「我們都是出門的人，不拘這個。這兩天喪事辦得怎樣了？此刻還是打算盤運回去呢，還是暫時在這裡呢？」那婦人道：「現在還打不定主意，萬事都要錢做主呀！此刻鬧到帶著這孩子，拋頭露面的，……」說到這裡便咽住了喉嚨，說不出話來，那眼淚便從眼睛裡直滾下來，連忙拿手帕去揩拭。繼之道：「本來怪不得陳太太悲痛，但是事已如此，哭也無益，總要早點定個主意纔好。」那婦人道：「舍間的事，吳老爺儘知道的，先夫咽了氣下來，真是除了一個棕榻，一條草席，再無別物的了。前天有兩位朋友商量著，只好在同寅裡面告個幫，為此特來求吳老爺設個法。」說罷，在懷裡掏出一個梅紅全帖的知啓❹來，交給他的孩子，遞給繼之。繼之看了，遞給我。又對那婦人說道：「這件事不是這樣辦法。照這個樣子，通南京城裡的同寅都求遍了，也不中用。我替陳太太打算，不但是盤運靈柩的一件事要用錢，就是孩子們這幾年的吃飯、穿衣、念書，都是要錢的。」那婦人道：「哪裡還打算得那麼長遠！吳老爺肯替設個法，那更是感激不盡了。」繼之道：「待我把這知啓另外謄一份，明日我上衙門去，當面求藩臺佽助❺些。只要藩臺肯了，無論多少，只要他寫上一個名字就好了。人情勢利，大抵如此，眾人看見藩臺也解囊，自然也高興些，應該助一兩的，或者也肯助二兩三兩了。這是我這麼一個想法，能夠如願不能，還不知道。藩臺那裡，我是一定說得動的，不過多少說不定就是了。我這裡送一百兩銀子，不過不能寫在知啓上，不然拿出去叫人家看見，不知說我發了多大的財呢。」那婦人聽了，連忙站起來，又叩下頭去，嘴裡說道：「妾此刻說不出個謝字來，只有代先夫感激涕零的

寫盡世情。

發了善心，做了善事，還要瞻前顧

❹ 知啓：一種陳述事由、傳遞通知的帖子，看過的人要在帖子後面簽名。
❺ 佽助：幫助。

了！」說著，聲嘶喉哽，又吊下淚來。又拉那孩子過來道：「還不叩謝吳老伯！」那孩子跪下去，他卻在孩子的腦後，使勁按的了三下，那孩子的頭便嘣嘣嘣的碰在地上，一連磕了三個響頭。繼之道：「陳太太，何苦呢！小孩子痛呀！……陳太太有事請便，這知啓等我抄一份之後，就叫人送來罷。」那婦人便帶著孩子告辭道：「老太太、太太那裡，本來要進去請安，因為在這熱喪裡面，不敢造次，請吳老爺轉致一聲罷。」說著，辭了出去。

後。世道之難，可發一嘆。

我在旁邊聽了這一問一答，雖然略知梗概，然而不能知道詳細。等他去了，方問繼之，繼之嘆道：「他這件事鬧了出來，官場中更是一條危途了。剛纔這個是陳仲眉的妻子。仲眉是四川人，也是個榜下的知縣，而且人也狠精明的。卻是沒有路子，到了省十多年，不要說是補缺署事，就是差事也不曾好好的當過幾個。近來這幾年，更是不得了，有人同他屈指算過，足足七年沒有差事了。你想如何不吃盡當光，窮的不得了。前幾天忽然起了個短見，居然吊死了！」這句話把我嚇了一大跳，道：「呀！怎麼吊死了！救得回來麼？」繼之道：「你不看見他麼？他這一來，明明是為的仲眉死了，出來告幫，哪裡還有救得活的話！」我道：「任是怎樣沒有路子，何至於七八年沒有差事，這也是一件奇事！」繼之嘆道：「老弟，你未曾經歷過宦途，哪裡懂得這許多！大約一省裡面的候補人員，可以分做四大宗：第一宗，是給督撫同鄉，或是世交，那不必說，是一定好的了；第二宗，就是藩臺的同鄉世好，自然也是有照應的；第三宗，是頂了大帽子❻挾了八行書來的。有了這三宗人，你想要多少差事纔夠安插？除了這三宗之外，將下那一宗，自然是絕不相干的了。不要說是七八年，只要他的命儘長著，候到七八百年，只怕

你自少見多怪，何奇之有？

❻ 頂了大帽子：依仗著有權勢的大人物支持。

本來人情不過如此，何必你嘆氣。

也沒有人想著他呢。這回鬧出仲眉這件事來，豈不是官場中的一個笑話！他死了的時候，地保因為地方上出了人命，就往江寧縣裡一報，少不免要來相驗。可憐他的兒子又小，又沒有個家人，害得他的夫人，拋頭露面的出來攔請免驗，把情節略略說了幾句。江寧縣已把這件事回了藩臺，聞得藩臺狠嘆了兩口氣，所以我想在藩臺那裡同他設個法子。此刻請你把這知啓另寫一個，看看有不妥當的，同他刪改刪改，等我明天拿去。」

我聽了這番話，纔曉得這宦海茫茫，竟與苦海無二的。翻開那知啓重新看了一遍，詞句尚還妥當，不必改削的了，就同他再謄出一份來。翻到末頁看時，已經有幾個寫上佽助的了，有助一千錢❼的，也有助一元❽的，甚至於有助五角的，也有助四百文❾的，不覺發了一聲嘆。回頭來要交給繼之，誰知繼之已經出去了。我放下了知啓，也踱出去看看。

走到堂屋裡，只見繼之拿著一張報紙，在那裡發棱。我道：「大哥看了甚麼好新聞，在這裡出神呢？」繼之把新聞紙遞給我，指著一條道：「你看我們的國事怎麼得了！」我接過來，依著繼之所指的那一條看下去，標題是「兵輪自沉」四個字，其文曰：

❼ 錢：銅幣重量單位。清朝中期以後，錢法漸壞，錢價不平，清史稿食貨記載，道光以後，二千錢約值白銀一兩。

❽ 元：光緒年間製銀元，一元幣重七錢二分，五角幣重三錢六分。

❾ 文：銅錢一枚稱一文，四百文即四百錢。

駁遠兵輪自某處開回上海，於某日道出石浦，遙見海平線上一縷濃烟，疑為法兵艦。管帶❿大懼，開足器機，擬速逃竄。覺來船甚速，管帶益懼，遂自開放水門，將船沉下，牽船上眾人，乘舢板渡登彼岸，捏報倉卒遇敵，致被擊沉云。刻聞上峯將澈底根究，並劄上海道，會商製造局，設法前往撈取矣。

我看了不覺咋舌道：「前兩天聽見濮固修說是打沉的，不料有這等事！」繼之嘆道：「我們南洋的兵船⓫，早就知道是沒用的了，然而也料想不到這麼一著。」我道：「南洋兵船不少，豈可一概抹煞？」繼之道：「你未從此中過來，也難怪你不懂得。南洋兵船雖然不少，叵奈管帶的一味知道營私舞弊，哪裡還有公事在他心上！你看他們帶上幾年兵船，就都一個個的席豐履厚起來，哪裡還肯去打仗！」我道：「帶一個兵船，哪裡有許多出息？」繼之道：「這也一言難盡。剋扣一節，且不要說他。單只領料一層，就是了不得的了。譬如他要領煤，這裡南京是沒有煤賣的，照例是到支應局⓬去領價，到上海去買。他領了一百噸的煤價到上海去，上海是有一家專供應兵船物料的鋪家，彼此久已相熟的，他到那裡去只買上二三十噸。」我唶⓭道：「那麼那七八十噸的價，他一齊吞沒了？」繼之道：「這又不能。他在這七

賽如一面照妖鏡。

❿ 管帶：清末新軍制度，統轄一營的長官稱「管帶」，海軍的艦長也稱「管帶」。

⓫ 南洋的兵船：清末水師分北洋和南洋兩個系統。按海域劃分，山東以北，謂之「北洋」；江蘇以南浙閩兩廣及長江，謂之「南洋」。

⓬ 支應局：主管一省軍事財務的機構。

我也急要問明。

八十噸價當中，提出二成賄了那鋪家，叫他帳上寫了一百噸。恐怕他與店裡的帳目不符，就教他另外立一個暗記號，開支了那七八十噸的價銀就是了。你想他們這樣辦法，就是吊了店家帳簿來查，也查不出他的弊病呢。有時他們在上海先向店家取了二三十噸煤，卻出他個百把噸的收條，叫店家自己到支應局來領價，也是這麼辦法。你說他們發財不發財呢！」我道：「那許多兵船，難道個個管帶都是這麼著麼？而且每一號兵船，未必就是一個管帶到底，頭一個作弊罷了，難道接手的也一定是這樣的麼？」繼之道：「我說你到底沒有經練，所以這些人情世故，一點也不懂。你說誰是見了錢不要的？而且大眾都是這樣，你一個人卻獨標高潔起來，那些人的弊端豈不都叫你打破了？只怕一天都不能容你呢！就如我現在辦的大關，內中我不願意要的錢，也不知多少，然而歷來相沿如此，我何犯著把他叫穿了，叫後來接手的人埋怨我。只要不另外再想出新法子來舞弊，就算是個好人了。」

我道：「歷來的督撫難道都是睡著的，何以不澈底根查一次？」繼之道：「你又來了！督撫何曾睡著，他比你我還醒呢！他要是將一省的弊竇都釐剔乾淨，他又從哪裡調劑私人呢？我且現身說法，說給你聽：我這大關的差事，明明是給藩臺有了交情，他有心調劑我的，所以我並未求他，他出於本心委給了我。若是沒有交情的，求也求不著呢。其餘你就可以類推了。」正說話時，忽報藩臺著人來請，繼之便去更衣。繼之這一去，有分教：

大善士奇形畢現，苦災黎實惠難沾。

---

⑬ 嗐：狀聲詞，驚叫的聲音。

未知藩臺請繼之去，有甚麼事，且待下回再記。

上半回是演說官場之失意者，下半回是演說官場之得意者，繪影繪聲，神情畢現。無殊抉此輩之心肝而表暴之，指陳弊竇處，竟是一面顯微鏡。

第十五回　論善士微言議賑捐　見招帖書生談會黨

當下繼之換了衣冠，再到書房裡取了知啓，道：「這回只怕是他的運氣到了。我本來打算明日再去，可巧他來請，一定是單見的，更容易說話了。」說罷，又叫高升將那一份知啓先送回去，然後出門上轎去了。

我左右閒著沒事，就走到我伯父公館裡去望望。誰知我伯母病了，伯父正在那裡納悶，少不免到上房去問病。坐了一會，看著大家都是無精打彩的，我就辭了出來。在街上看見一個人在那裡貼招紙，那招紙只有一寸來寬，五六寸長，上面寫著「張大仙有求必應」七個字，歪歪的貼在墻上。我問貼招紙的道：「這張大仙是甚麼菩薩？在哪裡呢？」那人對我笑了一笑，並不言語。我心中不覺暗暗稱奇。只見他走到十字街口，又貼上一張，也是歪的。我不便再問他，一逕走了回去。

繼之卻等到下午纔回來，已經換上便衣了。我問道：「方伯那裡有甚麼事呢？」繼之道：「說也奇怪，我正要求他寫捐，不料他今天請我，也是叫我寫捐，你說奇怪不奇怪？我們今天可謂『交易而退』❶了。」說到這裡，跟去的底下人送進帖袋來，繼之在裡面抽出一本捐冊來交給我看。我翻開看時，那知啓也夾在裡面，藩臺已經寫上了二十五兩，這五字卻像是塗改過的。我道：「怎麼寫這幾個字，也錯了

---

❶ 交易而退：語出易繫辭下：「日中為市，致天下之民，聚天下之貨，交易而退，各得其所。」

望風頭打抽豐，亦怪現狀之一端也。諺有之曰：善門難開。觀此益信。

錢到了手，自然不必回信。讀書人當中，卻有個

一個？」繼之道：「不是錯的，先是寫了二十四兩，後來檢出一張二十五兩的票子來，說是就把這個給了他罷，所以又把那『四』字改做『五』字。」我道：「藩臺也只送得這點，怪不得大哥送一百兩，說不能寫在知啓上了，寫了上去，豈不是要壓倒藩臺了麼？」繼之道：「不是這等說，這也沒有甚麼壓倒不壓倒，看各人的交情罷了。其實，我同陳仲眉並沒有大不了的交情，不過是惺惺惜惺惺❷的意思。但是寫了上去，叫別人看見了，以為我舉動闊綽，這風聲傳了出去，那一班打抽豐❸的來個不了，豈不受累麼？說也好笑，去年我忽然接了上海寄來的一包東西，打開看時，卻是兩方青田石的圖書，刻上了我的名號；一張白摺扇面，一面畫的是沒神沒彩的兩筆花卉，一面是寫上幾個怪字，都是寫的我的上款。最奇怪的是稱我做『夫子大人』。還有一封信，那信上說了許多景仰感激的話，信末是寫著『門生張超頓首』六個字。我實在莫名其妙，我從哪裡得著這麼一個門生，連我也不知道，只好不理他。不多幾天，他又來了一封信，仍然是一片思慕感激的話，我也不曾在意。後來又來了一封信，訴說讀書困苦，我纔悟到他是要打把勢❹的，封了八元銀寄給他，順便也寫個信，問他為甚這等稱呼，誰知他這回卻連回信也沒有了，你道奇怪不奇怪？今年同文述農談起，原來述農認得這個人，他的名字是沒有一定的，是一個讀書人當中的無賴，終年在外頭靠打把勢過日子的。前年冬季，上海格致書院的課題是這裡方伯出的，齊了卷寄來之後，方伯交給我看，我將他的卷子取了超等第二。我也忘記了他那卷上是個甚麼名字了。

❷ 惺惺惜惺惺：聰明人愛重聰明人，意謂同類相憐。

❸ 打抽豐：因人豐富而抽索之，謂拉關係藉口求財。又稱「打秋風」。

❹ 打把勢：找藉口向人索取財物。

無賴。奇極。倘使中了狀元，豈不要叫「張狀」？一笑。可嘆！

自從取了他超等之後，他就改了名字叫做張超。然而我總不明白他，為甚這麼神通廣大，怎樣知道是我看的卷，就自己願列門墻❺叫起我老師來？」我道：「這個人也可以算得不要臉的了。」繼之嘆道：「臉是不要的了，然而據我看來，他還算是好的，總算不曾下流到十分。你不知道現在的讀書人，專習下流的不知多少呢！」

說話時，我翻開那本捐冊來看，上面粘著一張紅單帖，印了一篇小引，是募捐山西賑款的，便問道：「這是請大哥募捐的，還是怎樣？」繼之道：「這是上海寄來的。上海這幾年裡頭，新出了一位大善士，叫做甚麼史紹經，竭盡心力的去做好事。這回又寄了二百份冊子來，給這裡藩臺，要想派往各州縣募捐。你想這江蘇省裡，連海門廳❻算在裡面，統共只有八府、三州、六十八州縣，內中還有一半是蘇州那邊藩臺管的，哪裡派得了一百冊？只好省裡的同寅也派了開來，只怕還有得多呢。」我道：「這位先生可謂勇於為善的了。」繼之笑了一笑，道：「豈但勇於為善，他這番送冊子來，還要學那古之人與人為善呢！其實這件事我就狠不佩服。」我詫異道：「做好事有甚麼不佩服？」繼之道：「說起來，這句話是我的一偏之見。我以為這些善事，不是我們做的。我以為一個人要做善事先要從切近地方做起。第一件，對著父母先要盡了子道，對著弟兄要盡了弟道，對了親戚本族要盡了親誼之道，夫然後對了朋友要盡了友道。果然自問孝養無虧了，所有兄弟、本族、親戚、朋友，那能夠自立，綽然有餘的自不必說，那貧乏不能自立的，我都能夠照應得他妥妥帖帖、無憂凍餒的了，還有餘力，纔可以講究去做外面的好事。

❺ 門墻：師門之謂。語出論語子張：「夫子之墻數仞，不得其門而入……。」

❻ 海門廳：清乾隆三十三年（一七六八）置，治所即今江蘇省海門縣。海門廳是與州縣平行的地方行政區劃。

大善士，他要德邁堯舜呢！

所以孔子說：『博施濟眾，堯舜猶病。』❼我不信現在辦善事的人，果然能夠照我這等說，由近及遠麼？」我道：「倘是人族大的，就是本族親戚兩項，就有上千的人，還有不止的，窮的總要占了一半；還有朋友呢，怎樣能都照應得來？」繼之道：「就是這個話。我舍間在家鄉，雖不怎麼，然而也算得是一家富戶的了。先君在生時，曾經捐了五萬銀子的田產做贍族義田，又開了幾家店鋪，把那窮本家都延請了去，量材派事。所以敝族的人，希冀可以免了饑寒。還有親戚呢，還是照應不了許多呀，何況朋友呢。試問現在的大善士，可曾想到這一著？」我道：「碰了荒年，也少不了這班人，不然，鬧出那鋌而走險的，更是不得了了。」繼之道：「這個自然。我這話並不是叫人不要做善事，不過做善事要從根上做起罷了。現在那一班大善士，我雖然不敢說沒有從根上做起的，然而沽名釣譽的，只怕也不少。」我道：「三代以下惟恐不好名❽，能夠從行善上沽個名譽也罷了。」繼之道：「本來也罷了，但還不止這個呢。他們起先投身入善會，做善事的時候，不過是一個光蛋；不多幾年，就有好幾個甲第連雲❾起來了。難道真是天富善人麼？這不是我說刻薄話，我可有點不敢相信的了。」我指著冊子道：「他這上面，

---

❼ 博施濟眾，堯舜猶病：語出論語雍也：「子貢曰：『如有博施於民，而能濟眾，何如？可謂仁乎？』子曰：『何事於仁，必也聖乎！堯舜其猶病諸！夫仁者，己欲立而立人，己欲達而達人。能近取譬，可謂仁之方也已。』」意謂向民眾廣泛施捨救濟，就是堯舜也感到困難。

❽ 三代以下惟恐不好名：語出宋史陳塤傳：「夫求士於三代之上，惟恐其好名；求士於三代之下，惟恐其不好名耳。」意謂夏商周三代以上，民風淳樸，做事沒有求名的動機。三代以下，為求好名聲做好事不做壞事，總要比不顧名聲去做壞事要好。

❾ 甲第連雲：形容貴族人家的房舍高聳入雲。甲第，指豪門貴族的宅第。連雲，高聳入雲。

把世人行善之心事活畫出來，真是眼明舌辯。

造大善士的謠言，小心割舌根。

不是刻著『經手私肥，雷殛火焚』麼？」繼之笑道：「你真是小孩子見識。大凡世上肯拿出錢來做善事的，哪裡有一個是認真存了仁人惻隱之心，行他那『民胞物與』⑩的志向，不過都是在那裡邀福，以為我做了好事，便可以望上天默佑，萬事如意的。有了這個想頭，他纔肯拿出錢來做好事呢。不然，一個銅錢一點血，他哪裡肯拿出來！世人心上都有了這一層迷信，被那善士看穿了，所以也拿這迷信的法子去堅他的信，於是乎就弄出這八個字來。我恐怕那雷火沒有閒工夫去處處監督著他呢。」我道：「究竟他收了款，就登在報上，年年還有徵信錄，未必可以作弊。」繼之道：「別的我不知，有人告訴我一句話，卻狠在理上。他說他們一年之中，吃沒那無名氏的錢不少呢。譬如這一本冊子，倘是寫滿了，可以有二三百戶，內中總有許多不願出名的，隨手就寫個『無名氏』。那捐的數目，也沒有甚麼大上落，總不過是一兩元，或者三四元，內中總有同是無名氏，同是那個數目的。倘使有了這麼二三十個無名氏同數目的，他只報出六七個或者十個八個來。就是捐錢的人，只要看見有了個無名氏，就以為是自己了，哪個肯為了幾元錢，去追究他呢。這個話我雖然不知道是真的，是偽的，然而沒有一點影子，只怕也造不出這個謠言來。還有一層，人家送去做冬賑的棉衣棉袴，只要是那善士的親戚朋友所用的轎班、車夫、老媽子，哪一個身上沒有一套，還有一個人占兩三套的。雖然這些也是窮人，然而比較起被災的地方那些災黎，是哪一處輕，哪一處重呢？這裡多分了一套，那裡就少了一套，況且北邊地方又比南邊來得冷，認真是一位大善士，是拿人家的賑物來送人情的麼？單是這一層，我就十二分不佩服了。」

我道：「那麼說，大哥這回還捐麼？還去勸捐麼？」繼之道：「他用大帽子壓下來，只得捐點。也

⑩ 民胞物與：語出張載西銘：「民吾同胞，物吾與也。」意謂民為同胞，物為同輩，猶言泛愛一切人與物。

上中下三等社會一齊寫盡。

處處斟酌，的是細心人，的是熟世故人。

商旅何幸，得遇此好關員。

有了好委員尚且如此，可見

只得去勸上十戶八戶，湊個百十來元錢，交了卷就算了。你想，我這個是受了大帽子壓的，纔肯捐；還有明日我出去勸捐起來，那些捐戶就是講交情的了，問他的本心，實在不願意捐，因為礙著我的交情，好歹化個幾元錢，再問他的本心，他那幾元錢就猶如送給我的一般的了。加了方纔說的希冀邀福的一班人，共是三種。行善的人只有這三種，辦賑捐的法子也只有這三個，你想世人哪裡還有個實心行善的呢？」說罷，取過冊子，寫了二十元。又寫了個條子，叫高升連冊子一起送去。他這是送到哪一位朋友處募捐，我可不曾留心了。又取過那知啓來，想了一想，只寫上五兩。我笑道：「送了一百兩，只寫個五兩，這是個倒九五呢。」繼之道：「這上頭萬不能寫的太多，因為恐怕同寅的看見我送多了，少了他送不出，多了又送不起，豈不是叫人家為難麼。」說著，又拿鑰匙開了書櫥，在櫥內取出一個小拜匣⑪，在拜匣裡面翻出了三張字紙，拿火要燒。我問道：「這又是甚麼東西？」繼之道：「這是陳仲眉前後借我的二百元錢。他一定要寫個票據，我不收，他一定不肯，只得收了。此刻還要他做甚麼呢。」說罷，取火燒了。又對我說道：「請你此刻到關上走一次罷。天已不早了，因為關上那些人，每每要留難人家的貨船，我說了好幾次，總不肯改。江面又寬，關前面又沒有好好的一個靠船地方，把他留難住了，萬一晚上起了風，叫人家怎樣呢。我在關上，總是監督著他們，驗過了馬上就給票放行的。今日你去代我辦這件事罷。明日我要在城裡跑半天，就是為仲眉的事，下午出城，你也下午回來就是了。」

我答應了，騎馬出城，一逕到關上去。發放了幾號船，天色已晚了，叫廚房裡弄了幾樣菜，到述農房裡同他對酌。述農笑道：「你這個就算請我了麼？也罷。我聽見繼翁說你在你令伯席上，行得好酒令，

⑪ 拜匣：放置柬帖或禮品的小長方形木匣。

關卡之積弊難除。

我們今日也行個令罷。」我道：「兩個人行令，乏味得狠，我們還是談談說說罷。我今日又遇了一件古怪的事，本來想問繼翁，因為談了半天的賑捐，就忘記了，此刻又想起來了。」述農道：「甚麼事呢？到了你的眼睛裡，甚麼事都是古怪的。」我就把遇見貼招紙的述了一遍。述農道：「這是人家江湖上的事情，你問他做甚麼？」我道：「江湖上甚麼事？倒要請教。到底這張大仙是甚麼東西？」述農道：「張大仙並沒有的，是他們江湖上甚麼會黨的暗號，有了一個甚麼頭目到了，住在那裡，恐怕他的會友不知道，就出來滿處貼了這個，他們同會的看了，就知道了。只看那條子貼的底下歪在哪一邊，就往哪一邊轉彎。走到有轉彎的地方，留心去看，有那條子沒有，要是沒有，還得一直走。但見了條子，就照著那歪的方向轉去，自然走到他家。」我道：「哪裡認得他家門口呢？」述農道：「他門口也有記認，或者掛著一把破蒲扇，或者掛著一個破燈籠，甚麼東西都說不定。總而言之，一定是個破舊不堪的。」我道：「他這等暗號已經被人知道了，不怕地方官拿他麼？」述農道：「拿他做甚麼！到他家裡，他原是一個好好的人，誰敢說他是會黨。並且他的會友到他家去，打門也有一定的暗號，開口說話也有一定的暗號，他問出來也是暗號，你答上去也是暗號，樣樣都對了，他纔招接呢。」我道：「他這暗號，是甚麼樣的呢？你可……」我這一句話還不曾說完，忽聽得轟的一聲，猶如天崩地塌一般，跟著又是一片澎湃之聲，把門裏的玻璃窗都震動了，桌上的杯筯都直跳起來，不覺嚇了一跳。正是：

忽來霹靂轟天響，打斷紛披屑玉談。

未知那聲響究竟是甚麼事，且待下回再記。

吾向方喜善人之多也，今而後既知之矣。可發一嘆。雖然，猶幸有此三等人，所謂強為善者。吳繼之一席議論，陳義太高，恐此時社會上尚不能夢想及之也。

第十六回　觀演水雷書生論戰事　接來電信遊子忽心驚

這一聲響不打緊，偏又接著外面人聲鼎沸起來，嚇得我吃了一大驚。述農站起來道：「我們去看看來。」說著拉了我就走。一面走，一面說道：「今日操演水雷，聽說一共試放三個，趕緊出去，還望得見呢。」我聽了方纔明白。原來近日中法之役，尚未了結；這幾日裡，又聽見臺灣吃了敗仗，法兵已在基隆地方登岸，這裡江防格外吃緊，所以制臺格外認真，吩咐操演水雷，定在今夜舉行。我同述農走到江邊一看，是夜宿雨初晴，一輪明月自東方升起，照得那浩蕩江波，猶如金蛇萬道一般。吃了幾杯酒的人，到了此時，倒也覺得一快。只可惜看演水雷的人多，雖然不是十分擠擁，卻已是立在人叢中的了。忽然又是轟然一聲，遠響四應，那江水陡然間壁立千仞。那一片澎湃之聲，便如風捲松濤，加以那山鳴谷應的聲音，還未斷絕，兩種聲音相和起來。這裡看的人又是鬨然一響，我生平的耳朵裡，倒是頭一回聽見。接著又是演放一個。雖不是甚麼心曠神怡的事情，也可以算得耳目一新的了。

看罷，同述農回來，洗盞更酌。談談說說，又說到那會黨的事。我再問道：「方纔你說他們都有暗號，這暗號到底是怎麼樣的？」述農道：「這個我哪裡得知？要是知道了，那就連我也是會黨了。他們這個會黨，聲勢也狠大，內裡面戴紅頂的大員也不少呢。」我道：「既是那麼說，你就是會黨，也不辱沒你了。」述農道：「罷，罷，我彀不上呢。」我道：「究竟他們辦些甚麼事呢？」述農道：「其實他

確論。

們空著，沒有一點事，也不見得怎麼為患地方，不過聲勢浩大罷了。倘能利用他呢，未嘗不可借他們的力量辦點大事；要是不能利用他，這個養癰貽患也是不免的。」

正在講論時，忽然一個人闖了進來，笑道：「你們吃酒取樂呢。」我回頭一看，不覺詫異起來，原來不是別人，正是繼之，還穿著衣帽呢。我道：「大哥不說明天下午出城麼？怎麼這會來了？」繼之坐下道：「我本來打算明天出城，你走了不多幾時，方伯又打發人來說，今天晚上試演水雷，制臺、將軍都出城來看，叫我也去站個班。我其實不願意去獻這個慇勤，因為放水雷是難得看見的，所以出來趁個熱鬧。因為時候不早了，不進城去，就到這裡來。」我道：「公館裡沒有人呢。」繼之道：「偶然一夜，還不要緊。」一面說著，卸去衣冠，道：「我到帳房裡去去就來，我也吃酒呢。」述農道：「可是又到帳房裡去拿錢給我們用呢？」繼之笑了一笑，對我道：「我要交帶他們這個。」說罷，彎腰在靴統裡掏出那本捐冊來，道：「叫他們到往來的那兩家錢鋪子裡去寫兩戶，同寅的朋友，留著辦陳家那件事呢。」說罷去了。歇了一會，又過來。我已經叫廚房裡另外添上兩樣菜，三個人借著吃酒，在那裡談天。

因為講方纔演放水雷，談到中法戰事，繼之道：「這回的事情糜爛極了！臺灣的敗仗，已經得了官報了。那一位劉大帥❶本來是個老軍務，怎麼也會吃了這個虧？真是難解！至於馬江那一仗，更是傳出許多笑話來。有人說那位欽差，只聽見一聲炮響，嚇得馬上就逃走了。一隻腳穿著靴子，一隻腳還沒有穿襪子呢。又有人說，不是的，他是坐了轎子逃走的，轎子後面還掛著半隻火腿呢。剛纔我聽見說，督署已接了電諭，將他定了軍罪❷了。前兩天我看見報紙上有一首甚麼詞，詠這件事的。福建此時總督、

❶ 劉大帥：時任臺灣巡撫的劉銘傳，淮系將領之一。

船政，都是姓何❸，藩臺、欽差，都是姓張❹，所以我還記得那詞上兩句是：『兩個是傅粉何郎❺，兩個是畫眉張敞❻。』」我道：「這兩句就俏皮得狠。」繼之道：「俏皮麼？我看輕薄罷了。大凡譏彈人家的話，是最容易說的。你試叫他去辦起事來，也不過如此，只怕還不及呢。這軍務的事情，何等重大。一旦敗壞了，我們旁聽的，只能生個恐懼心，生個憂憤心，那裡還有工夫去嬉笑怒罵呢！其實這件事情，只有政府擔個不是。這是我們見得到，可以譏彈他的。」述農道：「怎麼是政府不是呢？」繼之道：「這位欽差年紀又輕，不過上了幾個條陳，究竟是個紙上空談，並未見他辦過實事，怎麼就好叫他獨當一面，去辦這個大事呢？縱使他條陳中有可採之處，也應該叫一個老軍務的去辦，給他去做個參謀、會辦之類，只怕他還可以有點建設，幫著那正辦的成功呢。像我們這班讀書人裡面，狠有些聽見放鞭炮還嚇了一跳的，怎麼好叫他去看著放大砲呢？就像方纔去看演放水雷，這不過是演放罷了，在那裡伺候同看的人，聽得這轟的一聲，就狠有幾個抖了一抖，吐出舌頭的，還有舉起雙手做勢子去擋的。」我同述農不覺笑了起來，繼之又道：「這不過演放兩三響，已經這樣了，何況炮火連天，親臨大敵呢，自然也要逃走了。然而方纔那一班吐舌頭、做手勢的，你若同他說起馬江戰事來，他也是一味的譏評謾罵，試問配他罵不

在二十年前，此等議論已是難得。

調侃讀書人不少。

為旁觀派寫照。

❷ 軍罪：即「充軍」。清朝刑罰，官員獲罪充軍，即發往西北軍臺效力，三年期滿，經皇帝核准，方能釋回。

❸ 總督、船政，都是姓何：福建總督何璟、船政大臣何如璋。

❹ 藩臺、欽差，都是姓張：藩臺（疑是撫臺）張兆棟、欽差張佩綸。

❺ 傅粉何郎：三國時魏人何晏，像貌俊美，喜歡搽粉，故有「傅粉何郎」之謂。

❻ 畫眉張敞：漢朝人張敞，因給妻子畫眉而被人彈劾。

配呢？」當下一面吃酒，一面談了一席話。酒也夠了，菜也殘了，撤了出去，大家散坐。又到外面看了一回月色，各各就寢。

到了次日，我因為繼之已在關上，遂進城去，賃了一匹馬，按轡徐行。走到城內，不多點路，只見路旁有一張那張大仙的招紙，因想起述農昨夜的話，不知到底確不確，我何妨試去看看有甚麼影跡。就跟著那招紙歪處，轉了個彎，一路上留心細看，只見了招紙就轉彎，誰知轉得幾轉，那地方就慢慢的冷落起來了。我勒住馬想道：「倘使迷了路，便怎麼好？」忽又回想道：「不要緊，我只要回來時也跟著那招紙走，自然也走到方纔來的地方了。」忽聽得那馬夫說了幾句話，我不曾留心，不知他說甚麼，並不理他，依然向前而去。那馬夫在後面跟著，又說了幾句，我一些也聽不懂，回頭問道：「你說甚麼呀？」他便不言語了。我又向前走，走到一處，抬頭一望，前面竟是一片荒野，暗想這南京城裡，怎麼有這麼大的一片荒地？正走著，只見路旁一株紫楊樹上，也粘了這麼一張。跟著他轉了一個彎，走了一箭之路，路旁一個茅廁，墻上也有一張。順著他歪的方向望過去時，那邊一帶有四五十間小小的房子，那房子前面就是一片空地，那裡還甜著一乘轎子。恰好看見一家門首有人送客出來，那送客的只穿了一件斗紋布灰布袍子，並沒有穿馬褂，那客人倒是衣冠楚楚的。我一面看，一面走近了，見那客人生的一張圓白臉兒，八字鬍子，好生面善，只是想不起來。那客上了那乘轎時，這裡送客的也進去了。我看他那門口又矮又小，暗想這種人家，怎樣有這等闊客？猛抬頭看見他簷下掛著一把破掃箒，暗想道是了，述農的話是不錯的了。騎在馬上，不好只管在這裡呆看，只得仍向前行。行了一箭多路，猛然又想起方纔那個客人，就是我在元和船上看見他扮官做賊，後來繼之說他居然是官的人。又想起他在船上給他夥

細心之至。想是從閱歷中來。

伴說的話，嘰嘰咕咕，聽不懂的，想來就是他們的暗號暗話，這個人一定也是會黨。猛然又想起方纔那馬夫同我說過兩回話，我也沒有聽得出來，只怕那馬夫也是他們會黨裡人，見我一路上尋看那招紙，以為我也是他們一夥的，拿那暗話來問我，所以我兩回都聽得不懂。

想到這裡，不覺沒了主意。暗想我又不是他們一夥，今天尋訪的情形，又被他看穿了，此時又要撥轉馬頭回去，越發要被他看出來，還要疑心我暗訪他們做甚麼呢。若不回馬，只管向前走，又認不得哪條路可以繞得回去，不要鬧出個笑話來。並且今天不能到家下馬，不要叫那馬夫知道了我的門口纔好，不然叫他看見了吳公館的牌子，還當是官場裡暗地訪查他們的踪跡，在他們會黨裡傳播起來，不定要鬧個甚麼笑話呢。思量之間，又走出一箭多路。因想了個法子，勒住馬問馬夫道：「我今天怎麼走迷了路呢？我本來要到夫子廟裡去，怎麼走到這裡來了？」馬夫道：「怎麼，要到夫子廟？怎不早點說？這寃枉路纔走得不少呢。」我道：「你領著走罷，加你點馬錢就是了。」馬夫道：「撥過來呀。」說著，先走了到那片大空地上，在這空地上横截過去，有了幾家人家，彎彎曲曲的走過去，又是一片空地，走完了，到了一條小街，僅僅容得一人一騎，穿盡了小街，便是大街。到了此地，我已經認得了。此處離繼之公館不遠了，我下了馬，說道：「我此刻要先買點東西，夫子廟不去了，你先帶了馬去罷。」說罷，付了馬錢，又加了他幾文，他自去了，我纔慢慢的走了回去。我本來一早就進城的，因為繞了這一個大圈子，鬧到十一點鐘方纔到家，人也乏了，歇息了好一會。

吃過了午飯，因想起我伯母有病，不免去探望探望，就走到我伯父公館裡去。我伯父也正在吃飯呢，見了我便問道：「你吃過飯沒有？」我道：「吃過了，來望伯母呢，不知伯母可好了些？」伯父道：「總是這麼樣，不好不壞的。你來了，到房裡去看看他罷。」我聽說就走了進去，只見我伯母坐在床上，床前安放一張茶几，正伏在茶几上啜粥。床上還坐著一個十三四歲的丫頭，在那裡搥背。我便問道：「伯母今天可好些？」我伯母道：「姪少爺請坐。今日覺著好點了。難得你惦記著來看看我。我這病，只怕難得好的了。」我道：「哪裡來的話！一個人誰沒有三天兩天的病，只要調理幾天，自然好了。」伯母道：「不是這麼說。我這個病，時常發作，近來醫生都說要成個癆病的了。我今年五十多歲的人了，如果成了癆病，還能夠耽擱得多少日子呢！」我道：「伯母這回得病，有幾天了？」伯母道：「我一年到頭，哪一天不是帶著病的。只要不躺在床上，就算是個好人。這回又躺了七八天了。」我道：「為甚不給姪兒一個信，也好來望望。姪兒直到昨天來了纔知道呢。」伯母聽了嘆一口氣，推開了粥碗。旁邊就有一個傭婦走過來，連茶几端了去。我伯母便躺下道：「姪少爺，你到床跟前的椅子上坐下，我們談談罷。」我就走了過去坐下。

歇了一歇，我伯母又嘆了一口氣，道：「姪少爺，我自從入門以後，雖然生過兩個孩子，卻都養不住，此刻是早已絕望的了。你伯父雖然討了兩個姨娘，卻都是同石田一般的。這回我的病，要是不得好，你看可憐不可憐！」我道：「這是甚麼話，只要將息兩天就好了，那醫生的話，未必都靠得住。」伯母又道：「你叔叔聽說有兩個兒子，他又遠在山東，並且他的脾氣古怪得狠，這二十年裡面，絕跡沒有一封信來過。你可曾通過信？」我道：「就是去年父親亡故之後，曾經寫過一封信去，也沒有回信。並且姪兒也不曾見過，就只知道有這麼一位叔叔就是了。」伯母道：「我因為沒有孩子，要想把你叔叔那個小的承繼過來，去了十多封信，也總不見有一封信來。論起來，總是你伯父窮之過，要是有了十萬八萬

至此方點出還有個叔叔，何

其閃爍。
絕妙婦人口吻，又能描寫家族怪狀。
此時哀求，不記揮諸門外時耶？
電報如何好耽擱？可謂全無心肝。

的家當，不要說是自己親房，只怕那遠房的也爭著要承繼呢。你伯父常時說起，都說姪少爺是狠明白能幹的人，將來我有個甚麼三長兩短，姪少爺又是獨子，不便出繼，只好請姪少爺照應我的後事，兼祧❼過來。不知姪少爺可肯不肯？」我道：「伯母且安心調理，不要性急，自然這病要好的，此刻何必耽這個無謂的心思。做姪兒的，自然總盡個晚輩的義務，伯母但請放心，不要胡亂耽心思要緊。」一面說話時，只見伯母昏昏沉沉的，像是睡著了。床上那小丫頭，還在那裡搥著腿。我便悄悄的退了出來。

伯父已經吃過飯，往書房裡去了，我便走到書房裡去。只見伯父躺在烟床上吃烟，見了我便問道：「你看伯母那病，要緊麼？」我道：「據說醫家說是要成癆病，只要趁早調理，怕還不要緊。」伯父站起來，在護書裡面檢出一封電報，遞給我道：「這是給你的。昨天已經到了，我本想叫人給你送去，因為我心緒亂得狠，就忘了。」我急看那封面時，正是家鄉來的，吃了一驚。忙問道：「伯父翻出來看過麼？」伯父道：「我只翻了收信的人名，見是轉交你的，底下我就沒有翻了，你自己翻出罷。」我聽得這話，心中十分忙亂，急急辭了伯父，回到繼之公館，手忙腳亂的，檢出電報新編，逐字翻出來。誰知不翻猶可，只這一翻，嚇得我：

魂飛魄越心無主，膽裂肝摧痛欲號！

要知翻出些甚麼話來，且待下回再記。

---

❼ 兼祧：一人兼做兩房的後嗣。

甲申馬江之役，輿論多咎某欽使。繼之一席話，可謂評論之評論，結論又歸罪政府之輕於用人，可謂一時超眾之論。

老伯母床上一席話，雖是家常瑣瑣，卻描寫家族之怪狀，無逾於此。忽然欲其姪之兼祧，而哀求之，恭維之，不自憶其揮諸門外時，已是醜怪萬狀，誰料後文更有於此作反對，更現其不可思議之怪狀者。惜此書紆迴曲折，不肯驟以真相示人，讀者其寧心以俟之。

第十七回　整歸裝遊子走長途　抵家門慈親喜無恙

你道翻出些甚麼來？原來第一個翻出來是個「母」字，第二個是「病」字，我見了這兩個字已經急了，連忙再翻那第三個字時，禁不得又是一個「危」字。此時只嚇得我手足冰冷，忙忙的往下再翻，卻是一個「速」字，底下還有一個字，料來是個「歸」字、「回」字之類，也無心去再翻了。連忙懷了電報，出門騎了一匹馬，飛也似的跑到關上。見了繼之，氣也不曾喘定，話也說不出來，倒把繼之嚇了一跳。我在懷裡掏出那電報來，遞給繼之，道：「大哥，這會叫我怎樣！」繼之看了道：「那麼你趕緊回去走一趟罷。」我道：「今日就動身，也得要十來天纔得到家，叫我怎麼樣呢！」繼之道：「好兄弟，急呢，是怪不得你急，但是你急也沒用。今天下水船是斷來不及了，明天動身罷。」我呆了半晌道：「昨天託大哥的家信寄了麼？」繼之道：「沒有呢，我因為一時沒有便人，此刻還在家裡書桌子抽屜裡。你令伯知道了沒有呢？」我道：「沒有。」繼之道：「你進城去罷，到令伯處告訴過了，回去拿了那家信銀子，仍舊趕出城來，行李鋪蓋也叫他們給你送出來。今天晚上，你就在這裡住了，明日等下水船到了，就在這裡叫個劃子劃了去，豈不便當？」

我聽了，不敢耽擱，一匹馬飛跑進城，見了伯父，告訴了一切。又到房裡去告訴了伯母，伯母嘆道：「到底嬸嬸好福氣，有了病，可以叫姪少爺回去。像我這個孤鬼，……」說到這裡，便咽住了。憩了一

是婦人

聲口，是病人聲口。

恐怕他來索取，先說等寄了來就寄回去，以止住他。此是回債妙訣。

竟有不容他再說話之勢。

聽道：「姪少爺回去，等嬸嬸好了，還請早點出來，我這裡狠盼個自己人呢。今天早起給姪少爺說的話，我見姪少爺沒有甚麼推託，正自歡喜，誰知為了嬸嬸的事，又要回去。這是我的孤苦命！姪少爺，你這回再到南京，還不知道見得著我不呢！」我正要回答，伯父慢騰騰的說道：「這回回去了，伏伺得你母親好了，好歹在家裡，安安份份的讀書，用上兩年功，等起了服❶，也好去小考❷；不然，就捐個監去下場❸。我這裡等王俎香的利錢寄到了，就給你寄回去，還出來鬼混些甚麼！小孩子們，有甚麼脾氣不脾氣的。前回你說甚麼不歡喜作八股，我就狠想教訓你一頓，可見得你是個不安分、不就範圍的野性子。我們家的子姪，誰像你來！」我只得答應兩個「是」字。伯母道：「姪少爺，你無論出來不出來，請你務必記著我，我雖然沒有甚麼好處給你，也是一場情義。」我方欲回答，我伯父又問道：「你幾時動身？」我道：「今日來不及了，打算明日就動身。」伯父道：「那麼，你早點去收拾罷。」

我就辭了出來，回去取了銀子。那家信用不著，就撕掉了。收拾過行李，交代底下人送到關上去。又到上房裡，別過繼之老太太以及繼之夫人，不免也有些珍重的話，不必細表。

當下我又騎了馬，走到大關，見過繼之。繼之道：「你此刻不要心急，不要在路上自己急出個病來。」我道：「但我所辦的書啓的事，叫哪個接辦呢？」繼之道：「這個你儘放心，其實我抽個空兒，

❶ 起了服：為父母服喪期滿。

❷ 小考：清朝科舉制度，把未取得秀才資格的童生應縣試、府試、院試叫做「小考」。

❸ 捐個監去下場：科舉制度規定，考取了秀才者才能參加鄉試，後來有所通融，用錢捐做監生，監生與秀才同等資格，也可以參加鄉試。下場，參加鄉試。

可見得從前是明照應。

繼之之意，以為醫藥之費需用，甚或後事需用也，詎料後來卻另有他用。真是出人

自己也可辦了，何況還有人呢。你這番回去，老伯母好了，可就早點出來。這一向桓盤熟了，倒有點戀戀不捨呢。」我就把伯父叫我在家讀書的話，述了一遍。繼之笑了一笑，並不說話。憩了一會，述農也來勸慰。當夜我晚飯也不能下咽，那心裡不知亂的怎麼個樣子，一夜天翻來覆去，何曾合得著眼。

天還沒亮就起來了，呆呆的坐到天明。走到簽押房，繼之也起來了，正在那裡寫信呢。見了我道：「好早呀！」我道：「一夜不曾睡著，早就起來了。大哥為甚麼也這麼早？」繼之道：「我也替你打算了一夜。你這回只剩了這一百兩銀子，一路做盤纏回去，總要用了點，到了家，老伯母的病，又不知怎麼樣，一切醫藥之費恐怕不夠，我正在代你躊躇呢。」我道：「費心得狠，這個只好等回去了再說罷。」繼之道：「這可不能。萬一回去真是不夠用，那可怎麼樣呢？我這裡寫著一封信，你帶在身邊。用不著最好，倘是要用錢時，你就拿這封信到我家裡去。我接我家母出來的時候，寫了信託我一位同族家叔，號叫伯衡的，代我經管著一切租米。你把這信給了他，你要用多少，就向他取多少，不必客氣。到你動身出來的時候，帶著給我匯五千銀子出來。」我道：「萬一我不出來呢？」繼之道：「你怎麼會不出來，你當真聽令伯的話，要在家用功麼？他何嘗想你在家用功，他這話是另外有個道理，你自己不懂，我們旁觀的是狠明白的。」說罷，寫完了那封信，又打上一顆小小圖書，交給我。又取過一個紙包道：「這裡面是三枝土朮❹，一枝肉桂❺，也是人家送我的，你也帶在身邊，恐怕老人家要用得著。」我一一領了，收拾起來。此時我感激多謝的話，一句也說不出來，不知怎樣纔好。

❹ 土朮：有白朮、蒼朮等數種，土朮為朮之一種。朮，多年生草本植物，根莖可入藥。

❺ 肉桂：木名，其皮可入藥。

一會梳洗過了，吃了點心。繼之道：「我們也不用客氣了，此時江水淺，漢口的下水船開得早，恐怕也到得早，你先走罷。我昨夜已經交代留下一隻巡船送你去的，情願搖到那裡我們等他。」於是指揮底下人將行李搬到巡船上去，述農也過來送行。他同繼之兩人，一同送我到巡船上面，還要送到洋船，我再三辭謝。繼之道：「述農恐怕有事，請先上岸罷。我送他一程，還要談談。」述農聽說，就別去了。繼之一直送我到了下關。等了半天，下水洋船到了，停了輪，巡船搖過去，我上了洋船，安置好行李。這洋船一會兒就要開的，繼之匆匆別去。

意外。文筆之波瀾耶？抑果世情如是耶？

我經過一次，知道長江船上人是最雜的，這回偏又尋不出房艙，坐在散艙裡面，守著行李，寸步不敢離開。幸得過了一夜，第二天上午早就到了上海了，由客棧的夥伴，招呼我到洋涇濱謙益棧住下。這客棧是廣東人開的，棧主人叫做胡乙庚，招呼甚好。我託他打聽幾時有船，他查了一查，說道：「要等三四天呢。」我越發覺得心急如焚，然而也是沒法的事，成日裡猶如坐在針氈上一般，只得走到外面去散步消遣。

卻說這洋涇濱各家客棧，差不多都是開在沿河一帶，只有這謙益棧是開在一個巷子裏面。這巷子叫做嘉記衖。這嘉記衖前面對著洋涇濱，後面通到五馬路的。我出得門時，便望後面踱去，剛轉了個彎，忽見路旁站著一個年輕男子，手裡抱著一個鋪蓋，地下還放著一個鞋籃，旁邊一個五十多歲的婦人，在那裡哭。我不禁站住了腳，見那男子只管惡狠狠的望著那婦人，一言不發。我忍不住，便問是甚麼事。那男子道：「我是蘇州航船上的人，這個老太婆來趁船，沒有船錢。他說到上海來尋他的兒子，尋著他兒子，就可以照付的了。我們船主人就趁了他來，叫我拿著行李，同去尋他兒子收船錢。誰知他一會又說在甚麼自來火廠，一會又說在甚麼高昌廟南鐵廠，害我跟著他跑了二三十里的寃枉路，哪裡有他兒子的影兒！這會又說在甚麼客棧了，我又陪著他到這裡，家家客棧都問過了，還是沒有。我哪裡還有工夫去跟他瞎跑，此刻只要他還了我的船錢，我就還他的行李。不然，我只有拿了他的行李，到船上去交代的了。你看此刻已經兩點多鐘了，我中飯還沒有吃的呢。」我聽了，又觸動了母子之情，暗想這婦人此刻尋兒子不著，心中不知怎樣的著急，我母親此刻病在床上，盼我回去，只怕比他還急呢。便問那男子道：「船錢要多少呢？」那男子道：「只要四百文就夠了。」我就在身邊取出四角小洋錢，交給他道：「我代他還了船錢，你還他鋪蓋罷。」那男子接了小洋錢，放下鋪蓋。我又取出六角小洋錢，給那婦人道：「你也去吃頓飯。要是尋你兒子不著，還是回蘇州去罷，等打聽著了你兒子到底在哪裡，再來尋他未遲。」那婦人千恩萬謝的受了，我便不顧而去。

此時小洋錢尚值一百有零也。

走到馬路上逛逛，繞了個圈子，方纔回棧。胡乙庚迎著道：「方纔到你房裡去，誰知你出去了。明天晚上有船了呢。」我聽了不勝之喜，便道：「那麼費心代我寫張船票罷。」乙庚道：「可以，可以。」說罷，讓我到帳房裡去坐。只見他兩個小兒子在那裡念書呢，我隨意考問了他幾個字，甚覺得聰明。便閑坐給乙庚談天，說起方纔那婦人的事。乙庚道：「你給了錢他麼？」我道：「只代他給了船錢。」乙庚道：「你上了他當了！他那兩個人便是母子，故意串出這個樣兒來騙錢的。下次萬不要給他！」我不覺呆了一呆道：「還不要緊，他騙了去也是拿來吃飯，我只當給了化子就是了。但是怎麼知道他是母子呢？」乙庚道：「他時常在這些客棧相近的地方，做這個把戲，我也碰見過好幾次了。你們過路的人，雖然懂得他的話，卻辨不出他的口音。像我們在這裡久了，一一都聽得出來的。若說這婦人是從蘇州來

連此等下流社

會都要詳細寫一寫，豈真筆有餘裕耶。兩人見解不同，而各有一是。

尋兒子的，自然是蘇州人，該是蘇州口音，航船上的人也是本幫、蘇幫居多，他那兩個人，可是一樣的寧波口音，還是寧波奉化縣的口音。你試去細看他，面目還有點相像呢，不是母子是甚麼？你說只當給了化子，他總是拿去吃飯的，可知那婦人並未十分衰頹，那男子更是強壯的時候，為甚麼那婦人不出來幫傭，那男子不做個小買賣，卻串了出來做這個勾當，還好可憐他麼？」此時天氣甚短，客棧裡的飯又格外早些，說話之間，茶房已經招呼吃飯。我便到自己房裡去，吃過晚飯，仍然到帳房裡給乙庚談天。談至更深，方纔就寢。

一宿無話。到了次日，我便寫了兩封信，一封給我伯父的，一封給繼之的。拿到帳房，託乙庚代我交代信局，就便問幾時下船。乙庚道：「早呢，要到半夜纔開船。這裡動身的人，往往看了夜戲纔下船呢。」我道：「太晚了也不便當。」乙庚道：「太早了也無謂，總要吃了晚飯去。」我就請他算清了房飯錢，結過了帳，又到馬路上逛逛，好容易又捱了這一天。

到了晚上，動身下船，那時船上還在那裡裝貨呢，人聲嘈雜得狠，一直到了十點鐘時候，方纔靜了。我在房艙裡沒事，隨意取過一本小說看看，不多一會，就睡著了。及至覺醒來，耳邊只聽得一片波濤聲音，開出房門看看，只見人聲寂寂，只有些鼾呼的聲音。我披上衣服，走上艙面一看，只見黑越越的看不見甚麼。遠遠望去，好像一片都是海面，看不見岸。舵樓上面，一個外國人在那裡走來走去。天氣甚冷，不覺打了一個寒噤，就退了下來。此時卻睡不著了，又看了一回書，已經天亮了。我又帶上房門，到艙面上去看看，只見天水相連，茫茫無際。喜得風平浪靜，船也甚穩。

從此天天都在艙面上，給那同船的人談天，倒也不甚寂寞。內中那些人姓甚名誰，當時雖然一一請教過，卻記不得許多了。只有一個姓鄒的，他是個京官，請假出來的，我同他談的天最多。他告訴我，這回出京，在張家灣打尖❻，看見一首題壁詩，內中有兩句好的，是「三字官箴憑隔膜，八行京信便通神」。我便把這兩句，寫在日記簿上。又想起繼之候補四宗人的話，越見得官場上面是一條危途，並且裡面沒有幾個好人。不知我伯父當日為甚要走到官場上去，而且我叔叔在山東，也是候補的河同知❼；幸得我父親當日不走這條路，不然，只怕我也要入了這個迷呢。

十四字寫盡官場。

閒話少提，卻說輪船走了三天，已經到了。我便僱人挑了行李，一直回家。入得門時，只見我母親同我的一位堂房嬸娘，好好的坐在家裡，沒有一點病容，不覺心中大喜。只有我母親見了我的面，倒頓時呆了，登時發怒。正是：

天涯遊子心方慰，坐上慈親怒轉加。

要知我母親為了甚事惱煩起來，且待下回再記。

人到有病時，即想念親人，有不期然而然者，觀其伯母臨別一番話益信。而其伯父又處處打岔，一若不欲其交談也者。此中是何肺腑？讀者試掩卷猜之。

入門而母無病，且見子歸而怒，是何故歟？令人急欲看下文矣。

❻ 打尖：旅途中停下休息。

❼ 河同知：同知為知府的輔佐官，河同知是河道總督節制下辦理河工事務的同知。

第十八回　怒瘋狂家庭現怪狀　避險惡母子議離鄉

我見母親安然無恙，便上前拜見。我母親吃驚怒道：「誰叫你回來的，你接到了我的信麼？」我道：「只有吳家老太太帶去的回信是收到的，並沒有接到第二封信。」我母親道：「這封信發了半個月了，怎麼還沒有收到？」我此時不及查問寄信及電報的事，拜見過母親之後，又過來拜見了嬸娘。我那一位堂房姊姊也從房裡出來，彼此相見。原來我這位嬸娘，是我母親的嫡堂妯娌，族中多少人，只有這位嬸娘和我母親最相得。我的這位叔父，在七八年前早就身故了，這位姊姊就是嬸娘的女兒，上前年出嫁的，去年那姊夫可也死了。母女兩人，恰是一對寡婦。我母親因為我出門去了，所以都接到家裡來住，一則彼此都有個照應，二則也能解寂寞。表過不提。當下我一一相見已畢，纔問我母親給我的是甚麼信。我母親嘆道：「這話也一言難盡。你老遠的回來，也歇一歇再談罷。」我道：「孩兒自從接了電報之後，心慌意亂，……」這句話還沒有往下說，我母親大驚道：「你接了誰的電報？」我也吃驚道：「這電報不是母親叫人打的麼？」母親道：「我何嘗打過甚麼電報！那電報說些甚麼？」我道：「那電報說的是母親病重了，叫孩兒趕快回來。」我母親聽了，對著我嬸娘道：「嬸嬸，這可又是他們作怪的了。」嬸娘道：「打電報叫他回來也罷了，怎麼還咒人家病重呢！」母親問我道：「你今天上岸回來的時候，在路上有遇見甚麼人沒有？」我道：「沒有遇見甚麼人。」母親道：「那麼你這兩天先不要出去，等商量定了主意再講。」

我此時滿腹狐疑，不知究竟為了甚麼事，又不好十分追問，只得搭訕著檢點一切行李，說些別後的話。我把到南京以後的情節，一一告知，我母親聽了，不覺淌下淚來，道：「要不是吳繼之，我的兒此刻不知流落到甚麼樣子了。你此刻還打算回南京去麼？」我道：「原打算要回去的。」我母親道：「你這一回來，不定繼之那裡另外請了人，你不是白回去麼？」我道：「這不見得。我來的時候，繼之還再三叫我早點回去呢。」我母親對我嬸娘道：「不如我們同到南京去了，倒也乾淨。」嬸娘道：「好是好的，然而姪少爺已經回來了，終久不能不露面，且把這些寃鬼打發開了再說罷。」我道：「到底家裡出了甚麼事？好嬸嬸，告訴了我罷。」嬸娘道：「沒有甚麼事，只因上月下了幾天雨，祠堂❶裡被雷打了一個屋角，說是要修理。這裡的族長，就是你的大叔公，倡議要眾人分派，派到你名下要出一百兩銀子。你母親不肯答應，說是族中人丁不少，修理這點點屋角，不過幾十吊錢的事，怎麼要派起我們一百兩來？就是我們全承認了修理費，也用不了這些。從此之後，就天天鬧個不休。還有許多小零碎的事，此刻一言也難盡述。後來你母親沒了法子想，只推說等你回來再講。自從說出這句話去，就安靜了好幾天。你母親就寫了信去知照你，叫你且不要回來。誰知你又接了甚麼電報。想來這電報是他們打去，要騙你回來的，所以你母親叫你這幾天不要露面，等想定了對付他們的法子再講。」我道：「本來我們族中人類不齊，我早知道的。母親說都到了南京去，這也是避地之一法。且等我慢慢想個好主意，先要發付了他們。」我母親道：「憑你怎麼發付，我是不拿出錢去的。」我道：「這個自然。我們自己的錢，怎麼肯

❶ 祠堂：一族人共同奉祀祖先的場所。

胡亂給人家呢。」嘴裡雖是這麼說，我心裡早就打定了主意。先開了箱子，取出那一百兩銀子，交給母親。母親道：「就只這點麼？」我道：「是。」母親道：「你先寄過五十兩回來，那五千銀子，就是五釐週息，也有二百五十兩呀。」我聽了這話，只得把伯父對我說，王俎香借去三千的話，說了一遍。我母親默默無言。

歇了一會，天色晚了，老媽子弄上晚飯來吃了。掌上燈，我母親取出一本帳簿來，道：「這是運靈柩回來的時候，你伯父給我的帳，你且看看，是些甚麼開銷。」我拿過來一看，就是張鼎臣交出來的盤店那一本帳，內中一柱一柱列的狠是清楚。到後來就是我伯父寫的帳了，只見頭一筆就付銀二百兩，底下注著代應酬用。以後是幾筆不相干的零用帳。往下又是付銀三百兩，也注著代應酬用。像這麼的帳，不下七八筆，付去了一千八百兩。後來又有一筆是付找房價銀一千五百兩。我莫名其妙，道：「甚麼找房價呢？」母親道：「這個是你伯父說的，現在這一所房子，是祖父遺下的東西，應該他們弟兄三個分住。此刻他及你叔叔都是出門的人，這房子分不著了，估起價來，可以值得二千多銀子，他叫我將來估了價，把房價派了出來，這房子就算是我們的了，所以取去一千五百銀子。他要了七百五，還有那七百五是寄給你叔叔的。」我道：「還有那些金子呢？」母親道：「哪裡有甚麼金子？我不知道。」只這一番問答，我心中猶如照了一面大鏡子一般，前後的事都了然明白，眼見得甚麼存莊生息的那五千銀子，也有九分靠不住的了。家中的族人又是這樣，不如依了母親的話，搬到南京去罷。心中暗暗打定了主意。

忽聽得外面有人打門，砰訇砰訇的打得狠重。小丫頭名叫春蘭的，出去開了門，外面便走進一個人來。春蘭翻身進來道：「二太爺來了！」我要出去，母親道：「你且不要露面。」我道：「不要緊，醜

直到此時方纔明白，可謂蠢人。

是撒酒瘋形狀，是無賴撒酒瘋形狀。

蠻話，醉話，寫來一笑。

媳婦總要見翁姑的。」說著出去了，母親還要攔時，已經攔我不住。我走到外面，見是我的一位嫡堂伯父，號叫子英的，不知在哪裡吃酒吃的滿臉通紅，反背著雙手，躄蹩著進來，向前走三步，往後退兩步的，在那裡朦朧著一雙眼睛。一見了我，便道：「你……你……你回來了麼？幾……幾時到的？」我道：「方纔到的。」子英道：「請你吃……」說時遲，那時快，他那三個字的一句話還不曾說了，忽然舉起那反背的手來，拿著明晃晃的一把大刀，劈頭便砍。我連忙一閃，春蘭在旁邊哇的一聲，哭將起來。子英道：「你……你哭，先完了你！」說著提刀撲將過去，嚇得春蘭哭喊著飛跑去了。我正要上前去勸時，不料他立腳不穩，訇的一聲，跌倒在地，叮噹一響，那把刀已經跌在二尺之外。我心中又好氣，又好惱。只見他躺在地下，亂嚷起來道：「反了，反了！姪兒子打伯父了！」此時我母親、嬸娘、姊姊都出來了，我母親只氣的面白唇青，一句話也沒有，嬸娘也是徬徨失措。我便上前去攙他起來，一面說道：「伯父有話好好的說，不要動怒。」我姊姊在旁道：「伯父起來罷，這地下冷呢。」子英道：「冷死了，少不了你們抵命！」一面說，一面起來。

我道：「伯父到底為了甚麼事情動氣？」子英道：「你不要管我，我今天輸的狠了，要見一個殺一個！」我道：「不過輸了錢，何必這樣動氣呢！」子英道：「哼！你知道我輸了多少？」我道：「這個姪兒哪裡知道。」子英忽地裡直跳起來道：「你賠還我五兩銀子！」我道：「五兩只怕不夠了呢。」子英道：「我不管你夠不夠，你老子是發了財的人，你今天沒有，就拚一個你死我活！」我連忙道：「有，有。」隨手在身邊掏出一個小皮夾來一看，裡面只剩了一元錢，七八個小角子，便一齊傾了出來，道：「這個先送給伯父罷。」他伸手接了，拾起那刀子，一言不發，起來就走。我送他出去，順便關門，他

有了錢，便叫姪哥。可笑。

只寥寥幾句話中，有幾多曲折，幾

卻回過頭來道：「姪哥，我不過借來做本錢，明日贏了就還你。」說著去了。我關好了門，重復進內。我母親道：「你給了他多少？」我道：「沒有多少。」母親道：「照你這樣給起來，除非真是發了財；只怕發了財，也供應他們不起呢！」我道：「母親放心，孩兒自有道理。」母親道：「我的錢是不動的。」我道：「這個自然。」當下大家又把子英拿刀拚命的話，說笑了一番，各自歸寢。

一夜無話。明日我檢出了繼之給我的信，走到繼之家裡，見了吳伯衡，交了信。伯衡看過道：「你要用多少呢？」我道：「請先借給我一百元。」伯衡依言，取了一百元交給我道：「不夠時再來取罷。繼之信上說，儘多儘少，隨時要應付的呢。」我道：「是，是，到了不夠，時再來費心。」辭了伯衡回家，暗暗安放好了，就去尋那一位族長大叔公。此人是我的叔祖，號叫做借軒。我見了他，他先就說道：「好了，好了，你回來了！我正盼著你呢。上個月祠堂的房子出了毛病，大家說要各房派了銀子好修理，誰知你母親一毛不拔，耽擱到此刻，還沒有動工。」我道：「估過價沒有？倒底要多少銀子纔夠呢？」借軒道：「價是沒有估。此刻雖是多派些，修好了，餘下來仍舊可以派還的。」我道：「何妨叫了泥水木匠來估定了價，大家公派呢！不然，大家都是子孫，誰出多了，誰出少了，都不好。其實就是我一個人承認修了，在祖宗面上原不要緊；不過在眾兄弟面上，好像我一個人獨占了面子，大家反為覺得不好看。老實說，有了錢，與其這樣化的吃力不討好，我倒不如拿來孝敬點給叔公了。」借軒拊掌道：「你這話一點也不錯！你出了一回門，怎麼就練得這麼明白了？我說非你回來不行呢。尤雲岫他還說你純然是孩子氣，他那雙眼睛不知是怎麼生的！」我道：「不然呢，還不想著回來，因為接了母親的病信，纔趕著來的。」借軒沉吟了半晌道：「其實呢，我也不應該騙你。但是你不回來，這祠堂總修不成功，祖

許機關，幾許活潑，幾多權變，想是從閱歷中得來。

閒閒一言，卻使機關盡露，令閱者自知好大題目。

不打自招。

費心，費心。

你這會纔明白

宗也不安，就是你我做子孫的也不安呀，所以我設法叫你回來。我今天且給你說穿了，這電報是我打給你的，要想你早點回來料理這件事，只得撒個謊。那電報費，我倒出了五元七角呢。」我道：「費心得狠！明日連電報費一齊送過來。」說罷，辭了回家。

我並不提起此事，只商量同到南京的話。母親道：「我們此去，丟下你嬸嬸、姊姊怎麼？」我道：「嬸嬸、姊姊左右沒有牽掛，就一同去也好。」母親道：「幾千里路，誰高興跟著你跑。知道你到外面去，將來混得怎麼樣呢？」嬸娘道：「這倒不要緊，橫豎我沒有掛慮。只是我們小姐，雖然沒了女婿，到底要算人家的人，有點不便就是了。」姊姊道：「不要緊。我明日回去，問過婆婆，只要婆婆肯了，沒有甚麼不便。我們去住他幾年再回來，豈不是好？只是伯母這裡的房子，不知託誰去照應？」我對母親說道：「孩兒想，我們在家鄉是斷斷不能住的了，只有出門去的一個法子。並且我們今番出門，不是去三五年的話，是要打算長遠的。這房子同那幾畝田，不如拿來變了價，帶了現銀出去，覷便再圖別的事業罷。」母親道：「這也好。只是一時被他們知道了，又要來訛詐。」我道：「有孩兒在這裏，不要怕他，包管風平浪靜。」母親道：「你不要只管說嘴，要小心點纔好。」我道：「這個自然。只是這件事要辦就辦，在家萬不能多耽擱日子的了。此刻沒事，孩兒去尋尤雲岫來，他做慣了這等中人的。」

說罷，去尋雲岫，告明來意。雲岫道：「近來大家都知你父親剩下萬把銀子，這會為甚麼要變起產來？莫不是裝窮麼？」我道：「並不是裝窮，是另外有個要緊用處。」雲岫道：「到底有甚麼用處？」我想雲岫不是個好人，不可對他說實話，且待我騙騙他。因說道：「因為家伯要補缺了，要來打點部費❷。」雲岫道：「呀，真的麼？補哪一個缺？」我道：「還是借補❸通州呢。」雲岫道：「你老人家

了！

剩下的錢，都用完了麼？」我道：「哪裡就用完了，因為存在滙豐銀行是存長年的，沒有到日子，取不出來罷了。」雲岫道：「你們那一片田，當日你老人家置的時候，也是我經手，只買得九百多銀子，近來年歲不狠好，只怕值不到那個價了呢。我明日給你回信罷。」我聽說便辭了回家。入得門時，只見滿座都擠滿了人，不覺嚇了一跳。正是：

出門方欲圖生計，入室何來座上賓？

要知那些都是甚麼人，且待下回再記。

家庭不能處，故園不可居。所謂茫茫大地，無可容身者，非此之謂耶。

---

❷ 部費：為補實缺，到吏部去活動的費用。候補官員要任實缺，必經吏部核准。

❸ 借補：清朝官多缺少，以品階高的銜，補低品官的缺，叫做「借補」。第三回敘他伯父官階是同知，為正五品；補通州知州，是從五品，故稱「借補」。

第十九回　具酒食博來滿座歡聲　變田產惹出一場惡氣

及至定睛一看時，原來都不是外人，都是同族的一班叔兄弟姪，團坐在一起。我便上前一一相見。大眾喧嘩嘈雜，爭著問上海南京的風景，我只得有問即答，敷衍了好半天。我暗想今天眾人齊集，不如趁這個時候，議定了捐款修祠的事。因對眾人說道：「我出門了一次，迢迢幾千里，不容易回家。這回不多幾天，又要動身去了。難得今日眾位齊集，不嫌簡慢，就請在這裡用一頓飯，大家敘敘別情，有幾位沒有到的，索性也去請來，大家團敘一次，豈不是好？」眾人一齊答應。我便打發人去把那沒有到的都請了來，借軒、子英也都到了，眾人紛紛的在那裡談天。

我悄悄的把借軒邀到書房裡，讓他坐下，說道：「今日眾位叔兄弟姪，難得齊集，我的意思，要煩叔公趁此議定了修祠堂的事，不知可好？」借軒皺著眉道：「議是未嘗不可以議得，但是怎麼個議法呢？」我道：「只要請叔公出個主意。」借軒道：「怎麼個主意呢？」我看他神情不對，連忙走到我自己臥房，取了二十元錢出來，輕輕的遞給他道：「做姪孫的雖說是出門一次，卻不曾掙著甚麼錢回來，這一點點不成敬意的，請叔公買杯酒吃。」借軒接在手裡，顛了一顛，笑容可掬的說道：「這個怎好生受你的？」我道：「只可惜做姪孫的不曾發得財，不然這點東西，也不好意思拿出來呢。只求叔公今日就議定這件事，就感激不盡了。」借軒道：「你的意思，肯出多少呢？」我道：「只憑叔公吩咐就

可謂見機。

是了。」

正說話時，只聽得外面一疊連聲的叫我，連忙同借軒出來看時，只見一個人拿了一封信，說是要回信的。我接來一看，原來是尤雲岫送來的，信上說：「方纔打聽過，那一片田，此刻時價只值得五百兩。如果有意出脫，三兩天裡就要成交。倘是遲了，恐怕不及……」云云。我便對來人說道：「此刻我有事，來不及寫回信，你只回去，說我明天當面來談罷。」那送信的去了，我便有意把這封信給眾人觀看。內中有兩個便問為甚麼事要變產起來，我道：「這話也一言難盡，等坐了席，慢慢再談罷。」

登時叫人調排桌椅，擺了八席，讓眾人坐下，燙上酒來，肥魚大肉的都搬上來。借軒又問起我為甚事要變產，我就把騙尤雲岫的話，照樣說了一遍。眾人聽了，都眉飛色舞道：「果然補了缺，我們都要預備著去做官親了。」我道：「這個自然。只要是補著了缺，大家也樂得出去走走。」內中一個道：「一個通州的缺，只怕容不下許多官親。」一個道：「我們輪著班去，到了那裡，經手一兩件官司，發他一千、八百的財，就回來讓第二個去，豈不是好。」又一個道：「說是這麼說，到了那個時候，只叫先去的賺錢賺出滋味來了，不肯回來，又怎麼呢？」又一個道：「不要緊，他不回來，我們到班的人到了，可以提他回來。」滿席上說的都是這些不相干的話，聽得我暗暗好笑起來。借軒對我嘆道：「我到此刻，方纔知道人言難信呢。據尤雲岫說，你老子身後剩下有一萬多銀子，被你自家伯父用了六七千，還有五六千在你母親手裡。此刻據你說起來，你伯父要補缺，還要借你的產業做部費，可見得他的話是靠不住的了。」我聽了這話，只笑了一笑，並不回答。

借軒又當著眾人說道：「今日既然大家齊集，我們趁此把修祠堂的事議妥了罷。我前天叫了泥水木

所謂酒肉兄弟。

未曾做著官親，已經有此打算。凡已經做著官親者，其行逕可想。

何嘗不是？原來前天已經估定了。此二十元之功也。可嘆。起先原說一百，而忽然降至七元有零，何以異於賣古董！可笑。承情，承情。

匠來估過，估定要五十吊錢，你們各位就今日各人認一分罷。至於我們族裡，貧富不同，大家都稱家之有無做事❶便了。」眾人聽了，也有幾個贊成的。借軒就要了紙筆，要各人簽名捐錢。先遞給我，我接過來在紙尾上寫了名字，再問借軒道：「寫多少呢？」借軒道：「這裡有六十多人，只要捐五十吊錢，你隨便寫上多少就是了。難道有了這許多人，還捐不夠麼？」我聽說，就寫了五元。借軒道：「好了，好了，只這一下筆，就有了十分之一了。你們大家寫罷。」一面說話時，他自己也寫上一元。以後挨次寫去，不一會都寫過了。拿來一算，還短著兩元七角半。借軒道：「你們這個寫的也太瑣碎了，怎麼鬧出這零頭來？」我道：「不要緊，待我認了就是。」隨即照數添寫在上面。眾人又復暢飲起來，酣呼醉舞了好一會，方纔散坐。

借軒叫人到家去取了烟具來，在書房裡開燈吃烟。眾人陸續散去，只剩了借軒一個人。他便對我說道：「你知道眾人今日的來意麼？」我道：「不知道。」借軒道：「他們一個個都是約會了，要想個法子的。先就同我商量過，我也阻止他們不住。這會見你狠客氣的，請他們吃飯，只怕不好意思了。加之又聽見你說要變產，你伯父將近補缺，當是又改了想頭，要想去做官親，所以不曾開口。一半也有了我在上頭鎮壓住，不然，今日只怕要鬧得個落花流水呢。」正說話間，只見他所用的一個小廝，拿了個紙條兒遞給他，他看了，叫小廝道：「你把烟傢伙收了回去。」我道：「何不多坐一會呢？」借軒道：「我有事，去見一個朋友。」說著把那條子揣到懷裡，起身去了。

我送他出門，回到書房一看，只見那條子落在地下，順手撿起來看看，原來正是尤雲岫的手筆，叫

❶ 稱家之有無做事：量自家財力行事。

他今日務必去一次，有事相商。看罷，便把字條團了到上房去，與母親說知，據雲岫說，我們那片田，只值得五百兩的話。母親道：「哪裡有這個話！我們買的時候，連中人費一切，也化到一千以外，此刻怎麼只得個半價？若說是年歲不好，我們這幾年的租米，也不曾缺少一點。要是這個樣子，我就不出門去了；就是出門，也可以託個人經管，我斷不拿來賤賣的。」我道：「母親只管放心，孩兒也不肯胡亂就把他賣掉了。」

當夜我左思右想，忽然想起一個主意。到了次日，一早起來，便去訪吳伯衡，告知要賣田的話，又告知雲岫說年歲不好，只值得五百兩的話。伯衡道：「當日買來是多少錢呢？」我道：「買來時是差不多上千銀子。」伯衡道：「何以差得到那許多呢？你還記得那圖堡四至❷麼？」我道：「這可有點糊塗了。」伯衡道：「你去查了來，待我給你查一查。」我答應了回來，檢出契據，抄了下來，午飯後又拿去交給伯衡，方纔回家。忽然雲岫又打發人來請我。我暗想這件事已經託了伯衡，且不要去會他，等伯衡的回信來了再商量罷。因對來人說道：「我今日有點感冒，不便出去，明後天好了再來罷。」那來人便去了。

從這天起，我便不出門，只在家裡同母親、嬸娘、姊姊，商量些到南京去的話，又談談家常。過了三天，雲岫已經又叫人來請過兩次。這一天我正想去訪伯衡，恰好伯衡來了。寒暄已畢，伯衡便道：「府上的田，非但沒有貶價，還在那裡漲價呢。因為東西兩至都是李家的地界，那李氏是個暴發家，他嫌府上的田把他的隔斷了，打算要買了過去，連成一片，這一向正打算要託人到府上商量……」正說到這裡，

何以如此急急？

❷ 圖堡四至：圖、堡都是舊時地方區劃名，一個鄉劃分為若干圖、堡。四至，四鄰相接的地界。

忽然借軒也走了進來，我連忙對伯衡遞個眼色，他便不說了。借軒道：「我聽見說你病了，特地來望望你。」我道：「多謝叔公，我沒有甚麼大病，不過有點感冒，避兩天風罷了。」當下三人閒談了一會。伯衡道：「我還有點事，少陪了。」我便送他出去，在門外約定，我就去訪他，然後入內。

他何以就知道有病？寫來閃爍。鬼蜮技倆，使讀者能於言外得之。

敷衍借軒走了，我就即刻去訪伯衡，問這件事的底細。伯衡道：「這李氏是個暴發的人，他此刻想要買這田，其實大可以向他多要點價，他一定肯出的。況且府上的地，我已經查過，水源又好，出水的路又好，何至於貶價呢。還有一層，繼之來信，叫我盡力招呼你，你到底為了甚麼事要變產，也要老實告訴我。倘是可以免得的，就免了。要用錢，只管對我說。不要叫繼之知道了，要怪我呢。」我道：「因為家母也要跟我出門去，放他在家裡倒是個累，不如換了銀子帶走的便當。還有我那一所房子，也打算要賣了呢。」伯衡道：「這又何必要賣呢。只要交給我代理，每年的租米，我拿來換了銀子，給你匯去，還不好麼？就是那房子，也可以租給人家，收點租錢。左右我要給繼之經管房產，就多了這點，也不費甚麼事。」我想伯衡這話，也狠有理，因對他說道：「這也狠好，只是太費心了。且等我同家母商量定了，再來奉復罷。」說罷，辭了出來。

因想去探尤雲岫到底是甚麼意思，就走到雲岫那裡去。雲岫一見了我，便道：「好了麼？我等你好幾天了。你那片田，到底是賣不賣的？」我道：「自然是賣的，不過價錢太不對了。」雲岫道：「隨便甚麼東西，都有個時價。時價是這麼樣，哪裡還能彀多賣呢？」我道：「時價不對，我可以等到漲了價時再賣呢。」雲岫道：「你伯父不等著要做部費用麼？」我道：「那只好再到別處張羅，只要有了缺，京城裡放官債的多得狠呢。」雲岫低頭想了一想道：「其實賣給別人呢，連五百兩也值不到。此刻是一個姓李的財主要買，他有的是錢，纔肯出到這個價。我再去說說，許再添點，也省得你伯父再到別處張羅了。」我道：「我這片地，四至都記得狠清楚。近來聽說東西兩至，都變了姓李的產業了，不知可是這一家？」雲岫道：「正是。你怎麼知道呢？」我道：「他要買我的，我非但照原價絲毫不減，並且非三倍原價，我不肯賣呢。」雲岫道：「這又是甚麼緣故？」我道：「他有的是錢，既然要把田地連成一片，就是多出幾個錢也不為過。我的田又未少收過半粒租米，怎麼乘人之急，希圖賤買，這不是為富不仁麼？」雲岫聽了，把臉漲的緋紅。歇了一會，又道：「你不賣也罷，此刻不過這麼談談。錢在他家裡，田在你家裡，誰也不能管誰的。但是此刻世界上有了銀子，就有面子。何況這位李公，現在已經捐了道銜，在家鄉裡也算是一位大鄉紳。他的兒子已經捐了京官，明年是鄉試，他此刻已經到京裡去買關節，一旦中了舉人，那還了得，只怕地方官也要讓他三分！到了那時，怕他沒有法子要你的田！」我聽了，不覺冷笑道：「難道說中了舉人，就好強買人家東西了麼？」雲岫也冷笑道：「他並不要強買你的，他只把南北兩至也買了下來，那時四面都是他的地方，他只要設法斷了你的水源，只怕連一文也不值呢。你若要同他打官司，他有的是銀子、面子、功名，你抗得他過麼？」我聽了這話，不由的站起來道：「他果然有了這個本事，我就雙手奉送與他，一文也不要！」說著就別了出來。

一路上氣忿忿的，卻苦於無門可訴，因又走到伯衡處，告訴他一遍。伯衡笑道：「哪裡有這等事！他不過想從中賺錢，拿這話來嚇唬你罷了。那麼我們繼之呢，中了進士了，那不是要平白地去吃人了麼？」我道：「我也明知沒有這等事，但是可恨他還當我是個小孩子，拿這些話想來嚇唬我。我不念他是個父執，我還要打了他的嘴巴，再問他是說話，還是放屁呢！」……說到這裡，我又猛然想起一件事

乘人之急，一語明明道著他，他所以臉紅也。

原來捐了道銜，中了舉人，卻有如許作用。

來。正是：

聽來惡語方奇怒，念到奸謀又暗驚。

要知想起的是甚麼事，且待下回再記。

此一回全是機詐文章，無一筆無一處不是形容鬼蜮伎倆，寫來閃爍不定。最奇者，記者此時亦忽生機警心，閒閒一句謊話，遂令一眾小人，顛倒迷醉，甚矣人心險詐！非具有機械者，不足以存立於社會中也。

第二十回　神出鬼沒母子動身　冷嘲熱謔世伯受窘

我忽然想起一件事來道：「他日這姓李的，果然照他說這麼辦起來，雖然不怕他強橫到底，但是不免一番口舌，豈不費事？」伯衡道：「豈有此理！哪裡有了幾個臭銅，就好在鄉里上這麼橫行！」我道：「不然，姓李的或者本無此心，禁不得這班小人在旁邊唆擺，難免他利令智昏呢。不如仍舊賣給他罷。」伯衡沉吟了半晌道：「這麼罷，你既然怕到這一著，此刻也用不著賣給他，且照原價賣給這裡，也不必過戶，將來你要用得著時，就可照原價贖回。好在繼之同你是相好，沒有辦不到的。這個辦法，不過是個名色，叫那姓李的知道已經是這裡的產業，他便不敢十分橫行。如果你願意真賣了，他果然肯出價，我就代你賣了。多賣的錢，便給你匯去。你道好麼？」我道：「這個主意狠好。但是必要過了戶纔好，好叫他們知道是賣了，自然就安靜些。不然，等他橫行起來，再去理論，到底多一句說話。」伯衡道：「這也使得。」我道：「那麼就連我那所房子，也這麼辦罷。」伯衡道：「不必罷，那房子又沒有甚麼姓李不姓李的來謀你，留著收點房租罷。」我聽了，也無可無不可。

又談了些別話，便辭了回家，把上項事一五一十的告訴了母親。母親道：「這樣辦法好極了，難得遇見這般好人！但是我想這房子也要照田地一般辦法纔好，不然，我們要走了，房子說是要出租，我們族裡的人，那一個不爭著來住？你要想收房租，只怕給他兩個還換不轉一個來呢！雖然吳伯衡答應照管，哪裡照管得來？說起來，他就說我們是自家人住自家人的房子，用不著你來收甚麼房租。這麼一撒賴，豈不叫照管的人為難麼？我們走了，何苦要留下這個閒氣，給人家去淘呢。」我聽了，覺得甚是有理。

到了次日，依然到伯衡處商量，承他也答應了。便問我道：「這房子原值多少呢？」我道：「去年家伯曾經估過價，說是值二千四五百銀子。要問原值時，那是個祖屋，不可查考的了。」伯衡道：「這也容易，只要大家各請一個公正人估看就是了。」我道：「這又何必！這個明明是你推繼之的情照應我的，我也不必張揚去請甚公正人，只請你叫人去估看就是了。」伯衡答應了。到了下午，果然同了兩個人來估看，說是照樣新蓋造起來，只要一千二百銀子，地價約摸值到三百兩，共是一千五百兩。估完就先去了。伯衡便對我說道：「估的是這樣，你的意思是怎樣呢？」我道：「我是空空洞洞的，一無成見。既然估的是一千五百兩，就照他立契就是了。我只有一個意見，是愈速愈好，我一日也等不得。哪一天有船，我就哪一天走了。」伯衡道：「這個容易。你可知道幾時有船麼？」我道：「聽說後天有船。我們好在當面交易，用不著中保，此刻就可以立了契約，請你把那房價、地價，打了匯單給我罷。還有繼之也要匯五千去呢，打在一起也不要緊。」伯衡答應了。我便取過紙筆，寫了兩張契約，交給伯衡。忽然春蘭走來，說母親叫我，我即進去，母親同我如此這般的說了幾句話，我便出來對伯衡說道：「還有舍下許多木器之類，不便帶著出門，不知尊府可以寄放麼？」伯衡道：「可以，可以。」我道：「我有了動身日子，即來知照。到了那天，請你帶著人來，等我交割房子，並點交東西。若有人問時，只說我連東西一起賣了，方纔妥當。」伯衡也答應了。又搖頭道：「看不出貴族的人，竟要這樣防範，真是出人意外的了。」談了一會，就去了。

處處反照前文，不必細敘，怪狀目現。

想是要分中金也。一笑。

下午時候，伯衡又親自送來一張匯票，共是七千兩，連繼之那五千也在內了。又將五百兩折成鈔票，一齊交，來道：「恐怕路上要零用，所以這五百兩不打在匯票上了。」我暗想真是會替人打算，但是我在路上，也用不了那許多，因取出一百元，還他前日的借款。伯衡道：「何必這樣忙呢，留著路上用，等到了南京，再還繼之不遲。」我道：「這不行。我到那裡還他，他又要推三阻四的不肯收，倒弄得無味，不如在這裡先還了乾淨，左右我路上也用不了這些。」伯衡方纔收了別去。

我就到外面去打聽船期，恰好是在後天。我順便先去關照了伯衡，然後回家，忙著連夜收拾行李。此時我姊姊已經到婆家去說明白了，肯叫他隨我出門去，好不興頭。收拾了一天一夜，略略有點頭緒。到了後天的下午，伯衡自己帶了四個家人來，叫兩個代我押送行李，兩個點收東西。我先到祖祠裡拜別，然後到借軒處，交明了修祠的七元二角五分銀元，告訴他我即刻就要動身了。借軒吃驚道：「怎麼就動身了！有甚麼要事麼？」我道：「因為有點事，要緊要走，今天帶了母親、嬸嬸、姊姊一同動身。」借軒大驚道：「怎麼一起都走了！那房子呢？」我道：「房子已經賣了。」借軒道：「那田呢？」我道：「也賣了。」借軒道：「幾時立的契約？怎麼不拿來給我簽個字？」我道：「因為這都是祖父、父親的私產，不是公產，所以不敢過來驚動。此刻我母親要走了，我要去招呼，不能久耽擱了。」說罷，拜了一拜，別了出來。借軒現了滿臉悵惘之色。我心中暗暗好笑，不知他悵惘些甚麼。

回到家時，交點明白了東西，別過伯衡，奉了母親、嬸娘、姊姊上轎，帶了丫頭春蘭，一行五個人逕奔海邊，用劃子劃到洋船上，天已不早了。洋船規例，船未開行是不開飯的，要吃時，也可以到廚房裡去買。當下我給了些錢，叫廚房的人開了晚飯吃過。伯衡又親到船上來送行，拿出一封信，託帶給繼

俗諺有云：將他拳頭打他嘴。其是之謂乎？

只怕氣的不是這一點。

之，談了一會去了。

忽然尤雲岫慌慌張張的走來道：「你今天怎麼就動身了？」我道：「因為有點要緊事，走得匆忙，未曾到世伯那裡辭行，十分過意不去，此刻反勞了大駕，益發不安了。」雲岫道：「聽說你的田已經賣了，可是真的麼？」我道：「是賣了。」雲岫道：「多少錢？賣給誰呢？」我有心要嘔他氣惱，因說道：「只賣了六百兩，是賣給吳家的。」雲岫頓足道：「此刻李家肯出一千了，你怎麼輕易就把他賣掉？你說的是哪一家吳家呢？」我道：「就是吳繼之家。前路一定要買，何妨去同吳家商量。前路既然肯出一千，他有了四百的賺頭，怕他不賣麼！」雲岫道：「吳繼之是本省數一數二的富戶，到了他手裡，哪裡還肯賣出來！」我有心再要嘔他一嘔，因說道：「世伯不說過麼，只要李家把那田的水源斷了，那時一文不值，不怕他不賣！」只這一句話，氣的雲岫臉上，青一陣，紅一陣，半句話也沒有，只瞪著雙眼看我。我又徐徐的說道：「但只怕買了關節，中了舉人，還敵不過繼之的進士。除非再買關節，也去中個進士，纔能敵個平手。要是點了翰林，那就得法了。那時地方官非但怕他三分，只怕還要怕到十足呢。」雲岫一面聽我說，一面氣的目定口呆。歇了一會，纔說道：「產業是你的，憑你賣給誰，也不干我事。只是我在李氏面前誇了口，拍了胸，說一定買得到的。你想要不是你先來同我商量，我哪裡敢說這個嘴？你就是有了別個受主，也應該問我一聲，看我這裡肯出多少，再賣也不遲呀。此刻害我做了個言不踐行的人，我氣的就是這一點。」我道：「世伯這話，可是先沒有告訴過我；要是告訴過我，我就是少賣點錢，也要成全了世伯這個言能踐行的美名。不是我誇句口，少賣點也不要緊，我是銀錢上面看得狠輕的，百把銀子的事情，從來不行十分追究。」雲岫搖了半天的頭道：「看不出來，你出門沒有幾時，就歷練

直回溯到第一回事。語是快語，文是快文，蓋至此方一吐其惡氣也。「純然是一個小孩子」，借軒口中傳來之說也。可謂一絲不漏。莫怪其只有嘆氣頓足矣。語語有分寸，句句金

的這麼麻利了！」我道：「我本來純然是一個小孩子，哪裡彀得上講麻利呢，少上點當已經了不得了。」雲岫聽了，嘆了一口氣，把腳頓了一頓，立起來在船上踱來踱去，一言不發。踱了兩回，轉到外面去了。我以為他到外面解手，誰知一等他不回來，再等他也不回來，竟是溜之乎也的去了。

我自從前幾天受了他那無理取鬧嚇唬我的話，一向胸中沒有好氣，想著了就著惱；今夜被我一頓搶白，罵的他走了，心中好不暢快。便到房艙裡，告知母親、嬸娘、姊姊，大家都笑著，代他沒趣。姊姊道：「好兄弟，你今夜算是出了氣了。但是細想起來，也是無謂得狠，氣雖然叫他受了，你從前上他的當，到底要不回來。」母親道：「他既不仁，我就可以不義。你想，他要乘人之急，要在我孤兒寡婦養命的產業上賺錢，這種人還不罵他幾句麼！」姊姊道：「伯娘，不是這等說。你看兄弟在家的時候，生得就同閨女一般，見個生人也要臉紅的。此刻出去歷練得有多少日子，就學得這麼著了。他這個纔是起頭的一點點，已經這樣了。將來學得好的，就是個精明強幹的精明人；要是學壞了，可就是一個尖酸刻薄的刻薄鬼。那精明強幹同尖酸刻薄，外面看著不差甚麼，骨子裡面是截然兩路的。方纔兄弟對雲岫那一番話，固然是快心之談，然而細細想去，未免就近於刻薄了。一個人嘴裡說話是最要緊的。我也曾讀過幾年書，近來做了未亡人，無可消遣，越發甚麼書都看看，心裡比從前也明白多著。我並不是迷信那世俗折口福的話，但是精明的是正路，刻薄的是邪路，一個人何苦正路不走，走了邪路呢。伯娘，你教兄弟以後總要拿著這個主意，情願他忠厚些，萬萬不可叫他流到刻薄一路去，叫萬人切齒，到處結下冤家。這個於處世上面，狠有關係的呢。」我母親叫我道：「你聽見了姊姊的話沒有？」我道：「聽見了。我心裡正在這裡又佩服又慚愧呢。」母親道：「佩服就是了，又慚愧甚麼？」我道：「一則慚愧我是個

石言。不圖於女子中得之，我亦願有此好姊姊。

男子，不及姊姊的見識；二則慚愧我方纔不應該對雲岫說那番話。」姊姊道：「這又不是了。雲岫這東西，不給他兩句，他當人家一輩子都是糊塗蟲呢。只不過不應該這樣旁敲側擊，應該要明亮亮的叫破了他。」我道：「我何嘗不是這樣想，只礙著他是個父執，想來想去，沒法開口。」姊姊道：「是不是呢，這就是精明的沒有到家之過。要是精明到家了，要說甚麼就說甚麼。」正說話時，忽聽得艙面人聲嘈雜，帶著起錨的聲音，走出去一看，果然是要開行了。時候已經不早了，大家安排憩息。

到了次日，已經出了洋海，喜得風平浪靜，大家都還不暈船。左右沒事，閒著便與姊姊談天，總覺著他的見識比我高得多著，不覺心中暗喜，我這番同了姊姊出門，就同請了一位先生一般。這回到了南京，外面有繼之，裡面又有了這位姊姊，不怕我沒有長進。我在家時，只知道他會做詩詞小品，卻原來有這等大學問，真是有眼不識泰山了。因此終日談天，非但忘了離家，並且也忘了航海的辛苦。誰知走到了第三天，忽然遇了大風，那船便顛簸不定，船上的人，多半暈倒了。幸喜我還能支持，不時到艙面去打聽甚麼時候好到，回來安慰眾人。這風一日一夜不曾息，等到風息了，我再去探問時，說是快的今天晚上，遲便明天早起，就可以到了。於是這一夜大家安心睡覺，只因受了一天一夜的顛簸，到了此時，困倦已極，便酣然濃睡。睡到天將亮時，平白地從夢中驚醒，只聽得人聲鼎沸，房門外面腳步亂響。正是：

軒然一覺邯鄲夢❶，送到繁華境地來。

❶ 邯鄲夢：典出唐沈既濟枕中記，該小說敘少年士人盧生在邯鄲旅舍遇道士呂翁，感嘆自己困頓草野，未能出

要知為甚事人聲鼎沸起來，且待下回再記。

搶白尤雲岫一番，自是快文快事，又嫌其失於刻薄也。特轉出其姊姊一番正論，以匡救之。蓋無此一頓搶白，則令讀此悵悶欲死；既搶白之矣，使無正論以匡救之，又恐世人徒狃於一時之快，而汩沒其德性，故特急轉此一筆。作者關心社會，故特施此眼明手快之筆，真是佛菩薩心腸。

此回搶白一頓，即借以收束以前一切，此後自當別有一番鋪敘。作冗長之小說者，往往用此法。

將入相，飛黃騰達。呂翁取一枕頭授之，說就此枕頭入睡，一切願望皆可實現。盧生依言就枕，即入佳境，娶大姓美女，中進士，官至極品，且五子登科，三代同堂，榮華富貴無以復加，年逾八十而卒。卒時即醒來，店主所蒸黃粱還沒有熟。

第二十一回　作引線官場通賭棍　嗔直言巡撫報黃堂❶

當時平白無端忽聽得外面人聲鼎沸，正不知為了何事，未免吃了一驚。連忙起來，到外面一看，原來船已到了上海，泊了碼頭，一班挑夫、車夫，以及客棧裡的接客夥友，都一哄上船，招攬生意，所以人聲嘈雜。一時母親、嬸娘、姊姊都醒了，大家知道到了上海，自是喜歡，都忙著起來梳洗。我便收拾起零碎東西來。過了一會，天已大亮了，遇了謙益棧的夥計，我便招呼了，先把行李交給他，只剩了隨身幾件東西，留著還要用。他便招呼同伴的來，一一點交了帶去。我等母親、嬸娘梳洗好了，方纔上岸，叫了一輛馬車往謙益棧裡去，揀了兩個房間，安排行李，暫時安歇。

因為在海船上受了幾天的風浪，未免都有些困倦，直到晚上，方纔寫了一封信，打算明日發寄，先通知繼之。拿到帳房，遇見了胡乙庚，我便把信交給他，託他等信局來收信時，交他帶去。乙庚道：「這個容易，今晚長江船開，我有夥計去，就託他帶了去罷。」又讓到裡間去坐，閒談些路上風景，又問問在家耽擱幾天。略略談了幾句，外面亂烘烘的人來人往，不知又是甚麼船到了，來了多少客人，乙庚有事出去招呼，我不便久坐，即辭了回房。對母親說道：「孩兒已經寫信給繼之，託他先代我們找一處房子，等我們到了，好有得住。不然，到了南京，要住客棧，繼之一定不肯的，未免要住到他公館裡去。

❶ 黃堂：明清時俗稱知府為「黃堂」。黃堂古時為太守辦事的廳堂，明清時知府為太守之職，故有此稱。

一則怕地方不彀；二則年近歲逼的，將近過年了，攪擾著人家也不是事。」母親道：「我們在這裡住到甚麼時候？」我道：「稍為住幾天，等繼之回了信來再說罷。在路上辛苦了幾天，也樂得憩息憩息。」

嬸娘道：「在家鄉時，總聽人家說上海地方熱鬧，今日在車上看看，果然街道甚寬，但不知可有甚麼熱鬧地方，可以去看看的？」我道：「姪兒雖然在這裡經過三四次，卻總沒有到外頭去逛過，這回喜得母親、嬸娘、姊姊都在這裡，憩一天，我們同去逛逛。」嬸娘道：「你姊姊不去也罷，他是個年輕的寡婦，出去拋頭露面的作甚麼呢！」姊姊道：「我倒並不是一定要去逛，母親說了這句話，我倒偏要去逛逛了。『女子不可拋頭露面』這句話，我向來最不相信。須知這句話是為不知自重的女子說的，並不是為正經女子說的。」嬸娘道：「依你說，拋頭露面的，倒是正經女子？」姊姊道：「哪裡話來！須知有一種不自重的女子，專歡喜塗脂抹粉，見了人，故意的扭扭捏捏，躲躲藏藏的，他卻又不好好的認真躲藏，偏要拿眼梢去看人，便惹得那些輕薄男人言三語四的，豈不從此多事？所以要切戒他拋頭露面。若是正經的女子，見了人一樣，不見人也是一樣，舉止大方，不輕言笑的，哪怕他在街上走路，又礙甚麼呢？」我母親說道：「依你這麼說，那古訓的『內言不出於閫，外言不入於閫』，也用不著的了？」姊姊笑道：「這句話，向來讀書的人都解錯，怪不得伯母。那內言不出，外言不入，並不是泛指一句說話，他說的是治家之道，政分內外。閫以內之政，女子主之；閫以外之政，男子主之。所以女子指揮家人做事，不過是閫以內之事；至於閫以外之事，就有男子主政，用不著女子說話了。這就叫『內言不出於閫』。若要說是女子的說話，不許閫外聽見，男子的說話，不許閫內聽見，那就男女之間，永遠沒有交談的時候了。試問，把女子關在門內，永遠不許他出門一步，這是內言不出，做得到的；若要外言不入，

是第二年將近過完了。

是真能體會古人之言者。

那就除非男子永遠也不許他到內室，不然，到了內室，也硬要他裝做啞子了。」一句話說的大家笑了。我道：「我小時候，聽蒙師講的，卻又是一樣講法。說是外面粗鄙之言，不傳到裡頭去；裡面猥褻之言，不傳出外頭來。」姊姊道：「這又是強作解人。這『言』字所包甚廣，照這所包甚廣的言字，再依那個解法，是外言無不粗鄙，內言無不猥褻的了。」我道：「『七年，男女不同席。』❷這總是古訓。」姊姊道：「這是從形跡上行教化的意思，其實教化萬不能從形跡上施行的。不信，你看周公制禮❸之後，自當風俗丕變❹了，何以國風❺又多是淫奔之詩呢？可見得這些禮儀節目，不過是教化上應用的傢伙，他不是認真可以教化人的。要教化人，除非從心上教起。要從心上教起，除了讀書明理之外，更無他法。古語還有一句說得豈有此理的，說甚麼『女子無才便是德』，這句話我最不佩服。或是古人這句話是有所為而言的，後人就奉了他做金科玉律，豈不是誤盡了天下女子麼？」我道：「何所為而言呢？」姊姊道：「大抵女子讀了書，識了字，沒有施展之處，所以拿著讀書只當作格外之事，等到稍微識了幾個字，便不肯再求長進的了。大不了的能看得落兩部彈詞，就算是才女。甚至於連彈詞也看不落，只知道看街上賣的那三五文一小本的淫詞俚曲，鬧得他滿肚皮的佳人才子，贈帕遺金的故事，不定要從這個上頭鬧些笑話出來，所以纔有『女子無才便是德』的一句話。這句話是指一人一事而言，若是後人不問來由，一

❷ 七年，男女不同席：語出禮記內則。意謂男女到了七歲，就不能同席而坐，共器而食。

❸ 周公制禮：周公，姓姬名旦，周武王的兄弟，周成王的叔父。輔佐年幼的周成王執政，曾制定禮法。

❹ 丕變：大變。

❺ 國風：為詩經的一部分，自周南至豳風共一百六十篇，採自十五國民間歌謠，內容多愛情作品。

此可謂現身說法，爽快之至。

以上一大篇，竟是一首女學堂德育論。不圖二十年前，先有人發明。

律的奉以為法，豈不是因噎廢食了麼？」我母親笑道：「依你說，女子一定要有才的了。」姊姊道：「初讀書的時候，便教他讀了女誡❻、女孝經❼之類，同他講解明白了，自然他就明理。明了理，自然德性就有了基礎。然後再讀正經有用的書，哪裡還有喪德的事幹出來呢。兄弟也不是外人，我今天撒一句村話，像我們這種人，叫我們偷漢子去，我們可肯幹麼？」嬸娘笑道：「呸！你今天發了瘋了，怎麼扯出這些話來！」姊姊道：「可不要這麼說，倘使我們從小就看了那些淫詞豔曲，也鬧的一肚子佳人才子風流故事，此刻我們還不知幹甚呢。這就是『女子無才便是德』了。」嬸娘笑的說不上話來，彎了腰忍了一會，纔說道：「這丫頭今天越說越瘋了！時候不早了，姪少爺，你請到你那屋裡去睡罷，此刻應該外言不入於閫了。」說罷，大家又是一笑。

我辭了出來，回到房裡，因為昨夜睡的多了，今夜只管睡不著。走到帳房裡，打算要借一張報紙看看。只見胡乙庚和一個衣服襤褸的人說話，唧唧噥噥的，聽不清楚。我不便開口，只在旁邊坐下。一會兒那個人去了，乙庚還送他一步，說道：「你一定要找他，只有後馬路一帶棧房，或者在那裡。」那人逕自去了。乙庚回身自言自語道：「早勸他不聽，此刻後悔了，卻是遲了。」我便和他借報紙，恰好被客人借了去，乙庚便叫茶房去找來。一面對我說道：「你說天下竟有這種荒唐人！帶了四五千銀子，說是到上海做生意，卻先把那些錢輸個乾淨，生意味也不曾嘗著一點兒。」我道：「上海有那麼大的賭場麼？」乙庚道：「要說有賭場呢，上海的禁令嚴得狠，弄得一個賭場都沒有；要說沒有呢，卻又到處都

❻ 女誡：東漢班昭作，一卷七篇。宣揚三從四德的婦女誡律。

❼ 女孝經：唐侯莫陳邈妻鄭氏撰，十八章。宣揚男尊女卑制度中女子行為規範。

神龍見首不見尾，神乎其用矣。

一路寫來只為此一句，蓋此

是賭場。這裡上海專有一班人靠賭行騙的，或租了房子冒稱公館，或冒稱甚麼洋貨字號，排場闊得狠，專門引誘那些過路行客或者年輕子弟。起初是吃酒打茶圍，慢慢的就小賭起來，從此由小而大。上了當的人，不到輸乾淨不止的。」我道：「他們拿得准贏的麼？」乙庚道：「用假骰子、假牌，哪裡會不贏的。」我道：「剛纔這個人，想是貴友？」乙庚道：「在家鄉時，本來認得他，到了上海，就住在我這裡。那時候我棧裡也住了一個賭棍，後來被我看破了，回了那賭棍，叫他搬到別處去。誰知我這敝友已經同他結識了，上了賭癮，就瞞了我，只說有了生意了，要搬出去。我也不知道他搬到哪裡，後來就輸到這個樣子。此刻來查問我，起先住在這裡那賭棍搬到哪裡去了，我哪裡知道呢。並且這個賭棍神通大得狠，他自稱是個候選的郎中❽，筆底下狠好，常時作兩篇論送到報館裡去刊登，底下綴了他的名字，因此人家都知道他是個讀書人。他卻又官場消息極為靈通，每每報紙上還沒有登出來的，他早先知道了，因此人家又疑他是官場中的紅人。他同這班賭棍通了氣，專代他們作引線。譬如他認得了你，他便請你吃茶吃酒，拉了兩個賭棍來同你相識。等到你們相識之後，他卻避去了。後來那些人拉你入局，他也只裝不知，始終他也不來入局，等你把錢都輸光了，他卻去按股分贓。你想，就是找著他，便怎樣呢？」我道：「同賭的人可以去找他的，並且可以告他。」乙庚道：「那一班人都是行蹤無定的，早就走散了，哪裡告得來。並且他的姓名，也沒有一定的，今天叫張三，明天就可以叫李四，內中還有兩個實缺的道、府，被參了下來，也混在裡面鬧這個頑意兒呢。若告到官司，他又有官面，其奈他何呢！」此時茶房已

❽ 郎中：清朝中央政府六部（吏、戶、禮、兵、刑、工），部的首長叫尚書，次長叫侍郎。部又分若干司，司的首長叫郎中。郎中以下，依次為員外郎、主事、筆帖式等。

經取了報紙來，我便帶到房裡去看。

一宿無話。次日一早，我方纔起來梳洗，忽聽得隔壁房內一陣大吵，像是打架的聲音，不知何事。我就走出來去看，只見兩個老頭子在那裡吵嘴，一個是北京口音，一個是四川口音。那北京口音的攢著那四川口音的辮子，大喝道：「你且說你是個甚麼東西，說了饒你！」一面說，一面提起手要打。那四川口音的說道：「我怕你了！我是個王八蛋，我是個王八蛋！」北京口音的道：「你應該還我錢麼？」四川口音的道：「應該，應該！」北京口音的道：「你敢欠我絲毫麼？」四川口音的道：「不敢欠，不敢欠！回來就送來。」北京口音的一撒手，那四川口音的就溜之乎也的去了。北京口音的冷笑道：「旁人恭維你是個名士，你想拿著名士來欺我？我看著你不過這麼一件東西，叫你認得我！」當下我在房門外面看著，只見他那屋裡羅列著許多書，有包好的，也有未曾包好的，還有不曾裝釘好的，便知道是個販書客人。順腳踱了進去，要看有合用的書買兩部。選了兩部京板的書，問了價錢，便同他請教起來。說也奇怪，就同那作小說的話一般，叫做無巧不成書，這個人不是別人，卻是我的一位姻伯，姓王，名顯仁，表字伯述。說到這裡，我卻要先把這位王伯述的歷史，先敘一番。

看官們聽著：這位王伯述，本來是世代書香的人家。他自己出身是一個主事，補缺之後，升了員外郎，又升了郎中，放了山西大同府。為人十分精明強幹，到任之後，最喜微服私行，去訪問民間疾苦。生成一雙大近視眼，然而帶起眼鏡來，打鳥槍的準頭又極好。山西地方許多鵰，他私訪時，便帶了鳥槍去打鵰。有一回為了公事晉省，公事畢後，未免又在省城微行起來。在那些茶坊酒肆之中，遇了一個人，大家談起地方上的事，那個人便問他：「現在這位撫臺的德政如何？」伯述便道：「他是少年科第出身，

一句，為現狀之最怪者也。

名士聽者！

難道你這個不是小說麼？

不是近視眼。不至於吃虧。

在京裡不過上了幾個條陳，就鬧紅了，放了這個缺。其實是一個白面書生，幹得了甚麼事！你看他一到任時，便鋪張揚厲的，要辦這個，辦那個，幾時見有一件事成了功呢！第一件說的是禁烟。這鴉片烟我也知道是要禁的，然而你看他拜摺子❾也說禁烟，出告示也說禁烟，下札子也說禁烟，卻始終不曾說出禁烟的辦法來。總而言之，這種人坐言則有餘，至於起行，他非但不足，簡直的是不行！」說罷就散了。

哈哈，真是事有湊巧，你道他遇見的是甚麼人？卻恰好是本省撫臺這位撫臺果然是少年科第，果然是上條陳上紅了的，果然是到了山西任上便盡情張致。第一件說是禁烟，卻自他到任之後，吃鴉片烟的人格外多些。這天忽然高興，出來私行察訪，遇了這王伯述，當面搶白了一頓，好生沒趣。且慢，這句話近乎荒唐，他兩個，一個是上司，一個是下屬，雖不是常常見面，然而回起公事來，見面的時候也不少，難道彼此不認得的麼？誰知王伯述是個大近視的人，除了眼鏡，三尺之外，便僅辦顏色的了。官場的臭規矩，見了上司是不能戴眼鏡的，所以伯述雖見過撫臺，卻是當面不認得。那撫臺卻認得他，故意試試他的，誰知試出了這一大段好議論，心中好生著惱！一心只想參了他的功名，卻尋不出他的短處來，便要吹毛求疵，也無處可求。若是輕輕放過，卻又咽不下這口惡氣，就和他無事生出事來。正是：

閒閒一席話，引入是非門。

不知生出甚麼事，且待下回再記。

豈但禁烟，他後來還開賭呢！誰叫你去討沒趣來？

❾ 拜摺子：給皇帝上奏摺。

下半回敘山西巡撫一節，作者以為怪矣。不知此巡撫以後之怪現狀百出，不知更以何等筆墨形容之。

偶然譏刺他，便想設法去參他的功名；倘當日偶然恭維他，一定可以得保舉升官的了。

然則後來在此巡撫手上升官者，其人品可想。

第二十二回　論狂士撩起憂國心　接電信再驚遊子魄

原來那位山西撫臺，自從探花及第❶之後，一帆風順的，開坊❷外放，你想誰人不奉承他。並且向來有個才子之目，但得他說一聲好，便以為榮耀無比的，誰還敢批評他。那天憑空受了伯述的一席話，他便引為生平莫大之辱。要參他功名，既是無隙可乘，又咽不下這口惡氣，因此拜了一摺，說他人地不宜，難資表率，請將他開缺撤任，調省察看❸。誰知這王伯述信息也狠靈通，知道他將近要下手，便上了個公事，只說因病自請開缺就醫。他那裡正在辦撤任的摺子，這邊稟請開缺的公事也到了，他倒也無可奈何，只得在附片❹上陳明。王伯述便交卸了大同府篆❺。這是他以前的歷史，以後之事，我就不知

❶ 探花及第：清朝科舉制度，各省舉人到北京參加會試考中後，經過復試和殿試，錄取了分為三甲：一甲賜進士及第，其第一名為狀元，第二名為榜眼，第三名為探花；二甲賜進士出身；三甲賜同進士出身。

❷ 開坊：詹事府置左右春坊，其職位專為翰林升轉而設，翰林升任春坊職務叫開坊。清末裁撤詹事府，翰林升任其他官職仍稱開坊。坊，即「春坊」。

❸ 開缺撤任，調省察看：取消缺位，將官員撤職，調「開缺撤任」；將撤職的官員調到省城進行查察，調「調省察看」。

❹ 附片：附在奏摺的單片。

❺ 府篆：知府官印。印章多為篆文，故稱「印」為「篆」。

道了。因為這一門姻親隔得遠，我向來未曾會過的，只有上輩出門的伯叔父輩會過。當下彼此談起，知是親戚，自是歡喜。伯述又自己說自從開了缺之後，便改行販書。從上海買了石印書販到京裡去，倒換些京板書出來，又換了石印的去，如此換上幾回，居然可以賺個對本利呢。

我又問起方纔那四川口音的老頭子，伯述道：「他麼，他是一位大名士呢！叫做李玉軒，是江西的一個實缺知縣，也同我一般的開了缺了。」我道：「他欠了姻伯書價麼？」伯述道：「可不是麼！這種狂奴，他敢在我跟前發狂，我是不饒他的。他狂的撫臺也怕了他，不料今天遇了我。」我道：「怎麼撫臺也怕他呢？」伯述道：「說來話長。他在江西上藩臺衙門，卻帶了鴉片烟具，在官廳上面開起燈來。被藩臺知道了，就狠不願意，打發底下人去對他說：『老爺要過癮，請回去過了癮再來，在官廳上吃烟不像樣。』他聽了這話，立刻站了起來，一直跑到花廳上去。此時藩臺正會著幾個當要差的候補道，商量公事，他也不問情由，便對著藩臺大罵說：『你是個甚麼東西，不准我吃烟！你可知我先師曾文正公的簽押房，我也常常開燈。我眼睛裡何曾見著你來！你的官廳可能比我先師的簽押房大？』藩臺不等說完，就大怒起來，喝道：『這不是反了麼！快攆他出去！』他聽了一個『攆』字，便把自己頭上的大帽子摘了下來，對準藩臺照臉摔了過去，嘴裡說道：『你是個甚麼東西，你配攆我！我的官也不要了！』那頂帽子不偏不倚的恰好打在藩臺臉上。藩臺喝叫拿下他來，當時底下人便圍了過去要拿他。他越發了狂，猶如瘋狗一般，在那裡亂叫。虧得旁邊幾個候補道把藩臺勸住，纔把他放走了。他回到衙門，也不等後任來交代，收拾了行李，即刻就動身走了。藩臺當日即去見了撫臺，商量要動詳文參他。那撫臺倒說：『算了罷，這種狂士，本來不是做官的材料，你便委個人去接他的任罷。』藩臺見撫臺如此，只得

可稱開缺寅僚。一笑。

好貨！

當時贈詩之中，確有以姜白石對李青蓮者。惜忘之矣。

妙喻！奇喻！確喻！

只點得一點頭，便如此。

罵盡名士，絕頂痛快。

名士聽者，可要小心。

罵得痛

隱忍住了。他到了上海來，做了幾首歪詩登到報上，有兩個人便恭維得他是甚麼姜白石❻、李青蓮，所以他越發狂了。」我道：「想來詩總是好的？」伯述道：「也不知他好不好。我只記得他詠自來水的一聯，是『灌向甕中何必井，來從湖上不須舟』，這不是小孩子打的謎謎兒麼。這個叫做姜白石、李青蓮，只怕姜白石、李青蓮在九泉之下，要痛哭流涕呢！」我道：「這兩句詩果然不好，但是就做好了，也何必這樣發狂呢！」伯述道：「這種人若是抉出他的心肝來，直頭是一個無恥小人。他那一種發狂，就同那下婢賤妾恃寵生驕的一般行徑。凡是下婢賤妾，一旦得了寵，沒有不撒嬌撒癡的。起初的時候，因他撒嬌癡，未嘗不惱他；回頭一想，已經寵了他，只得容忍著點，並且叫人家聽見，只道自己不能容物，因此一次兩次的隱忍，就把他慣的無法無天的了。這一班狂奴，正是一類，偶然作了一兩句歪詩，或起了個文稿，叫那些督撫貴人點了點頭，他就得意的了不得，從此就故作偃蹇之態去驕人。照他那種行徑，那督撫貴人何嘗不惱他，只因為或者自己曾經賞識過他的，或者同僚中有人賞識過他的，一時同他認起真來，被人說是不能容物，所以纔慣出這種東西來。依我說，把他綁了，賞他一千八百的皮鞭，看他還敢發狂！就如那李玉軒，他罵了藩臺兩句『甚麼東西』，那藩臺沒理會他，他就到處都拿這句話罵人了。他和我買書，想賴我的書價，又拿這句話罵我，被我發了怒，攢著他的辮子，還問他一句，他便自己甘心認了是個『王八蛋』。你想這種人還有絲毫骨氣麼？孔子說的，『唯女子與小人為難養也』❼，女子便

❻ 姜白石：北宋詞人姜夔，號白石道人。

❼ 唯女子與小人為難養也：語出論語陽貨：「唯女子與小人為難養也，近之則不遜，遠之則怨。」意謂女子和小人最難對付，對他們親近了，他們就會無禮，對他們疏遠了，他們就會怨恨。

絕快絕。讀至此，鬱氣為之一抒。如必以富貴為俗人，以貧賤為清高，則富人求清高，只要把家財散盡即成為清高人矣。一笑。

是那下婢賤妾，小人正是指這班無恥狂徒呢。還有一班不長進的，並沒有人賞識過他，也學著他去瞎狂，說甚麼『貧賤驕人❽』。你想，貧賤有甚麼高貴，卻可以拿來驕人？他不怪自己貧賤是好吃懶做弄出來的，還自命清高，反說富貴的是俗人。其實他是眼熱那富貴人的錢，又沒法去分他幾個過來，所以做出這個樣子。我說他竟是想錢想瘋了的呢！」說罷，呵呵大笑。

又嘆一口氣道：「遍地都是這些東西，我們中國怎麼了哪！這兩天你看報來沒有？小小的一個法蘭西，又是主客異形❾的，尚且打他不過，這兩天聽說要和了。此刻外國人都是講究實學的，我們中國卻單講究讀書。讀書原是好事，卻被那一班人讀了，便都讀成了名士。不幸一旦被他得法做了官，他在衙門裡公案上面還是飲酒賦詩，你想地方哪裡會弄得好？國家哪裡會強？國家不強，哪裡對付那些強國？外國人久有一句說話，說中國將來一定不能自立，他們各國要來把中國瓜分了的。你想，被他們瓜分了之後，莫說是飲酒賦詩，只怕連屁他也不許你放一個呢！」我道：「何至於這麼利害呢？」伯述方要答話，只見春蘭丫頭過來叫我吃飯，伯述便道：「你請罷，我們飯後再談。」

我於是別了過來，告知母親，說遇見了伯述的話。我因為剛纔聽了伯述的話，狠有道理，吃了飯就要去望他，誰知他鎖了門出去了，只得仍舊回房去。只見我姊姊拿著一本書看，我走近看時，卻畫的是畫，翻過書面一看，始知是點石齋畫報❿。便問哪裡來的，姊姊道：「剛纔一個小孩子拿來賣的，還有

❽ 貧賤驕人：典出史記魏世家：「子擊逢文侯之師田子方於朝歌，引車避，下謁。田子方不為禮。子擊因問曰：『富貴者驕人乎？且貧賤者驕人乎？』子方曰：『亦貧賤者驕人耳。』」

❾ 主客異形：軍事術語，意謂作戰雙方所據形勢不同，法軍遠道而來，處於劣勢。主客，指作戰雙方。

兩張報紙呢。」說罷遞了報紙給我。我便拿了報紙，到我自己的臥房裡去看。忽然母親又打發春蘭來叫了我去，問道：「你昨日寫繼之的信，可曾寫一封給你伯父？」我道：「沒有寫。」母親道：「要是我們不大耽擱呢，就可以不必寫了。如果有幾天耽擱，也應該先寫個信去通知。」我道：「孩兒寫去給繼之，不過託他找房子，三五天裡面等他回信到了，我們再定。」母親道：「既是這麼著，也應該寫信給你伯父，請伯父也代我們找找房子。單靠繼之，人家有許多工夫麼？」我答應了，便去寫了一封信，給母親看過，要待封口，姊姊道：「你且慢著。有一句要緊話你沒有寫上，須得要說明了，無論房子租著與否，要通知繼之一聲。不然，倘使兩下都租著了，我們一起人去，怎麼住兩起房子呢。」我笑道：「到底姊姊精細。」遂附了這一筆，封好了，送到帳房裡去。

恰好遇了伯述回來，我又同到他房裡談天。伯述在案頭取過一本書來遞給我道：「我送給你這個看看，看了這種書，得點實用，那就不至於要學那一種不知天高地厚的名士了。」我接過來謝了，看那書面是富國策，便道：「這想是新出的。」伯述道：「是日本人著的書，近年中國人譯成漢文的。」又道：「此刻天下的大勢，倘使不把讀書人的路改正了，我就不敢說十年以後的事了。我常常聽見人家說中國的官不好，我也曾經做過官來，我也不能說這句話不是。但是仔細想去，這個官是甚麼人做的呢？又沒有個官種，像世襲似的，那做官的代代做官，那不做官的代代不能做官，倘使是這樣，就可以說那句話了。做官原是要讀書人做的，那就先要埋怨讀書人不好了。上半天說的那種狂士，不要說了。除此之外，

名士之上加了不知天高地厚六個字，名士之聲價可想。在當時能看富國策，便是維

⑩ 點石齋畫報：西元一八八四年（光緒十年）五月八日創刊，上海申報館出版，旬刊，隨申報附送。因由點石齋印刷而得名。內容以時事畫為主，一八九六年（光緒二十二年）停刊。

新家。官種二字，奇談！

此等歷史，原來爾時卻已發現。惜乎此老未曾著撰成書

還有一種人，這裡上海有一句土話，叫甚麼『書毒頭』，就是北邊說的『書獃子』的意思。你想好好的書，叫他們讀了，便受了毒，變了獃子，這將來還能辦事麼？」我道：「早上姻伯說的瓜分之後，連屁也不能放一個，這是甚麼道理？」伯述嘆道：「現在的世界，不能死守著中國的古籍做榜樣的了。你不過看了廿四史上，五胡大鬧⓫時，他們到了中國，都變成中國樣子，歸了中國教化；就是本朝，也不是中國人，然而入關三百年來，一律都歸了中國教化了，甚至於此刻的旗人，有許多並不懂得滿洲話的了，所以大家都相忘了。此刻外國人滅人的國，還是這樣嗎？此時還沒有瓜分，他已經遍地的設立教堂，傳起教來，他倒想先把他的教傳遍了中國呢。那麼瓜分以後的情形，你就可想了。我在山西的時候，認得一個外國人，這外國人姓李，是到山西傳教去的，常到我衙門裡來坐。我問了他許多外國事情，一時也說不了許多，我單說俄羅斯的一件故事你聽罷。俄羅斯滅了波蘭，他在波蘭行的政令，第一件不許波蘭人說波蘭話，還不許用波蘭文字。」我道：「那麼要說甚話，用甚文字呢？」伯述道：「要說他的俄羅斯話，用他的俄羅斯文字呢。」我道：「不懂的便怎樣呢？」伯述道：「不懂的，他押著打著要學。無論在甚麼地方，他聽見了一句波蘭話，他就拿了去辦。」我道：「這是甚麼意思呢？」伯述道：「他怕的是這些人只管說著故國的話，便起了懷想故國之念，一旦要克復起來呢。第二件政令，是不准波蘭人在路旁走路，一律要走馬路當中。」我道：「這個意思更難解了。」伯述道：「我雖不是波蘭人，說著也代波蘭人可恨！他說波蘭人都是賤種，個個都是做賊的，走了路旁，恐怕他偷了店鋪的東西。」說到這裡，把桌子一拍道：「你說可恨不可恨？」

⓫ 五胡大鬧：即所謂五胡之亂。指西晉時期匈奴、羯、鮮卑、氐、羌五個少數民族入侵中原，爭戰不休。

，以喚起國民也。爾時之人有如此見識，已是高卓。

爾時只有此等書便算有用。

我聽了這話，不覺毛骨悚然。呆了半晌，問道：「我們中國不知可有這一天？倘是要有的，不知有甚方法可以挽回？」伯述道：「只要上下齊心協力的認真辦起事來，節省了那些不相干的虛糜，認真辦起海防邊防來就是了。我在京的時候，曾上過一個條陳給堂官⓬。到山西之後，聽那李教士說他外國的好處，無論哪一門，都有專門學堂。我未曾到過外國，也不知他的說話是否全靠得住。然而仔細想去，未必是假的。倘是假的，他為甚要造出這種謠言來呢。那時我又據了李教士的話，攙了自己的意思，上了一個條陳給本省巡撫，誰知他只當沒事一般，提也不提起。我們乾著急，那有權辦事的，卻只如此。自從丟了官之後，我自南自北的，走了不知幾次，看著那些讀書人，又只如此。我所以別的買賣不幹，要販書往來之故，也有個深意在內。因為市上的書賈都是胸無點墨的，只知道甚麼書銷場好，利錢深，卻不知甚麼書是有用的，甚麼書是無用的；所以我立意販書，是要選些有用之書去賣。誰知那買書的人，也同書賈一樣，只有甚麼多寶塔、珍珠船、大題文府⓭之類，是他曉得的；還有那石印能做夾帶的，銷場最利害。至於經世文篇⓮、富國策，以及一切輿圖冊籍之類，他非但不買，並且連書名也不曉得；等我說出來請他買時，他卻莫名其妙，取出書來送到他眼裡，他也不曉得看。你說可嘆不可嘆！這一班混蛋東西，叫他僥倖通了籍⓯，做了官，試問如何得了！」我道：「做官的未必都是那一班人，然而我在

⓬ 堂官：清朝中央各衙門的長官，如各部的尚書、侍郎、各寺的卿官等。

⓭ 多寶塔、珍珠船、大題文府：都是科舉考試的參考書。

⓮ 經世文篇：明朝有明代經世文編，清朝有皇朝經世文編，輯錄的都是經世之論。

⓯ 通了籍：中了進士。進士及第即名登朝籍，故稱「通籍」。

南京住了幾時，官場上面的舉動，也見了許多，竟有不堪言狀的。」伯述道：「那捐班裡面，更不必說了，他們哪裡是做官，其實也在那裡同我此刻一樣的做生意，他那牟利之心，比做買賣的還利害呢！你想做官的人，不是此類，便是彼類，天下事如何得了！」我道：「姻伯既抱了一片救世熱心，何不還是出身去呢？將來望升官起來，勢位大了，便有所憑藉，可以設施了。」伯述笑道：「我已是上五十歲的人了，此刻我就去銷病假，也要等坐補原缺，再混幾年，上了六十歲，一個人就有了暮氣了，如何還能辦事？說中國要亡呢，一時只怕也還亡不去。我們年紀大的，已是末路的人，沒用的了。所望你們英年的人，巴巴的學好，中國還有可望。總而言之，中國不是亡了，便是強起來；不強起來，便亡了。斷不會有神沒氣的，就這樣永遠存在那裡的。然而我們總是不及見的了！」正說話時，他有客來，我便辭了去。從此沒事時，就到伯述那裡談天，倒也增長了許多見識。

須知政府用人，專喜用暮氣極深的。

過得兩天，叫了馬車，陪著母親、嬸娘、姊姊到申園去逛了一遍。此時天氣寒冷，遊人絕少。又到靜安寺前看那湧泉，用石欄圍住，刻著「天下第六泉」。我姊姊笑道：「這總是市井之夫做出來的，天下的泉水，叫他辱沒盡了。這種混濁不堪的要算第六泉，那天下的清泉，屈他居第幾呢？」逛了一遍，仍舊上車回棧。剛進棧門，胡乙庚便連忙招呼著，遞給我一封電報。我接在手裡一看，是南京來的，不覺驚疑不定。正是：

無端天外飛鴻到，傳得家庭噩耗來。

不知此電報究竟是誰打來的，且待下回再記。

上回作兩篇論去登報，便藏著一個賭徒。此回作兩句詩去登報，便養成一班狂士。回想甲申乙酉⑯間之上海社會，如在目前。

⑯ 甲申乙酉：甲申，光緒十年；乙酉，光緒十一年。

第二十三回　老伯母遺言囑兼祧　師兄弟挑燈談換帖

當下拿了電報回到房裡，卻沒有電報新編，只得走出來向胡乙庚借了來翻，原來是伯母沒了，我伯父打來的，叫我即刻去。我母親道：「隔別了二十年的老妯娌了，滿打算今番可以見著，誰知等我們到了此地，他卻沒了！」說著，不覺流下淚來。我道：「本來孩兒動身的時候，伯母就病了。我去辭行，伯母還說恐怕要見不著了，誰知果然應了這句話。我們還是即刻動身呢，還是怎樣呢？但是繼之那裡，又沒見有回信。」嬸娘道：「既然有電報叫到你，總是有甚麼事要商量的，還是趕著走罷。」母親也是這麼說。我看了一看表，已經四下多鐘了，此時天氣又短，將近要斷黑了，恐怕碼頭上不便當，遂議定了明天動身，出去知照乙庚。晚飯後，又去看伯述，告訴了他明天要走的話，談了一會別去。

俗人又說是讖語了。雖應了這句話，誰知又不是那個病死的。

一宿無話。次日一早，伯述送來幾份地圖，幾種書籍，說是送給我的。又補送我父親的一份奠儀，我叩謝了，回了母親。大家收拾行李，到了下午，先發了行李出去，然後眾人下船，直到半夜時，船纔開行。

一路無話。到了南京，只得就近先上了客棧，安頓好眾人，我便騎了馬，加上幾鞭，走到伯父公館裡去，見過伯父，拜過了伯母。伯父便道：「你母親也來了？」我答道：「是。」伯父道：「病好了？」我只順口答道：「好了。」又問道：「不知伯母是幾時過的。」伯父道：「明天就頭七了。躺了下來，我還有個電報打到家裡去的，誰知你倒到了上海了。第二天就接了你的信，所以再打電叫你。此刻耽擱在哪裡？快接了你母親來，我有話同你母子商量。」我道：「還有嬸嬸、姊姊也都來了。」伯父愕然道：「是哪個嬸嬸、姊姊？」我道：「是三房的嬸嬸。」伯父道：「他們來做甚麼？」我道：「因為姊姊也守了寡了，是姪兒的意思，接了出來，一則他母女兩個在家沒有可靠的，二則也請來給我母親做伴。」伯父道：「好沒有知識的！在外頭作客，好容易麼？拉拉扯扯的帶了一大堆子人來，我看你將來怎麼得了！我滿意你母親到了，可以住在我這裡；此刻七拉八扯的，我這裡怎麼住得下！」我道：「姪兒也有信託繼之代租房子，不知租定了沒有。」伯父道：「繼之那裡住得下麼？」我道：「並非要住到繼之那裡，不過託他代租房子。」伯父道：「你先去接了母親來，我和他商量事情。」

可見全無天性。

落得借此推開。

我答應了出來，仍舊騎了馬，到繼之處去。繼之不在家，我便進去見了他的老太太和他的夫人。他兩位知道我母親和嬸嬸、姊姊都到了，不勝之喜。老太太道：「你接了繼之的信沒有？他給你找著房子了。起先他找的一處地方本來狠好，是個公館排場，只是離我這裡太遠了，我不願意。難得他知我的意思，索性就在貼隔壁找出一處來。那裡本來是人家住著的，不知他怎麼和人家商量，貼了幾個搬費，叫人家搬了去，我便硬同你們做主，在書房的天井裡，開了一個便門通過去，我們就變成一家了。你說好不好？此刻還收拾著呢，我同你去看來。」說罷，扶了丫頭便走。繼之夫人也是喜歡的了不得，說道：「從此我們家熱鬧起來了！從前兩年我婆婆不肯出來，害得大家都冷清清的過那沒趣的日子，幸得婆婆來了熱鬧些；不料你老太太又來了，還有嬸老太太、姑太太，這回只怕樂得我要發胖了。」一面說，一面跟了他同走。老太太道：「阿彌陀佛！能彀你發了胖，我的老命情願短幾年了。你瘦的也太可憐。」

倒是人家不勝之喜。

何等親密，何等熱鬧。回照前文，

繼之夫人道：「這麼說，媳婦一輩子也不敢胖了！除非我胖了，婆婆看著樂，多長幾十年壽，那我就胖起來。」老太太道：「我長命，我長命，你胖給我看！」

一面說著，到了書房。外面果然開了一個便門，大家走過去看。原來一排的三間正屋，兩面廂房，西面另有一大間是廚房。老太太便道：「我已經代你們分派定了，你老太太住了東面一間，那西面一間把他打通了廂房，做個套間，你嬸太太、姑太太可以將就住得了，你就屈駕住了東面廂房，當中是個堂屋，我們常要來打吵的，你要會客呢，到我們那邊去。要謹慎的，索性把大門關了，走我們那邊出進更好。」我便道：「伯母布置得好，多謝費心。我此刻還要出城接家母去。」老太太道：「是呀，房子雖然沒有收拾好，我們那邊也可以暫時住住，不嫌委屈，我們就同榻也睡兩夜了。沒有住在客棧的道理，叫人家看見笑話，倒像是南京沒有一個朋友似的。」我道：「等兩天房子弄好了再來罷，此刻是接家母到家伯那裡去，有話商量的。」老太太道：「是呀，你令伯母聽說沒了，不知是甚麼病，怪可憐的。那麼你去罷。」我辭了要行，老太太又叫住道：「你慢著。你接了你老太太來時，難道還送出城去？倘使不去時，又丟你嬸太太和姑太太在客棧裡，人生路不熟的，又是女流，如何使得！我做了你的主，一起接了來罷。」說罷，叫丫頭出去叫了兩個家人來，叫他先僱兩乘小轎來，叫兩個老媽子坐了去，又叫那家人僱了馬，跟我出城。我只得依了。

到了客棧，對母親說知，便收拾起來。我親自騎了馬，跟著轎子，交代兩個家人押行李，一時到了，大家行禮廝見。我便要請母親到伯父家去，老太太道：「你這孩子好沒意思！你母親老遠的來了，也不曾好好的歇一歇，你就死活要拉到那邊去。須知到得那邊去，見了靈柩，觸動了妯娌之情，未免傷心要

真是喜不得而怒，笑不得而哭。

此非閒筆，亦非冗文也。慨乎家庭社會之不可問，故反言之以勵俗也。

豈但有朋友，並有親伯父。

「你這

孩子」一句，罵之之詞也，然而親熱甚矣。

承情，承情。

好個盡道理的大伯子！

好貨！

原來先說過了。

哭，這是一層；第二層呢，我這裡婆媳兩個寂寞的要死了，好容易來了個遠客，你就不容我談談，就來搶了去麼？」我便問母親怎樣，母親道：「既然這裡老太太歡喜留下，你就自己去罷。只說我路上辛苦病了，有話對你說也是一樣的。我明天再過去罷。」

我便逕到伯父那裡去，只說母親病了。伯父道：「病了，須不曾死了！我這裡死了人，要請來商量一句話也不來，好大的架子！你老子死的時候，為甚麼又巴巴的打電報叫我，還帶著你運柩回去？此刻我有了事了，你們就擺架子了！」一席話說的我不敢答應。歇了一歇，伯父又道：「你伯母臨終的時候，說過要叫你兼祧。我不過要告訴你母親一聲，盡了我的道理，難道還怕他不肯麼？你兼祧了過來，將來我身後的東西都是你的；就算我再娶填房生了兒子，你也是個長子了。我將來得了世職❶，也是你襲的。你趕著去告訴了你母親，明日來回我的話。」我聽一句，答應一句，始終沒說話。等說完了，就退了出來。

回到繼之公館裡去，只對母親略略說了兼祧的話，其餘一字不提。姊姊笑道：「恭喜你又多一份家當了。」老太太道：「這是你們家事，你們到了晚上慢慢的細談。我已經打發人趕出城去叫繼之了，今日是我的東，給你們一家接風。我說過從此之後不許迴避，便你和繼之今日也要團著在一起吃。我纔給你老太太說過，你肯做我的乾兒子，我也叫繼之拜你老太太做乾娘。」我道：「我拜老太太做乾娘是狠好的，只是家母不敢當。」母親笑道：「他小孩子家也懂得這句話，可見我剛纔不是瞎客氣了。」我道：「老太太疼我，就同疼我大哥一般，豈但是乾兒子，我看親兒子也不過如此呢。」當時大家說說笑笑，

❶ 世職：父子相襲的官職。

十分熱鬧。

不一會，已是上燈時候，繼之趕回來了，逐一見禮。老太太先拉著我姊姊的手，指著我道：「這是他的姊姊，便是你的妹妹，快來見了，以後不要迴避，我纔快活。不然，住在一家，鬧的躲躲藏藏的，嘔死人！」繼之笑著，見過禮道：「孩兒說一句斗膽的話：母親這麼歡喜，何不把這位妹妹拜在膝下做個乾女兒呢？況且我又沒個親姊姊、親妹妹。」老太太聽說，歡喜的摟著我姊姊道：「姑太太，你肯麼？」姊姊道：「老太太既然這麼歡喜，怎麼又這等叫起女兒來呢！我從沒有聽見叫女兒做姑太太的。」老太太道：「是，是，這怪我不是。我的小姐你不要動氣，我老糊塗了。」一面又叫擺上酒席來，繼之夫人便去安排杯箸，姊姊搶著也幫動手。老太太道：「你們都不許動。一個是初來的遠客，一個是身子弱得怕人，今日早起還嚷肚子痛。都歇著罷，等丫頭們去弄。」一會擺好了，老太太便邀入席。席間又談起乾兒子乾娘的事，無非說說笑笑。

飯罷，我和繼之同到書房裡去。只見我的鋪蓋，已經開好了。小丫頭送出繼之的烟袋來，繼之叫住道：「你去對太太說，預備出幾樣東西來，做明日我拜乾娘，太太拜乾婆婆的禮。」丫頭答應著去了。我道：「大哥認真還要做麼？」繼之道：「我們何嘗要幹這個，這都是女人小孩子的事。不過老人家歡喜，我們也應該湊個趣，哄得老人家快活快活，古人斑衣戲綵❷尚且要做，何況這個呢。論起情義來，何在多此一拜；倘使沒了情義的，便親的便怎麼？」這一句話觸動了我日間之事，便把兩次到我伯父那裡的話，一一告訴了繼之。繼之道：「後來那番話，你對老伯母說了麼？」我道：「沒有說。」繼之道：

式式周到。

是一位孝子。

❷ 斑衣戲綵：傳說春秋楚國有個七十歲的老萊子，為讓父母高興，竟穿著彩衣戲舞。

一語道著。

纔說拜把子，便引出一個拜把子的出來。可謂層出不窮。

異想天開。負心人也，值得如此遭

「以後不說也罷，免得一家人存了意見。這兼祧的話，我看你只管糊裡糊塗答應了就是。不過開弔和出殯兩天，要你應個景兒，沒有甚麼道理。」我不覺嘆道：「這纔是彼以偽來，此以偽應呢！」繼之道：「這不叫做偽，這是權宜之計。倘使你一定不答應，一時鬧起來，又是個笑話。我料定你令伯的意思，不過是為的開弔出殯兩件事，要有個孝子好看點罷了。」又嘆道：「我旁觀冷眼看去，你們骨肉之間，實在難說。」我道：「可不是嗎！我看著有許多朋友講交情的，拜個把子，比自己親人好的多著呢。」

繼之道：「你說起拜把子，我說個笑話給你聽。半個月前，那時候恰好你回去了，這裡鹽巡道❸的衙門外面，有一個賣帖子的，席地而坐，面前鋪了一大張出賣帖子的訴詞。上寫著：從某年某月起，識了這麼個朋友，那時大家都在困難之中，那個朋友要做生意，他怎麼為難，借給他本錢，誰知虧折盡了。那朋友又要出門去謀事，缺了盤費，他又怎麼為難，借給他盤費纔得動身。因此兩個換了帖，說了許多『貧賤相為命，富貴毋相忘』的話。那朋友一去幾年，絕跡不回來，又沒有個錢寄回家，他又怎麼為難，代他養家。……像這麼亂七八糟的寫了一大套，我也記不了那許多了。後頭寫的是：那朋友此刻闊了，做了道臺，補了實缺了；他窮在家鄉，依然如故。屢次寫信和那朋友借幾個錢，非但不借，連信也不回，因此湊了盤費，來到南京衙門裡去拜見。誰知去了七八十次，一次也見不著，可見那朋友嫌他貧窮，不認他是換帖的了。他存了這帖也無用，因此情願把那帖子拿出來賣幾文錢回去。你們有錢的人，儘可買了去，認一位道臺是換帖。既是有錢的人，那道臺自然也肯認是個換帖朋友云云。末後攤著一張帖子，上面寫的姓名、籍貫、生年月日、祖宗三代。你道是誰？就是那一位現任的鹽巡道！你道拜把子的靠得

❸ 鹽巡道：清朝以分巡道兼任鹽法道的長官。

躂他。此等事亦有所本。奇極。

蠻理。其實答不出。

為了自己兄弟，要請外人調停，真是好貨。豈但

住麼？」我道：「後來便怎麼了？」繼之道：「賣了兩天，就不見了。大約那位觀察❹知道了，打發了幾個錢，叫他走了。」我道：「虧他這個法子想得好。」

繼之道：「他這個有所本的。上海招商局有一個總辦，是廣東人。他有一個兄弟，狠不長進，吃酒、賭錢、吃鴉片烟、嫖，無所不為。屢屢去和他哥哥要錢，又不是要的少，一要就是幾百元。要了過來，就不見了他了，等在外面糊裡糊塗的花完了，卻又來了。如此也不知幾十次了，他哥哥恨的沒法。一天他又來要錢，他哥哥恨極了，給了他一吊銅錢。他卻並不嫌少，拿了就走。他拿了去買上一個爐子，幾斤炭，再買幾斤山芋，天天早起，跑到金利源棧房門口擺個攤子，賣起煨山芋來。」我道：「想是他改邪歸正了。」繼之道：「甚麼改邪歸正！那金利源是招商局的棧房，棧房的人，哪個不認得他是總辦的兄弟！見他蓬頭垢面那副形狀，哪個不是指前指後的，傳揚出去，連那推車扛抬的小工都知道了，來來往往，必定對他看看。他哥哥知道了，氣的暴跳如雷，叫了他去罵。他反說道：『我從前嫖賭，你說我不好也罷了。我此刻安分守己的做小生意，又怪我不好，叫我怎樣纔好呢？』氣得他哥哥回答不上來。好容易請了同鄉出來調停，許了他多少銀，要他立了永不再到上海的結據，纔把他打發回廣東去。你道奇怪不奇怪呢。」我道：「這兩件事雖然有點相像，然而負心之人不同。」繼之道：「本來善抄藍本❺的人，不過套個調罷了。」我道：「朋友之間，是富貴的負心；骨肉之間，倒是貧窮的無賴。這個只怕是個通例了。」繼之道：「倒也差不多。只是近來狠有拿交情當兒戲的，我曾見兩個換帖的，都是膏粱

❹ 觀察：清代道員的俗稱。「那位觀察」即負心的現任鹽巡道。

❺ 善抄藍本：即善於複製、模仿。藍本，即「底本」。

怪而已哉。

子弟❻，有一天鬧翻了臉，這個便找出那份帖子來，嗤的撕破了，拿個火燒了，說：『你不配同我換帖。』說到這裡，母親打發春蘭出來叫我，我就辭了繼之走進去。正是：

蓮花方燦舌❼，萱室❽又傳呼。

不知進去又有何事，且待下回再記。

上半回夾寫得妙：有一段極冷淡處，便接一段極親熱處；有一段極狠惡處，便接一段極融樂處。兩兩相形，神情畢現。

下半回一個真兄弟，一個假兄弟，各有各負心之處，各各處置不同。而置之一處，恰如兩峰相對。其不相同處，正是相同處。正不知從何處搜羅得來如許故事，卻又安放得法。

兼祧一節，已於第十六回中逗了消息，卻直到此處纔寫出來，而又不全是實寫。

❻膏粱子弟：富家子弟。膏，肥肉。粱，細糧。

❼蓮花方燦舌：佛教故事說有信佛之人死後，舌根開出青蓮花。蓮花燦舌，用以形容說話熱鬧、美妙、動人。

❽萱室：又稱「萱堂」，母親居處，為「母親」之代詞。

第二十四回 臧獲❶私逃釀出三條性命 翰林伸手裝成八面威風

當下我到裡面去，只見已經另外騰出一間大空房，支了四個床鋪，被褥都已開好。老太太和繼之夫人都不在裡面，只有我們的一家人。問起來，方知老太太酒多了，已經睡了。繼之夫人有點不好過，我姊姊強他去睡了。當下母親便問我今天見了伯父，他說甚麼來，我道：「沒說甚麼，不過就說是叫我兼祧，將來他的家當便是我的。縱使他將來生了兒子，我也是個長子。這兼祧的話，伯母病的時候先就同我說過，那時候我還當他是病中心急的話呢。」姊姊道：「只怕不止這兩句話呢。」我道：「委實沒有別的話。」姊姊道：「你不要瞞，你今日回來的時候，臉上的顏色，我早看出來了。」母親道：「你不要為了那金子銀子去淘氣，那個有我和他算帳。」我道：「這個孩兒怎敢？其實母親也不必去算他，有的自然伯父會還我們，沒有的，算也是白算。只要孩兒好好的學出本事來，哪裡希罕這幾個錢！」姊姊道：「你的志氣自然是好的，然而老人家一生勤儉積攢下來的，也不可拿來糟蹋了。」我笑道：「姊姊向來說話我都是最佩服的，今日這句話，我可要大膽駁一句了。這錢，不錯是我父親一生勤儉積下來的，然而兄弟積了錢給哥哥用了，還是在家裡一般，並不是叫外人用了，這又怕甚麼呢。」母親道：「你便這麼大量，我可不行！」我道：「這又何苦！算起帳來，未免總要傷了和氣，我看這件事暫時且不必提

回顧十六回事。

充其量，便是排外主義。

❶ 臧獲：奴婢的賤稱。

起。倒是兼祧這件事，母親看怎樣？」母親便和姊姊商量，姊姊道：「這個只得答應了他。只是繼之這裡又有事，必得要商量一個兩便之法方好。」母親便對我說道：「你聽見了？明日你商量去。」我答應了，便退了出來。繼之還在那裡看書呢，我便道：「大哥怎麼還不去睡？」繼之道：「早呢，只怕你路上辛苦，要早點睡了。」我道：「在船上沒事只是睡，睡的太多了，此刻倒也不倦。」兩個人又談了些家鄉的事，方纔安歇。一宿無話。

次日我便到伯父那裡去，告知已同母親說過，就依伯父的辦法就是了。只是繼之那裡書啓的事丟不下，怕不能天天在這裡。伯父道：「你可以不必天天在這裡，不過空了的時候來看看。到了開弔、出殯那兩天，你來招呼就是了。」因為今天是頭七，我便到靈前行過了禮，推說有事，就走了回來，去看看匠人收拾房子。進去見了母親，告知一切。母親正在那裡料理，要到伯父那裡去呢。我問道：「嬸娘、姊姊都去麼？」姊姊道：「這位伯娘，我們又不曾見過面的，他一輩子不回家鄉，我去他靈前叩了頭，他做鬼也不知有我這個姪女，倒把他鬧糊塗了呢，去做甚麼！至於伯父呢，也未必記得著這個弟婦、姪女，不消說，更不用去了。」一時我母親動身，出來上轎去了。我便約了姊姊去看收拾房子，又同到書房裡看看。姊姊道：「進去罷，回來有客來。」我道：「繼之到關上去了，沒有客。就是有客，也在外面客堂裡，這裡不來的。我有話和姊姊說呢。」姊姊坐下，我便把昨日兩次見伯父說的話，告訴了他，姊姊道：「我就早知道的，幸而沒有去做討厭人。伯娘要去，我娘也說要去呢，被我止住了。不然，都去了，還說我母子沒處投奔，到他那裡去討飯吃呢。」說著便進去了。將近吃飯的時候，母親回來了。

我等吃過飯，便騎了馬，到關上去拜望各同事，彼此敘了些別後的話。傍晚時候，仍舊趕了入城。

果然被繼之道著，真是明眼人。

趣語。

將近吃飯時候

方回來，可見得飯也不留也。

過得一天，那邊房子收拾好了，我便置備了些木器搬了過去。老太太還忙著張羅，送蠟燭鞭炮，雖不十分熱鬧，卻也大家樂了一天。下半天繼之回來了，我便把那匯票交給他，連我那二千，也叫他存到莊上去。

足見糊塗。

又弱一個。

晚上仍在書房談天。我想起一事，因問道：「昨日家母到家伯那邊去回來，說著一件奇事，家伯那邊本有兩個姨娘，卻都不見了。家母問得一聲，家伯便回說不必提了。這兩個姨娘，我都見過來，不知到底怎麼個情節？」繼之道：「這件事我本來不知道，卻是酈士圖告訴我的。令伯那位姨娘，本來就是秦淮河的人物❷，和一個底下人幹了些曖昧的事，只怕也不是一天的事了。那天忽然約定了要逃走，他便叫那底下人僱一只船在江邊等著，卻把衣服、首飾、箱籠偷著交給那底下人，叫他運到船上去。等到了晚上，自己便偷跑了出來，到得江邊，誰知人也沒了，船也沒了，不必說，是那底下人撇了他，把東西拐走了。到了此時，他卻又回去不得，沒了主意，便跳到水裡去死了。你令伯直到第二日天亮，纔知道丟了人，查點東西，卻也失了不少，連忙著人四處找尋。到了下午，那救生局招人認屍的招帖，已經貼遍了城廂內外，令伯叫人去看看，果然是那位姨娘。既然認了，又不能不要，只得買了一口薄棺把他殮了。令伯母的病，本來已漸有起色，出了這件事，他一氣一個死，說這些當小老婆的，沒有一個好貨。那時不是還有一個姨娘麼？那姨娘聽了這話，便回嘴說：『別人幹了壞事，偷了東西，太太犯不著連我也罵在裡面！』這裡頭不知又鬧了個怎麼樣的天翻地覆，那姨娘便吃生鴉片烟死了。夫妻兩個又大鬧起來。令伯又偏偏找了兩件偷不盡的首飾，給那姨娘陪裝了去，令伯母知道了，硬要開棺取回，令伯急急

❷ 秦淮河的人物：即指妓女，舊時南京秦淮河兩岸是妓家聚集之地。

只算犯了重喪。

的叫人抬了出去。夫妻兩個，整整的鬧了三四天，令伯母便倒了下來。這回的死，竟是氣死的。」我聽了心中暗暗慚愧，自己家中出了這種醜事，叫人家拿著當新聞去傳說，豈不是個笑話！因此默默無言。

繼之便用別話岔開，又談起那換帖的事，我便追問下去，要問那燒了帖子之後便怎樣。繼之道：「這一個被他燒了帖子，也連忙趕回去，要拿他那一份帖子也來燒了。誰知找了半天，只找不著，早就不知哪裡去了。你道這可沒了法了罷，誰知他卻異想天開，另外弄一張紙燒了，卻又拿紙包起，叫人送去還他。」我笑道：「法子倒也想得好。只是和人家換了帖，卻把人家的帖子丟了，就可見得不是誠心相好的了。」繼之道：「丟了算甚麼，你還不看見那些新翰林呢！出京之後，到一處打一處把勢，就到一處換一處帖，他要存起來，等到衣錦還鄉的時候，還要另外僱人抬帖子呢。」我道：「難道隨處丟了？」繼之道：「豈敢。我也不懂那些人騙不怕的，得那些新翰林同他點了點頭，說了句話，便以為榮幸的了不得。求著他一副對子，一把扇子，那就視同拱璧，也不管他的字好歹。這個風氣，廣東人最利害。那班洋行買辦，他們向來都是羨慕外國人的，無論甚麼，都說是外國人好，甚至於外國人放個屁也是香的。說起中國來，是沒有一樣好的，甚至連孔夫子也是個迂儒。他也懂得八股不是槍砲，不能仗著他強國的，卻不知怎麼，見了這班新翰林，又那樣崇敬起來，轉彎託人去認識他，送錢把他用，請他吃，請他喝，設法同他換帖，不過為的是求他寫兩個字。」我道：「求他寫字，何必要換帖呢？」繼之道：「換了帖，他寫起上下款來，便是如兄如弟的稱呼，好誇耀於人呢。最奇怪的，這班買辦平日都是一錢如命的，有甚麼窮親戚、窮朋友投靠了他，承他的情，薦在本行做個西崽，賺得幾塊錢一個月，臨了在他帳房裡吃頓飯，他還要按月算飯錢呢。到見了那班新翰林，他就一百二百的濫送。有一位廣東翰林，叫做吳日昇，

兩大籮之多，其勢亦不得不丟了。越發爽快。那一班人，也值得如此蹭蹬。

惡極，妙極。

路過上海時，住了幾個月，他走了之後，打掃的人在他床底下掃出來兩大籮帖子。後來一個姓蔡的，也在上海住了幾時，臨走的時候，多少把兄把弟都送他到船上。他卻把一個箱子扔到黃浦江裡去，對眾人說：『這箱子裡都是諸君的帖，我帶了回去沒處放，不如扔了的乾淨。』弄得那一班把兄把弟，一齊掃興而去。然而過得三年，新翰林又出產了，又到上海來了，他們把前事卻又忘了。你道奇怪不奇怪！」

我道：「原來點了翰林，可以打一個大把勢，無怪那些人下死勁的去用功了。可惜我不是廣東人，我若是廣東人，我一定用功去點個翰林，打個把勢。」繼之笑道：「不是廣東人，何嘗不能打把勢？還有一種靠著翰林，週遊各省去打把勢的呢。我還告訴你一個笑話：有一個廣東姓梁的翰林，那時還是何小宋做閩浙總督，姓梁的是何小宋的晚輩親戚，他仗著這個靠山，就跑到福州去打把勢。他是制臺的親戚，自然大家都送錢給他了。有一位福建糧道❸姓謝，便送了他十兩銀子。誰知他老先生嫌少了，當時雖受了下來，他卻換了一個封筒的簽子，寫了『代茶』兩個字，旁邊注上一行小字，寫的是：『翰林院編修❹梁某，借糧道庫內贏餘代賞。』叫人送給糧道衙門門房。門房接著了，不敢隱瞞，便拿上去回了那位謝觀察。那位謝觀察笑了一笑，收了回來，便傳伺候，即刻去見制臺，把這封套銀子請制臺看了，還請制臺的示，應該送多少。何小宋大怒，即刻把他叫了來一頓大罵，逼著他親到糧道衙門請罪。又逼

❸ 糧道：清朝督糧道的簡稱。朝廷在有漕糧的省置督糧道，專管漕運，級別是道員，所以又稱謝糧道為「謝觀察」。

❹ 編修：翰林院的官名，級別為七品，次於修撰，高於檢討。翰林官階不高，但草擬制誥、編纂國史，享有清貴之名。

為銀子哭乎？為捱罵哭乎？

偏要坐實了他。

原來就是他。

以前說了半天姓梁的，我還不知是誰也。

運燦蓮花，調侃不少。

如見肺肝。

著他，把滿城文武所送的禮都一一退了，不許留下一份。不然，你單退了糧道的，別人的不退，是甚麼意思。他受了一場沒趣，整整的哭了一夜。明日只得到糧道那邊去謝罪，又把所收的禮一一的都退了，悄悄的走了。你說可笑不可笑。」我道：「這件事自然是有的，然而內中恐怕有不實不盡之處。」繼之道：「怎麼不實不盡？」我道：「他整整的哭了一夜，是他一個人的事，有誰見來？這不是和那作小說的一般，故意裝點出來的麼！」繼之道：「那時候他就住在總督衙門裡，他哭的時候，還有兩個師爺在旁邊勸著他呢。不然，人家怎麼會知道？你原來疑心這個。」我道：「這個人就太沒有骨氣了。退了禮，不過少用幾兩銀子罷了，便是謝罪一層，也是他自取其辱，何必哭呢！」繼之道：「你說他沒有骨氣麼？他可曾經上摺子參過李中堂❺，誰知非但參不動他，自己倒把一個翰林幹掉了。摺子上去，皇上怒了，說他末學新進，妄議大臣，交部議處。部議得降五極調用。」我道：「編修降了五級，是個甚麼東西？」繼之道：「哪裡還有甚麼東西！這明明是部裡拿他開心罷了。」我屈著指頭算道：「降級是降正不降從的，降一級便是八品，兩級九品，三級未入流，四級就是個平民，還有一級呢？……哦，有了，平民之下還有娼、優、隸、卒四種人，也算他四級，他那第五級剛剛降到娼上，是個婊子了。」繼之道：「沒有男婊子的。」我道：「那麼就是個王八。」繼之道：「你說他王八，他卻自以為榮耀得狠呢，把這『降五級調用』的字樣做了銜牌，豎在門口呢。」我道：「這有甚麼趣味？」繼之道：「有甚麼趣味呢，不過故作偃蹇，鬧他那狂士派頭罷了。其實他又不是真能狂的，他得了處分回家鄉去，那些親戚朋友有來慰問他的，他便哭了，說這件事不是他的本意，李中堂那種闊佬，巴結他也來不及，哪裡敢參他。只因

❺ 李中堂：李鴻章官居內閣大學士，故稱「李中堂」。

沒得好賴，卻賴了狐狸。他一生的狐媚技倆，只怕也從狐狸學來。

在公堂上掉文，何其從容不迫耶。

住在廣州會館，那會館裡住著有狐仙，長班不曾知照他，他無意中把狐仙得罪了，那狐仙便迷惘了他，不知怎樣幹出來的。」我道：「這個人倒善哭。」

我因為繼之說起「狂士」兩個字，想起王伯述的一番話，遂逐一告訴了他。繼之道：「他是你的令親麼？我雖不認得他，卻也知道這個人，料不到倒是一位有心人呢。」我道：「大哥怎麼知道他呢？」繼之道：「他前年在上海打過一回官司，狠奇怪的，是我一個朋友經手審問，所以知道詳細，又因為他太健訟了，所以把這件案當新聞記著。後來那朋友到了南京，我們談天就談起來。我的朋友姓竇，那時上海縣姓陸。你那位令親有三千兩的款子，存在莊上，也不是存的，是在京裡匯出來，已經照過票❻，不過暫時沒有拿去。誰知這一家錢莊恰在這一兩天內倒閉了，於是各債戶都告起來，他自然也告了。他告時卻把一個『知府』藏起來，只當一個平民。上海縣斷了個七成還帳。大家都具了結領了，他也具結領了。人家領去了沒事，他領了去卻到松江府上控，告的是上海縣意存偏袒。府裡自然仍發到縣裡來再問，這回上海縣不曾親審，就是我那朋友姓竇的審的。官問他：『你為甚告上海縣意存偏袒？怎麼叫做偏袒？』他道：『子程子曰：不偏之謂中。可見得不中之謂偏了。』問：『何以見得不中？』他道：『若要中時，便當殺人償命，欠債還錢。我交給他三千銀子，為甚麼只斷他還我二千一呢？』問道：『你既然不服，為甚又具結領去？』他道：『我本來不願領，因為我所有的就是這一筆銀子，我若不領出來，客店裡、飯店裡欠下的錢沒得還，不還他們就要打我，只得先領了來開發他們。』問道：『你既領了，為甚又上控？』他道：『斷得不公，自然上控。』官只得問被告怎樣，被告加了個八成。官再問他，他

❻ 照過票：檢驗過銀票匯票的真偽。

直說出還要上控，其奈他何！

道：『就是加一成也好，我也領的。只是領了之後，怨不得我再上控。』官倒鬧得沒法，判了個交差理楚，卒之被他收了個十足。差人要向他討點好處，他倒滿口應承，卻伸手拉了差人，要去當官面給，嚇得那差人縮手不迭。後來打聽了，纔知道他是個開缺的大同府，從前就在上海公堂上開過頑笑的。」

正是：

不怕狼官兼虎吏，卻來談笑會官司。

不知王伯述從前又在上海公堂上開過甚麼頑笑，且待下回再記。

伯母致死之由，至此回方纔補出，是故作迂迴之勢。

翰林在上海打把勢一節，已極寫現狀之怪，不期福州打把勢一節，其怪更出人意表。

婢妾與僕人捲逃，本是常事。此乃同約之人，忽然負心遠颺，遂致若人於死，是又意想所不到者。

第二十五回　引書義破除迷信　較資財釁起家庭

我聽說王伯述以前曾在上海公堂上開過一回頑笑，便急急的追問。繼之道：「他放了大同府時，往山西到任，路過上海，住在客棧裡。一天鄰近地方失火，他便忙著搬東西，匆忙之間，和一個棧裡的夥計拌起嘴來，那夥計拉了他一把辮子。後來火熄了，客棧並沒有波累著。他便頂了那知府的官銜，到會審公堂去告那夥計。問官見是極細微的事，便判那夥計罰洋兩元充公。他聽了這種判法，便在身邊掏出兩塊錢放在公案上，道：『大老爺是朝廷命官，我也是朝廷命官，請大老爺下來，也叫他拉一拉辮子，我代他出了罰款。』那問官出其不意的被他這麼一頂，倒沒了主意，反問他要怎麼辦，他道：『這一座法堂，權不自我操，怎麼問起我來？』問官沒了法，便把那夥計送縣，叫上海縣去辦。卻寫一封信知照上海縣，說明原告的出身來歷，又是怎麼個刁鑽古怪。上海縣得了信，便到客棧去拜訪他，問他要怎樣辦法。他道：『我並非要十分難為他，不過看見新衙門判得太輕描淡寫了，有意和他作難。誰知他是個膿包，這一點他就擔不起了。隨便怎樣辦一辦就是了！』上海縣回去，就打了那夥計一百小板，又把他枷到客棧門口，示了幾天眾，這纔罷了。他是你令親，怎樣這些事都不知道？」我道：「從前我並不出門，這門姻親遠得狠，不常通信，不是先君從前說過，我還不知道呢。這個人在公堂上又能掉文，又能取笑，真是從容不迫。」繼之道：「掉文一層，還許是早先想好了主意的。這馬上拿出兩塊錢來，叫他

現成比例，妙極。

此時問官當是陳寶渠。

此時上海縣是黎壺山。

倒有得他說嘴。

此是過到第三年了。

也下來受辱，這個倒是虧他的急智。」我又把他在山西的一段故事，告訴了繼之。此時夜色已深，安排歇息。

過了幾天，伯父那邊定了開弔、出殯的日子，又租定了殯房，趕著年內辦事。又請了母親去照應裡面事情。到了日子，我便去招呼了兩天。繼之這邊又要寫多少的拜年信，家裡又忙著要過年，因此忙了些時。到了新年上，方纔空點，繼之老太太又起了忙頭，要請春酒。請了不算，還叫繼之夫人又做東請了一回，又要叫繼之再請。我母親、嬸娘，也分著請過。老太太又提起乾娘、乾兒子的事情，說去年白說了這句話，因為事情忙，沒有辦到，此刻大家空了，要擇日辦起來了。於是辦這件事，又忙了兩天，已是過了元宵，我便到關上去。此時家中人多了，熱鬧起來，不必十分照應，我便在關上盤桓幾天。

一天晚上，有兩個同事約著扶乩❶。這天繼之進城去了，我便約了述農，看他們鬼混。只見他們香花燈燭的供起來，在那裡叩頭膜拜。拜罷，又在那裡書符念咒。鬼混已畢，便一人一面的用指頭扶起那乩，憩了半天，乩動起來，卻只在乩盤內畫大圈子，鬧了半夜，不曾寫出一個字來。我便拉了述農回房，議論這件事。我道：「這都是虛無縹緲的事，哪裡有甚麼神仙鬼怪！我卻向來不信這些。還有一說，最可笑的，說甚麼『信則有，不信則無』。照這樣說起來，那鬼神的有無，是憑人去作主的了。譬如你是信的，我是不信的，我兩個同在這屋裡，這屋裡還是有鬼神呢，還是沒鬼神呢？」述農道：「這個我看將來必有一個絕世聰明的人，去考求出來的。這件事我是不敢斷定，因為我看見了幾件稀奇古怪的事。那

❶ 扶乩：一種巫術。又叫「扶鸞」。儀式中兩人合作以箕插筆，在沙盤上劃字，以卜凶吉。據說劃字的不是扶箕的兩人，而是請來的神仙。傳說神仙降臨是駕風乘鸞，故名「扶鸞」。

不懂平仄的秀才，也是個怪物。

年我在福建，幾個同事也歡喜頑這個，差不多天天晚上弄。請了仙來，卻是作詩唱和的，從來不談禍福。」我道：「這個我也會。不信，我到外面扶起來，我只要自己作了，往上寫，我還成了個仙呢！」述農道：「這倒不盡然。那回扶乩的兩個人，一個是做買賣出身，只懂得三一三十一的打算盤，哪裡會作詩？一個是秀才，卻是八股朋友，作起八韻詩❷來，連平仄❸卻鬧不明白的。」我道：「那麼他哪裡能進學？」述農道：「他到了考場時，是請人槍替做的，他卻情願代人家作兩股去換。你想這麼個人，哪裡能作古、近體詩❹呢。並且作出來狠有些好句子，內中也有不通的，他們都抄起來，訂成本子。我看見有兩首狠好，也抄了下來。」我道：「抄的是甚麼詩，可否給我看看？」述農道：「抄的是簾鉤詩，我只謄在一張紙上，不知道可還找得出來。」說罷，取過護書，找了一遍，沒有。又開了書櫥，另取出一個護書來，卻撿著了，交給我看。只見題目是「簾鉤」二字，那詩是：

銀蒜❺雙垂碧戶中，櫻桃花下約簾櫳。樓東乙字初三月❻，亭北丁當廿四風❼。

---

❷ 八韻詩：這裡指清代科舉考試的五言八韻詩體，又稱試帖詩。以古人詩句為題，結構和作法大致和八股文相同。其格律和律詩一樣。

❸ 平仄：漢字讀音有平、上、去、入四聲，平聲叫做平，上、去、入三聲叫做仄。作律詩，用字的平仄有一定規律。

❹ 古、近體詩：古體詩也叫「古詩」、「古風」，其句數、平仄和用韻沒有限制。近體詩指的是絕句和律詩。

❺ 銀蒜：形如蒜頭的銀器，繫於簾子下端，以防簾子被風掀動。

❻ 乙字初三月：初三夜晚的月亮，細細的彎如乙字。

翡翠倒含春水綠，珊瑚返掛夕陽紅。雙雙燕子驚飛處，鸚鵡無言倚玉籠。

綠楊深處最關情，十二紅樓界碧城。似我勾留原有約，殢人消息久無聲。

帶三分暖收丁字❽，隔一重紗放午晴。卻是太真❾含笑入，釵光鬢影可憐生。

丫叉❿扶上碧樓闌，押住爐烟玳瑁斑。四面有聲珠落索，一拳無力玉彎環。

攀來桃竹招紅袖，罥去楊花上翠環。記得昨宵踏歌處，有人連臂唱刀鐶⓫。

曲璚⓬猶記楚人詞，落日偏宜子美⓭詩。一樣書空蓦蠆尾⓮，三分月影卻蛾眉⓯。

---

❼ 廿四風：即二十四番花信風。

❽ 丁字：一種簾子。

❾ 太真：唐楊貴妃號太真。唐張祜集靈臺詩有「太真含笑入簾來」句。

❿ 丫叉：丫杖，捲簾的工具。

⓫ 唱刀鐶：唱盼離人歸來的歌。刀鐶，本為刀頭上的鐶，鐶與還同音，古詩云「何當大刀頭」，「刀頭」隱一「還」字，意謂離人何日歸來。

⓬ 曲璚：也作「曲瓊」、「玉鉤」。

玲瓏腕弱嬌無力，宛轉繩輕風不知。玉鳳半垂釵半墮，簪花人去未移時。

我看了便道：「這幾首詩好像在哪裡見過的。」述農道：「奇怪，人人見了都說是好像見過的，就是我當時見了，也是好像見過的，卻只說不出在哪裡見過。有人說在甚麼專集上，有人說在隨園詩話⓰上。我想隨園詩話是人人都看見過的，不過看了就忘了罷了。這幾首詩也許是在那上頭，然而誰有這些閒工夫，為了他再去把隨園詩話念一遍呢。」我一面聽說，一面取過一張紙來，把這四首詩抄了，放在衣袋裡。述農也把原稿收好。

我道：「像這種當個頑意兒，不必問他真的假的，倒也無傷大雅。至於那一種妄談禍福的，就要不得。」述農道：「那談禍福的還好，還有一種開藥方代人治病的，纔荒唐呢！前年我在上海賦閒時，就親眼看見一回壞事的。一個甚麼洋行的買辦，他的一位小姐得了個乾血癆的毛病，總醫不好。女眷們信了神佛，便到一家甚麼『報恩堂』去扶乩，求仙方。外頭傳說得那報恩堂的乩壇，不知有多少靈驗；及至求出來，卻寫著『大紅柿子，日食三枚，其病自愈』云云。女眷們信了，就照方給他吃，吃了三天之後，果然好了。」我道：「奇了！怎麼真是吃得好的呢？」述農道：「氣也沒了，血也冷了，身子也硬

⓭ 子美：唐詩人杜甫號子美。

⓮ 蠆尾：蝎尾。古人用蠆尾形容字的筆畫，這裡用以描摹簾鉤形狀。

⓯ 蛾眉：女人細彎的眉毛。這裡用以描摹簾鉤形狀。

⓰ 隨園詩話：清袁枚的詩論專集。袁枚辭官寓居南京小倉山隨園，故號隨園老人。

了，永遠不要再受癆病的苦了，豈不是好了麼！然而也有靈的狠奇怪的。我有一個朋友叫倪子枚，是行醫的。他家裡設了個呂仙⑰的乩壇。有一天我去看子枚，他不在家，只有他的兄弟子翼在那裡。我要等子枚說話，便在那裡和子翼談天。忽然來了一個鄉下人，要請子枚看病，說是他的弟媳婦肚子痛的要死，可奈子枚不在家。子翼便道：『不如同你扶乩，求個仙方罷。』那鄉下人沒法，只得依了。子翼便扶起來，寫的是：『病雖危，莫著急。生化湯，加料吃。』便對那鄉下人道：『說加料吃，你就撮兩服罷。那生化湯是藥店裡懂得的。』鄉下人去了，我便問這扶乩靈麼？子翼道：『其實這個東西並不是自己會動，原是人去動他的，然而往往靈驗得非常，大約是因人而靈的。我看見他那個慌張樣子，說弟婦肚痛得要死，我看女人肚子痛得那麼利害，或者是作動要生小孩子，也未可知，所以給他開了個生化湯。』我聽了，正在心中暗暗怪他荒唐，恰好子枚回來，見爐上有香，便道：『扶乩來著麼？』子翼道：『方纔張老五來請你看病，說他的弟婦肚痛得要死，你又不在家，我便同他扶乩，寫了兩服生化湯。』子枚大驚道：『怎麼開起生化湯來？』子翼道：『女人家肚痛得那麼利害，怕不是生產，這正是對症發藥呢。』子枚跌足道：『該死，該死！他兄弟張老六出門四五年了，你叫他弟婦拿甚麼去生產！』子翼呆了一呆道：『也許他是血痛，生化湯未嘗不對。』子枚道：『近來外面鬧絞腸痧，鬧得利害呢！你倒是給他點痧藥也罷了。』說過這話，我們便談我們的事。談完了，我剛起來要走，只見方纔那鄉下人怒氣沖天，滿頭大汗的跑了來，一屁股坐下，便在那裡喘氣。我心中暗想不好了，一定闖了禍了，且聽他說甚麼。只見他喘定了纔說道：『真真氣煞人！今天那賤人忽然嚷起肚子痛來，嚷了個神嚎鬼哭，我見他

所謂以意為之。

誰知他別有生產之法。

我也疑是闖了禍了。

⑰呂仙：道教八仙之一。唐朝人，名嵒，字洞賓，號純陽子。

出人意外。

不由得不稱奇道怪。

詩前一段，詩後一段，皆是疑信參半，所以反射下文也。

專制家庭之法度如此。

四首詩之的評。

這樣辛苦，便來請先生。偏偏先生不在家，一先生和我扶了乩，開了個甚麼生化湯，我忙著去撮了兩服，趕到家裡去，一氣一個死。原來他的肚子痛不是病，趕我到了家時，他的私孩子已經下地了。』這纔大家稱奇道怪起來。照這一件事看起來，又怎麼說他全是沒有的呢？」我的心裡本來是全然不信的，被述農這一說，倒鬧得半疑半信起來。當下夜色已深，各各安歇。

次日繼之出來，我便進城去。回到家時，卻不見了我母親，問起方知是到伯父家去了。我吃驚便問：「怎麼想著去的？」嬸娘道：「也不知他怎麼想著去的，忽然一聲說要去，馬上就叫打轎子。」我聽了好不放心，便要趕去。姊姊道：「你不要去。好得伯娘只知你在關上，你不去也斷不怪你。這回去，不定是算帳，大家總沒有好氣。你此刻趕了去，不免兩個人都要拿你出氣。」我問：「幾時去的？」姊姊道：「纔去了一會。等一等再不來時，我代你請伯娘回來。」我只得答應了，到繼之這邊上房去走了一遍。此時乾娘、大嫂子、乾兒子、叔叔的，叫得分外親熱。

坐了一會，回到自己家去，把那四首詩給姊姊看。姊姊看了，便問：「哪裡來的？這倒像是閨閣詩。」我道：「不要褻瀆了他，這是神仙作的呢。」姊姊又問：「端的哪裡來的？」我就把扶乩的話說了一遍。姊姊又把那詩看了再看，道：「這是神仙作的，也說不定。」我道：「姊姊真是奇人說奇話，怎麼看得出來呢？」姊姊道：「這並不奇。你看這四首詩，鍊字鍊句及那對仗，看著雖像是小品，然而非真正作手作不出來。但是講究詠物詩，不重在描摹，卻重在寄託。是一位詩人，他作了四首之多，內中必有幾聯寫他的寄託的，他這個卻是絕無寄託，或者仙人萬慮皆空，所以用不著寄託。所以我說是仙人作的，也說不定。」

嘆出一篇大議論來。

奇問。

該罵。

確是可笑。

會心不遠。

我不覺嘆了一口氣，姊姊道：「好端端的，為甚麼嘆氣？」我道：「我嘆婦人女子，任憑怎麼聰明才幹，總離不了『信鬼神』三個字。天下哪裡有許多神仙！」姊姊笑道：「你說我信鬼神，可見你是不信的了。我問你一句，你為甚麼不信？」我道：「這是沒有的東西，我所以不信。」姊姊道：「怎見得沒有？也要還一個沒有的憑據出來。」我道：「只我不曾看見過，我便知道一定是沒有的。」姊姊道：「你這個又是中了宋儒之毒，甚麼『六合之外，存而勿論』，凡自己眼睛看不見的，都說是沒有的。天上有個玉皇大帝，你是不曾看見過的，你說沒有。北京有個皇帝，你也沒有見過，你也說是沒有的麼？」我道：「這麼說，姊姊是說有的了？」姊姊道：「惟其我有了那沒有的憑據，纔敢考你。」我連忙問：「憑據在哪裡？」姊姊道：「我問你一句書，『先王以神道設教』，怎麼解？」我想了一想道：「先王也信他，我們可以不必談了。」姊姊道：「是不是呢，這樣粗心的人還讀書麼！這句書重在一個『設』字，本來沒有的，比方出來，就叫做設。猶如我此刻沒有死，要比方我死了，行起文來，便是『設我死』或是『我設死』，人家見了，就明知我沒有死了。所以神道本來是沒有的，先王因為那些愚民有時非王法所能及，並且王法只能治其身，不能治其心，所以先王設出一個神道來教化愚民。我每想到這裡，就覺得好笑，古人不過閒閒的撒了一個謊，天下後世多少聰明絕頂之人，一齊都叫他瞞住了，你說可笑不可笑呢！我再問你，這個『如』怎麼解？」我道：「如，似也。就是俗話的『像』字，如何不會解。」姊姊道：「『祭如在，祭神如神在』這兩句，你解解看。」我想了一想，笑道：「又像在，又像神在，可見得都不在，這也是沒有的憑據了。」姊姊道：「既然沒有，為甚麼孔子還祭呢？兩個祭字，為甚麼不解？」我道：「這就是神道設教的意思了，難道還不懂麼。」姊姊道：「又錯了。兩個祭字是兩個講法：上一

你就不懂。

一樣的祭字，分兩個講法，為從來所未有。

讀書人聽者。

個『祭』字是祭祖宗，是追遠的意思；鬼神可以沒有，祖宗不可沒有，雖然死了一樣是沒有的，但念我身之所自來，不敢或忘，祖宗雖沒了，然而孝子慈孫，追遠起來，便如在其上，如在其左右。下一個『祭』字是祭神，那纔是神道設教的意思呢。」我不禁點頭道：「我也不敢多說了，明日我送一份門生帖子來拜先生罷。」姊姊道：「甚麼先生門生。我這個又是誰教的？還不是自己體會出來。大凡讀書，總要體會出古人的意思，方不負了古人作書的一番苦心。」

講到這裡，姊姊忽然看了看表，道：「到時候了，叫他們打轎子罷。」我驚問甚事，姊姊道：「我直對你說罷，伯娘是到那邊算帳去的。我死活勸不住，因約了到了這個時候不回來，我便去。倘使有甚爭執，也好解勸解勸。談談不覺過了時候了，此刻不知怎樣鬧呢。」我道：「還是我去罷。」姊姊道：「使不得！你去白討氣受。伯娘也說過，你回來了，也不叫你去。」說罷，匆匆打轎去了。正是：

要憑三寸蓮花舌，去勸爭多論寡人。

不知此去如何，且待下回再記。

或謂此一回不類怪現狀，則應之曰：天下若干讀書士大夫均不能剖解之義，為一微弱女子透骨剖解出來，能令天下男子愧死，此而不怪，孰更為怪？破除迷信不易，女子破除迷信更不易。以一女子而能破除迷信，且能探討破除迷信之真理而剖解之，何物女子咄咄逼人乃爾！

第二十六回　乾嫂子色笑代承歡　老捕役潛身拿臬使❶

當下我姊姊匆匆的上轎去了。忽報關上有人到，我迎出去看時，原來是帳房裡的同事多子明。到客堂裡坐下，子明道：「今日送一筆款到莊上去，還要算結去年的帳。天氣不早了，恐怕多耽擱了，來不及出城，所以我先來知照一聲。倘來不及出城，便到這裡寄宿。」我道：「謹當掃榻恭候。」子明道：「何以忽然這麼客氣？」大家笑了一笑，子明便先到莊上去了。

等了一會，母親和姊姊回來了。只見母親面帶怒容，我正要上前相問，姊姊對我使了個眼色，我便不開口。只見母親一言不發的坐著，又沒有說話好去勸解。想了一會，仍退到繼之這邊，進了上房，對繼之夫人道：「家母到家伯那邊去了一次回來，好像發了氣，我又不敢勸，求大嫂子代我去勸勸如何？」繼之夫人聽說，立起來道：「好端端的發甚麼氣呢？」說著就走，忽然又站著道：「沒頭沒腦的怎麼勸法呀？」低了頭一會兒，再走到裡間，請了老太太同去。我道：「怎麼驚動了乾娘？」繼之夫人忙對我看了一眼，我不解其意，只得跟著走。繼之夫人道：「你到書房去憩憩罷。」我就到書房裡看了一回書，憩了好一會，聽得房外有腳步聲音，便問：「哪個？」外面答道：「是我。」這是春蘭的聲音。我便叫他進來，問作甚麼，春蘭道：「吳老太太叫把晚飯開到我們那邊去吃。」我問此刻老太太做甚麼，

好主意。

❶ 臬使：即提刑按察使司按察使，也稱「臬臺」、「臬司」、「廉訪」，主管一省刑名。

春蘭道：「打牌呢。」我便走過去看看，只見四個人圍著打牌，姊姊在旁觀局，母親臉上的怒氣，已是沒有了。

姊姊見了我，便走到母親房裡去，我也跟了進來。姊姊道：「乾娘、大嫂子，是你請了來的麼？」我道：「姊姊怎麼知道？」姊姊道：「不然哪裡有這麼巧？並且大嫂子向來是莊重的，今天走進來便大說大笑，又倒在伯娘懷裡，撒嬌撒癡的要打牌。這會又說不過去吃飯了，要搬過來一起吃，還說今天這牌要打到天亮呢。」我道：「這可來不得！何況大嫂子身體又不好。」姊姊道：「說說罷了，這麼冷的天氣，誰高興鬧一夜！」我道：「姊姊到那邊去，到底看見鬧的怎麼樣？」姊姊道：「我也不知道。我到那裡，已經鬧完了。一個在那裡哭，一個在那裡嚇眉唬眼的。我勸住了哭，便拉著回來。臨走時，伯父說了一句話道：『總而言之，我不曾提挈姪兒子升官發財，是我的錯處。』」我道：「這個奇了，哪裡鬧出這麼一句蠻話來？」姊姊道：「我哪裡得知？我教你，你只不要向伯娘問起這件事，只等我便中探討出來告訴你，也是一樣的。」說話之間，外面的牌已收了，點上燈，開上飯，大家圍坐吃飯。繼之夫人仍是說說笑笑的。

只作不知，一味說笑，是最得解勸之法。

所謂「色笑代承歡」也。

吃過了飯，大家散坐。忽見一個老媽子抱了一個南瓜進來。原來是繼之那邊用的人，過了新年，便請假回去了幾天，此刻回來，從鄉下帶了幾個南瓜來送與主人，也送我這邊一個。母親便道：「生受你的，多謝了。但是大正月裡怎麼就有了這個？」繼之夫人道：「這還是去年藏到此刻的呢。見了他，倒想起一個笑話來：有一個鄉下姑娘，嫁到城裡去，生了個兒子，已經七八歲了，一天，那鄉下姑娘帶了兒子，回娘家去住了幾天。及至回到夫家，有人問那孩子：『你到外婆家去，吃些甚麼？』」孩子道：『外婆家好得狠，吃菜當飯的。』你道甚麼叫做吃菜當飯？原來鄉下人苦得狠，種出稻子都賣了，自己只吃些雜糧。這回幾天，正在那裡吃南瓜，那孩子便鬧了個吃菜當飯。」說的眾人笑了。他又道：「還有一個城裡姑娘，嫁到鄉下去，也生下一個兒子，四五歲了。一天，男人們在田裡抬了一個南瓜回來，那南瓜有多大，我也比他不出來。婆婆便叫媳婦煮了吃，那媳婦本來是個城裡姑娘，從來不曾煮過。但婆婆叫煮，又不能不煮，把一個整瓜，也不削皮，也不切開，就那麼煮熟了。婆婆看見了也沒法，只得大家圍著那大瓜來吃。」說到這裡，眾人已經笑了。他又道：「還沒有說完呢。吃了一會，忽然那四五歲的孩子不見了，婆婆便吃了一驚，說好好同在這裡吃瓜的，怎麼就丟了？滿屋子一找，都沒有。那婆婆便提著名兒叫起來。忽聽得瓜的裡面答應道：『奶奶呀，我在這裡嗑瓜子呢。』原來他把瓜吃了一個窟窿，扒到瓜瓤裡面去了。」說的眾人一齊大笑起來。

老太太道：「媳婦今天為甚這等快活起來？引得我們大家也笑笑。我見你向來都是沉默寡言的，難得今天這樣，你只常常如此便好。」繼之夫人道：「這個只可偶一為之，代老人家解個悶兒。若常常如此，不怕失了規矩麼！」老太太道：「哦！原來你為了這個。你須知我最恨的是規矩，一家人只要大節目上不錯就是了，餘下來便要大家說說笑笑，纔是天倫之樂呢。處處立起規矩來，拘束得父子不成父子，婆媳不成婆媳，明明是自己一家人，卻鬧得同極生的生客一般，還有甚麼樂處！你公公在時，也是這個脾氣。繼之小的時候，他從來不肯抱一抱，問他時，他說禮經❸上說的，『君子抱孫不抱子』，我便駁他，

大德不踰閒，小德出入可也❷。

❷ 大德不踰閒，小德出入可也：語出論語子張。指人的重大節操不能越出範圍，但小節稍微放鬆是可以的。

❸ 禮經：即儀禮，春秋戰國時代一部分禮制的彙編，傳說為周公所制。

莫說是幾千年前古人說的話，就是當今皇帝降的聖旨，他說了這句話，我也要駁他。他這個明明是教人父子生疏，照這樣辦起來，不要把父子的天性都汩滅了麼？這樣說了，他纔抱了兩回。等得繼之長到了十二三歲，他卻又擺起老子的架子來了，見了他總是正顏厲色的。我同他本來在那裡說著笑著的，兒子來了，他登時就正其衣冠，尊其瞻視起來。同兒子說起話來，總是呼來喝去的，見一回教訓一回。兒子見了他，就和一根木頭似的，挺著腰站著，除了一個『是』字，沒有回他老子的話。你想這種規矩怎麼能受？後來也被我勸得他改了，一般的和兒子說說笑笑。」我道：「這個脾氣，虧乾娘有本事勸得過來。」老太太道：「他的理沒有我長，他就不得不改。他每每說為人子者，要色笑承歡。我只問他：你見了兒子，便擺出那副閻王老子的面目來，他見了你，就同見了鬼一般，如何敢笑？他偶然笑了，你反罵他沒規矩，那倒變了『色笑逢怒』了，哪裡是『承歡』呢？古人『斑衣戲綵』，你想四個字當中，就著了一個『戲』字。倘照你的規矩，雖斑衣而不能戲，那只好穿了斑衣，直挺挺的站著，一動也不許動，那不成了廟裡的菩薩了麼？」說的眾人都笑了。老太太又道：「男子們只要在那大庭廣眾之中，不要越了規矩就是了。回到家來，仍然是這般，怎麼叫做父子有恩呢？那父子的天性，不要叫這臭規矩磨滅盡了麼？何況我們女子，婆媳、妯娌、姑嫂團在一處，第一件要緊的是和氣，其次就要大家取樂了。有了大事，當了生客，難道也叫你們這般麼！」姊姊道：「乾娘說的是和氣，我看和氣兩個字最難得。這個肯和，那個不肯和，也是沒法的事。所以家庭之中，不能和氣的，十居八九。像我們這兩家人家，真是十中無一二的呢。」老太太道：「那不和的，只是不懂道理之過，能把道理解說給他聽了，自然就好了。」

是紅樓夢賈政一流人。

天下無不是之父母也。

姊姊道：「我也曾細細的考究過來，不懂道理，固然不錯，然而還是第二層，還有第一層的講究在裡頭。大抵家庭不睦，總是婆媳不睦居多。今天三位老人家都是明白的，我纔敢說這句話。人家聽說婆媳不睦，總要派媳婦的不是。據我看來，媳婦不是的，固然也有；然而總是婆婆不是的居多。大抵那個做婆婆的，年輕時也做過媳婦來，做媳婦的時候，不免受了他婆婆的氣，罵他不敢回口，打他不敢回手，捱了若干年，他婆婆死了，纔敢把腰伸一伸。等到自己的兒子大了，娶了媳婦，他就想這是我出頭之日了，把自己從前所受的，一一拿出來向媳婦頭上施展。說起來，他還說是應該如此的，我當日也曾受過婆婆氣來。你想叫那媳婦怎樣受？哪裡還講甚麼和氣？他那媳婦呢，將來有了做婆婆的一天，也是如此。所以天下的家庭，永遠不會和睦的了。除非把女子叫來，一齊都讀起書來，大家都明了理，這纔有得可望呢。我常說過一句笑話，凡婆媳不睦的，不必說是不睦，只當他是報仇，不過報非其人，受在上代，報在下代罷了。」我笑道：「姊姊的婆婆，有報仇沒有？」姊姊道：「我的婆婆，我起先當是天下獨一無二的。到這裡來，見了乾娘，恰是一對。自從我寡了，他天天總對我哭兩三次，卻並不是哭兒子，哭的是我，只說怪賢德的媳婦，年紀又輕，怎麼就叫他做了寡婦。其實我這麼個人，少點過處就了不得了，哪裡配稱到『賢德』兩個字！若是那個報仇的婆婆，一個寡媳婦，哪裡肯放他常回娘家，還跟著你跑幾千里路呢，不硬留在家裡做一個出氣的傢伙麼！」我道：「這報仇之說，不獨是女子，男子也是這樣。我聽見大哥說，凡是做官的，上衙門碰了上司釘子，回家去卻罵底下人出氣呢。」姊姊道：「我這個不過是通論，大約是這樣的居多罷了，怎麼加得上『凡是』兩個字去一網打盡？」

說到這裡，繼之的家人來回說，關上的多師爺又來了，在客堂裡坐著。我取表一看，已經亥正了，

如此論斷，令人吃驚。

爾時尚無提倡女學者，不圖是兒已先言之。

客氣，客氣。

足見官場中人，不過

暗想何以此刻纔來，一面對姊姊道：「這個你明日問大哥去，不是我要一網打盡的。」說著出來，會了子明，讓到書房裡坐。子明道：「還沒睡麼？」我道：「早呢。你在哪裡吃的晚飯？」子明道：「飯是在莊上吃的。倒是弄擰了一筆帳，算到此刻還沒有鬧清楚，明日破天亮就要出城，去查總冊子。」我道：「何必那麼早呢？」子明道：「還有別的事呢。」我道：「那麼早點睡罷，時候不早了。」子明道：「你請便罷。我有個毛病，有了事在心上，要一夜睡不著的。我打算看幾篇書，就過了這一夜了。」我道：「那麼我們談一夜好麼？」子明道：「你又何必客氣呢，只管請睡罷。」我道：「此刻我還不睡，我和你談到要睡時，自去睡便了。我和繼之談天，往往談到十二點、一點，不足為奇的。」子明笑道：「我也聽見繼之、述農都說你歡喜嬲❹人家說新聞故事。」我道：「你倘是有新聞故事和我說，我就陪你談兩三夜都可以。」子明道：「哪裡有許多好談。」我道：「你先請坐，我去去再來。」說罷走到我那邊去，只見老太太們已經散了，這裡大家也安排睡覺，便對姊姊道：「我們家可有乾點心，弄點出去，有個同事來了，說有事睡不著，在那裡談天，恐怕半夜裡要餓呢。」姊姊道：「有，你去陪客罷，就送出來。」

與婦人女子一般見識。可為吏治一嘆。

我便回到書房，扯七扯八的和子明談起來，偶然說起我初出門時，遇見那扮官做賊，後來繼之說他居然是官的那個人來。子明道：「區區一個候補縣，有甚麼稀奇！還有做賊的現任臬臺呢。」我道：「是哪個臬臺？幾時的事？」子明道：「事情是好多年了，只怕還是初平長髮軍❺時的事呢。你信星命不

愈出愈奇。

❹ 嬲：糾纏。

❺ 長髮軍：太平天國軍。清朝強令男人剃髮留辮，太平軍不剃髮，故稱長髮軍，又蔑稱「長毛」。

開口便靈，所以先要問他信不信也。

以賊比差，確是笑話。

捐款是偷來的，明明一窩兒贓官也。

信？」我道：「奇了！怎麼憑空岔著問我這麼一句？」子明道：「這件事因談星命而起，所以問你。」我道：「你只管談，不必問我信不信。」子明道：「這個人本來是一個飛簷走壁的賊。有一天，不知哪裡來了一個算命先生，說是靈得狠，他也去算。那先生把他八字排起來，開口便說：『你是個賊。』他倒吃了一驚，問怎樣見得？那先生道：『我只據書論命。但你雖然是個賊，可也還官星高照，你若走了仕路，可以做到方面大員❻。只是你要記著我一句話：做官到了三品時，就要急流勇退，不然就有大禍臨頭。』他聽了那先生的話，便去偷了一筆錢，捐上一個大八成知縣，一樣的到省當差。然而他還是偷，等到補了缺，他還是偷。只怕他去偷了治下的錢，人家來告了，他還比差❼捉賊呢。可憐那差役倒是被賊比了，你說不是笑話麼！那時正是有軍務的時候，連捐帶保的，升官格外快。等到他升了道臺時，他的三個兒子，已經有兩個捐了道員、知府出身去了。那捐款無非是偷來的。後來居然放了安徽臬臺。到任之後，又想代第三的兒子捐道員了，只是還短三千銀子，要去偷呢。安慶雖是個省城，然而兵燹之後，元氣未復，哪裡有個富戶，有現成的三千銀子給他偷呢？他忽然想著一處好地方，當夜便到藩庫裡偷了一千兩。到得明天，庫吏知道了，立刻回了藩臺，傳了懷寧縣要立刻查辦。懷寧縣便傳了通班捕役，嚴飭查拿。誰知這一天沒有查著，這一夜藩庫裡又失了一千銀子。藩臺大怒，又傳了首縣❽去，立限嚴比。首縣回到衙門，正要比差，內中一個老捕役稟道：『請老爺再寬一天的限，今夜小人就可以拿到這賊。』

❻ 方面大員：負責一方的大官，這是當時對總督、巡撫、藩臺、臬臺的稱呼。

❼ 比差：限時完成差使，到期未完成者則要當堂挨板子。

❽ 首縣：縣城和府城在一處的叫首縣，懷寧縣衙在安慶府城內，所以是首縣。文中「首縣」指的是懷寧知縣。

知縣道：『莫非你已經知道他蹤跡了麼？』捕役道：『蹤跡雖然不知，但是這賊前夜偷了，昨夜再偷，一定還在城內。這小小的安慶城，儘今天一天一夜，總要查著了。』官便准了一天限。誰知這老捕役對官說的是假話，他哪裡去滿城查起來，他只料定他今夜一定再來偷的。到了夜靜時，他便先到藩庫左近的房子上伏定了。到了三更時，果然見一個賊飛簷走壁而來，到藩庫裡去了。捕役且不驚動他，連忙跑在他的來路上伏著。不一會，見他來了，捕役伏在暗處，對準他臉部颼的飛一片碎瓦過來，他低頭一躲，恰中在額角上，仍是如飛而去。捕役趕來，忽見他在一所高大房子上跳了下去。捕役正要跟著下去時，低頭一看，吃了一驚。」正是：

正欲投身探賊窟，誰知足下是官衙。

不知那捕役驚的甚麼，且待下回再記。

瑣瑣敘家庭事，似甚無謂，然細玩之，實共和專制兩大影子。共和之果良，專制之果惡，均於隱約間畢露。不知作者是否此意，吾願讀者以我之眼讀之。

王寅、癸卯間遊武昌，曾親見一典史作劇盜者。觀於此臬司，直是每下愈況，可發一噱。此事聞諸蔣元等云，確是當年實事，非虛構者。

第二十七回　管神機營❶王爺撤差　升鎮國公小的交運

「那老捕役往下一看，賊不見了，那房子卻是臬臺衙門，不免吃了一驚，不敢跟下去，只得回來。等到了散更❷時，天還沒亮，他就請了本官出來回了，把昨夜的事，如此這般的都告訴了。又說道：『此刻知道了賊在臬署，老爺馬上去上衙門，請臬臺大人把閤署一查，只要額上受了傷的，就是個賊，他昨夜還偷了銀子。老爺此刻不要等藩臺傳，先要到藩臺那裡去回明了，可見得我們辦公事未嘗怠慢。』知縣聽得有理，便連忙梳洗了，先上藩臺衙門去。藩臺正在那裡發怒呢，知縣見了，便把老捕役的話說了一遍。藩臺道：『法司衙門裡面藏著賊，還了得麼！趕緊去要了來。』知縣便忙到了臬署，只見自己衙門裡的通班捕役，都分布在臬署左右，要想等有打傷額角的出來捉他呢。知縣上了官廳，號房拿了手版❸上去，一會下來，說大人頭風發作，不能見客，擋駕。知縣只得仍回藩署裡去，回明藩臺。藩臺怒不可

老捕役此時所知者僅此。

❶ 神機營：京城禁衛軍中三大營之一。由親王統率，使用火槍武器。其官兵皆從八旗子弟中選拔。擔負紫禁城及三海的守衛，皇帝巡行時亦扈從。

❷ 散更：舊時夜間以打更（打梆）的方式報時，一更約兩小時，一夜分為五更。散更為一夜最後一更。

❸ 手版：原是古代官吏上朝或謁見上司時所執之笏，這裡指手本，以棉紙摺成，是屬員謁見長官時專用的一種名帖。分紅稟、白稟兩種，紅稟為初次謁見與慶賀時用，白稟為報告事情時用。平常用的官銜手本只署官階姓名。

遏，便親自去拜臬臺，知縣嚇的不敢回署，只管等著。等了好一會，藩臺回來了，也是見不著。便叫知縣把那老捕役傳了來，問了幾句話，便上院去，叫知縣帶著捕役跟了來。到得撫院，見了撫臺，把上項事回了一遍。撫臺大怒，叫旗牌官❹快快傳臬司去，說無論甚麼病，必要來一次，不然，本部院便要親到臬署查辦事件了。幾句話到了臬署，闔署之人都驚疑不定。那臬臺沒法，只得打轎上院去。到得那裡時，只見藩臺以下，首道、首府、首縣，都在那裡，還有保甲局❺總辦、委員，黑壓壓的擠滿一花廳。眾官見他來，都起立相迎。只見他頭上紮了一條黑帕，說是頭風痛得利害，紮上了稍為好些。眾官都信以為實。撫臺便告訴了以上一節，他便答應了馬上回去就查。只見那老捕役脫了大帽，跑上來對著臬臺請了個安道：『大人的頭風病，小人可以醫得。』臬臺道：『莫非是個偏方？』捕役道：『是一個家傳的秘方。只求大人把帕子去了，小人看看頭部，方好下藥。』臬臺聽了顏色大變，勉強道：『這個帕子去不得的，去了痛得利害。』捕役道：『只求大人開恩，可憐小人受本官比責的彀了！』臬臺面無人色的說道：『你說些甚麼，我不懂呀！』當下眾官聽見他二人一問一答，都面面相覷。那捕役一回身，又對首縣跪下稟道：『小人該死！昨夜飛瓦打傷的，正是臬憲大人！』首縣正要喝他胡說，那臬臺早倉皇失措的道：『你，你，你可是瘋了！』說著，也不顧失禮，立起來便想踢他。當時首道坐在他下手，便攔住道：『大人貴恙未痊，不宜動怒。』那位藩臺見了這副情形，也著實疑心。撫臺只是呆呆的看著，

何不曰：去了現出原形。竟是捕役逼官招供。可發一笑。

❹ 旗牌官：執掌旗牌傳達號令的軍吏叫旗牌官。旗牌是寫有「令」字的旗和牌，為朝廷頒給封疆大吏或欽差大臣作為准其便宜行事的憑據。

❺ 保甲局：清朝地方管理實行保甲之法，十戶為牌，十牌為甲，十甲為保，保甲局即維持地方治安事務的機構。

在那裡納悶。捕役又過來對他說道：『好歹求大人把昨夜的情形說了，好脫了小人干係。不然，眾位大人在這裡，莫怪小人無禮！』臬臺又驚，又慌，又怒道：『你敢無禮！』捕役走近一步道：『小人要脫干係，說不得無禮也要做一次！』說時便要動手。眾官一齊喝住。首縣見他這般鹵莽，更是手足無措，連連喝他，卻只喝不住。捕役回身對撫臺跪下道：『求大人請臬臺大人升一升冠❻，露一露頭部，倘沒有受傷痕跡，小人死而無怨。』此時藩臺也有九分信是臬臺做的了。失了庫款，責罰非輕，不如試他一試。倘使不是的，也不過同寅上失了禮，罪名自有捕役去當；倘果然是他，今日不驗明白，過兩天他把傷痕養好了，豈不是沒了憑據。此時捕役正對撫臺跪著回話，藩臺便站起來對臬臺道：『閣下便升一升冠，把帕子去了，好治他個誣攀大員的重罪！』臬臺正待支吾，撫臺已吩咐家人代臬憲大人升冠，一個家人走了過來，嘴裡說『請大人升冠』，卻不動手。此時官廳上亂烘烘的，鬧了個不成體統。捕役便乘亂溜到臬臺背後，把他的大帽子往前一掀，早掉了，乘勢把那黑帕一扯，扯了下來。臬臺不知是誰，忙回過頭來看，恰好把那額上所受一寸來長的傷痕，送到捕役眼裡。捕役颺起了黑帕，走到當中，朝上跪下，高聲稟道：『盜藩庫銀子的真賊已在這裡，求列位大人老爺作主！』一時撫臺怒了，藩臺樂了，首道、首府驚的呆了，首縣卻一時慌的沒了主了。那位臬臺卻氣得直挺挺的坐在椅子上，嘴裡只說『罷了，罷了』。一時之間，倒弄得人聲寂然，大家面面相覷。卻是藩臺先開口，請撫臺示下辦法。撫臺便叫傳中軍❼來，先看管了他。一時之間，中軍到了，那捕役等撫臺吩咐了話，便搶上一步，對中軍稟道：『臬

---

❻ 升冠：脫帽。冠即帽，不說「脫」、「摘」，而說「升」，是取其吉利之意。

❼ 中軍：清朝綠營兵制，分督、撫、提等標，各標的統領官叫「中軍」。督標中軍由副將擔任，撫標中軍及提標

臺大人飛簷走壁的工夫狠利害，請大人小心。』那臬臺頓足道：『罷了！不必多說了，待我當堂直供了，你們上了刑具罷。』於是跪下來，把自從算命先生代他算命供起，一直供到昨夜之事，當堂畫了供，便收了府監。撫臺一面拜摺參辦。這位臬臺辦了個盡法不必說，兩個兒子的功名也就此送了，還不知得了個甚麼軍流的罪。你說天下事不是無奇不有麼。」

此時已響過三炮❽許久，我正要到裡面催點心，回頭一看，那點心早已整整的擺了四盤在那裡，還有雞鳴壺❾燉上一壺熱茶，便讓子明吃點心。兩個對坐下來，子明問道：「近來這城裡面，晚上安靖麼？」我道：「還沒聽見甚麼。你這問，莫非城外有甚麼事？」子明道：「近來外面賊多得狠呢。只因和局有了消息，這裡便先把新募的營勇，遣散了兩營。」我道：「要用就募起來，不用就遣散了，也怨不得那些散勇作賊。其實平時營裡的缺額，只要補足了，到了要用時，只怕也彀了。」子明道：「哪裡會彀！他倒正想借個題目招募新勇，從中沾些光呢。莫說補足了額，就是溢出額來，也不彀呢。」我笑道：「不缺已經好了，哪裡還有溢額的？」子明道：「你真是少見多怪。外面的營裡都是缺額的，差不多照例只有六成勇額。到了京城的神機營，卻一定溢額的，並且溢的不少，總是溢個加倍。」我詫道：「那麼這糧餉怎樣呢？」子明笑道：「糧餉卻沒有領溢的。但是神機營每出起隊子來，是五百人一營的，

臬臺大人下，直接飛簷走壁字樣，為向來所無。

中軍由參將擔任。

❽ 響過三炮：舊時城市夜間報時，除打更外，還有放炮的方式。放炮由城內最高官署施行，炮聲全城皆可聽見，是更主要的報時方式。天初黑放定更炮（初炮），八九點鐘放二炮，十一二點鐘放三炮，拂曉時放天明炮。

❾ 雞鳴壺：配有火爐座的茶壺，因其茶水可保溫通宵至天亮雞鳴而得名。

他卻足足有一千人，比方這五百名是槍隊，也是一千桿槍。」我道：「怎麼軍器也有得多呢？」子明道：「凡是神機營當兵的，都是黃帶子、紅帶子⑩的宗室，他們闊得狠呢。每人都用一個家人，出起隊來，各人都帶著家人走，這不是五百成了一千了麼。」我道：「軍器怎麼也加倍呢？」子明道：「每一個家人都代他老爺帶著一桿鴉片烟槍，合了那五百支火槍，不成了一千了麼！並且火槍也是家人代拿著，他自己的手裡，不是拿了鵪鶉囊，便是臂了鷹。他們出來，無非是到操場上去操，到了操場時，他們各人先把手裡的鷹安置好了，用一根鐵條兒，或插在樹上，或插在墻上，把鷹站在上頭，然後肯歸隊伍。操起來的時候，他的眼睛還是望著自己的鷹。偶然那鐵條兒插不穩掉了下來，哪怕操到要緊的時候，他也先把火槍撂下，先去把他那鷹弄好了，還代他理好了毛，再歸到隊裡去。你道這種操法奇麼？」我道：「那帶兵的難道就不管？」子明道：「哪裡肯管他！帶兵的還不是同他們一個道兒上的人麼。那管理神機營的都是王爺。前年有一位郡王奉旨管理神機營，他便對人家說：『我今天得了這個差使，一定要把神機營整頓起來。當日祖宗入關的時候，神機營兵士臨陣能站在馬鞍上放箭的，此刻鬧得不成樣子了。倘再不整頓，將來更不知怎樣了！』旁邊有人勸他說：『不必多事罷，這個是不能整頓的了。』他不信。到差那一天，就點名閱操，揀那十分不像樣的，照營例辦了兩個。這一辦可不得了，不到三天，那王爺便又奉旨撤去管理神機營的差使了。你道他們的神通大不大？」我道：「他們既然是宗室，又是王爺都幹得下來，那麼大的神通，何必還去當兵？」子明道：「當兵還是上等的呢。到了京城裡，有一種化子手裡拿一根香，跟著車子討錢。」我道：「討錢拿一根香作甚麼？」子明道：「他算是送火給你吃烟的。

是熱心人。

今之熱心辦事人看者。

⑩ 黃帶子、紅帶子：清朝宗室的標誌。清太祖皇帝嫡系子孫，腰裡繫黃色帶子；旁系子孫腰裡繫紅色帶子。

以死詐人，則嘗聞之矣；以死騙撫卹，則吾未之前聞也。

這種化子，你可不能得罪他。得罪了他時，他馬上把外面的衣服一撂，裡邊束著的不是紅帶子，便是黃帶子，那就被他訛一個不得了。」我道：「他的帶子何以要束在裡層呢？」子明道：「束在裡層，好叫人家看不見，得罪了他，他纔好訛人呀。倘是束在外層，誰也不敢惹他了。其實也可憐得狠，他們又不能作買賣，說是說得好聽得狠，天潢貴胄呢，誰知一點生機都沒有，所以就只能靠著那帶子上的顏色去行詐了。他們詐到沒得好詐的時候，還裝死呢。」我道：「裝死只怕也是為的訛人。」子明道：「他們死了，報到宗人府⓫去，照例有幾兩殯葬銀子。他窮到不得了，又沒有法想的時候，便裝死了，叫老婆、兒子哭喪著臉兒去報。報過之後，宗人府還派委員來看呢。委員來看時，他便直挺挺的躺著，老婆、兒子對他跪著哭。委員見了自然信以為真，哪個還伸手去摸他，仔細去驗他呢？只望望是有個躺著的就算是了。他領了殯葬銀，登時又活過來。這纔是個活僵屍呢。」我道：「他已經騙了這回，等他真正死了的時候，還有得領沒有呢？」子明道：「這可是不得而知了。」

我道：「他們雖然定例是不能作買賣，然而私下出來幹點營生，也可以過活，宗人府未必就查著了。」子明道：「這一班都是好吃懶做的人，你叫他幹甚麼營生！只怕趕車是會的，京城裡趕車的車夫裡面，這班人不少，或者當家人也有的。除此之外，這班人只怕幹得來的，只有訛詐討飯了。所以每每有些謠言，說某大人和車夫換帖，某大老和底下人認了乾親家，起先聽見，總以為是糟蹋人的話，誰知竟是真的。他們闊起來也快得狠，等他闊了，認識了大人先生，和他往來，自然是少不免的，那些人卻把他從前的事業提出來作個笑話。」

⓫ 宗人府：清朝管理皇帝宗族事務的機構。

言未曾訛人也。

鎮國公之價值，如是而已。

倘有真知確見，我也不信。昨日今朝大不同，亦一幅炎

我道：「他們怎麼又狠闊得快呢？」子明道：「上一科，我到京裡去考北闈⑫，住在我舍親宅裡。舍親是個京官，自己養了一輛車，用了一個車夫，有好幾年了，一向倒還相安無事。我到京那幾天，恰好一天舍親要去拜兩個要緊的客，叫套車，卻不見了車夫，遍找沒有，不得已僱了一輛車去拜客。等拜完了客回來，他卻來了，在門口站著。舍親問他一天到哪裡去了，他道：『今兒早起，我們宗人府來傳了去問話，所以去了大半天。』舍親問他問甚麼話，他道：『有一個鎮國公缺出了，應該輪到小的補，所以傳了去問話。』舍親問此刻補定了沒有，他道：『沒有呢，此刻正在想法子。』問他想甚麼法子，他道：『要化幾十兩銀子的使費，纔補得上呢。可否求老爺賞借給小的六十兩銀子，去打點個前程，將來自當補報。』說罷跪下去就磕頭，起來又請了一個安。舍親正在沉吟，他又左一個安，右一個安的亂請，嘴裡只說求老爺的恩典。舍親被他纏不過，給了他六十兩銀子。喜歡得他連忙叩了三個響頭，嘴裡說小的謝老爺的恩典，並求老爺再賞半天的假，舍親道：『既如此，你趕緊去打點罷。』他歡歡喜喜的去了。我還埋怨我舍親太過信他了，哪裡有窮到出來當車夫的，平白地會做鎮國公起來。舍親對我說這是常有的事，我還不信呢。到得明天，他又歡歡喜喜的來了，說一切都打點好了，明天就要謝恩。並且還帶了一個車夫來，說是他的朋友，狠靠得住的，薦給老爺試用用罷。舍親收了這車夫，他再是千恩萬謝的去了。到了明天，他車也有了，馬也有了，戴著紅頂子花翎，四處去拜客。到了舍親門口，他不好意思遞片子進來，就那麼下了車進來了，還對舍親請了個安說：『小的今天是鎮國公了。老爺的恩典，永不敢忘！』你看，這不是他們闊得狠快麼！」

⑫ 北闈：清朝在順天府（今北京）舉行的鄉試稱「北闈」，在江寧府（今南京）舉行的鄉試稱「南闈」。

涼世態圖也。小的之下忽著個鎮國公，鎮國公之下又著個老爺。稱謂奇絕。

我道：「這麼一個鎮國公，有多少俸銀一年呢？」子明道：「我不甚了了，聽說大約三百多銀子一年。」我笑道：「這個給我們就館⑬的差不多，闊不到哪裡去。」子明道：「你要知道，他得了鎮國公，那訛人的手段更大了。他天天跑到西苑門裡去，在廊簷底下站著，專找那些引見的人去嚇唬。那嚇唬不動的，他也沒有法子。他那嚇唬的話，總是說這是甚麼地方，你敢亂跑！倘使被他嚇唬動了，他便說你今日幸而遇了我，還不要緊，你謹慎點就是了。這個人自然感激他，他卻留著神看你是第幾班第幾名，記了你的名字，打聽了你的住處，明天他卻來拜你，向你借錢。」我道：「鎮國公天天要到裡面的麼？」子明道：「何嘗要他們去，不過他們可以去得。他去了時，遇見值年旗王大臣⑭到了，他過去站一個班，只算是他來當差的。」我道：「他們雖是天潢貴胄，卻是出身寒微得狠，自然不見得多讀書的了，怎麼會當差辦事？」子明道：「他們雖不識字，然而狠會說話，他們那黃帶子都是四品宗室，所以有人送他們一副對聯，是『心中烏黑嘴明白，腰上鵝黃頂暗藍。』」我道：「對仗倒狠工的。」說話之間，外面已放天明炮，子明便要走。我道：「太早了，洗了臉去。」便到我那邊叫起老媽子，燉了熱水出來，讓子明盥洗。他匆匆洗了便去。正是：

一夕長談方娓娓，五更歸去太匆匆。

---

⑬ 就館：教書和當幕友都叫「就館」，或叫「處館」。

⑭ 值年旗王大臣：負責八旗事務的大臣。每年由八旗都統、副都統中推出八人充任。

未知子明去後如何，且待下回再記。

以吾所聞，宗室之舉動，猶有不堪於此者。豈作者有所諱而割棄之耶？抑未之聞耶？上半回臬臺大人四字之下，緊接飛簷走壁；下半回小的二字之下，緊接今天是鎮國公。都是出人意表之詞，而又能令人絕倒。妙在都是格格不相入，忽然連在一處也。

第二十八回　辦禮物攜資走上海　控影射遺夥出京都

我送子明去了，便在書房裡隨意歪著，和衣稍歇，及至醒來，已是午飯時候。自此之後，一連幾個月沒有甚事。忽然一天在轅門抄❶上，看見我伯父請假赴蘇。我想自從母親去過一次之後，我雖然去過幾次，大家都是極冷淡的，所以我也不狠常去了。昨天請了假，不知幾時動身，未免去看看。走到公館門前看時，只見高高的貼著一張招租條子，裡面闃其無人。暗想動身走了，似乎也應該知照一聲，怎麼悄悄的就走了。回家去對母親說知，母親也沒甚話說。

又過了幾天，繼之從關上回來，晚上約我到書房裡去，說道：「這兩天我想煩你走一次上海，你可肯去？」我道：「這又何難。但不知辦甚麼事？」繼之道：「下月十九是藩臺老太太生日，請你到上海去辦一份壽禮。」我道：「到下月十九，還有一個多月光景，何必這麼亟亟？」繼之道：「這裡頭有個緣故。去年你來的時候，代我匯了五千銀子來，你道我當真要用麼？我這裡多少還有萬把銀子，我是要立一個小小基業，以為退步，因為此地的錢不夠，所以纔叫你匯那一筆來。今年正月裡就在上海開了一間字號，專辦客貨，統共是二萬銀子下本。此刻過了端節，前幾天他們寄來一筆帳，我想我不能分身，所以請你去對一對帳。老實對你說，你的二千，我也同你放在裡頭了。一層做生意的官息比莊上好，二

❶ 轅門抄：督撫官署中發抄的分寄所屬各府、州、縣的文書、情報。最初為抄寫，後來由報房刻印發行。

層多少總有點贏餘。這字號裡面，你也是個東家，所以我不煩別人，要煩你去。再者，這份壽禮也與眾不同，我這裡已經辦的差不多了，只差一個如意。這裡各人送的，也有翡翠的，也有羊脂的。甚至於黃楊、竹根、紫檀、瓷器、水晶、珊瑚、瑪瑙，無論整的、鑲的，都有了；我想要辦一個出乎這幾種之外的，價錢又不能十分大，所以要你早去幾天，好慢慢搜尋起來。還要辦一個小輪船。」我道：「這辦來作甚麼？大哥又不常出門。」繼之笑道：「哪裡是這個，我要辦的是一尺來長的頑意兒。因為藩署花園裡有一個池子，從前藩臺買過一個，老太太歡喜的了不得，天天叫家人放著頑。今年春上，不知怎樣翻了，沉了下去，好容易撈起來，已經壞了，被他們七攪八攪，越是鬧得個不可收拾，所以要買一個送他。」我道：「這個東西從來沒有買過，不知要多少價錢呢？」繼之道：「大約百把塊錢是要的。你收拾收拾，一兩天裡頭走一趟去罷。」我答應了，又談些別話，就各去安歇。

次日我把這話告訴了母親，母親自是歡喜。此時五月裡天氣，帶的衣服不多，行李極少。繼之又拿了銀子過來，問我幾時動身。我道：「來得及今日也可以走得。」繼之道：「先要叫人去打聽了的好，不然老遠的白跑一趟。」當即叫人打聽了，果然今日來不及，要明日一早。又說這幾天江水溜得狠，恐怕下水船到得早，最好是今日先到洋篷❷上去住著。於是我定了主意，這天吃過晚飯，別過眾人，就趕出城，到洋篷裡歇下。果然次日天纔破亮，下水船到了，用舢舨渡到輪船上。

次日早起，便到了上海。叫了小車，推著行李，到字號裡去。繼之先已有信來知照過，於是同眾夥友相見。那當事的叫做管德泉，連忙指了一個房間，安歇行李。我便把繼之要買如意及小火輪的話說了，

❷ 洋篷：外商在江邊搭建的候船室，供乘客候船時休息或住宿。

德泉道：「小火輪只怕還有覓處，那如意，他這個不要，那個不要，又不曾指定一個名色，怎麼辦法呢？明日待我去找兩個珠寶掮客來問問罷。那小火輪呢，只怕發昌還有。」當下我就在字號裡歇住。

到了下午，德泉來約了我同到虹口發昌裡去。那邊有一個小東家叫方佚廬，從小就專考究機器，所以一切製造等事，都極精明。他那鋪子，除了門面專賣銅鐵機件之外，後面還有廠房，用了多少工匠，自己製造各樣機器。德泉同他相識，當下彼此見過，問起小火輪一事，佚廬便道：「有是有一個，只是多年沒有動了，不知可還要得。」說罷，便叫夥計在架子上拿了下來，掃去了灰土，拿過來看。加上了水，又點了火酒，機件依然活動，只是舊的太不像了。我道：「可有新的麼？」佚廬道：「新的沒有。其實銅鐵東西沒有新舊，只要拆開來擦過，又是新的了。」我道：「定做一個新的，可要幾天？」佚廬道：「此刻廠裡忙得狠，這些小件東西，來不及做了。」我問他這個舊的價錢，他要一百元。我便道：「再商量罷。」同德泉別去，回到字號裡，早有夥計們代招呼了一個珠寶掮客來，叫做辛若江。說起要買如意，要別緻的，所有翡翠、白玉、水晶、珊瑚、瑪瑙一概不要。若江道：「打算出多少價呢？」我道：「見了東西再講罷。」說著，他辭去了。

是日天氣甚熱，吃過晚飯，德泉同了我到四馬路升平樓，泡茶乘涼，帶著談天。可奈茶客太多，人聲嘈雜。我便道：「這裡一天到晚都是這許多人麼？」德泉道：「上半天人少，早起更是一個人沒有呢。」我道：「早起他不賣茶麼？」德泉道：「不過沒有人來吃茶罷了，你要吃茶，他如何不賣？」坐了一會，便回去安歇。次日早起，更是炎熱。我想起昨夜到的升平樓，甚覺涼快，何不去坐一會兒呢。早上各夥計都有事，德泉也要照應一切，我便不去驚動他們，一個人逛到四馬路，只見許多鋪家都還沒

八點鐘，茶館尚未賣茶，以內地人之眼觀之，亦一怪現狀。

不圖五月披裘復見於今日。

原來如此。

有開門。走到升平樓看時，門是開了。上樓一看，誰知他那些杌子都反過來，放在桌子上。問他泡茶時，堂官還在那裡揉眼睛，答道：「水還沒有開呢。」我只得惘惘而出，取出表看時，已是八點鐘了。在馬路逛蕩著，走了好一會，再回到升平樓，只見地方剛纔收拾好，還有一個堂倌在那裡掃地。我不管他，就靠闌干坐了。又歇了許久，方纔泡上茶來。我便憑闌下視，慢慢的清風徐來，頗覺涼快。

忽見馬路上一大群人，遠遠的自東而西，走將過來，正不知因何事故。及至走近樓下時，仔細一看，原來是幾個巡捕押著一起犯人走過，後面圍了許多閒人跟著觀看。那犯人當中，有七八個蓬頭垢面的，那都不必管他；只有兩個好生奇怪，兩個手裡都拿著一頂熏皮小帽❸，一個穿的是京醬色寧綢狐毛袍子，天青緞天馬出風馬褂，一個是二藍寧綢羔皮袍子，白灰色寧綢羔皮馬褂，腳上一式的穿了棉鞋。我看了老大吃了一驚，這個時候，人家赤膊搖扇還是熱，他兩個怎麼鬧出一身大毛來？這纔是千古奇談呢。看他走得汗流被面的，真是何苦！然而此中必定有個道理，不過我不知道罷了。再坐一會，已是十點鐘時候，遂惠了茶帳回去。早有那辛若江在那裡等著，拿了一枝如意來看，原是水晶的，不過水晶裡面藏著一個蟲兒，可巧做在如意頭上。我看了不對，便還他去了。

德泉問我到哪裡去來，我告訴了他。又說起那個穿皮衣服的，煞是奇怪可笑。德泉道：「這個不足為奇。這裡巡捕房的規矩，犯了事捉進去時穿甚麼，放出來時仍要他穿上出來。這個只怕是在冬天犯事的。」旁邊一個管帳的金子安插嘴道：「不錯，去年冬月裡那一起打房間的，內中有兩個不是判了押半年麼。恰是這個時候該放，想必是他們了。」我問甚麼叫做「打房間」，德泉道：「到妓館裡，把妓女的

❸ 熏皮小帽：清朝規定三品以上官員才有資格戴貂皮帽，熏皮小帽乃用普通獸皮熏成以冒充貂皮。

房裡東西打毀了，叫打房間。這裡妓館裡的新聞多呢，那逞強的便去打房間，那下流的便去偷東西。」我道：「我今日看見那兩個人穿的狠體面的，難道在妓院裡鬧點小事，巡捕還去拿他麼？」德泉道：「莫說是穿的體面，就是認真體面人，他也一樣要拿呢。前幾年有一個笑話：一個姓朱的，是個江蘇同知，在上海當差多年的了；一個姓袁的知縣，從前還做過上海縣丞❹的。兩個人同到棋盤街么二妓館裡去頑。那姓朱的是官派十足的人，偏偏那么二妓院的規矩，凡是客人，不分老少，一律叫少爺的。妓院的丫頭叫了他一聲朱少爺，姓朱的劈面就是一個巴掌打過去，道：『我明明是老爺，你為甚麼叫我少爺！』那丫頭哭了，登時就兩下裡大鬧起來。妓館的人便暗暗的出去叫巡捕。姓袁的知機，乘人亂時溜了出去，一口氣跑回城裡花園街公館裡去了。那姓朱的還在那裡羔子、王八蛋的亂罵。一時巡捕來了，不由分曉，拉到了巡捕房裡去關了一夜。到明天解公堂，他和公堂問官是認得的，到了堂上，他便搶上一步對著問官拱拱手，彎彎腰道：『久違了。』那問官吃了一驚，站起來也彎彎腰道：『久違了。呀，這是朱大老爺，到這裡甚麼事？』那捉他的巡捕見問官和他認得，便一溜烟走了。妓館的人，本來照例要跟來做原告的，到了此時也嚇的抱頭鼠竄而去。堂上陪審的洋官見是華官的朋友，也就不問了，姓朱的纔徜徉而去。當時有人編出了一個小說的回目，是『朱司馬❺被困棋盤街，袁大令❻逃回花園街。』」我道：「那偷東西的便怎麼辦法呢？」德泉道：「那是一案一案不同的。」我道：「偷的還是賊呢，還是嫖客呢？」

此一個回目，大可編入怪現狀。

❹ 縣丞：知縣的輔佐官。
❺ 司馬：官名。唐朝州府佐吏有司馬一職，後用做「同知」的別稱。
❻ 大令：對縣官的敬稱。

德泉道：「偷東西自是個賊，然而他總是扮了嫖客去的多。若是撬窗挖壁的，那又不奇了。」子安插嘴道：「那偷水烟袋的，真是一段新聞。這個人的履歷，非但是新聞，簡直可以按著他編一部小說，或者編一齣戲來。」我忙問甚麼新聞，德泉道：「這個說起來話長，此刻事情多著呢，說得連連斷斷的無味，莫若等到晚上，我們說著當談天罷。」於是各幹正事去了。

下午時候，那辛若江又帶了兩個人來，手裡都捧著如意匣子，卻又都是些不堪的東西，鬼混了半天纔去。我乘暇時，便向德泉要了帳冊來，對了幾篇，不覺晚了。

晚飯過後，大家散坐乘涼，復又提起妓館偷烟袋的事情來。德泉道：「其實就是那麼一個人，到妓館裡偷了一支銀水烟袋，妓館報了巡捕房，被包探查著了，捉了去。後來卻被一個報館裡的主筆保了出來，並沒有重辦。就是這麼回事了，若要知道他前後的細情，卻要問子安。」子安道：「若要細說起來，只怕談到天亮也談不完呢，可不要厭煩？」我道：「哪怕今夜談不完，還有明夜，怕甚麼呢。」子安道：「這個人姓沈，名瑞，此刻的號是經武。」我道：「第一句通名先奇，難道他以前不號經武麼？」子安道：「以前號輯五，是四川人，從小就在一家當鋪裡學生意。這當鋪的東家是姓山的，號叫仲彭。這仲彭的家眷，就住在當鋪左近。因為這沈經武年紀小，時時叫到內宅去使喚，他就和一個丫頭鬼混上了。後來他升了個小夥計，居然也一樣的成家生子，卻心中只忘不了那個丫頭。有一天事情鬧穿了，仲彭便把經武攆了，拿丫頭嫁了。誰知他嫁到人家去，鬧了個天翻地覆，後來竟當著眾人，把衣服脫光了。人家說他是個瘋子，退了回來。這沈經武便設法拐了出來，帶了家眷，逃到了湖北，住在武昌，居然是一妻一妾，學起齊人來。他的神通可也真大，又被他結識了一個現任通判❼，拿錢出來，叫他開了個當鋪。

不上兩年，就倒了。他還怕那通判同他理論，卻去先發制人，對那通判說，本錢沒了，要添本；若不添本，就要倒了。通判說，我無本可添，只得由他倒了。他說既如此，倒了下來要打官司，不免要供出你的東家來。你是現任地方官，做了生意要擔處分的。那通判急了，和他商量，他卻乘機要借三千兩銀子訟費，然後關了當鋪門。他把那三千銀子，一齊交給那拐來的丫頭。等到人家告了，他就在江夏縣監裡挺押起來。那丫頭拿了他的三千銀子，卻往上海一跑。他的老婆便天天代他往監裡送飯。足足的挺了三年，實在逼他不出來，只得取保把他放了。他被放之後，撇下了一個老婆、兩個兒子，也跑到上海來了。虧他的本事，被他把那丫頭找著了。然而那三千銀子，卻一個也不存了。於是兩個人又過起日子來，在胡家宅租了一間小小的門面，買了些茶葉，攙上些紫蘇、防風之類，帖起一張紙，寫的是『出賣藥茶』。兩個人終日在店面坐著，每天只怕也有百十來個錢的生意。誰知那位山仲彭，年紀大了，一切家事都不管，忽然高興，卻從四川跑到上海來逛一趟。這位仲彭，雖是個當鋪東家，卻也是個風流名士，一到上海，便結識了幾個報館主筆。有一天在街上閒逛，從他門首經過，見他二人雙雙坐著，不覺吃了一驚，就踱了進去。他二人也是吃驚不小，只道捉拐子逃婢的來了，所以一見了仲彭，就連忙雙雙跪下，叩頭如搗蒜一般。仲彭是年高之人，哪禁得他兩個這種乞憐的模樣，長嘆一聲道：『這是你們的孽緣，我也不來追究了。』二人方纔放了心。仲彭問起經武的老婆，經武便詭說他死了。那丫頭又千般巴結，引得仲彭歡喜，便認做了女兒。那丫頭本來粗粗的識得幾個字，仲彭自從認了他做女兒之後，不知怎樣就和一個報館主筆胡繪聲說起，繪聲本是個風雅人物，聽說仲彭有個識字的女兒，就要見見。仲彭帶去見了，

風流名士能得結識主筆，則爾時報館之程度可想。

胡繪聲，應第

❼ 通判：知府的輔佐官，官階較同知低一級。

九回。

又叫他拜繪聲做先生。這就是他後來做賊得保的來由了。從此之後，那經武便搬到大馬路去，是個一樓一底房子，胡亂弄了幾種丸藥，掛上一個京都同仁堂的招牌，又在報上登了京都同仁堂的告白。誰知這告白一登，卻被京裡的真正同仁堂看見了，以為這是假冒招牌，即刻打發人到上海來告他。」正是：

影射須知干例禁，衙門準備會官司。

未知他這場官司勝負如何，且待下回再記。

五月披裘一節，雖非怪現狀之特色，然實可發一大噱。

沈經武一節，因談偷水烟袋而起，然閱至終篇，仍不見其偷，正不知此賊何時方下手也。一笑。

第二十九回　送出洋強盜讀西書　賣輪船局員造私貨

「京都大柵欄的同仁堂，本來是幾百年的老舖，從來沒有人敢影射他招牌的。此時看見報上的告白，明明說是京都同仁堂分設上海大馬路，這分明是影射招牌，遂專打發了一個能幹的夥計，帶了使費出京，到上海來和他會官司。這夥計既到上海之後，心想不要把他冒冒失失的一告，他其中怕別有因由，而且明人不作暗事，我就明告訴了他要告，他也沒奈我何，我何不先去見見這個人呢。想罷，就找到他那同仁堂裡去。他一見了之後，問起知道是真正同仁堂來的，早已猜到了幾分，又連用說話去套那夥計。那夥計是北邊人，直爽脾氣，便直告訴了他。他聽了要告，倒連忙堆下笑來，和那夥計拉交情。又說我也是個夥計，當日曾經勸過東家，說寶號的招牌是冒不得的，他一定不信，今日果然寶號出來告了。好在吃官司不關夥計的事。又拉了許多不相干的話，和那夥計纏著談天。把他耽擱到吃晚飯時候，便留著吃飯，又另外叫了幾樣菜，打了酒，把那夥計灌得爛醉如泥，便扶他到床上睡下。」子安說到這裡，兩手一拍道：「你們試猜他這是甚麼主意？那時候他鋪子裡只有門外一個橫招牌，還是寫在紙上糊在板上的。其餘豎招牌，一個沒有。他把人家灌醉之後，便連夜把那招牌取下來，連塗帶改的，把當中一個『仁』字另外改了一個別的字。等到明日，那夥計醒了，向他道歉。他又同人家談了一會，方纔送他出門。等那夥計出了門時，回身向他點頭，他纔說道：『閣下這回到上海來打官司，必要認清楚了招牌，方纔可

能幹事的記著。

你看他通身本事。

另外改一個甚

麼字，想閱者自知，故不必寫出來也。

能幹事的便怎樣？

你便好貨？

告。』那夥計聽說，抬頭一看，只見不是同仁堂了，不禁氣的目定口呆。可笑他火熱般出京，準備打官司，只因貪了兩杯，便鬧得冰清水冷的回去。從此他便自以為足智多謀，了無忌憚起來。上海是個花天酒地的地方，跟著人家出來逛逛也是有的，他不知怎樣逛的窮了，沒處想法子，卻走到妓館裡打茶圍，把人家的一支銀水烟袋偷了。人家報了巡捕房，派了包探一查，把他查著了，捉到巡捕房，解到公堂懲辦。那丫頭急了，走到胡繪聲那裡，長跪不起的哀求。胡繪聲卻不過情面，便連夜寫一封信到新衙門裡，保了出來。他因為『輯五』兩個字的號，已在公堂存了竊案，所以纔改了個經武，混到此刻，聽說生意還過得去呢。這個人的花樣也真多，倘使常在上海，不知還要鬧多少新聞呢。」德泉道：「看著罷，好得我們總在上海。」我笑道：「單為看他留在上海，也無謂了。」大家笑了一笑，方纔分散安歇。

自此每日無事便對帳，或早上，或晚上，也到外頭逛一回。這天晚上，忽然想起王伯述來，不知可還在上海，遂走到謙益棧去望望。只見他原住的房門鎖了，因到帳房去打聽。乙庚說他今年開河頭班船就走了，說是進京去的，直到此時，沒有來過。我便辭了出來。正走出大門，迎頭遇見了伯父，伯父道：「你到上海作甚麼？」我道：「代繼之買東西。那天看了轅門抄，知道伯父到蘇州，趕著到公館裡去送行，誰知伯父已動身了。」伯父道：「我到了此地，有事耽擱住了，還不曾去得。你且到我房裡去一趟。」我就跟著進來，到了房裡。伯父道：「你到這裡找誰？」我道：「去年住在這裡，遇見了王伯述姻伯，今晚沒事，來看看他，誰知早就動身了。」伯父道：「我們雖是親戚，然而這個人尖酸刻薄，你可少親近他。你想，放著現成的官不做，卻跑來販書，成了個甚麼樣了！」我道：「這是撫臺要撤他的任，他纔告病的。」伯父道：「撤任也是他自取的，誰叫他批評上司！我問你，我們家裡有一個小名叫

想見公是恭維上司者。

難道只有你來得？

滅盡天性語。

咄咄逼人。不知他如何說得出口！

果然如此，也罷了！

真是出

士兒的，你記得這個人麼？」我道：「記得。年紀小，卻同伯父一輩的，我們都叫他小七叔。」伯父道：「是哪一房的？」我道：「是老十房的，到了姪兒這一輩，剛剛出服。我父親纔出門的那一年，伯父回家鄉去，還逗他頑呢。」伯父道：「他不知怎麼，也跑到上海來了，在某洋行裡。那洋行的買辦，是我認得的，告訴了我。我沒有去看他，我不過這麼告訴你一聲罷了，不必去找他。家裡出來的人，是惹不得的。」正說話時，只見一個人，拿進一張條子來，卻是把字寫在紅紙背面的。伯父看了，便對那人道：「知道了。」又對我道：「你先去罷，我也有事要出去。」

我便回到字號裡，只見德泉也纔回來。我問道：「今天有半天沒見呢，有甚麼貴事？」德泉嘆一口氣道：「送我一個舍親到公司船上，跑了一次吳淞。」我道：「出洋麼？」德泉道：「正是，出洋讀書呢。」我道：「出洋讀書是一件好事，又何必嘆氣呢！」德泉道：「小孩子不長進，真是沒法，這送他出洋讀書，也是無可奈何的。」我道：「這也奇了。這有甚麼無可奈何的事？既是小孩子不長進，也就不必送他去讀書了。」德泉道：「這件事說出來，真是出人意外。舍親是在上海做買辦的，多了幾個錢，多討了幾房姬妾，生的兒子有七八個，從小都是驕縱的，所以沒有一個好好的學得成人。單是這一個最壞，纔上了十三四歲，便學的吃喝嫖賭，無所不為了。在家裡還時時鬧禍。他老子惱了，把他鎖起來。鎖了幾個月，他的娘代他討情放了。他得放之後，就一去不回。他老子倒也罷了，說只當沒有生這個孽障。有一夜，無端被強盜明火執仗的搶了進來，一個個都是塗了面的，搶了好幾千銀子的東西，臨走還放了一把火，虧得救得快，沒有燒著。事後開了失單，報了官，不久就捉住了兩個強盜，當堂供出那為首的來。你道是誰？就是他這個兒子！他老子知道了，氣得一個要死，自己當官銷了案，把他找了回去，

人意外。此等人，不殺何待？

要親手殺他。被多少人勸住了，又把他鎖起來。然而終久不是可以長監不放的，於是想出法子來，送他出洋去。」我道：「這種人，只怕就是出洋，也學不好的了。」德泉道：「誰還承望他學好，只當把他攆走了罷。」

子安道：「方纔我有個敝友，從貴州回來的，我談起買如意的事，他說有一枝狠別緻的，只怕大江南北的玉器店，找不出一個來。除非是人家家藏的，可以有一兩個。」我問是甚麼的，子安道：「東西已經送來了，不妨拿來大家看看，猜是甚麼東西。」於是取出一個紙匣來，打開一看，這東西顏色狠紅，內中有幾條冰裂紋，不是珊瑚，也不是瑪瑙，拿起來一照，卻是透明的。這東西好像常常看見，卻一時說不出他的名來。子安笑道：「這是雄精❶雕的。」這纔大家明白了。我問價錢，子安道：「便宜得狠。只怕東家嫌他太賤了。」我道：「只要東西人家沒有的，這倒不妨。」子安道：「要不是透明的，只要幾吊錢。他這是透明的，來價是三十吊錢光景。不過貴州那邊錢貴，一吊錢，差不多一兩銀子，就合到三十兩銀子了。」我道：「你的貴友還要賺呢。」子安道：「我們買，他不要賺。倘是看對了，就照價給他就是了。」我道：「這可不好。人家老遠帶來的，多少總要叫他賺點，就同我們做生意一般，哪裡有照本買的道理？」子安道：「不妨，他不是做生意的。況且他說是原價三十吊，焉知他不是二十吊呢。」我道：「此刻燈底，怕顏色看不真，等明天看了再說罷。」於是大家安歇。次日再看那如意，顏色甚好，就買定了。另外去配紫檀玻璃匣子。只是那小輪船，一時沒處買。德泉道：「且等後天禮拜，我有個朋友說有這個東西，要送來看，或者也可以同那如意一般，撈一個便宜貨。」我問是哪裡的朋友，

❶ 雄精：一種結晶透明的雄黃。

德泉道：「是一個製造局畫圖的學生，他自己畫了圖，便到機器廠裡，叫那些工匠代他做起來的。」我道：「工匠們都有正經公事的，怎麼肯代他做這頑意東西？」德泉道：「他並不是一口氣做成功的，今天做一件，明天做一件，都做了來，他自己裝配上的。」

這天我就到某洋行去，見那遠房叔叔，談起了家裡一切事情，方知道自我動身之後，非但沒有修理祠堂，並把祠內的東西，都拿出去賣。起先還是偷著做，後來竟是彰明較著的了。我不覺嘆了口氣道：「倒是我們出門的，眼底裡乾淨。」叔叔道：「可不是麼！我母親因為你去年回去，辦點事狠有點見地，說是到底出門歷練的好，姑娘們一個人❷，出了一次門，就把志氣練出來了。恰好這裡買辦，我們沾點親，寫信問了他，得他允了就來，也是迴避那班人的意思。此刻不過在這裡閒住著，只當學生意，看將來罷了。」我道：「可有錢用麼？」叔叔道：「纔到了幾天，還不曾知道。」談了一會，方纔別去。我心中暗想，我伯父是甚麼意思，家裡的人，一概不招接，真是莫明其用心之所在。還要叫我不要理他，這纔奇怪呢！

過了兩天，果然有個人拿了個小輪船來。這個人叫趙小雲，就是那畫圖學生。看他那小輪船時，卻是油漆的嶄新，是長江船的式子。船裡的機器，都被上面裝的房艙、望臺等件蓋住。這房艙、望臺又都是活動的，可以拿起來，就是這船的一個蓋就是了，做得十分靈巧。又點火試過，機器也極靈動。德泉問他價錢，小雲道：「外頭做起來，只怕不便宜，我這個只要一百兩。」德泉笑道：「這不過一個頑意罷了，誰拿成百銀子去買他！」小雲道：「這也難說。你肯出多少呢？」德泉道：「我不過偶然高興，

❷ 姑娘們一個人：像姑娘似的一個人。

然則只當尅扣皇上耳。一笑。

可見中國人自能製造。

教乖愚人不少。今而後，鍍銀鍍銀之聲，將少聞於市上矣。

要買一個頑頑，要是二三十塊錢，我就買了他。多可出不起，也犯不著。」我見德泉這般說，便知道他不曾說是我買的，索性走開了，等他去說。等了一會，那趙小雲走了。我問德泉說的怎麼，德泉道：「他減定了一百元，我沒有還他實價，由他擺在這裡罷，他說去去就來。」我道：「發昌那個舊的不堪，並且機器一切都露在外面的，也還要一百元呢。」德泉道：「這個不同，人家的是下了本錢做的，他這個是拿了皇上家的錢，吃了皇上家的飯，教會了他本事，他卻用了皇上家的工料，做了這個私貨來換錢。不應該殺他點價麼？」我道：「照這樣做起私貨來，還了得！」德泉道：「豈但這個！去年外國新到了一種紙捲烟的機器，小巧得狠，要賣兩塊錢一個。他們局裡的人買了一個回去，後來局裡做出來的，總有二三千個呢，拿著到處去送人。卻也做得好，同外國來的一樣，不過就是殼子上不曾鍍鎳。」我問甚麼叫鍍鎳，德泉道：「據說鎳是中國沒有的，外國名字叫NicKel，中國譯化學書的時候，便譯成一個『鎳』字。所有小自鳴鐘、洋燈等件，都是鍍上這個東西。中國人不知，一切都說他是鍍銀的，哪裡有許多銀子去鍍呢。其實我看雲南白銅，就是這個東西。不然廣東瓊州黎峒的銅，一定是的。」我道：「銅只怕沒有那麼亮。」德泉笑道：「那是鍍了之後擦亮的。你看元寶，又何嘗是亮的呢。」我道：「做了三千個私貨，照市價算，就是六千洋錢，還了得麼！」德泉道：「豈只這個！有一回局裡的總辦，想了一件東西，照插鑾駕的架子樣縮小了，做一個銅架子插筆。不到幾時，合局一百多委員、司事的公事桌上，沒有一個沒有這個東西的。已經一百多了，還有他們家裡呢，還有做了送人的呢。後來鬧到外面銅匠店，仿著樣子也做出來了，要買四五百錢一個呢。其餘切菜刀、劈柴刀、杓子，總而言之，是銅鐵東西，是局裡人用的，沒有一件不是私貨。其實一個人做一把刀，一個杓子，是有限得狠；然而積少成多，其實是狠。

所以名管得錢也。

這筆帳就難算了，何況更是歷年如此呢。私貨之外，還有一個偷……」

說到這裡，只見趙小雲又匆匆走來道：「你到底出甚麼價錢呀？」德泉道：「你到底再減多少呢？」小雲道：「罷，罷，八十元罷。」德泉道：「不必多說了，你要肯賣時，拿四十元去。」小雲道：「我已經減了個對成，你還要折半，好狠呀！」德泉道：「其實多了我買不起。」小雲道：「其實講交情呢，應該送給你。只是我今天等著用。這樣罷，你給我六十元，這二十元算我借的，將來還你。」德泉道：「借是借，買價是買價，不能混的。你要拿五十元去罷，恰好有一張現成的票子。」說罷，到裡間拿了一張莊票給他。小雲道：「何苦又要我走一趟錢莊，你就給我洋錢罷。」德泉叫子安點洋錢給他，他又嫌重，換了鈔票纔去。臨走對德泉道：「今日晚上請你吃酒，去麼？」德泉道：「哪裡？」小雲道：「不是沈月卿，便是黃銀寶。」說著，一逕去了。德泉道：「你看！賣了錢，又這樣化法。」

我道：「你方纔說那偷的，又是甚麼？」德泉道：「只要是用得著的，無一不偷。他那外場面做得實在好看，大門外面，設了個稽查處，不准拿一點東西出去呢。誰知局裡有一種燒不透的煤，還可以再燒小爐子的，照例是當煤渣子不要的了，所以准局裡人拿到家裡去燒，這名目叫做『二煤』，他們整籮的抬出去。試問那煤籮裡要藏多少東西！」我道：「照這樣說起來，還不把一個製造局偷完了麼！」說話時，我又把那輪船揭開細看。德泉道：「今日禮拜，我們寫個條子請佚廬來，估估這個價，到底值得了多少。」我道：「好極，好極。」於是寫了條子去請，一會到了。正是：

要知真價值，須俟眼明人。

不知估得多少價值，且待下回再記。

不肯招接族人，並以戒其子姪，已是天性滅盡；不圖更有卒盜以劫其父者。非但無獨有偶，直是有加無已。茫茫大地，更何處容身乎！

上回要買小火輪一語，閒閒之閒文耳。實乃可以無有，不乃料於此回中引出局員作私貨一段來，方悟為金針引線之法。

出門固為避族人，族人且須避之，不知更當往何處去。所謂茫茫大地，無可容身者歟。

第三十回　試開車保民船下水　誤紀年製造局編書

當下方佚廬走來，大家招呼坐下。德泉便指著那小輪船，請他估價。佚廬離坐過來，德泉揭開上層，又注上火酒，點起來，一會兒機輪轉動。佚廬一一看過道：「買定了麼？」德泉道：「買定了。但不知上當不上當，所以請你來估估價。」佚廬道：「要三百兩麼？」德泉笑道：「只化了一百兩銀子。」佚廬道：「哪裡有這個話！這裡面的機器，何等精細！他這個何嘗是做來頑的，直頭照這個小樣放大了，可以做大的，裡面沒有一樣不全備。只怕你們雖買了來，還不知他的竅呢。」說罷，把機簧一撥，那機件便轉的慢了，道：「你看，這是慢車。」又把一個機簧一撥，那機件全停了，道：「你看，這是停車了。」說罷又另撥一個機簧，那機件又動起來，佚廬問道：「你們看得出來麼？這是倒車了。」留神一看，兩傍的明輪果然倒轉。佚廬又仔細再看道：「只怕還有汽筒呢。」向一根小銅絲上輕輕的拉了一下，果然嗚嗚的放出一下微聲，就像簫上的「乙」音。佚廬不覺嘆道：「可稱精極了！三百兩的價，我是估錯的。此刻有了這個樣子，就叫我照做，三百兩還做不起來呢。但是白費了工夫，那倒車、慢車、停車、放汽，都要人去弄的，哪裡找個小人去弄他呢。到底買了多少？」德泉道：「的確是一百兩買來的。」佚廬道：「沒有的話，除非是賊贓。」

德泉笑道：「雖不是賊贓，卻也差不多。」遂把畫圖學生私造的話說了，佚廬嘆道：「這也難怪他一語道著。

值百把兩的，卻只說得十兩八兩，況並十兩八兩亦不肯給耶！

們。人家聽見說他們做私貨，就都怪學生不好。依我說起來，實在是總辦不好。你所說的趙小雲，我也認識他，我並且出錢請他畫過圖。他在裡面當了上十年的學生，本事學的不小了。此刻要請一個人，照他的本事，大約百把銀子一個月，也沒有請處。他在局裡卻還是當一個學生的名目，一個月纔四吊錢的膏火❶，你叫他怎麼彀用，可不要出這些花樣了？可笑那些總辦，眼光比綠豆還小。有一回畫圖教習上去回總辦，說這個趙小雲本事學出了，求總辦派他個差事，起點薪水。你猜總辦說句甚麼話？他說起初十兩八兩的薪水，不彀他坐馬車呢。」我道：「奇了！怎麼發出這麼一句話來？」佚廬道：「總是趙小雲坐了馬車，被他碰見了一兩次，纔有這話呢。本來為的是要人才，纔教學生；教會了，就應該用他。用了他，就應該給他錢。給了他錢，他化他的，你何必管他坐牛車、馬車呢！就如從前派到美國去的學生，回來了也不用，此刻有多少在外頭當洋行買辦，當律師翻譯的。我化了錢，教出了人，卻叫外國人去用，這纔是『楚材晉用❷』呢。此刻局裡有本事的學生不少，聽說一個個都打算向外頭謀事。你道這都不是總辦之過麼？」

德泉道：「其實那做總辦的，哪一個懂得這些？幾時得能彀你去做了總辦就好了。」佚廬道：「我又懂得甚麼呢！不過有一層，是考究過工藝的，做起來雖不敢說十分出色，也可以少上點當。你們知道那保民船，纔笑話呢！未開工之前，單為了這條船，專請了一個外國人做工師，打出了船樣。總辦看了，

❶ 膏火：燈油，代指學生的生活津貼。

❷ 楚材晉用：語出左傳襄公二十六年：「晉卿不如楚，其大夫則賢，皆卿材也。如杞、梓、皮革，自楚往也。雖楚有材，晉實用之。」意謂己方的人才為他方所用。

叫照樣做。那時鍋爐廠有一個中國工師叫梁桂生，是廣東人，他就說這樣子不對，照他的龍骨恐怕走不動；照他的舵，怕轉不過頭來。鍋爐廠的委員就去回了總辦。那總辦倒惱起來了，說梁桂生他有多大的本領！外國人打的樣子，還有錯的麼？不信他比外國人還強！委員碰了釘子，便去埋怨梁桂生。桂生道：『不要埋怨，有一天我也會還他一個釘子，就照他做罷。』於是乎勞民傷財的做起來，好容易完了工。要試車了，總辦請了上海道及多少官員到船上去，還有許多外國人也來看。出了船塢便向閔行駛去。足足走了六七點鐘之久，纔望見閔行的影子。及至要回來時，卻回不過頭來，憑你把那舵攀足了，那個船只當不知。無可奈何，只得打倒車回來，益發走的慢了。各官員都是有事的，不覺都焦燥起來，於是打發人放舢舨登岸，跑回局裡去，招呼放了小輪船去，把主人接回。那保民船直到天黑後纔捱了回來。這一來總辦急了，問那外國人，那外國人說修得好的。誰知修了個把月，依然如故。無可奈何，只得叫了梁桂生去商量。桂生道：『這個都是依了外國人圖樣做的，但不知有走了樣沒有？如果走了樣，少不得工匠們都要受罰。』總辦道：『外國人說過，並不曾走樣。』桂生道：『那麼就問外國人。』總辦道：『他總弄不好，怎樣呢？』桂生道：『外國人有通天的本事，哪裡會做不好。既然外國人也做不好，我們中國人更是不敢做了。』總辦碰了他這麼一個軟釘子，氣的又不敢惱出來，只得和他軟商量。他卻始終說是沒有法子。總辦沒奈何，等他去了，又叫了委員去商量。那些委員懂得甚麼，除了磕頭請安之外，便是拿錢吃飯，還有的是逢迎總辦的意旨罷了。所以商量了半天，仍舊沒法，只得仍然和桂生商量。桂生道：『這個有甚麼法子呢？只好另做一個。』委員吐了舌頭出來道：『那麼怎樣報銷？』這件事被桂生作難了許久，把他前頭受的惡氣都出盡了，纔換上一門舵，把船後頭的一段龍骨改了，這纔走得動、

是！是！外國人不會錯的！這是大人明見。

此是大人明見所致。

梁桂生此時，只有肚裏好笑。

外國人應該說：我們外國人不會錯的。

好大本

領的委員！為之一快。

中國人只會作八股。可憐！

你若作了八股，只怕沒有這番高論了。

罵得是。

真是奇形怪狀！江南人見之，當疑為抱牌位做親

回得轉，然而終是走得慢。你們看，這不是笑話麼！倘使懂得工藝的總辦，何至於上這個當！」我道：「最奇的他們只信服外國人，這是甚麼意思？」佚廬道：「這些製造法子，本來都是外國來的，也難怪他們信服外國人。但是外國人也有懂的，也有不懂的。譬如我們中國人專門會作八股，然而也必要讀書人纔會；讀書人當中，也還有作的好，作的醜之分呢。叫我們生意人看著他，就一竅不通的了。難道是個中國人就會作八股麼？他們的工藝，也是這樣。然而官場中人，只要看見一個沒辮子的，哪怕他是個外國化子，也看得他同天上神仙一般。這個全是沒有學問之過。」

　　我問道：「佚翁纔說的，那裡面的委員，甚麼都不懂，他們辦些甚麼事呢？」佚廬道：「其實那裡頭無所謂委員，一切都是司事。不過兩個管廠的，薪水大點，就叫他委員罷了。他們無非是記個工帳，還有甚麼事辦呢。還有連工帳都記不來的，一個字不識的人，都有在裡面。要問起他們的來歷，卻是當過兵的也有，當過底下人的也有。我小號和局裡常有交易，所以我也常常到局裡去。前幾年裡頭，有個笑話。我到了局裡，只看見一個司事，抱著一塊虎頭牌❸，在那裡號啕大哭著跑來跑去，一面哭著，嘴裡嚷著叫老太太。」我道：「只怕是他老太太沒了。」德泉道：「只怕是的。」佚廬道：「沒了老太太，他何必抱著虎頭牌呢？」我道：「不然，這個辦公事的地方，何以忽然叫起個女人來？」佚廬道：「便是。我當日也疑惑得狠，後來打聽了他的同事，方纔知道。那時候的總辦是李勉林，這個司事叫甚麼周寄芸，從前兵燹的時候，曾經背負了那位李老太太在兵火裡逃出來的。後來這位李總辦得了這個差，便

❸ 虎頭牌：清朝衙門局所，門首懸繪有虎頭的木牌，上書「禁止閒人擅入」等字。也有人事任免布告牌上繪有虎頭的。

也。可發一笑。

失館地之人聽者：失了館地，只要哭，便得。

不知可曾碰頭謝恩？

虧他麻肉得出。

閱者也請猜猜。

曾文正

栽培他，在局裡派他一件事。這天不知為了甚麼事，李總辦掛出牌來，開除了他，所以他抱著那塊牌子哭。」我道：「哭便怎樣？這也無謂極了。」佚廬道：「你聽我說呢。那時那位李老太太迎養在局裡，他哭跳了一回，扛著那牌去見老太太，果然被他把那事情哭回來了。你想，代人家背負了女眷逃難的，是甚麼出身！」我道：「講究實業的地方，用了這種人，哪裡會攬得好。那李總辦也無謂得狠，你要報私恩，就送他幾兩銀子罷了，這種人哪裡辦得事來！」佚廬道：「你說他不能辦事，他卻是越弄越紅起來呢。今年現在的這位總辦，給他一個札子，叫他管理船廠，居然是委員了。」我笑了笑道：「偏是這樣人他會紅，真是奇事。」佚廬道：「船廠的工師，告訴了我一件事，大家笑了好幾天。他奉了札子，到了船廠，便傳齊了一切工匠、小工、護勇等人，當面吩咐說，我今天蒙總辦的恩典，做了委員，你們從此要叫我周老爺了，不能再叫我周師爺的了。」說的我和德泉都哈哈大笑起來。金子安在帳房裡，也出來問笑甚麼，佚廬道：「還有好笑的呢。他到了船廠之日，先吊了眾工匠、小工的花名冊來看。這本來也是一件公事。你道他看甚麼？他看過之後，就指了幾名工匠來，逼勒著他們改了名字，說你的名字犯了總辦祖上的諱，他的名字犯了總辦的諱。雖然不是這個字，然而同音也是不應該的。你們怎麼這等沒王法！哪怕你犯了我的諱，倒不要緊。」說的眾人又是一場好笑。

佚廬道：「還有好笑的呢！局裡有一個裁縫，叫做馮滌生。有一回這裁縫承辦了一票號衣，未免寫個承攬單，簽上名字。不知怎樣被他看見了，嚇得他面無人色。」說到這裡，頓住了道：「你們猜他為甚麼吃驚？」大家想了一會，都猜不出，催他快點說。佚廬道：「他指著那裁縫的名字道：『你好大膽！沒規矩，沒王法的！犯了這製造局的開山始祖曾中堂、曾文正公的諱！況且曾中堂又是現任總辦的丈人，

也應料不到，有人上他一個「製造局開山始祖」的徽號。

此刻雖然未燒，然已生煎一

你還想吃飯麼！』裁縫道：『曾中堂叫曾國藩，不叫滌生。』他聽了登時暴跳如雷起來，大喝道：『你可反了！提了曾中堂的正諱叫起來。你知道這兩個字，除了皇帝，誰敢提在口裡！你用的兩個字，雖不是正諱，卻是個次印❹，你快快換寫一張，改了名字。這個拿上去，總辦看了也要生氣的。』」眾人又是一笑。佚廬道：「那裁縫只得換寫一張，胡亂改了個甚麼阿貓、阿狗的名字，他纔快活了，還拿這個話去回了總辦請功呢。」眾人更是狂笑不止。我道：「這個人不料有許多笑話。還有沒有，何妨再說點我們聽聽。」佚廬道：「我不過道聽塗說罷了，倘使他們局裡的人說起來，只怕新鮮笑話多著呢。」此時已是晚飯的時候，便留佚廬便飯。他同德泉是極熟的，也不推辭。

一時飯罷，大家坐到院子裡乘涼，閒閒的又談起製造局來。我問起這局的來歷，佚廬道：「製造局開創的總辦是馮竹儒，守成的是鄭玉軒、李勉林，以後的就平常得狠了。到了現在這一位，更是百事都不管，天天只在家裡念佛，你想，那個局如何會辦得好呢？」我道：「開創的頗不容易。」佚廬道：「正是。不講別的，偌大的一個局，定那章程規則，就狠不容易。馮總辦的時候，規矩極嚴，此刻寬的不像樣子了。據他們說，當日馮總辦每天親巡各廠去查工，晚上還查夜。有一夜極冷，有兩三個司事同住在一個房裡，大家燒了一小爐炭禦寒。可巧馮總辦查夜到了，嚇得他們甚麼似的，內中一個便把這個炭爐子藏在椅子底下，把身子擋住。偏偏他老先生又坐下來，談了幾句天纔去，等他去後，連忙取出炭爐時，那椅面已經烘的焦了。倘使他再不走，坐這把椅子的那位先生，屁股都要燒了呢。此刻一到冬天，那一個司事房裡沒有一個煤爐？只舉此一端，其餘就可想了。這位總辦，別的事情不懂，一味的講究節省，

❹ 次印：正名以外的字、號。曾國藩字滌生。原名子城，字伯涵。

次矣。

以商人之眼視官場，哪得不是糜費。

譯書如此，亦一怪現狀也。

本來他只好如此用。

局裡的司事穿一件新衣服，他也不喜歡，要說閒話。你想趙小雲坐馬車，被他看見了，他也不願意，就可想而知了。其實，我看是沒有一處不糜費。單是局裡用的幾個外國人，我看就大可以省得。他們拿了一百、二百的大薪水，遇了疑難的事，還要和中國工師商量，這又何苦要用著他呢。還有廣方言館❺那譯書的，二三百銀子一月，還要用一個中國人同他對譯，一天也不知譯得上幾百個字，成了一部書之後，單是這筆譯費就了不得。」我道：「卻譯些甚麼書呢？」佚廬道：「都有。天文、地理、機器、算學、聲光、電化，都是全的。」我道：「這些書倒好，明日去買他兩部看看，也可以長點學問。」佚廬搖頭道：「不中用。他所譯的書，我都看過，除了天文我不懂，其餘那些聲光電化的書，我都看遍了，都沒有說的完備。說了一大篇，到了最緊要的竅眼，卻不點出來。若是打算看了他作為談天的材料，是用得著的；若是打算從這上頭長學問，卻是不能。」我道：「出了偌大薪水，怎麼譯成這麼樣！」佚廬道：「這本難怪。大凡譯技藝的書，必要是這門技藝出身的人去譯，還要中西文字兼通的纔行。不然，必有個詞不達意的毛病。你想，他那裡譯書，始終是這一個人，難道這個人就能曉盡了天文、地理、機器、算學、聲光、電化各門麼？外國人單考究一門學問，有考了一輩子考不出來，或是兒子，或是朋友去繼他志纔考出來的。談何容易，就胡亂可以譯得！只怕許多名目還鬧不清楚呢。何況又兩個人對譯，這又多隔了一層膜了。」我道：「胡亂看看，就是做了談天的材料也好。」佚廬道：「也未嘗不可以看看，然而也有誤人的地方。局裡編了一部「四裔編年表」，中國的年代，卻從帝嚳❻編起。我讀的書狠少，也

❺ 廣方言館：江南製造局所屬翻譯機構，開館於同治七年（一八六八）。

❻ 帝嚳：相傳為黃帝的曾孫，堯的父親。居亳（今河南偃師），號高辛氏。商代卜辭中以帝嚳為高祖。

不敢胡亂批評他，但是我知道的，中國年代從唐堯❼元年甲辰起，纔有個甲子可以紀年，以前都是含含糊糊的，不知他從哪裡考得來。這也罷了，誰知到了周朝的時候，竟大錯起來。你想，拿年代合年代的事，不過是一本中西合曆，只費點翻檢的工夫罷了，也會錯的，何況那中國從來未曾經見的學問呢。」

真是大怪事。

我道：「是怎麼錯法呢？是把外國年份對錯了中國年份不是？」佚廬道：「這個錯不錯，我還不曾留心。只是中國自己的年份錯了，虧他還刻出來賣呢。你要看，我那裡有一部，明日送過來你看。我那書頭上，把他的錯處都批出來的。」正是：

不是山中無曆日，如何歲月也模糊。

當下夜色已深，大家散了。要知他錯的怎麼，且待我看過了再記。

學生做私貨，上回以為大怪事，不期此回中卻翻筆說轉。

記製造局委員情形，令人絕倒。

---

❼ 唐堯：帝嚳之子，初封於陶，又封於唐，號陶唐氏。後傳位於舜。

第三十一回 論江湖揭破偽術 小勾留驚遇故人

到了次日午後，方佚廬果然打發人送來一部四裔編年表。我這兩天帳也對好了，東西也買齊備了，只等那如意的裝璜匣子做好了，就可以動身，左右閒著，便翻開來看。見書眉上果然批了許多小字，原書中國曆數，是從少昊❶四十年起的，卻又註上「壬子」兩個字。我便向德泉借了一部綱鑑易知錄❷，去對那年干。從唐堯元年甲辰起，逆推上去，帝摯❸在位九年，帝嚳在位七十年，顓頊氏❹在位七十八年，少昊氏在位八十四年。從堯元年扣至少昊四十年，共二百零一年。照著甲辰干支逆推上去，至二百零一年應該是癸未，斷不會變成壬子之理。這是開篇第一年的中國干支已經錯了。他底下又注著西曆前二千三百四十九年。我又檢查一檢查，耶穌降生，應該在漢哀帝元壽二年❺。逆推至漢高祖乙未元年，是二百零六年。又加上秦四十二年，周八百七十三年，商六百四十四年，夏四百三十九年，舜五十年，

❶ 少昊：黃帝子，己姓，名摯。也作少皞。邑窮桑，都曲阜，號窮桑帝。

❷ 綱鑑易知錄：清吳乘權著，根據通鑑綱目、通鑑綱目續編和明紀編撰的簡明的中國通史。

❸ 帝摯：帝嚳長子。

❹ 顓頊氏：黃帝孫，姓姬，號高陽氏。

❺ 漢哀帝元壽二年：即西元前一年。

開卷第一篇第一句便錯了。刊行若干年竟無人匡正之，雖不謂之怪現狀，不可得也。

堯一百年，帝摯九年，帝嚳七十年，顓頊氏七十八年，少昊共在位八十四年。扣至四十年時，西曆應該是耶穌降生前二千五百五十五年。其中或者有兩回改換朝代的時候，參差了三兩年，也說不定的，然而照他那書上已經差了二百年了。開卷第一年就中西都錯，真是奇事。又翻到第三頁上，見佚廬書眉上的批寫著：「夏帝啟在位九年，太康二十九年，帝相二十八年。自帝啟五年至帝相六年，中間相距五十一年。今以帝啟五年作一千九百七十四年，帝相六年作一千九百三十七年，中間相距纔三十七年耳，此處即舛誤十四年之多矣」云云。以後逐篇翻去，都有好些批，無非是指斥編輯的，算去卻都批的不錯。

金子安跑過來對我一看，道：「呀，你莫非在這裡打鐵算盤？」我此時看他錯誤的太多，也就無心去看。想來他把中西的年歲做一個對表，尚且如此錯誤，中間的事跡，我更無可稽考的，看他做甚麼呢。正在這麼想著，聽得金子安這話，我便笑問道：「怎麼叫個鐵算盤？我還不懂呢。」金子安道：「這裡又擺著曆本，又擺著算盤，又堆了那些書，不是打鐵算盤麼。」我問到底甚麼叫鐵算盤，子安道：「不是拿算盤算八字麼？」我道：「我不會這個，我是在這裡算上古的年數。」子安道：「上古的年數還算他做甚麼？」我問道：「那鐵算盤到底是甚麼？」子安道：「是算命的一個名色。大概算命的都是排定八字，以五行生尅推算，那批出來的詞句，都是隨他意寫出來的。惟有這鐵算盤的詞句，都在書上刻著，排八字又不講五行，只講數目，把八個字的數目疊起來，往書上去查，不知他怎樣的加法，加了又查，每查著的，只有一個字，慢慢加上，自然成文，判斷的狠有靈驗呢。」我道：「此刻可有懂這個的？何妨去算算。」說話間，管德泉走過來說道：「江湖上的事，哪裡好去信他。從前有一個甚麼吳少瀾，說算命算得狠準，一時哄動了多少人。這裡道臺馮竹儒也相信了，叫他到衙門裡去算，把合家男女的八字

惹他不得。一惹了他，便要打破砂鍋問到底也。一笑。

都叫他算起來。他的兄弟吉雲有意要試那吳少瀾靈不靈，便把他家一個底下人和一個老媽子的八字，也寫了攙在一起。及至他批了出來，底下人的命，也是甚麼正途出身❻，封疆開府❼。那老媽子的命，也是甚麼恭人、淑人，夫榮子貴的。你說可笑不可笑呢！」子安道：「這鐵算盤不是這樣的。拿八字給他看了，他先要算父母在不在，全不全，兄弟幾人。父母不全的，是哪一年丁的憂，或喪父，或喪母，先把這幾樣算的都對了，纔往下算。倘有一樣不對，便是時辰錯了，他就不算了。」德泉道：「你還說這個呢！你可知前年京裡，有一個算隔夜數的，他說今日有幾個人來算命，他昨夜已經先知道的，預先算下。要算命的人，到他那裡，先告訴了他八字，又要把自己以前的事情和他說知，如父母全不全，兄弟幾個，哪一年有甚麼大事之類，都要直說出來。他聽了，說是對的，就在抽屜裡取出一張批就的八字來，上面批的詞句，以前之事，無一不應。以後的事，也批好了，應不應，靈不靈，是不可知的了。」我道：「這豈不是神奇之極了麼？」德泉笑道：「誰知後來卻被人家算去了！他的生意非常之好，就有人算計要拜他為師，他只不肯教人。後來來了一個人，天天請他吃館子。起先還不在意，後來看看，每吃過了之後，到櫃上去結帳，這個人取出一包碎銀子給掌櫃的，總是不多不少，恰恰如數。這算命的就起了疑心，怎麼他能預先知道吃多少的呢？忍不住就問他，他道：『我天天該用多少銀子，都是隔夜預先算定的，該在那裡用多少，那裡用多少，一一算好、秤好、包好了，不過是省得臨時秤算的意思。』算命的

不肯教，便要用計賺你了。

偏有引證，妙甚。

❻ 正途出身：從科舉制度出來做官的，即以舉人、進士或國子監的貢生、監生等出來做官的，叫做「正途出身」。以捐納等別的手段謀得官職的，為「非正途出身」。

❼ 封疆開府：做一省或幾省的地方最高長官，如總督、巡撫，稱封疆開府。

只是你要求教。

原來是假的。

也是假的。

以假贈假，大家贈著都無用處，只

道：『哪裡有這個術數？』他道：『豈不聞一飲一啄，莫非前定。既是前定，自然有術數可以算得出了。』算命的求他教這法子，他道：『你算命都會隔夜算定，難道這個小小術數都不會麼？』算命的求之不已，他總是拿這句話回他。算命的沒法，只得直說道：『我這個法子是假的。我的住房同隔壁的房，只隔得一層板壁，在板壁上挖了一個小小的洞。我坐位的那個抽屜桌子，便把那小洞堵住，堵小洞的那橫頭桌子上的板，也挖去了，我那抽屜便可以通到隔壁房裡。有人來算命時，他一一告訴我的話，隔壁預先埋伏了人，聽他說一句，便寫一句。這個人筆下飛快，一面說完了，一面也寫完了。至於那以後的批評，是糊裡糊塗預寫下的，靈不靈哪個去管他呢。寫完了，就從那小洞口遞到抽屜裡，我取了出來給人，從來不曾被人窺破。這便是我的法子了。』那人大笑道：『你既然懂得這個，又何必再問我的法子呢。我也不過預先算定，明日請你吃飯，吃些甚麼菜，應該用多少銀子，預先秤下罷了。』算命的還不信，說道：『吃的菜也有我點的，你怎麼知道我點的是甚麼菜、多少價呢？』那人笑道：『我是本京人，各館子的情形爛熟。比方我打算定請你吃四個菜，每個一錢銀子，你點了一個錢二的，我就點一個八分的來就你，你點了個六分的，我也會點一個錢四的來湊數，這有甚麼難處呢。』算命的呆了一呆道：『然則你何必一定請我？』那人笑道：『我何嘗要請你，不過拿我這個法子，騙出你那個法子來罷了。』說罷一場乾笑。那算命的被他識穿了，就連忙收拾出京去了。你道這些江湖上的人，可以信得麼？」一席話說得大家一笑。

德泉道：「我今年活了五十多歲，這些江湖上的事情，見得多了。起先我本來是極迷信的，後來聽見一班讀書人都斥為異端邪術，我反起了疑心，這等神奇之事，都有人不信的，我倒怪那些讀書人的不

好乾笑。

可謂青出於藍。

金銀可以化仙丹，奇極。

還要多攪一次生意。

菩薩也排外。一笑。

掩起袖子，以明其非掉包，所以堅人之信也。

是呢。後來慢慢的聽得多了，方纔疑心到那江湖上的事情，不能盡信，卻被我設法查出了他許多作假的法子。從此以後，我的不信是有憑據可指的，那一班讀書先生倒成了徒託空言了。我說一件事給你兩位聽。當日我有一位舍親，五十多歲，只有一個兒子，纔十一二歲，得了個痢症，請了許多醫生，都醫不好，後來請了幾個茅山道士來打醮禳災。那為頭的道士說他也懂得醫道，舍親就請他看了脈。他說這病是因驚而起，必要吃金銀湯纔鎮壓得住。問他甚麼叫金銀湯，可是拿金子、銀子煎湯？他說煎湯吃沒有功效，必要拿出金銀來，待他作起法事，請了上界真神，把金銀化成仙丹，用開水沖服，纔能見效。舍親信了，就拿出一枝金簪、兩元洋錢，請他作法。他說現在打醮，不能做這個。要等完了醮，另作法事，方能辦到。舍親也依了，等完了醮，就請他做起法事來。他又說洋錢不能用，因為是外國東西，菩薩不鑒的，必要錠子上剪下來的碎銀。舍親又叫人拿洋錢去換了碎銀來交與他。他卻不用手接，先念了半天的經，又是甚麼通誠。通過了誠，纔用一個金漆盤子，托了一方黃緞，緞上面畫了一道符，叫舍親把金簪碎銀放在上面。他捧到壇上去，又念了一回經卷，纔把他包起來放在桌子上，撤去金漆盤子，道眾大吹大擂起來；一面取二升米，撒在緞包上面，二升米撒完了，那緞包也蓋沒了。他又戟指在米上畫了一道符，又拜了許久，念了半天經咒，方纔拿他那牙笏把米掃開，現出緞包。他捲起衣袖，把緞包取來放在金漆盤子裡，輕輕打開。說也奇怪，那金簪銀子都不見了，緞子上的一道符還是照舊，卻多了一個小小的黃紙包兒。拿下來打開看時，是一包雪白的末子。他說這就是那金銀化的，是請了上界真神纔化得出來，把開水沖來服了，包管就好。此時親眷朋友在座觀看的人，總有二三十，就是我也在場同看，明明看著他手腳極乾淨，不由得不信。然而吃了下去，也不見好，後來還是請了醫生看好的。在當時人人

說穿了便不神。

都疑是真有神仙，便是我也還在迷信時候上。多少讀書人卻一口咬定是假的，他一定掉了包去。然而幾人虎視眈眈的看著，他拿緞包時總是捲起袖子，如果掉包，豈沒有一個人看穿的道理。後來卻被我考了出來，明明是假的，他仗著這個法子去拐騙金銀，又樂得人人甘心被他拐騙，這纔是神乎其技呢！」我連忙問是怎麼假法，德泉取一張紙，裁了兩方，摺了兩個包，給我們看。（看官，當日管德泉是當面做給我看的，所以我一看就明白。此刻我是筆述這件事，不能做了紙包，夾在書裡面，給看官們看，只能畫個圖出來，讓看官們好按圖去演做出來，方知這騙法神妙。）圖如下：

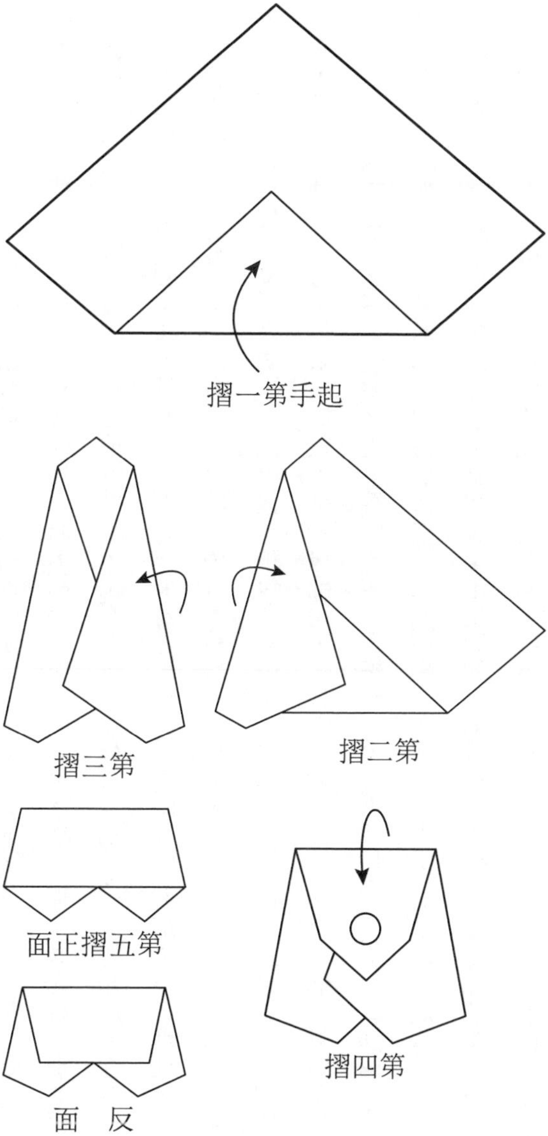

德泉摺了這一式的兩個紙包道：「你們看這兩個紙包，是一式無異的了。他把兩個包的反面對著反面，用膠水粘連起來，不成了兩面都是正面，都有了包口的了麼？他在那一面先藏了別的東西，卻拿這一面包你的金銀。縱使看的人疑心他做手腳，也不過留神在他身上袖子裡，哪知道他在金漆盤裡拿到桌子上，或在桌子上拿回金漆盤裡時，輕輕翻一個身，已經掉去了呢。」我道：「這個法子，說穿了也不算甚麼稀奇。」德泉道：「說穿了，自然不稀奇，然而不說穿，是再沒有人看得出的。我初考得這個法子時，便小試其技，拿紙來做了一個小包，預包了一角小洋錢在裡面，卻叫人家給一個銅錢，我包在這一面，攢在手裡，假意叫他吹一口氣，把紙包翻過來，就變了個小洋錢。有一個年輕朋友看了，當以為真，一定要我教他。我要他請我吃了好幾回小館子，纔教了他。他懊悔的了不得。」我道：「教會了他，為甚倒懊悔起來呢？」德泉道：「他以為果然一個銅錢，能變做一角小洋錢，他想學會了，就可以發財，所以纔破費了請我吃那許多回館子；誰知說穿了是假的，他哪得不懊悔。」子安和我，不覺一齊笑起來。

我又問道：「還有甚麼作假的呢？」德泉道：「不必說起，沒有一件不是作假的，不過一時考不出來。我只說一兩件，就可以概其餘了。那祝由科❽代人治病，不用吃藥，只畫兩道符就好了。最驚人的，用小刀割破舌頭取血畫符，看他割得血淋淋的，又行所無事，人人都以為神奇。其實不相干，你試叫他拿刀來把舌頭橫割一下，他就不能。原來這舌頭豎割是不傷的，隨割隨就長合，並且不甚痛，常常割他，割慣了竟是毫無痛苦的。若是橫割了，就流血不止，極難收口的。只要大著膽，人人都可以做得來。不

極淺極易之事，卻瞞盡天下人。愚人之愚，真是可嘆。癡人癡得可笑。

❽ 祝由科：以符咒治病的專科。唐太醫署醫分四科，有祝由科；元明太醫院分十三科，有祝由科。祝由十三科自敘：「有疾病者，對天祝告其由，故名曰祝由科。」

信，你試細細的一想，有時吃東西，偶然大牙咬了舌邊，雖有點微痛，卻不十分難受；倘是門牙咬了舌尖，就痛的了不得。論理大牙的咬勁，比門牙大得多，何以反為不甚痛？這就是一橫一豎的道理了。又有那茅山道士探油鍋的法子，看看他作起法來，燒了一鍋油，沸騰騰的滾著，放了多少銅錢下去，再伸手去一個一個的撈起來，他那隻手只當不知。看了他，豈不是仙人了麼？豈知他把些硼砂暗暗的放在油鍋裡，只要得了些須暖氣，硼砂在油裡面要化水，化不開，便變了白沫浮到油面，人家看了，就猶如那油滾了一般，其實還沒有大熱呢。」說話之間，已到了晚飯時候。

這一天格外炎熱，晚飯過後，便和德泉到黃浦灘邊，草皮地上乘了一回涼，方纔回來安歇。這一夜熱的睡不著，直到三點多鐘，方纔退盡了暑氣，朦朧睡去。忽然有人叫醒，說是有個朋友來訪我。連忙起來，到堂屋一看，見了這個人，不覺吃了一驚。正是：

此時中國人還可以去得。

昨聽江湖施偽術，今看骨肉出新聞。

未知此人是誰，且聽下回再記。

吾讀至此篇前半，未敢據以為信，乃專購四裔編年表核對之，果如所言也。且此篇僅舉其一斑耳，苟盡為校正，不知當費幾許筆墨。出版如千年，竟無人糾正之，不得謂之不怪。或者編此書者，其年歲或別有所本，則非他人所敢知矣。一說耶穌降生在漢平帝元始元年，然哀帝元壽二年己未，平帝元始元年庚申所差僅一年耳。

江湖術士每每以兒戲攫人資財，愚民無知，方且奉為神聖。然徒唾罵之，非笑之，屏斥之，而不能揭其奸，終無以破愚人之惑也。烏得百千萬億管德泉，到處宣揚之。

第三十二回　輕性命天倫遭慘變　豁眼界北里試嬉遊

哈哈！你道那人是誰？原來是我父親當日在杭州開的店裡一個小夥計，姓黎，表字景翼，廣東人氏。我見了他，為甚吃驚呢？只因見他穿了一身的重孝，不由的不吃一個驚。然而敘起他來，我又為甚麼哈哈一笑？只因我這回見他之後，曉得他鬧了一件喪心病狂的事，笑不得，怒不得，只得乾笑兩聲，出出這口惡氣。

看官們，聽我敘來：這個人，他的父親是個做官的，官名一個逵字，表字鴻甫。本來是福建的一個巡檢❶，署過兩回事，弄了幾文，就在福州省城蓋造了一座小小花園，題名叫做「水鷗小榭」。生平歡喜做詩，在福建結交了好些官場名士，那水鷗小榭就終年都是冠蓋❷往來，日積月累的，就鬧得虧空起來。大凡理財之道，積聚是極難，虧空是極易的。然而官場中的習氣，又看得那虧空是極平常的事。所以越空越大，慢慢的鬧得那水鷗小榭的門口，除了往來的冠蓋之外，又多添了一班討債鬼。這位黎鴻甫少尹❸，明知不得了，他便一不做，二不休，索性帶了一妻兩妾三個兒子，逃了出來，撇了那水鷗小榭也

廣東有此敗類，足貽廣東人羞。

官場名士，可謂奇稱。

花園中有冠蓋往來，最是討厭。

寫盡官

❶ 巡檢：知縣的屬官。縣轄鎮市、關隘設巡檢分治，巡檢受知縣節制。

❷ 冠蓋：冠冕和車蓋，代指官員士紳。

❸ 少尹：唐時府州的副職，後用來稱呼州縣典史、吏目、巡檢之類的輔佐官。

場。趣語。是避債妙法。沒錢還債，偏有錢捐官到省。怪現狀盡在不言中矣。淵明五子且都不識字，此本不奇也。

不要了。走到杭州，安頓了家小，加捐了一個知縣，進京辦了引見，指省浙江，又到杭州候補去了。我父親開著店的時候，也常常和官場交易，因此認識了他。他的三個兒子：大的叫慕枚，第二的就是這個景翼，第三的叫希銓。你道他們兄弟，為甚取了這麼三個別緻名字？只因他老子歡喜做詩、做名士，便望他的兒子也學他那樣，因此大的叫他仰慕袁枚，就叫慕枚；第二的叫他景企趙翼，就叫景翼；第三的叫他希冀蔣士銓，就叫希銓。他便這般希望兒子，誰知他的三個兒子，除了大的還略為通順，其次兩個，連字也認不得多少，卻偏又要謅兩句歪詩。當年鴻甫把景翼薦到我父親店裡，我到杭州時，他還在店裡，所以認得他。

當下相見畢，他就敘起別後之事來。原來鴻甫已經到了天津，在開平礦務局當差。家眷都搬到上海，住在虹口源坊衖。慕枚到臺灣去謀事，死在臺灣。鴻甫的老婆，上月在上海寓所死了，所以景翼穿了重孝。景翼把前事訴說已畢，又說道：「舍弟希銓，不幸昨日又亡故了，家父遠在開平，我近來又連年賦閒，所以一切後事，都不能舉辦。我們忝在世交，所以特地來奉求借幾塊洋錢，料理後事。」我問他要多少，景翼道：「多也不敢望，只求借十元罷了。」我聽說，就取了十元錢給他去了。今天早上，下了一陣雨，天氣風涼。我閒著沒事，便到謙益棧看伯父。誰知他已經動身到蘇州去了。又去看看小七叔，談了一回，出來到虹口源坊衖，回看景翼，並弔乃弟之喪。到得他寓所時，恰好他送靈柩到廣肇山莊去了，未曾回來，只有同居的一個王端甫在那裡代他招呼。這王端甫是個醫生，我請問過姓氏之後，便同他閒談，問起希銓是甚麼病死的。端甫只嘆一口氣，並不說是甚麼病。我不免有點疑心，正要再問，端甫道：「聽景翼說起，同閣下是世交，不知交情可深厚？」我道：「這也無所謂深厚不深厚，總算兩代

可見得並無深交。

端甫倒是有交情的，

不可不知。

先見。想為陪嫁丫頭之情也，不然哪有此理。

天下真有此等事，令人可恨、可惱。就壞在賦閒上。對於其兄，是一毛

相識罷了。」端甫道：「我也是和鴻甫相好。近來鴻甫老的糊塗了，這黎氏的家運，也鬧了個一敗塗地。我們做朋友的，看著也沒奈何。偏偏慕枚又先死了，這一家人只怕從此沒事的了。」我道：「究竟希銓是甚麼病死的？」端甫嘆道：「哪裡是病死的，是吃生鴉片烟死的呀。」我驚道：「為著甚麼事？」端甫道：「竟是鴻甫寫了信來叫他死的。」我更是大驚失色，問是甚麼緣故，端甫道：「這也一言難盡。鴻甫的那一位老姨太太，本是他夫人的陪嫁丫頭。他弟兄三個，都是嫡出❹。這位姨太太也生過兩個兒子，卻養不住。鴻甫夫人便把希銓指給他，所以這位姨太太十分愛惜希銓。希銓又得了個癱瘓的病，總醫不好。上前年就和他娶了個親。這種癱子，有誰肯嫁他？只娶了人家一個粗丫頭。去年那老姨太太不在了，把自己的幾口皮箱都給了希銓。這希銓也索作怪，娶了親來，並不曾圓房❺，卻同一個朋友同起同臥。這個朋友是一個下等人，也不知他姓甚麼，只知道名字叫阿良。家裡人都說希銓和那阿良有甚曖昧的事。希銓又本來生得一張白臉，柔聲下氣，就和女人一般的，也怪不得人家疑心。然而這總是房幃瑣事，我們旁邊人卻不敢亂說。這一位景翼先生，他近來賦閒得無聊極了，手邊沒有錢化，便向希銓借東西當，希銓卻是一毛不拔的，因此弟兄們鬧不對了。景翼便把阿良那節事寫信給鴻甫，信裡面總是加了些油鹽醬醋。鴻甫得了信，便寫了信回來，叫希銓快死。又另外給景翼信，叫他逼著兄弟自盡。我做同居的，也不知勸了多少。誰知這位景翼，竟是別有肺腸的，他的眼睛只看著老姨太太的幾口皮箱，哪裡還有甚麼兄弟，竟然親自去買了鴉片烟來，立逼著希銓吃了。一頭咽了氣，他便去開那皮箱，誰知竟

❹ 嫡出：正妻所生。嫡與庶相對，第六十五回寫到的「庶出」指姨太太（妾）所生。

❺ 圓房：新婚夫婦開始同宿。

不拔也，有可死之道。父叫子死，子不敢不死。本來已是專制國之口頭禪。白送了一個兄弟。對於所暱者又如此，更有可死之道。天良盡喪，至於如此。可為家庭一

是幾口空箱子，裡面塞滿了許多字紙、磚頭、瓦石，這纔大失所望。大家又說是希銓在時都給了阿良了，然而這個卻又毫無憑據的，不好去討。只好啞子吃黃連，自家心裡苦罷了。」我聽了一番話，也不覺為之長嘆。一會兒，景翼回來了，彼此周旋了一番，我便告辭回去。

過了兩天，王端甫忽然氣沖沖的走來，對我說道：「景翼這東西，真是個畜生！豈有此理！」我忙問甚麼事，端甫道：「希銓纔死了有多少天，他居然把他的弟婦賣了！」我道：「這還了得！賣到了甚麼地方去了？」端甫道：「賣到妓院裡去了！」我不覺頓足道：「可曾成交？」端甫道：「今天早起，人已經送去了。成交不成交，還沒知道。」我道：「總要設法止住他纔好。」端甫道：「我也為了這個來和你商量。我今天打聽了，一早起知道他賣在虹口廣東妓院裡面。我想不必和景翼那廝說話，我們只到妓院裡，和他把人要回來再講。所以特地來約你同去，因為你懂得廣東話。」原來端甫是孟河❻人，不會說廣東話。我笑問道：「你怎麼知道我懂廣東話呢？」端甫道：「你前兩天和景翼說的，不是廣東話麼？」我道：「只怕他成了交，就是懂話也不中用。」端甫道：「所以要趕著辦，遲了就怕誤事。」我道：「把人要了出來，作何安置呢？也要預先籌畫好了呀。」端甫道：「且要了出來再說。嫁總是要嫁的，他還沒有圓過房，並且一無依靠的，又有了景翼那種大伯子，哪裡能叫人家守呢。」我道：「此刻天氣不早了，你就在這裡吃了晚飯，我同你去走走罷。左右救出這個女子來，總是一件好事。」端甫答應了。

飯後便叫了兩輛東洋車，同到虹口去。那一條巷子叫同順里，走了進去，只見兩邊的人家，都是烏

❻ 孟河：今屬江蘇省常州市。

嘆。更甚。也不可不慮到。形容盡致。廣東人每有吃西瓜皮者。其吃法：切片後以醋拌之。此種情形都能寫到，或謂不知如何體會出來，不知作者當日實身歷其境也。

裡八糟的。走到一家門前，端甫帶著我進去，一直上到樓上。這一間樓面，便隔做了兩間。樓梯口上，掛了一盞洋鐵洋油燈，黑暗異常。入到房裡，只見安設著一張板床，高高的掛了一頂洋布帳子。床前擺了一張杉木抽屜桌子。靠窗口一張杉木八仙桌❼，桌上放著一盞沒有磁罩的洋燈，那玻璃燈筒兒，已是薰得漆黑焦黃的了。還有一個大瓦缽，滿滿的盛著一缽切碎的西瓜皮，七橫八豎的放著幾雙毛竹筷子。

我頭一次到這等地方，不覺暗暗稱奇，只得將就坐下。便有兩個女子上來招呼，一般的都是生就一張黃面，穿了一套拷綢衫袴，腳下沒有穿襪，拖了一雙皮鞋，一個眼皮上還長了一個大疤，都前來問貴姓。我道：「我們不是來打茶圍的，要來問你們一句話，你去把你們鴇母叫了上來。」那一個便去了。我便問端甫，可認得希銓的妻子。端甫道：「我同他同居，怎麼不認得。」一會兒，那鴇婦上來了。我問他道：「聽說你這裡新來一個姑娘，為甚麼不見？」鴇婦臉上現了錯愕之色，回眼望一望端甫，又望著我道：「沒有呀。」說話時，那兩個妓女又在那裡交頭接耳。我冷笑道：「今天姓黎的送來一個人，還沒有麼？」鴇婦道：「委實沒有。我家現在只有這兩個。」我道：「這姓黎的所賣的人，是他自己的弟婦，如果送到這裡，你好好的實說，交了出來，我們不難為你。如果已經成交，我們還可以代你追回身價。你倘是買了不交出來，你可小心點！」鴇婦慌忙道：「沒有，沒有。你老爺吩咐過，如果他送來我這裡，也斷不敢買了。」我把這番問答，告訴了端甫。端甫道：「我懂得。我打聽得明明白白的，怎麼說沒有。」我對鴇婦道：「我們是打聽明白了來的，你如果不交出人來，我們先要在這裡搜一搜。」鴇婦笑道：「兩位要搜，只管搜就是。難道我有這麼大的膽，敢藏過一個人？我老實說了罷，人是送來看過的，

❼ 八仙桌：每邊可坐二人的大方桌。

因為身價不曾講成。我不知道這裡面還有別樣葛藤，幸得兩位今夜來，不然，等買成了纔曉得，那就受累了。」我道：「他明明帶到你這裡來的，怎麼不在這裡？你這句話有點靠不住。」鴇婦道：「或者他又帶到別處去看，也難說的。吃這個門戶飯的，不止我這一家。」我聽了，又告訴了端甫，只得罷休。當下又交代了幾句萬不可買的話，方纔出來，與端甫分手。約定明日早上，我去看他，順便覷景翼動靜，然後分投回去。

德泉問事情辦得妥麼，我道：「事情不曾辦妥，卻開了個眼界。我向來不曾到過妓院，今日算是頭一次。常時聽見人說甚麼花天酒地，以為是一個好去處，卻不道是這麼一個地方，真是耳聞不如目見了。」德泉道：「是怎麼樣地方？」我就把所見的一一說了，德泉笑道：「那是最壞的地方。有好的，你沒有見過。多咱我同你去打一個茶圍，你便知道了。」說時，恰好有人送了一張條子來，德泉看了笑道：「哪有這等巧事！說要打茶圍，果然就有人請你吃花酒了。」說罷，把那條子遞給我看，原來是趙小雲請德泉和我到尚仁里黃銀寶處吃酒。那一張請客條子，是用紅紙反過來寫的。德泉便對來人說：「就來。」原來趙小雲自從賣了那小火輪之後，曾來過兩次，同我也相熟了，所以請德泉，便順帶著請我。我意思要不去，德泉道：「這吃花酒本來不是一件正經事，不過去開開眼界罷了。只去一次，下次不去，有甚麼要緊呢。」看看鐘纔九點一刻，於是穿了長衣，同德泉，慢慢的走去。

在路上，德泉說起小雲近日總算翻了一個大身，被一個馬礦師聘了去，每月薪水二百二十兩，所以就闊起來了。這是製造局裡幾吊錢一個月的學生，你想值得二百多兩的價值，纔給人家幾吊錢，叫人家怎麼樣肯呢。」我道：「然而既是倒貼了他膏火教出來的，也要念念這個學出本事的源頭。」德泉道：

此時，人尚在他家。好也大膽。

你在謙益棧看見有人送給你伯父的一張條子，也是這樣的，你可明白了。

心平氣

和之論。

「自然做學生的也要思念本源，但是你要用他呀。擱著他不用，他自然不能不出來謀事了。」我道：「化了錢，教出了人材，卻被外人去用，其實也不值得。」德泉道：「這個豈止一個趙小雲，曾文正和李合肥❽從前派美國的學生，回來之後，去做洋行買辦，當律師翻譯的，不知多少呢。」一面說著話，不覺走到了，便入門一逕登樓。這一登樓，有分教：

涉足偶來花世界，猜拳酣戰酒將軍。

不知此回赴席，有無怪現狀，且待下回再記。

偏是家庭骨肉之間，偏是難處，愈是難處，便愈多變故。搜本尋源，其發起無非為一錢字，錢之為禍烈矣哉。觀作者自述，每於錢財上看得淡然，最是難得。苟不然，其怪現狀有不止於此者矣。

弟死而鬻其婦。出於鄉曲無知、市井無賴，又何足奇；乃出於仕宦之家、名士之子，於以嘆前人衣冠禽獸之言，不為過刻也。

❽曾文正和李合肥：曾國藩和李鴻章。曾國藩諡文正，李鴻章為安徽合肥人。

第三十三回　假風雅當筵呈醜態　真俠義拯人出火坑

點清時令。

　　當下我兩人走到樓上，入到房中，趙小雲正和眾人圍著桌子吃西瓜。內中一個方佚廬是認得的。還有一個是小雲的新同事，叫做李伯申。一個是洋行買辦，姓唐，表字玉生，起了個別號，叫做嘯廬居士，畫了一幅嘯廬吟詩圖，請了多少名士題詩，又另有一個別號，叫做酒將軍，因為他酒量好，所以人家送他這麼一個外號，他自己也居之不疑。當下彼此招呼過了，小雲讓吃西瓜。那黃銀寶便拿瓜子敬客，請問貴姓。我抬頭看時，大約這個人的年紀，總在二十以外了。雞蛋臉兒，兩顴上現出幾點雀斑，搽了粉也蓋不住，鼻準上及兩旁，又現出許多粉刺，厚厚的嘴唇兒，濃濃的眉毛兒。穿一件廣東白響雲紗衫子，束一條黑紗百襇裙，裡面襯的是白官紗袴子。卻有一樣可奇之處，他的舉動甚為安詳，全不露著輕佻樣子。敬過瓜子之後，就在一旁坐下。

近來上海北里中，此禮已廢。

此亦為近日所無矣。

　　他們吃完了西瓜，我便和佚廬說起那四裔編年表，果然錯得利害，所以我也無心去看他的事跡了。他一個年歲都考不清楚，那事跡自然也靠不住了，所以無心去看他。佚廬道：「這個不然。他的事跡都是從西史上譯下來的，他的西曆並不曾錯，不過就是錯了華曆。這華曆有兩個錯處：一個是錯了甲子，一個是合錯了西曆。只為這一點，就鬧的人家眼光撩亂了。」唐玉生道：「怎的都被你們考了出來，何妨去糾正他呢？」佚廬笑道：「他們都是大名家編定的，我們縱使糾正了，誰來信我們。不過考了出來，

吾勸人欲讀四裔編年表者，

當先讀怪現狀。

是大名不是小名。先生過謙了。

自己知道罷了。」玉生道：「做大名家也極容易。像我小弟，倘使不知自愛，不過是終身一個買辦罷了。自從結交了幾位名士，畫了那嘯廬吟詩圖，請人題詠，那題詠的詩詞都送到報館裡登在報上，此刻哪一個不知道區區的小名，從此出來交結個朋友也便宜些。」說罷，呵呵大笑。又道：「此刻我那吟詩圖，題的人居然有了二百多人。詩、詞、歌、賦，甚麼體都有了；寫的字，也是真、草、隸、篆，式式全備；只少了一套曲子，我還想請人拍一套曲子在上頭，就可以完全無憾了。」說罷，又把題詩的人名字，屈著手指頭數出來，說了許多甚麼生，甚麼主人，甚麼居士，甚麼詞人，甚麼詞客，滔滔汩汩，數個不了。

小雲道：「還是辦我們的正經罷。時候不早了，那兩位怕不來了，擺起來罷，我們一面寫局票❶。」房內的丫頭、老媽子，便一疊連聲叫擺起來。小雲叫寫局票，一一都寫了，只有我沒有。小雲道：「沒有，就不叫也使得。」玉生道：「無味，無味！我來代一個。」就寫了一個西公和沈月英。一時起過手巾，大眾坐席。黃銀寶上來篩過一巡酒，敬過瓜子，方在旁邊侍坐。我們一面吃酒，一面談天。我說起這裡妓院，既然收拾得這般雅潔，只可惜那叫局的紙條兒，太不雅觀。上海有這許多的詩人墨客，為甚麼總沒有人提倡，同他們弄些好箋紙？玉生道：「好主意！我明天就到大吉樓買幾盒送他們。」我道：「這又不好。總要自己出花樣，或字或畫，或者貼切這個人名，或者貼切吃酒的事，纔有趣呢。」玉生道：「這更有趣了。畫畫難得求人，還是想幾個字罷。」說著，側著頭想了一會道：「『燈紅酒綠』好麼？」我道：「也使得。」玉生又道：「『騷人韻士，絮果蘭因』，八個字更好。」我笑道：「有誰名字叫韻蘭的，這兩句倒是一副現成對子。」玉生道：「你既然會出主意，何妨想一個呢？」我道：「現成

❶ 局票：用以召喚妓女的字條。

有一句西廂，又輕飄，又風雅，又貼切，何不用呢？」玉生道：「是哪一句？」我道：「管教那人來探你一遭兒。」玉生拍手道：「好，好，妙極，妙極。」又閉著眼睛，曼聲念道：「管教那人來探你一遭兒。妙極，妙極！」小雲道：「你用了這一句，我明日用西法畫一個元寶刻起來，用黃箋紙刷印了，送給銀寶，不是『黃銀寶』三個字都有了麼？」說罷，大家一笑。

叫的局陸續都到，玉生代我叫的那沈月英也到了。只見他流星送目，翠黛舒眉，倒也十分清秀。玉生道：「寡飲無味，我們何不豁拳呢？」小雲道：「算了罷，你酒將軍的拳，沒有人豁得過。」玉生不肯，一定要豁，於是打起通關來。一時履舄交錯❷，釧動釵飛。我聽見小雲說他拳豁得好，便留神去看他出指頭，一路輪過來到我，已被我看的差不多了，同他對豁五拳，卻贏了他四拳。他不服氣，再豁五拳，卻又輸給我三拳。他還不服氣，要再豁，又拿大杯來賭酒，這回他居然輸了個直落五。小雲呵呵大笑道：「酒將軍的旗倒了。」我道：「豁拳太傷氣，我們何妨賭酒對吃呢。一樣大的杯子，取兩個來，一人一杯對吃，看誰先叫饒，便是輸了。」玉生道：「倒也爽快！」便叫取過兩個大茶盅來，我和他兩個對飲。一連飲過二十多杯，方纔稍歇。過了一會，又對吃起來，又是一連二、三十杯。德泉道：「少吃點罷，天氣熱呀。」於是我兩人方纔住了。一會兒席散了，各人都辭去。一同出門，好好的正走著，玉生忽然哇的一聲吐了。連忙站到旁邊，一隻手扶著牆，一面盡情大吐，吐完了，取手巾拭淚。說道：「我今天沒有醉，這……這是他……他們的酒太……太新了……」一句話還未說完，腳步一浮，身子一

是搶白，是挖掘，小雲可人。

古人云：名下無虛。此卻是名下無實。可發一笑。

醜態畢露。何不稍緩須臾，回家去

❷ 履舄交錯：形容賓客眾多，此指眾多男女雜坐的狀態。鞋子單底的叫「履」，複底的叫「舄」。古代席地而坐，賓客入室則脫鞋就席。

吐耶。你看他還要強嘴。

反說他逃了，豈有此理！

明明說著他。

妙極。

可不是你正幹的這個！

景翼怕不是這

歪，幾乎跌個筋斗，幸得方佚廬、李伯申兩個連忙扶住。出了巷口，他的包車夫扶了他上車去了。各人分散。我和德泉兩個回去，在路上說起玉生不濟，我道：「在南京時，聽繼之說上海的斗方名士，我總以為繼之糟蹋人，今日我纔親眼看見了。我惱他那酒將軍的名字，時常謅些歪詩登在報上，我以為他的酒量有多大，所以要和他比一比。是你勸住了，又是天熱，不然再吃上十來杯，他還等不到出來纔吐呢。天底下竟有這些狂人，真是奇事！」當下回去，洗澡安歇。

次日我惦著端甫處的事，一早起來，便叫車到虹口去。只見景翼正和端甫談天。端甫和我使個眼色，我就會了意，不提那件事，只說二位好早。景翼道：「我因為和端甫商量一件事，今日格外早些。」我問甚麼事，景翼嘆口氣道：「家運頹敗起來，便接二連三的出些古怪事。舍弟沒了纔得幾天，舍弟婦又逃走去了。」我只裝不知道這事，故意詫異道：「是幾時逃去的？」景翼道：「就是昨天早起的事。」我道：「倘是出去好好的嫁一個人呢，倒還罷了；只不要葬送到那不相干的地方去，那就有礙府上的清譽了。」景翼聽了我這句話，臉上漲得緋紅，好一會纔答道：「可不是！我也就怕的這個。」端甫道：「景兄還說要去追尋，依我說，他既然存了去志，就尋回來，也未必相安。況且不是我得罪的話，黎府上的境況也不好，去了可以省了一口人吃飯，他婦人家坐在家裡，也做不來甚麼事。」我道：「這倒也說得是。這一傳揚出去，尋得著尋不著還不曉得，先要鬧得通國皆知了。」景翼一句話也不答，看他那樣子，狠是侷促不安。我向端甫使個眼色，起身告辭，端甫道：「你還到哪裡去？」我道：「就回去。」端甫道：「我們學學上海人，到茶館裡吃碗早茶罷。」我道：「左右沒事，走走也好。」又約景翼，景翼推故不去，我便同端甫走了出來。端甫道：「我昨夜回來，他不久也回來了，那臉上現了一種驚惶之色，不住的唉聲嘆氣，我未曾動問他。今天一早，他就來和我說，弟婦逃走了。這件事你看怎處？」我道：「我也籌算過來，我們既然沾了手，萬不能半途而廢，一定要弄他個水落石出纔好。只怕他已經成了交，那邊已經叫他接了客，那就不成話了。」端甫道：「此刻無蹤無影的，往哪裡去訪尋呢？只得破了臉，追問景翼。」我道：「景翼這等行為，就是同他破臉，也不為過。不過事情未曾訪明，似乎太早些。我們最好是先在外面訪著了，再和他講理。」端甫道：「外面從何訪起呢？」我道：「昨天那鴇婦雖然嘴硬，那形色甚是慌張，我們再到他那裡問去。」端甫道：「也是一法。」於是同走到那妓院裡。

那鴇婦正在那裡掃地呢，見了我們，便丟下掃箒，說道：「兩位好早。不知又有甚麼事？」我道：「還是來尋黎家媳婦。」鴇婦冷笑道：「昨天請兩位在各房裡去搜，兩位又不搜，怎麼今天又來問我！在上海開妓院的，又不是我一家，怎見得便在我這裡？」我聽了不覺大怒，把桌子一拍道：「姓黎的已經明白告訴了我，說他親自把弟婦送到你這裡的，你還敢賴！你再不交出來，我也不和你講，只到新衙門裡一告，等老爺和你要，看你有幾個指頭捱拶子！」鴇婦聞了這話，纔低頭不語。我道：「你到底把人藏在哪裡？」鴇婦道：「委實不知道，不干我事。」我道：「姓黎的親身送他來，你怎麼委說不知？你果然把他藏過了，我們不和你要人，那姓黎的也不答應。」鴇婦道：「是王大嫂送來的，我看了不對，他便帶回去了，哪裡是甚麼姓黎的送來！」我道：「甚麼王大嫂？是個甚麼人？」鴇婦道：「是專門做媒人的。」我道：「他住在甚麼地方？你引我去問他。」鴇婦道：「他住在廣東街，你兩位自去找他便是，我這裡有事呢。」我道：「你好糊塗！你引了我們去，便脫了你的干係。不然，我只向你要人！」鴇婦無奈，只得起身引了我們到廣東街，指了門口，便要先回去。我道：「這個不行。我們不認得他，

個主意。

樂得割席。

人已去了，有得他嘴硬。

吃不起一嚇，是沒撐頭的妓院。

要你先去和他說。」鴇婦只得先行一步進去，我等也跟著進去。

只見裡面一個濃眉大眼的黑面肥胖婦人，穿著一件黑夏布小衣，兩袖勒得高高的，連胳膊肘子也露了出來；赤著腳，穿了一雙拖鞋，那袴子也勒高露膝；坐在一張矮腳小櫈子上，手裡拿著一把破芭蕉扇，在那裡搧著取涼。鴇婦道：「大嫂，秋菊在你這裡麼？」我暗問端甫道：「秋菊是誰？」端甫道：「就是他弟婦的名字。」我不覺暗暗稱奇。此時不暇細問，只聽得那王大嫂道：「不是在你家裡麼？怎麼問起我來？你又帶了這兩位來做甚麼？」鴇婦漲紅了臉道：「不是你帶了他出來的，怎麼說在我家？」王大嫂站起來大聲道：「天在頭上，你平白地含血噴人！自己做事不機密，卻想把官司推在我身上！」鴇婦也大聲道：「都是你帶了這個不吉利、剋死老公的貨來帶累我！我明明看見那個貨頭不對，當時還了你的，怎麼憑空賴起來！」王大嫂丟下了破芭蕉扇，口裡嚷道：「天殺的！你自己膽小，和黎二少交易不成，我們當場走開，好好的一個秋菊在你房裡，怎麼平白地賴起我來！我同你拚了命，和你到十王殿裡，請閻王爺判這是非！」說時遲，那時快，他一面嚷著，早一頭撞到鴇婦懷裡去。鴇婦連忙用手推開，也嚷著道：「你昨夜被鬼遮了眼睛，他兩個同你一齊出來，你不看見麼？」我聽他兩個對罵的話裡有因，就勸住道：「你兩個且不要鬧，這個不是拚命的事。昨夜怎麼他兩個一同出來，你且告訴了我，我自有主意。可不要遮三瞞四的，說得明白，找出人來，你們也好脫累。」王大嫂道：「你兩位不厭煩瑣，等我慢慢的講來。」又指著端甫道：「這位王先生，我認得你，你只怕不認得我。我時常到黎家去，總見你的。前天黎二少來，說三少死了，要把秋菊賣掉，做盤費到天津尋黎老爺，越快越好。我道賣人的事，要等有人要買纔好講得，哪裡性急得來。他說妓院裡是隨時可以買人的，我還對他說，恐怕不妥當。秋

與昨夜所見之黃銀寶，可謂昨日今朝大不同。

大家都在酩子裡，好看煞人。

已經都招供明白了。

菊雖是丫頭出身，然而卻是你們黎公館的少奶奶，賣到那裡去須不好聽，怕與你們老爺做官的面子有礙。他說秋菊何嘗算甚麼少奶奶，三少在日，並不曾和他圓房。只有老姨太太在時，叫他一聲媳婦兒。老太太雖然也叫過兩聲，後來聞得他做丫頭的名字叫秋菊，就把他叫著頑，後來就叫開了。闔家人等，哪個當他是個少奶奶。今日賣他，只當賣丫頭。他說得這麼斬截，我纔答應了他。」又指著鴇婦道：「我素知這個阿七媽要添個姑娘，就來和他說了。昨天早起，我就領了秋菊到他家去看。到了晚上，我又帶了黎二少去，等他們當面講價。黎二少要他一百五十元，阿七媽只還他八十。還是我從中說合，說當日娶他的時候，也是我的原媒，是一百元財禮，此刻就照一百元的價罷。兩家都依允了，契據也寫好了，只欠未曾交銀。忽然他家姑娘來說，有兩個包探在樓上，要阿七媽去問話。我也吃了一驚，跟著到樓上去，在門外偷看，見你兩位問話。我想王先生是他同居，此刻出頭邀了包探來，這件事沾不得手。等問完了話，阿七媽也不敢買了，我也不敢做中了，當時大家分散，我便回來。他兩個往哪裡去了，我可不曉得了。」我問端甫道：「難道回去了？」端甫道：「斷未回去。我同他同居，統共只有兩樓兩底的地方，我便占了一底，回去了，豈有不知之理？」我道：「莫非景翼把他藏過了？然而這種事，正經人是不肯代他藏的，藏到哪裡去呢？」端甫猛然省悟道：「不錯，他有一個鹹水妹❸相好，和我去坐過的，不定藏在那裡。」我道：「如此，我們去尋來。」端甫道：「此刻不過十點鐘，到那些地方太早。」我道：「我們只說有要緊事找景翼，怕甚麼！」說罷，端甫領了路一同去。好得就在虹口一帶地方，不遠就到了。

前此閃閃爍爍，至此一齊明白，如風掃落葉，一時都盡。卻又借此引起下文。

不能無

❸ 鹹水妹：舊時沿海船上的妓女。

此疑。

竟是人人皆知其心，景翼該死！

打開門進去，只見那鹹水妹蓬著頭，像纔起來的樣子。我就問景翼有來沒有。鹹水妹道：「有個把月沒有來了。他近來發了財，還到我們這裡來麼，要到四馬路嫖長三去了！」我道：「他發了甚麼財？」鹹水妹道：「他的兄弟死了，八口皮箱裡的金珠首飾、細軟衣服，怕不都是他的麼。這不是發了財了！」我見這情形，不像是同他藏著人的樣子，便和端甫起身出來。端甫道：「這可沒處尋了，我們散了罷，慢慢再想法子。」正想要分散，我忽然想起一處地方來道：「一定在那裡！」便拉著端甫同走。正是：

踏破鐵鞋無覓處，得來全不費工夫。

不知想著甚麼地方，且待下回再記。

寫唐玉生假充斯文，卻又處處露出不斯文。情形活現，自非親與交接者，描摹不來。以不干己之事，為之僕僕奔走，委曲探聽，不過欲拯救此女子耳。自非具有俠骨者不能為。

下半回，直可當偵探案讀。

第三十四回　蓬蓽中喜逢賢女子　市井上結識老書生

當下正要分手，我猛然想起那個甚麼王大嫂，說過當日娶的時候，也是他的原媒，他自然知道那秋菊的舊主人的了。或者他逃回舊主人處，也未可知。何不去找那王大嫂，叫他領到他舊主人處一問呢。當下對端甫說了這個主意，端甫也說不錯。於是又回到廣東街，找著了王大嫂，告知來意。王大嫂也不推辭，便領了我們，走到靖遠街，從一家後門進去。門口貼了「蔡宅」兩個字。王大嫂一進門，便叫著問道：「蔡嫂，你家秋菊有回來麼？」我等跟著進去，只見屋內安著一鋪床，床前擺著一張小桌子，這邊放著兩張竹杌。地下爬著兩個三四歲的孩子。廣東的風爐，以及沙鍋瓦罐等，縱橫滿地。原來這家人家，只住得一間破屋，真是寢於斯、食於斯的了。我暗想這等人家也養著丫頭，也算是一件奇事。只見一個骨瘦如柴的婦人，站起來應道：「我道是誰，原來是王大嫂。那兩位是誰？」王大嫂道：「是來尋你們秋菊的。」那蔡嫂道：「我搬到這裡來，他還不曾來過，只怕他還沒有知道呢。要找他有甚麼事，何不到黎家去？昨天我聽見說他的男人死了，不知是不是？」王大嫂道：「有甚不是！此刻只怕屍也化了呢。」蔡嫂道：「這個孩子好命苦！我狠悔當初不曾打聽明白，把他嫁了個癱子，誰知他癱子也守不住！這兩位怎麼忽然找起他來？」一面說，一面把孩子抱到床上，一面又端了竹杌子過來讓坐。王大嫂便把前情後節，詳細說了出來。蔡嫂不勝錯愕道：「黎二少枉了是個讀書人，怎麼做了這種禽獸事！無

主意想得好。

論他出身微賤，總是明媒正娶的，是他的弟婦，怎麼要賣到妓院裡去？縱使不遇見這兩位君子仗義出頭，我知道了也是要和他講理的，有他的禮書婚帖在這裡。我雖然受過他一百元財禮，我辦的陪嫁也用了七八十，我是當女兒嫁的。不信，你到他家去查那婚帖，我們寫的是義女，不是甚麼丫頭。就是丫頭，這賣良為娼，我告到官司去，怕輸了他！你也不是個人，怎麼平白地就和他幹這個喪心的事！須知這事若成了，被我知道，連你也不得了。你四個兒子死剩了一個，還不快點代他積點德，反去作這種孽。照你這種行徑，只怕連死剩那個小兒子都保不住呢！」一席話說得王大嫂啞口無言。我不禁暗暗稱奇，不料這蓽門圭竇❶中，有這等明理女子，真是十步之內，必有芳草。因說道：「此刻幸得事未辦成，也不必埋怨了，先要找出人來要緊。」蔡嫂流著淚道：「那孩子笨得狠，不定被人拐了，不但負了兩位君子的盛心，也枉了我撫養他一場。」又對王大嫂道：「他在青雲里舊居時，曾拜了同居的張嬸嬸做乾娘。他昨夜不敢回夫家去，一定找我，我又搬了，張嬸嬸一定留住了他。然而為甚麼今天還不送他來我處呢？要就到他那裡去看看，那裡沒有，就絕望了。」說著，不住的拭淚。我道：「既然有了這個地方，我們就去走走。」蔡嫂站起來道：「恕我走路不便，不能奉陪了，還是王大嫂領路去罷。兩位君子做了這個好事，公侯萬代！」說著，居然嗚嗚的哭起來，嘴裡叫著「苦命的孩子。」

我同端甫走了出來，王大嫂也跟著。我對端甫道：「這位蔡嫂狠明白，不料小戶人家裡面有這種人才！」端甫道：「不知他的男人是做甚麼的？」王大嫂道：「是一個廢人，文不文，武不武，窮的沒飯吃，還穿著一件長衫，說甚麼不要失了斯文體統。兩句書只怕也不曾讀通，所以教了一年館，只得兩個庸耳俗目，自

❶ 蓽門圭竇：指貧者之陋室。蓽門，編荊竹為門。圭竇，亦作「圭窬」，穿壁為戶，上銳下方，其狀如圭。

然如此。

奇想。

神乎其用，我亦云然。

學生，第二年連一個也不來了。此刻窮的了不得，在三元宮裡面測字。」我對端甫道：「其婦如此，其夫可知。回來倒可以找他談談，看是甚麼樣的人。」端甫道：「且等把這件正經事辦妥了再講。只是最可笑的是這件事，我始終不曾開一句口，是我鬧起來的，卻累了你。」我道：「這是甚麼話！這種不平之事，我是赴湯蹈火都要做的。我雖不認得黎希銓，然而先君認得鴻甫，我同他便是世交，豈有世交的妻子被辱，也不救之理？承你一片熱心知照我，把這個美舉分給我做，我還感激你呢。」

端甫道：「其實廣東話我句句都懂，只是說不上來。像你便好，不拘哪裡話都能說。」我道：「學兩句話還不容易麼？我是憑著一卷詩韻❷學說話，倒可以有舉一反三的效驗。」端甫道：「奇極了！學說話怎麼用起詩韻來？」我道：「並不奇怪，各省的方音雖然不同，然而讀到有韻之文，卻總不能脫韻的。比如此地上海的口音，把歌舞的歌字讀成『孤』音，凡五歌韻裡的字，都可以類推起來。『搓』便一定讀成『粗』音，『磨』字一定讀成『模』音的了。所以我學說話，只要得了一個字音，便這一韻的音都可以貫通起來，學著似乎比別人快點。」端甫道：「這個可謂神乎其用了。不知廣東話又是怎樣？」我道：「上海音是五歌韻混了六魚、七虞，廣東音卻是六魚、七虞混了四豪，他『都』『刀』兩個字是同音的，這就可以類推了。」端甫道：「那麼『到』『妒』也同音了？」我道：「自然。」端甫道：「『道』、『度』如何？」我道：「也同音。」端甫喜道：「我可得了這個學話求音的捷徑了。」

一面說著話，不覺到了青雲里。王大嫂認準了門口，推門進去，我們站在他身後。只見門裡面一個肥胖婦人，翻身就跑了進去，還聽得咯噔咯噔的樓梯響。王大嫂喊道：「秋菊，你的救星恩人到了，跑

❷詩韻：作詩及其他韻文據以押韻的工具書，全書按字的音韻分部編排。

處處不忘時令。

專做媒人的，只會想好處。

想是後悔。

妙謔。

甚麼！」我心中一喜道：「好了，找著了！」就跟著王大嫂進去。只見一個中年婦人在那裡做針黹，一個小丫頭在旁邊打著扇。見了人來，便站起來道：「甚風吹得王大嫂到？」王大嫂道：「不要說起，我為了秋菊，把腿都跑斷了，卻沒有一些好處。張嬸嬸，你叫他下來罷。」那張嬸嬸道：「怎麼秋菊會跑到我這裡來？你不要亂說！」王大嫂道：「好張嬸嬸，你不要瞞我，我已經看見他了。」張嬸嬸道：「聽見說你做媒，把他賣了到妓院裡去，怎麼會跑到這裡？你要秋菊，還是問你自己。」王大嫂道：「你還說這個呢，我幾乎受了個大累！」說罷，便把如此長短的說了一遍。張嬸嬸纔歡喜道：「原來如此。秋菊昨夜慌慌張張的跑了來，說又說得不甚明白，只說有兩個包探，要捉他家二少。這兩位想是包探了？」王大嫂道：「這一位是他們同居的王先生，那一位是包探。」我聽了，不覺哈哈大笑道：「好奇怪，原來你們只當我是包探。」王大嫂呆了臉道：「你不是包探麼？」我道：「我是從南京來的，是黎二少的朋友，怎麼是包探。」王大嫂道：「你既然和他是朋友，為甚又這樣害他？」我笑道：「不必多說了，叫了秋菊下來罷。」張嬸嬸便走到堂屋門口，仰著臉叫了兩聲，只聽得上面答道：「我們大丫頭同他到隔壁李家去了。」原來秋菊一眼瞥見了王大嫂，只道是妓院裡尋他，忽然又見他身後站著我和端甫兩個，不知為了甚事，又怕是景翼央了端甫拿他回去，一發慌了，便跑到樓上。樓上同居的，便叫自己丫頭悄悄的陪他到隔壁去躲避。張嬸嬸叫小丫頭去叫了回來，那樓上的大丫頭自上樓去了。

只見那秋菊生得腫胖臉兒，兩條線縫般的眼，一把黃頭髮，腰圓背厚，臀聳肩橫。不覺心中暗笑，這種人怎麼能賣到妓院裡去，真是無奇不有的了。又想這副尊容，怎麼配叫秋菊？這秋菊兩個字何等清秀。我們家的春蘭，相貌甚是嬌好，我姊姊還說他不配叫春蘭呢。這個人的尊範，倒可以叫做冬瓜。想到這裡，幾乎要笑出來。忽又轉念，我此刻代他辦正經事，如何暗地裡調笑他，顯見得是輕薄了。連忙止了妄念道：「既然找了出來，我們且把他送回蔡嫂處罷，他那裡惦記得狠呢。」張嬸嬸道：「便是我清早就想送他回去，因為這孩子嘴舌笨，說甚麼包探咧，妓院咧，又是二少也嚇慌了咧，我不知是甚麼事，所以不敢叫他露臉。此刻回去罷。但不知還回黎家不回？」我道：「黎家已經賣了他出來了，還回去作甚麼。」於是一行四個人，出了青雲里，叫了四輛車，到靖遠街去。

令人失笑。

那蔡嫂一見了秋菊，沒有一句說話，摟過去便放聲大哭。秋菊不知怎的，也哀哀的哭起來。哭了一會，方纔止住。問秋菊道：「你謝過了兩位君子不曾？」秋菊道：「怎的謝？」蔡嫂道：「傻丫頭，磕個頭去。」我忙說不必了，他已經跪下磕頭。那房子又小，擠了一屋子的人，轉身不得，只得站著生受了他的。他磕完了，又向端甫磕頭。我便對蔡嫂道：「我辦這件事時，正愁著找了出來，沒有地方安插他。我們兩個，又都沒有家眷在這裡。此刻他得了舊主人，最好了，就叫他暫時在這裡住著罷。」蔡嫂道：「這個自然，黎家還去得麼？他就在我這裡守一輩子，我們雖是窮，該吃飯的，熬了粥吃也不多這一口。」我道：「還講甚麼守的話！我聽說希銓是個癱廢的人，娶親之後並未曾圓房，此刻又被景翼那廝賣出來，已是義斷恩絕的了，還有甚麼守節的道理。趕緊的同他另尋一頭親事，不要誤了他的年紀是真。」蔡嫂道：「人家明媒正娶的，圓房不圓房，誰能知道？至於賣的事，是大伯子的不是，翁姑、丈夫並不曾說過甚麼。倘使不守，未免禮上說不過去，理上也說不過去。」我道：「他家何嘗把他當媳婦看待，個個都提著名兒叫，只當到他家當了幾年丫頭罷了。」蔡嫂沉吟了半晌道：「這件事還得與拙夫商量，婦道人家，不便十分作主。」我聽了，又叮囑了兩句好生看待秋菊的話，與端甫兩個別了出來。

竟是待女兒情景，何嘗是丫頭。活畫蠢人。

取出表一看，已經十二點半了。我道：「時候不早了，我們找個地方吃飯去罷。」端甫道：「還有一件事情，我們辦了去。」我訝道：「還有甚麼？」端甫道：「這個蔡嫂，煞是來得古怪，小戶人家裡面，哪裡生出這種女子？想來他的男人，一定有點道理的。我們何不到三元宮去看看他？」我喜道：「我正要看他，我們就去來。只是三元宮在哪裡，你可認得？」端甫向前指道：「就這裡去不遠。」於是一同前去。

走到了三元宮，進了大門，卻是一條甬道，兩面空場，沒有甚麼測字的。再走到廟裡面，廊下擺了一個測字攤，旁邊墻上貼了一張紅紙條子，寫著「蔡侶笙論字處」。攤上坐了一人，生得眉清目秀，年紀約有四十上下，穿了一件捉襟見肘的夏布長衫。我對端甫道：「只怕就是他。我們且不要說穿，叫他測一個字看。」端甫笑著，點了點頭。我便走近一步，只見攤上寫著「論字四文」。我順手取了一個紙捲遞給他，他接在手裡，展開一看，是個「捌」字。他把字寫在粉板上，便問叩甚麼事。我道：「走了一個人，問可尋得著。」他低頭看了一看道：「這個字左邊現了個『拐』字，當是被拐去的；右邊現了個『別』字，當是別人家的事，與問者無干；然而『拐』字之旁，只剩了個側刀，不成為利，主那拐子不利；『別』字之旁，明現『手』字，若是代別人尋覓，主一定得手。卻還有一層，這個『別』字不是好字眼，或者主離別；雖然尋得著，只怕也要離別的意思。並且這個『捌』字，照字典的註，含著有『破』字、『分』字的意思，這個字義也不見佳。」我笑道：「先生真是斷事如神！但是照這個斷法，在我是別人的事，在先生只怕是自己的事呢。」他道：「我是照字論斷，休得取笑。」我道：「並不是取笑，確是先生的事。」他道：「我有甚麼事，不要胡說！」一面說著，便檢點收攤。我因問道：「這個時候就

猶有童心。

何其靈乎！

收攤，下半天不做生意麼？」他也不言語，把攤上東西寄在香火道人處，道：「今天這時候還不送飯來，我只得回去吃了再來。」我跟在他後頭道：「先生，我們一起吃飯去，我有話告訴你。」他回過頭來道：「你何苦和我胡纏！」我道：「我是實話，並不是胡纏。」端甫道：「你告訴了他罷，你只管藏頭露尾的，他自然疑心你同他打趣。」他聽了端甫的話，纔問道：「二位何人？有何事見教？」我問道：「尊府可是住在靖遠街？」他道：「正是。」我指著墻上的招帖道：「侶笙就是尊篆❸？」他道：「是。」我道：「可是有個尊婢嫁在黎家？」他道：「是。」我便把上項事，從頭至尾說了一遍。侶笙連忙作揖道：「原來是兩位義士！失敬，失敬。適間簡慢，望勿見怪。」

正在說話時，一個小女孩，提了一個籃，籃內盛了一盂飯，一盤子豆腐，一盤子青菜，走來說道：「蔡先生，飯來了。你家今天有事，你們阿杏也沒有工夫，叫我代送來的。」我便道：「不必吃了，我們同去找個地方吃罷。」侶笙道：「怎好打攪！」我道：「不是這樣講。我兩個也不曾吃飯，我們同去談談，商量個善後辦法。」侶笙便叫那孩子把飯拿回去，三人一同出廟。端甫道：「這裡虹口一帶沒有好館子，怎麼好呢？」我道：「我們只要吃兩碗飯罷了，何必講究好館子呢。」端甫道：「也要乾淨點的地方。那種蘇州飯館，髒的了不得，怎樣坐得下！還是廣東館子乾淨點，不過這個要蔡先生纔在行。」侶笙道：「這也沒甚麼在行不在行，我當得引路。」於是同走到一家廣東館子裡，點了兩樣菜，先吃起酒來。我對侶笙道：「尊婢已經尋了回來了。我聽說他雖嫁了一年多，卻不曾圓房，此刻男人死了，景翼又要把他賣出來，已是義斷恩絕的了。不知尊意還是叫他守，還是遣他嫁？」侶笙低頭想了一想道：

❸ 尊篆：敬語，意即「您的大號」。

想過纔說，是有分寸。也不可不慮。

「講究女子從一而終呢，就應該守。此刻他家庭出了變故，遇了這種沒廉恥、滅人倫的人，叫他往哪裡守？小孩子今年纔十九歲，豈不是誤了他後半輩子？只得遣他嫁的了。只是有一層，那黎景翼弟婦都賣得的，一定是個無賴，倘使他要追回財禮，我卻沒得還他。這一邊任你說破了嘴，總是個再醮之婦，哪裡還領得著多少財禮抵還給他呢？」我籌思了半晌道：「我有個法子，等吃過了飯，試去辦辦罷。」這只一設法，有分教：

憑他無賴橫行輩，也要低頭伏了輸。

不知是甚法子，如何辦法，且聽下回分解。

偏是蓽門圭竇中女子深明大義，偏是官場子姪輩滅絕人倫。寫蔡嫂處，正是寫黎景翼處也。

寫小戶人家之情形，三姑六婆之怪狀，歷歷如繪。亦非親歷其境，躬遇其人者，寫不來。

我國語言不能齊一，最是憾事。時彥有提倡齊一語言之說者，謂言語不通，則彼此愛情不得達；愛情不達，則團體不堅，自是不移之論。然此時語言未能齊一，則個人不得不廣學本國方言，以求達我之愛情。此回中學話求音之法，最是妥捷。願讀此者，據此以類推之。

第三十五回　聲罪惡當面絕交　聆怪論笑腸幾斷

我因想起一個法子，可以杜絕景翼索回財禮，因不知辦得到與否，未便說穿。當下吃完了飯，大家分散，佀笙自去測字，端甫也自回去。我約道：「等一會，我或者仍要到你處說話，請你在家等我。」端甫答應去了。

我一個人走到那同順里妓院裡去，問那鴇婦道：「昨天晚上，你們幾乎成交，契據也寫好了，卻被我來衝散，未曾交易。姓黎的寫下那張契據在哪裡？你拿來給我。」鴇婦道：「我並未有接收他的，說聲有了包探，他就匆匆的走了，只怕他自己帶去了。」我道：「你且找找看。」鴇婦道：「往哪裡找呀？」我現了怒色道：「此刻秋菊的舊主人出來了，要告姓黎的，我來找這契據做憑據。你好好的拿了出來便沒事；不然，呈子上便帶你一筆，叫你受點累！」鴇婦道：「這是哪裡的晦氣！事情不曾辦成，倒弄了一窩子的是非口舌。」說著，走到房裡去，拿了一個字紙簍來道：「我委實不曾接收他的，要就團在這裡。這裡沒有，便是他帶去了。你自己找罷，我不識字。」我便低下頭去細檢，卻被我檢了出來，已是撕成了七八片了。我道：「好了，尋著了。只是你還要代我弄點漿糊來，再給我一張白紙。」鴇婦無奈，叫人到裁縫店裡，討了點漿糊，又給了我一張白紙。我就把那撕破的契據，細細的粘補起來。那上面寫的是：

想是無可如何。

立賣婢契人黎景翼，今將婢女秋菊一口，年十九歲，憑中賣與阿七媽為女，當收身價洋二百元。自賣之後，一切婚嫁，皆由阿七媽作主。如有不遵教訓，任憑為良為賤，兩無異言。立此為據。

下面注了年月日，中保等人，景翼名字底下，已經簽了押。我一面粘補，一面問道：「你們說定了一百元身價，怎麼寫上二百元？」鴇婦道：「這是規矩如此，恐怕他翻悔起來，要來取贖，少不得要照契上的價，我也不至吃虧。」我補好了，站起來要走，鴇婦忽然發了一個怔，問道：「你拿了這個去做憑據，不是倒像已經交易過了麼？」我笑道：「正是。我要拿這個呈官，問你要人。」鴇婦聽了，要想來奪，我已放在衣袋裡，脫身便走。鴇婦便號啕大哭起來。

我走出巷口，便叫一輛車，直到源坊衖去。見了端甫，我便問景翼在家麼，端甫道：「我回來還不曾見著他，說是吃醉酒睡了，此刻只怕已經醒了罷。」說話時，景翼果然來了。我猝然問道：「令弟媳找著了沒有？」景翼道：「只好由他去，我也無心去找他了。他年紀又輕，未必能守得住。與其他日出醜，莫若此時由他去了的乾淨。」我冷笑道：「我倒代你找著了。只是他不肯回來，大約要你做大伯伯的去接，他纔肯來呢。」景翼吃驚道：「找著在哪裡？」我在衣袋裡，取出那張契據，攤在桌上道：「你請過來，一看便知。」景翼過來一看，只嚇得他脣青面白，一言不發。原來昨夜的事，他只知是兩個包探，並不知是我和端甫幹的。端甫道：「你怎麼把這個東西找了出來？」我一面把契據收起，一面說道：「我方纔吃飯的時候，說有法子想，就是這個法子。」回頭對景翼道：「你是個滅絕天理的人，我也沒有閒氣和你說話！從此之後，我也不認你是個朋友。今日當面，我要問你討個主意。我得了這個東西，

原來賣良為娼的契據，是這等寫法。

省悟遲了。

居喪吃酒，只好算是小德出入。

倒說得好聽。

爽快！

三個辦法毒極，誰知後來一個也不用。此處只是嚇他。

又是教訓，又是嘲笑。

又忠厚。

我也說是好法子。

有三個辦法：第一個是拿去交給蔡侶笙，叫他告你個賣良為賤；第二個是仍然交還阿七媽，叫他拿了這個憑據和你要人，沒有人交，便要追還身價；第三個是把這件事的詳細情形，寫一封信，連這個憑據，寄給你老翁看。問你願從哪一個辦法？」景翼只是目定口呆，無言可對。我又道：「你這種沒天理的人，向你講道理，就同向狗講了一般。我也不值得向你講！只是不懂道理，也還應該要懂點利害。你既然被人知穿了，衝散了，這個東西為甚還不當場燒了，留下這個禍根？你不要怨我設法收拾你，只怨你自己粗心荒唐。」端甫道：「你三個辦法，第一個累他吃官司不好，第三個累他老子生氣也不好，還是用了第二個罷。」景翼始終不發一言，到了此時，站起來走出去，纔到了房門口，便放聲大哭，一直走到樓上去了。端甫笑向我道：「虧你沉得下這張臉。」我道：「這種沒天理的人，不同他絕交等甚麼！他嫡親的兄弟，尚且可以逼得死，何況我們朋友。」端甫道：「你拿了這憑據，當真打算怎麼辦法？」我悄悄的道：「纔說的三個辦法，都可以行得，只是未免太狠了。他與我無怨無仇，何苦逼他到絕地上去。我只把這東西交給侶笙，叫他收著，遣嫁了秋菊，怕他還敢放一個屁！」端甫道：「果然是個好法子。」我又把對鴇婦說謊，嚇得他大哭的話，告訴了端甫。端甫大笑道：「你一會工夫，倒弄哭了兩個人，倒也有趣。」

我略坐了一會，便辭了出來，坐車到了三元宮，把那契據交給侶笙道：「你收好了，只管遣嫁秋菊。如他果來囉唆，你便把這個給他看，包他不敢多事。」侶笙道：「已蒙拯救了小婢，又承如此委曲成全，真是令人感人骨髓。」我道：「這是成人之美的事情，何必言感。如果有暇，可到我那裡談談。」說罷取一張紙，寫了住址給他。侶笙道：「多領盛情，自當登門拜謝。」我別了出來，便叫車回去。

我早起七點鐘出來，此刻已經下午三點多鐘了。德泉接著道：「到哪裡暢遊了一天？」我道：「不是暢遊，倒是亂鑽。」德泉笑道：「這話怎講？」我道：「今天汗透了，叫他們舀水來擦了身再說。」小夥計們舀上水來。德泉道：「你向來不出門，坐在家裡沒事。今天出了一天的門，朋友也來了，請吃酒的條子也到了，求題詩的也到了，南京信也來了。」我一面擦身，一面說道：「別的都不相干，先給南京信我看。」德泉取了出來，我拆開一看，是繼之的信。叫我把買定的東西，先託妥人帶去，且莫回南京，先同德泉到蘇州去辦一件事，那件事只問德泉便知云云。我便問德泉，德泉道：「他也有信給我，說要到蘇州開一家坐莊❶，接應這裡的貨物。」我道：「到蘇州走一次倒好，只是沒有妥人送東西去。並且那個如意匣子，不知幾時做得好？」德泉道：「匣子今天早起送來了，妥人也有，你只寫封回信，我包你辦妥。」說罷，又遞了一張條子給我，卻是唐玉生的，今天晚上請在薈芳里花多福家吃酒，又請題他的那嘯廬吟詩圖。我笑道：「一之為甚，其可再乎？」德泉道：「豈但是再，方纔小雲、佚廬都來過，佚廬說明天請你呢。上海的吃花酒，只要三天吃過，以後便無了無休的了。」我道：「這個了不得，我們明天就動身罷，且避了這個風頭再說。」德泉笑道：「你不去，他又不來捉你，何必要避呢。你纔說今天亂鑽，是鑽甚麼來？」我道：「所有虹口那些甚麼青雲里、靖遠街都叫我走到了，可不是亂鑽。」德泉道：「果然你走到那些地方做甚麼？」我就把今天所辦的事，告訴了他一遍。德泉也十分嘆息。

我到房裡去，只見桌上擺了一部大冊子，走近去一看，卻是唐玉生的嘯廬吟詩圖。翻開來看，第一張是小照，布景的是書畫琴棋之類。以後便是各家的題詠，全是一班上海名士。我無心細看，便放過一

誰知就來捉。

❶ 坐莊：商號為採購或推銷貨物在外地所設的常駐機構。

邊。想起他那以吟詩命圖，殊覺可笑。這四個字的字面，本來狠雅的，不知怎麼叫他搬弄壞了，卻一時想不出個所以然來，哪裡有心去和他題。今日走的路多，有點倦了，便躺在醉翁椅上憩息，不覺天氣晚將下來。方纔吃過夜飯，玉生早送請客條子來。德泉向來人道：「都出去了，不在家，回來就來。」我忙道：「這樣說，累他等，不好，等我回他。」遂取過紙筆，揮了個條子，只說昨天過醉了，今天發了病，不能來。德泉道：「也代我寫上一筆。」我道：「你也不去麼？」德泉點頭。我道：「不能說兩個都有病呀，怎麼說呢？」想了一想，只寫著說德泉忙著收拾行李貨物，明日一早往蘇州，也不得來。寫好了交代來人。

過了一會，玉生親身來了，一定拉著要去。我推說身子不好，不能去。玉生道：「我進門就聽見你說笑了，身子何嘗不好，不過你不賞臉罷了。我的臉你可以不賞，今日這個高會，你可不能不到。」我問是甚麼高會，玉生道：「今日請的全是詩人，這個會叫做『竹湯餅會』。」我道：「奇了，甚麼叫個『竹湯餅會』？」玉生道：「五月十三是竹生日，到了六月十三，不是竹滿月了麼？俗例小孩子滿月要請客，叫做『湯餅宴』。我們商量到了那天，代竹開個湯餅宴，嫌那『宴』字太俗，所以改了個『會』字，這還不是個高會麼。」我聽了幾乎忍不住笑。被他纏不過，只得跟著他走。

出門坐了車，到四馬路，入薈芳里，到得花多福房裡時，卻已經黑壓壓的擠滿一屋子人。我對玉生道：「今天纔初九，湯餅還早呢。」玉生道：「我們五個人都要做，若是併在一天，未免太侷促了，所以分開日子做。我輪了第一個，所以在今天。」我請問那些人姓名時，因為人太多，一時混的記不得許多了。卻是個個都有別號的，而且不問自報，離奇古怪的別號，聽了也覺得好笑。一個姓梅的，別號叫

竹醉日，誤作竹生日，是醉生，不是夢死也。一笑。

我看了，也一輩子忘不掉。

做「幾生修得到客」❷；一個遊過南嶽的，叫做「七十二朵青芙蓉最高處遊客」❸；一個姓賈的，起了個樓名，叫做「前身端合住紅樓❹」，別號就叫了「前身端合住紅樓舊主人」，又叫做「我也是多情公子」。只這幾個最奇怪的，叫我聽了一輩子都忘不掉的，其餘那些甚麼詩人、詞客、侍者之類，也不知多少。眾人又問我的別號，我回說沒有。那姓梅的道：「詩人豈可以沒有別號？倘使不弄個別號，那詩名就湮沒不彰了。所以古來的詩人，如李白叫青蓮居士，杜甫叫玉溪生❺。」我不禁撲嗤一聲笑了出來。忽然一個高聲說道：「你記不清楚，不要亂說，被人家笑話。」我忽然想起當面笑人，不是好事，連忙斂容正色。又聽那人道：「玉溪生是杜牧❻的別號，只因他兩個都姓杜，你就記錯了。」姓梅的道：「那麼杜甫的別號呢？」那人道：「樊川居士不是麼。」這一問一答，聽得我咬著牙背著臉，在那裡忍笑。忽然又一個道：「我今日看見一張顏魯公的墨跡，那骨董掮客要一千元。字寫得真好，看了他，再看那石刻的碑帖，便毫無精神了。」一個道：「只要是真的，就是一千元也不貴，何況他總還要讓點呢。但不知寫的是甚麼？」那一個道：「寫的是蘇東坡前赤壁賦❼。」這一個道：「那麼明日叫他送給我看。」

❷ 幾生修得到客：宋謝枋得武夷山中有「幾生修得到梅花」句。梅姓者此號隱去「梅」，成為一個歇後語。

❸ 七十二朵青芙蓉最高處遊客：南嶽衡山有七十二峰，芙蓉峰是主峰之一。

❹ 紅樓：得之小說紅樓夢，外號「多情公子」，是自比小說主人公賈寶玉。

❺ 玉谿生：唐朝詩人李商隱（字義山）的號。

❻ 杜牧：唐朝詩人，字牧之，號樊川。

❼ （顏魯公）寫的是蘇東坡前赤壁賦：顏魯公（名真卿，字清臣，世稱顏魯公）是唐朝書法家。蘇東坡（名軾，字子瞻，號東坡居士）所作赤壁賦是宋朝人之宋朝作品。

我方纔好容易把笑忍住了，忽然又聽了這一問一答，又害得我咬牙忍住。爭奈肚子裡偏要笑出來，倘再忍住，我的肚腸可要脹裂了。

姓賈的便道：「你們都不必談古論今，趕緊分了韻，作『竹湯餅會』詩罷。」玉生道：「先要擬定了詩體纔好。」姓梅的道：「只要作七絕，哪怕作兩首都不要緊。千萬不要作七律，那個對仗我先怕。對工了，不得切題；切了題，又對不工。真是吟成七個字，撚斷幾根髭呢。」我戲道：「怕對仗，何不作古風呢？」姓梅的道：「你不知道，古風要作得長，這個『竹湯餅』是個僻典，哪裡有許多話說呢。」我道：「古風不必一定要長，對仗也何必要工呢。」姓梅的道：「古風不長，顯見得肚子裡沒有材料。至於對仗，豈可以不工！甚至杜少陵❽的『香稻啄餘鸚鵡粒，碧梧棲老鳳凰枝』，我也嫌他那『香』字對不得『碧』字，代他改了個『白』字。上海這一般名士哪一個不佩服，還說我是杜少陵的一字師呢。」忽然一個問道：「前兩個禮拜，我就託你查查杜少陵是甚麼人，查著了沒有？」姓梅的道：「甚麼書都查過，卻只查不著。我看不必查他，一定是杜甫的老子無疑的了。」那個人道：「你查過幼學句解❾沒有？」姓梅的撲嗤一聲笑了出來，道：「虧你只知得一部幼學句解，我連龍文鞭影❿都查過了。」我聽了這些話，這回的笑，真是忍不住了，任憑咬牙切齒，總是忍不住。

杜撰也，而謂之僻典。

也會笑人。奇極。

---

❽ 杜少陵：唐朝詩人杜甫（字子美）的號。杜甫原籍湖北襄陽，生於河南鞏縣，因居杜曲在少陵原之東，自稱少陵野老。

❾ 幼學句解：清朝程允升原編、鄒聖脈增輯之初學讀物。本名幼學瓊林，後人逐句詮釋，故名幼學句解。

❿ 龍文鞭影：明朝蕭漢冲纂輯、楊古度增訂之初學讀物。

所以方纔不拉德泉也。可想。

正在沒奈何的時候，忽然一個人走過來遞了一個茶碗，碗內盛了許多紙鬮，道：「請拈鬮。」我倒一錯愕道：「拈甚麼鬮？」那個人道：「分韻做詩呢。」我道：「我不會做詩，拈甚麼鬮呢？」那個人道：「玉生打聽了足下是一位書啓老夫子，豈有書啓老夫子不會做詩的？我們遇了這等高會，從來不請不做詩的人，玉生豈是亂請的麼。」我被他纏的不堪，只得拈了一個鬮出來。打開一看，是七陽，又寫著「竹湯餅會即席分韻，限三天交卷」。那個人便高聲叫道：「沒有別號的新客七陽。」那邊便有人提筆記帳。那個人又遞給姓梅的，他卻拈了五微，便悔恨道：「偏是我拈了個窄韻。」那個人又高聲報道：「幾生修得到客五微。」如此一路遞去。

我對姓梅的道：「照了尊篆的意思，倒可以加一個字，贈給花多福。」姓梅的道：「怎麼講？」我道：「代他起個別號，叫做『幾生修得到梅客』，不是隱了他的『花』字麼。」姓梅的道：「妙極，妙極！」忽又頓住口道：「要不得，女人沒有稱客的，應該要改了這個字。」我道：「就改了個女史，也可以使得。」姓梅的忽然拍手道：「有了，就叫『幾生修得到梅詞史』。他們做妓女的，本來叫做詞史，我們男人又有了詞人詞客之稱，這不成了對了麼。」說罷，一疊連聲要找花多福，卻是出局未回。他便對玉生道：「嘯廬居士，你的貴相好一定可以成個名妓了，我們送他一個別號，有了別號，不就成了名妓了麼。」忽又聽得粧臺旁邊有個人大聲說道：「這個糟蹋得還了得！快叫多福不要用！」原來上海妓女行用名片，同男人的一般起一個單名，平常叫的只算是號。不知哪一個客人同多福寫了個名片，是「花錫」二字，這明明是把「錫」貼切「福」字的意思。這個人不懂這個意思，一見了便大驚小怪的說道：「富貴人家的女子，便叫千金小姐。這上海的妓女也叫小姐，雖比不到千金，也該叫百金，縱使一金都

揶揄絕妙之論。

不值，也該叫個『銀』字，怎麼比起『錫』來！」我聽了，又是忍笑不住。

忽然號裡一個小夥計來道：「南京有了電報到來，快請回去。」我聽了此言，吃了一大驚，連忙辭了眾人，匆匆出去。正是：

纔苦笑腸幾欲斷，何來警信擾芳筵！

不知此電有何要事，且待下回再記。

聲罪絕交，自是當有之事。寫景翼驚嚇痛哭情形，仍是愚而無用之輩，不似是個無賴。

詐取一紙契據，卻有如許妙用，真是妙人妙事。

後半回形容上海名士，閱者必當疑為過於刻薄，不知皆當日實情也。蓋報館實有轉移風氣之力，當日報館提倡詞章，故上海遍地名士。年來報館提倡民氣，故上海又遍地志士。昔日狙獪皆名士，今日屠沽皆志士。報館實有轉移風氣之力，而所轉移者，乃如此，乃如此！

第三十六回　阻進身兄遭弟譖　破奸謀婦棄夫逃

奇語，趣語。

我從前在南京接過一回家鄉的電報，在上海接過一回南京的電報，都是傳來可驚之信，所以我聽見了「電報」兩個字，便先要吃驚。此刻聽說南京有了電報，便把我一肚子的笑都嚇回去了。匆匆向玉生告辭，玉生道：「你有了正事，不敢強留。不知可還來不來？」我道：「翻看了電報，沒有甚麼要緊事，我便還來；如果有事，就不來了。客齊了請先坐，不要等。」說罷，匆匆出來，叫了車子回去。

入門，只見德泉、子安陪侶笙坐著，我忙問：「甚麼電報？可曾翻出來？」德泉道：「哪裡是有甚麼電報，我知道你不願意赴他的席，正要設法請你回來，恰好蔡先生來看你，我便撒了個謊，叫人請你。」我聽了，這纔放心。蔡侶笙便過來道謝。我謙遜了幾句，又對德泉道：「我從前接過兩回電報，都是些惡消息，所以聽了『電報』兩個字，便嚇的魂不附體。」德泉笑道：「這回總算是個虛驚。然而不這樣說，怕他們不肯放你走。」我道：「還虧得這一嚇，把我的笑都嚇退了。不然我迸了一肚子的笑，又不敢笑出來，倘使沒有這一嚇，我的肚子只怕要迸破了呢。」侶笙道：「有甚麼事這樣好笑？」我便把方纔聽得那一番高論，述了出來。侶笙道：「這班人可以算得無恥之尤了。要叫我聽了，怒還來不及呢，有甚麼可笑！」我道：「他平空把李商隱的玉溪生送給杜牧，又把牧之的樊川加到老杜頭上，又把少陵、杜甫派做了兩個人，還說是父子，如何不好笑！況且唐朝顏清臣又寫起宋朝蘇子瞻的文章來，還不要笑死人麼！」侶笙笑道：「這個又有所本的。我曾經見過一幅『史湘雲醉眠芍藥裀❶圖』，那題識上就打橫寫了這九個字，下面的小字是『曾見仇十洲❷有此粉本❸，偶背臨之』。明朝人能畫清朝小說的故事，難道唐朝人不能寫宋朝人的文章麼。」子安道：「你們讀書人的記性真了不得，怎麼把古人的姓名、來歷、朝代，都記得清清楚楚的！」我道：「這個又算甚麼呢。」侶笙道：「索性做生意人不曉得，倒也罷了，也沒甚可恥。譬如此刻叫我做生意，估行情，我也是一竅不通的，人家可不能說我甚麼，我原是讀書出身，不曾學過生意，這不懂是我分內的事。偏是他們那一班人，胡說亂道的，鬧了個斯文掃地，聽了也令人可惱。」

是生意人說話。

我又問起秋菊的事，侶笙道：「已和內人說定，擇人遣嫁了。可笑那王大嫂引了個阿七媽來，百般的哭求，求我不要告他。我對他說，並不告他。他一定不信，求之不已，好容易纔打發走了。我本來收了攤就要來拜謝，因為白天沒有工夫，卻被他纏繞的耽擱到此刻。」我道：「我們豁去虛文，且談談正事。那阿七媽是我嚇唬他的，也不必談他。不知閣下到了上海幾年，一向辦些甚麼事？這個測字攤，每天能混多少錢？」侶笙道：「說來話長。我到上海有了十多年了。同治❹末年，這裡的道臺姓馬，是敝同鄉，從前是個舉人，在京城裡就館，窮的了不得，先父那時候在京當部曹❺，和他認得，狠照應他。

是被扯謊的一句話嚇出來者也。

❶ 史湘雲醉眠芍藥裀：故事見清曹雪芹所著小說紅樓夢第六十二回憨湘雲醉眠芍藥裀。
❷ 仇十洲：明朝畫家仇英，字實父，號十洲。
❸ 粉本：畫稿。創作傳統國畫，先用粉筆在紙上畫草稿，故稱「粉本」。
❹ 同治：清穆宗載淳年號，西元一八六二年至一八七四年。

又是一個骨肉不相能的。可發一嘆！

可嘆！

難道仕宦書香人家便個個明理的？你又錯了。

那時我還年紀輕，也在京裡同他相識，事以父執之禮。他對了先父，卻又執子姪之禮。人是十分和氣的。日子久了，京官的俸薄，也照應不來許多。先母也狠器重他，常時拿了釵釧之類典當了周濟他。後來先父母都去世了，我便奉了靈柩回去。服滿之後，僥倖補了個廩❻，聽見他放了上海道，我仗著從前那點交情，要出來謀個館地，誰知上了二三十次衙門，一回也不曾見著。在上海住的窮了，不能回去。我想這位馬道臺，不像這等無情的，何以這樣拒絕我？後來仔細一打聽，纔知道是我舍弟先見了他，在他跟前痛痛的說了我些壞話。因他最恨的是吃鴉片烟，舍弟便頭一件說我吃上了烟癮，以後的壞話，也不知他怎麼說的了。因此他惱了。我又見不著他，無從分辯，只得嘆口氣罷了。後來另外自己謀事，就了幾回小館地，都不過僅可餬口，舍眷便尋到上海來，更加了一層累。這幾年失了館地，更鬧的不得了。因看見敝同鄉多有在虹口一帶設蒙館的，到了無聊之時，也想效顰一二，所以去年就設了個館。誰知那些學生，全憑引薦的，我一則不懂這個竅，二來也怕求人，因此只教得三個學生，所得的束脩，還不夠房租，到了今年，就不敢幹了。然而又不能坐吃，只得擺個攤子來胡混，哪裡能混出幾個錢呢。」我聽了這話，暗想原來是個仕宦書香人家，怪不得他的夫人那樣明理。因問道：「你令弟此刻怎樣了呢？」侶笙道：「他是個小班子的候補，那時候馬道臺和貨捐局說了，委了他瀏河釐局的差使。不多兩年，他便改捐了個鹽運判❼，到兩淮候補，近來聽說可望補缺了。」

❺ 部曹：中央部裡分司辦事的官員，如郎中、員外郎、主事等。

❻ 補了個廩：增補為廩生。科舉制度，廩生為秀才級別裡最高一級，童生考中了秀才，叫做「附生」，附生經過歲、科考試，成績優秀者方能晉級為增生、廩生。廩生可獲儒學津貼，故稱「廩膳生員」。

我道：「那測字斷事，可有點道理的麼？」佀笙道：「有甚麼道理，不過胡說亂道，騙人罷了。我從來不肯騙人，不過此時到了日暮途窮的時候，不得已而為之。好在測一個字，只要人家四個錢，還算取不傷廉。倘使有一個小小館地，我也決不幹這個的了。」我道：「是胡說亂道的，何以今日測那個『捌』字，又這樣靈呢？」佀笙笑道：「這不過偶然說著罷了。況且『測』字本是『窺測』、『測度』的意思，俗人卻誤了個『拆』字，取出一個字來，拆得七零八落，想起也好笑。還有一個測字的老笑話，說是有人失了一顆珍珠，去測字，取了個『酉』字，這個測字的斷不出來。旁邊一個朋友笑道：『據我看這個「酉」字，那顆珠子是被雞吃了。你回去殺了雞，在雞肚裡尋罷。』那失珠的果然殺了家裡幾個雞，在雞肚子裡把珠子尋出來了。歡喜的不了得，買了彩物去謝測字的。測字的也歡喜，便找了那天在旁邊的朋友，要拜他做先生，說是他測的字靈。過兩天，一個鄉下人失了一把鋤頭，來測字，也取了個『酉』字。測字的猝然說道：『這一把鋤頭一定是雞吃了。』鄉人驚道：『雞怎的會吃下鋤頭去？』測字的道：『這是我先生說過，不會錯的。你只回去把所養的雞殺了，包你在雞肚裡找出鋤頭來。』鄉人哪裡肯信，測字的便帶了他去見先生，說明緣故。先生道：『這把鋤頭在門裡面。你家裡有甚麼常關著不開的門麼？』鄉人道：『有了門，哪裡有常關著的呢。只有田邊看更的草房，那兩扇門是關的時候多。』先生道：『你便往那裡去找。』鄉人依言，果然在看更草房裡找著了。又一天，鐵店裡失了鐵錘，也去測字，也拈了個『酉』字，測字的道：『是雞吃了。』鐵匠怒道：『憑你牛也吃不下一個鐵錘去，莫說是雞！』測字的道：『你家裡有常關著的門，在那門裡找去，包你找著。』鐵匠又怒道：『我店裡

❼ 鹽運判：鹽運使的下屬官員，管理某一地區的鹽務。

的排門，是天亮就開，卸下來倚在街上的。我又不曾倒了店，哪裡有常關著的門！』測字的道：『這是我先生說的，無有不靈，別的我不知道。』鐵匠不依，又同去見先生，說明緣故。先生道：『起先那失珠的，因為十二生肖之中，酉生肖雞，那珠子又是一樣小而圓的東西，所以說是雞吃了。後來那把鋤頭，因為酉字像掩上的兩扇門，所以那麼斷。今天這個鐵錘，他鐵匠店裡終日敞著門的，哪裡有常關的門呢。這個「酉」字，豎看像鐵礎，橫看像風箱，你只往那兩處去找罷。』果然是在鐵礎底下找著了。這可雖是笑話，也可見得是測字，不是拆字。」我道：「測字可有來歷？」侶笙道：「說到來歷，可又是拆字，不是測字了。曾見玉堂雜記❽內載一條云：『謝石善拆字，有士人戲以「乃」字為問。石曰：「及字不成，君終身不及第。」有人遇於途，告以婦不能產，書「日」字於地，石曰：「明出地上，得男矣。」』又夷堅志❾載：『謝石拆字，名聞京師。』這個就是拆字的來歷。」我道：「我曾見過一部書，專講占卜的，我忘了書名了。內中分開門類，如六壬課、文王課之類，也有測字的一門。」侶笙道：「這都是後人附會的，還託名邵康節❿先生的遺法。可笑一代名人，千古之後負了這個冤枉。」我暗想這位先生甚是淵博，連玉堂雜記那種冷書都看了。想要試他一試，又自顧年紀比他輕得多，怎好冒昧。

因想起玉生的圖來，便對他說道：「有個朋友託我題一個圖，我明日又要到蘇州去了，無暇及此，敢煩閣下代作一兩首詩，不知可肯見教？」侶笙道：「不知是個甚麼圖？」我便取出圖來給他看，他一

---

❽ 玉堂雜記：宋朝周必大著，今存本查無此條。謝石拆字故事另見宋人筆記春渚紀聞、鐵圍山叢談等書。

❾ 夷堅志：宋朝洪邁所作筆記小說。該書補第十九卷及再補卷載有謝石拆字的故事。

❿ 邵康節：宋朝易經學家邵雍，字堯夫，諡號康節。

看見題簽，便道：「圖名先劣了。我常在報紙上見有題這個圖的詩，可總不曾見過一句好的。」我道：「我也不曾細看裡面的詩，也覺得這個圖名不大妥當。」侶笙道：「把這個詩字去了，改一個甚麼廬吟嘯圖，還好些。」我道：「便是。字面都是狠雅的，卻是他們安放得不妥當，便攪壞了。」侶笙翻開圖來看了兩頁，仍舊掩了，放下道：「這種東西，同他題些甚麼。題了汙了自己筆墨，寫了名字上去，更是汙了自己名姓。只索回了他，說不會作詩罷了。見委代作，本不敢推辭，但是題到這上頭去的，我不敢作。倘有別樣事見委，再當效勞。」我暗想這個人自視甚高，看來文字總也好的，便不相強。再坐了一會，侶笙辭去。

可見得同是一個字，也有幸有不幸。

德泉道：「此刻已經十點多鐘了，你快去寫了信，待我送到船上去，帶給繼之。」我道：「還來得及麼？」德泉道：「來得及之至。並且託船上的事情，最好是這個時候。倘使去早了，船上帳房還沒有人呢。」我便趕忙寫了信，又附了一封家信，封好了，交給德泉。德泉便叫人拿了小火輪船及如意，自己帶著去了。子安道：「方纔那個蔡侶笙，有點古怪脾氣，他已經窮到擺測字攤，還要說甚麼汙了筆墨，汙了姓名，不肯題上去。難道題圖不比測字乾淨麼？」我道：「莫怪他。我今日親見了那一班名士，實在令人看不起。大約此人的脾氣也過於鯁直，所以纔潦倒到這步地位。他的那位夫人，更是明理慈愛。這樣的人我狠愛敬他，回去見了繼之，打算要代他謀一個館地。」子安道：「這種人，只怕有了館地，也不得長呢。」我道：「何以見得？」子安道：「他窮到這種地位，還要看人不起。得了館地，更不知怎樣看不起人了。」我道：「這個不然。那一班人本來不是東西，就是我也看他們不起。不過我聽了他們的胡說要笑，他聽了要恨，脾氣兩樣點罷了。」說著，我又想起他們的說話，不覺狂笑了一頓。一會

庸人之見，不過如此。

鯁直便要潦倒。可嘆。

德泉回來了，便議定了明日一准到蘇州。大家安歇，一宿無話。

次日早起，德泉叫人到船行裡僱船。這裡收拾行李。忽然方佚廬走來，約今夜吃酒，我告訴他要動身的話，他便去了。忽然王端甫又走來，說道：「有一樁極新鮮的新聞。」我忙問甚麼事，端甫道：「昨日你走了之後，景翼還在樓上哭個不了，哭了許久，纔不聽見消息。到得晚上八點來鐘，他忽然走下來，找他的老婆和女兒，說是他哭的倦了，不覺睡去，此時醒來卻不見老婆，所以下來找他。看見沒有，他便仍上樓去。不一會，哭喪著臉下來，說是幾件銀首飾、綢衣服都不見了，可見得是老婆帶了那五歲的女兒逃走了。」我笑道：「活應該的。他把弟婦拐賣了，還要栽他一個逃走的名字，此刻他的妻子真個逃走了也罷了。」端甫道：「他的妻子來路本不甚清楚，又不曾聽見他娶妻，就有了這個人。有人說他是個鹹水妹，還有人說他那女孩子也是帶來的。」我一想道：「不錯。我前年在杭州見他時，他還說不曾娶妻。算他說過就娶，這三年的工夫，哪裡能養成個五歲孩子呢。」端甫道：「他也是前年十月間到上海的。鴻甫把他們安頓好了，纔帶了少妾到天津去，不料就接二連三的死人，此刻竟鬧的家散人亡了。景翼從昨夜到此刻還沒有睡，今天早起又不想出去尋找，不知打甚麼主意。」我道：「來路不正的，他自然見勢頭不妙，就先奉身以退了。他也明知尋亦無益，所以不去尋了，這倒是他的見識。」端甫見我們行色匆匆，也不久坐，就去了。我同德泉兩個，叫人挑了行李，同到船上，解維向蘇州而去。

想是與醫生同居之故也。一笑。

一路上曉行夜泊，在水面行走，倒覺得風涼，不比得在上海那重樓疊閣裡面，熱起來沒處透氣。兩天到了蘇州，找個客棧歇下。先把客棧住址，發個電報到南京去，因為怕繼之有信沒處寄之故。歇息已定，我便和德泉在熱鬧市上走了兩遍。我道：「我們初到此地，人生路不熟，必要找出一個人做嚮導纔好。」德泉道：「我也這麼想。我有一個朋友，叫做江雪漁，住在桃花塢，只是問路不便。今天晚了，明日起早些，乘著早涼去。」我道：「怕問路，我有個好法子。不然我也不知這個法子，因為有一回在南京走迷了路，認不得回去，虧得是騎著馬，得那馬夫引了回去。後來我就買了一張南京地圖，天天沒事便對他看，看得爛熟，走起路來，就不會迷了。我們何不也買一張蘇州地圖看看，就容易找得多了。」德泉道：「你騎了馬走，怎麼也會迷路？難道馬夫也不認得麼？」我便把那回在南京看見「張大仙有求必應」的條子，一路尋去的話，說了一遍。德泉便到書坊店裡要買蘇州圖，卻問了兩家都沒有。

到了次日，只得先從棧裡問起，一路問到桃花塢，果然會著了江雪漁。只見他家四壁都釘著許多畫片，桌子上堆著許多扇面，也有畫成的，也有未畫成的。原來這江雪漁是一位畫師，生得眉清目秀，年紀不過二十多歲。當下彼此相見，我同他通過姓名。雪漁便問幾時到的，可曾到觀前逛過？原來蘇州的玄妙觀，算是城裡的名勝，凡到蘇州之人都要去逛。蘇州人見了外來的人，也必問去逛過沒有。當下德泉便回說昨日纔到，還沒去過。雪漁道：「如此我們同去吃茶罷。」說罷，相約同行。我也久聞玄妙觀是個名勝，樂得去逛一逛。誰知到得觀前，大失所望，真是百聞不如一見。正是：

徒有虛名傳齒頰，何來勝地足遨遊。

未知逛過玄妙觀之後，又有何事，且待下回再記。

寫蔡侶笙之自述，馬道臺似非負心人，特為乃兄所譖耳。吾聞陰險之人有進讒言，以離間人之骨肉者矣；此乃進骨肉之讒言於外人，真是變態百出，令人不可思議。

景翼鬻其弟婦，而誣之以逃，乃不旋踵而已之婦果逃。迷信人謂之語讖，然此讖乃應在此，而不在彼，亦是變幻處，迷信人又謂之果報。

第三十七回　說大話謬引同宗　寫佳畫偏留笑柄

我當日只當蘇州玄妙觀是個甚麼名勝地方，今日親身到了，原來只是一座廟。廟前一片空場，廟裡擺了無數牛鬼蛇神的畫攤；兩廊開了些店鋪，空場上也擺了幾個攤。這種地方好叫名勝，那六街三市❶，沒有一處不是名勝了。想來實在好笑。山門外面有兩家茶館，我們便到一家茶館裡去泡茶，圍坐談天。德泉便說起要找房子，請雪漁做嚮導的話。雪漁道：「本來可以奉陪，因為近來筆底下甚忙，加之夏天的扇子又多，夜以繼日的都應酬不下，實在騰不出工夫來。」德泉便不言語。

雪漁又道：「近來蘇州竟然沒有能畫的，所有求畫的都到我那裡去。這裡潘家、彭家兩處，竟然沒有一幅不是我的。今年端午那一天，潘伯寅❷家預備了節酒，前三天先來關照，說請我吃節酒。到了端午那天，一早就打發轎子來請，立等著上轎，抬到潘家，一直到儀門❸裡面，方纔下轎。座上除了主人

---

❶ 六街三市：唐宋京城都有六條大街；商業集市早上叫「朝市」，下午叫「大市」，傍晚叫「夕市」，統稱「三市」。後來以「六街三市」為都城鬧市的通稱。

❷ 潘伯寅：潘祖蔭（一八三〇—一八九〇）字伯寅，號鄭庵，江蘇吳縣（今蘇州市）人，咸豐二年（一八五二）進士，官至工部尚書。

❸ 儀門：明清官署和官宦人家第二重正門，原作「誃門」。

誰要你這樣諱稱。奇極。

偏是別人家世敘得如此明白。

無端吹了一大篇，真是蘇州人口吻。

之外，先有一位客，我同他通起姓名來，纔知道是原任廣東藩臺姚彥士方伯，官名上頭是個『覲』字，底下是個『元』字，是嘉慶己未狀元姚文僖公❹的嫡孫。那天請的只有我們兩個。因為伯寅係軍機大臣❺，雖然丁憂在家，他自避嫌疑，絕不見客。因為伯寅令祖文恭公❻是嘉慶己未會試房官❼，姚文僖公是這科的進士，兩家有了年誼❽，所以請了來。你道他好意請我吃酒？原來他安排下紙筆顏料，要我代他畫鍾馗❾。人家端午日畫的鍾馗，不過是用硃筆大寫意，勾兩筆罷了；他又偏是要設色的，又要畫三張之多，都是五尺紙的。我既然入了他的牢籠，又礙著交情，只得提起精神，同他趕忙畫起來。從早上八點鐘趕到十一點鐘，畫好了三張，方纔坐席吃酒。吃到了十二點鐘正午，方纔用泥金調了硃砂，點過眼睛。這三張東西，我自己畫的也覺得意，真是神來之筆。我點過睛，姚方伯便題贊。我方纔明白請他吃酒，原來是為的要他題贊。這一天直吃到下午三點鐘纔散。我是吃得酩酊大醉，伯寅纔叫打轎子送

❹ 姚文僖公：姚文田（一七五八—一八二七）字秋農，浙江歸安人，嘉慶己未四年（一七九九）狀元，官至禮部尚書。

❺ 軍機大臣：軍機處處理政務的大臣。軍機處為直隸於皇帝的最高政務機關，雍正七年所設。軍機大臣以親王、重臣充任。

❻ 文恭公：潘世恩（一七七〇—一八五四）字槐堂，乾隆年間大學士，謚號文恭。

❼ 房官：科舉時代，鄉試、會試的同考官。分房批閱考卷，故稱「房考官」，簡稱「房官」。

❽ 年誼：科舉時代，同年登科，或考官和門生的情誼。

❾ 鍾馗：傳說唐玄宗病瘧，晝夢一大鬼，破帽、藍袍、角帶、朝靴，捉小鬼啖之。自稱終南進士鍾馗，嘗應舉不第，觸階死。玄宗覺而瘳，詔吳道子畫其像。唐以後歲暮畫其像貼於門首，成為風俗。後又改懸於端午。

我回去，足足害了三天酒病。」

德泉等他說完了道：「回來就到我棧房裡吃中飯，我們添兩樣菜，也打點酒來吃，大家敘敘也好。」

雪漁道：「何必要到棧裡，就到酒店裡不好麼？」德泉道：「我從來沒有到過蘇州，不知酒店裡可有好菜？」雪漁道：「我們講吃酒，何必考究菜？我覺得清淡點的好。所以我最怕和富貴人家來往，他們總是一來燕窩，兩來魚翅的，吃得人也膩了。」我因為沒有話好說，因請問他貴府哪裡，雪漁道：「原籍是湖南新寧縣。」我道：「那麼是江忠烈公⑩一家了？」雪漁道：「忠烈公是五服內的先伯。」我道：「足下倒說的蘇州口音。」雪漁道：「我們這一支從明朝萬曆年間，由湖南搬到無錫，康熙末年，再由無錫搬到蘇州，到我已經八代了。」我聽了，就同在上海花多福家聽那種怪論一般，忍不住笑，連忙把嘴脣咬住。暗想今天又遇見一位奇人了，不知蔡侶笙聽了，還是怒還是笑。因忍著笑道：「適在尊寓，拜觀大作，佩服得狠。」雪漁道：「實在因為應酬太忙，草草得狠。幸得我筆底下還快，不然，就真正來不及了。」

德泉道：「我們就到酒店裡吃兩杯如何？」雪漁道：「也罷，我許久不吃早酒了。翁六先生⑪由京裡寄信來，要畫一張丈二紙的壽星，待我吃兩杯回去，乘興揮毫。」說著，德泉惠了茶錢，相將出來，轉央雪漁引路，到酒店裡去。坐定，要了兩壺酒來，且斟且飲。雪漁的酒量，卻也甚豪。酒至半酣，德泉又道：「我們初到此地，路逕不熟，要尋一所房子，求你指引指引，難道這點交情都沒有麼？」雪漁

此所謂投其所好。

偏是自己家世，敘得如此離奇。

「筆下還快」一句，倒是實話。

等他酒下了肚再說，是摸著他的脾

⑩ 江忠烈公：江忠源（一八一二—一八五四）字岷樵，咸豐年間官至巡撫，諡號忠烈。

⑪ 翁六先生：翁同龢（一八三〇—一九〇四）字叔平，江蘇常熟人，曾為同治帝師、光緒帝師。

氣。

因他是人物專家，故也。

是他老婆磨墨也。卻不明寫，今閱

道：「不是這樣說。我實在一張壽星，明天就要的。你一定要我引路，讓我今天把壽星畫了，明天再來奉陪。」德泉又灌了他三四大碗，說道：「你今天可以畫得好麼？」雪漁道：「要動起手來，三個鐘頭就完了事了。」德泉又灌了他兩碗，纔說道：「我們也不回棧吃飯了，就在這裡叫點飯菜吃飯，同到你尊寓，看你畫壽星，當面領教你的法筆。在上海時我常看你畫，此刻久不看見了，也要看看。」雪漁道：「這個使得。」於是交代酒家，叫了飯菜來，吃過了，一同仍到桃花塢去。

到了雪漁家，他叫人舀了熱水來，一同洗過臉。又拿了一錠大墨，一個墨海，到房裡去。又到廚下取出幾個大碗來，親自用水洗淨，把各樣顏色，分放在碗裡，用水調開。又用大海碗盛了兩大碗清水。一面張羅，一面讓我們坐。我也一面應酬他，一面細看他墻上畫就的畫片。也有花卉翎毛，也有山水，也有各種草蟲小品，筆法十分秀勁；然而內中失了章法的也不少。雖然如此，也不能掩其所長。我暗想此公也可算得多才多藝了。我從前曾經要學畫兩筆山水，東塗西抹的，鬧了多少時候，還學不會呢。不知他這是從哪裡學來的，因問道：「足下的畫，不知從哪位先生學的？」雪漁道：「先師是吳三橋。」我暗想吳三橋是專畫美人的，怎麼他畫出這許多門來？可見此人甚是聰明。雖然喜說大話，卻比上海那班名士高的多了。我一面看著畫，一面想著，德泉在那裡同他談天。

過了一會，只聽見房裡面一聲「墨磨好了」，雪漁便進去，把墨海端了出來。站在那裡想了一想，把椅子板櫈都搬到旁邊，又央著德泉，同他把那靠門口的一張書桌，搬到天井裡去。自己把地掃乾淨了，拿出一張丈二紙來，鋪在地下，把墨海放在紙上。又取了一碗水，一方乾淨硯臺，都放下。拿一枝條幅筆⑫，脫了鞋子，走到紙上，跪下彎著腰，用筆蘸了墨，試了濃淡，先畫了鼻子，再畫眼睛，又畫眉毛

者自知。畫法甚奇。層次井井，是一定畫法，不是隨意寫出來的。畫法更奇。此是實話。著色之法又奇。

畫嘴，鉤了幾筆鬍子，方纔框出頭臉，補畫了耳朵。就站起來自己看了一看。我站在旁邊看著，這壽星的頭，比巴斗⓭還大。只見他退後看了看地步，又跪下去，鉤了半個大桃子，纔畫了一隻手。又把桃子補完全了，恰好是托在手上。方纔起來，穿了鞋子，想了半天，取出一枝對筆⓮、一根頭繩、一枝帳竿竹子，把筆先洗淨了，紮在帳竿竹子上，拿起地下的墨水等，把帳竿竹子扛在肩膀上，手裡拿著對筆，蘸了墨，試了濃淡，然後雙手拿起竹子，就送到紙上去，站在地上，一筆一筆的畫起來。雙腳一進一退的，以補手腕所不及。不一會兒，全身衣褶都畫好了。把帳竿竹子倚在牆上，說道：「見笑，見笑。」我道：「果然畫法神奇！」雪漁道：「不瞞兩位說，自我畫畫以來，這種大畫，連這張纔兩回。上回那個是借裱畫店的裱檯畫的，還不如今日這個爽快。」德泉道：「虧你想出這個法子來。」雪漁道：「不由你不想，家裡哪裡有這麼大的桌子呢！莫說桌子，你看鋪在地下，已經占了我半間堂屋了。」一面談著天，等那墨筆乾了，他又拿了揸筆⓯，蹲到畫上，著了顏色。等到半乾時候，他便把釘在牆上的畫片，都收了下來，到隔壁借了個竹梯子，把一把杌子放在桌上，自己站上去，央德泉拿畫遞給他，又央德泉上梯子上去，幫他把畫釘起來。我在底下看著，果然神采奕奕。

又談了一會，我取表一看，纔三點多鐘。德泉道：「我們再吃酒去罷。」雪漁道：「此刻就吃，未

⓬ 幅筆：寫條幅的筆。

⓭ 巴斗：一種底為半球形的容器，用竹、藤或柳條等編製而成。

⓮ 對筆：寫對聯的筆，較幅筆筆頭要粗長些。

⓯ 揸筆：寫匾額（榜書）的筆，筆頭比對筆要粗長些。

免太早。」德泉道：「我們且走著頑，到了五六點鐘再吃也好。」於是一同走了出來，又到觀前去吃了一回茶，纔一同回棧。德泉叫茶房去買了一罈原罈花雕酒來，又去叫了兩樣菜，開罈燉酒，三人對吃。德泉道：「今天看房子來不及了，明日請你早點來，陪我們同去。」雪漁道：「這蘇州城大得狠，像這種大海撈針一般，往哪裡看呢？」德泉道：「只管到市上去看看，或者有個空房子，或者有店家召盤的，都可以。」雪漁道：「召盤的或者還可以碰著，至於空房子，市面上是不會有的。到明日再說罷。」於是痛飲一頓，雪漁方纔辭去。

德泉笑道：「幾碗黃湯買著他了。」我道：「這個人酒量狠好。」德泉道：「他生平就是歡喜吃酒，畫兩筆畫也過得去。就是一個毛病，第一歡喜嫖，又是歡喜說大話。」我想起他在酒店裡的話，不覺笑起來道：「果然是個說大話的人，然而卻不能自完其說。他認了江忠源做五服內的伯父，卻又說是明朝萬曆年間由湖南遷江蘇的，豈不可笑！以此類推，他說的話，都不足信的了。」德泉道：「本來這扯謊說大話，是蘇州人的專長。有個老笑話，說是一個書獃子，要到蘇州，先向人訪問蘇州風俗。有人告訴他，蘇州人專會說謊，所說的話，只有一半可信。書獃子到了蘇州，到外面買東西，買賣人要十文價，他還了五文，就買著了。於是信定了蘇州人的說話，只能信一半的了。一天問一個蘇州人貴姓，那蘇州人說姓伍。書獃子心中暗暗稱奇道：原來蘇州人有姓『兩個半』的！這個雖是形容書獃子，也可見蘇州人之善於扯謊，久為別處人所知的了。」我道：「他今天那張壽星的畫法，卻也難為他。不知多少潤筆？」德泉道：「上了這樣大的，只怕是面議的了。他雖然定了仿單，然而到了他窮極渴酒的時候，只要請他到酒店裡吃兩壺酒，他就甚麼都肯畫了。」我道：「他說忙得狠，家裡又畫下了那些，何至於窮

罵盡蘇州人。

到沒酒吃呢？」德泉笑道：「你看他有一張人物麼？」我道：「沒有。」德泉道：「凡是畫人物，纔是人家出潤筆請他畫的。其餘那些翎毛、花卉、草蟲小品，都是畫了賣給扇子店裡的，不過幾角洋錢一幅中堂，還不知幾時纔有人來買呢。他們這個，叫做交行（音杭）生意。」

我道：「喜歡扯謊的人，多半是無品的。不知雪漁怎樣？」德泉道：「豈但扯謊的無品，我眼睛裏看見畫得好的畫家，沒有一個有品的。任伯年是兩三個月不肯剃頭的，每剃一回頭，篦下來的石青、石綠也不知多少。這個還是小節。有一位任立凡，畫的人物極好，並且能畫小照。劉芝田做上海道的時候，出五百銀子，請他畫一張合家歡。先差人拿了一百兩，放了小火輪到蘇州來接他去。他到了衙門裡，只畫了一個臉面，便借了二百兩銀子，到租界上去頑，也不知他頑到哪裡，只三個月沒有見面。一天來了，又畫了一隻手，又借了一百兩銀子，就此溜回蘇州來了。那位劉觀察化了四百銀子，只得了一張臉，一隻手。你道這個成了甚麼品格呢？又吃的頂重的烟癮，人家好好的出錢請他畫的，卻擱著一年兩年不畫。等窮的急了，沒有烟吃的時候，只要請他吃二錢烟，要畫甚麼是甚麼。你想這種人，是受人抬舉的麼！說起來他還是名士派呢。還有一個胡公壽，是松江人，詩、書、畫都好，也是赫赫有名的。這個人人品倒也沒甚壞處，只是一件，要錢要的太認真了。有一位松江府知府任滿進京引見，請他寫的、畫的不少，打算帶進京去送大人先生禮的。開了上款，買了紙送去，約了日子來取。他應允了，也就寫畫起來。到了約定那一天，那位太守打發人拿了片子去取。他對來人說道：『所寫所畫的東西，照仿單算要三百元的潤筆，你去拿了潤筆來取。』來人說道：『且交我拿去，潤筆自然送來。』他道：『我向來是先潤後動筆的，因為是太尊的東西，先動了筆，已經是個情面，怎麼能夠一文不看見就拿東西去！』來人沒法，

又罵畫家。何苦儘著罵人。

與雪漁比起來，還是吃酒的強。

只得空手回去，果然拿了三百元來，他也把東西交了出來。過了幾天，那位太守交卸了，還住在衙門裡，定了一天，大宴賓客。請了滿城官員，以及各家紳士，連胡公壽也請在內。飲酒中間，那位太守極口誇獎胡公壽的字畫，怎樣好，怎樣好，又把他前日所寫所畫的，都拿出來，彼此傳觀，大家也都讚好。太守道：『可有一層，像這樣好東西，自然應該是個無價寶了，卻只值得三百元！我這回拿進京去，送人要當一份重禮的；倘使京裡面那些大人先生知道，我僅化了三百元買來的，卻送幾十家的禮，未免要怪我慳吝，所以我也不要他了。』說罷，叫家人拿火來一齊燒了。羞得胡公壽逃席而去。從此之後，他遇了求書畫的，也不敢孳孳計較了，還算他的好處。」我道：「這段故事，好像儒林外史上有的，不過沒有這許多曲折。這位太守，也算善抄藍本的了。」說話之間，天色晚將下來，一宿無話。

次日起來，便望雪漁，誰知等到十點鐘還不見到。我道：「這位先生只怕靠不住了。」德泉道：「有酒在這裡，怕他不來？這個人，酒便是他的性命。再等一等，包管就到了。」說聲未絕，雪漁已走了進來，說道：「你們要找房子，再巧也沒有，養育巷有一家小錢莊，只有一家門面，後進卻是三開間、四廂房的大房子，此刻要把後進租與人家。你們要做字號，那裡最好了。我們就去看來。」德泉道：「費心得狠！你且坐坐，我們吃了飯去看。」雪漁道：「先看了罷，吃飯還有一會呢。而且看定了，吃飯時便好痛痛的吃酒。」德泉笑道：「也罷，我們去看了來。」於是一同出去，到養育巷看了，果然甚為合式。說定了，明日再來下定。於是一同回棧，德泉沿路買了兩把團扇，幾張宣紙，又買了許多顏料、畫筆之類。雪漁道：「你又要我畫甚麼了？」德泉道：「隨便畫甚麼都好。」回到棧裡，吃午飯時，雪漁又吃了好些酒。飯後，德泉纔叫他畫一幅中堂。雪漁道：「是你自己的，還是送人的？」德泉道：「是

一心只想吃酒，只怕是個酒鬼。

畫卻畫得得體。所謂善頌善禱也。

送一位做官的，上款寫『繼之』罷。」雪漁拿起筆來，便畫了一個紅袍紗帽的人，騎了一匹馬，馬前畫一個太監，雙手舉著一頂金冠。畫完了，在上面寫了「馬上陞官」四個字。問道：「這位繼之是甚麼官？」德泉道：「是知縣。」他便寫「繼之明府大人法家教正」。我暗想繼之不懂畫，何必稱他法家呢。正這麼想著，只見他接著又寫「質諸明眼，以為何如」。這「明眼」兩個字，又是抬頭寫的。我心不覺暗暗可惜道：「畫的狠好，這個款可下壞了！」再看他寫下款時，更是奇怪。正是：

偏是胸中無點墨，喜從紙上亂塗鴉。

要知他寫出甚麼下款來，且待下回再記。

此一回絕類儒林外史而詼諧過之。天下名勝之地，每每見諸記載，得諸人言，而為之神往者。及至身歷其境，則為之嗒然。如七俠五義載北俠看石劍之類，殊堪令人一噱也。越是不通人，越喜賣弄筆墨。旁觀者笑腸欲斷，而彼方怡然不以為怪。天下真有此種人，殊可嘆也。

第三十八回　畫士攘詩一何老臉　官場問案高坐盲人

只見他寫的下款是「吳下雪漁江笠醉筆，時同客姑蘇臺畔」，我不禁暗暗頓足道：「這一張畫可糟蹋了！」然而當面又不好說他，只得由他去罷。此時德泉叫人買了水果來醒酒，等他畫好了，大家吃西瓜，旁邊還堆著些石榴、蓮藕。吃罷了，雪漁取過一把團扇，畫了雞蛋大的一個美人臉，就放下了。德泉道：「要畫就把他畫好了，又不是殺強盜示眾，單畫一個腦袋做甚麼呢？」雪漁看見旁邊的石榴，就在團扇上也畫了個石榴，又加上幾筆衣褶，就畫成了一個半截美人，手捧石榴。畫完，就放下了道：「這是誰的？」德泉道：「也是繼之的。」雪漁道：「可惜我今日詩興不來，不然題上一首也好。」我心中不覺暗暗好笑，因說道：「我代作一首如何？」雪漁道：「那就費心了。」我一想，這個題目頗難，美人與石榴甚麼相干，要把他扭在一起，也頗不容易。這個須要用作「無情搭❶」的鉤挽鈎渡法子，纔可以連得合呢。想了一想，取過筆來寫出四句，是：

趣語。

作八股之法可移以作詩，真是奇絕。

蘭閨女伴話喃喃，摘果拈花笑語憨。
聞說石榴最多子，何須萲草始宜男❷。

❶ 無情搭：將兩個文義不相連屬的句子硬連起來。此為八股文之作法。

虧他想到這裡的，是好詩。

雪漁接去看了道：「萱草是宜男草，怎麼這蘐草也是宜男草麼？」他卻把這「蘐」字念成「爰」音，我不覺又暗笑起來。因說道：「這個『蘐』字同『萱』字是一樣的，並不念做『爰』音。」雪漁道：「這纔是呀，我說的天下不能有兩種宜男草呢。」說罷，便把這首詩寫上去。那上下款竟寫的是「繼之明府大人兩政❸雪漁並題」。我心中又不免好笑，這竟是當面搶的。我雖是答應過代作，這寫款又何妨含糊些，便「老實」到如此，倒是令人無可奈何。只見他又拿起那一把團扇道：「這又是誰的？」德泉指著我道：「這是送他的。」雪漁便問我歡喜甚麼，我道：「隨便甚麼都好。」他便畫了一個美人，睡在芭蕉葉上；旁邊畫了一度紅欄，上面用花青烘出一個月亮。又對我說道：「這個也費心代題一首罷。」我想這個題目還易。而且我作了他便攘為己有的，就作得不好也不要緊，好在作壞了，由他去出醜，不干我事。便提筆寫道：

一天涼月洗炎熇，庭院無人太寂寥。
撲罷流螢微倦後，戲從闌外臥芭蕉。

他的詩還叫他去政，笑煞人。

雪漁見了，就抄了上去，卻一般的寫著「兩政」、「並題」的款。我心中著實好笑，只得說了兩聲「費心」。此時德泉又叫人去買了三把團扇來。雪漁道：「一發拿過來都畫了罷。你有本事把蘇州城裡的扇子

❷ 何須蘐草始宜男：古代傳說婦女懷孕，佩帶蘐草便可生男，故曰「蘐草始宜男」。

❸ 兩政：詩文字畫請人指教稱「政」，雪漁以為這裡有詩有畫，把詩也當作己作，故稱「兩政」。

都買了來，我也有本事都畫了他。」說罷，取過一把，畫了個潯陽琵琶❹，問寫甚麼款，德泉道：「這是我送同事金子安的，寫『子安』款罷。」雪漁對我道：「可否再費心題一首？」我心中暗想，德泉與他是老朋友，所以向他作無厭之求；我同他初會面，怎麼也這般無厭起來了！並且一作了，就攘為己有，真可以算得涎臉的了。因笑了笑道：「這個容易。」就提筆寫出來：

四絃彈起一天秋，淒絕潯陽江上頭。
我亦天涯傷老大，知音誰是白江州。

他又抄了，寫款不必贅，也是「兩政」、「並題」的了。德泉又遞過一把道：「這是我自己用的，可不要美人。」他取筆就畫了一幅蘇武牧羊❺，畫了又要我題。我見他畫時，明知他畫好又要我題的了，所以早把稿子想好在肚裡，等他一問，我便寫道：

雪地冰天且耐寒，頭顱雖白寸心丹。
眼前多少匈奴輩，等作群羊一例看。

此詩倒是代畫者立說。

❹ 潯陽琵琶：唐朝白居易琵琶行詩，敘送客潯陽江頭，偶遇彈奏琵琶歌女，得知其悲涼身世而感懷不已。

❺ 蘇武牧羊：漢武帝天漢元年（西元前一〇〇）蘇武以中郎將出使匈奴，匈奴單于脅迫其投降，蘇武不屈，持漢節牧羊十九年。

此詩若出於今日，又說是排滿黨所為了。

雪漁又照抄了上去，便丟下筆不畫了。德泉不依道：「只剩這一把了，畫完了我們再吃酒。」我問德泉道：「這是送誰的？」德泉道：「我也不曾想定。但既買了來，總要畫了他。這一放過，又不知要擱到甚麼時候了。」我想起文述農，因對雪漁道：「這一把算我求你的罷。你畫了，我再代你題詩。」雪漁道：「美人、人物委實畫不動了，畫兩筆花卉還使得。」我道：「花卉也好。」雪漁便取過來，畫了兩枝夾竹桃。我見他畫時，先就把詩作好了。他畫好了，便拿過稿去，抄在上面。詩云：

林邊斜綻一枝春，帶笑無言最可人。
欲為優婆宣法語❻，不妨權現女兒身。

卻把「宣」字寫成了個「宜」字。又問我上款，我道：「述農。」他便寫了上去。寫完站起來，伸一伸腰道：「夠了。」我看看表時，已是五點半鐘。德泉叫茶房去把藕切了，燉起酒來，就把藕下酒。吃到七點鐘時，茶房開上飯來，德泉叫添了菜，且不吃飯，仍是吃酒。直吃到九點鐘，大家都醉了，胡亂吃些飯，便留雪漁住下。

次日早起，便同到養育巷去，立了租摺，付了押租，方纔回棧。我便把一切情形，寫了封信，交給棧裡帳房，代交信局寄與繼之。及至中飯時，要打酒吃，誰知那一罈五十斤的酒，我們三個人只吃了三頓，已經吃完了。德泉又叫去買一罈。飯後央及雪漁做嚮導，叫了一隻小船，由山塘搖到虎丘去，逛了

想是三個酒囊

❻優婆宣法語：虔誠的信徒宣揚佛法。優婆，梵語謂信佛的善男善女。法語，佛法的話語。

也。一笑。

想是沒有官派也。一笑。

一次。那虎丘山上，不過一座廟。半山上有一堆亂石，內中一塊石頭，同饅頭一般，上面鑿了「點頭」兩個字，說這裡是生公❼說法臺的故址，那一塊便是點頭的頑石。又有劍池，有二仙亭、真娘墓。還有一塊吳王試劍石，是極大的一個石卵子，截做兩段的，同那點頭石，一般都是後人附會之物，明白人是不言而喻的。不過因為他是個古跡，不便說破他去殺風景。那些無知之人，便嘖嘖稱奇，想來也是可笑。過了一天，又逛一次范墳❽，對著的山，真是萬峰齊起，半山上鑿著錢大昕❾寫的「萬笏朝天」四個小篆。又逛到天平山上去，因為天氣太熱，逛過這回，便不再到別處了。

這天接到繼之的信，說電報已接到，囑速尋定房子，隨後便有人來辦事云云。這兩天閒著，我想起伯父在蘇州，但不知住在哪裡，何不去打聽打聽呢。他到此地，無非是要見撫臺，見藩臺，我只到這兩處的號房裡打聽，自然知道了。想罷，便出去問路，到撫臺衙門號房裡打聽，沒有。因為天氣熱，只得回棧歇息。過一天，又到藩臺衙門去問，也沒有消息，只得罷了。

這天雪漁又來了，嬲著要吃酒，還同著一個人來。這個人叫做許澄波，是一個蘇州候補佐雜。相見過後，我和德泉便叫茶房去叫了幾樣菜，買些水果之類，燉起酒來對吃。這位許澄波倒也十分倜儻風流，不像個風塵俗吏。我便和他談些官場事情，問些蘇州吏治。澄波道：「官場的事情，有甚麼談頭，無非是靠著奧援以及運氣罷了。所以官場與吏治，本來是一件事。晚近官場風氣日下，官場與吏治，變成東

❼ 生公：東晉末名僧，本姓魏，名道生，為羅什法師弟子。傳說在蘇州虎丘寺講涅槃經，頑石感而點頭。

❽ 范墳：宋朝名臣范仲淹的墓。

❾ 錢大昕：字曉徵，號辛楣，又號竹汀。乾隆十九年進士，著名經學家，乾隆時被推為通儒。

西背馳的兩途了。只有前兩年的譚中丞還好，還講究些吏治。然而又嫌他太親細事了，甚至於賣燒餅的攤子，他也叫人逐攤去買一個來，每個都要記著是誰家的，他老先生拿天平來逐個秤過，揀最重的賞他幾百文，那最輕的便傳了來大加申斥。」我道：「這又何必呢，未免太瑣屑了。」澄波道：「他說這些燒餅，每每有貧民買來抵飯吃的，重一些是一些。做買賣的人，只要心平點，少看點利錢，那些貧民便受惠多了。」我笑道：「這可謂體貼入微了。」澄波道：「他有一件小事，卻是大快人意的。有一個鄉下人，挑了一挑糞，走過一家衣莊門口，不知怎樣把糞桶打翻了，濺到衣莊的裡面去。嚇的鄉下人情願代他洗，代他掃，只請他拿水拿掃帚出來。那衣莊的人也不好，欺他是鄉下人，不給他掃帚，要他脫下身上的破棉襖來揩。鄉下人急了，只是哭求。登時就圍了許多人觀看，把一條街都塞滿了。恰好他老先生拜客走過，見許多人，便叫差役來問是甚麼事，差役過去，把一個衣莊夥計及鄉下人帶到轎前，鄉下人哭訴如此如此。他老先生大怒，罵鄉下人道：『你自己不小心，弄齷齪了人家地方，莫說要你的破棉襖來揩，就要你舐乾淨，你也只得舐了。還不快點揩了去！』鄉下人見是官吩咐的，不敢違拗，哭哀哀的脫下衣服去揩。他又叫把轎子抬近衣莊門口，親自督看。衣莊裡的人揚揚得意。等那鄉下人揩完了，他老先生卻叫衣莊夥計來，吩咐：『在你店裡取一件新棉襖賠還鄉下人。』衣莊夥計稍為遲疑，他便大怒，喝道：『此刻天冷的時候，他只得這件破棉襖禦寒，為了你們弄壞了，還不應該賠他一件麼。你再遲疑，我辦你一個欺壓鄉愚之罪！』衣莊裡只得取了一件綢棉襖給了鄉下人。看的人沒有一個不稱快。」我道：「這個我也稱快。但是那衣莊裡就給他一件布的也夠了，何必要給他綢的，格外討好呢？」澄波笑道：「你須知大衣莊裡，不賣布衣服的呀。」我不覺拍手道：「這鄉下人好造化也！」

我也稱快。

到他嘴裡，口吻又自不同。

澄波道：「自從譚中丞去後，這裡的吏治就日壞了。」雪漁道：「譚中丞非但吏治好，他的運氣也真好。他做蘇州府的時候，上海道是劉芝田。正月裡，劉觀察上省拜年，他是拿手版去見的。不多兩個月，他放了糧道，還沒有到任，不多幾天，又升了臬臺，便交卸了府篆，進京陛見。在路上又奉了上諭，著毋庸來京，升了藩臺，就回到蘇州來到任。不上幾個月，撫臺出了缺，他就護理撫臺。那時劉觀察仍然是上海道，卻要上省來拿手版同他叩喜。前後相去不過半年，就顛倒過來。你道他運氣多好！」說罷，滿滿的乾了一杯，面有得意之色。

官場如戲場，本不足怪。而官場中人津津樂道者，惟此等事耳。

澄波道：「若要講到運氣，沒有比洪觀察再好的了。」雪漁愕然道：「是哪一位？」澄波道：「就是洪瞎子。」雪漁道：「洪瞎子不過一個候補道罷了，有甚麼好運氣？」澄波道：「他兩個眼睛都全瞎了。要是別人，一百個也參了，他還是絡繹不絕的差使，還要署臬臺，不是運氣好麼！」我道：「認真是瞎子麼？」澄波道：「怎麼不是！難道這個好造他謠言的麼。」雪漁笑道：「不過是個大近視罷了，怎麼好算全瞎。倘使認真全瞎了，他又怎樣還能夠行禮呢？不能行禮，還怎樣能做官？」澄波道：「其實我也不知他還是全瞎，還是半瞎。有一回撫臺請客，坐中也有他。飲酒中間，大家都往盤子裡抓瓜子磕，他也往盤子裡抓，可抓的不是瓜子，抓了一手的糖黃皮蛋，鬧了個哄堂大笑。你若是說他全瞎，他可還看見那黑黑兒的皮蛋，纔誤以為瓜子，好像還有一點點的光。可是他當六門總巡的時候，有一天差役拿了個地棍來回他，他連忙升了公座，那地棍還沒有帶上來，他就『混帳羔子』、『忘八蛋』的一頓臭罵。又問你一共犯過多少案子了，又問你姓甚麼，叫甚麼，是哪裡人。問了半天，那地棍還沒有帶上來，誰去答應他呢。兩旁差役，只是抿著嘴暗笑。他見沒有人答應，忽然拍案大怒，罵那差役道：『你這個

偏是他要代為分辨。

他單知道行禮。

倒還不

曾聾。

只怕你笑不了許多。

狗才！我叫你去訪拿地棍，你拿不來倒也罷了，為甚麼又拿一個啞子來搪塞我！』」澄波這一句話，說的眾人大笑。澄波又道：「若照這件事論，他可是個全瞎的了。若說是大近視，難道公案底下有人沒有，都分不出麼？」我道：「難道上頭不知道他是個瞎子？這種人雖不參他，也該叫他休致了。」澄波道：「所以我說他運氣好呢。」德泉道：「俗語說的好，『朝裡無人莫做官』，大約這位洪觀察是朝內有人的了。」四個人說說笑笑，吃了幾壺酒就散了。雪漁、澄波辭了去。

次日，繼之打發來的人已經到了，叫做錢伯安。帶了繼之的信來，信上說蘇州坐莊的事，一切都託錢伯安經管。伯安到後，德泉可回上海。如已看定房子，叫我也回南京，還有別樣事情商量云云。當下我們同伯安相見過後，略為憩息，就同他到養育巷去看那所房子，商量應該怎樣裝修。看了過後，伯安便去先買幾件木器動用傢伙，先送到那房子裡去。在客棧歇了一宿，次日伯安即搬了過去。我們也叫客棧裡代叫一隻船，打算明日動身回上海去。又託德泉到桃花塢去看雪漁，告訴他要走的話。雪漁道：「你二位來了，我還不曾稍盡地主之誼，卻反擾了你二位幾遭。正打算過天風涼點敘敘，怎麼就走了？」德泉道：「我們至好，何必拘拘這個。你幾時到上海去，我們再敘。」德泉在那裡同他應酬，我抬頭看見他牆上釘了一張新畫的美人，也是捧了個石榴，把我代他題的那首詩寫在上面，一樣的是「兩政」「並題」的上下款，心中不覺暗暗好笑。雪漁又約了同到觀前吃了一碗茶，方纔散去。臨別，雪漁又道：「明日恕不到船上送行了。」德泉道：「不敢，不敢。你幾時到上海去，我們痛痛的吃幾頓酒。」雪漁道：「我也想到上海許久了，看幾時有便我就來，這回我打算連家眷一起都搬到上海去了。」說罷作別，我們回棧。

次日早起，就結算了房飯錢，收拾行李上船，解維開行，向上海進發。回到上海，金子安便交給我一張條子，卻是王端甫的，約著我回來即給他信，他要來候我，有話說云云。我暫且擱過一邊，洗臉歇息。子安又道：「唐玉生來過兩次，頭一次是來催題詩，我回他到蘇州去了。第二次他來把那本冊頁拿回去了。」我道：「拿了去最好，省得他來麻煩。」當下德泉便稽查連日出進各項貨物帳目。我歇息了一會，便叫車到源坊衖去訪端甫，偏他又出診去了。問景翼時，說搬去了。我只得留下一張條子出來，緩步走著，去看侶笙。誰知他也不曾擺攤，只得叫了車子回來。回到號裡時，端甫卻已在座。相見已畢，端甫先道：「你可知侶笙今天嫁女兒麼？」我道：「嫁甚麼女兒，可是秋菊？」端甫道：「可不是。他恐怕又像嫁給黎家一樣，夫家仍只當他丫頭，所以這回他認真當女兒嫁了。那女婿是個木匠，倒也罷了。他今天一早帶了秋菊，到我那裡叩謝。因知道你去了蘇州，所以不曾來這裡。我此刻來告訴你景翼的新聞。」我忙問又出了甚麼新聞了，端甫不慌不忙的說了出來。正是：

任爾奸謀千百變，也須落魄走窮途。

未知景翼又出了甚麼新聞，且待下回再記。

題畫詩一段，已見第九回。然第九回是暗寫，此回是明寫，絕不相犯。第九回只算是此回伏線。

他種小說於遊歷名勝，必有許多鋪張景致之處，此獨略之者。以此書專注於怪現狀，故不以此為意也。

譚中丞喜親瑣屑事，至今蘇人猶樂道之，非虛構也。至於瞎官問案，尤為吳下阿蒙所引為笑枋者。

第三十九回　老寒酸峻辭乾館　小書生妙改新詞

我聽見端甫說景翼又出了新聞，便忙問是甚麼事，端甫道：「這個人只怕死了！你走的那一天，他就叫了人來，把幾件木器及空箱子等，一齊都賣了，卻還賣了四十多元。那房子本是我轉租給他的，欠下兩個月房租，也不給我，就這麼走了。我到樓上去看，竟是一無所有的了。」我道：「他家還有慕枚的妻子呀，哪裡去了？」端甫道：「慕枚是在福建娶的親，一向都是住在娘家，此刻還在福建呢。那景翼拿了四十多元洋錢，出去了三天，也不知他到哪裡去的。第四天一早，我還沒有起來，他便來打門。我連忙起來時，家人已經開門放他進來了。蓬著頭，赤著腳，鞋襪都沒有，一條藍夏布袴子也扯破了，只穿得一件破多羅麻的短衫。見了我就磕頭，要求我借給他一塊洋錢。問他為何弄得這等狼狽，他只流淚不答。又告訴我說，從前逼死兄弟，圖賣弟婦，一切都是他老婆的主意，他此刻懊悔不及。我問他要一塊洋錢做甚麼，他說到杭州去做盤費。我只得給了他，他就去了。直到今天，仍無消息。前天我已經寫了一封信，通知鴻甫去了。」我道：「這種人由他去罷了，死了也不足惜。」端甫道：「後來我聽見人說，他拿了四十多元錢，到賭場上去，一口氣就輸了一半。第二天再賭，卻贏了些。第三天又去賭，卻輸的一文也沒了。出了賭場，碰見他的老婆，他便去盤問，誰知他老婆已經另外跟了一個人，便甜言蜜語的引他回去，卻叫後跟的男人把他毒打了一頓。你道可笑不可笑呢。」

該！

該，該！

我道：「侶笙今日嫁女兒，你有送他禮沒有？」端甫道：「我送了他一元，他一定不收，這也沒法。」我道：「這個人竟是個廉士！」端甫道：「他不廉，也不至於窮到這個地步了。況且我們同他奔走過一次，也更是不好意思受了。他還送給我一副對，寫的甚好。他說也送你一副，你收著了麼？」我道：「不曾。」因走進去問子安，子安道：「不錯，是有的，我忘了。」說著在架子上取下來，我拿出來同端甫打開來看，寫的是「慷慨丈夫志，跌宕古人心」一聯，一筆好董字❶，甚是飛舞。我道：「這個人潦倒到如此，真是可惜可嘆！」端甫道：「你看南京有甚麼事，薦他一個也好。」我道：「我本有此意。而且我還嫌回南京去急不及待，打算就在這號裡安置他一件事，好歹送他幾元銀一月。等南京有了好事，再叫他去。你道如何？」端甫道：「這更好了。」當下又談了一會，端甫辭了去。我封了四元洋銀賀儀，叫出店的送到侶笙那裡去。一會仍舊拿了回來，說他一定不肯收。子安笑道：「這個人倒窮得硬直。」我道：「可知道不硬直的人，就不窮了。」子安道：「這又不然。難道有錢的人，便都是不硬直的麼？」我道：「不是如此說。就是富翁也未嘗沒有硬直的；不過窮人倘不是硬直的，便不肯安於窮，未免要設法鑽營，甚至非義之財也要妄想，就不肯像他那樣擺個測字攤的了。」當下歇過一宿。

次日，我便去訪侶笙，怪他昨日不肯受禮。侶笙道：「小婢受了莫大之恩，還不曾報德，怎麼敢受！」我道：「這些事還提他做甚麼！我此刻倒想代你弄個館地，只是我到南京去，不知幾時纔有機會。不如先奉屈到小號去，暫住幾時，就請幫忙辦理往來書信。」侶笙連忙拱手道：「多謝提挈！」我道：「日間就請收了攤，到小號裡去。」侶笙沉吟了一會道：「寶號辦筆墨的，向來是哪一位？」我道：「向

只當教訓他。一笑。

慨乎言之。

子安是勢利人。端甫的小條子不忘，玉生來過不忘，偏忘了侶笙的對子。

❶ 董字：明朝書法家董其昌的字體。

來是沒有的，不過我為足下起見，在這裡擺個攤，終不是事，不如到小號裡去，奉屈幾時，就同乾俸一般。等我到南京去，有了機會，便來相請。」侶笙道：「這卻使不得。我與足下未遇之先，已受先施之惠；及至萍水相遇，怎好為我破格！況且生意中的事情，與官場截然兩路，斷不能多立名目，以致浮費，豈可為我開了此端。這個斷不敢領教。如蒙見愛，請隨處代為留心，代謀一席，那就受惠不淺了。」我道：「如此說，就同我一起到南京去謀事如何？」侶笙道：「好雖好，只是舍眷無可安頓，每日就靠我混幾文回去開銷，一時怎撇得下呢。」我道：「這不要緊，在我這裡先拿點錢安家便是。」侶笙道：「足下盛情美意，真是令人感激無地！但我向來非義不取，無功不受，此刻便算借了尊款安家，萬一到南京去謀不著事，將何以償還呢！還求足下聽我自便的好。如果有了機會，請寫個信來，我接了信就料理起程。」我聽了他一番話，不覺暗暗嗟嘆，天下竟有如此清潔的人，真是可敬。只得辭了他出來，順路去看端甫。端甫也是十分嘆息道：「不料風塵中有此等氣節之人！你到南京，一定要代他設法，不可失此朋友。但不知你幾時動身？」我道：「打算今夜就走。在蘇州就接了南京信，叫快點回去，說還有事，正不知是甚麼事。」說話時，有人來診脈，我就辭了回去。

一個抵死的熱心，一個抵死的廉潔，寫來好看。

是夜附了輪船動身，第三天一早到了南京。我便叫挑夫挑了行李上岸，騎馬進城，先到裡面見過吳老太太及繼之夫人。老太太道：「你回來了，辛苦了！身子好麼？我惦記你得狠呢。」我道：「託乾娘的福，一路都好。」老太太道：「你見過娘沒有？」我道：「還沒有呢。」老太太道：「好孩子，快去罷，你娘念你得狠。你回來了，怎麼不先見娘，卻先來見我？你見了娘，也不必到關上去，你大哥一會兒就回來了。我今天做東，整備了酒席，賀荷花生日。你回來了，就帶著代你接風了。」我陪笑道：「這

偏是老

太太熱鬧。不知較竹湯餅會如何？

此女大有見識。

帶罵蘇

個哪裡敢當！不要折煞乾兒子罷！」老太太道：「胡說！掌嘴！快去罷。」

我便出來，由便門過去，見過母親、嬸娘、姊姊。母親問幾時到的，我道：「纔到。」母親問見過乾娘和嫂子沒有，我道：「都見過了。我這回在上海，遇見伯父的。」母親道：「說甚麼來？」我道：「沒說甚麼，只告訴我說小七叔來了。」母親訝道：「來甚麼地方？」我道：「到了上海，在洋行裡面。我去見過兩次。他此刻白天學生意，晚上念洋書。」姊姊道：「這小孩子怪可憐的，六七歲上沒了老子，沒念上兩年書，就荒廢了，在家裡養得同野馬一般。此刻不知怎樣了？」我道：「此刻好了，狠沉靜，不像從前那種七縱八跳的了。」母親瞅了我一眼道：「你小時候安靜！」姊姊道：「沒念幾年書，就去念洋書，也不中用。」我道：「只怕他自己還在那裡用功呢。我看他兩遍，都見他床頭桌上，堆著些古文觀止、分類尺牘之類。有不懂的，還問過我些。他此刻自己改了個號，叫做叔堯。他的小名叫土兒，讀書的名字，就是單名叫一個『堯』字。此刻號也用這個堯字，我問他是甚麼意思，他說小時候，父母因為他的八字五行缺土，所以叫做土兒，取『堯』字做名字，也是這個意思。其實是毫無道理的，未必取了這種名字，就可以補上五行所缺。不過要取好的號，取不出來。他底下還有老八、老九，所以按孟、仲、叔、季的排次，加一個『叔』字在上面做了號，倒爽利些。」姊姊訝道：「讀了兩年書的孩子，發出這種議論，有這種見解，就了不得！」

我道：「本來我們家裡沒有生出笨人過來。」母親道：「單是你最聰明！」我道：「自然。我們家裡的人已經聰明了，更是我娘的兒子，所以又格外聰明些。」嬸娘道：「了不得！你走了一次蘇州，就把蘇州人的油嘴學來了。從來拍娘的馬屁，也不曾有過這種拍法。」我道：「我也不是油嘴，也不是拍

州人。妙極。見景生情，隨口杜撰，取悅老人妙法。

責景翼時，何等嚴厲。此處何等嬌憨，純從天性中來。勿認作做出兩副面目也。

引用恰

馬屁，相書上說的，『左耳有痣聰明，右耳有痣孝順』，我娘左耳朵上有一顆痣，是聰明人，自然生出聰明兒子來了。」姊姊走到母親前，把左耳看了看，道：「果然一顆小痣，我們一向倒不曾留心。」又過來把我兩個耳朵看過，拍手笑道：「兄弟這張嘴真學油了！他右耳上一顆痣，就隨口杜撰兩句相書，非但說了伯娘聰明，還要誇說自己孝順呢。」我道：「娘不要聽姊姊的話，這兩句，我的確在『麻衣神相』上看下來的。」姊姊道：「伯娘不要聽他，他連書名都鬧不清楚，好好的麻衣相法，他弄了個『麻衣神相』。這麻衣相法是我看了又看的，哪裡有這兩句？」我道：「好姊姊，何苦說破我！我要騙騙娘，相信我是個天生的孝子，心裡好偷著歡喜，何苦說破我呢。」說的眾人都笑了。

只見春蘭來說道：「那邊吳老爺回來了。」我連忙過去，到書房裡相見。繼之笑著道：「辛苦，辛苦！」我也笑道：「費心，費心！」繼之道：「你費我甚麼心來？」我道：「我走了，我的事自然都是大哥自己辦了，如何不費心？」坐下便把上海、蘇州一切細情都述了一遍。繼之道：「我催你回來，不為別的，我這個生意，上海是個總字號，此刻蘇州分設定了，將來上游蕪湖、九江、漢口，都要設分號，下游鎮江，也要設個字號，杭州也是要的。你口音好，各處的話都可以說，我要把這件事煩了你。你只要到各處去開闢碼頭，經理的我自有人。將來都開設定了，你便往來稽查。這裡南京是個中站，又可以時常回來，豈不好麼。」我道：「大哥何以忽然這樣大做起來？」繼之道：「我家裡本是經商出身，豈可以忘了本。可有一層，我在此地做官，不便出面做生意，所以一切都用的是某記，並不出名。在人家跟前，我只推說是你的。你見了那些夥計，萬不要說穿，只有管德泉一個知道實情，其餘都不知道的。」我笑道：「名者，實之賓也。吾其為賓乎？」繼之也一笑。我道：「我去年交給大哥的，是整數二千銀

當。此是極寫繼之。

子。怎麼我這回去查帳，卻見我名下的股份，是二千二百五十兩？」繼之道：「那二百五十兩，是去年年底帳房裡派到你名下的。我料你沒有甚麼用處，就一齊代你入了股，一時忘記了，沒有告訴你。你走了這一次，辛苦了，我給你一樣東西開開心。」說罷，在抽屜裡取出一本極舊極殘的本子來。這本子只有兩三頁，上面濃圈密點的，是一本詞稿。我問道：「這是哪裡來的？」繼之道：「你且看了再說。我和述農已是讀的爛熟了。」我看第一闋是誤佳期，題目是美人噓。我笑道：「只這個題目便有趣。」繼之道：「還有有趣的呢。」我念那詞：

浴罷蘭湯夜，一陣涼風恁好。陡然嬌噓兩三聲，消息難分曉。　莫是意中人，提著名兒叫？笑他鸚鵡卻回頭，錯道儂家惱。

我道：「這倒虧他著想。」再看第二闋是荊州亭，題目是美人孕。我道：「這個可向來不曾見過題詠的，倒是頭一次。」再看那詞是：

一自夢熊占後❷，惹得嬌慵病久。個裡自分明，羞向人前說有。　鎮日貪眠作嘔，茶飯都難適口。含笑問檀郎❸：梅子枝頭黃否？

❷ 夢熊占後：古人以夢中見熊為生男的徵兆。詩經小雅斯干：「吉夢維何？維熊維羆，……大人占之，維熊維羆，男子之祥。」

我道：「這句『羞向人前說有』，虧他想出來。」又看第三闋是解佩令美人怒，詞是：

喜容原好，愁容也好，驀地間怒容越好。一點嬌嗔，襯出桃花紅小，有心兒使乖弄巧。
問伊聲悄，憑伊怎了，拚溫存解伊懊惱。剛得回嗔，便笑把檀郎推倒，甚來由到底不曉。

我道：「這一首是收處最好。」第四闋是一痕沙美人乳。我笑道：「美人乳明明是兩堆肉，他用這一痕沙的詞牌，不通。」繼之笑道：「莫說笑話，看罷。」我看那詞是：

遲日昏昏如醉，斜倚桃笙❹慵睡。乍起領環鬆，露酥胸。　小簇雙峰瑩膩，玉手自家摩戲。欲扣又還停，儘憨生。

我道：「這首只平平。」繼之道：「好高法眼！」我道：「不是我的法眼高，實在是前頭三闋太好了。如果先看這首，也不免要說好的。」再看第五闋是蝶戀花夫壻醉歸。我道：「詠美人寫到夫壻，是從對面著想，這題目先好了，詞一定好的。」看那詞是：

詼諧得好。

❸ 檀郎：西晉潘岳，字安仁，省稱潘安；又小字檀奴，故稱「檀郎」。潘岳工詩賦，姿儀秀美，故以「潘安」、「檀郎」為美男子代稱。

❹ 桃笙：桃枝竹所編的蓆子。

日暮挑燈閒徙倚，郎不歸來留戀誰家裡？及至歸來沉醉矣，東歪西倒難扶起。不是貪杯何至此？便太常般，難道儂嫌你❺？只恐瞢騰傷玉體，教人憐惜渾無計。

我道：「這卻全在美人心意上著想，倒也體貼入微。」第六闋是眼兒媚曉妝：

曉起嬌慵力不勝，對鏡自忪惺。淡描青黛，輕勻紅粉，約略妝成。　檀郎含笑將人戲，故問夜來情。回頭斜眄。一聲低啐，你作麼生！

我道：「這一闋太輕佻了，這一句『故問夜來情』，必要改了他方好。」繼之道：「改甚麼呢？」我道：「這種香豔詞句，必要使他流入閨閣方好。有了這種猥褻句子，怎麼好把他流入閨閣呢。」繼之道：「你不過想給姊姊看而已。改甚麼呢？」我道：「且等我看完了，總要改他出來。」因看第七闋，是憶漢月美人小字。詞是：

恩愛夫妻年少，私語喁喁輕悄。問他小字每糢糊，欲說又還含笑。　被他纏不過，說便說郎須記了。切休說與別人知，更不許人前叫。

❺ 便太常般，難道儂嫌你：因太常所執之事常常要齋戒獨宿，而不能與妻常聚。太常，官名，掌禮樂郊廟社稷事宜。

拍案叫絕。

果然改得好。

我不禁拍手道：「好極，好極！這一闋要算絕唱了。虧他怎麼想得出來！」繼之道：「我和述農也評了這闋最好，可見得所見略同。」我道：「我看了這一闋，連那『故問夜來情』也改著了。」繼之道：「改甚麼？」我道：「改個『悄地喚芳名』，不好麼？」繼之拍手道：「好極，好極，改得好！」再看第八闋，是憶王孫閨思：

昨宵燈爆喜情多，今日窗前鵲又過，莫是歸期近了麼？鵲兒呵！再叫聲兒聽若何？

我道：「這無非是晨占喜鵲，夕卜燈花之意，不過癡得好頑。」第九闋是三字令閨情。我道：「這三字令最難得神理，他只限著三個字一句，哪得跌宕！」看那詞是：

人乍起，曉鶯鳴，眼猶餳。簾半捲，檻斜憑，綻新紅，呈嫩綠，雨初經。　開寶鏡，掃眉輕，淡妝成。纔歇息，聽分明，那邊廂，墻角外，賣花聲。

我道：「只有下半闋好。」這一本稿，統共只有九闋，都看完了。我問繼之道：「詞是狠好，但不知是誰作的？看這本子殘舊到如此，總不見得是個時人了。」繼之道：「那天我閒著沒事，到夫子廟前閒逛，看見冷攤上有這本東西，只化了五個銅錢買了來。只恨不知作者姓名。這等名作，埋沒在風塵中，也不知幾許年數了。倘使不遇我輩，豈不是徒供鼠嚙蟲傷，終於覆瓿！」我因繼之這句話，不覺觸動了一樁心事。正是：

一樣沉淪增感慨，偉人環寶共風塵。

不知觸動了甚麼心事，且待下回再記。

此回敍景翼事已畢，其結果如此，以理言之，自是自取。然對於鄉愚言之，正不妨據數以言報復也。

侶笙竟是一介不取一流人，其一生之操守已見於此，其一生之遭逢實亦伏於此矣。讀者其留意之。

寫回到南京時，忽然另換一枝筆，正以見雖小別月餘，歸家即有此等樂境也。天涯游子，有讀此而不悠然興思家之念者乎？

第四十回　披畫圖即席題詞　發電信促歸閱卷

我聽見繼之讚嘆那幾闋詞，說是倘不遇我輩，豈不是終於覆瓿，我便忽然想起蔡侶笙來。因把在上海遇見黎景翼，如此怎般，告訴了一遍。又告訴他蔡侶笙如何廉介，他的夫人如何明理，都說了一遍。繼之道：「原來你這回到上海，幹了這麼一回事，也不虛此一行。」我道：「我應允了蔡侶笙，一到南京，就同他謀事，求大哥代我留意。」繼之道：「你同他寫下兩個名條，我覷便同他薦個事便了。」

可見也是熱心人。

說話間，春蘭來叫我吃午飯，我便過去。飯後，在行李內取出團扇及畫片，拿過來給繼之，說明是德泉送的。繼之先看扇子，把那題的詩念了一遍道：「這回倒沒有抄錯。」我道：「怎麼說是抄的？」繼之道：「你怎麼忘了？我頭回給你看的那把團扇，把題花卉的詩題在美人上，不就是這個人畫的麼。」我猛然想起當日看那把團扇來，並想起繼之說的那詩畫交易的故事，又想起江雪漁那老臉攘詩，纔信繼之從前的話，並不曾有意刻畫他們。因把在蘇州遇見江雪漁的話，及代題詩的話，述了一遍。老太太在旁聽見，便說道：「原來是你題的詩，快念給我聽。」繼之把扇子遞給他夫人，他夫人便念了一遍，又逐句解說了。老太太道：「好口彩，好吉兆！果然石榴多子，明日繼之生了兒子，我好好的請你。」我笑說「多謝」。繼之攤開那畫片來看，見了那款，不覺笑道：「他自己不通，如何把我也拉到蘇州去？好好的一張畫，這幾個字寫的成了廢物了。」我道：「我也曾想過，只要叫裱畫匠，把那幾個字挖了去，

回顧第九回事。

是老人望孫口吻。

還可以用得。」繼之道：「只得如此的了。」我又回去，把我的及送述農的扇子，都拿來給繼之看。繼之道：「這都是你題的麼？」我道：「是的。他畫一把，我就題一首。」繼之道：「這個人畫的著實可以，只可惜太不通了。但既然不通，就安分些，好好的寫個上下款也罷了，偏要題甚麼詩！你看這幾首詩，他將來又不知要錯到甚麼畫上去了。」我道：「他自己說是吳三橋的學生呢。」繼之道：「這也說不定的。說起吳三橋，我還買了一幅小中堂在那裡，你既歡喜題詩，也同我題上兩首去。」我道：「畫在哪裡？」繼之道：「在書房裡，我同你去看來。」於是一同到書房裡去，繼之在書架上取下畫來，原來是一幅美人。布景是滿幅梅花，梅梢上烘出一鉤斜月，當中月洞裡，露出美人，斜倚在薰籠上。裱的全綾邊，那綾邊上都題滿了，卻剩了一方。繼之指著道：「這一方就是虛左以待❶的。」我道：「大哥哪裡去找了這些人題？」繼之道：「我哪裡去找人題，買來就是如此的了。」我道：「這一方的地位狠大，不是一兩首絕詩寫得滿的。」繼之道：「你就多作幾首也不妨。」我想了一想道：「也罷。早上看了絕妙好詞，等我也效顰填一闋詞罷。」繼之道：「隨你便。」我取出詩韻翻了一翻，填了一闋疏影。詞曰：

香消爐歇，正冷侵翠被，霜禽啼徹。斜月三更，譙鼓城笳❷，一枕夢痕明滅。無端驚起佳人睡，
況酒醒天寒時節。算幾回倚遍薰籠，依舊黛眉雙結。　良夜迢迢甚伴？對空庭寂寞，花光清絕。

---

❶ 虛左以待：古代以左為尊，把留尊位以待賢者叫「虛左以待」。

❷ 譙鼓城笳：譙，譙樓，也稱鼓樓，夜間報時擊鼓；城笳，城頭吹笳。笳，一種三孔木管樂器。

驀逗春心，偷數年華，獨自暗傷離別。年來消瘦知何似，應不減素梅孤潔。且待伊塞上歸來，密與擁爐愁說。

用紙寫了出來，遞給繼之道：「大哥看用得，我便寫上去。」繼之看了道：「你倒是個詞章家呢，但何以忽然用出那離別字眼出來？」我道：「這有甚一定的道理？不過隨手拈來，就隨意用去。不然，只管贊梅花的清幽，美人的標緻，有甚意思呢。我只覺得詞句生澀得狠。」繼之道：「不生澀，狠好！寫上去罷。」我攤開畫，寫了上去，署了款。繼之便叫家人來，把他掛起。

日長無事，我便和繼之對了一局圍棋。又把那九闋香奩詞抄了，只把眼兒媚的「故問夜來情」改了個「悄地喚芳名」，拿去給姊姊看。姊姊看了一遍道：「好便好，只是輕薄些。」我道：「這個只能撇開他那輕薄，看他的巧思。」姊姊笑道：「我最不服氣，男子們動不動拿女子做題目來作詩填詞，任情取笑！」我道：「豈但作詩填詞，就是畫畫何嘗不是？只畫美人，不畫男子。要畫男子，除非是畫故事。若是隨意坐立的，斷沒有畫個男子之理。」姊姊道：「正是。我纔看見你的一把團扇，畫的狠好，是在哪裡畫來的？」我道：「在蘇州。姊姊歡喜，我寫信去畫一把來。」姊姊道：「我不要。你幾時便當，順便同我買點顏料來，還要買一份畫碟、畫筆。我的丟在家裡，沒有帶來。」我歡喜道：「原來姊姊會畫，是幾時學會的？我也要跟著姊姊學。」

正說到這裡，吳老太太打發人來請，於是一同過去。那邊已經擺下點心。吳老太太道：「我今天這個東做得著，又做了荷花生日，又和乾兒子接風。這會請先用點心，晚上涼快些再吃酒。」我因為荷花

果然不出我所料。

只兩個字，罵盡罵絕。是母親話。

生日，想起了「竹湯餅會」來，和繼之說了。繼之道：「這種人只算得現世！」我道：「有愁悶時，聽聽他們的問答，也可以笑笑。」於是把在花多福家所聞的話，述了一遍。母親道：「你到妓院裡去來？」我道：「只坐得一坐就走的。」姊姊道：「依我說，到妓院裡去倒不要緊，倒是那班人少親近些。」我道：「他硬拉我去的，誰去親近他！」姊姊道：「並不是甚麼親近不得，只小心被他們薰臭了。」說的大眾一笑。當夜陪了吳老太太的高興，吃酒到二炮纔散。

次日繼之出城，我也到關上去，順帶了團扇送給述農。大家不免說了些別後的話，在關上盤桓了一天。到晚上，繼之設了個小酌，單邀了我同述農兩個吃酒，賞那香奩詞。述農道：「徒然賞他，不免為作者所笑，我們也應該和他一闋。」我道：「香奩體我作不來，並且有他的珠玉在前，我何敢去佛頭著糞！」繼之道：「你今天題畫的那一闋疏影，不是香奩麼？」我道：「那不過是稍為帶點香奩氣，他這個是專寫兒女的，又自不同。」述農道：「說起題畫，一個朋友前天送來一個手卷要我題，我還沒工夫去作。不如拿出來，大家題上一闋詞罷。」我道：「這倒使得。」述農便親自到房裡取了來，簽上題著「金陵圖」三字。展開來看，是一幅工筆青綠山水，把南京的大概畫了上去。繼之道：「用個甚麼詞牌呢？」述農道：「詞牌倒不必限。」我道：「限了的好。不限定了，回來有了一句合這個牌，又有一句合那個牌，倒把主意鬧亂了。」繼之道：「秦淮多麗，我們就用多麗罷。」我道：「好。我已經有了起句了：『大江橫，古今烟鎖金陵。』」述農道：「好敏捷！」我道：「起兩句便敏捷，這個牌還有排偶對仗，頗不容易呢。」繼之道：「我也有個起句，是『古金陵，秦淮烟水冥冥。』」我道：「既如此，也限了八庚韻罷。」於是一面吃酒，一面尋思。倒是述農先作好了，用紙謄了出來。繼之拿在手裡，念道：

水盈盈，吳頭楚尾❸波平。指參差帆檣隱處，三山❹天外搖青。丹脂銷墻根蛩泣，金粉滅江上烟腥。北固❺雲頹，中泠❻泉咽，潮聲怒吼石頭城。只千古後庭❼一曲，回首不堪聽。休遺恨霸圖銷歇，王謝❽飄零。但南朝❾繁華已燼，夢蕉❿何事重醒？舞臺傾夕烽驚雀，歌館寂燐火為螢。荒徑香埋，空庭鬼嘯，春風秋雨總愁凝。更誰家秦淮夜月，笛韻寫淒清？傷心處畫圖難足，詞客牽情。

繼之念完了，便到書案上去寫，我站在前面，看他寫的是：

❸ 吳頭楚尾：金陵即南京，地處古吳地（江蘇）上游，古楚地（安徽）下游，故稱「吳頭楚尾」。

❹ 三山：山名，在今南京市西南，長江東岸，突出江中，又名「護國山」。

❺ 北固：山名，在今鎮江市北，三面臨江。

❻ 中泠：鎮江名泉。

❼ 後庭：南朝陳後主（叔寶）的樂府玉樹後庭花的簡稱。其詩曰：「麗宇芳林對高閣，新妝豔質本傾城。映戶凝嬌乍不進，出帷含態笑相迎。妖姬臉似花含露，玉樹流光照後庭。」詞調輕蕩靡麗，被後世視為亡國之音。下文繼之詞中「玉樹歌殘」，玉樹亦指此詩。

❽ 王謝：東晉王導、謝安兩大家族。

❾ 南朝：東晉亡後的宋、齊、梁、陳四朝，均據建康（今南京市）稱帝。南朝是相對同時並存的北朝（北魏、北齊等）而言。

❿ 夢蕉：典出列子周穆王。鄭人在野外砍柴，打死一鹿，倉卒中藏之於蕉葉之下，過後卻忘了所藏之處，疑為一夢。

古金陵，秦淮烟水冥冥。寫蒼茫勢吞南北，斜陽返射孤城。泣胭脂淚乾陳井⑪，橫鐵鎖纜繫吳舲。玉樹歌殘，銅琶咽斷，怒潮終古不平聲。算只有蔣山⑫如壁，依舊六朝⑬青。空餘恨鳳臺寂寞，鴉點零星。　嘆豪華灰飛王謝，那堪鼙鼓重驚！指燈船光銷火蚤，憑水榭影亂秋螢。壞堞荒烟，寒笳夜雨，鬼燐鵑血暗愁生。畫圖中長橋片月，如對碧波明。烏衣巷年年燕至⑭，故國多情。

我等繼之寫完，我也寫了出來，交給述農看。我的詞是：

大江橫，古今烟鎖金陵。憶六朝幾番興廢，恍如一局棋枰。見風飄去來眼底，望樓櫓頹敗心驚。幾代笙歌，十年鼙鼓，不堪回首嘆凋零。想昔日秦淮觴詠，似幻夢初醒。空留得一輪明月，漁火零星。　最銷魂紅羊劫⑮盡，但餘一座孤城。剩銅駝⑯無言衰草，聞鐵馬淒斷郵亭。舉目滄桑，

---

⑪ 陳井：隋兵攻入建康，陳後主和他的寵妃張麗華藏到景陽井（又稱「胭脂井」）中，仍被俘虜。此井亦稱「陳井」。

⑫ 蔣山：在今南京市。古稱「金陵山」，漢時叫「鍾山」。三國孫吳時，為避孫權祖父名諱，改名「蔣山」，因東漢末年秣陵縣尉蔣子文戰死此地而得名。東晉初，人們發現山頂常有紫金色雲彩繚繞，又叫「紫金山」。

⑬ 六朝：在建康建都的吳、東晉、宋、齊、梁、陳六朝。

⑭ 烏衣巷年年燕至：烏衣巷在今南京市內，東晉時王、謝家族居住之地。唐劉禹錫金陵懷古詩曰：「朱雀橋邊野草花，烏衣巷口夕陽斜。舊時王謝堂前燕，飛入尋常百姓家。」

⑮ 紅羊劫：指國難。古人以丙午、丁未是國家發生災禍的年份，丙、丁均屬火，色赤，未屬羊，故稱丁未為紅

感懷陵谷，落花流水總關情。偶披圖舊時景象，歷歷可追憑。描摹出江山如故，輸與丹青。

此等也是怪現狀。念念不忘。何怪侶笙感激也。

當下彼此傳觀，又吃了一回酒，述農自回房去安歇。

繼之對我道：「你將息兩天，到蕪湖走一次。你但找定了屋子，就寫信給我，這裡派人去。你便再到九江、漢口，都是如此。」我道：「這找房子的事，何必一定要我？」繼之道：「你去找定了，回來可以告訴我一切細情。若叫別人去，他們去了，就在那裡辦事了。還有一層：將來你往來稽查，也還可以熟悉些。」我道：「這裡南京開辦麼？」繼之道：「這裡叫德泉倒派人上來辦，纔好掩人耳目。你從上江回來，就可以到鎮江去。」我道：「這裡書啓的事怎樣呢？」繼之道：「我這個差事，上前天奉了札子，又連辦一年。書啟我打算另外再請人。」我道：「那麼何不就請了蔡侶笙呢？」繼之道：「但不知他筆下如何？」我道：「包你好。我雖然未見過他的東西，然而保過廩的人，斷不至於不通。頂多作出來的東西，有點腐八股氣罷了，何況還不見得。他還送我一副對子，一筆好董字。」繼之道：「我就請了他，你明日就寫信去罷，連關書⓱一齊寄去也好。」我聽說不勝之喜，連夜寫好了，次日一早便叫家人寄去。又另外寄給王端甫一信，囑他勸駕。

羊。午屬馬，故稱丙午為赤馬。這裡「紅羊」乃為洪（秀全）楊（秀清）諧音，「紅羊劫」指太平天國戰爭。

⓰ 銅駝：典出晉書索靖傳。西晉時，索靖知天下將亂，指著洛陽宮門銅鑄的駱駝嘆息說：不久就要看見你在荊棘裡了！接著果然發生五胡之亂。

⓱ 關書：給幕友的聘書。

我便賃馬進城，順路買了畫碟、畫筆、顏料等件，又買了幾張宣紙、扇面、畫絹等，回來送與姊姊，並央他教我畫。姊姊道：「你只要在旁邊留著心看我畫，看多了就會了，難道還要把著手教麼？」我道：「我從前學畫山水，學了三個多月，畫出來的山，還像一個土饅頭，我就丟下了。」姊姊便裁了一張小中堂。我道：「畫甚麼？」姊姊道：「畫一幅美人，送我乾嫂子。」說罷坐下，調開顏色，先畫了個美人面，又布了一樹梅花。我道：「姊姊可是看見了書房那張，要背臨他的稿子？」姊姊道：「大凡作畫要臨稿本，便是低手。書房那是我看見的，我卻並不臨他。」我道：「初學時總是要臨的。」姊姊道：「這個自然。但是學會之後，總要胸中有了丘壑，要畫甚麼，就是甚麼，纔能稱得畫家。」說話間，春蘭拿了一捲東西進來，說是他家周二爺從關上帶回來的。拆開看時，原是那幅金陵圖，昨夜的詞未曾寫上，今天繼之、述農都寫了，拿來叫我寫的。姊姊道：「書房那張，你也題了一闋詞，怎麼這樣詞興大發？我這張也要請教一闋了。」我道：「纔題過一張梅花美人，今日再題，恐怕要犯了。」姊姊道：「胡說！我不信你腹儉[18]到如此。我已經填了一闋解語花，在乾嫂子那裡，你去看來。」我道：「既如此，我不看詞，且看畫的是甚麼樣子個大局，我好切題做去。」姊姊道：「沒有甚麼樣子，就是一個月亮，一個美人站在梅花樹下。」我便低頭思索一會，問姊姊要紙寫出來。姊姊道：「填的甚麼詞牌？不必寫，先念給我聽。」我道：「自然也是解語花。」因念道：

思縈鄧尉[19]，夢遶羅浮[20]，身似梅花瘦。故園依舊，慵梳掠，誰共尋芳攜手？芳心恐負，正酒醒

趣語。

居然老畫師。

[18] 腹儉：腹空，指肚裡學問很少。

果然與前複了，豈真腹儉耶。又是詞家。

天寒時候。喚丫鬟招鶴歸來，請與冰魂守。　羌笛怕聽吹驟，念隴頭人遠，怎堪回首，翠蛾愁皺。相偎處，惹得暗香盈袖。凝情待久，無限恨，癯仙知否？應為伊惆悵江南，月落參橫後。

姊姊聽了道：「大凡填詞，用筆要如快馬入陣，盤旋曲折，隨意所之。我們不知怎的，總覺著有點拙澀，詞句總不能圓轉，大約總是少用功之過。念我的你聽：

芳痕淡抹，粉影含嬌，隱隱雲衣疊。一般清絕，偎花立，空自暗傷離別。銷魂似妾，心上事更憑誰說？倩何人寄語隴頭，鏡裡春難折。　寂寞黃昏片月，伴珊珊環佩，滿庭香雪，蛾眉愁切。關情處，怕聽麗譙吹徹。冰姿似鐵，嘆爾我，生來孤潔。恐飄殘倦倚風前，一任霜華拂。」

我道：「姊姊這首就圓轉得多了。」姊姊道：「也不見得。」此時那畫已畫好了，我便把題詞寫上，又寫了那金陵圖的題詞。

過得兩天，我便到蕪湖去，看定了房子，等繼之派人來經理了。我又到九江，到漢口，回南京歇了幾天，又到鎮江，到杭州。從此我便來往蘇杭及長江上下游。原來繼之在家鄉提了一筆巨款來，做這個買賣。專收各路的土貨，販到天津、牛莊、廣東等處去發賣，生意倒也十分順手。我只管往來稽查帳目，

---

⑲ 鄧尉：山名，在蘇州西南，山多梅樹，號稱「香雪海」。

⑳ 羅浮：山名，在廣東增城，以盛產梅花而聞名。

在路的日子多，在家的日子少，這日子就覺得容易過了。不知不覺過了一個週年。直到次年七月裡，我稽查到了上海，正在上海號裡住下，忽接了繼之的電報，叫速到南京去，電文簡略，也不曾敘明何事。我想繼之大關的差使，留辦一年，又已期滿，莫非叫我去辦交代。然而辦交代用不著我呀。既然電報來叫，必定是一件要事，我且即日動身去罷。正是：

只道書來詢貨殖，誰知此去卻衡文。

未知此去有何要事，且聽下回再記。

上回是看他人之詞，此回是自己填詞，詞都好。

一入商途，便經一年之久，無怪狀可記。豈商務中獨無怪狀耶？吾急欲叩之。

此應是第四年。

想是年來做生意電報見的多了，故接電不驚了。一笑。

第四十一回　破資財窮形極相　感知己瀝膽披肝

我接了繼之電信，便即日動身，到了南京，便走馬進城，問繼之有甚要事。恰好繼之在家裡，他且不說做甚麼，問了些各處生意情形，我一一據實回答。我問起蔡侶笙，繼之道：「上月藩臺和我說，要想請一位清客，要能詩、能酒、能寫、能畫的，雜技愈多愈好；又要能談天，又要品行端方，託我找這樣一個人。你想叫我往哪裡去找？只有侶笙。他琴棋書畫，件件可以來得，不過就是脾氣古板些。就把他薦去了，倒甚是相得。大關的差事，前天也交卸了。」我道：「述農呢？」繼之道：「述農館地還連下去。」我道：「這回叫我回來，有甚麼事？」繼之道：「你且見了老伯母，我們再細談。」我便出了書房，先去見了吳老太太及繼之夫人，方纔過來見了母親、嬸娘、姊姊，談了些家常話。

末一層最難。

我見母親房裡，擺著一枝三鑲白玉如意，便問是哪裡來的。母親道：「上月我的生日，蔡侶笙送來的，還有一個董其昌手卷。」我仔細看了那如意一遍，不覺大驚道：「這個東西，怎麼好受他的！雖然我薦他一個館地，只怕他就把這館地一年的薪水，還買不來！這個如何使得？」母親道：「便是。我也說是小生日，不驚動人，不肯受。他再三的送來，只得收下。原是預備你來家，再當面還他的。」我道：「他又怎麼知道母親生日呢？」姊姊道：「怕不是大哥談起的。他非但生日那天送這個禮，就是平常日子送吃的，送用的，零碎東西也不知送了多少！」我道：「這個使不得。偏是我從薦了他的館地之後，

此處寫侶笙。

就沒有看見過他。」姊姊道：「難道一回都沒見過？」我道：「委實一回都沒見過。他是住在關上的，他初到時，來過一次，那時我到蕪湖去了。嗣後我就東走西走，偶爾回來，也住不上十天八天，我不到關上，他也無從知道，趕他知道了，我又動身了，所以從來遇不著。還有那手卷呢？」姊姊在抽屜裡取出來給我看，是一個三丈多長的綾本。我看了，便到繼之那邊和繼之說。繼之道：「他感激你得狠呢，時時念著你。這兩樣東西，我也曾見來。若講現買起來呢，也不知要值到多少錢。他說這是他家藏的東西，在上海窮極的時候，拿去押給人家了。兩樣東西，也只押得四十元。他得了館地之後，就贖了回來，拿來送你。」我道：「是他先代之物，我更不能受，明日待我當面還了他。此刻他在藩署裡，近便得狠，我也想看看他去。」

繼之道：「你自從丟下了書本以來，還能作八股麼？」我笑道：「我就是未丟書本之前，也不見得能作八股。」繼之道：「說雖是如此說，你究竟是在哪裡作的。我記得你十三歲考書院，便常常的取在五名前。以後兩年我出了門，可不知道了。」我道：「此刻憑空還問這個做甚麼呢？」繼之道：「只管胡亂談談，有何不可？」我道：「我想這個不是胡亂談的，或者另外有甚麼道理。」繼之笑著，指著一個大紙包道：「你看這個是甚麼？」我拆開來一看，卻是鍾山書院的課卷。我道：「只怕又是藩臺委看的？」繼之道：「正是。這是生卷❶，童卷❷是侶笙在那裡看。藩臺委了我，我打算要煩勞了你。」我道：「幫著看是可以的，不過我不能定甲乙。」繼之道：「你只管定了甲乙，順著疊起來，不要寫上，

問得奇。

我也疑心。

❶ 生卷：秀才的課卷。
❷ 童卷：童生的課卷。

等我看過再寫就是了。」我道：「這倒使得。但不知幾時要？這裡又是多少卷？要取幾名？」繼之道：「這裡共是八百多卷，大約取一百五十卷左右。佳卷若多，就多取幾卷也使得。你幾時可以看完就幾時要，但是越快越好，藩臺交下來好幾天了，我專等著你。你在這裡看，還是拿過去看？」我道：「但只看看，不過天把就看完了。但是還要加批加圈，只怕要三天。我還是拿過去看的好，那邊靜點，這邊恐怕有人來。」繼之道：「那麼你拿過去看罷。」我笑道：「看了使不得，休要怪我。」繼之道：「不怪你就是。」當下又談了一會。

繼之叫家人把卷子送到我房裡去，我便過來，看見姊姊正在那裡畫畫。我道：「畫甚麼？」姊姊道：「九月十九是乾娘五十整壽，我畫一堂海滿壽屏，共是八幅。」我道：「呀！這個我還不曾記得。我們送甚麼呢？」姊姊道：「這裡有一堂屏了。還有一個多月呢，慢慢辦起來，甚麼不好送。」我道：「這份禮是狠難送的。送厚了，繼之不肯收；送薄了，過不去。怎麼好呢？」想了一想道：「有了一樣了。我前月在杭州，收了一尊柴窯❸的彌勒佛，只化得四吊錢，的真是古貨。只可惜放在上海，回來寫個信，叫德泉寄了來。」姊姊道：「你又來了，柴窯的東西，怎麼只賣得四吊錢？」我道：「不然我也不知，因為這東西買得便宜，我也有點疑心，特為打聽了來。原來這一家人家，本來是杭州的富戶，祖上在揚州做鹽商的。後來折了本，倒了下來，便回杭州。生意雖然倒了，卻也還有幾萬銀子家資。後來的子孫，一代不如一代，起初是賣田，後來是賣房產，賣桌椅東西，賣衣服首飾，鬧的家人僕婦也用不起了。一

已經折了本，倒下來了。賣

❸ 柴窯：五代周世宗（柴榮）時，鄭州著名的瓷窯，相傳為周世宗下令建造，故名。據稱其瓷「青如天，明如鏡，薄如紙，聲如磬」，為古代青瓷上品，傳留極少。

天在堆存雜物的樓上看見有一大堆紅漆竹筒子，也不知是幾個。這是揚州戴春林的茶油筒子❹，知道還是祖上從揚州帶回來的茶油，此刻差不多上百年了，想來油也乾了，留下他無用，不如賣了。打定了主意，就叫了收買舊貨的人來，講定了十來個錢一個，當堂點過，卻是九十九個都賣了。得過幾天，又在角子上尋出一個，想道：『這個東西原是一百個，那天怎樣尋他不出來？』搖了一搖，沒有聲響，想是油都乾了。想這油透了的竹子，劈細了生火倒好，於是拿出來劈了。原來裡面並不是油，卻是用木屑藏著一條十兩重的足赤金條子。不覺又驚又喜，又悔又恨。驚的是許久不見這樣東西，如今無意中又見著了；喜的是有了這個，又可以換錢化了；悔的是那九十九個，不應該賣了；恨的是那天見了這筒子，怎麼一定當他是茶油，不劈開來先看看再賣。只得先把這金子去換了銀來。有銀在手，又忘懷了，吃喝嫖賭，不上兩個月又沒了。他自想眼睜睜看著九百九十兩金子沒福享用，吊把錢把他賣了，還要這些東西作甚麼，不如都把他賣了完事。因此索性在自己門口，擺了個攤子，把那眼前用不著的家私什物，都拿出來，只要有人還價就賣。那天我走過他門口，看見這尊佛，問他要多少錢，他並不要價，只問我肯出多少。我說了個四吊，原不過說著頑，誰知他當真賣了。」姊姊道：「你不要撒謊，天下哪裡有這種獃人！」我道：「惟其獃，所以纔能敗家；他不獃，也不至於如此了。這些破落戶，千奇百怪的形狀，也說不盡許多。記得我小時候上學，一天放晚學回家，同著一個大學生走，遇了一個人，手裡提著一把酒壺。那大學生叫我去揭開他那酒壺蓋，看是甚麼酒。我頑皮，果然躡足潛蹤在他後頭，把壺蓋一揭。你

田賣房產了，賣桌椅衣服了，家人僕婦也散了。尋出來便沒得你惱了。

一百個，共是一千兩也，卻還有一千兩金子。喜遺金與子孫之人聽者。

❹ 揚州戴春林的茶油筒子：戴春林是揚州香粉店老字號。茶油筒子，用竹筒盛特製的茶子油，供女子搽頭髮之用。

> 出人意外。

道壺裡是些甚麼？原來不是酒，不是茶，也不是水，不是溼的，是乾的，卻是一壺米！」說的姊姊撲嗤的一聲笑了，道：「這是怎麼講？」我道：「那個人當時就大罵起來，要打我，嚇得我摔了壺蓋，飛跑回家去。明日我問那大學生，纔知道這個人是就近的一個破落戶，窮的逐頓買米。又恐怕人譏笑，所以拿一把酒壺來盛米。有人遇了他，他還說頓頓要吃酒呢。就是前年我回去料理祠堂的一回，有一天在路上遇見子英伯父，抱著一包衣服，在一家當鋪門首東張西望。我知道他要當東西，不好去撞破他，遠遠的躲著偷看。那當門是開在一個轉角子上，他看見沒人，纔要進去，誰知角子上轉出一個地保來，看見了他，搶行兩步，請了個安，羞得他臉上青一片、紅一片，嘴裡喃喃吶吶的不知說些甚麼，就走了，只怕要拿到別家去當了。」姊姊道：「大約越是破落戶，越要擺架子，也是有的。」我道：「非但擺架子，還要貪小便宜呢。我不知聽誰說的，一個破落戶，拾了一個鬥死了的鵪鶉，拿回家去，開了膛，拔了毛，要炸來吃。又嫌費事，家裡又沒有那些油。因拿了鵪鶉，假意去買油炸膾，故意把鵪鶉掉在油鍋裡面，還做成大驚小怪的樣子。那油鍋是沸沸騰騰的，不一會就熟了。人家同他撈起來，他非但不謝一聲，還要埋怨說：『我本來要做五香的，這一炸可炸壞了，五香的吃不成了。』」姊姊笑道：「你少要胡說罷，我這裡趕著要畫呢。」

> 與旗人擺架子彷彿。

> 原來你家也是大官家，不然地保何以請安。

我也想起了那尊彌勒佛，便回到房裡，寫了一封寄德泉的信，叫人寄去。一面取過課本來看，看得不好的，便放在一邊；好的，便另放一處。看至天晚，已看了一半。暗想原來這件事甚容易的。晚飯後，又潛心去看，不知不覺，把好不好都全分別出來了。天色也微明了，連忙到床上去睡下。一覺醒來，已是十點鐘。母親道：「為甚睡到這個時候？」我道：「天亮纔睡的呢。」母親道：「晚上做甚麼來？」

我道：「代繼之看卷子。」母親便不言語了。我便過來，和繼之說了些閒話。飯後，再拿那看過好的，又細加淘汰，逐篇加批加圈點。又看了一天，晚上又看了一夜，取了一百六十卷，定了甲乙，一順疊起。天色已經大明了，我便不再睡，等繼之起來了，便拿去交給他道：「還有許多落卷，叫人去取了來罷。」繼之翻開看了兩卷，大喜道：「妙，妙！怎麼這些批語的字，都摹仿著我的字跡，連我自己粗看去，也看不出來。」我道：「不過偶爾學著寫，正是婢學夫人，哪裡及得到大哥什一。」繼之道：「辛苦得狠！今夜請你吃酒酬勞。」我道：「這算甚麼勞呢。我此刻先要出去一次。」繼之問到哪裡，我道：「去看蔡侶笙。」繼之道：「正是。他和我說過，你一到了，就知照他。我因為你要看卷子，所以不曾去知照得。你去看看他也好。」

我便出來，帶了片子，走到藩臺衙門，到門房遞了，說明要見蔡師爺。門上拿了進去，一會出來，說是蔡師爺出去了，不敢當，擋駕。我想來得不湊巧，只得怏怏而回，對繼之說侶笙不在家的話。繼之道：「他在關上一年，是足跡不出戶外的，此刻怎麼老早就出去了呢？」話還未說完，只見王富來回說：「蔡師爺來了。」我連忙迎到客堂上去，只見侶笙穿了衣冠，帶了底下人，還有一個小廝挑了兩個食盒。侶笙出落得精神煥發，洗絕了從前那落拓模樣，眉宇間還帶幾分威嚴氣象。見了我，便搶前行禮，嚇的我連忙回拜，起來讓坐。侶笙道：「今日帶了贄見，特地叩謁老伯母，望乞代為通稟一聲。」我道：「家母不敢當，閣下太客氣了！」侶笙道：「前月老伯母華誕，本當就來叩祝，因閣下公出，未曾在侍，不敢造次。今日特具衣冠叩謁，千萬勿辭！」我見他誠摯，只得進來告知母親。母親道：「你回了他就是了。」我道：「我何嘗不回，他誠摯得狠，特為具了衣冠，不如就見他一見罷。」姊姊道：「人家既然

得了法，氣象自是不同。

一片誠心，伯娘何必推託，只索見他一見罷了。」母親答應了，嬸娘、姊姊都迴避過，我出來領了侶笙進去。侶笙叫小廝挑了食盒，一同進去，端端正正的行了禮。我在旁陪著，又回謝過了。侶笙叫小廝端上食盒道：「區區幾色敝省的土儀，權當贄見，請老伯母賞收。」母親道：「一向多承厚賜，還不曾道謝，怎好又要費心！」我道：「侶笙太客氣了！我們彼此以心交，何必如此煩瑣！」侶笙道：「改日內子還要過來給老伯母請安。」母親道：「我還沒有去拜望，怎敢枉駕！」我道：「嫂夫人幾時接來的？」侶笙道：「上月纔來的，沒有過來請安，荒唐得狠。」我道：「甚麼話！嫂夫人深明大義，一向景仰的。我們書房裡坐罷。」侶笙便告辭母親，同到書房裡來。

我忙讓寬衣。侶笙一面與繼之相見。我說道：「侶笙何必這樣客氣，還具起衣冠來？」侶笙道：「我們原可以脫略，要拜見老伯母，怎敢褻瀆！」我道：「上月家母壽日，承賜厚禮，概不敢當，明日當即璧還。」侶笙道：「這是甚麼話！我今日披肝瀝膽的說一句話：我在途窮之中，多承援手，薦我館穀，自當感激。然而我從前也就過幾次館，也有人薦的，就是現在這個館，是繼翁薦的，雖是一般的感激，然而總沒有這種激切。須知我這個是知己之感，不是恩遇之感。當我落拓的時候，也不知受盡多少人欺侮。我擺了那個攤，有那些居然自命是讀書人的，也三三兩兩常來戲辱。所謂人窮志短，我哪裡敢和他較量，只索避了。所以頭一次閣下過訪時，我待要理不理的，連忙收了攤要走，也是被人戲辱的多了，嚇怕了，所以纔如此。」我道：「這班人就狠沒道理，人家擺個攤，礙他甚麼，要來戲侮人家呢！」侶笙道：「說來有個緣故。因為我上一年做了個蒙館，虹口這一班蒙師，以為又多了一個，未免要分他們的潤，就狠不願意了。次年我因來學者少，不敢再幹，纔出來測字。他們已經是你一嘴我一嘴的，說是只配測字的，如何妄想坐起館來。我因為坐在攤上閒著，常帶兩本書去看看。有一天，我看的是『經世文篇』，被一個刻薄鬼看見了，就同我哄傳起來，說是測字先生看經世文篇，看來他還想做官，還想大用呢。從此就三三兩兩，時來挖苦。你想我在這種境地上處著，忽然天外飛來一個絕不相識、絕不相知之人，賞識我於風塵之中，叫我焉得不感！」說到這裡，流下淚來。「所以我當老伯母華誕之日，送上兩件薄禮，並不是表我的心，正要閣下留著，做個紀念。倘使一定要還我，便是不許我感這知己了。」說著便起身道：「方伯那裡還有事等著，先要告辭了。」我同繼之不便強留，送他出去。我回來對繼之說道：「在我是以為閒閒一件事，卻累他送了禮物，還賠了眼淚，倒叫我難為情起來。」繼之道：「這也足見他的肫摯。且不必談他，我們談我們的正事罷。」我問談甚麼正事，繼之指著我看定的課卷，說出一件事來。正是：

只為金篦能刮眼❺，更將玉尺❻付君身。

未知繼之說出甚麼事來，且待下回再記。

---

❺ 金篦能刮眼：比喻有眼光。金篦，治眼病用、似箭鏃的手術刀。

❻ 玉尺：典出世說新語術解：「後有一田父耕於野，得周時玉尺，便是天下正尺。」後用以比喻衡量才識高下的尺度。

上回輕輕一筆，即渡過一年。而此一年之中，斷不能全無一事可記者，故此回特補出杭州破落戶一事。後所引三事，特陪襯耳。

寫侶笙之摯誠，即借以敘其從前之歷史，絕不見冗贅。此是雙管齊下法。記者曰：「我只閒閒一件事。」惟此一邊愈閒閒，則愈顯彼一邊之肫摯。

閒閒一件事，非真以為閒閒也。惟熱極人，則自視此等事為閒閒耳。故知天下興亡，匹夫有責者，其視捨身救國亦為閒閒。一切熱血家行事，莫不如是。

此回閱課卷是旁文，不是正文。

第四十二回　露關節同考裝瘋　入文闈童生射獵

當下繼之對我說道：「我日來得了個闈差❶，怕是分房❷，要請一個朋友到裡面幫忙去，所以打電報請你回來。我又恐怕你荒疏了，所以把這課卷試你一試，誰知你的眼睛竟是狠高的。此刻我決意帶你進去。」我道：「只要記得那八股的範圍格局，那文章的魄力之厚薄，氣機之暢塞，詞藻之枯腴，筆仗之靈鈍，古文時文❸，總是一樣的。我時文雖荒了，然而當日也曾入過他那範圍的，怎會就忘了？況且我古文還不肯丟荒的。但是怎能彀同著進去？這個頑意兒卻沒有幹過。」繼之道：「這個只好要奉屈的了，那天只能扮作家人模樣混進去。」我道：「大約是房官，都帶人進去的了？」繼之道：「豈但房官，是內簾❹的都帶人進去的。常有到了裡面，派定了，又更動起來的。我曾記得有過一回，一個已經分定了房的，憑空又撤了，換了一個收掌❺。」我道：「這又為甚麼？」繼之道：「他一得了這差使，便在

❶ 闈差：辦理科舉考試的差事。
❷ 分房：指「同考官」，或稱「房官」。
❸ 時文：八股文。
❹ 內簾：科舉時代鄉試和會試時，閱卷的試官叫「內簾」。
❺ 收掌：科舉考試的簾官之一，分為外收掌和內收掌。外收掌主管收考生的試卷，內收掌主管把試卷分配給各房房官。

外頭通關節，收門生，誰知臨時鬧穿了，所以弄出這個笑話。」

我道：「這科場的防範，總算嚴密的了，然而內中的毛病，我看總不能免。」繼之道：「豈但不能免，並且千奇百怪的毛病，層出不窮。有偷題目出去的，有傳遞文章進號的，有換卷的。」我道：「傳遞先不要說他，換卷是怎樣換法呢？」繼之道：「通了外收掌，初十交卷出場，這卷先不要解，在外面請人再作一篇，謄好了，等進二場時交給他換了。廣東有了闈姓❻一項，便又有壓卷及私拆彌封❼的毛病。廣東曾經鬧過一回，一場失了十三本卷子的。你道這十三個人是哪裡的晦氣。然而這種毛病，都不與房官相干，房官只有一個關節是毛病。」我道：「這個頑意兒我沒幹過，不知關節怎麼通法？」繼之道：「不過預先約定了幾個字，用在破題❽上，我見了便薦罷了。」我道：「這麼說，中不中還不能必呢。」繼之道：「這個自然。他要中，去通主考的關節。」我道：「還有一層難處，比如這一本不落在他房裡呢？」繼之道：「各房官都是聲氣相通的，不落在他那裡，可以到別房去找。別房落到他那裡的關節卷子，也聽人家來找。最怕遇見一種拘迂固執的，他自己不通關節，別人通了關節，也不敢被他知道。那種人的房，叫做黑房。只要卷子不落在黑房裡，或者這一科沒有黑房，就都不要緊了。」我笑道：「大哥還是做黑房，還是做紅房？」繼之道：「我在這裡，絕不交結紳士，就是同寅中我往來也少，固然沒有人來通我的關節，我也不要關節。然而到了裡面，我卻不做甚麼正顏厲色的君子去討人厭，有人

---

❻ 闈姓：科舉考試中式者的姓氏。廣東流行的一種賭博方法，科考時先提出若干姓來，賭某某姓中式。

❼ 彌封：科考時，試卷上考生姓名都要折疊封好，騎縫處蓋上印信，以防止閱卷營私舞弊。

❽ 破題：八股文作法，開頭兩句必須點破全題，這叫做「破題」。

來尋甚麼卷子，只管叫他拿去。」我笑道：「這倒是取巧的辦法，正人也做了，好人也做了。」繼之道：「你不知道黑房是做不得的。現在新任的江寧府何太尊，他是翰林出身，在京裡時有一回會試分房，他同人家通了關節，就是你那個話，偏偏這本卷子不曾到他房裡。他正在那裡設法搜尋，可巧來了一位別房的房官是個老翰林，著名的是個『清朝孔夫子』，沒有人不畏憚他的，這位何太尊不知怎樣一時糊塗，就對他說有個關節的話；誰知被他聽了，便大嚷起來，說某房有關節，要去回總裁❾。登時鬧的各房都知道了，圍過來看，見是這位先生吵鬧，都不敢勸。這位何太尊急了，要想個阻止他的法子，哪裡想得出來，只得對他作揖打拱的求饒。他哪裡肯依，說甚麼皇上家掄才大典，怎容得你們為鬼為蜮！照這樣做起來，要屈煞了多少寒酸！這個非回明白了，認真辦一辦，不足以警將來。何太尊到了此時，人急智生，忽的一下直跳起來，把雙眼瞪直了，口中大呼小叫，說神說鬼的，便裝起瘋來。那位老先生還冷笑道：『你便裝瘋，也須瞞不過去。』何太尊更急了，便取起桌上的裁紙刀飛舞起來，嚇的眾人倒退。他又是東奔西逐的，忽然又撩起衣服，在自己肚子上劃了一刀。眾人纔勸住了那位老先生，說他果然真瘋了，不然哪裡肯自己戳傷身子。那位老先生纔沒了說話。當時回明了，開門把他扶了出去，這纔了事。你想，自己要做君子，立崖岸，卻不顧害人，這又何苦呢！」我道：「這一場風波，確是鬧的不小。那位先生固然太過，然而士人進身之始，即以賄求，將來出身做官的品行，也就可想了。」繼之道：「這個固是正論，然而以八股取士，那作八股的就何嘗都是正人！」

說煞。

更進一層。

說話時，春蘭來說午飯已經開了，我就別了繼之，過來吃飯，告訴母親，說進場看卷的話。母親道：

❾ 總裁：主持會試的官員。

是老婦望子話。

回想真成一笑也。

天下此等倒置事正復不少，不必科名也。

「你有本事看人家的卷，何不自己去中一個？你此刻起了服，也該回去趕小考，好歹掙個秀才。」我道：「掙了秀才，還望舉人。掙了舉人，又望進士。掙了進士，又望翰林。不點翰林還好，萬一點了，兩吊銀子的家私，不上幾年，都要光了。再沒有差使，還不是仍然要處館。這些身外的功名，要他做甚麼呢！」母親道：「我只一句話，便惹了你一大套。這樣說，你是不望上進的了。然則你從前還讀書做甚麼？」我道：「讀書只求明理達用，何必要為了功名纔讀書呢。」姊姊道：「兄弟今番以童生進場看卷，將來中了幾個出來，再是他們去中了進士，點了翰林，卻都是兄弟的門生了。」我笑道：「果然照姊姊這般說，我以後不能再考試了。」姊姊道：「這卻為何？」我道：「我去考試，未必就中，倘遲了兩科，我所薦中的都已出了身，萬一我中在他們手裡，那時候明裡他是我的老師，暗裡實在我是他的老師，那纔不值得呢。」

吃過了飯，我打算去回看侶笙，又告訴了他方纔的話。姊姊道：「他既這樣說，就不必退還他罷。做人該爽直的地方，也要爽直些纔好；若是太古板，也不入時宜。」母親道：「他纔說他的太太要來，你要去回拜他，先要和他說明白，千萬不要同他那個樣子，穿了大衣服來，累我們也要穿了陪他。」我道：「我只說若是穿了大衣服，我們擋駕不會他，他自然不穿了。」說罷，便出來，到藩臺衙門裡，會了侶笙。只見他在那裡起草稿，我問他作甚麼，侶笙道：「這裡制軍的摺稿，衙門裡幾位老夫子都弄不好，就委了方伯，方伯又轉委我。」我道：「是甚麼奏稿，這般煩難？」侶笙道：「這有甚麼煩難，不過為了前回法越之役，各處都招募了些新兵，事定了，又遣散了。募時與散時，都經奏聞。此時有個廷寄⑩下來，查問江南軍政，就是這件事要作一個覆摺罷了。」我又把母親的話述了一遍，侶笙道：「本

每見蠢笨兒女，一經婚嫁之後，其蠢笨即稍煞，甚有化為靈敏者，實不解其所以然之故。以愚意度之，大約必關於醫理，頗明醫學

來應該要穿大衣過去的，既然老伯母吩咐，就恭敬不如從命了。」我又問是幾時來，佀笙道：「本來早該去請安了，因為未曾得先容，所以不敢冒昧。此刻已經達到了，就是明天過來。」我道：「尊寓在哪裡？」佀笙道：「這署內閒房儘多著，承方伯的美意，指撥了兩間，安置舍眷。」我道：「秋菊有跟了來麼？」佀笙道：「他已經嫁了人，如何能跟得來。前天接了信，已經生了兒子了。這小孩子倒好，頗知道點好歹。據內人說，他自從出嫁之後，不像那般蠢笨了，聰明了許多。他家裡供著端甫和你的長生祿位⑪，旦夕香花供奉，朔望焚香叩頭。」我大驚道：「這個如何使得！快寫信叫他不要如此。況且這件事是王端甫打聽出來的，我在旁邊不過代他傳了幾句話，怎麼這樣起來？他要供，只供端甫就彀了，攀出我來做甚麼呢。」佀笙笑道：「小孩子要這樣，也是他一點窮心，由他去幹罷了，又不費他甚麼。」我道：「並且無謂得狠！他只管那樣僕僕亟拜，我這裡一點不知，彼有所施，我無所受，徒然對了那木頭牌子去拜，何苦呢！」佀笙道：「這是他出於至誠的，諒來止也止他不住。去年端甫接了家眷到上海，秋菊那小孩子時常去幫忙。家眷入宅時，房子未免要另外裝修油漆，都是他男人做的，並且不敢收受工價，連物料都是送的。這雖是小事，也可見得他知恩報恩的誠心，我倒狠喜歡。」我道：「施恩莫望報，何況我這個斷不能算恩，不過是個路見不平，聊助一臂之意罷了。」佀笙道：「你便自己要做君子，施恩不望報；卻不能責他人必為小人，受恩竟忘報呀。」說得我笑了，然而心中總是悶悶不樂。

⑩ 廷寄：清朝朝廷給各省高級官員諭旨，有明發、廷寄的區別。「明發」由內閣發下；凡事涉機密，則由軍機大臣將諭旨密封遞往各省，叫「廷寄」。

⑪ 長生祿位：寫有恩人姓名的牌位。供奉人朝夕焚香禮拜，以祈恩人福壽安康。

辭了回來，告訴姊姊這件事，母親、嬸嬸一齊說道：「你快點叫他寫信去止住了，不要折煞你這孩子！」姊姊笑道：「哪裡便折得煞，他要如此，不過是盡他一點心罷了。」我道：「這樣說起來，我初到南京時，伯父出差去了，伯母又不肯見我，倘不遇了繼之，怕我不流落在南京。幸得遇了他，不但解衣推食，並且哪一處不受他的教導，我也應該供起繼之的長生祿位了？」姊姊笑道：「枉了你是個讀書明理之人！這種不過是下愚所為罷了。豈不聞『士為知己者死』？又豈不聞『國士遇我，國士報之』？從古英雄豪傑，受人意外之恩時，何嘗肯道一個『謝』字！等他後來行他那報恩之志時，卻是用出驚天動地的手段，這纔是叫做報恩呢。據我看，繼之待你，那給你館地招呼你一層，不過是朋友交情上應有之義；倒是他那隨時隨事教誨你，無論文字的紕繆，處世的機宜，知無不言，這一層倒是可遇不可求的殊恩，不可不報的。」我道：「拿甚麼去報他呢？」姊姊道：「比如你今番跟他去看卷子，只要能放出眼光，拔取幾個真才，本房裡中的比別房多些，內中中的還要是知名之士，讓他享一個知文之名，也可以算得報他了。其餘隨時隨事，都可以報得。只要存了心，何時非報恩之時，何地非報恩之地，明人還要細說麼。」

我道：「只是我那回的上海走的不好，多了一點事，就鬧的這裡說感激，那裡也說感激，把這種貴重東西送了來，看看他也有點難受，我從此再不敢多事了。」姊姊道：「這又不然。路見不平，拔刀相助，本來是抑強扶弱，互相維持之意。比如遇了老虎吃人，我力能殺虎的，自然奮勇去救。就是力不能殺虎，也要招呼眾人去救，斷沒有坐視之理。你見了他送你的東西難受，不過是怕人說你望報的意思；其實這是出於他自己的誠心，與你何干呢。」我道：「那一天尋到了侶笙家裡，他的夫人口口聲聲叫我

者一研究此問題。

憑空臆造之醫生當曰：人道與聰明相表裡也。一笑。

老婦人口吻，絕肖妙甚。

好利害女子，我怕他也。

即此便是團體之意，不過爾

君子；見了侶笙，又是滿口的義士，叫得人怪害臊的。」母親道：「叫你君子、義士不好，倒是叫你小人、混帳行子的好！」姊姊道：「不是的。這是他的天真，也是他的稚氣，以為做了這一點子的事，值不得這樣恭維。你自己看見並沒有出甚麼大力量，又沒有化錢，以為是一件極小的事；不知那秋菊從那一天以後的日子，都是你和王端甫給他過的了，如何不感激？莫說供長生祿位，就是天天來給你們磕頭，也是該的。」我搖頭道：「我到底不以為然。」姊姊笑道：「所以我說你又是天真，又是稚氣。你滿肚子要做施恩不受報的好漢，自己又說不出來。照著你這個性子，只要莫磨滅了，再加點學問，將來怕不是個俠士！」我笑道：「我說姊姊不過，只得退避三舍了。」說罷，走了出來。暗想姊姊今天何以這樣恭維我，說我可以做俠士，我且把這話問繼之去。

走到書房裡，繼之出去了，問知是送課卷到藩臺衙門去的。我便到上房裡去，只見老媽子、丫頭在那裡忙著疊錫箔，安排香燭，整備素齋。我道：「乾娘今天上甚麼供？」吳老太太道：「今天七月三十，是地藏王菩薩⑫生日。他老人家，一年到頭都是閉著眼睛的，只有今天是張開眼睛。祭了他，消災降福。你這小孩子怎不省得？」我向來厭煩這些事，只為是老太太做的，不好說甚麼，便把些別話岔開去。繼之夫人道：「這一年來，兄弟總沒有好好的在家裡住，這回來了，又叫你大哥拉到場裡去，白白的關一個多月，這是哪裡說起。」我道：「出闈之後，我總要住到拜了乾娘壽纔動身，還有好幾天呢。」老太太道：「你這回進去幫大哥看卷，要小心些，只要取年輕的，不要取年老的，最好是都在十七歲以內

時未經發明此二字之名詞耳。

心事被他道著了。

偏是他說得透徹。

自己也說不出的心事，也被他道著了。是奇女子也。

一路以問答迤邐行來，至此以施恩不受報一句點

⑫ 地藏王菩薩：佛教菩薩名。佛經說他受釋迦佛囑託，在彌勒出生前，自誓渡盡六道眾生，始願成佛。常現身於地獄之中以救苦難。

破。回顧前文，通身鬆爽。蓋通篇皆為此句耳，不然，皆冗文矣。

奇談，我也要問是何意。

的。」我道：「這是何意？」老太太道：「你纔十八歲，倘使那五六十歲的中在你手裡，不叫他羞死麼！」我笑道：「我但看文章，怎麼知道他的年紀？」老太太道：「考試不要填了三代、年、貌的麼？」我道：「彌封了的，看不見。」老太太道：「還有個法子，你只看字跡蒼老的，便是個老頭子。」我道：「字跡也看不見，是用謄錄謄過⑬的。」老太太笑道：「這就沒法了。」正說笑著，繼之回來了，問笑甚麼，我告訴了，大家又笑了一笑。我談了幾句，便回到自己房裡略睡一會，黃昏時方纔起來吃飯。一宿無話。

次日，蔡侶笙夫人來了，又過去見了吳老太太、繼之夫人。我便在書房陪繼之。他們盤桓了一天纔散。

光陰迅速，不覺到了初五日入闈之期，我便青衣小帽，跟了繼之，帶了家人王富，同到至公堂⑭伺候。行禮已畢，便隨著繼之入了內簾。繼之派在第三房，正是東首的第二間。外面早把大門封了，加上封條。王富便開鋪蓋，開到我的，忽詫道：「這是甚麼？」我一看，原來是一支風槍⑮。繼之道：「你帶這個來做甚麼？」我道：「這是在上海買的，到蘇、杭州去，沿路獵鳥，所以一向都是捲在鋪蓋裡的。這回家來了，家裡有現成鋪陳，便沒有打開他，進來時就順便帶了他，還是在輪船上捲的呢。」說罷，

⑬ 謄錄謄過：科舉考試中考生墨筆寫的試卷叫「墨卷」，為防止考官認識考生筆跡，墨卷都要另用硃筆謄錄，考官只能評閱「朱卷」。

⑭ 至公堂：科舉試院大堂，又名「至公樓」。

⑮ 風槍：即「汽槍」。

取過一邊。這一天沒有事。

第二天早起，主考差人出來，請了繼之去。好一會纔出來。我問有甚麼事，繼之道：「這是照例的寫題目。」我問甚麼題，繼之道：「告訴了你，可要代我擬作一篇的。」我答應了，繼之告訴了我，我便代他擬作了一個次題⑯、一首詩。

到了傍晚時候，我走出房外閒望，只見一個鴿子，站在簷上。我忽然想起風槍在這裡，這回用得著了。忙忙到房裡取了槍，裝好鉛子，跑出來。那鴿子已飛到墻頭上，我取了准頭，扳動機簧，颼的一聲，著了，那鴿子便掉了下來。我連忙跑過去拾起一看，不覺吃了一驚。正是：

任爾關防嚴且密，何如一彈破玄機。

不知為了何事大驚，且待下回再記。

科場校士，防範之嚴，令人發笑，正不知嚴防有何用處也。篇中所引，何足以盡其萬一。柏俊以後，凡與試差者，懍懍數年，未幾即仍其舊。至今年，此裝瘋者，已封疆矣。何柏俊之獨不幸耶！（今年光緒三十一年也，彼之封疆，且已在數年前。）中間一段，敘一團稚氣人，施恩不受報，

---

⑯ 次題：清朝科舉考試八股文，按規定要從「四書」（論語、大學、中庸、孟子）中選取詞句出三個題目，其第二道題，叫做「次題」。

卻又不能自達其意，委委曲曲寫來，卒須他人為之代達。極盡形容，自是傳神之筆。獵獲一鴿而大驚，不必問，此中又有怪現狀矣。而標目曰「入文闈」，曰「射獵」，射獵須出，而此乃獨入。射獵武事，此乃於文闈中，標目亦奇。

第四十三回　試鄉科❶文闈放榜　上母壽戲綵稱觴❷

當時我無意中拿風槍打著了一個鴿子，那鴿子便從墻頭上掉了下來，還在那裡騰撲。我連忙過去拿住，覺得那鴿子尾巴上有異，仔細一看，果是縛著一張紙。把他解了下來，拆開一看，卻是一張刷印出來已經用了印的題目紙。不覺吃了一驚。丟了鴿子，拿了題目紙走到房裡，給繼之看。繼之大驚道：「這是哪裡來的？」我舉起風槍道：「打來的。我方纔進來拿槍時，大哥還低著頭寫字呢。」繼之道：「你說明白點，怎麼打得來？」我道：「是拴在鴿子尾巴上，我打了鴿子，取下來的。」繼之道：「鴿子呢？」我道：「還在外面墻腳下。」說話間，王富點上蠟燭來，繼之對王富道：「外面墻腳下的鴿子，想法子把他藏過了。」王富答應著去了。我道：「這不消說是傳遞了。但是太荒唐些，怎麼用這個笨鴿子傳遞？」繼之道：「鴿子未必笨，只是放鴿子的人太笨了，到了這個時候纔放。大凡鴿子到了太陽下山時，他的眼睛便看不見，所以纔被你打著。」說罷，便把題目紙在蠟燭上燒了。我道：「這又何必燒了他呢？」繼之道：「被人看見了，這豈不是嫌疑所在？你沒有從此中過來，怨不得你不知道此中利害。到底小孩子，不知利害也。

❶ 鄉科：各省在省城舉行的鄉試。科舉分科取士，進士為「甲科」，舉人為「乙科」，某某年考試叫「某某科」。考取了叫「登科」。

❷ 稱觴：舉杯敬酒。

此刻你和我便知道了題目，不足為奇；那外面買傳遞的，不知多少！這一張紙，你有本事拿了出去，包你值得五六百元，所以裡面看這東西狠重。聽說上一科，題目已經印了一萬六千零六十張，及至再點數，少了十張，連忙劈了板片，另外再換過題目呢。」

我笑道：「防這些士子，就如防賊一般，他們來考試，直頭是來取辱。前幾天家母還叫我回家鄉去應小考，我是再也不去討這個賤的了。」繼之道：「科名這東西，局外人看見，似是十分名貴，其實也賤得狠。你還不知道，中了進士去殿試❸，那個矮桌子，也有三條腿的，也有兩條腿的，也有破了半個面子的，也有全張鬆動的。總而言之，是沒有一張完全能用的。到了殿試那天，可笑一班新進士，穿了衣冠，各人都背著一張桌子進去。你要看見了，管你肚腸也笑斷了，嘴也笑歪了呢。」我笑道：「大哥想也背過的了。」繼之道：「背的又不是我一個。」我道：「背了進去，還要背出來呢。」繼之道：「這是定做的粗東西，考完了，就撂下了，誰還要他！」

閒話少提。到了初十以後，就有硃卷送來了。起先不過幾十本，我和繼之分看，一會就看完了。到後來越弄越多，大有應接不暇之勢。只得每卷只看一個起講❹，要得的，就留著，待再看下文；要不得的，便歸在落卷一起。揀了好的，給繼之再看，看定了，就拿去薦。頭場纔了，二場的經卷又來。二場

考試是討賤。奇談。科名其實賤，更未經人道。真是怪現狀！

想是太監便宜了。一笑。

❸ 殿試：清朝科舉制度規定，各省鄉試取中的舉人，集中到京城會試，會試中式後再行殿試，以定甲第。一甲三名，進士及第；二甲若干名，進士出身；三甲若干名，同進士出身。

❹ 起講：八股文的結構有固定格式，發端為破題、承題，第三段為「起講」。「起講」必須總括全題，籠罩全局。起講後由「領題」引入本題，接下去便是起股、中股、後股和束股發表議論。

不空就算好，亦猶謅歪詩者有韻就算詩也。一笑。

完了，接著又是三場的策問❺。可笑這第三場的卷子，十本有九本是空策，只因頭場的八股薦了，這個就是空策，也只得薦在裡面。我有心要揀一本好策，卻只沒有好的，只要他不空，已經算好了。後來看了一本好的，卻是頭二場沒有薦過，便在落卷裡對了出來。看他那經卷，也還過得去，只是那八股不對。我問繼之道：「這麼一本好策，奈何這個人不會作八股。」繼之看了道：「他這個不過枝節太多，大約是個古文家，你何妨同他略為改幾個字，成全了這個人。」我吐出舌頭，提起筆道：「這個筆，怎麼改得上去？」繼之道：「我文具箱裡帶著有銀硃錠子。」我道：「虧大哥怎麼想到，就帶了來，可是預備改硃卷的？」繼之道：「是內簾的，哪一個不帶著？你去看，有兩房還堂而皇之的擺在桌上呢。」我開了文具箱，取了硃錠、硃硯出來，把那本卷子看了兩遍，同他改了幾個字，收了硃硯，又給繼之看。繼之看過了，笑道：「真是點鐵成金，會者不難，只改得二三十個字，便通篇改觀了。這一份我另外特薦，等他中了，叫他來拜你的老師。」我道：「大哥莫取笑。請你倒是力薦這本策，莫糟蹋了，這個人是有實學的。」繼之果然把他三場的卷子，疊做一疊，拿進去薦。回來說道：「你特薦的一本，只怕有望了。兩位主考正在那裡發煩，說沒有好策呢。」

三場卷子都看完了，就沒有事，天天只是吃飯睡覺。我道：「此刻沒有事，其實應該放我們出去了，還當囚犯一般，關在這裡做甚麼呢。此刻倒是應試的比我們逍遙了。」繼之忽地撲嗤的笑了一聲，我道：「這有甚麼好笑？」繼之道：「我不笑你，我想著一個笑話，不覺笑了。」我道：「甚麼笑話？」繼之

❺ 策問：科舉考試要連考三場，每場三天。第一場考八股文、試帖詩；第二場考經義，從「五經」裡出題；第三場策問，以政事、經義設問。

房官改，不奇；主考居然叫房官改了，奇。

此說頗似是童心。

不是野性，卻是童心。

確有此情理。

寫煞。

道：「也不知是哪一省哪一科的事，題目是『邦君之妻❻』一章。有一本卷子，那破題是『聖人思邦君之妻，愈思而愈有味焉。』」我聽了不覺大笑，繼之道：「當下這本卷子到了房裡，那位房官看見了，也像你這樣一場大笑。拿到隔壁房裡去，當笑話說，一時驚動了各房，都來看笑話。笑的太利害了，驚動了主考，吊了這本卷子去看，要看他底下還有甚笑話。誰知通篇都是引用禮經，竟是堂皇典麗的一篇好文章。主考忙又交出去，叫把破題改了薦進去，居然中在第一名。」我道：「既是通篇好的，為何又鬧這個破題兒？」繼之道：「傳說是他夢見他已死的老子，教他這兩句的，還說不用這兩句不會中。」我道：「哪裡有這麼靈的鬼，只怕靠不住。」繼之道：「我也這麼說。這件事沒有便罷，倘是有的，那個人一定是個狂士，恐怕人家看不出他的好處，故意在破題上弄個笑話，自然要彼此傳觀，看的人多了，自然有看得出的，是這個主意也不定。」

我道：「這個也難說。只是此刻我們不得出去，怎麼好呢？」繼之道：「你怎那麼野性！」我道：「不是野性。在家裡哪怕一年不出門，也不要緊；此地是關著大門，不由你出去，不覺就要煩燥起來。只要把大門開了，我就住在這裡不出去也不要緊。」繼之道：「這裡左右隔壁，人多得狠，找兩個人談天，就不寂寞了。」我道：「這個更不要說。那做房官的，我看見他，都是氣象尊嚴，不苟言笑的，那種官派，我一見先就怕了。那些請來幫閱卷的，又都是些聳肩曲背的，酸的怕人；而且又多半是吃鴉片烟的，那嘴裡的惡氣味，說起話直噴過來，好不難受！裡面第七房一個姓王的，昨天我在外面同他說了

❻ 邦君之妻：指國君的妻子。邦君，諸侯國君主。語出論語季氏：「邦君之妻，君稱之曰夫人，夫人自稱曰小童。」

幾句話，他也說了十來句話，都是滿口之乎者也的；十來句話當中，說了三個『夫然後』。」繼之笑道：「虧你還同他記著帳。」我道：「我昨天拿了風槍出去，掛了裝茶葉的那個洋鐵罐的蓋做靶子，在那裡打著頑。他出來一見了，便搖頭擺尾的說道：『此所謂有文事者，必有武備。』他正說這話時，我放了一槍，中了靶子，砉的一聲響了。他又說道：『必以此物為靶始妙，蓋可以聆聲而知其中也。不然，此彈太小，不及辨其命中與否矣。』說罷，又過來問我要槍看，又問我如何放法。我告訴了他，又放給他看。他拿了槍，自言自語的，一面試演，一面說道：『必先屈而折之，夫然後納彈，再伸之以復其原，夫然後撥其機簧，機動而彈發，彈著於靶，夫然後有聲。』」繼之笑道：「不要學了，倒是你去打靶消遣罷。」我便取了洋鐵罐蓋和槍，到外頭去打了一回靶，不覺天色晚了。

竟是一篇風槍說。

自此以後，天天不過打靶消遣。主考還要搜遺，又時時要斟酌改幾個硃卷的字，這都是繼之自己去辦了。直等到九月十二方纔寫榜，好不熱鬧。監臨、主考之外，還有同考官、內外監試、提調、彌封、收掌、巡綽各官，擠滿了一大堂。一面拆彌封唱名，榜吏一面寫，從第六名寫起，兩旁的人，都點了一把蠟燭來照著，也有點一把香的，只照得一照，便拿去熄了，換點新的上來，這便是甚麼龍門香、龍門燭了。寫完了正榜⑦，各官歇息了一回，此時已經四更天光景了，眾官再出來升座，再寫了副榜，然後填寫前五名。到了此時，那點香點燭的，更是熱鬧。直等榜填好了，捲起來，到天色黎明時，開放龍門，張掛全榜。

⑦ 正榜：錄取名單的榜示。清朝鄉試，除正榜外還有副榜，猶如備取名單。中副榜者，雖無舉人資格，不能進京參加會試，但有資格到國子監讀書，稱做「副貢生」。

包攬詞訟，欺壓鄉愚，為甚無用？捐局聽見了，要氣煞。

如此分辛苦，奇極。

一語說煞。

此時繼之還在裡面，我不及顧他，猶如臨死的人得了性命一般，往外一溜，就回家去了。時候雖早，那看榜的人，卻也萬頭攢動。一路上往來飛跑的，卻是報子❽分投報喜的。我一面走，一面想著：「作了幾篇臭八股，把姓名寫到那上頭去，便算是個舉人，到底有甚麼榮耀？這個舉人，又有甚麼用處？可笑那班人，便下死勁的去爭他，真是好笑！」又想道：「我何妨也去弄他一個，但是我未進學，必要捐了監生，纔能下場。化一百多兩銀子買那張皮紙，卻也犯不著。」一路想著，回到家，恰好李升打著轎子出來去接繼之。

我到裡面去，家裡卻沒有人，連春蘭也不看見，只有一個老媽子在那裡掃地。我知道都在繼之那邊了，走了過去，果然不出我之所料，上前一一見過。母親道：「怎麼你一個人回來？大哥呢？」我道：「大哥此刻只怕也就要出來了。我被關了一個多月，悶得慌了，開了龍門就跑的。」吳老太太道：「我的兒，你辛苦了！我們昨天晚上也沒有睡，打了一夜牌，一半是等你們，一半也替你們分些辛苦。」說著自己笑了。姊姊道：「只關了一個多月，便說是慌了，像我們終年不出門的怎樣呢！」我道：「不是這樣說。叫我在家裡不出門，也並不至於發悶。因為那裡眼睜睜看著有門口，卻是封鎖了，不能出來的，這纔悶人呢。而且他又不是不開，也常常開的，拿伙食東西等進來，卻不許人出進。一個在門外遞入，一個在門裡接收。拿一個碗進來，連碗底都要看過。無論何人，偶然腳踹了門閬，旁邊的人便叱喝起來。主考和監臨說話，開了門，一個坐在門裡，一個坐在門外。」母親道：「怎麼場裡面的規矩這麼嚴緊？」我道：「甚麼規矩！我看著直頭是搗鬼！要作弊時，何在乎這個門口。我還打了一個鴿子，鴿子身上帶

❽ 報子：將錄取消息上門報喜的差役，可討得賞金。

著題目呢。」老太太道：「規矩也罷，搗鬼也罷，你不要管了，快點吃點心罷。」說著便叫丫頭：「拿我吃剩下的蓮子湯來。」我忙道：「多謝乾娘。」

等了一會，繼之也回來了。與眾人相見過，對我說道：「本房中了幾名，你知道了麼？」我道：「我只管看卷子，不管記帳，哪裡知道？」繼之道：「中了十一卷，又撥了三卷給第一房，這回算我這房最多了。你特薦的好策，那一本中在第十七名上。兩位主考都贊我好法眼，哪裡知道是你的法眼呢。」我道：「大哥自己也看的不少，怎麼都推到我身上？」繼之道：「說也奇怪，所中的十一卷，都是你看的，我看的一卷也不曾中。」說罷，吃了點心，又出去了。大約場後的事，還要料理兩天，我可不去幫忙了。

坐了一會，我便回去。母親、嬸娘、姊姊也都辭了過來。只見那個柴窰的彌勒佛，已經擺在桌上了。我問壽屏怎樣了，姊姊道：「已經裱好了。但只有這兩件，還配些甚麼呢？伯娘意思，要把這如意送去。我那天偶然拿起來看，誰知那紫檀柄的背後，鑲了一塊小小的象牙，侶笙把你救秋菊和遇見他的事，詳詳細細的撰了一篇記，刻在上面，這如何能送得人。」我聽見連忙開了匣子，取出如意來看，果然一片小牌子上面刻了一篇記。那字刻得細入毫芒，卻又波磔分明。不覺嘆道：「此公真是多才多藝！」姊姊道：「你且慢贊別人，且先料理了這件事，應該再配兩樣甚麼？」我道：「急甚麼，明日去配上兩件衣料便是。」忽然春蘭拿了一封信來，是繼之給我的。拆開看時，卻是叫我寫請帖的簽條，說帖子都在書房裡。我便過去，見已套好了一大疊帖子，簽條也粘好了，旁邊一本簿子，開列著人名，我便照寫了。這一天功夫，全是寫簽條，寫到了晚上九點鐘，纔完了事。交代家人，明日一早去發。一宿無話。

次日我便出去，配了兩件衣料回來，又配了些燭、酒、麵之類，送了過去。卻只受了壽屏、水禮❾，其餘都退了回來。往返推讓了幾次，總是不受，只得罷了。繼之商通了隔壁，到十九那天，借他的房子用，在客堂外面天井裡，拆了一堵墻，通了過去。那隔壁是一所大房子，前面是五開間大廳；後進的寬大，也相彷彿，不過隔了東西兩間暗房，恰好繼之的上房開個門，可以通得過去。就把大廳上的屏風撤去，一律掛了竹簾，以便女客在內看戲。前面天井裡，搭了戲臺。在自己的客堂裡，設了壽座。先一天，我備了酒過去暖壽。又叫了變戲法的來，頑了一天。連日把書房改做了帳房，專管收禮、發賞號的事。

到了十九那天，一早我先過去拜壽，只見繼之夫婦，正在盛服向老太太行禮。鋪設得五色繽紛，當中掛了姊姊畫的那一堂壽屏，兩旁點著五六對壽燭。我也上前去行過禮。那邊母親、嬸娘、姊姊也都過來了。我恐怕有女客，便退了出來，到外面壽堂上去。只見當中掛著一堂泥金壽屏，是藩臺送的，上面卻是侶笙寫的字；兩旁是道臺、首府、首縣的壽幛；壽座上供了一匣翡翠三鑲如意，還有許多果品之類，也不能盡記。地下設了拜墊，兩旁點了兩排壽燭，供了十多盆菊花。走過隔壁看時，一律的掛著壽聯、壽幛，紅光耀眼。堦沿墻腳，都供了五色菊花。不一會，繼之請的幾位知客⑩都衣冠到了。除了上司擋駕之外，其餘各同寅紛紛都到，各局所的總辦、提調、委員，無非是些官場。到了午間，擺了酒席，一律的是六個人一桌。入席開戲，席間每來一個客，便跳一回加官⑪，後面來了女客，又跳女加冠，好好

---

⑨ 水禮：非貴重禮物，如燭、酒、食物之類。

⑩ 知客：典禮中招待來賓的服務人員。

⑪ 跳一回加官：舊時傳統戲劇開場，先一人戴面具、袍笏緩步而出，循臺三匝，不作一聲，謂之「跳加官」，祝觀眾加官進祿之意。

的一本戲，卻被那跳加官占去了時候不少。

到了下午時候，我回到後面去解手，方纔走到壽座的天井裡，只見一個大腳女人，面紅耳赤，滿頭是汗，直闖過來。家人們連忙攔住道：「女客從這邊走。」就引他到上房裡去。我回家解過手，仍舊過來，只見座上各人都不看戲，一個個的都回過臉來，向簾內觀看。那簾內是一片叫罵之聲，不絕於耳。正是：

庭前方競笙歌奏，座後何來叫罵聲？

不知叫罵的是誰，又是為著甚事叫罵，且待下回再記。

關防嚴密，謹防舞弊，乃有白鴿傳題一事，然猶曰：此臧獲小人之所為也。乃房官各備硃筆，主考公然飭改，試問此等弊，豈關防嚴所能免耶？「甚麼規矩，我看著直頭是搗鬼。」真是一語道煞。

笙歌競奏之時，忽然雜以叫罵之聲，正不知為著何事，令人急欲看下文。

第四十四回　苟觀察被捉歸公館　吳令尹奉委署江都

當日女客座上，來的是藩臺夫人及兩房姨太太、兩位少太太、一位小姐，這是他們向有交情的，所以都到了。其餘便是各家官眷，都是狠有體面的。一個個都是披風紅裙。當這個熱鬧的時候，哪裡會叫罵起來？原來那位苟才，自從那年買囑了那制臺親信的人，便是接二連三的差事，近來又委了南京製造局總辦，又兼了籌防局、貨捐局兩個差使，格外闊綽起來。時常到秦淮河去嫖，看上了一個妓女，化上兩吊銀子，討了回去做妾。卻不叫大老婆得知，另外租了小公館安頓。他那位大老婆，是著名潑皮的，日子久了，也有點風聞，只因不曾知得實在，未曾發作。這回繼之家的壽事，送了帖子去，苟才也送了一份禮。請帖當中，也有請的女客帖子。他老婆便問去不去，苟才說：「既然有了帖子，就去一遭兒也好。」誰知到了十八那天，苟才對他說：「吳家的女帖是個虛套，繼之夫人病了，不能應酬，不去也罷。」他老婆倒也信了。你道他為何要騙老婆？只因那討來的婊子，知道這邊有壽事唱戲，便撒嬌撒癡的要去看熱鬧，苟才被他纏不過，只得應許了。又怕他同老婆當面不便，因此撒一個謊，止住了老婆。又想只打發侍妾來拜壽，恐怕繼之見怪；好在兩家眷屬不曾來往過，他便置備了二品命婦的服式，叫婊子穿上，扮了旗裝，只當是正室。傳了帖子進去，繼之夫人相見時，便有點疑心，暗想他是旗人，為甚裹了一雙小腳，而且舉動輕佻，言語鶻突，喜笑無時，只是不便說出。

苟才的公館與繼之處相去不過五六家，今日開通了隔壁，又近了一家。這邊鑼鼓喧天，鞭炮齊放，那邊都聽得見。家人僕婦在外面看見女客來的不少，便去告訴了那苟太太。這幾個僕婦之中，也有略略知道這件事的，趁便討好，便告訴他說，聽說老爺今天叫新姨太太到吳家拜壽聽戲，所以昨天預先止住了太太，不叫太太去。他老婆聽了，便氣得三尸亂爆，七竅生烟，趁苟才不在家，便傳了外面家人來拷問。家人們起先只推不知，禁不起那婦人一番恫喝，一番軟騙，只得說了出來。婦人又問了住處，便叫打轎子。再三吩咐家人，有誰去送了信的，我回來審出來了，先撕下他的皮，再送到江寧縣裡打屁股，因此沒有人敢給信。他帶了一個家人，兩名僕婦，逕奔小公館來。進了門去，不問情由，打了個落花流水。喝叫把這邊的家人僕婦綁了，叫帶來的家人看守。「不是我叫放，不准放。」又帶了兩名僕婦，仍上轎子，奔向繼之家來。我在壽座天井裡碰見的，正是他。因為這天女客多，進出的僕婦不少，他雖跟著有兩個僕婦，我可不曾留意。

家人僕婦何罪？

他一逕走到女座裡，又不認得人，也不行禮，直闖進去。繼之夫人也不知是甚麼事，只當是誰家的一個僕婦。他竟直闖第一座上，高聲問道：「哪一個是秦淮河的蹄子？」繼之夫人吃了一驚，我姊姊連忙上去拉他下來，問他找誰，「怎麼這樣沒規矩！那首座的是藩臺、鹽道的夫人，兩邊陪坐的都是首府、首縣的太太，你胡說些甚麼！」婦人道：「便是藩臺夫人便怎麼！須知我也不弱！」繼之夫人道：「你到底找誰？」婦人道：「我只找秦淮河的蹄子！」我姊姊怒道：「秦淮河的蹄子是誰？怎麼會走到這裡來？哪裡來的瘋婆子，快與我打出去！」婦人大叫道：「你們又下帖子請我，我來了又打我出去，這是甚麼話！」繼之夫人道：「既然如此，你是誰家宅眷？來找誰？到底說個明白。」婦人道：「我找苟才

好貨。

只算女客座上多演一齣戲也。一笑。

寫得面面俱到。

好大事。

的小老婆。」繼之夫人道：「苟大人的姨太太沒有來，倒是他的太太在這裡。」婦人問是哪一個，繼之夫人指給他看。婦人便撇了繼之夫人，三步兩步闖了上去，對準那婊子的臉上，劈面就是一個大巴掌。那婊子沒有提防，被他猛一下打得耳鳴眼熱，禁不得劈拍劈拍接連又是兩下，只打得珠花散落一地。連忙還手去打，卻被婦人一手擋開。只這一擋一格，那婊子帶的兩個鍍金指甲套子，不知飛到哪裡去了。婦人順手把婊子的頭髮抓住，拉出座來，兩個扭做一堆，口裡千蹄子、萬淫婦的亂罵，婊子口裡也嚷罵老狐狸、老潑貨。我姊姊道：「反了！這成個甚麼樣子！」喝叫僕婦把這兩個怪物，連拖帶拽的拉到自己上房那邊去。又叫繼之夫人只管招呼眾客，這件事我來安排。又叫家人快請繼之。此時我正解完了手，回到外面，聽見裡面叫罵，正不知為著甚事。當中雖然掛的是竹簾，望進去卻隱隱約約的，看不清楚。看見家人來請繼之，我也跟了進去看看。只見他兩個在天井裡仍然扭做一團，婦人伸出大腳，去踩那婊子的小腳，踩著他的小腳尖兒，痛的他站立不住，便倒了下來，扭著婦人不放，婦人也跟著倒了。婊子在婦人肩膀上，死命的咬了一口，而且咬住了不放；婦人雙手便往他臉上亂抓亂打，兩個都哭了。我姊姊卻端坐在上面不動，各家的僕婦擠了一天井看熱鬧。繼之忙問甚麼事，姊姊道：「連我們都不知道。大哥快請苟大人進來，這總是他的家事，他進來就明白了，也可以解散了。」繼之叫家人去請，姊姊便仍到那邊去了。

不一會，家人領著苟才進來。那婦人見了，便撇了婊子，儘力掙脫了咬口，飛奔苟才，一頭撞將過去，便動手撕起來，把朝珠扯斷了撒了一地。婦人嘴裡嚷道：「我同你去見將軍去！問問這寵妾滅妻，是出在大清會典❶哪一條上？你這老殺才！你嫌我老了，須知我也曾有年輕的時候對付過你來！你就是

此卻說得有理。

小腳吃虧。

苟才到哪裡伸冤去？

討婊子，也不應該叫他穿了我的命服，居然充做夫人！你把我安放到哪裡？須知你不是皇帝，家裡沒有冷宮，你還一個安放我的所在來，我便隨你去幹！」苟才氣的目瞪口呆，只連說「罷了，罷了」。那婊子盤膝坐在地上，雙手握著腳尖兒，嘴裡也是老潑貨、老不死的亂罵。一面爬起來，一步一拐的走到苟才身邊撕住了，哭喊道：「你當初許下了我，永遠不見潑辣貨的面，我纔嫁你；不然，南京地面怕少了年輕標緻的人，怕少了萬貫家財的人，我要嫁你這個老殺才！你騙了我入門，今天做成這個圈套捉弄我！到了這裡，當著許多人羞辱我！」一邊一個，把苟才褫住，倒鬧得苟才左右為難。我同繼之又不好上前去勸。苟才只有嘆氣頓足，被他兩個鬧得衣寬帶鬆，補服也扯了下來。鬧了好一會，方纔說道：「人家這裡拜壽做喜事，你們也太鬧的不成話了，有話回家去說呀。」婦人聽說，拉了苟才便走。繼之倒也不好去送，只得由他去了。婊子倒是一鬆手道：「憑你老不要臉的搶了漢子去，我看你死了也摟他到棺材裡！」繼之對我道：「還是請你姊姊招呼他罷。」說著出去了。我叫僕婦到那邊請了姊姊過來，姊姊便帶那婊子到我們那邊去，我也到外面去了。

此時眾人都卸了衣冠，撤了筵席，桌上只擺了瓜子果碟。眾人看見繼之和我出去，都爭著問是甚麼事，只得約略說了點。大家議論紛紛，都說苟才的不是，怎麼把命服給姨娘穿起來，怪不得他夫人動氣，然而未免暴燥些。有個說苟觀察向來講究排場，卻不道今天丟了這個大臉。

正在議論之間，忽聽得外面一疊連聲叫報喜。正要叫人打聽時，早搶進了一個人，向繼之請了個安道：「給吳老爺報喜、道喜！」繼之道：「甚麼事？」那人道：「恭喜吳老爺！署理江都縣，已經掛了

❶ 大清會典：清朝法典，詳載清朝各朝行政機構的職權、組織、事例和活動原則等。

都是怪現狀也。

牌了！」原來藩臺和繼之是幾代的交情，向來往來甚密。只因此刻彼此做了官，反被官禮拘束住了，不能十分往來，也是彼此避嫌的意思。藩臺早就有心給繼之一個署缺，因知道今天是他老太太的整壽，前幾天江都縣出了缺，論理就應該即刻委人，他卻先委了揚州府經歷❷暫行代理，故意挨到今日掛牌，要博老太太一笑。這來報喜的，卻是藩臺門上❸。向來兩司❹門上是狠闊的，候補州縣官，有時要望同他拜個把子也彀不上呢，他如何肯親來報喜？因為他知道藩臺和繼之交情深，也知道藩臺今天掛牌的意思，所以特地跑來討好。又出來到壽座前拜了壽。繼之讓他坐，他也不敢就坐，只說公事忙，便辭去了。這話傳到了裡頭去，老太太歡喜不盡，傳話出來，叫這齣戲完了，點一齣連陞三級（戲名也。）。戲班裡聽見這個消息，等完了這齣戲，又跳了一個加官討了賞，纔唱點戲。到了晚上，點起燈燭，照耀如同白日，重新設席，直到三鼓纔散。我進去便向老太太道喜。勞乏了一天，大家商量要早點安歇。我和姊姊便奉了母親、嬸嬸回家。我問起那位苟姨太太怎樣了，姊姊道：「那種人真是沒廉恥！我同了他過來，取了奩具給他重新理妝。他洗過了臉，梳掠了頭髻，重施脂粉，依然穿了命服，還過去坐席，毫不羞恥。後來他家裡接連打發三起人接他，他纔去了。」我道：「回去還不知怎樣吵呢。」姊姊道：「這個我們管他做甚！」說罷，各自回房歇息。

次日，繼之先到藩署謝委，又到督轅稟知、稟謝，順道到各處謝壽。我在家中，幫著指揮家人收拾

❷ 揚州府經歷：揚州知府的屬官，主管出納、文牘等事。後文又稱「府廳」、「府經」、「府經廳」。

❸ 門上：官署門上差役。

❹ 兩司：藩臺和臬臺。

各處，整整的忙了三天，方纔停當。此時繼之已經奉了劄子，飭知到任，便和我商量。因為中秋節後，各碼頭都未去過，叫我先到上江一帶去查一查帳目，再到上海、蘇、杭，然後再回頭到揚州衙門裡相會。我問繼之，還帶家眷去不帶，繼之道：「這署事不過一年就回來了，還搬動甚麼呢。我就一個人去，好在有你來往於兩間，這一年之中，我不定因公晉省也有兩三次，莫若仍舊安頓在這裡罷。」我聽了，自然無甚說話。當下又談談別的事情。

忽然家人來報說，藩臺的門上大爺來了。繼之便出去會他。一會兒進來了，我忙問是甚麼事，繼之道：「方伯升了安徽巡撫，方纔電報到了，所以他來給我一個信。」說著便叫取衣服來，換過衣帽，上衙門去道喜。繼之去後，我便到上房裡去，恰好我母親和姊姊也在這邊，大家說起藩臺升官，都是歡喜，自不必說。只有我姊姊默默無言，眾人也不在意。過了一會，繼之回來了，說道：「我本來日間便要稟辭到任，此刻只得送過中丞再走的了。」我道：「新任藩臺是誰？只怕等新任到了，算交代，有兩個月呢。」繼之道：「新藩臺是浙江臬臺升調的，到這裡本來有些日子，因為安徽撫臺是被參的，這裡中丞接的電諭是『迅赴新任，毋容來京請訓』，所以制臺打算委巡道代理藩司，以便中丞好交卸赴新任去，大約日子不能過遠的，頂多不過十天八天罷了。」說著話，一面卸下衣冠，又對我說道：「起先我打算等我走後，你再動身，此刻你犯不著等我了。過一兩天，你先到上江去，我們還是在江都會罷。我近來每處都派了自己家裡人在那裡，你順便去留心查察，看有能辦事的，我們便派了他們管理。算來自己家裡人，總比外人靠得住。」我答應了。

過了兩天，附了上水船，到漢口去，稽查一切。事畢回到九江，一路上倒沒有甚麼事。九江事完之

約是九月底天氣也。回溯第十一回事。

想是因為四吊錢乾脩而發也。一笑。

居然世故了。

後，便附下水船到了蕪湖，耽擱了兩天。打聽得今年米價甚是便宜，我便譯好了電碼，親自到電報局裡去，打電報給上海管德泉，叫他商量應該辦否。剛剛走到電報局門口，只見一乘紅轎圍的藍呢中轎，在局門口憩下，轎子裡走出一個人來，身穿湖色縐紗密行棉袍，天青緞對襟馬褂，臉上架了一副茶碗口大的墨晶眼鏡，頭上戴著瓜皮紗小帽。下得轎來，對我看了一眼，便把眼鏡摘下，對我拱手道：「久違了。是幾時到的？」我倒吃了一個悶葫蘆，仔細一看，原來不是別人，正是在大關上和挑水阿三著象棋的畢鏡江。面貌豐腴的了不得，他不向我招呼，我竟然要認不得他了。當下只得上前廝見。鏡江便讓我到電局裡客堂上坐，我道：「我要發個電信呢。」他道：「這個交給我就是。」我只得隨他到客堂裡去，主賓坐下。他便要了我的底子，叫人送進去；一面問我現在在甚麼地方，可還同繼之一起。我心裡一想，這種人，我何犯上給他說真話，因說道：「分手多時了。此刻在沿江一帶跑跑，也沒有一定事情。」他道：「繼之這種人，和他分了手倒也罷了，這個人刻薄得狠。舍親此刻當這局子的老總，帶了兄弟來，當一個收支委員。本來這收支上面還有幾位司事，兄弟是狠空的。無奈舍親事情忙，把一切事都交給兄弟去辦，兄弟倒變了這局子的老總了。說來也不值當，拿了收支的薪水，辦的總辦的事，你說冤不冤呢。」我聽了一席話，不覺暗暗好笑，嘴裡只得應道：「這叫做能者多勞啊。」正說話時，便來了兩個人，都是趾高氣揚的，嚷著叫調桌子打牌。鏡江便邀我入局，我推說不懂，要了電報收單，照算了報費，便辭了回去。

第二天德泉回電到了，說準定賃船來裝運。我一面交代照辦，便附了下水船，先回南京去一趟。繼之已經送過中丞，自己也到任去了。姊姊交給我一封信，卻是蔡侶笙留別的，大約說此番隨中丞到安徽去，後會有期的話。我盤桓了兩天，纔到上海，和德泉商量了一切。又到蘇州走了一趟，纔到杭州去。料理清楚，要打算回上海去，卻有一兩件瑣事不曾弄明白，只得暫時歇下。

這天天氣晴明，我想著人家逛西湖都在二三月裡，到了這個冬天，湖上便冷落得狠。我雖不必逛湖，又何妨到三雅園去吃一杯茶，望望這冬天的湖光山色呢。想罷，便獨自一人，緩步前去。剛剛走到城門口，劈頭遇見一個和尚，身穿破衲，腳踏草鞋，向我打了一個問訊。正是：

不是偷閒來竹院，如何此地也逢僧？

不知這和尚是誰，且待下回再記。

第四十五回　評骨董門客巧欺矇　送忤逆縣官託訪察

你道那和尚是誰？原來不是別人，正是那逼死胞弟、圖賣弟婦的黎景翼，不覺吃了一驚。便問道：「你是幾時出家的？為甚弄到這個模樣？」景翼道：「一言難盡！自從那回事之後，我想在上海站不住了，自己也看破一切，就走到這裡來，投到天竺寺，拜了師傅做和尚。誰知運氣不好，就走到哪裡都不是，那些僧伴，一個個都和我不對。只得別了師傅，到別處去掛單❶，終日流離浪蕩，身邊的盤費，弄的一文也沒了，真是苦不勝言！」他一面說話，我一面走，他只管跟著，不覺到了三雅園。我便進去泡茶，景翼也跟著進去坐下。茶博士泡上茶來。景翼又問我到這裡為甚事，住在哪裡。我心中一想，這個人招惹他不得，因說道：「我到這裡沒有甚麼事，不過看個朋友，就住我朋友家裡。」景翼又問我借錢，我無奈，在身邊取了一圓洋銀給他，他纔去了。

那茶博士見他去了，對我說道：「客人怎麼認得這個和尚？」我道：「他在俗家的時候，我就認得他的。」茶博士道：「客人不認得他也罷！」我道：「這話奇了。我已經認得他了，怎麼能夠不認得呢。」茶博士道：「客人有所不知。這個和尚不是個好東西，專門調戲人家婦女，被他師傅說他不守清規，把他趕了出來。他又投到別家廟兒裡去。有一回，城裡鄉紳人家做大佛事，請了一百多僧眾念經，

請教誰叫你站不住？

❶掛單：佛教語。僧人投寺院寄住，把自己衣鉢掛在僧堂名單之下的鉤上，故稱「掛單」。

他也投在裡面，到了人家，卻乘機偷了人家許多東西，被人家查出了，送他到仁和縣裡去請辦，辦了個枷號一個月示眾。從此他要掛單，就沒有人家肯留他了。」我聽了這話，只好不做理會。閒坐了一回，眺望了一回湖光山色，便進城來。

忽然想起當年和我辦父親後事的一位張鼎臣，我來到杭州幾次，總沒有去訪他；此時想著訪他談談，又不知他住在哪裡。仔細想來，我父親開店的時候，和好幾家店鋪有來往，我在帳簿上都看見過的，只是一時想不起來。猛可想起鼓樓彎「保合和」廣東丸藥店，是當日來往極熟的，只怕他可以知道鼎臣下落。想罷，便一逕問路到鼓樓彎去，尋到了「保合和」，只見裡面紛紛發行李出來，不知何故。我便挨了進去，打著廣東話，向一位有年紀的拱手招呼，問他貴姓。那人見我說出廣東話，以為是鄉親，便讓坐送茶。說是姓梁，號展圖。又轉問了我，我告訴了，並說出來意，問他知道張鼎臣下落不知。展圖道：「聽說他做了官了，我也不知底細，等我問問舍姪便知道了。」說罷，便向一個後生問道：「你知道張鼎臣現在哪裡？」那後生道：「他捐了個鹽知事❷，到兩淮候補去了。」只見一個人闖了進來道：「客人快點下船罷，不然潮要來了。」展圖道：「知道，我就來。」我道：「原來老丈要動身，打擾了。」說罷起身，展圖道：「我是要到蘭溪去走一次。」我別了出來，自行回去。

到了次日，便叫了船仍回上海，耽擱一天，又到鎮江，稽查了兩天帳目，纔僱了船渡江到揚州去。入到了江都縣衙門，自然又是一番景象。除了繼之之外，只有文述農是個熟人。我把各處的帳目給繼之看了，又述了各處的情形，便與述農談天。此時述農派做了帳房，彼此多時未見，不免各訴別後之事。

❷ 鹽知事：鹽運司知事，鹽運使的屬官，分轄某一地區的鹽場，又稱「鹽場知事」。

此是骨董家通病，何獨責於

我便在帳房裡設了榻位，從此和述農聯床夜話。好得繼之並不叫我管事，閒了時，便到外面訪訪古跡，或游幾處名勝。最好笑的是相傳揚州的二十四橋，一向我只當是個名勝地方，誰知到了此地問時，那二十四橋竟是一條街名。被古人欺了十多年，到此方纔明白。繼之又帶了我去逛花園。原來揚州地方，花園最多，都是那些鹽商蓋造的。上半天任人遊玩，到了下午，園主人就來園裡請客，或做戲不等。

這天述農同了我去逛容園。據說這容園是一個姓張的產業，揚州花園，算這一所最好。除了各處樓臺亭閣之外，單是廳堂，就有了三十八處，卻又處處的裝璜不同。遊罷了回來，我問起述農，說這容園的繁華，也可以算絕頂了；久聞揚州的鹽商闊綽，今日到了此地，方纔知道是名不虛傳。述農道：「他們還是拿著錢不當錢用，每年冤枉化去的，不知多少。若是懂得的，少化幾個冤枉錢，還要闊呢。」我道：「銀錢都積在他們家裡也不是事，只要他肯化了出來，外面有得流通便好，管他冤枉不冤枉。擱不住這班人都做了守財奴，年年只有入款，他卻死摟著不放出來，不要把天下的錢，都輦到他家麼。」述農道：「你這個自是正論。然而我看他們化的錢，實在冤枉得可笑！平白無端的，養了一班讀書不成的假名士在家裡，以為是親近風雅，要借此洗刷他那市儈的名字。化了錢，養了幾個寒酸，倒也罷了；那最奇的是養了兩班戲子，不過供幾個商家家宴之用，每年要用到三萬多銀子！這還說是養了幾個人；只有他那買古董，卻另外成就一種僻性，好好的東西拿去他不買，只要把東西打破了拿去，他卻出了重價。」我不覺笑道：「這卻為何？」述農道：「這件事你且慢點談，可否朝我當一個差，我請你吃酒。」我道：「說得好好的，又當甚麼差？」

述農在箱子裡取出一卷畫來，展開給我看，卻是一幅橫披，是阮文達公❸寫的字。我道：「忽然看

鹽商。

是騙冤大頭妙法。

不曰賣，而曰冤。可笑。

起這個做甚麼？」述農指著一方圖書道：「我向來知道你會刻圖書，要請你摹出這一個來，有個用處。」我看那圖書時，卻是「節性齋」三個字。因說道：「這是刻的近於鄧石如❹一派，還可以仿摹得來，若是漢印❺就難了。但不知你仿來何用？」述農一面把橫披捲起，仍舊放在箱子裡，道：「摹下來自有用處。方纔說的那一班鹽商買古董，好東西他不要，打破了送去，他卻肯出價錢，你道他是甚麼意思？原來他拿定了一個死主意，說是那東西既是千百年前相傳下來的，沒有完全之理；若是完全的，便是假貨。因為他們個個如此，那一班販古董的知道了，就弄了多少破東西賣給他們。你說冤枉不冤枉？有一個在江西買了一個花瓶，是仿成化窯❻的東西，並不見好，不過值上三四元錢。這個人卻叫玉工來，把瓶口磨去了一截，配了座子，販到揚州來，卻賣了二百元。你說奇不奇呢！他那買字畫，也是這個主意。見了東西，也不問真假，先要看有名人圖書沒有；也不問這名人圖書的真假，只要有了兩方圖書，便連字畫也是真的了。我有一個董其昌手卷，是假的，藏著他沒用，打算冤給他們，所以請你摹了這方圖書下來，好蓋上去。」我笑道：「這個容易，只要買了石來。但怕他看出是假的，那就無謂了。」述農道：「只要先通了他的門客，便不要緊。」我道：「他的門客，難道倒幫了外人麼？」述農道：「這班東西

❸ 阮文達公：阮元，字伯元，號雲臺，乾隆五十四年進士，官至體仁閣大學士，諡號文達。嘉、道時著名學者。

❹ 鄧石如：清乾、嘉時著名書法家、篆刻家，原名琰，因避嘉慶諱，以字行，號頑伯、完白山人等。他以小篆入印，風格雄渾古樸，開創皖派中的鄧派。

❺ 漢印：仿照漢朝陰文篆字印章形式鐫刻的印。

❻ 成化窯：明朝成化年間出產的窯瓷，以小件和五彩的最為名貴。

言之成理。利口可怕。你看他說煞了，偏能挽回過來便給。可怕。

懂得甚麼外人內人，只要有了回用，他便拍合。有一回有個人拿了一幅畫去賣，要價一千銀子，那門客要他二成回用，那人以為做生意九五回用，是有規矩的，如何要起二成來，便不答應他。他說若不答應，便交易不成，不要後悔。賣畫的自以為這幅畫是好的，何憂賣不去，便沒有答應他。及至拿了畫去看，卻是畫的一張人物，大約是歲朝圖之類，畫了三四個人，圍著擲骰子，骰盤裡兩顆骰子坐了五，一個還在盤裡轉，旁邊一個人舉起了手，五指齊舒，又張開了口，雙眼看著盤內，真是神采奕奕。東家看了十分歡喜，以為千金不貴。那門客卻在旁邊說道：『這幅畫雖好，可惜畫錯了，便一文不值。』東家問他怎麼畫錯了，他說三顆骰子兩顆坐了五，這一顆還轉著未定，唱骰子的人，不消說也唱六的了；他畫的那唱骰子的，張開了口，這『六』字是合口音，張開了口，如何唱得『六』字的音來？東家聽了，果然不錯，便價也不還，退了回去。那賣畫的人一場沒趣，只得又來求那門客。此時他更樂得拿腔了，說已經說煞了，挽回不易，必要三成回用。賣畫的只得應允了。他卻拿了這幅畫仍然去見東家，說我仔細看了這畫，足值千金。東家問有甚憑據，他說這幅畫是福建人畫的，福建口音叫『六』字，猶如揚州人叫『落』字一般，所以是開口的。他畫了開口，正所以傳那叫六字之神呢。他的東家聽了，便打著揚州話『落落』的叫了兩聲，果然是開口的，便樂不可支，說道：『虧得先生淵博，不然幾乎當面錯過。』馬上兌了一千銀子出來，他便落了三百。」

我聽了，不覺笑起來道：「原來多懂兩處方言，卻有這等用處。但不知這班鹽商，怎麼弄得許多錢！我看此中必定有個弊端。」述農道：「這個何消說得。這裡面的毛病，我也弄不清楚。聞得兩淮鹽額，有一千六百九萬多引，叫做綱鹽。每引大約三百七十斤，每斤場價不過七八文，課銀不過三釐多。運到漢口，便每斤要賣五六十文不等。愈遠愈貴，並且愈遠愈雜。這裡場鹽是雪白的，運到漢口，便變了半黃半黑的了。有部帖的鹽商，叫做『根窩』。有根窩的，每鹽一引，他要抽銀一兩，運腳公用。每年定額是七十萬，近來加了差不多一倍。其實運腳所用，不及四分之一，漢口的岸費，每引又要派到一兩多，如何不發財。所以鹽院❼的供應，以及緝私犒賞，贍養窮商子孫，一切費用，都出在裡面。最奇的，他們自己對自己也要做弊。總商去見運司，這是他們商家的公事了，見運司那個手本，不過幾十文就買來了，他開起帳來，卻是一千兩。你說奇不奇？」我聽到這裡，不覺吐出了舌頭道：「這還了得！難道眾商家就由得他混開麼？」述農道：「這個我們局外人哪裡知道，他自然有許多名目立出來。其實綱鹽之利，不在官不在民，商家獨占其利。又不能盡享，大約幕友、門客等輩分的不少，甚至用的底下人、丫頭、老媽子，也有餘潤可沾。船戶埠行，有許多代運鹽斤，情願不領腳價，還怕謀不到手的，所以廣行賄賂，連用人也都賄遍了，以求承攬載運。」我道：「不領腳價，也有甚好處麼？」述農道：「自然有好處。凡運鹽到了漢口，靠在碼頭上，逐船編了號頭，挨號輪銷。他只要弄了手腳，把號頭編得後些，趕未及輪到他船時，先把鹽偷著賣了，等到輪著他時，卻就地買些私鹽來充數。這個辦法，叫做『過籠蒸糕』。萬一買不著私鹽，他便連船也不要了，等夜靜時，鑿穿了船底，由他沉下去，便報了個沉沒。這個辦法叫做『放生』。後來兩江總督陶文毅公❽知道這種弊端，便創了一個票鹽的辦法：無論哪一省的人，都可以領票，也不論數目多少；只要領了票，一樣的到場竈上計引授鹽，卻仍然要按著引地行銷。

❼ 鹽院：管理各地鹽務的長官，通常由督撫兼任。

❽ 陶文毅公：陶澍，字子霖，號雲汀，卒諡文毅。嘉慶七年進士，道光間官至太子少保、兩江總督兼鹽院。

此時一眾鹽商，無弊可作，窘的了不得，於是怨恨陶公入於骨髓，無可發洩，卻把陶公的一家人編成了紙牌，我還記得有一張是畫了一個人，拿了一雙斧頭砍一棵桃樹，借此以為咒詛之計。你道可笑麼。」我道：「這種不過兒戲罷了，有甚益處。」述農道：「從行了票鹽之後，卻是倒了好幾家鹽商，鹽法為之一變。此時為日已久，又不知經了多少變局了。」

我因為談了半天鹽務，忽然想起張鼎臣，便想去訪他，因開了他的官階名姓，叫人到鹽運司衙門去打聽。一面踱到繼之簽押房裡來，繼之正在那裡批著公事，見了我便放下了筆道：「我正要找你，你來得恰好。」我道：「有甚麼事找我呢？」繼之道：「我到任後，放告的頭一天，便有一個已故鹽商之妾羅魏氏，告他兒子羅榮統的不孝。我提到案下問時，那羅榮統呆似木雞，一句話也說不出。問他話時，他只是哭。問羅魏氏，卻又說不出個不孝的實據，只說他不聽教訓，結交匪人。問他匪人是哪個，他又說不出，只說是都已跑了。只得把羅榮統暫時管押。不過一天，又有他羅氏族長來具結保了去，只說是領回管束。本來就放下了，前幾天我偶然翻檢舊案卷，見前任官內，羅魏氏已經送過他一次忤逆，便問起書吏。據那書吏說，羅榮統委實不孝，有一年結交了幾個匪徒，謀弒其母。幸而機謀不密，得為防備，那匪徒便逃走了。羅魏氏便把兒子送了不孝，經族長保了出去。從此每一個新官到任，羅魏氏便送一次，一連四五任官，都是如此。我想這個裡面，必定有個緣故。你閒著沒事，何妨到外面去查訪個明白。」我道：「他母親送了不孝，他族長保了去便罷了。自古說清官難斷家務事，哪裡管得許多呢，訪他做甚麼。」繼之道：「這件事可小可大。果然是個不孝之子，也應該設法感化他，這是行政上應有之義。萬一他果然是個結交匪類的人，也要提防他，不要在我手裡出了個逆倫重案，這是我們做官的私話，如何好看輕了。」我道：「既如此，我便去查訪便了。只是怎麼個訪法呢？」繼之道：「這個哪裡論得定，好在不是限定日子，只要你在外面，隨機應變的暗訪罷了。茶坊酒肆之中，都可以訪得。況且他羅家也是著名的鹽商，不過近年稍為疲了點罷了，在外面還是赫赫有名的，怕沒人知道麼。」於是我便答應了。談了一會，仍到帳房裡來。述農正在有事，我只在旁邊閒坐。過一會，述農事完了，對我笑道：「我恰纔開發廚房裡飯錢，忽然想著一件可笑的事，天下事真是無奇不有。」我忙問是甚麼事，述農不慌不忙說出一件事來。正是：

一任旁人譏齷齪，無如廉吏最難為。

不知述農到底說出甚麼事，且待下回再記。

讀買古董一節，令人發笑；而以畫群盲評古圖者，為多事矣。

第四十六回　翻舊案借券作酬勞　告賣缺縣丞難總督

當下我笑對述農道：「因為開銷廚子想出來的話，大約總不離吃飯的事情了？」述農道：「雖然是吃飯的事情，卻未免吃的齷齪一點。前任的本縣姓伍，這裡的百姓起他一個渾名，叫做『五穀蟲』。」我笑道：「本草上的『五穀蟲』不是糞蛆麼？」述農道：「因為糞蛆兩個字不雅，所以纔用了這個別號呀。那位伍大令初到任時，便發誓每事必躬必親，絕不假手書吏家丁。大門以內的事，無論公私，都要自己經手。百姓們聽見了，以為是一個好官，歡喜的了不得。誰知他到任之後，做事十分刻薄，又且一錢如命。別的刻剝都不說了，這大門裡面的一所毛廁，向來係家丁們包與鄉下人淘去的，每月多少也有幾文好處。這位伍大令說：『是我說過不假手家丁的，還得我老爺自己經手。』於是他把每月這幾文臭錢也囊括了，卻叫廚子經手去收，拿來抵了飯錢。這不是個大笑話麼。」我道：「哪有這等瑣碎的人，真是無奇不有了！」

竟是間接吃糞。可發一笑。

說話之間，去打聽張鼎臣的人回來了，言是打聽得張老爺在古旗亭地方租有公館。我聽了便記著，預備明日去拜訪。一面正和述農談天，忽然家人來報說，繼之接了電報。我連忙和述農同到簽押房來，問是甚事。原來前回那江寧藩臺升了安徽撫臺，未曾交卸之前數天，就把繼之請補了江都縣，此時部覆回來議准了，所以藩署書吏打個電報來通知。於是大家都向繼之道喜。

過了這天，明日一早，我便出了衙門，去拜張鼎臣。鼎臣見了我，十分歡喜，便留著談天。問起我別後的事，我便大略告訴了一遍。又想起當日我父親不在時，十分得他的力。他又曾經攔阻我給電信與伯父，是我不聽他的話，後來鬧到如此。我雖然不把這些事放在心上，然而母親已是大不願意的了。當日若是聽了他的話，何至如此。鼎臣又問起我伯父來，我只得也略說了點。說到自從他到蘇州以後，便杳無音信的話，鼎臣嘆了一口氣道：「我拿一樣東西你看。」說罷，引我到他書房去坐，他在文具箱裡取出一個信封，在信封裡面抽出一張條子來遞給我。我接過來一看，不覺吃了一驚，原來是我伯父親筆寫給他的一百兩銀子借票。我還沒有開口，鼎臣便說道：「那年在上海長發棧，令伯當著大眾說謝我一百兩銀子的，我為人爽直，便沒有推託。他到了晚上，和我說窮的了不得，你令先翁遺下的錢，他又不敢亂用，要和我借這一百銀子。你想當時我怎好回覆他，只好允了，他便給了我這麼一張東西。自別後，他並一封信也不曾有來過。我前年要辦驗看❶，寄給他一封信，要張羅點盤費，他隻字也不曾回。」我道：「便是小姪別後，也不曾有信給世伯請安，這兩年事情又忙點，還求世伯恕我荒唐。」鼎臣道：「這又當別論。我們是交割清楚的了，彼此沒了手尾，便是事忙路遠，不寫信也極平常。糾葛未清的，如何也好這樣呢！」此時我要代伯父分辯幾句，卻是辯無可辯，只好不做聲。而且自己家裡人做下這等對不住人的事，也覺得難為情。想到這裡，未免跼促不安。鼎臣便把別話岔開，談談他的官況，又講講兩淮的鹽務。

直回溯到第二回事。又是補筆。這一張東西，不必算借票，竟可算是謝帖。一笑。

❶ 驗看：清朝銓選官吏的一種制度。候選候補人員赴部引見，由皇帝點派的王公大臣或九卿科道，察視其年貌、言語、形態，以定取捨，稱做「驗看」。

我便說起述農昨天所說綱鹽的話，鼎臣道：「這是幾十年前的話了。自從改了票鹽之後，鹽場的舉動都大變了。大約當改鹽票之時，狠有幾家鹽商吃虧的。慢慢的這個風波定了之後，倒的是倒定了，站住的也站住了。只不過商家之外，又提拔了多少人發財，那就是鹽票之功了。當日曾文正做兩江時，要栽培兩個戚友，無非是送兩張鹽票，等他們憑票販鹽，這裡頭發財的不少。此刻有鹽票的人，自己不願做生意，還可以拿這票子租給人家呢。」我道：「改了票鹽之後，只怕就沒有弊病了。」鼎臣道：「天下事有一利即有一弊，哪裡有沒有弊病的道理。不過我到這裡日子淺，統共只住了一年半，不曾探得實在罷了。」當下又談了一會，便辭了回來。

回到衙門口，只見許多轎馬。到裡面打聽，纔知道繼之補實的信，外面都知道了，此時同城各官以及紳士，都來道喜。過得幾天，南京藩臺的飭知❷到了，繼之便打點到南京去稟謝。我此時離家已久，打算一同前去。繼之道：「我去，頂多前後五天，便要回到此地的，你何不等我回來了再走呢。」我便答應了。過一天，繼之便到府裡稟知動身。我無事便訪鼎臣；或者不出門，便和述農談天。

忽然想起繼之叫我訪察羅榮統的事，據說是個鹽商，鼎臣現在是個鹽官，我何不問問鼎臣，或者他知道些，也說不定。想罷，便到古旗亭去，訪著鼎臣，寒暄已畢，我問起羅榮統的事。鼎臣道：「這件事十分奇怪，外面的人言不一，有許多都說是他不孝，又有許多說他母親不好的。大抵家庭不睦是有的，那羅榮統怎樣不孝，只怕不見得。若要知道底細，只有一個人知道。」我忙問是誰，鼎臣道：「大觀樓酒館裡的一個廚子，是他家用的多年老僕，今年不知為著甚麼，辭了出來，便投到大觀樓去。他是一定

又是一個家庭的事。一何可

❷ 飭知：舊時公文的一種，專用於上級官署通知下屬。

歎。

知道的。」我道：「那廚子姓甚麼，叫甚麼呢？」鼎臣道：「這可不知道了。不過前回有人請我吃館子，說是羅家出來了一個廚子，投到大觀樓去，做得好魚翅。這廚子是在羅家二十多年，專做魚翅的，合揚州城裡的鹽商請客，只有他家的魚翅最出色，後來無論誰家請客，多有借他這廚子的。我不過聽了這句話罷了，哪裡去問他姓名呢。」我道：「這就難了。不比在館子裡當跑堂的，還可以去上館子，假以辭色，問他底細；這廚子是雖上他館子，也看不見的，怎樣打聽呢。」鼎臣道：「你苦苦的打聽他做甚麼呢？」我道：「也不是一定要苦苦打聽他，不過為的人家多說揚州城裡有個不孝子，順便問一聲罷了。」當下又扯些別話談了幾句，便辭了鼎臣回去。

和述農商量，有甚法子可以訪察得出的，述農道：「有了這廚子，便容易了。幾時繼翁請客，叫他傳了那廚子來當一次差，我們在旁邊假以辭色，逐細盤問他，怕問不出來！」我道：「這卻不好。我們這裡是衙門，他哪裡敢亂說，不怕招是非麼。」述農道：「除此之外，可沒有法子了。」我道：「因為那廚子，我又想起一件事來。他羅家用的僕人，一定不少，總有辭了出來的，只要打聽著一個，便好商量。」述農道：「這又從何打聽起來呢？」我道：「這個只好慢慢來的了。」當時便把這件事暫行擱下。

不多幾天，繼之回來了，又到本府去稟知，即日備了文書，申報上去，即日作為到任日子。一班書吏衙役，都來叩賀。同城文武官和鄉紳等，重新又來道喜。繼之一一回拜謝步，忙了幾天，方纔停當。我便打算回南京去走一遭。繼之便和我商量道：「日子過的實在是快，不久又要過年了。你今番回去，等過了年，便到上江一帶去查看。我陸續都調了些自己本族人在各號裡，你去查察情形，可以叫他們管事的，就派了他們管事，左右比外人靠得住些。回頭便到下江一帶去，也是如此。都辦好了，大約二月

何以忽然換了，雖未說出來，內中

底三月初，可以到這裡，我到了那時，預備和你接風。」我笑道：「一路說來，都是正事，忽然說這麼一句收梢，倒像唱戲的好好一齣正戲，卻借著科諢下場，格外見精神呢。」說的繼之也笑了。

我因為日內要走，恐怕彼此有甚話說，便在簽押房和繼之盤桓，談談說說。我問起新任方伯如何，繼之搖頭道：「方伯倒沒有甚麼，所用的人，未免太難了，到任不到兩個月，便鬧了一場大笑話。」我道：「是甚麼事呢？」繼之道：「總不過為補缺的事。大約做藩臺的，照例總有一個手摺，開列著各州縣姓名。那捐班人員，另有一個輪補的規矩。這件事連我也鬧不清楚，大抵每出了一個缺，看應該是哪一個輪到，這個輪到的人，才具如何，品行如何，藩臺都有個成見的。或者雖然輪到，做藩臺的也可以把他捺住；那捺住之故，不是因這個人才具不對，品行不好，便是調劑私人，應酬大帽子了。他擬補的人，便開在手摺上面；所開又不止一個人，總開到兩三個，第一個總是應該補的，第二三個是預備督撫揀換的。然而歷來督撫揀換的甚少，藩臺寫了這本手摺，預備給督撫看的，本來辦得十分機密。這一回那藩臺開了手摺，不知怎樣，被他帳房裡一位師爺偷看見了，便出來撞木鐘❸。聽說是鹽城的缺，藩臺擬定一個人，被他看見了，便對那個人說：『此刻鹽城出了缺，你只消給我三千銀子，我包你補了。』那個人信了他，兌給他三千銀子。誰知那藩臺不知怎樣，忽然把那個人的名字換了，及至掛出牌來，竟不是他。那個人便來和他說話。他暗想這個木鐘撞啞了，然而句容的缺也要出快了，這個人總是要輪到的，不如且把些說話搪塞過去再說。便說道：『這回本來是你的，因為制臺交代，不得不換一個人。過幾天句容出缺，一定是你的了。』句容與鹽城都是好缺，所以那個人也答應了。到過了幾天，掛出句容

❸ 撞木鐘：招搖撞騙。

不知多少怪現狀也。

官廳上直喊出買缺來，真是怪事。

竟是石不敵卵。

竟是來算帳也。可發一笑。

的牌來，又不是的。那個人又不答應了，他又把些話搪塞過去。再過了幾天，忽然掛出一張牌來，把那個人補了安東。這可不得了了，那個人跑到官廳上去，大鬧起來，說安東這個缺，每年要貼三千的，我為甚反拿三千銀子去買他！鬧得個不得了，藩臺知道了，只得叫那帳房師爺還了他三千銀子，並辭了他的館地，方纔了事。」我道：「凡贓私的銀，是與受同科❹的，他怎敢鬧出來？」繼之道：「所以這纔是笑話啊。」我道：「這個人也可謂膽大極了，倘使藩臺是有脾氣的，一面攆了帳房，一面詳參了他，豈不把功名送掉了。大不了藩臺自己也自行檢舉起來，失察在先，正辦在後，頂多不過一個罰俸的處分罷了。」繼之笑道：「照你這樣火性，還能出來做官麼。這個人鬧了一場，還了他銀子便算了，還算好的呢。前幾年福建出了個笑話，比這個還利害，竟是總督敵不過一個縣丞，你說奇不奇呢。」我道：「這一定又是一個怪物了。」繼之道：「這件事我直到此刻，還有點疑心，那福建侯官縣縣丞的缺怎麼個好法，竟有人拿四千銀子買他！我彷彿記得這縣丞姓彭，他老子是個提督。那回侯官縣丞是應該他輪補的，被人家拿四千銀子買了去，他便去上制臺衙門，說有要緊公事稟見。制臺不知是甚麼，便見了他。他見了面不說別的，只訴說他這個縣丞捐了多少錢，辦驗看、指省又是多少錢，從某年到省，直到如今，候補費又用了多少錢，要制臺照數還了他，註銷了這個縣丞，不做官了。制臺大怒，說他是個瘋子。又說都照你這樣候補得不耐煩，便要還銀註銷，哪裡成這個體統！他說：『還銀註銷不成體統，難道買缺倒是個體統麼？這回侯官縣丞，應該是卑職輪補的，某人化了四千銀子買了去，這又是個甚麼體統？』制軍一想，這回補侯官縣丞的，卻是自己授意藩司，然而並未得錢，這句話是哪裡來的？不覺又大怒起來，

❹ 與受同科：按清律，行賄和受賄同樣處罪。與，行賄。受，受賄。科，處罪。

說道：『你說的話可有憑據麼？』他道：『沒有真憑實據，卑職怎敢放恣。』制臺就叫他拿憑據出來，他道：『憑據是可以拿得，但是必要請大帥發給兩名親兵，方能拿到。』制臺便傳了兩名親兵來，叫他帶去。他當著制臺，對兩名親兵說：『這回我是奉了大帥委的，我叫你拿甚麼人，便拿甚麼人。』制臺也吩咐，只管聽彭縣丞的指揮去拿人。他帶了兩個親兵，只走到麒麟門外，便把一個裁縫拿了，翻身進去回話，說這個便是憑據。制臺又大怒起來，說這是我從家鄉帶來的人，最安分，哪有這等事！並且一個裁縫，怎麼便做得動我的主？他卻笑道：『大帥何必動怒，只要交委員問他的口供，便知真假。他是大帥心愛的人，承審委員未必敢難為他。等到問不出憑據時，大帥便把卑職參了，豈不乾淨。』制臺一肚子沒好氣，只得發交閩縣問話。他便意氣揚揚的跑到閩縣衙門，立等著對質。閩縣知縣哪裡肯就問，他道：『堂翁❺既然不肯問，就請同我一起去辭差。這件事非同小可，我在這裡和制軍拚命拚出來的，稍遲一會，便有了傳遞，要鬧不清楚了。這件事鬧不清楚，我一定丟了功名。我的功名不要緊，只怕京控❻起來，那時就是堂翁也有些不便。』知縣被他逼的沒法，只得升座提審，他卻站在底下對質。那裁縫一味抵賴，他卻嬉皮笑臉的，對著裁縫蹲了下來，說道：『你不要賴了。某日有人來約你在某處茶樓吃茶，某日又約你某處酒樓吃酒，某日你到某人公館裡去，某日某人到你家裡來，送給你四千兩銀子的票子，是某家錢莊所出的票，號碼是第幾號，你拿到莊上去照票，又把票打散了，一千的一張，幾百的幾張，然後拿到衙門裡面去。你好好的說了，免得又要牽累見證。你再不招，我可以叫一個人來，連你

只會發怒，一何可笑。

總督且奈何他不得，何況知縣。

❺ 堂翁：作為知縣下屬的縣丞對知縣的尊稱。

❻ 京控：地方官民蒙冤不得解決，到京城向刑部、都察院等衙門申訴。

們在酒樓上面，坐哪一個座，吃哪幾樣菜，說的甚麼話，都可以一一說出來的呢。』那裁縫沒得好賴，只得供了，說所有四千銀子，是某人要補侯官縣丞缺的使費，小姐得了若干，某姨太太得了若干，某姨太太得了若干，太太房的大丫頭得了若干，孫少爺的奶媽得了若干，一一招了，畫了供。閩縣知縣便要去稟覆，他說問明了便不必勞駕，待我來回話罷。說罷，攫取了那張親供便走。」正是：

惡極，妙極，真是奈何他不得。

取來一紙真憑據，準備千言辨是非。

要知那縣丞到底鬧到甚麼樣子，且待下回再記。

名之曰酬勞，而與以借據一紙，鷸蚌本未相持，而漁人竟得其利。此是何等手段！寫來可怕，而又終於發覺，正不知他日，何以見人也。

諺有之云：拚死無大害，於此縣丞見之。而筆墨又能為之傳神，寫來如頰上添毫。近人撰官場現形記，恐不及此神采也。

受賄者及於太太房中之大丫頭，與孫少爺之奶媽，而不及者尚多讀者試掩卷思之，此無筆墨處，大有筆墨在。其怪現狀，乃在於不可思議之中也。余讀至此處，不覺戲評一語曰：幸哉，賄猶未及於少奶奶！

第四十七回　恣兒戲末秩侮上官　忒輕生薦人代抵命

設身處地，真是奈何他不得。

妙，妙，竟是好戲也，好看煞人。

繼之說到這裡，我便插嘴道：「法堂上的親供，怎麼好攫取？這不成了兒戲麼。」繼之道：「他後來更兒戲呢！拿了這張親供去見制臺，卻又不肯交過手，只自己拿著張開了給制臺看，嘴裡說道：『憑據有在這裡，請教大帥如何辦法？』制臺見了，倒不能奈何他，只得說道：『我辦給你看！』他道：『不知大帥幾時辦呢？』制臺沒好氣的說道：『三天之內總辦了。』說罷不睬他，便進去了。他出來等了三天，不見動靜，又去上衙門，制臺給他一個不見。他等到了衙門期那天，司道進見的時候，卻跟著司道掩了進去。人家正在拱揖行禮的時候，他突然走近制臺跟前，把制臺的衣裳一拉，說道：『喂，你說三天辦給我看啊，今天第幾天了？我看見那裁縫，又在那裡安安穩穩的做衣裳了。』此時他闖在前面，藩臺恰好在他後頭，看見這種情形，便輕輕的拉他一把。他回頭看時，藩臺又輕輕的說道：『沒規矩！』他聽見藩臺又說了這句話，便大聲道：『沒規矩！賣缺的便沒規矩！我不像一班奴顏婢膝的，只知道巴結上司，自以為規矩的了不得。我明日京控起來，看誰沒規矩！』說罷，又把那裁縫的親供背誦了一遍，對臬臺說道：『你是司刑名的，畫了這過付贓私的供，只要這裡姨太太一句話，便要了出來，是有規矩，是沒規矩？』此時一眾官員，面面相覷，沒奈他何。制臺是氣的三尸亂暴，七竅生烟，一疊連聲叫把裁縫鎖了，交首縣去，是誰叫他出來的！他卻冷笑道：『是七姨太太叫出來的，我也知道了，還裝糊塗

此以二字太鄙俚，故以□代之也。大有掉臂遊行之樂。

總督向縣丞求和，真是千古僅見。小老爺讀此，當為之

呢！』說著，便揚長而出。嘴裡自言自語道：『擱不住我不幹了，看你咬掉了我的□□！甚麼叫個規矩！』走到了大堂以外，看見兩個戈什哈，正押著那裁縫要走。那裁縫道：『太爺，你何苦定要和我作對呢。』他笑道：『卻是難為了你，你再求七姨太太去罷。』戈什哈道：『好大的縣丞！』他道：『大也罷，小也罷，豁著我這縣丞和總督去碰，總碰得他過。』說著，自去了。到了下半天，忽然藩臺傳他去見。對他說：『制軍也知道這回老兄受了委屈了，交代給你老兄一個缺。』他卻呵呵大笑起來道：『我若是要了缺，我便是為私不為公了。我一心要和他整頓整頓吏治，個把缺何足以動我心。他若不照例好好的辦，我便到京裡上控，方見得我始終是為公事。我此刻受了一個缺，一年半載之後，他何難把我奏參了。他雖然年紀大，須知我年紀雖不及他，然而也不是個小孩子，他不要想把這點小甜頭來哄我。我只等三天不見明文，或者他的辦法不對，我便打算進京去上控，你叫他小心點就是。』說罷，竟就不別而行的去了。」我道：「這個人倒是有心要整頓的。」繼之道：「甚麼有心整頓！不過乘機訛詐，故為刁難罷了。你想這件事牽涉到上房姨太太、小姐，叫那制臺怎樣辦法呢。那裁縫的親供，又落在他手裡。所以後來反是制臺託人出來說話，同他講和。據說那侯官縣丞缺，一年有八千的好處，三年一任，共是二萬四千金，被他訛的一定要了一任好處，纔罷了手呢。」我笑道：「這倒是椿爽快事。假使候補官個個如此，那賣缺之風可以絕了。」

繼之也笑道：「你這句話，只好在這裡說。若到外面說了，人家就要說此風不可長了。其實官場上面的笑話，車載斗量，也不知多少！前年和法蘭西打仗的時候，福建長門炮臺，沒有人敢去守，只有一個姓藍的都司❶肯去。他叫做藍寶堂，得了札子到差之後，便去見總督，回說向來當炮臺統領的都是提

浮一大白曰：快人，快事！

都司胡鬧，可謂怪現狀矣。

然讀者試思之，此時竟無人敢守長門，其怪現狀更當何如？

千古奇事。

督、總兵，此刻卑職還是個都司，鎮壓不住，求大帥想法子。總督說：『你本是個都司，有甚法子好想呢？』他說：『大帥不能想法子，卑職駕馭不來，只好要辭差了。』制臺一想，那法蘭西虎視眈眈的看著福建，這個差事大家都不肯當，若准他辭了，又委哪個呢。只得答應他道：『你且退去，我這裡同你想法子便了。』他道：『頂色不紅，一天也駕馭不住。卑職只得在這裡等著，等大帥想了法子之後，再回防次去的了。』制臺被他嬲的沒了法，便發氣道：『那麼你去戴個紅頂子，暫算一個總兵罷。』他便打了個扦說：『謝過大帥。』居然戴起紅頂子來。」我道：「這竟是無賴了。」

繼之道：「這個人聽說從小就無賴。他小時候和他娘住在娘舅家裡，大約是沒了老子的了，卻又不安分，一天偷了他娘舅四十元銀，沒處安放，怕人在身上搜出，卻拿到當鋪裡當了兩元。他娘舅疑心到他，卻又搜不出贓證。他娘等他睡著了，搜他衣袋，搜出當票來，便去贖了出來，正是四十元的原贓。他娘未免打了他一頓，他便逃走了，走到夾板船上去當水手，幾年沒有音信回去。過了三四年，他忽然託人帶了八十元銀送給他母親。他母親盤問來人，知道他在夾板船上，並且船也到了，便要見他一面，叫來人去說。來人對他說了，他又打發人去說，說道：『我今生今世不回家的了！要見我，可到岸邊來見。』他娘念子情切，便飛奔岸邊來。他卻早已上岸，遠遠望見他母親來了，便爬上樹去。那棵樹又高又大，他一直爬到樹梢。他娘來了，他便問你要見我做甚麼，他娘說你爬到樹上做甚麼，快下來相見。他說我下來了，你要和我覼瑣❷。我是發過誓不回家的了。從前為了四十元銀，你已經和我絕了母子之

❶ 都司：清朝都司為四品武職。都司之上，是遊擊（從三品）、參將（正三品）、副將（從二品）、總兵（正二品）。藍寶堂以都司而要到總兵銜，一下提升了四級。

千古奇談。自己便絕了情，卻要以情動其母。我若為其母，偏不走，任他撒手跌下，看他如何。

竟如待囚徒一般，此倒是快人快事。

此所謂惡人先告狀。

情，我此刻加倍還了你，從此義絕恩絕了。你要見我，無非是要看看我的面貌，此刻看見了，你可回去了。他娘說，我守在此處，你終要下來。他說，你再不走，我這裡一撒手便跌下來死了，看你怎樣。他娘沒了法，哀求他下來，他始終不下，哭哭啼啼的去了。他便笑嘻嘻的下來。對著娘，他還這等無賴呢。」我道：「這不獨無賴，竟是滅盡天性的了。」

繼之道：「他還有無賴的事呢。他管帶『海航』差船的時候，有一個福建船政局的提調，奉了船政大臣❸的委，到臺灣去公幹，及至回福州時，坐了他的船。那提調也不好，好好的官艙他不坐，一定要坐管帶的房。若是別人，也沒有不將就的。誰知遇了他這個寶貨，一聽說提調要坐他的房，他馬上把一房被褥傢伙都搬了出來，只剩下一所空房，便請那提調去住。騙得提調進房，他卻把門鎖了，自己帶了鑰匙，然後把船駛到澎湖附近，浪頭最大的地方，顛簸了一日一夜，又不開飯給他吃。那提調被他顛簸得嘔吐狼藉，腹中又是饑餓不堪，房門又鎖著，叫人也沒得答應。同他在海上飄了三天，纔駛進口。進口之後，還不肯便放，自己先去見船政大臣，說此番提調坐了船來，卑職伺候不到，被提調大人動了氣，在船上任情糟蹋，自己帶了爨具，便在官艙燒飯，卑職勸止，提調又要到卑職房裡去燒飯，卑職只得把房讓了出來。下次遇了提調的差，請大人另派別人云云。告訴了一遍，方纔回船，把他放了。那提調狼狽不堪，到了岸上，見了欽差，回完了公事話，正要訴苦，纔提到了『海航管帶』四個字，被欽差拍著桌子，狗血噴頭的一頓大罵。」我笑道：「雖然是無賴，卻倒也爽快。」

❷ 覼瑣：即「囉唆」。

❸ 船政大臣：皇帝特派督率福建水師的官員，故下文又稱「欽差」。

繼之道：「雖然是爽快，然而出來處世，究竟不宜如此。我還記得有一個也是差船管帶，卻忘記了他的姓名了，帶的是『伏波』輪船。他是廣東人，因為『伏波』常時駐紮福州，便回廣東去接取家眷，到福州居住。在廣東上輪船時，恰好閩浙總督何小宋的兒子中了舉，也帶著家眷到福州。海船的房艙本來甚少，都被那位何孝廉定去了。這位管帶也不管是誰，便硬占了人家定下的兩個房艙。那何孝廉打聽得他是『伏波』管帶，只笑了一笑，不去和他理論。等到了福州，沒有幾天，那管帶的差事就撤掉了。你想取快一時的，有甚益處麼。不過這藍寶堂雖然無賴，卻有一回無賴得十分爽快的。就是前年中法失和時，他守著長門炮臺。忽然有一天來了一艘外國兵船，我忘了是哪一國的了，總而言之，不是法蘭西的。他見了，以為我們正在海疆戒嚴的時候，別國兵輪如何好到我海口裡來，便拉起了旗號，叫他停輪。那船上不理，仍舊前行。他又打起了旗號知照他，再不停輪，便開炮了。那船上仍舊不理，他便開了一炮，轟的一聲，把那船上的望臺打毀了，吊橋打斷了，一個大副受了重傷，只得停了輪。到了岸上來，驚動了他的本國領事打官司。一時福建的大小各官，都嚇得面無人色，戰戰兢兢的出來會審，領事官也氣忿忿的來到。這藍寶堂卻從從容容的，到了法堂之上，侃侃直談，據著公理爭辯，竟被他得了贏官司，豈不爭氣？誰知當時閩省大吏，非獨不獎他，反責備他，交代說這一回是僥倖的，下次無論何國船來，不准如此。後來法國船來了，他便不敢做主，打電報到裡面去請示，回電來說不准開炮。等第二艘來了，再請示，仍舊不准。於是法蘭西陸續來了二十多號船，所以纔有那馬江之敗呢。」

一眾大小官員，都不抵一個無賴。

我道：「說起那馬江之敗，近來臺灣改了行省，說的是要展拓生番的地方。頭回我在上海經過，聽得人說，這件事頗覺得有名無實。不知到底是怎麼回事？」繼之道：「便是我這回到省裡去，也聽得這樣說。有個朋友從那邊來，說非但地方弄不好，並且那一位劉省三❹大帥，自己害了自己。」我道：「這又為何？」繼之道：「那劉省帥向來最恨的是吃鴉片烟，這是那一班中興名將公共的脾氣，惟有他恨的最厲害。凡是屬下的人，有烟癮的，被他知道了，立刻撤差驅逐，片刻不許停留。是他帳下的兵弁，犯了這個，還要以軍法從事呢。到了臺灣，瘴氣十分厲害，凡是內地的人，大半都受不住，又都說是鴉片烟可以銷除瘴氣，不免要吃幾口，又恐怕被他知道，於是設出一法，要他自己先上了癮。」我道：「他不吃的，如何會上癮？」繼之道：「所以要設法呀。設法先通了他的家人，許下了重謝。省帥向來用長烟筒吃旱烟，叫他家人代他裝旱烟時，偷攙了一個鴉片烟泡在內，天天如是。約過了一個多月，忽然一天不攙烟泡了，老頭子便覺得難過，眼淚鼻涕流個不止。那家人知道他癮來了，便乘機進言，說這裡瘴氣重得狠，莫非是瘴氣作怪，何不吃兩口鴉片試試看。他哪裡肯吃，說既是瘴氣，自有瘴氣的方子，可請醫生來診治。哪裡禁得，醫生也是受了賄囑的，診過了脈，也說是瘴氣，非鴉片不能解。他還是不肯吃。熬了一天，到底熬不過，雖然吃了些藥，又不見功效，只得拿鴉片烟來吃了幾口，下肚便見精神。從此，竟是一天不能離的了。這不是害了自己麼？」

我道：「這種小人，真是防不勝防。然而也是吃旱烟之過，倘使連這旱烟都不吃，他又從何下手呢。」繼之道：「就是連旱烟不吃，也可以有法子的。我初到省那一年，便當了一個洋務局的差事。一個同寅是廣東人，他對我說：香港有一個外國人，用了一個廚子，也不知用了多少年了，一向相安無事。忽然一天，把那廚子辭掉了，便覺得合家人都無精打采起來，吃的東西都十分無味。以為新來的廚子不

❹ 劉省三：劉銘傳，字省三，號大潛山人，安徽合肥人。光緒十一年九月至光緒十七年三月為臺灣巡撫。

生番尚知愛種，凌同族者，當不齒於生番矣。

好，再換一個，也是如此。沒了法，只得再叫那舊廚子來。說也奇怪，他一回來，可合家都好了。」我道：「難道酒菜裡面也可以下鴉片烟麼？」繼之道：「酒菜裡面雖不能下，外國人飯後必吃一杯咖啡，他煮咖啡之時，必用一個烟泡放在裡面，等滾了兩滾，再撈起來。這咖啡本來是苦的，又攙上糖纔吃，如何吃得出來？久而久之，就上了癮了。」我道：「鴉片烟本是他們那裡來的，就叫他們吃上了，不過是『即以其人之道，還治其人之身』。但不知那劉省帥吃上了之後怎麼樣？」繼之道：「已經吃上了，還怎麼樣呢。」

我道：「他說要開拓生番的地方，到底不知開拓了多少？」繼之道：「頭回看見京報有他的奏章，說是已經降了多少，每人給與薙刀一把，大約總有些降服的。然而究竟是未開化的人，縱然降服了，也不見得是靠得住。他那殺人不眨眼的野性，忽然高興，又殺個把人來頑頑，如何約束得住他呢！而且他殺人，專殺的是我們這些人，自己卻不肯相殺的。殺了人，把腦袋帶回去；弄些酒來，在死人腦袋的嘴裡灌進去，等他在嗓子裡流出來，卻接在自己嘴裡吃了。吃了之後，便出去打獵。若是這回獵得禽獸多的，回來便把這腦袋敬如神明；若是獵不著甚麼回來，便把這腦袋盡情的亂摔亂踢了。他還有一層，絕不怕死，說出來還要令人可笑呢。那生番裡面，也有個頭目，省帥因為生番每每出來殺人，便委員到裡面去，和他的頭目立了一個約：如果我們這些人殺了生番，便是一人抵一命；若是生番殺了我們這些人，卻要他五個人抵一個命。這不過要嚇得他不敢再殺人的意思。他那頭目也應允了。誰知立了約不多幾天，就有了生番殺人的事。地方官便捉拿兇手，誰知這個生番，只有夫妻兩個，父母、兄弟、子女都沒有的，雖捉了來，還不夠抵命。也打算將就了結了，誰知過得幾天，有三個生番自行投到，說是兇手的親戚薦他來抵命，以符五人之數的。你說奇不奇！」正是：

義俠捐生踐然諾，鴻毛番重泰山輕。

要知後事如何，且待下回再記。

一個縣丞，一個都司，戲弄上官，如提傀儡，好看煞人；然而上官實自取之耳。此一層怪現狀，當從對面看，不能從正面看。蓋看正面意思淺，看反面意思乃深也。

看騙上烟癮一節，真是令人處世防不勝防。

今人處事，每以趨避為能，使來代抵命之生番見之，能毋齒冷。

抵命可代已奇，薦人代抵命已甚奇，乃被薦即願往代抵命，不尤奇耶！此殆視生死如無物者矣。

此三個生番，捨命以存信，不可謂非義士也。願讀者勿以笑話目之。

第四十八回　內外吏胥神姦狙猾　風塵妓女豪俠多情

我正和繼之說著話時，只見刑房書吏拿了一宗案卷進來。繼之叫且放下，那書吏便放下，退了出去。我道：「人家都說衙門裡書吏的權，比官還大，差不多州縣官，竟是木偶，全憑書吏做主的。不知可有這件事？」繼之道：「這看本官做得怎樣罷了，何嘗是一定的。不過此輩舞弊起來，最容易上下其手。這一邊想不出法子，便往那一邊想；那一邊又想不出來，他也會別尋門路。總而言之，做州縣官的，只能把大出進的地方防閒住了，那小節目，不能處處留心，只得由他去的了。」我道：「把大出進的防閒住了，他們縱在小節目上出些花樣，也不見得能有多少好處了。怎麼我見他們都是狠闊綽的呢？」繼之道：「這個哪裡說得定，他們遇了機會，只要輕輕一舉手，便是銀子。前年蘇州接了一角刑部的釘封文書，凡是釘封文書，總是斬決要犯的居多，拆開來一看，內中卻是雲南的一個案件。大家看見，莫名其妙，只得把他退回去。直等到去年年底，又來了一角，卻是處決一名斬犯。事後大家傳說，纔知道這裡面一個大毛病，原來這一名斬犯，本來是個富家之子，又是個三代單傳，還沒有子女，不幸犯了個死罪，起先是百計出脫，也不知費了多少錢，無奈證據確鑿，情真罪當，無可出脫，就定了個斬立決，通詳上去。從定罪那天起，他家裡便弄盡了神通，先把縣署內監買通了，又出了重價買了幾個鄉下姑娘，都是身體肥壯的，輪流到內監去陪他住宿，希圖留下一點血脈。然而這件事遲早卻不由人做主的，所以多耽

只如此，已算是好官。一嘆。

擱一天好一天，於是又在臬司和撫臺那裡，設法耽擱，這裡面已經不知捺了多少日子了。卻又專差了人到京裡去，在刑部裡打點。鐵案如山的，雖打點也無用。於是用了巨款，賄通了書吏，求他設法，不求開脫死罪，只求延緩日子。刑部書吏得了他的賄賂，便異想天開的，設出一法來。這天該發兩路釘封文書，一路是雲南的，一路是江蘇的，他便輕輕的把江蘇案卷放在雲南文書殼裡，把雲南案卷放在江蘇文書殼裡，等一站站的遞到了江蘇，拆開看過，知道錯了，又一站站的退回刑部。刑部堂司各官也是莫名其妙，跟查起來，知道是錯封了，只好等雲南的回來再發。又不知等了多少時候，雲南的纔退回來，然後再封發了。這一轉換間，便耽擱了一年多。你說他們的手段利害麼！」我道：「耽擱了這一年多，不知這犯人有生下子女沒有？」繼之道：「這個誰還打聽他呢。」

我道：「文書何以要用釘封？這卻不懂，並且沒有看見過這樣東西。」繼之道：「兒戲得狠。那文書不用漿糊封口，只用錐子在上面札一個眼兒，用紙撚穿上，算是一個釘子，算是這件事情非常緊急，來不及封口的意思。」我道：「不怕人家偷拆了看麼？」繼之道：「怕甚麼，拆看釘封公文是照例的。譬如此刻有了釘封公文到站，遇了空的時候，只管拆開看看，有甚要緊，只要不把他弄殘缺了就是了。」我道：「弄殘缺了就怎樣呢？」繼之道：「此刻譬如我弄殘缺了，倒有個現成的法子了。從前有一個出過事的，這個州縣官是個鴉片鬼，接到了這件東西，他便抽了出來，躺在烟炕上看。不提防發了一個烟迷，把裡面文書燒了一個角。這一來嚇急了，忙請了老夫子來商量。這個老夫子好得狠，他說幸而是燒了裡面的，還有法子好想；若是燒了殼子，就沒法想了。然而這個法子要賣五千銀子呢。那鴉片鬼沒法，只得依了他。他又說這個法子做了出來，便不稀奇，怕東翁要賴，必得先打了票子再說出來。鴉片鬼沒

發一個

烟迷，去了五千金。吃烟人何不猛省！賠了銀子，還賺了著急。吃烟人何不猛省！急智不可及，被作者寫了出來，卻教乖人不少也。原來是

法，只得打了票子給他。他接了票子，拿過那燒不盡的文書，索性放在燈頭上燒了。可笑那鴉片鬼嚇得手足無措，只說這回坑死我了。他卻不慌不忙拿一張空白的文書紙，放在殼子裡面，仍舊釘好，便發出去。那鴉片鬼還不明白，扭著他拚命。他偏不肯就說出這裡面的道理來，故意取笑，由得那鴉片鬼著急。鬧了半天，他方纔說道：『這裡發出去，交到下站，下站拆開看了，是個空白，請教他敢聲張麼？也不過照舊封好發去罷了。以下站站如此，直等到了站頭，當堂開拆，見了個空白，他哪裡想得到是半路掉換的呢，無非是怪部吏粗心罷了。如此便打回到部裡去。部裡少不免要代你擔了這粗心疏忽的罪過，縱不然他便行文到各站來查，試問所過各站，誰肯說是我私下拆開來看過的呢，還不是推一個不知。就是問到這裡，也把不知兩個字還了他，這件事不就過去了麼。』可笑那鴉片鬼，直到此時纔恍然大悟，沒命的去追悔那五千銀子。」我笑道：「大哥說話，一向還是這樣，只管形容別人。」繼之也笑道：「這樣一個小小玄虛，說穿了一文不值的，被他硬訛了五千銀子，如何不懊悔？便是我憑空上了這個當，我也要懊悔的，何嘗是形容人家呢。」

說話時，述農著人來請我到帳房裡，我便走了過去。原來述農已買了一方青田石來，要我仿刻那一方「節性齋」的圖書。我笑道：「你真要幹這個麼？」述農道：「無論幹不幹，仿刻一個，總不是犯法的事。」說著，取出那幅橫披來。我先把圖書石驗了大小，嫌他大了些，取過刀來，修去了一道邊。驗得大小對了，然後摹了那三個字，鐫刻起來，刻了半天，纔刻好了。取過印色，蓋了一個，看有不對的去處，又修改了一會，蓋出來看，卻差不多了。述農看了，說像得狠。另取一張薄貢川紙來，蓋了一個，蒙在那橫披的圖書上去對。看了又看道：「好奇怪，竟是一絲不走的。」不覺手舞足蹈起來，連橫披一

一位多才多藝的。

回顧四十五回事。

共拿給繼之看去。繼之也笑道：「居然充得過了。」述農笑道：「繼翁，你提防他私刻你的印信呢。」我笑道：「不合和你作了這個假，你倒要提防我做起賊來了。」繼之道：「只是印色太新了，也是要看出來的。」述農道：「我學那書畫家，撒上點桃丹，去了那層油光，自然不新了。」我道：「這個不行。要弄舊他也狠容易，只是賣了東西，我要分用錢的。」述農笑道：「阿彌陀佛！人家窮的要賣字畫了，你還要分用錢呢！」我笑道：「可惜不是福建人畫的擲骰子圖，不然我還可望個三七分用呢。」述農笑道：「罷，罷，我賣了好歹請你。你說了那甚麼法子罷，說了出來，算你是個金石家。」我道：「這又不是甚麼難事，你蓋了圖書之後，在圖書上鋪上一層頂薄的桑皮紙，在紙上撒點石膏粉，叫裁縫拿熨斗來熨上幾熨，那印色油自然都乾枯了，便是舊的。若用桃丹，那一層鮮紅，火氣得狠，哪裡充得過呢。」述農道：「那麼我知道了，你哪裡是甚麼金石家，竟是一個製造贗鼎的工匠！」說的繼之也笑了，道：「本來作假是此刻最趨時的事。方纔我這裡纔商量了一起命案的供詞，你想命案供詞，還要造假的，何況別樣！」

說得可嘆。

我詫道：「命案怎麼好造假的？」繼之道：「命案是真的，因為這一起案子牽連的人太多，所以把供詞改了，免得牽三搭四的。左右殺人者死，這兇手不錯就是了。」述農道：「不錯。從前我到廣東去就事，恰好就碰上一回，幾乎鬧一個大亂子，也是為的是真命假案。」我道：「甚麼又是真命假案呢？」述農道：「就是方纔說的，改供詞的話了。總而言之，纔出了一個命案，問到結案之後，總要把本案牽涉的枝葉，一概刪除淨盡，所以這案就不得不假了。那回廣東的案子，實在是械鬥起的。然而敘起械鬥來，牽涉的人自然不少，於是改了案卷，只說是因為看戲碰撞，彼此扭毆致斃的。這種案卷，總是臬司

他還要笑！看他看得如無事一般。還要說容易。

偏有許多機智，令人可愛，令人可怕。

衙門的刑名主稿。那回奏報出去之後，忽然刑部裡來了一封信，要和廣州城大小各衙門借十萬銀子，制臺接了這封信，吃了一大驚，卻又不知為了甚麼事。請了撫臺來商量，也沒有頭緒。一時兩司、道、府都到了，彼此詳細思索，纔想到了奏報這案子，聲稱某月某日看戲肇事，所以說這一天恰好是忌辰❶。凡忌辰是奉禁鼓樂的日子，省會地方如何做起戲來？這個處分如何擔得起！所以部裡就借此敲詐了。當下想出這個緣故，制臺便狠命的埋怨臬司，臬司受了埋怨，便回去埋怨刑名老夫子。那刑名老夫子檢查一檢查，果然不錯。因笑道：『我當是甚麼大事，原來為了這個，也值得埋怨起來！』臬臺見他說得這等輕描淡寫，更是著急，說道：『此刻大部來了信，要和合省官員借十萬銀子。這個案是本衙門的原詳，鬧了這個亂子，怕他們不向本衙門要錢，卻怎生發付？』那刑名師爺道：『這個容易，只要大人去問問制臺，他可捨得三個月俸？如果捨得，便大家沒事；如果捨不得，那就只可以大家攤十萬銀子去應酬的了。』臬臺問他捨得三個月俸，便怎麼辦法？他又不肯說，必要問明了制臺，方纔肯把辦法說出來。臬臺無奈，只得又去見制臺。制臺聽說只要三個月俸，如何不肯？便一口應承了，交代說，只要辦得妥當，莫說三個月，便是三年也願意的。臬司得了意旨，便趕忙回衙門去說明原委。他卻早已擬定一個摺稿了。那摺稿起首的帽子是『奏為自行檢舉事』：某月日奏報某案看戲肇事句內，『看』字之下，『戲』字之上，誤脫落一『猴』字云云。照例，奏摺內錯一個字，罰俸三個月，於是乎熱烘烘的一件大事，輕輕的被他弄的瓦解冰銷。你想這種人厲害麼。」我笑道：「原來這等大事，也可以假的；區區一個圖章，更不要緊了。」當下談了一會，各散。我到鼎臣處，告訴他要到南京，順便辭行。

❶ 忌辰：皇帝、皇后去世的日子。

到了次日，我便收拾行李，渡江過去。到得鎮江號裡，卻得了一封繼之的電報，說上海有電來，叫我先到上海去一次。我便附了下水輪船，逕奔上海，料理了些生意的事。盤桓了兩天，又要動身。這天晚上，正要到金利源碼頭上船，忽然金子安從外面走來，說道：「且慢著走罷，此刻黃浦灘一帶嚴緊得狠！」管德泉吃了一驚道：「為著甚麼事？」子安道：「說也奇怪，無端來了幾十個人去打劫有利銀行，聽說當場拿住了兩個。此刻派了通班巡捕，在黃浦灘一帶稽查呢。」我道：「怎樣銀行也去打劫起來，真是無奇不有了。」子安道：「在上海倒是頭一次聽見。」德泉道：「本來銀行最易起歹人的覬覦，莫說是打劫，便是冒取銀子的也不少呢。他的那取銀的規矩，是上半天送了支票去，下半天纔拿銀子。所以取銀的人，放下票子就先走了，到下半天纔去拿。等再去拿的時候，是絕無憑據的了，倘被一個冒取了去，更從哪裡追尋呢。」子安道：「這也說說罷了，哪裡便冒得這般容易。」德泉道：「我不是親眼見過的，也不敢說。前年我一個朋友，到有利去取銀，便被人冒了。他先知道了你的數目，知道你送了票子到裡面去了，他卻故意和你拉殷勤，請你吃茶吃酒，設法絆住你一點、半點鐘，卻另差一個人去冒取了來，你奈他何呢。」

這裡正在說話，忽然有人送來一張條子，德泉接來看了，轉交與我，原來是趙小雲請到黃銀寶處吃花酒，請的是德泉、子安和我三個人。德泉道：「橫豎今夜黃浦灘路上不便，緩一天動身也不要緊，何妨去擾他這一頓呢。」我是無可無不可的，便答應了。德泉又叫子安，子安道：「我奉陪不起，你二位請罷，替我說聲心領謝謝。」我和德泉便不再強。二人出來，叫了車，到尚仁里黃銀寶家，與趙小雲廝見。

是吃冬至酒也。一笑。

此時座上已有了四五個客，小雲便張羅寫局票。內中只有我沒有叫處，小雲道：「我來薦給你一個。」於是舉筆一揮而就。我看時，卻是寫的「東公和里沈月卿」。一寫過了發下去，這邊便入席吃酒。不一會諸局陸續到了，沈月卿坐在我背後。我回頭一看，見是個瘦瘦的臉兒，倒還清秀。只見他和了琵琶，唱了一支小曲。又坐了一會，便轉坐到小雲那邊去，與我恰好是對面。起先在我後面時，不便屢屢回頭看他，此時倒可以任我盡情細看了。只見他年紀約有二十來歲，清俊面龐，眉目韶秀，只是隱隱含著憂愁之色。更有一層奇特之處，此時十一月天氣，明天已是冬至，所來的局，全都穿著細狐、洋灰鼠之類，那面子更是五光十色，頭上的首飾亦都甚華燦，只有那沈月卿只穿了一件玄色縐紗皮襖，沒有出鋒，看不出甚麼統子，後來小雲輸了拳，他伸手取了酒杯代吃，我這邊從他袖子裡看去，卻是一件羔皮統子。頭上戴了一頂烏絨女帽，連帽準❷也沒有一顆。我暗想這個想是狠窮的了。正在出神之時，諸局陸續散去，沈月卿也起身別去。他走到房門口，我回眼一望，頭上紮的是白頭繩，押的是銀押髮，暗想他原來是穿著孝在這裡。正在想著，猛聽得小雲問道：「我這個條子薦得好麼？」我道：「狠靜穆，也狠清秀。」小雲道：「既然你賞識了，回來我們同去坐坐。」一時席散了，各人紛紛辭去。

小雲留下我和德泉，等眾人散完了，便約了同到沈月卿家去。於是出了黃銀寶家，逕向東公和里來。一路上只見各妓院門首，都是車馬盈門，十分熱鬧。及到了沈月卿處，他那院裡各妓房內，也都是有人吃酒，只有月卿房內是靜悄悄的。三人進內坐定，月卿過來招呼。小雲先說道：「我薦了客給你，特為帶他來認認門口，下次他好自己來。」月卿一笑道謝。小雲又道：「那柳老爺可曾來？」月卿見問，不

❷ 帽準：帽前鑲嵌的裝飾品，多是翡翠珠玉之類。

覺眼圈兒一紅。正是：

骨肉每多乖背事，風塵翻遇有情人。

未知月卿為著甚事傷心，且待下回再記。

胥吏舞弊，本自層出不窮，要皆於字眼內出入者居多，觀其不著一字，只輕輕一掉換，便遷延如許歲月。令人失驚。偏定出許多規模，許多則例，狙猾者流或視之如兒戲，或憑以作規避。規模則例，果何足恃哉！

第二十九回趙小雲說請吃酒，不是沈月卿便是黃銀寶，已預為此處伏線。

第三十三回寫黃銀寶，是寫初次入妓院，只見黃銀寶一人，是從自己眼中看出；此回寫沈月卿，是從眾妓隊中陪襯而出。初次只見一人，便格外留神，別無他故。眾妓中趁出寒儉，是格外醒目。必有原委，卻直至篇終，未露一字，令人急欲看下文矣。

第四十九回　串外人同胞遭晦氣　摛詞藻嫖界有機關

當下我看見沈月卿那種神情，不禁暗暗疑訝。只見他用手向後面套房一指道：「就在那裡。」小雲道：「怎麼坐到小房間裡去？我們是熟人，何妨請出來談談。」月卿道：「他恐怕有人來吃酒，不肯坐在這裡。」小雲道：「吃過幾檯了？」月卿搖搖頭。小雲訝道：「怎麼說？」我笑道：「你又怎麼說？難道必要有人吃酒的麼？」小雲道：「你不懂得，明天冬至，今天晚上叫『冬至夜』，他們的規矩，這一夜以酒多為榮，視同大典的。」我聽了，方纔明白沿路上看見熱鬧之故。小雲又對月卿道：「不料你為了柳老爺，弄到這個樣子。」月卿道：「我已是久厭風塵，看著這等事，絕不因之動心。只是外間的飛短流長，未免令人聞而生厭罷了。」我聽了這幾句話，覺得他吐屬閒雅，又不覺納罕起來。小雲道：「我倒並不為飛短流長所動，你就叫他們擺起一桌來。」小雲這句話纔說出來，早有一個十七八歲的丫頭，走近一步問道：「趙老爺可是要吃酒？」小雲點點頭，那丫頭便請點菜。小雲說不必點，他便咯蹬咯蹬的走到樓下去了。小雲笑著對我道：「這一桌酒，應該讓了你。你應酬了他這個大典，也是我做媒人的面子。」我道：「我向來沒幹過這個。」小雲笑道：「誰是出世便幹的？總是從沒幹過上來的啊。」月卿道：「這位老爺是初交，趙老爺，何必呢！」小雲又對我道：「你不知道這位月卿，是一個又豪俠又多情的人，並且作得好詩。你要是知道了他的底細，還不知要怎樣傾倒呢。」月卿道：「趙老爺，不要

此時於嫖界尚是稚氣也。

謬獎，令人慚愧。」我問小雲道：「你要吃酒，還不趕緊請客？況且時候不早了。」小雲道：「時候倒不要緊，上海本是個不夜天，何況今夜。客倒是不必請了，大眾都有應酬，難請得狠，就請了柳采卿過來罷。」說著，又對月卿道：「就央及你去請一聲罷，難道還要寫請客票麼？」月卿便走到後房去，一會兒，同著柳采卿過來。只見那采卿，生得一張紫色胖臉兒，脣上疏疏的兩撇八字黑鬚，身裁是癡肥笨重，步履蹣跚；身穿著一件大團花二藍線縐皮袍，天青緞灰鼠馬褂。當下各人一一相見，通過姓名。小雲道過違教，方纔坐下。外場早已把席面擺好，小雲忙著要寫局票。采卿不叫外局，只寫了本堂沈月卿。小雲道：「客已少了，局再少，就太寂寞了。」我道：「人少點，清談也狠好。並且你同采翁兩位，都是月卿的老客，你說月卿豪俠多情，何妨趁此清談，把那豪俠多情之處告訴我呢。」小雲道：「你要我告訴你也容易，不過你要把今日這一席，賞賞他那豪俠多情之處纔好呢。」我一想，我前回買他那個小火輪船時，曾經擾過他一頓，今夜又是他請的，我何妨借此作為還席呢。因說道：「就是我的，也沒甚要緊。」小雲大喜，便亂七八糟，自己寫了多少局票，嘴裡亂叫起手巾。於是大家坐席。

我坐了主位，月卿招呼過一陣，便自坐向後面唱曲。我便急要請問這沈月卿豪俠多情的梗概。小雲猛然指了采卿一下道：「你看采翁這副尊範，可是能取悅婦人的麼？」我被他突然這一問，倒棱住了，不懂是甚麼意思。小雲又道：「外間的人，傳說月卿和采卿是恩相好。」我道：「甚麼叫做『恩相好』？」小雲笑道：「這是上海的一句俗話，就是要好得狠的意思。」我道：「就是要好，也平常得狠。」小雲道：「不是這等說。凡做妓女的，看上了一個客人，只一心向他要好，置他客於不顧，這纔叫恩相好。凡做恩相好的，必要這客人長得體面，合了北邊一句話，叫做『小白臉兒』，纔彀得上呢。你

上文細寫采卿相貌身裁，卻為此處而發。

官場少爺要學生意，本來沒處安放。

未嘗無人提醒。

看采翁這副尊範，像這等人不像？」我道：「然則這句話從何而來的呢？」小雲道：「說來話長。你要知底細，只問采翁便知。」柳采卿這個人，倒也十分爽快，不等問，便一五一十的告訴了我。

原來采卿是一個江蘇候補府經歷，分在上海道差遣。公館就在城內，生下兩個兒子。大的名叫柳清臣，纔一十八歲，還在家裡讀書，資質向來魯鈍，看著是不能靠八股獵科名的了；采卿有心叫他去學生意，卻又高低不就。忽然一天，他公館隔壁一個姓方的，帶了一個人來相見，說是姓齊，名明如，向做洋貨生意，專和外國人交易。此刻有一個外國人，要在上海開一家洋行，要請一個買辦。這買辦只要先墊出五千銀子，不必懂外國話也使得。因聽姓方的說起，說柳清臣要做生意，特地來推薦。采卿聽了，一想，向來做買辦是出息甚好的，不禁就生了個僥倖之心。當下便對那齊明如說，等商量定了，過一天給回信。於是就出來和朋友商量，也有說好的，也有說不好的。采卿終是發財心勝，聽了那說不好的，以為人家妒忌；聽了那說好的，就十分相信。便在沈月卿家請齊明如吃了一回酒，準定先墊五千銀子，叫兒子清臣去做買辦。又叫明如帶了清臣去見過外國人，問答的說話，都是由明如做通事。過了幾天，便訂了一張洋文合同，清臣和外國人都簽了字，齊明如做見證，也簽了字。采卿先自己拼湊了些，又向朋友處通融挪借，又把他夫人的金首飾拿去兌了，方纔湊足五千銀子，交了出去。就在五馬路租定了一所洋房，取名叫景華洋行。開了不彀三個月，五千銀子被外國人支完了不算，另外還虧空了三千多。那外國人忽然不見了，也不知他往別處去了，還是藏起來，這纔著了忙，四面八方去尋起來，哪裡有個影子。便是齊明如也不見了。虧空的款子，人家又來催逼，只得倒閉了。往英國領事處去告那外國人，英領事在冊籍上一查，沒有這個人的名字，更是著忙，託了人各處一查，總查不著。這纔知道他是一個沒

如此接出沈月卿，頗似八股家作搭題鈎渡之法。一笑。

此所以樸素之故也。

妓女吃醋情形，寫來一笑。

有領事管束的流氓，也不知他是哪一國的，還不知他是外國人不是。於是只得到會審公堂去告齊明如。誰知齊明如是一個做外國衣服的成衣匠，本是個光蛋，官向他追問外國人的來歷，他只供說是因來買衣服認得，並不知他的來歷。官便判他一個串騙，押著他追款。俗語說得好：「不怕兇，只怕窮。」他光蛋般一個人，任憑你押著，粃糠哪裡搾得出油來。此刻這件事已拖下了三四個月，還未了結，討債的卻是天天不絕。急得采卿走頭無路，家裡坐不住，便常到沈月卿家避債。這沈月卿今年恰好二十歲，從十四歲上，采卿便叫他的局，一向不曾再叫別人。纏頭之費，雖然不多，卻是節節清楚。如今六七年之久，積算起來，也不為少了。前兩年月卿向鴇母贖身時，采卿曾經幫了點忙，因此月卿心中十分感激。這回看見采卿這般狼狽，便千方百計代采卿湊借了一千元，又把自己的金珠首飾盡情變賣了，也湊了一千元，一齊給與采卿打點債務。這種風聲，被別個客人知道了，因此造起謠言來，說他兩人是恩相好。

采卿覼縷❶述了一遍。我不覺抬頭望了月卿一眼，說道：「不圖風塵中有此人，我們不可不賞一大杯！」正待舉杯要吃，小雲猛然說道：「對不住你，你化了錢請我，卻倒裝了我的體面。」我舉眼看時，只見小雲背後，珠圍翠遶的坐了七八個人。內中只有一個黃銀寶是認得的，卻是滿面怒容，冷笑對我道：「費你老爺的心！」我聽了小雲的話，已是不懂，又聽了這麼一句，更是茫然。便問怎麼講，小雲道：「無端的在這裡吃寡醋，說這一席是我吃的，怕他知道，卻屈你坐了主位，遮他耳目，你說奇不奇。」我不禁笑了一笑道：「這個本來不算奇，律重主謀❷，怪了你也不錯。」那黃銀寶不懂得「律重主謀」

❶ 覼縷：詳詳細細。

❷ 律重主謀：按法律，主謀犯罪者懲罰最重。

之說，只聽得我說怪得不錯，便自以為料著了，沒好氣起身去了。小雲道：「索性虛題實做一回。」便對月卿道：「叫他們再預備一席，我請客！」我道：「時候太晚了，留著明天吃罷。」小雲道：「你明天動身，我給你餞行。二則也給采翁解解悶。今夜四馬路的酒，是吃到天亮不稀奇的。」我道：「我可不能奉陪了。」管德泉道：「我也不敢陪了，時候已經一下鐘了。」小雲道：「只要你二位走得脫！」說著，便催著草草終席。我和德泉要走，卻被小雲苦苦拉著，只得依他。小雲又去寫局票，問我叫哪一個。我道：「去年六月間，唐玉生代我叫過一個，我卻連名字也忘了，並且那一個局錢還沒有開發他呢。」德泉道：「早代你開發了，那是西公和沈月英。」小雲道：「月英過了年後，就嫁了人了。」我道：「那可沒有了。」小雲道：「我再給你代一個。」我一定不肯，小雲也就罷了，仍叫了月卿。大家坐席，此時人人都飽的要漲了，一樣一樣的菜拿上來，只擺了一擺，便撤了下去，就和上供的一般，誰還吃得下。幸得各人酒量還好，都吃兩片梨子、蘋果之類下酒。

上海吃花酒，確有此情景。

我偶然想起小雲說月卿作得好詩的話，便問月卿要詩看，月卿道：「這是趙老爺說的笑話，我何嘗會作詩。」小雲聽說，便起身走向梳妝臺的抽屜裡，一陣亂翻，卻翻不出來。采卿對月卿道：「就拿出來看看何妨。」月卿纔親自起身，在衣櫥裡取出薄薄的一個本子來，遞給采卿，采卿轉遞給我。我接在手裡，翻開一看，寫的小楷雖不算好，卻還端正。內中有批的，有改的，有圈點的。我道：「這是誰改過的？」月卿接口道：「柳老爺改的。便是我謅兩句，也是柳老爺教的。」我對采卿道：「原來你二位是師弟，怪不得如此相待了。」采卿道：「說著也奇，我初識他時，纔十四歲。我見他生得狠聰明，偶爾教他識幾個字，他認了，便都記得。便買了一部唐詩教教他，近來兩年，居然被他學會了。我想女子學作詩，本是性之所近，蘇、常一帶的妓女，學作詩更應該容易些。」我道：「這句話狠奇，倒要請教是怎麼講？」采卿道：「他們從小學唱那小調，本來就是七字句的有韻之文。並且那小調之中，有一種馬如飛撰的叫做馬調，詞句之中，狠有些雅馴的。他們從小就輸進了好些詩料在肚子裡，豈不是學起來更容易麼。」我點頭道：「這也是一理。」因再翻那詩本，揀一首濃圈密點的一看，題目是無題，詩是：

自憐生就好豐裁，疑是雲英謫降來。弄巧試調鸚鵡舌，學愁初孕杜鵑胎。
銅琶鐵板聲聲恨，剩馥殘膏字字哀。知否有人樓下過，一腔心事暗成灰。

好春如夢釀愁天，何必能癡始可憐。楊柳有芽初蘸水，牡丹纔蕊不勝烟。
從知眼底花皆幻，聞說江南月未圓。人靜漏殘燈慘綠，碧紗窗外一聲鵑。

我看了不覺暗暗驚奇，古來才妓之說，我一向疑為後人附會，不圖我今日親眼看見了。據這兩首詩，雖未必便可稱才，然而在閨秀之中，已經不可多得，何況在北里❸呢。因對采卿道：「這是極力要鍊字鍊句的，真難為他！」月卿接口道：「這都是柳老爺改過纔謄正的。」采卿道：「這裡面有兩首野花詩，我始終未改一字，請你批評批評。」說罷，取過本子去翻給我看。只見那詩是：

❸ 北里：妓院。唐代長安妓院在城北的平康里，故稱「北里」。唐孫棨記述當時妓女生活的著作就叫北里志。

蓬門莫笑託根低，不共楊花逐馬蹄。涸跡自憐依曠野，添妝未許入深閨。
榮枯有命勞噓植，聞達無心謝品題。……

我看到這裡，不覺擊節道：「好個『聞達無心謝品題』！往往看見報上，有人登了些詩詞，去提倡妓女，我看著那種詩詞，也提倡不出甚麼道理來。」采卿道：「姑勿論提倡出甚麼道理，先問他被提倡的懂得不懂，再提倡不遲。」

月卿聽說，忽然嗤的一聲笑。我問笑甚麼，月卿道：「前回有一位客人，叫甚麼遯叟，填了一闋長相思詞，贈他的相好吳寶香，登了報。過得一天，那遯叟到寶香家去，忽然被寶香扭住了不依。」我笑道：「這又為何？」月卿道：「總是被那些識一個字不識一個字的人見了，念給他聽，他聽了題目贈吳寶香調寄長相思一句，所以惱了，說遯叟造他謠言，說他害相思病了，所以和他不依。」說得我和小雲都笑了。我再看那野花詩，是：

……惆悵秋風明月夜，荒烟蔓草助淒淒。

慚愧飄零古道旁，本來無意綻青黃。東皇曾許分餘潤，村女何妨理儉妝。
詎藉馨香迷蛺蝶，不勝蹂躪怨牛羊。可憐車馬分馳後，剩粉殘脂弔夕陽。

往何處伸冤？真是奇事。

我看畢道：「寄託恰合身分，居然名作了。」只見月卿附著采卿耳朵，說了兩句話，采卿便問我和唐玉生可是相識？我道：「只去年六月裡，同過一回席，這兩回到上海都未遇著。」采卿道：「倘偶然遇見了，請不必談起月卿作詩的事。」我道：「作詩又不是甚麼壞事何必要秘密呢？」采卿道：「不是要秘密，是怕他們鬧不清楚。」我想起那一班人的故事，不覺又好笑。便道：「也怪不得月卿要避他們，他們那死不通的材料，實在令人肉麻。」說著，便把他們「竹湯餅會」的故事，略略述了一遍，月卿也是笑不可仰。采卿道：「我教月卿識幾個字，雖不是有意秘密，卻除了幾個熟人之外，沒有人知道，不像那堂哉皇哉收女弟子的。」我道：「不錯。我常在報上看見有個甚麼侍者，收甚麼女弟子，弄了好些詩詞之類，登在報上面，還有作詩詞賀他的。」采卿道：「可不是！這都是那輕薄少年做出來的，要借這報紙做他嫖的機關。」我道：「嫖還有甚麼機關？這說奇了。」采卿道：「這一班本是寒酸，擲不起纏頭，便弄些詩詞登在報上，算揄揚他，以為市恩之地，叫那些妓女們好巴結他，不敢得罪他。倘得罪了他時，他又弄點譏刺的詩詞去登報，這還不是機關麼？其實有幾個懂得的！所以有遯叟與吳寶香那回事。」

說猶未了，忽聽得樓下外場高叫一聲「客來」，便聽得咯噔咯噔上樓梯的聲音，房裡丫頭便迎了出去。正是：

毀譽方聞憑喜怒，蹣跚又聽上梯階。

未知那來人是誰，且待下回再記。

每嘆利令智昏之流，不至於一敗塗地不止。如柳采卿之事，縱不遇齊明如其人，亦必敗於他事，可斷言者。吾願世人借以為鑑也。至於齊明如之流，今日遍地皆是，幾於司空見慣，不足為奇矣。可發一嘆。

天下事，惟能者韜光隱晦；惟不自諒者，轉自炫其能。沈月卿之能詩，與彼所謂女弟子者，正相映成趣。

第五十回　溯本源賭徒充騙子　走長江舅氏召夫人

那丫頭掀簾出去，便聽得有人問道：「趙老爺在這裡麼？」丫頭答應：「在。」那人便掀簾進來。抬頭看時，卻是方佚廬。大家起身招呼，只見他吃的滿面通紅，對眾人拱一拱手，走到席邊一看，呵呵大笑道：「你們整整齊齊的擺在這裡，莫非是擺來看的？不然，何以熱炒盤子也不動一動呢？」小雲便叫取欖子讓他坐。佚廬道：「我不是赴席的，是來請客的，請你們各位一同去。」小雲道：「是你請客？」佚廬道：「不是我請，是代邀的。」小雲在身邊取出表來一看，吐出舌頭道：「三下一刻了。是你請客我便去，你代邀的，我便少陪了。」月卿插嘴道：「便是方老爺也可以不必去了。外面西北風大得狠，天已陰下來，提防下雪。並且各位的酒都不少了，到外面去吹了風，不是頑的。」佚廬道：「果然。我方纔在外面走動，狠作了幾個噁心，頭腦子生疼，到了屋裡，暖和多了。」說著便坐下，叫拿紙筆來，寫個條子回了那邊，只說尋不著朋友，自己也醉了，要回去了。寫畢，叫外場送去。方纔和采卿招呼，彼此通過姓名。坐了一會，便散席。月卿道：「此刻天要快亮了，外面寒氣逼人，各位不如就在這裡談談，等天亮了去。或者要睡，床榻被窩，都是現成的。」眾人或說走，或說不走，都無一定。只有柳采卿住在城裡，此時叫城門不便，凖定不能走的。便說道：「不然我再請一席，就可以吃到天亮了。」小雲道：「這又何苦呢，方纔已經上了一回供了，難道再要上一回麼。」月卿道：「那麼各位都

確評。

然則你也是掉文。

不要走，我叫他們生一盆炭火來，昨天有人送給我一瓶上好的雨前龍井茶，叫他們釅釅的泡上一壺，我們圍爐品茗，消此長夜，豈不好麼。」眾人聽說，便都一齊留下。

佚廬道：「月卿一發做了秀才了，說起話來，總是掉文。」月卿笑道：「這總是識了幾個字，看了幾本書的不好，不知不覺的就這樣說起來，其實並不是有意的。」小雲道：「有一部小說，叫做花月痕❶，你看過麼？」月卿道：「看過的。」小雲道：「那上頭的人，動輒嘴裡就念詩，你說他是有意，是無意？」月卿道：「天下哪裡有這等人，這等事！就是掉文，也不過古人的成句，恰好湊到我這句說話上來，不覺衝口而出的，借來用用罷了。不拘在枕上，在席上，把些陳言老句，吟哦起來，偶一為之，倒也罷了；卻處處如此，哪有這個道理！這部書作得甚好，只這一點是他的疵瑕。」采卿道：「聽說這部書是福建人作的，福建人本有這念詩的毛病。」小雲忽然呵呵大笑起來，眾人忙問他笑甚麼，小雲道：「我纔聽了月卿說甚麼疵瑕，心中正在那裡想，『疵瑕者，毛病之文言也。』這又是月卿掉文，不料還沒有想完，采翁就說出『毛病』兩個字來，所以好笑。」說話間，丫頭早把火盆生好，茶也泡了，一齊送了進來，眾人便圍爐品茗起來。

佚廬與采卿談天，采卿又談起被騙一事，佚廬道：「我們若是早點相識，我斷不叫采翁去上這個當。你道齊明如是個甚麼人？他出身是個外國成衣匠，卻不以成衣匠為業，行徑是個流氓，事業是靠局賭❷。

❶ 花月痕：敘述才子與妓女纏綿的長篇小說，全書十六卷五十二回。作者魏秀仁，福建侯官人。小說作於咸豐、同治年間。

❷ 局賭：賭博設圈套騙人錢財。

從前犯了案，在上海縣監禁了一年多，出來之後，又被我辦過他一回。」采卿道：「辦他甚麼？」佚廬道：「他有一回帶了兩個合肥口音的人來，說是李中堂家裡的帳房，要來定做兩艘小輪船，叫我先打了樣子，看過再定價錢。這兩艘小輪船，有到七八千銀子的生意，自然要應酬他，未免請他們吃一兩回酒。他們也回請我，卻是吃花酒。吃完之後，他們便賭起來，邀我入局。我只推說不會，在旁邊觀看，見他們輸贏狠大，還以為他們是豪客。後來見一個輸家輸的急了，竟拿出莊票來賭，也輸了，又在身邊掏出金條來。我心裡纔明白了，這是明明局賭，他們都是通同一氣的，要來引我。須知我也是個老江湖，豈肯上你的當。然而單是避了你，我也不為好漢，須給點顏色你看看。當夜局散之後，我便有意說這賭牌九狠有趣，他們便又邀我入局。我道：『今天沒有帶錢，過天再來。』於是散了。我一想，這兩艘小輪船，不必說是不買的了，不過借此好入我的門。但是無端端的要我打那個圖樣，雖是我自己動手，不費本錢，可是耽擱了我多少事。若是別人請我畫起來，最少也要五十兩銀子。我被他們如此玩弄，哪裡肯甘心。到明天齊明如一個人來了，我便向他要七十兩畫圖銀，請他們來看圖。明如邀我出去，我只推說有事，一連幾天，不會他們。於是齊明如又同了他們來，看過圖樣，略略談了一談船價。我又先向他要這畫圖錢，齊明如從中答應，說傍晚在一品香吃大菜面交，又約定了是夜開局。我答應了，送了他們去。到了時候，我便到一品香取了他七十兩的莊票。看看他們一班人都齊了，我推說還有點小事，去去就來。出來上了馬車，到後馬路照票，卻是真的。連忙回到四馬路，先到巡捕房裡去。那巡捕頭是我向來認得的，我和他說了這班人的行徑，叫他捉人。捕頭便派了幾名包探、巡捕，跟我去捉人。我和那探捕約好，恐怕他們這班人未齊，被他跑了一個也不值得，不如等我先上去，好在坐的是靠馬路的房間，如果他們

可見賭棍也要下本錢。

可謂疾雷不及掩耳。

采卿也是個官，未免當著和尚罵賊禿了。

人齊了，我擲一個酒杯下來，這邊再上去，豈不是好。那探捕答應了，守在門口。我便走了上樓，果然內中少了一個人，問起來，說是取本錢去的。一面讓我點菜。俄延了一會，那個人來了，手裡提了一個外國皮夾，嘴裡嚷道：『今天如果再輸，我便從此戒賭了！』我看見人齊，便悄悄的拿了一個玻璃杯，走到欄杆邊，輕輕往下一丟，四五名探捕一擁上樓，入到房間，見人便捉。我一同到了捕房，做了原告。在他們身邊，搜出了不少的假票子、假金條。捕頭對我說，這些假東西，告他騙則可以，告他賭，可沒有憑據。說時，恰好在那皮夾裡搜出兩顆象牙骰子。我道：『這便是賭具。』捕頭看了看，問怎麼賭法，我道：『單拿這個賭還不算騙人，我還可以在他這裡面拿出騙人的憑據。』捕頭疑訝起來，拿起骰子細看。我道：『把他打碎了，這裡面有鉛。』捕頭不信，我問他要了個鐵錘，把骰子磕碎了一顆，只見一顆又白又亮的東西，骨碌碌滾到地下，卻不是鉛，是水銀。捕頭這纔信了。這一個案子，兩個合肥人辦了遞解❸，還有兩個辦了監禁一年，期滿驅逐出境，齊明如僥倖沒有在身上搜出東西，只辦了個監禁半年。你想這種人，結交出甚麼好外國人來！」

采卿道：「此刻這外國人逃走了，可有甚麼法子去找他？」佚廬道：「往哪裡找呢？並且找著了，也沒用，我們中國的官，見了外國人比老子還怕些，你和他打官司，哪裡打得贏！」德泉道：「打官司只講理，管他甚麼外國人不外國人。」佚廬道：「有那許多理好講！我前回接了家信，敝省那裡有一片公地，共是二十多畝，一向荒棄著沒用，卻被一個土棍瞞了眾人，四兩銀子一畝，賣給了一個外國人。敝省人最迷信風水，說那片地上不能蓋造房子，造了房子，與甚麼有礙的。所以眾人得了這個信息慌了，

❸ 遞解：將罪犯押解回原籍管制。

便往縣裡去告。提那土棍來問，已經買絕了，就是辦了他，也沒用。眾人又情願備了價買轉來，那外國人不肯。眾人又聯名上控，省裡派了委員來查辦。此時那外國人已經興工造房子了。那公地旁邊，本來有一排二三十家房子，單靠這公地做出路的，他這一造房子，卻把出路塞斷了，眾人越發急了。等那委員到時，都拿了香，環跪在委員老爺跟前，求他設法。」佚廬說到這裡，頓住了口道：「你幾位猜猜看，這位委員老爺怎麼個辦法？」眾人聽得正在高興，被他這一問，都呆著臉去想那辦法。我道：「我們想不出，你快說了罷。」佚廬道：「大凡買了賊贓，明知故買的，是與受同科；不知誤買的，應該聽憑失主備價取贖。這個法律，只怕是走遍地球，都是一樣的了。地棍私賣公地，還不同賊贓一般麼？這位委員老爺纔是神明父母呢，他辦不下了，卻叫人家把那二三十家房子，一齊都賣給了那外國人算完案。」一席話說得眾人面面相覷，不能贊一詞。

妙絕！妙絕！我讀至此，亦不能贊一詞也。

佚廬又道：「做官的非但怕外國人，還有一種人，他怕得狠有趣的。有一個人，為了一件事去告狀，官批駁了，再去告，又批駁了。這個人急了，想了個法子，再具個呈子，寫的是『具稟教民某某』。官見了，連忙傳審。把這個案判斷清楚了之後，官問他：『你是教民，信的是甚麼教？』這個人回說道：『小人信的是孔夫子教。』官倒沒奈他何。」說的眾人一齊大笑。

當下談談說說，不覺天亮。月卿叫起下人收拾地方，又招呼吃了點心，眾人纔散。其時已經九點多鐘了，我和德泉走出四馬路，只見靜悄悄的，絕少行人，兩旁店鋪都沒有開門。便回到號裡，略睡一睡。是夜便坐了輪船，到南京去。

到家之後，彼此相見，不過都是些家常說話，不必多贅。停頓下來，母親取出一封信，及一個大紙包，遞給我看。我接在手裡一看，是伯父的信，卻從武昌寄來的。看那信上時，說的是王俎香現在湖南辦捐局差事，前回借去的三千銀子，已經寫信託他代我捐了一個監生，又捐了一個不論雙單月的候選通判，統共用了三千二百多兩銀子，連利錢算上，已經差不多。將來可以到京引見，出來做官。在外面當朋友，終久不是事情云云。又敘上這回到湖北，是兩湖總督奏調過去，現在還沒有差使。我看完了，倒是一怔。再看那大紙包的是一張監照❹、一張候選通判的官照❺，上面還填上個五品銜。我道：「拿著三千多銀子，買了兩張皮紙，這纔無謂呢。又填了我的名字，我要他做甚麼！」母親道：「辦個引見，不知再要化多少？就拿這個出去混混也好，總比這跑來跑去的好點。」我道：「繼之不在這裡，我敢說一句話：這個官竟然不是人做的！頭一件先要學會了卑汙苟賤，纔可以求得著差使；又要把良心擱過一邊，放出那殺人不見血的手段，纔弄得著錢。這兩件事我都辦不到的，怎麼好做官！」母親道：「依你說，繼之也是卑汙苟賤的了？」我道：「怎麼好比繼之？他遇了前任藩臺同他有交情，所以樣樣順手。並且繼之家裡錢多，就是永遠沒差沒缺，他那候補費總是綽綽有餘的。我在揚州看見張鼎臣，他那上運司衙門，是底下人背了包裹，托了帽盒子，提了靴子，到官廳上去換衣服的。見了下來，又換了便衣出來。據說這還是好的呢，那比張鼎臣不如的，還要難看呢。」母親道：「那麼這兩張照竟是廢的了？」我道：「看著罷，碰個機會，轉賣了他。」母親道：「轉賣了，人家頂了你的名字也罷了，難道還認了你的祖宗三代麼？」我道：「這不要緊，只要到部裡化上幾個錢，可以改的。」母親道：「雖如此說，

做官的不二法門，卻被你參透了。

且不要忙，且看後來能賣不

❹ 監照：國子監生的執照，載明姓名、年籍等。由戶部和國子監頒發。

❺ 官照：官員的執照，載明姓名、年籍、官階等。由戶部頒發。

能賣。官有迷可發。奇極。奇談。

但是哪個要買，又哪個知道你有官出賣?」我道：「自從前兩年開了這個山西賑捐，到了此刻，已成了強弩之末，我看不到幾時，就要停止的了。到了停止之後，那一班發官迷的，一時捐不及，後來空自懊悔，倘遇了我這個，他還求之不得呢。到了那時，只怕還可以多賣他幾百銀子。」姊姊從旁笑道：「兄弟近來竟入了生意行了，處處打算賺錢，非但不願意做官，還要拿著官來當貨物賣呢。」我笑道：「我這是退不了的，纔打算拿去賣。至於拿官當貨物，這個貨只有皇帝有，也只有皇帝賣，我們這個，只好算是『飯店裡買蔥』。」當下說笑一回，我仍去料理別的事。

有話便長，無話便短，不知不覺，早又過了新年，轉瞬又是元宵佳節，我便料理到漢口去。打聽得這天是怡和的上水船。此時怡和、太古兩家，南京還沒有躉船。只有一家，因官場上落起見，是有的。我便帶了行李，到怡和洋篷上去等。等不多時，只見遠遠的一艘輪船，往上水駛來，卻是那有躉船一家的。暗想今日他家何以也有船來，早知如此，便應該到他那躉船去等，也省了坐劃子。正想著時，洋篷裡的人，也三三兩兩議論起來。那船也漸駛漸近了，躉船上也扯起了旗子。誰知那船一直上駛，並不停輪。我向來是近視眼，遠遠的只隱約看見船名上，一個字是三點水旁的，哪一個字，便看不出了。旁邊的人都指手畫腳，有個說是這個，有個說是那個，有個說斷不是那個，那個字筆畫沒有那麼多。然而為甚麼一直上駛，並不停輪呢？於是又紛紛議論起來：有個說是恐怕上江那裡出了亂事，運兵上去的；有個說是不知專送甚麼大好老到哪裡的；有個說怕是因為南京沒有客，沒有貨，所以不停泊的。大眾瞎猜瞎論了一回，早望見紅烟囪的元和船到了，在江心停輪。這邊的人，紛紛上了劃子船，劃到輪船邊上去。

誰知都不是的。

輪船上又下來了多少人。一會兒便聽得一聲鈴響，船又開行了。我找了一個房艙，放下行李，走出官艙散坐，和一班搭客閒談。說起有一艘船直放上水的事，各人也都不解。恰好那買辦走來，也說道：「這是向來未曾見過之事，並且開足了快車。我們這元和船，上水一點鐘走十二英里，在長江船裡，也算頭等的快船了。我們在鎮江開行，他還沒有到，此刻倒被他趕上前頭去了。」旁邊一個帳房道：「他那個船，只怕一點貨也不曾裝，你不看他輕飄飄的麼。船輕了，自然走得快些。但不知到底為了甚麼事。」當下也是胡猜亂度了一回，各自散開。第三天船到了漢口，我便登岸，到蔡家巷字號裡去。一路上只聽見漢口的人，三三兩兩的傳說新聞。正是：

直溯長江翻醋浪，誰教平地起酸風。

不知傳說甚麼新聞，且待下回再記。

社會中處處都有齊明如，社會中人，不能人人皆是方佚廬。今人防不勝防，則柳采卿之被騙，實意中事，不得謂之怪矣。可發一嘆。

辦案之委員，居然能委曲成全，斷令將二三十家房子一律賣與外人，當是外交老手、洋務能員。

此船直放上游，到底不知何故，寫來閃爍不定，令人可疑。

有了吃醋本事，便可做夫人。無怪一班大人之懼內也。一笑。

漢口女人，如何看得上？直登徒子耳，非好色者。

第五十一回　喜孜孜限期營簉室❶　亂烘烘連夜出吳淞

耳邊只聽得那些漢口人說甚麼，吃醋吃到這個樣子，纔算是個會吃醋的。又有箇說，自然他必要有了這個本事，纔做得起夫人。又有個說，這有甚麼稀奇，只要你做了督辦，你的婆子也會這樣辦法。我一路上聽得不明不白。一直走到字號裡，自有一班夥友接待，不消細說。我稽查了些帳目，掉動了兩個人。與眾人談起，方纔知道那艘輪船直放上水的緣故，怪不得人家三三兩兩，當作新聞傳說，說甚麼吃醋吃醋。照我看起來，這場醋吃的，只怕長江的水也變酸了呢。

原來這一家輪船公司有一個督辦，總公司在上海，督辦自然也在上海了。這回那督辦到漢口來勾當公事，這裡分公司的總理，自然是巴結他的了。那一位督辦，年紀雖大，卻還色心未死。有一天出門拜客，坐在轎子裡，走到一條甚麼街，看見一家門首，有一個十七八歲的姑娘，生得十分標緻。他看在眼裡，記在心上，回到分公司裡，便說起來。那總理要巴結他，便問了街名及門口的方向，著人去打聽。打聽了幾天，好容易打聽著了，便挽人去對那姑娘的父母說，要代督辦討他做小。漢口人最是勢利，聽見說督辦要，如何不樂從？可奈這姑娘雖未出嫁，卻已許了人家的了。總理聽說，便著人去叫了那姑娘的老子來，當面和他商量，叫他先把女兒送到公司裡來，等督辦看過，看得果然對了，另有法子商量。

❶ 簉室：舊時稱「妾」。語出左傳昭公十一年：「僖子使助薳氏之簉。」

也。罵盡漢口人。然而豈獨漢口人已哉。你看他的勢力可怕麼！每一語之下，必綴「你家」二字，是漢口人口吻。「你家」者，尊稱人之辭也。湖北女人，平日皆穿

雖然許了人家，也不要緊的。這是那總理小心，恐怕督辦遇見的不是這個人，自己打聽錯了的意思。那姑娘的老子道：「他女孩子家害臊，怕不肯來，你家❷。」總理道：「我明天請督辦在這屋裡吃大菜。」又指著一個窗戶道：「這窗戶外面是個走廊，我們約定了時候，等吃大菜時，只叫你女兒在窗戶外面走過便是，又不要當面看他。」那姑娘的老子答應著，約了時候去了。回到家裡，和他婆子商量，如何騙女兒去呢？想來想去，沒有法子，只得直說了。誰知他女兒非但不害臊，並且聽見督辦要討他做姨太太，歡喜得甚麼似的，一口便答應了。

到了明天，一早起來，著意打扮，渾身上下都換過衣服，又穿上一條撒腿袴子。打扮好了，便盼太陽落山。到了下午四點鐘時，他老子叫了一乘囚籠似的小轎子，叫女兒坐了，自己跟在後頭，直抬到公司門前歇下。他老子悄悄地領他走了進去，那看門的人，都是總理預先知照過的，所以並無阻擋。那位姑娘走到走廊窗戶外面，故意對著窗戶裡面嫣然一笑，俄延了半晌。此時總理正在那裡請督辦吃大菜，故意請督辦坐在正對窗戶的一把椅子上。此時吃的是英腿蛋，那督辦用叉子托了一個整蛋，低下頭，正要往嘴裡送，猛然瞥見窗外一個美人，便連忙把那蛋往嘴裡一送，意思要快點送到嘴裡，好快點抬起頭來看。誰知手忙腳亂，把蛋送歪了，在鬍子上一碰，碰破了那蛋，糊的滿鬍子的蛋黃，他自己還不覺著。抬頭看見那美人正在笑呢。回頭對總理道：「莫非我在這裡做夢？」總理道：「明明在這裡吃大菜，怎麼是做夢！」督辦道：「我前幾天看見的那個姑娘，怎麼會跑到這裡來？還不是做夢麼。」說完，再回頭看時，已不見了。

❷ 你家：湖北武漢方言，猶如北京話的「您」。

督辦道：「可惜，可惜走了。不然，請他來吃兩樣。想他既然來得，想來總肯吃的。」總理聽了，連忙親自離座出來招呼，幸得他父女兩個還不曾走，總理便對那姑娘的老子道：「督辦要請你女兒吃大菜，但不知他肯吃不肯？」他老子道：「督辦賞臉，哪裡敢說個不字，你家。姑娘你進去罷，我在外面等你。」那姑娘便扭扭捏捏的，跟了總理進去，也不懂得叫人，也不懂得萬福，只遠遠的靠桌子坐下。早有當差的送上一份湯匙刀叉。總理對那姑娘說道：「這是本公司的督辦。」那姑娘回眼望了督辦一望，嗤的一聲笑了，連忙用手帕掩著口，盡情狂笑。那督辦一怔道：「笑甚麼？莫非笑我老麼？」那姑娘忍著笑，輕輕的說道：「鬍子。」只說得兩個字，又復笑起來。總理對督辦仔細一望，只見那碰在鬍子的雞蛋黃，流到鬍子尖兒上，凝結得圓圓兒的，倒像是小珊瑚珠兒掛在上面，還有兩處被蛋黃把鬍子粘連起來的。因說道：「鬍子髒了。」便回頭叫手巾。誰知那蛋黃有點乾了，擦不下來。當差的送上洗臉水，方纔洗淨了。此時當差的早把一盤湯，送到那姑娘跟前。督辦便道：「請吃湯。」那女子又掩著口，笑了一會道：「我們湖北湯是喝的，不是吃的。」又道：「拿盤子盛湯，回來那麼子❸盛菜？」說罷，拿起湯匙喝湯，卻把湯匙碰得那盤子砰訇砰訇亂響。喝完了，還有點底子，他卻放下湯匙，雙手拿起盤子來喝，恰好把盤子蓋在臉上。這回卻是督辦呵呵一笑，引得陪席眾人都笑了。那姑娘道：「喝剩下來糟蹋了，罪過的，你家。」此時當差的受了總理的吩咐，把各人的菜先停一停，先把那姑娘吃的送上，好等後來一齊吃，一齊完，於是收了湯盤下去，送上一盤白汁鱖魚來。那姑娘怔怔的道：「怎麼沒得筷子？」督辦道：「吃大菜是用刀叉吃的，不用筷子。」說罷，又取自己跟前的刀叉，演給他看。那姑娘

紮腿袴也。若在奉天看見，一定當他是紅鬍子也。可發一大噱。

活畫小家女子神情。

江浙方言，吃喝不甚分別。想此督辦，非江人，即浙人也。

麼子，

❸ 那麼子：湖北武漢方言，即「拿甚麼」。

果然如法炮製吃了。卻剩了一段魚脊骨吃不乾淨，只得用手拿起來，吮了又吮。總理暗想，他將來是督辦的姨太太，今天豈可以叫他儘著鬧笑話，又不便教他，於是又吩咐當差的，以後只揀沒有骨頭的給那姑娘吃。當差的自然到廚房裡關照去了。誰知到後來，吃著一樣紙圍鴿，他卻又拿起那張紙來，舐了幾舐。一時吃畢，喝過咖啡，大家散坐。有兩個本公司裡的人請來陪坐的，都各自辦事去了。那姑娘也告辭走了。

此時只有督辦、總理及督辦的舅老爺在座，這舅老爺是從上海跟著來的，三人散坐閒談。那舅老爺便道：「哪裡弄來的這個姑娘？粗得狠！」督辦道：「這是女孩子的憨態，要這樣纔有意味呢。」總理方纔看見情形，本來也慮到督辦嫌他粗，今得了此言，便放下了心。因自獻殷勤，把如何去打聽，如何挽人去說，如何叫他來看，一一都說了。又道：「這姑娘已經許了人家了，我想只要給他點銀子，叫他退了婚，他們小戶人家，有了銀子，怕他不答應麼？並且可以許他女婿，如果肯退婚時，看他是個甚麼材料，就在公司裡派他一個事情。我想又有了銀子，又有了事情，他斷乎不會不肯的。」督辦聽了一番言語，只快活得眉花眼笑，說道：「多謝，費心得狠！但是我還有個無厭之求，求你要辦就要從速辦，因為我三五天就要到上海去的。」總理道：「就是說成了，也要看個日子啊。」督辦笑道：「我們吃了一輩子洋務飯，還信這個麼！說定了，一乘轎子抬了來就完了。」總理連連答應。當下各自散開。

不提防那舅老爺從旁聽了，連忙背著督辦，把這件事情寫了出來，譯成電碼，到電報局裡，打了一個急電到上海給他姊姊去了。他姊姊是誰？就是這位督辦的繼室夫人。那夫人比督辦小了二十多歲。督辦本來是滿堂姬妾的了，因為和官場往來，正室死了之後，內眷應酬起來，沒有個正室不像樣子，所以

湖北方言甚麼也。

作者每喜以方言形諸筆墨，教會別人不少，只可惜寫不出聲音來。

溺愛者，必有所偏，誠然。

吃了一輩子洋務飯，只長了這點見

識。

何不也學荀才，以妾作妻乎。一笑。

奇想天開。

纔娶了這位繼室。這位繼室夫人生得十分精明強幹，成親的第三天，便和督辦約法三章，約定從此之後，不許再娶姨太太。督辦那時老夫得其少妻，心中無限歡喜，自然一口應允了。夫人終是放心不下，每逢督辦出門，必要叫著他兄弟同走。嘴裡說是等他兄弟練點見識，其實是叫他兄弟暗中做督辦的監督，恐怕他在外頭胡混。這回得了他兄弟的電報，不覺酸風勃發，巴不得拿自己拴在電報局的電線上，一下子就打到漢口去纔好。叫人到公司裡去問，今天本公司有長江船開沒有，去了一會，回來說是長江船剛剛昨天開了，今天上午到了一艘，要後天纔是本公司的船期。夫人低頭想了一想，便叫人預備馬車，連忙收拾了幾件隨身衣服及梳頭東西，帶了兩個老媽子，坐上馬車，直到本公司碼頭上，上了那長江輪船，人到大餐間坐下。便叫請船主，請買辦，誰知都不在船上。夫人惱了，叫快去尋來。船上執事人等見是督辦夫人，如何敢違拗，便忙著分頭去尋。此時已是晚上八點來鐘的時候，夫人等得十分焦燥。幸得分頭去尋的人多，一會兒在外國總會裡把船主找來了。見了夫人，自然脫帽為禮。怎奈言語不通，夫人說的話，船主一句也聽不懂。船主便叫了西崽來傳話，那西崽又懂一句、不懂一句的，說不完全。夫人氣的三尸亂暴，七竅生烟。船主雖然不懂話，氣色是看得出來的，又不知他惱些甚麼。那西崽傳話，只傳得一句，說夫人要馬上開船去漢口。問他為著甚麼事，西崽又鬧不清楚。船主一想，船上的管事只怕比西崽好點，便叫西崽去叫管事，偏偏管事也上岸去了。

正在無可奈何的時候，幸得茶房在妓院裡把買辦找來了。夫人一見了便冷笑道：「好買辦！督辦整個船交給你，船一到了碼頭就跑了。萬一有點小事出了，這個干紀誰擔待得起來！」一句話嚇得買辦不敢答應，只垂了手，說得兩個「是」字。夫人又道：「我有要緊事情，要到漢口。你替我傳話，叫船主

妙，妙，是婦人家聲口。

雖是這件事不怕差一日，卻最怕差一夜也。一笑。

即刻開船趕去，我賞他三千銀子，叫他辛苦一次。」買辦聽了，不知是何等要事，想了一想道：「開船是容易，夫人說一聲，怕他敢不開！只是還有半船貨未曾起上，要等明天起完了貨，纔可以開得呢。」夫人怔了一怔道：「就帶著這貨走，等回頭來再起，不一樣麼？」買辦想了一想道：「帶著貨走是可以的，只是關上要囉唆。這邊出口要給他出口稅，到那邊進口又要給他進口稅；等回頭來，那邊又要出口稅，這邊又要進口稅。我們白白代人上那些冤枉稅，何犯著呢。上江來的又都是土貨，不比洋貨，仍復退出口有退稅的例。單是這件事為難。」夫人道：「你和船主說說看，可有甚麼法子商量。」買辦便先對船主說明了夫人要他即刻開船，賞他三千銀子的話。說了，又把還有半船貨未起完的話說了，和他商量。船主聽說有三千銀子，自然樂從。又想了一想道：「即刻連夜開工起貨，只怕到天亮也起完了。起完了就可以開船。隨便甚麼大事，也不在乎這一夜。只是這件事要公司做主，我們先要和公司商量妥了纔對。」買辦道：「督辦夫人要特開一次船，公司也沒有不答應之理。」船主點頭稱是。買辦把這番話轉對夫人說了。夫人道：「好，好。那麼你們就快點去辦，一面多叫小工，能彀半夜裡起完更好。」買辦聽了，方答應一個「是」字，回身要走，夫人又叫住道：「能在天亮以前起完了，我再賞你一千銀子。快去幹罷！」買辦答應了，連忙出來，自己到公司裡說知原委。公司執事人聽得督辦夫人要開船，不知是何等大事，哪裡敢違拗，只得援例請關、報關出口。那買辦又分投打發人去開棧房門，又去找管艙的，找收籌❹的，一面招呼工頭去叫小工。船主也打發人去尋大伙、二伙❺，大車、二車❻，叫一律

❹ 收籌：工人搬運貨物，一件貨持一根籌，出口處收籌以統計數目。籌，竹、木製成的小棍或小片，用來計數。

❺ 大伙、二伙：大副、二副。

回船預備。大伙回來了，便叫人傳知各水手；大車回來了，便叫人傳知各火夫。一時間忙亂起來。偏偏棧房開了，貨艙開了，小工也到得不少了，那兩個收籌的卻還沒有找得來。當時帳房裡還有一個人未曾上岸，買辦把他叫來當了收籌腳色。然而只管得一個艙口，還有一個，買辦便自己動起手來。好忙呀，頓時亂紛紛，呀許之聲大作。

看官，大凡在船上當職事的人，一到了碼頭，便沒魂靈的往岸上跑。也有回家的，也有打茶圍、吃花酒的，也有賭錢的，也有吃花烟的，也有打野雞的，也有看朋友的。這是個個船上如此，個個船上的人如此，不足為奇的。但是這幾種人之中，那回家的自然好找；就是嫖的賭的，他們也有個地方好追尋；那看朋友的，雖然行無定蹤，然而看完了朋友，有家的自然回家，可以交代他家裡通知，沒有家的，到半夜裡自然回船上來了；只有那打野雞的蹤跡，最是沒處追尋。這船上的兩個收籌朋友，船到了之後，別人都上岸去了，只有他兩個要管著起貨；到了晚上，收了工，焉有不上岸之理。偏又他兩個上岸之後，約定同去打野雞，任憑你翻天覆地去找，只是找不著。這買辦和那帳房，便整整的當了一夜收籌，直到船開了出口，他兩個還在那裡做夢呢。買辦心中要想撈夫人那一千銀子，叫了工頭來，要他加班，只要能在四點鐘以前清了艙，答應他五十元酬謝。工頭起初不肯，後來聽見有了五十元的好處，便應允了。叫人再分投去叫小工，加班趕快。船主忽然想起，又叫人去把領港的找了回來。

夫人在船上也是陪著通宵不寐。到半夜裡，忽然想起，叫一個老媽子來，交給他一個鑰匙，叫他回公館裡去：「請金姨太太快點收拾兩件隨身衣服到船上來，和我一起到漢口去。這個鑰匙，叫金姨太太

是將本求利也。一笑。

❻ 大車、二車：輪機長、大管輪。

開了我那個第六十五號皮箱，箱裡面有一個紅皮描金小拜匣，和我拿得來，鑰匙帶好。」老媽子答應去了。過了一點鐘的時候，金姨太太果然帶了那老媽子坐馬車來了。老媽子扶到船上，與夫人相見，交代了拜匣、鑰匙，夫人纔把接電報的話，告訴了一遍。原來督辦公館的房子極大，夫人接了電報，眾人都不曾知道，只知道夫人乘怒坐了馬車出門，又不知到哪裡去的。及至馬夫回來說起，方纔知道，又不知為了甚麼，要幹甚麼，所以此時夫人對金姨太太追述一遍，金姨太太方纔明白。陪著夫人閒談，一會走到外面闌干上俯看，一會怕冷了，又退了回來。要睡哪裡睡得著，只好坐在那裡，不住的掏出金表來看時候。真是「有錢使得鬼推磨」，到了四點一刻鐘時候，只見買辦進來回說：「貨起完了，馬上開船了。」果然聽得起錨聲、拔跳聲，忽的汽筒裡嗚嗚的響了一聲，船便移動了。此時正是正月十七八的時候，乘著下半夜的月色，鼓輪出口，到了吳淞，天色方纔平明。這夫人的心，方纔略定。正是：

老夫欲置房中寵，娘子班來水上軍。

要知走了幾時方到漢口，到漢口之後，又是甚麼情形，且待下回再記。

寫督辦之涎臉漁色，歷歷如繪。吾每怪窮腐儒，每見顯者之呵導而出，則必嘆羨其威嚴。其燕居時之怪狀，惡得使此等窮腐儒見之。

寫小家女兒情狀，亦是歷歷如繪。吾不知作者是何等人，何以於各種社會中之情形，均能體會出來也。

夫人此舉，真是豪舉，真是快舉，為千古吃醋家第一等舉動。於是醋瓶、醋鉢、醋海中諸醋娘子，一齊為之生色。

第五十二回　酸風醋浪拆散鴛鴦　半夜三更幾疑鬼魅

當下出了吳淞口，天色纔平明。夫人和金姨太太到床上略躺了一躺，到十點鐘時起來。梳洗過了，西崽送上牛奶點心。用過之後，夫人便叫西崽去叫買辦來。一會兒買辦來了，垂手請示。夫人在描金拜匣裡，取出一千兩的一張票子來，放在桌上道：「你辛苦了一夜，這個給你喝杯酒罷。你去和我叫船主來。」買辦看見了銀票，滿臉堆下笑來，連忙請了一個安，說謝夫人賞，便伸手取了。夫人見他請安沒有樣式，不覺好笑。那買辦辭了夫人出去，一會兒進來，回道：「船主此刻正在那裡駛船，不能走開，等下了班就來。」夫人道：「那麼你代我給了他罷。」說罷，又在描金拜匣裡，取出一張三千兩的銀票來，放在桌上，買辦便拿了出去。到了十二點鐘，西崽送上大餐，夫人和金姨太太對坐著吃大菜。只見船主和買辦，在窗戶外面晃了一晃去了，夫人也沒做理會。一會吃完了大菜，那買辦纔帶了船主進來。那船主滿面笑容，脫下帽子，對著夫人嘰咕嘰咕的說了兩句。買辦便代他傳話道：「船主說，謝夫人的賞賜，他祝夫人身體康健。」夫人笑了一笑道：「你問他，我們沿路不要耽擱，開足了快車，幾時可以到漢口？」買辦問了船主，回道：「約後天晚上半夜裡可以到得。因為是個空船，不敢十分開足了車，恐怕船要顛簸。」夫人著急道：「我不怕顛簸。哪怕把船顛簸壞了，有督辦擔當。你叫他趕緊開足了快車，不要誤了我的事。」買辦和船主說了，船主只得答應了，和買辦辭了出來。此時是大夥的班，船主

一千銀子的酒，只怕一生一世也喝不完了。一笑。

買辦不是小老爺，如何會請安？夫人恕罪。

是看見吃飯，不便進來也。

後天半夜到，是要走三天多也。

只算與夫人為禮也。一笑。

相隔一丈，可以說話。

此亦怪現狀之一端也。

相隔一尺，可以躍過。寫來都有分寸。

便到船頭上和大夥說知。大夥便發下快車號令，大車聽了號鈴，便把機器開足，那船便飛也似的向上水駛去。所過各處碼頭，本公司的躉船望見船來了，都連忙拉了旗子迎接，誰知那船理也不理，一直過去了。躉船上只得又把旗子扯下。這裡船上的水手人等看見了，嘻嘻哈哈的說著笑。

果然好快船，走了兩天半，早到了漢口了。漢口躉船上的人，遠遠望見了來船，便扯起了旗子。眾人望見來船甚輕，都十分疑訝；並且算定今天不是有船到的日期，不解是何緣故。來船駛近躉船，相隔還有一丈多遠，那買辦便倚在船欄上和躉船司事招呼，高聲說道：「快點預備轎子！督辦太太和姨太太到了。」司事吃了一驚，連忙叫人去把督辦的綠呢大轎及總理的藍呢官轎請來，當差人等飛奔的去了。司事連忙叫人取出現成的紅綢，滿躉船上張掛起來。一面將閒雜人等，一齊驅散；一面自己和同事幾個人，換了衣帽，拿了手本，來船還隔著一尺多遠，便一躍而過，直到大餐間稟見請安，恭迎憲太太、憲姨太太。公司裡面此時早知道了，督辦不免吃了一驚，不知為了甚事。

總理自從那晚上吃了大菜之後，次日一早，就打發人叫了那姑娘的老子來，叫他去找著原媒，去說退親，限今天一天之內回話。「他若是肯退，我這裡貼還他一百吊錢，並且在公司裡面安置他一個事；他若是不肯，我卻另有辦法。」那姑娘的老子，連連答應著去了。到了下午，便帶了他那個未曾成親的女婿來，卻是個白臉小後生。見了總理，便搶上前打了個扦道：「謝你家栽培！」總理只伸了一伸手，問那姑娘的老子道：「他就是你的女婿麼？」姑娘的老子道：「起頭是我的女婿，此刻他退了親，就不是的咧，你家。」總理問那後生道：「你是肯退親了麼？」後生道：「莫說還沒成親的，就是成過了親，督辦說要，哪個敢道個不字，你家。」總理笑了一笑，叫當差的到帳房取一百吊錢來。總理又問後生道：

奪其妻也，而謂之栽培，且謝之。真是千古奇事！督辦之勢力，可畏哉！我讀此，為之毛髮森豎。公司帳是如此報銷，奇乎不奇？報銷可以想法子，奇乎不奇？這一百

「你向來做甚麼的？」後生道：「向來在森裕木器店裡當學徒，你家。」總理道：「可是學木匠？」後生道：「不是。他家的木器，都是從寧波運來的。」總理道：「那麼是學寫算？」後生道：「是，你家。」說話時，當差的送來一百吊的錢票。回道：「師爺問，出在甚麼帳上？」總理想了一想道：「一百吊錢，雜用帳上隨便哪一筆帶過去就是了。」當差答應「是」，回頭就走，總理又叫「來」，當差回來站住。總理出了一會神道：「再去拿一百吊來。這一百吊暫時宕一宕，我再想法子報銷。」當差答應去了。總理把錢票給與後生道：「這裡一百吊錢，給你另外說一頭親事。」後生連忙接了，又打了個扦道：「謝你家。」總理道：「你這孩子還有點意思。你常來走走，我覷便看公司的職事有缺，我派你一個事情。」後生又忙打了一個扦道：「謝你家。」總理道：「沒事你先去罷。」後生道：「是，你家。」遂退了出來。恰好當差取到一百吊錢票子，總理便交給姑娘的老子道：「這個給你做聘金。三兩天裡頭，督辦就來娶的。」姑娘老子道：「這是多少？你家。」總理道：「一百吊。」姑娘老子陪笑道：「請你家高升點罷，你家。」總理道：「督辦賞識了你的女兒，後來的福氣正長呢，此刻爭甚麼！」姑娘老子道：「是，你家。高升點，你家。我家姑娘頭回定親的時節，受了他家二十吊錢的定禮，此時退了親，這二十吊就要退還他了，你家。一百吊，我只落了八十吊，你家。請高升點，你家。」總理道：「那麼那二十吊我再貼給你就是了。」姑娘老子陪笑道：「謝你家。再請高升點，你家。你家不在乎此，你家。」總理被他嬲不過，又給了他五十吊的票子，方纔罷休。又約定了後天傍晚去娶，他方纔退去。總理又去告訴了督辦，督辦自是歡喜。

一時合公司都忙起來。你想督辦要娶姨太太，哪一個不趨承巴結，還有那趕不上巴結的，引為憾事

呢。這裡亂烘烘的忙著，哪裡會做夢想到太太已經動身了呢。到了後天，一切事情都妥當了，只等傍晚去迎娶。總理把自己的一乘藍呢官轎，換上紅綢轎幃，在轎頂上打叉兒披了兩條紅綠綵綢。恰好停妥下來，忽報督辦太太和姨太太來了，要這乘轎子去接。總理聽了一想，這是預備的喜轎，不宜再動，且去借一乘官轎來罷。交代當差的去了，自己便連忙換了衣帽，走到躉船上去迎接。這公司本是背江建造，前門在街上，後面就是大江，所以不出大門一步，就到了江邊。一時到了躉船，跨過船上去，夫人及姨太太還沒有出來。總理這纔想起，不曾拿手本，忙著叫當差去取，自己等在船上。買辦連忙過來招呼，讓到官艙裡坐等。此時督辦帶來的家人，已有七八個戴了大帽過來伺候。總理問起憲太太幾時動身，為著甚事，何以不先給一個信。買辦道：「到底不知為了甚事。上前天我們纔到上海，貨還沒有起完，到了半夜裡，忽然憲太太來了，風雷火炮的一陣，馬上就要開船，臉上狠帶點怒色。」總理吃了一驚道：「為甚麼？」買辦道：「不知道啊。」道猶未了，忽聽得外面一疊連聲的喊「傳伺候」，總理、買辦兩個連忙出來，只見兩位憲太太已經在上層梯子下來了。總理、買辦連忙垂了手站班。誰知那位憲太太正眼也不看一看，倒是那憲姨太太含笑點了點頭。兩個老媽子攙著過了躉船，自有躉船司事站班伺候憲太太上轎，然後隨了總理先行一步，急急過了跳板，步上碼頭，飛奔到公司花廳門口站班伺候。此處公司辦事人是備有衣帽的，都穿著了來站班迎接。不一會，憲太太轎子到了，在花廳門口下轎，姨太太也下轎，先後都到花廳裡和督辦廝見。總理及各人方纔退去迴避了。

　　那督辦和舅老爺早等在花廳裡面。夫人一見了面，便對督辦冷笑道：「哼，辦得好事！」督辦聽說夫人來了，早有三分猜到這件事洩漏了，忙著人到船上去打聽，知道那種忙促動身情形，就猜到了五分，

吊是如此用。

我讀此嘮叨不已之一大篇，如置身湖北，不覺失笑。只有聲音不能寫出來，總覺可惜。

誰知從此不動了，可憐白討好。

憲太大怒而部屬驚，怪現狀也。然而這回

卻驚得著。得此一點頭，想二人已不勝榮幸矣。白賴，可笑。一人一種神情，寫來逼肖。

然而不知他怎生知道的。此時見面，見了這個情形，已是十分猜透。猛然想起這件事，一定是舅老爺打了電報去的，不覺對舅老爺望了一眼。舅老爺不好意思，把頭一低。夫人道：「新姨娘幾時過的門？生得怎麼個標緻模樣兒？也好等我們見識見識。」督辦道：「哪裡有這個事！怪不得夫人走進來滿臉怒氣。這是誰造出來的謠言？」夫人冷笑道：「你要辦這個事，除非我眼睛瞎了，耳朵聾了！你把人家已經定親的姑娘，要硬逼著人家退親，就是有勢力，也不是這等用法！」督辦猛吃一驚，暗想難道這些枝節，也由電信傳去的？因勉強分辯道：「這個不過說著頑的一句笑話，哪裡人家便肯退親！」夫人聽說，望著舅老爺，怔了一怔。舅老爺望著夫人，把嘴對著花廳後面，努了一努。夫人道：「有話便說，做這些鬼臉做甚麼！」舅老爺把頭一低，默默無言。

夫人站起來道：「金姨，我們到裡面看看新姨去。」說著，扶了老媽子先走，姨太太也跟著進去。夫人走到花廳後進，只見三間軒敞平屋，一律的都張燈結綵，比花廳上尤覺輝煌，卻都是客座陳設，看不出甚麼，也沒有新姨，只有幾個僕人垂手侍立。回頭一望，院子東面有個便門，便走過去一看，只見另外一個院落，種的竹木森森，是個花園景致。靠北有三間房子，走進去一看，也是張著燈綵，當中明晃晃的點著一對龍鳳花燭。有兩個老媽子，過來相見招呼。這兩個老媽子，是總理新代僱來，預備粗使的，村頭村腦，不懂規矩，也不知是督辦太太。夫人問道：「新姨娘呢？」老媽子道：「新姨娘還沒娶過來，聽說要三點鐘呢，你家。你家請屋裡坐坐罷，這邊是新房，你家。」早有跟來的老媽子打起大紅緞子硬門帘，夫人進去一看，一式的是西式陳設。房頂上交加縱橫，繃了五色綢綵花，外國床上，掛了湖色縐紗外國式的帳子，罩著醉楊妃色的顧繡❶帳簷，兩床大紅鸚哥綠的縐紗被窩，白褥子上罩了一張五彩花洋氈，床當中一疊放了兩個粉紅色外國綢套的洋式枕頭，床前是一張外國梳妝檯，當中擺著一面俯仰活動的屏鏡，旁邊放著一瓶林文烟花露水，一瓶蘭花香水。隨手把小抽屜拉開一看，牙梳、角抿❷，式式俱全，還有兩片柏葉，幾顆蓮子、桂圓之類。再拉開大抽屜一看，是一匣夾邊小手巾，一疊廣東繡花絲巾，還有一絞粉紅絨頭繩。不覺轉怒為笑道：「這班辦差的倒也周到！」說的金姨太太也笑了。再看過去，梳妝檯那邊，是一排外國椅子。對著椅子那邊，是一口高大玻璃門衣櫃。外面當窗是一張小圓桌子，上面用哥窯❸白磁盆供著一棵蟹爪水仙花，盆上貼著梅紅紙剪成的雙喜字。

猛抬頭看見窗外面一個人，正是舅老爺，夫人便叫他進來。舅老爺進來笑道：「姊姊來得好快！幸得早到了三四點鐘工夫，不然還有戲看呢。那時生米成了熟飯，倒不好辦了。」夫人道：「此刻怎樣？」舅老爺道：「此刻說是不娶了。姊夫已經對總理說過，叫人去回了那家。但不知人家怎樣。」夫人道：「此刻姊夫在哪裡？」舅老爺道：「步行出去了，不知往哪裡去的。」夫人聽說，便仍舊帶了金姨太太步出花廳，舅老爺也跟在後面。恰好迎頭遇了督辦回來，夫人冷笑道：「好個說著頑的笑話！裡面新房也是擺著頑的笑話麼？」督辦涎著臉道：「這是替夫人辦的差。」說的夫人和金姨太太都撲嗤的一聲笑

如此裝璜陳設，倘使那姑娘來了，正不知快活得怎地也。

❶ 顧繡：刺繡名。創始於明嘉靖時進士顧名世家，顧氏在上海築有露香園，其子顧會海之妾所刺繡人物字畫，極為工巧，露香園顧氏繡自是馳名。後來江南一帶學習其技藝繡出之作品，通稱顧繡，或稱蘇繡、松繡，與湖南之湘繡並稱於世。

❷ 角抿：舊時婦女用以刷頭髮的牛角製的小刷子。

❸ 哥窯：宋瓷窯名，在浙江龍泉縣。南宋有兄弟二人在此各主一窯，哥哥所製之瓷號「哥窯」，弟弟所製之瓷號「弟窯」。哥窯瓷胎細質白，微帶灰色，有冰裂紋，成為名瓷。

只好涎著臉，寫懼內人如繪。我讀至此，也笑了。

就認了，何妨？

如此夫人，就是吃醋，也還值得。

讀者至此，我知道一定也要笑。

明明是吃醋，卻說得冠冕堂皇。

了。舅老爺道：「其實姊夫並無此心，都是這裡的總理撮弄出來的。」督辦乘機又涎臉道：「就是這句話。人家好意送給我一個姨娘，難道我好意思說我怕老婆，不敢要麼。」說的金姨太太和舅老爺都笑個不住。夫人卻正顏厲色的對舅老爺說道：「叫他們叫總理來！」站在廊下伺候的家人，便一疊連聲的叫「傳總理」。

原來這位夫人，向來莊重寡言，治家嚴肅，家人們對了夫人，比對了督辦還懼怕三分，所以一聽了這話，便都爭先恐後的去了，督辦要阻止也來不及。一會兒總理到了，捏手捏腳的走上來，對夫人請了個安，回身又對金姨太太請了個安。督辦便讓他坐，他只在下首，斜簽著坐了半個屁股。夫人歇了半天沒有言語，忽然對著總理道：「督辦年紀大了，要你們代他活的不耐煩！」這句話嚇得總理不知所對，挺著腰，兩個眼睛看著鼻子，回道：「是，是，是。」這三個「是」字一說，倒引的夫人和金姨太太撲嗤一聲笑了出來，督辦也笑了，舅老爺一想也笑了。總理自己回想一想，滿臉漲的緋紅。夫人又斂容正色道：「你們為著差使起見，要巴結督辦，那是我不來管你。但是巴結也走一條正路，甚麼事情不好幹，甚麼東西不好送，卻弄一個妖狐狸來媚他老頭子，可是你代他活的不耐煩？」總理這纔回道：「卑職不敢。」夫人道：「別處我不管，以後督辦到了漢口，走差了一步，我只問你！」總理一句話也回不出來。督辦著實代他難過，因對他說道：「你有公事，請便罷。」總理巴不得一聲，站起來辭了就走，到了外面，已是嚇的汗透重裘了。

過了一天，便是本公司開船日期，夫人率領金姨太太，押著督辦下船，回上海去了。他們下船那一天，恰好是我到漢口那一天。這公司裡面，地大人多，知道了這件事，便當做新聞，到外頭來說。一人

夫人之威，可想。只差沒有提著耳朵。

傳十，十人傳百，不到半天，外面便沸沸揚揚的傳遍了，比上了新聞紙傳的還快。

我在漢口料理各事停當，想起伯父在武昌，不免去看看。叫個劃子，劃過對江，到幾處衙門裡號房打聽，都說是新年裡奉了札子，委辦宜昌土捐局❹，帶著家眷到差去了。我只得仍舊渡江回來。但是我伯父不曾聽見說續弦納妾，何以有帶家眷之說，實在不解。

即日趁了輪船，沿路到九江、蕪湖一帶去過，回到南京。南京本來也有一家字號，這天我在字號裡吃過晚飯，談了一回天，提著燈籠回家。走過一條街上，看見幾團黑影子圍著一爐火，吃了一驚。走近看時，卻是三四個人在那裡蹲著，口中唧喳有聲。旁邊是一個賣湯圓的擔子，那火便是煮湯圓的火。我走到近時，幾個人一齊站起來。正是：

怪狀奇形呈眼底，是人是鬼不分明。

不知那幾個是甚麼人，且待下回再記。

我讀此回，輒恨督辦夫人太煞風景。不然，此一個漢口姑娘，傻頭傻腦，督辦置之於金釵之列，寫來必有無限笑話也。

要巴結督辦，卻將公司之錢胡亂報銷，則平日可想。我讀至此，為我國集資實業一慟，

❹ 土捐局：晚清政府專設徵收鴉片烟稅的機構。

固不僅此公司為然也。

此次因寫督辦夫人，帶出金姨太太，卻又毫無舉動，似是贅筆；不知特借逗一消息，為後文此人之歷史作引線耳。

半夜三更，當街蹲吃湯圓者，是何等樣人，試掩卷猜之。

第五十三回 變幻離奇治家無術 誤交朋友失路堪憐

那幾個人卻是對著我走來，一個提著半明不滅的燈籠，那兩個每人扛著一根七八尺長的竹竿子。走到和我摩肩而過的時候，我舉起燈籠向他們一照，那提燈籠的是個駝子，那扛竹竿子的一個是一隻眼的，一個滿面烟容，火光底下看他，竟是一張青灰顏色的臉兒，卻一律的都穿著殘缺不完全的號衣，方纔想著是冬防查夜的，那兩根不是竹竿，是長矛。不覺嘆一口氣，暗想這還成了個甚麼樣子。不覺站住了腳，回頭看他，慢慢的見他走遠了。忽聽得那賣湯圓的高叫一聲：「賣圓子咧！」接著又咕噥道：「出來還沒做著二百錢的生意，卻碰了這幾個瘟神，去了二十多個圓子，湯瓢也打斷了一個！」一面嘮叨，一面洗碗。猛然又聽得一聲怪叫，卻是那幾個查夜的在那裡唱京調。我問那賣湯圓的道：「難道他們吃了不給錢的麼？怎麼說去了二十幾個？」賣湯圓的道：「給錢！不要說只得兩隻手，就再多生兩隻手，也拿他不動。」我道：「這個何不同他理論？」賣湯圓的道：「哪裡鬧得他過？鬧起來，他一把辮子拉到局裡去，說你犯夜❶。」我道：「何不到局裡告他呢？」賣湯圓的道：「告他？以後還想做生意麼！」我一想，此說也不錯，嘆道：「那只得避他的了。」賣湯圓的道：「先生，你不曉得我們做小生意的難處，出來做生意要喊的，他們就聞聲而來了。」我聽了不覺嘆氣，一路走回家去。

一剎那間，卻有如許怪狀。寫來可笑。

也只有嘆氣而

❶ 犯夜：違犯禁止夜行的法令。

已。

我再表明一遍，我的住家雖在繼之公館隔壁，然而已經開通了，我自己那邊大門是長關著的，總是走繼之公館大門出進的。我走進大門，繼之的家人迎著說道：「揚州文師爺來了，住在書房裡。」我聽了，便先到書房裡來，和述農相見。問幾時到的，為甚事上省？述農道：「下午傍晚到的，有點公事來。」又問我幾時到下江去，我道：「三五天裡面，也打算動身了。我打算趕二月中旬到杭州逛一趟西湖，再到衙門裡去。」述農道：「你今年只怕要出遠門呢。聽見繼之說，打算請你到廣東去。」我道：「也好。等我多走一處地方，也多開一個眼界。」說罷，我便先到兩邊上房裡都去走一次，然後再出來和述農談天。我說起方纔遇見那冬防查夜兵的情形，述農道：「你上下江走了這兩年，見識應該增長得多了，怎麼還是這樣少見多怪的！他們穿了號衣出來，白吃兩個湯圓，又算得甚麼！你不知道這些營兵，有一個上好徽號，叫做『當官強盜』呢。近邊地方有了一個營盤，左右那一帶居民，就不要想得安逸。田裡種的菜，池裡養的魚，放出來的雞子鴨子，哪一種不是任憑那些營兵隨意攜取，就同是營裡公用的東西一般。過往的鄉下婦女，任憑他調笑，誰敢和他較量一句半句。你要看見那種情形，還不知要怎樣大驚小怪呢。頭回繼之託你查訪那羅魏氏送羅榮統不孝的一節，你訪著了沒有？」我道：「我在揚州的時候狠少，哪裡訪得著？」述農道：「倒被我查得清清楚楚的了。說起他這件事，倒可以做一部傳奇。」我道：「是怎樣訪著的？繼之可曾知道？」述農道：「我這回來在鎮江訪著的，繼之還不曾得知。」我道：「揚州的事何以倒到鎮江去訪得來，這也奇了。」述農道：「羅家那個廚子，不在大觀樓了，到鎮江去開了個館子。我這回到鎮江，遇了幾個朋友，盤桓了幾天，天天上他那館子，就被我問了個底細。原來這羅魏氏不是個東西！羅榮統是個過繼的兒子。他家本是個鹽商，自從廢了綱鹽，改了票鹽之後，

竟是當然之事，可發一嘆。

揚州事也，卻在鎮江訪著的

。奇，奇！

是紅樓夢賈政家事一般。

他家也領了有二十多張鹽票，也是數一數二的富家。羅魏氏本來生過一個兒子，養到三歲上就死了。不久他的丈夫也死了，就在近支裡面，抱了這個羅榮統來承嗣。魏氏自從丈夫死後，便把一切家政，都用自己娘家人管了。那一班人得到事權到手，便沒有一處不侵蝕，慢慢的就弄的不成樣子了。把那些鹽票，一張一張的都租給人家去辦，竟有一大半租出去的了。剩下的自己又無力去辦了，只得棄置在一旁。那租出去的，慢慢把租費拖欠了，也沒有人去追取。大凡做鹽商的，向來是闊綽慣的了，吃酒唱戲，是他的家常事。那羅府上已經敗到這個樣子，那一位羅太太還是循著他的老例去鬧闊綽，只要三天自己家裡沒請客，便鬧說饑荒了，寒塵了。當時羅榮統還是個小孩子，自然不懂得。及至在那錦繡帷中，絃歌隊裡長大起來，仍然是不知稼穡艱難，混混沌沌的過日子。他家裡有一個老家人，看不過了，便覷個便，勸羅榮統把家務整頓整頓，又把家裡的弊病逐一說了出來。這羅榮統起初不以為意，禁不得這老家人屢次苦勸，羅榮統也慢慢留起心來，到帳房裡留意稽查，那老家人又從旁指點，竟查出好些花帳❷來。無奈管帳的、當事的，都是他的娘舅、姨夫、表兄之類，就有一兩個本族的人，也是仰承他母親鼻息的，哪裡敢拿他怎樣。只好去給他母親商量，卻碰了他母親一個大釘子。說我青年守節，苦苦的綳著這個家，撫養你成人，此刻你長大了，連我娘家人也不能容一個了。羅榮統碰了這個釘子，嚇得不敢則聲，只得仍舊去和那老家人商量。那老家人倒有主意，說道：『現在家裡雖然還有幾張鹽票，然而放著不用，也同沒有一般。此刻家裡鬧拮据了，外面看著狠好，不知內裡已經空得不像樣子了，哪裡還能辦鹽。只好設法先把糜費省了，家裡現有的房產田產，或者可以典借幾萬銀子，逐漸把鹽辦起來，等辦有起色，再

❷ 花帳：虛報的帳目。

此等事何必約日子，大是誤事。

取贖回來，慢慢的整頓。還可以把租給人家的鹽票要回來，仍舊自己辦。趁著此時動手，還可望個挽回。再過幾年，便有辦法，也怕來不及了。然而要辦這件事，非得要先把幾個當權的去了不行。若要去了這幾個當權的，非下辣手不行。還有一層：去了這幾個，也要添進幾個辦事的，方纔妥當。』主僕兩個，安排計策，先把那當權的歷年弊病，查了好幾件出來。又暗暗地約了幾個本族可靠的人，前來接事。一面寫了一張呈子，告那當權的盤踞舞弊。約定了日子，往江都縣去告；連衙門上下人，都打點好了，只等呈子進去，即刻傳人收押，一面便好派人接管一切。也是合當有事，他主僕兩個商議這件事時，只有一個小書僮在旁，也算是機密到極處的了。一天書僮到帳房裡去領取工錢，不知怎樣碰了個釘子，這書僮便咕噥起來，背轉身出去，一路自言自語道：『此刻便是你強，過兩天到了江都縣監裡，看你還強到哪裡！』這句話卻被那帳房聽了一半，還有一半聽不清楚，便喝叫僕人，把書僮抓了回來，問他說甚麼。那帳房本來是羅魏氏的胞兄，合宅人都叫他舅太爺，平日仗著妹子信用，作威作福，連羅榮統都不放在眼裡，被那書僮咕噥了，如何不怒？況且又隱約聽得他說甚麼江都縣監裡的話，益發動了真火，抓了回來，便喝令打了一頓嘴巴，問他說甚麼。書僮嚇的不敢言語，只哀哀的哭。舅太爺又狠狠的踢了兩腳，一定要追問他說甚麼江都縣監裡。再不說，便叫拿繩子綑了吊起來。這十來歲的小孩子，怎麼禁得起這般的嚇唬，只得把羅榮統主僕兩個商量的話，說了一遍，卻又說不甚清楚。舅太爺聽了，暴跳如雷，喝叫綑了書僮，逕奔上房來，把書僮的話一五一十對妹子說了。羅魏氏不聽猶可，一聽了這話，只氣得三尸亂暴，七竅生烟，一疊連聲喝叫把畜生拿來。家人們便趕到書房去請羅榮統，榮統知道事情發覺，嚇得瑟瑟亂抖，一步一俄延的到了上房。羅魏氏只恨的咬牙跺腳，千畜生、萬畜生的罵個不了。又說：『我苦守了若干年，守大了你，成了個人，連娘舅也要告起來了，眼睛裡想來連娘也沒有的了！你是個過繼的，要是我自己生的，我今天便剮了你！』羅榮統一個字也不敢回答。羅魏氏便帶了舅太爺到書房裡去搜，把那呈子搜了出來，舅太爺念了一遍，把羅魏氏氣一個死。喝叫僕人把老家人綑了，先痛打了一頓，然後送到縣裡去，告他引誘少主人為非，又在禁卒處化上幾文，竟把那老家人的性命，不知怎樣送了，報了個病斃。那舅太爺還放心不下，恐怕羅榮統還要發作，叫羅魏氏把他送了不孝，先存下案，好教他以後動不得手。然後弄兩個本族父老，做好做歹，保了出來，把他囚禁在家裡。從此遇了一個新官到任，便送他一回不孝。你說這件事冤枉不冤枉呢。」我道：「天下事真是無奇不有！母子之間，何以鬧到如此呢？」

母子之間，又何必不如此呢！

述農道：「近來江都又出了一個笑話，那纔奇呢。有一天，縣裡接了一個呈子，是告一個鹽商的，說那鹽商從前當過長毛，某年陷某處，某年掠某處，都敘得原原本本。敘到後來，說是克復南京時，這鹽商乘亂混了出城，又到某處地方劫了一筆鉅贓，方纔剃了頭髮，改了名字，冒領了幾張鹽票，販運淮鹽。此時老而不死，猶復包藏禍心，若不盡法懲治，無以彰國法云云。繼之見他告得荒唐，並且說甚麼包藏禍心，又沒有指出證據，便沒有批出來。那些鹽商，時常也和官場往來，被告的這個，繼之也認得他，年紀已經上七十歲的了。有一日，遇見了他，繼之同他談起，有人將他告了。他聽了，狠以為詫異。過一天，便到衙門裡來拜會，要那呈子來看。誰知他只看得一行，便氣的昏迷過去，幾乎被他死在衙門裡面。立刻傳了官醫，薑湯開水，一泡子亂救，纔把他救醒過來。問他為甚麼這般氣惱？你猜他為甚麼來？」我道：「我不知道，你快說罷。」述農站起來，雙手一拍道：「這具名告他的，是他的嫡嫡親親

我也不覺愕然。

的兒子。你說奇不奇！」我聽了不覺愕然道：「天底下哪裡有這種兒子，莫不是瘋了！」述農道：「總而言之，姬妾眾多，也是一因。據那鹽商自己說，有五六房姬妾，兒子也七八個，告他的這個是嫡出。鹽商自己因為年紀大了，預先把家當分開，每個兒子若干，都是狠平均的。他卻又每一個妾，另外分他三千銀子。正室早亡故了，便沒有分著。這嫡出的兒子不肯甘心，在家裡不知鬧成個甚麼樣的了。末了，卻鬧出這個頑意來。」我道：「這種兒子，纔應該送他不孝呢。」述農道：「何嘗不想送他！他遞了呈子之後，早跑的不知去向了。」當下夜色已深，各自歸寢。

過了兩天，述農的事勾當妥了，便趕著要回揚州，我便和他同行。到了鎮江，述農自過江去。我在鎮江料理了兩天，便到上海。管德泉、金子安等輩，都一一相見，自不必說。

一天沒事，在門口站著閒看，忽然一個人，手裡拿著一紙冤單，前來訴冤，告幫❸。抬頭看時，是一個鄉下老頭子，滿臉愁容，對著我連連作揖，嘴裡說話是紹興口氣。我略問他一句，他便嘮嘮叨叨的，述了一遍。我在衣袋裡隨意掏了幾角洋錢給他去了。據他說是紹興人，一向在紹興居住，不曾出過門。因為今年三月要嫁女兒，拿了一百多洋錢，到上海來要辦嫁裝，便有許多親戚、朋友、街鄰等人，順便託他在上海帶東西，這個十元，那個八元，統共也有一百多元，連自己的就有了三百外洋錢了。到了杭州，住在客棧裡，和一個同棧的人相識起來。知道這個人從上海來的，就要回上海去，這老頭子便約他同行，又告訴他到上海買東西，求他指引。那人一口應允，便一同到了上海，也同住在一個客棧裡，並且同住一個房間。那個人會作詩，在船上作了兩首詩，到了棧房時，便謄了出來，叫茶房送到報館裡去，

❸ 告幫：請求幫助。

明天報上便同他登了出來。那老頭子便以為他是體面的了不得的人。又帶著老頭子到綢緞店裡，剪了兩件衣料，到算帳時，洋錢又多用了一二分，譬如今天洋錢價應該是七錢三分的，他卻用了個七錢四五，老頭子更是歡喜感激，說是幸虧遇見了先生，不然，我們鄉下人哪裡懂得這些法門。過了一兩天，他寫了一封信，交給老頭子，叫他代送到徐家匯甚麼學堂裡一個朋友，說是要請這個朋友出來談談，商量做生意，又給了二百銅錢他坐車。老頭子答應了，坐了車子，到了徐家匯，問那學堂時，卻是沒有人知道。人生路不熟的，打聽了半天，卻只打聽不著。看看天色早晚下來了，這條路又遠，只得回去。卻又想著信沒有給他送到，怎好拿他的錢坐車，遂走了回去。好在走路是鄉下人走慣的。然而從徐家匯到西門是一條馬路，自然好走，及至到了租界外面，便道路紛歧，他初到的人，如何認得？沿途問人，還走錯了不少路，竟到晚上八點多鐘，纔回到客棧。走進自己住的房一看，嗳呀！不好了！那個人不見了，便連自己的衣箱行李也沒有了，竟是一間空房。連忙走到帳房問時，帳房道：「他動身到蘇州去了。」老頭子著了急，問他走他的，為甚麼連我的行李也搬了去。帳房道：「你們本是一起來的，我們哪裡管得許多。」老頭子急的哭了。帳房問了備細情由，知道他是遇了騙子，便教他到巡捕房裡去告。老頭子只得去告了。巡捕頭雖然答應代他訪緝，無奈一時哪裡就緝得著。他在上海舉目無親，一時又不敢就走，要希冀拿著了騙子，還要領贓，只得出來在外面求乞告幫。正是：

誰知萍水相逢處，已種天涯失路因。

未知後事如何，且待下回再記。

偏是家庭中，偏多此等怪事，總是無教育之故。然而近年競言教育之後，忽又起家庭革命之說，幾令人無所適從，夫然後知秩序之可貴也。

第五十四回 告冒餉把弟賣把兄 戕委員乃姪陷乃叔

那紹興老頭子嘮叨了一遍，自向別家去了。我回到裡面，便對德泉說知，德泉道：「騙個把鄉下人，有甚麼稀奇。藩庫裡的銀子，也有人有本事去騙出來呢。」我道：「這更奇了，不知是哪裡的事？」德泉道：「這就是前兩年山東的事，說起來，話長得狠，這裡頭還像有點因果報應在裡面呢。先是有兩個人，都是縣丞班子，向來都是辦糧臺❶差事的。兩個人的名字，我可記不清楚了，單記得一個姓朱的，一個姓趙的，兩個人是拜把子的兄弟，非常要好，平日無話不談。後來姓朱的辦了驗看，到山東候補去了，和姓趙的許久不通音問了。

又是拜把子，記的著。

「山東藩庫裡存了一筆銀子，是預備支那裡協餉❷的。忽然一天來了個委員，投到了一封提餉文書，文書上敘明即交那委員提解來，這邊便備了公事，把餉銀交那委員帶去了。誰知過了兩個月，那邊又來了一角催餉文書，不覺大驚。查察起來，纔知道起先那個文書是假的。只得另外籌了款項解了過去。一面出了賞格，訪拿這個冒領的騙子，卻是大海撈針似的，哪裡拿得著。看看過了大半年，這件事就擱淡下來了。

❶ 糧臺：行軍時調發糧餉的機關。

❷ 協餉：清朝對地方貧瘠、收支不能平衡的省份，規定由稅收富裕的省份撥款協助，稱做「協餉」。

罵盡官場，然我思之，不獨官場為然也。不過官場特甚耳。

甚哉，酒之誤事也。此人竟可謂之以酒殺身。

「忽然一天，姓趙的到了山東，去拜那姓朱的老把弟，說是已經加捐了同知，辦了引見，指省江蘇。因為惦著老把弟，特為遶著道兒，到濟南來探望的。兩個人自有一番闊敘。明天，姓朱的到客棧裡回拜，只見他行李甚多，僕從烜赫，還帶著兩個十七八歲的侍妾，長得十分漂亮。姓朱的心中暗暗稱奇，想起相隔不過幾年，何以他便闊到如此，未免歆羨起來。於是打算應酬他幾天，臨了和他借幾百銀子。看見人家闊了，便要打算向人家借錢，這本是官場中人的慣技，不足為奇的。於是那姓朱的，便請他吃花酒，逛大明湖，盤桓了好幾天，老把兄叫得應天響。這天又叫了船，在大明湖吃酒，姓朱的慢慢的把羨慕他的話也說出來了。姓趙的嘆口氣道：『大凡我們捐個小功名，出來當差的，大半都是為貧而仕，然而十成人當中，倒有了九成九是越仕越貧的。就以你我而論，辦了多少年糧臺，從從九品保了一個縣丞，算是過了一班。講到錢呢，還是囊空如洗，一天停了差使，便一天停了飯碗。如果不是用點機變，發一注橫財，哪裡能彀發達！』姓朱的道：『機變便怎樣？老把兄何不指教我一點。』姓趙的道：『機變是要隨機應變的，哪裡教得來。』姓朱的道：『老把兄只要把自己行過的機變，告訴我一點，就是指教了。』姓趙的此時已經吃了不少的酒，有點醉了，便正色道：『老弟，我告訴你一句話，只許你我兩個知道，不能告訴第三個人的。』說著便附耳說道：『老把弟，你知道我的錢是哪裡來的？就是你們山東藩庫的銀子啊。我當著糧臺差使時，便偷著用了幾顆印，印在空白文書上。當時我也不曾打算定是怎樣用法，後來撤了差，便做了個提餉文書，到這裡來提去一筆款。這不是神不知、鬼不覺的事麼。』姓朱的大驚道：『那麼你還到這裡來！上頭出著賞格拿人呢。』姓趙的道：『那時候我用的是假名姓，並且我的頭髮早已蒼白了，又沒有留鬚。頭回我到這裡，上院的時候，先把烏鬚藥拿頭髮染的漆黑，把鬍子根兒刮

本來自己弟兄，不要緊。

本來老把兄交代過，叫千萬要機密，他卻這等機密起來。

可見得沒有轎子坐也。

得光光兒的，用引見胰子❸把臉擦得亮亮兒的，誰還看得出我的年紀？我到手之後，一出了濟南，便把鬍子留起來。你看我此刻鬚髮都是蒼白的了，誰還知道是我？並且犯了這等大事，沒有不往遠處逃的，誰還料到我自到這裡來。老弟，你千萬要機密，這是我貼身的姬妾都不知道的，咱們自己弟兄不要緊，所以我告訴你一點。』姓朱的連連答應。

「及至席散之後，天色已晚。姓朱的回到家裡，暗想老把兄真有能耐，平白地藩庫的銀子也拿去用了，怎能彀也有機會，學他一遭便好。想來想去，沒有法子。忽然一轉念道：『放著現成機會在這裡，何不去幹他一幹呢。』又想了一想道：『不錯啊，升官發財，都靠著這一回了。』打定了主意，便換過衣冠，連夜上院，口稱稟報機密。撫臺聽見說有機密事，便傳進去見。他便把這姓趙的前情後節，澈底稟明。稟完，又請了一個安說：『本來上頭出過賞格拿這個人，此刻卑職不敢領賞銀，只求大帥給一個破格保舉。』撫臺道：『老兄既然不領官賞，就把他隨身所帶的盡數充賞便了。至於保舉一層，自然要給你的。』他又打了個扦謝過。撫臺道：『那麼老兄便去見歷城令商量罷。』他辭了出來，又忙去找歷城縣。歷城縣聽說是撫臺委來的，連忙請見。他先把情節說了，然後請知縣派差去拿人。知縣道：『還是連夜去拿呢，還是等明天呢？』他此時跑的乏了，因說道：『等明天去罷。明天請派差先到晚生公館裡去，議定了下手方法纔好。不然，冒冒失失的跑去，萬一遇不見，倒走了風聲，把他嚇跑了，就費手腳了。』知縣便連連答應。他就回家安歇。到了明天，縣裡因為拿重要人犯，派了通班捕役到他公館伺候。他和捕役說明，叫他們且在客棧前後門守住，等聽見裡面鞭炮響，纔進去拿人。說定了，他便叫人

❸ 引見胰子：一種加了香料和藥料製成的肥皂，據說美容效果顯著，特為引見人員所用，故名「引見胰子」。

買了一掛鞭炮，揣在懷裡，帶了通班捕役，去找他老把兄。

「兩人相見，談了幾句天，他故意拿了一支水烟筒吸烟，順腳走到院子裡去，把鞭炮放起來。姓趙的在屋裡聽見，甚是詫異道：『這是誰放的鞭？』說猶未了，一班差役早蜂擁進來，姓朱的伸手把姓趙的一指，眾差役便上前擒住。姓趙的慌了，忙問道：『為了甚麼事？』差役們不由分說，先上了刑具，便問朱太爺，犯眷怎樣發落？姓朱的道：『奉憲只拿他一個，這些有我在這裡看管。』姓趙的這纔知道被他老把弟賣了，不覺嘆一口氣道：『好老把弟，賣得我好！這回我的腦袋可送在你手裡了！然而你這樣待朋友，只怕你的腦袋，也不過暫時寄在頸子上罷了！』眾差役不等他說完，便簇擁著他去了。這姓朱的便沉下臉來，把那帶來的僕從都攆走了。叫了人來，把那些行李都抬回自家公館裡去，那兩個侍妾，也叫轎子抬去，居然擁為己有了。這行李裡面，有十多口皮箱子，還有一千多現銀，真是人財兩進。

「過得幾天，定了案，這姓趙的殺了。撫臺給他開了保舉，免補縣丞，以知縣留省儘先補用。部裡議准了，登時又升了官。撫臺還授意藩臺，給他一個缺。藩臺不知怎樣，知道他兩個的底細，以為姓趙的所犯的罪，本來該殺，然而姓朱的是他至交，不應該出他的首。若說是為了國法，所以公爾忘私，然而姓朱的卻又明明為著升官發財，纔出首的。所以有點看不起這個人。這會撫臺要給他缺，藩臺有意弄一個苦缺給他，就委他署了一個兗州府的嶧縣。這嶧縣是著名的苦缺，他雖然不滿意，然而不到一年，一個候補縣丞升了一個現任知縣，也是興頭的，便帶了兩個侍妾去到任，又帶了一個姪兒去做帳房。

「做到年底下，他那姪少爺嫌出息少，要想法子在外面弄幾文，無奈嶧縣是個苦地方，想遍了城裡城外各家店鋪，都沒有下手的去處。只有一家當鋪，資本富足，可以詐得出的。便和稿案門丁商量，拿

好老把弟，好機密，今之喜拜把子之人看者。

呆鳥。

豈但朋友，還是兄弟呢。

好快活也。

是，是，是，是好藩臺。

一個皮箱子，裝滿了磚頭瓦石之類，鎖上了，加了本縣的封條，叫人抬了，門丁跟著到當鋪裡去要當八百銀子。當鋪裡的人見了，便說道：『當是可以當的，只是箱子裡是甚麼東西，總得要看看。』門丁道：『這是本縣太爺親手加封的，哪個敢開！』當鋪裡人見不肯開看，也就不肯當。那門丁便叫人抬了回去。當鋪裡的夥計，大家商量，縣太爺來當東西，如何好不應酬他；不過他那箱子封鎖住了，不知是甚麼東西，怎好胡亂當他的，倒是借給他點銀子，也沒甚要緊。我們在他治下，總有求他的時候，不如到衙門裡探探口氣，簡直借給他幾百銀子罷。商量妥當，等到晚上關門之後，當鋪的當事便到衙門裡來，先尋見了門丁，說明來意。門丁道：『這件事要到帳房裡和姪少爺商量。』當事的便到帳房裡去，那姪少爺聽見說是當鋪裡來的，登時翻轉臉皮，大罵門上人都到哪裡去了，可是瞎了眼睛，貪夜裡放人闖到衙門裡來，還不快點給我拿下！左右的人聽了這話，便七手八腳，把當事拿了，交給差役，往班房裡一送。當鋪裡的人知道了，著急的了不得。又是年關在即，如何少得了一個當事的人。便連夜打了電報，給東家討主意。這東家是黃縣姓丁的，是山東著名的富戶，所有闔山東省裡的當鋪，十居六七是他開的。得了電報，便馬上回了個電，說只要設法把人放出來，無論用多少錢都使得。當鋪裡人得了主意，便尋出兩個紳士，去和姪少爺說情，到底被他詐了八百銀子，方纔把當事的放了出來。

「等過了年，那當鋪的東家便把這個情形，寫了個呈子，到省裡去告了。然而衙門裡的事，自然是本官作主，所以告的是告縣太爺，卻不是告姪少爺。上頭得了呈子，便派了兩個委員到嶧縣去查辦。這回派的委員，卻又奇怪，派了一文一武。那文的姓傅，我忘了他的官階了；一個姓高的，卻是個都司，就是本山東人。等兩個委員到了嶧縣，那位姓朱的縣太爺方纔知道姪少爺闖了禍，未免埋怨一番。正要

可笑。

設法彌縫，誰知那姪少爺私下先去見那兩個委員。那姓傅的倒還圓通，不過是拿官場套語『再商量』三個字來敷衍；那姓高的，卻擺出了一副辦公事的面目，口口聲聲只說公事公辦。那姪少爺見如此情形，又羞又怒又怕。回去之後，忽然生了一個無毒不丈夫的主意來，傳齊了本衙門的四十名練勇❹，桌上放著兩個大元寶，問道：『你們誰有殺人的膽量，殺人的本事，和我去殺一個人？這二百兩銀子，就是賞號，我還包他沒事。』四十名練勇聽了，有三十九名面面相覷，只有一個應聲說道：『我可以殺人，但不知殺的是誰？』姪少爺道：『你可到委員公館裡去，他們要問你做甚麼，你只說本縣派來看守的，覷便把那高委員殺了，回來領賞。』那練勇答應下來，回去取一把尖刀，磨得雪亮飛快，帶在身邊，逕奔委員公館來。傅委員聽了，倒不以為意，那高委員可不答應了，罵道：『這還了得！省裡派來的委員，都被他們看守了，這成了個甚麼話！』倒是傅委員把他勸住。到了傍晚時，高委員到院子裡小便，那練勇看見了，走到他後頭，拔出尖刀，颼的一下，雪白的一把尖刀，便從他後心刺進去，那刀尖直從前心透出，拔了紅刀子出來，翻身便走。一個家人在堂屋裡看見，大喊道：『不好了！練勇殺人啊！』這一聲喊，驚起眾家人出來看時，那練勇早出大門去了。眾人見他握刀在手，又不敢追他。看那高委員時，只有雙腳亂蹬了一陣，就直挺了。傅委員見此情形，急的了不得，忙喝眾人道：『怎麼放那兇手跑了？還不趕上去拿了來！』說話時便遲，那時卻是甚快，那練勇離了大門，不過幾丈遠，眾人聽傅委員的話，便硬著膽子趕上去。那練勇聽見有人追來，卻返身仗刀在手道：『本官叫我來殺他的，誰能奈我何！你們要趕我，管叫你來一個死一個！』說罷，回身徜徉而去。眾人誰敢向前，只得回報傅委員。傅委員聽

❹ 練勇：正規軍之外的地方武裝組織，由州縣官署調度指揮，主要維持地方治安。也叫「團練」。

了，嚇得魂不附體，暗想他能殺姓高的，便能殺我，這個虎口之地，如何住得？便連夜出城，就近飛奔到兗州府告變去了。兗州府得報，也嚇得大驚失色，連忙委了本府經歷廳，到嶧縣去摘了印綬，權時代理縣事。另外委員去把姓朱的押送來府，暫時看管。因為原告呈子，詞連稿案門丁，叫一並提了來。一面飛詳上憲。等經歷廳到嶧縣時，那姪少爺和那練勇早不知逃到哪裡去了。不多幾天，省裡來了委員，把姓朱的上了刑具，提回省裡，原來已經揭參出去了。可笑他一向還說是姪兒子做的事，與他無涉；直到此時，方纔悔恨起來。到了省城，審了兩堂，他只供是姪兒子所做的，自己只承了個約束不嚴。上面便把他押著，一面懸賞緝兇。這件事本就可以延宕過去了。誰知那高委員也有個姪兒子，卻是個翰林，一向在京供職，得了這個消息，不覺大怒，驚動了同鄉，聯合了山東同鄉京官，會銜參了一摺，坐定了是姓朱的主謀，奉旨著山東巡撫澈底根究，不得徇情迴護。撫臺接到了廷寄，看見詞旨嚴厲，重新又把這個案提起來，嚴刑審訊。那門丁熬刑不過，便瘐死了。那姓朱的也備嘗三木❺，終是熬不住痛苦，便承了主謀。這纔定了案，拿他論抵。

「那時他還有些同寅朋友，平素有交情的，都到監裡去看他，也有安慰他的，也有代他籌後事的，也有送飲食給他的，最有見識的一個，是勸他預先服毒自盡的。誰知他不以為忠言，倒以為和他取笑，說是正兇還沒有緝著，焉見得就殺我？那勸他的人倒不好再說了。他自從聽了那朋友這句話之後，連人家送他的飲食也不敢入口，恐怕人家害他，天天只把囚糧果腹。直等到釘封文書到了，在監裡提了出來綁了，歷城縣會了城守，親自押出西關。他那忠告的朋友，化了幾十吊錢，買了一點鶴頂紅❻，攙在茶

與姓趙的一般呆鳥。

這個姪兒子，比那個姪兒子，差得遠了。

是不殺頭不止

❺ 三木：古代加在犯人頸上的枷、手上的杻（即木製手銬）和腳上的械（即木製腳鐐）。

也。

裡面，等在西關外面，等到他走過時，便勸他吃一口茶。誰知他偏不肯吃，一直到了法場上，就在三年前頭殺姓趙的地方，一樣的伸著脖子，吃了一刀。」正是：

富貴浮雲成一夢，葫蘆依樣只三年。

要知後事如何，且待下回再記。

甚矣，人心之不可測也。趙有可死之罪，而朱非可死趙之人。使趙而死於他人之弋獲，在朱之交情，猶當憐之、哭之；而乃利其有，而死之耶！觀於此，則一通一塞之間，掉頭不顧者，尚復不失為忠厚也。嗚呼。

果報之說，儒者不談，況當此新理發明時代，猶執此說，不已傎❼乎。然觀於朱之就戮，雖不必謂之果報，而不得不謂之快心。

鶴頂紅，入口即死，疑即古人之所謂鴆也。雍乾時，京師珠玉店取以製為朝珠記念，每一枚價值千金，朝中大老多佩之。蓋彼時法令嚴峻，儘有朝八座❽而夕罹斧鉞者，故佩之以備不虞；而市儈亦藉此以居奇也。因讀此篇，偶憶錄之。

❻ 鶴頂紅：從丹頂鶴的紅頂中提煉出來的一種毒藥，據說有劇毒。
❼ 傎：同「顛」、「傎」，顛倒。
❽ 八座：東漢以六曹尚書、令、僕射為八座，後來便以「八座」為高官的代名詞。

第五十五回　箕踞忘形軍門被逐　設施已畢醫士脫逃

德泉說完了這一套故事，我問道：「協餉銀子未必是現銀，是打匯票的，他如何騙得去？這也奇了。」德泉道：「這一筆聽說是甘肅協餉。甘肅與各省通匯兌的狠少，都是匯到了山西或陝西轉匯的，他就在轉匯的地方做些手腳，出點機謀，自然到手了。」子安從旁道：「我在一部甚麼書上看見一條，說嘉、道年間，還有一個冒充了成親王❶到南京，從將軍、總督以下的錢，都騙到了的呢。」德泉道：「這是從前沒有電報，纔被他瞞過了。若是此刻，只消打個電去一問，馬上就要穿了。」

說話時，只見電報局的信差，送來一封電報。我笑道：「說著電報，電報就到了。」德泉填了收條，打發去了。翻出來一看，卻是繼之給我的，說蘇、杭兩處，可託德泉代去，叫我速回揚州一次，再到廣東云云。德泉道：「廣東這個地方，只有你可以去得。要是我們去了，那是同到了外國一般了。」子安道：「近來在上海久了，這裡廣東人多，也常有交易，倒有點聽得懂了。初和廣東人交談，那纔不得了呢。」德泉道：「可笑我有一回，到棋盤街一家藥房裡去買一瓶安眠藥水，跑了進去，那櫃上全是廣東人，說的話都是所問非所答的，我一句也聽不懂。我要買大瓶的，他給了我個小瓶；我要掉，他又不懂，必要做手勢，比給他看，纔懂了，換了大瓶的。我正在付價給他，忽然內進裡跑出一個廣東人來，右手

你要逛西湖，偏不叫你到西湖去。

❶成親王：清高宗乾隆帝十一子，名永瑆。

> 旁注之字以正音，諧廣東人之官話也。讀之令人失笑。粵人以善經商著，而到處不通言語，亦一奇事。

把那瓶藥水拿起來，提得高與額齊，拿左手指著瓶，眼睛看著我道：『這（借）瓶（貧）藥（月）水（綏），頂刮刮囉，頂刮刮囉！有（憂）仿（方）單在此（溪），你（呢）拿（捺）回（微）去一（異）看（坎），便知（基）明（命）白（別）了（撩）。』」聽得我和子安都狂笑起來。德泉道：「我當時聽了他這幾句話，也忍不住要笑。他對我說完之後，還對他那夥計嘰咕了幾句，雖然聽他不懂，看他那神色，好像說他那夥計不懂官話的意思。我付過了價，拿了藥水要走，他忽然又叫住我道：『俄基，俄基。』你猜他說甚麼？便是我當時也棱住了。他拿起我付給他的洋錢，在櫃上摜了兩摜，是一塊啞板。這纔懂了，他要和我說上海話，說這一塊洋錢是啞子，又說得不正，便說成一個『俄基』了。」

當下說笑了一會，我不知繼之叫我到廣東，有甚要事，便即夜趁了輪船動身。偏偏第二天到鎮江，已經晚上八點鐘了，看著不能過江，我也懶得到街上去了，就在躉船上住了一夜。次日一早過江，趕得到城裡，已是十二點多鐘。見了繼之，談起到廣東的事，原來也是經營商業的事情。我不覺笑道：「我本來是個讀書的，雖說是我生來的無意科名，然而困在家裡沒事，總不免要走這條路。無端的跑了出來，遇見大哥，就變了個幕友，這幾年更是變了個商家了。」繼之笑道：「豈但是商家，還是個江湖客人呢。你這回到廣東去，怕要四五個月纔得回來，你不如先回南京一轉，敘敘家常再去。」我道：「這倒不必，寫個信回去，告訴一聲便了。」當下繼之檢出一本帳目給我，是夜盤桓了一夜。

明日，我便收拾行李，別過眾人，仍舊渡過江去，趁了下水船，仍到上海。又添置了點應用東西，等有了走廣東的海船，便要動身。看了新聞紙，知道「廣利」後天開行，便打發人到招商滬局去，寫了一張官艙船票。到了那天，搬了行李上船。這個船的官艙，是在艙面的，倒也爽快。

軍門大人之上，加以「甚麼」二字，不滿之甚。

當天半夜裡開船，及至天亮起來，已經出了吳淞口，走的老遠的了。喜得風平浪靜，沒事便在艙面散步。到了中午時候，只見一個人，擺著一張小小圓桌，在艙面吃酒。和我招呼起來，請問了姓氏，知道他姓李，便是本船買辦。於是大家敘談起來。我偶然問起這上海到廣東，坐大餐房收多少水腳❷？買辦道：「一主一僕，單是一去，收五十元。寫來回票，收九十元。這還是本局的船，若是外國行家的船，還是情願空著，不准中國人坐呢。」我道：「這是甚麼意思？」買辦道：「這也是我們中國人自取的。有一回，一個甚麼軍門大人，帶著家眷，坐了大餐房。那回是夏天，那位軍門光著脊梁，光著腳，坐在客座裡，還要支給著腿，在那裡摳腳丫。外國人看著，已經厭煩的了不得了。大餐間裡本來備著水廁，廁門上有鑰匙，男女可用的，他那位太太偏要用自己的馬桶。用了，舀了，洗了，就拿回他自己房裡倒也罷了；偏又嫌他溼，擱在客座裡晾著。洗了裹腳布，又晾到客座椅靠背上。外國人見了，可大不答應了，把他們攆了出來。船到了上海，船主便到行裡，見了大班❸，回了這件事。從此外國人家的船，便不准中國人坐大餐房了。你說這不是中國人自取的麼！」我道：「這個本來太不像樣了。然而我們中國人，不見得個個如此。」買辦道：「這個合了我們廣東人一句話，『一個小雞不好，帶壞一籠』了。」正說話時，又有一個廣東人來招呼，自己說是姓何，號理之，是廣東名利客棧招呼客人的夥伴，終年跟著輪船往來，以便招接客人的。便邀我到廣東住到名利棧去，我答應了，託他招呼行李。

這船走了三天，到了香港，停泊了一夜。香港此時沒有碼頭，船在海當中下錨。到了晚上，望見香

❷ 水腳：水路運輸費用。
❸ 大班：舊稱外國公司、洋行的經理。

所謂姑妄言之，姑妄聽之也。原來賭博可以

港萬家燈火，一層高似一層，竟成了個燈山，倒也是一個奇景。次日早晨啓輪，到了廣東，用駁船駁到岸上。

原來名利棧就開在珠江邊上，後門正對珠江，就在後門登岸。安息了一天，便出去勾當我的正事，一面寫信寄給繼之。誰知我到了這裡，頭一次到街上去走走，就遇見了一件新聞。我走到一條街，這條街叫做「沙基」。沙基上有一所極大的房子，房子外面掛著藥房的招牌，門口圍了不少的人，像是看熱鬧的光景。我再走過去看看，原來那藥房裡在那裡拍賣，所賣的全是藥水。我暗想這件事好奇怪，既然藥房倒了，只有另人盤受，哪裡好拍賣得來。便是那個買的，他不是開藥房，一單一單的藥水買去，做甚麼呢。正在想著，只見他又指著兩箱藍玻璃瓶的來叫拍，我吃了一驚，暗想外國藥房的規矩，藍瓶是盛毒藥的，有幾種還是輕易不肯賣，必要外國醫生開到藥方上纔肯賣的，怎麼也胡亂拍賣起來呢。此時我身上還有正事，不便多耽擱，只看了一看便走了。

下午時候，回到名利棧。晚上沒事，廣利船還沒有開行，何理之便到我房裡來談天。他嘴裡有的沒的亂說，一陣說甚麼把韮菜帶到新架坡，要賣一塊洋錢一片菜葉，新鮮荔枝帶到法蘭西，要賣五個法郎一個，又是甚麼播威表，在法蘭西只賣半個法郎一個。他只管亂說，我只管亂聽，也不同他辯論。後來我說起藥房拍賣一節，狠以為奇，理之拍手道：「拍賣了麼？可惜我不知道，不然我倒要去和他記一記帳，看他還撈得回幾個。」我道：「這藥房倒帳的情形，想是你知道的了？」理之道：「倒帳的有甚稀奇！這是一個富而不仁的人，遭了個大騙子。這位大富翁姓荀，名叫鶯樓，本來是由賭博起家，後來又運動了官場，包收甚麼捐，盡情剝削。我們廣東人都恨得他了不得。」我道：「他不是廣東人麼？」理

起家，無怪粵人之愛賭矣。

之道：「他是直隸滄州人，不過在廣東日子長久，學會說廣東話罷了。他剝削的錢，也不知多少了。忽然一天，他走沙基經過，看見一個外國人在那裡指揮工匠裝修房子，裝修得狠是富麗，不知要開甚麼洋行。託了旁人去打聽，纔知道是開藥房的。那外國人並不是外國人，不過扮了西裝罷了，還是中國的遼東人呢。這荀鶯樓聽說他是遼東原籍，總算同是北邊人，可以算得同鄉，便又託人介紹去拜訪他。見面之後，纔知道他姓祖，貳臣傳❹上祖大壽❺之後，單名一個武字。從四五歲的時候，他老子便帶了他到外國去，到了七八歲時，便到外國學堂裡去讀書，另外取了個外國的名字，叫做Cove。後來回到中國，又把他譯成中國北邊口音，叫做勞佛，就把這勞佛兩個字做了號。他外國書讀得差不多了，便到醫學堂裡去學西醫。在外國時，所有往來的中國人都是廣東人，所以他倒說了一口廣東話，把他自己的遼東話，倒反忘記個乾淨了。等在醫學堂畢業出來，不知在哪裡混了兩年，跑到這裡來，要開個藥房。恰好這荀鶯樓是最信用西藥的，兩人見面之下，便談起這件事。荀鶯樓問他藥房生意有多少利息，勞佛道：『利息是說不定的，有九分利的，也有一二分利的，然而總是利息厚的居多，通扯起來，可以算個七分利錢。』荀鶯樓道：『照這樣說，做一萬銀子生意，可以賺到七千了。不知要多少本錢？』勞佛道：『本錢哪裡有一定的，外國的大藥房，幾十萬本錢的不足為奇。』荀鶯樓道：『不知你開這個，打算多少？』勞佛道：『我只備了五萬資本。』荀鶯樓道：『比方有人肯附點本錢，可能附得進去？』勞佛道：『這

❹ 貳臣傳：清朝國史館編纂之傳記集，收有降清之明臣如洪承疇、錢謙益等一百餘人之傳記，鄙之為沒有氣節的貳臣，旨在警示世人，應當對清朝忠貞不貳。

❺ 祖大壽：明朝的總兵，投降清朝，並為清朝定鼎中原立下過戰功。

有甚麼不可的。』荀鶯樓道：『那麼我打算附十萬銀子如何？』勞佛滿口答應，便道：『如此我便擴張起來。』他兩個因此成了知己。不多幾天，荀鶯樓劃了十萬銀子來，又派了一個帳房來。勞佛便取出一扣三千銀子往來的莊摺❻，叫他收存，要支甚麼零用，只管去取。從此鋪裡一切雜用，勞佛便不過問，天天只忙著定貨催貨，鋪裡慢慢的用上十多個夥計。勞佛逐一細問，卻沒有一個懂得外國話、認得外國字的。荀鶯樓聞得，便又薦了一個懂洋文的來。勞佛考他一考，說是他的工夫不夠用，不要。又道：『不過起頭個把月忙點，關著洋文的事，我一個人來就是了。』荀鶯樓見他習勤耐勞，倒反十分敬重他起來。過得個把月，勞佛對荀鶯樓道：『我的五萬資本，因為擴充生意起見，已經一齊拿去定了貨了。尊款十萬，我託個朋友拿到滙豐存了。我本要存逐日往來的，誰知他拿去給我存了六個月期，真是誤事！昨日頭批定貨到了，要三萬銀子起貨，只得請你暫時挪一挪，好早點起了出來，早點開張。』荀鶯樓滿口答應，登時劃了過來。到了明天，果然有人送來無數箱子，方的、長的，大小不等。勞佛督率各小夥計開箱子，開了出來，都是各種的藥水，一瓶一瓶的都上了架，登時滿坑滿谷起來。後來陸續再送來的，竟來不及開了，開了也沒有架子放了，只得都堆到後頭棧房裡去，足足堆了一屋子。荀鶯樓也來看熱鬧，又一一問訊，這是甚麼，那是甚麼，勞佛也一一告訴了。正在忙亂之際，忽然一個電局信差送來一封洋文電報，勞佛看了失驚道：『怎麼就死了！唉，這便怎麼處？』荀鶯樓忙問死了甚麼人，勞佛把電報遞給他，他看了是一字不認得的，勞佛便告訴他道：『香港大藥房裡一個總理配藥的醫生，他是我的好朋

❻ 莊摺：舊時錢莊發給客戶作為憑證的摺子，猶如今之銀行存摺，帳戶內存款不足時，也可以透支一定限額的款項。

友，將來我這裡有多少事，還靠他幫忙呢，誰知他今天死了！他的遺囑，他死後，叫我去暫時代理他的職業。在交情上，又不得不去；這一去，最少也要三個月。那外國派來的人纔得到，這裡又有事，怎樣呢？』荀鶯樓也棱住了。勞佛想了一想道：『這樣罷，我到香港去找一個配藥的人，到這裡代了我罷。』帳房道：『這裡沒有人懂話，怎樣辦呢？』勞佛道：『這個不要緊，我找一個懂中國話的來。十分找不著，我叫他帶一個西崽來。你們要和他說話，只對西崽說就是。好在只有三個月，我就來的。』荀鶯樓問他香港那大藥房是甚麼招牌，勞佛嘰嘰咕咕說了個外國名字道：『中國名字叫甚麼，我也記不大清楚了，等到了那裡，寫信來通知，以便通信罷。我今天要坐晚輪船去了。』說罷，取出許多外國字紙來，交代給帳房，一一指點：這一疊是燕威士，這個貨差不多就要到的了，這一疊是定單，這裡面哪幾張是電定的，哪幾張是信定的，洋行裡倘有燕威士送來，便好好收下，打還他回單圖書。又拿出一扣摺子來，十分慎重的交代道：『這就是我那誤事朋友，代存匯豐的十萬銀子的存摺，是哪一天存的，扣到……哪一天，便到了六個月期，你便去換上一個逐日往來的摺子，以便隨時應用。』荀鶯樓拿起摺子一看道：『怎麼我存匯豐的存摺，不是這個樣子？』勞佛道：『匯豐存摺本來有兩種，一種用給中國人的，一種用給外國人的。我這個是託一個外國朋友去存的，所以和用給中國人的兩樣了。』勞佛交代清楚，也不帶甚麼行李，只提了一個大皮包，便匆匆上晚輪船到香港去了。這裡一等五六天，杳無音信，看見貨物堆滿了一鋪子，不便久擱，只得先行開張。誰知開張之後，凡來買藥水的，無有一個不來退換；退換去了，又回來要退還銀子。原來那瓶子裡，全是一瓶一瓶的清水。除了兩箱林文烟花露水和兩箱洋胰子是真的，其餘沒有一瓶不是清水。帳房大驚，連忙通知荀鶯樓，叫他帶了懂洋文的人來，查看各種定單燕

虧他這等便給。

可發一

笑。

威士，誰知都是假造出來的。忙看那十萬銀子存摺時，哪裡是甚麼滙豐存摺，是一個外國人用的日記簿子。這纔知道遇了騙子，忙亂起來，派人到香港尋他，他已經不知跑到哪裡去了。再查那棧房裡的貨箱，連瓶也沒有在裡面，一箱箱的全是磚頭瓦石，所以要拍賣了這些瓶，好退還人家房子啊。」我道：「這個甚麼勞佛，難道知道姓荀的要來兜搭他，故意設這圈套的麼？」理之道：「這倒不見得。他是學醫生出身，有意是要開個藥房，自己順便掛個招牌行道，也是極平常的事。等到無端碰了這麼個冤大頭，一口便肯拿出十萬，他便樂得如此設施了。像這樣剝削來的錢，叫他這樣失去，還不知多少人拍手稱快呢。」正是：

悖入自應還悖出，且留快語快人心。

未知後事如何，且待下回再記。

中國有一種人，其對於外人，無一處不自取其辱，而累及一群，言之殊甚切齒。如此回之軍門大人者，蓋比比然也。所最奇者，愈是大人先生，愈多此種醜態，此則令人不解者矣。

曾見某笑柄載一條云：鄉人至滬，見修路碾機，誤為汽車，問能乘至鄉間否？人曰：能，余即賣車票者。鄉人予以資，取得一紙，便擬登機。司機人呵之，則曰：吾已購得車票矣。出示之，則一紙捲烟之招牌紙也。可與此以日記簿充存摺者，同發一笑。醫士之開設藥房，其始斷非騙局，特利令智昏者之自取耳。然則世路雖險，究亦多自蹈之者，正不必動輒尤人也。或曰：然則人之信我、投我者，即當欺之耶？則應之曰：如子言，則怪現狀可以不作矣。

中國古典名著

專家校注考訂　古典小說戲曲大觀

世俗人情類

紅樓夢　曹雪芹撰　饒彬校注
脂評本紅樓夢　曹雪芹原著　脂硯齋重評
馬美信校注
金瓶梅　笑笑生原作　劉本棟校注　繆天華校閱
老殘遊記　劉鶚撰　田素蘭校注　繆天華校閱
平山冷燕　天花藏主人編次　張國風校注
謝德瑩校閱
品花寶鑑　陳森著　徐德明校注
野叟曝言　夏敬渠著　黃珅校注
綠野仙蹤　李百川著　葉經柱校注
禪真逸史　方汝浩撰　黃珅校注
海上花列傳　韓邦慶著　姜漢椿校注
九尾龜　張春帆著　楊子堅校注
醒世姻緣傳　西周生輯著　袁世碩、鄒宗良校注

三門街　清・無名氏撰　嚴文儒校注
花月痕　魏秀仁著　趙乃增校注
孽海花　曾樸撰　葉經柱校注　繆天華校閱
魯男子　曾樸著　黃珅校注
遊仙窟　玉梨魂（合刊）　張鷟、徐枕亞著
黃瑚、黃珅校注
筆生花　心如女史著　黃明校注　亓婷婷校閱
浮生六記　沈三白著　陶恂若校注　王關仕校閱
玉嬌梨　天藏花主人編撰　石昌渝校注
好逑傳　名教中人編撰　石昌渝校注
啼笑因緣　張恨水著　束忱校注
歧路燈　李綠園撰　侯忠義校注

公案俠義類

水滸傳　施耐庵撰　羅貫中纂修
金聖嘆批　繆天華校注

兒女英雄傳　文康撰　饒彬標點　繆天華校注
三俠五義　石玉崑著　張虹校注　楊宗瑩校閱
七俠五義　石玉崑原著　俞樾改編　楊宗瑩校注　繆天華校閱
小五義　清・無名氏編著　李宗為校注
續小五義　清・無名氏編著　文斌校注
蕩寇志　俞萬春撰　侯忠義校注
綠牡丹　清・無名氏著　劉倩校注
羅通掃北　鴛湖漁叟較訂　劉倩校注
楊家將演義　紀振倫撰　楊子堅校注　葉經柱校閱
萬花樓演義　李雨堂撰　陳大康校注
粉妝樓全傳　竹溪山人編撰　陳大康校注
七劍十三俠　唐芸洲著　張建一校注
包公案　明・無名氏撰　顧宏義校注　謝士楷、繆天華校閱
海公大紅袍全傳　清・無名氏撰　楊同甫校注　葉經柱校閱
施公案　清・無名氏編撰　黃珅校注
乾隆下江南　清・無名氏著　姜榮剛校注

歷史演義類

三國演義　羅貫中撰　毛宗崗批　饒彬校注
東周列國志　馮夢龍原著　蔡元放改撰　劉本棟校注　繆天華校閱
東西漢演義　甄偉、謝詔編著　朱恒夫校注　劉本棟校閱
隋唐演義　褚人穫著　嚴文儒校注　劉本棟校閱
說岳全傳　錢彩編次　金豐增訂　平慧善校注
大明英烈傳　楊宗瑩校注　繆天華校閱

神魔志怪類

西遊記　吳承恩撰　繆天華校注
封神演義　陸西星撰　鍾伯敬評　楊宗瑩校注　繆天華校閱
濟公傳　王夢吉等著　楊宗瑩校注　繆天華校閱
三遂平妖傳　羅貫中編　馮夢龍增補　楊東方校注
南海觀音全傳　達磨出身傳燈傳（合刊）　西大午辰走人、朱開泰著　沈傳鳳校注

諷刺譴責類

儒林外史　吳敬梓撰　繆天華校注
官場現形記　李伯元撰　張素貞校注　繆天華校閱

文明小史　李伯元撰　張素貞校注　繆天華校閱
鏡花緣　李汝珍撰　尤信雄校注　繆天華校閱
二十年目睹之怪現狀　吳趼人著　石昌渝校注
何典　斬鬼傳　唐鍾馗平鬼傳（合刊）
張南莊等著　鄔國平校注　繆天華校閱

擬話本類

拍案驚奇　凌濛初撰　劉本棟校注　繆天華校閱
二刻拍案驚奇　凌濛初原著　徐文助校注
繆天華校閱
喻世明言　馮夢龍編撰　徐文助校注　繆天華校閱
警世通言　馮夢龍編撰　徐文助校注　繆天華校閱
醒世恒言　馮夢龍編撰　廖吉郎校注　繆天華校閱
今古奇觀　抱甕老人編　李平校注　陳文華校閱
豆棚閒話　照世盃（合刊）
艾衲居士、酌元亭主人編撰
陳大康校注　王關仕校閱
石點頭　天然癡叟著　李忠明校注　王關仕校閱
十二樓　李漁著　陶恂若校注　葉經柱校閱
西湖佳話　墨浪子編撰　陳美林、喬光輝校注
西湖二集　周楫纂　陳美林校注

型世言　陸人龍著　侯忠義校注

著名戲曲選

竇娥冤　關漢卿著　王星琦校注
漢宮秋　馬致遠撰　王星琦校注
梧桐雨　白樸撰　王星琦校注
琵琶記　高明著　江巨榮校注　謝德瑩校閱
第六才子書西廂記　王實甫原著　金聖嘆批點
張建一校注
牡丹亭　湯顯祖著　邵海清校注
荊釵記　柯丹邱著　趙山林校注
荔鏡記　明・無名氏著　趙山林等校注
長生殿　洪昇著　樓含松、江興祐校注
桃花扇　孔尚任著　陳美林、皐于厚校注
雷峰塔　方成培編撰　俞為民校注
倩女離魂　鄭光祖著　王星琦校注

國家圖書館出版品預行編目資料

二十年目睹之怪現狀／吳趼人著,石昌渝校注.——二版一刷.——臺北市：三民，2020
冊；　公分.——（中國古典名著）

ISBN 978-957-14-7004-7（一套：平裝）

857.44　　109017354

中國古典名著

二十年目睹之怪現狀（上）

作　者　吳趼人
校注者　石昌渝

發行人　劉振強
出版者　三民書局股份有限公司
地　址　臺北市復興北路386號（復北門市）
臺北市重慶南路一段61號（重南門市）
電　話　(02)25006600
網　址　三民網路書店 https://www.sanmin.com.tw

出版日期　初版一刷 2017年6月
二版一刷 2020年12月
書籍編號　S857400
I S B N　978-957-14-7004-7